谨以此书
告慰两百年前中国首讲西学者
魏源先生!

九考魏源

邓宏顺 —— 著

崔钢兵 —— 插图

湖南大学出版社 · 长沙

图书在版编目（CIP）数据

九考魏源／邓宏顺著. -- 长沙：湖南大学出版社，
2024. 10
　　ISBN 978-7-5667-3597-3

　　Ⅰ. ①九… Ⅱ. ①邓… Ⅲ. ①长篇小说－中国－当代
Ⅳ. ①I247.5

中国国家版本馆 CIP 数据核字（2024）第 107818 号

九考魏源

JIU KAO WEI YUAN

著　　者：邓宏顺		插　　图：崔钢兵	
责任编辑：祝世英			
印　　装：湖南美如画彩印有限公司			
开　　本：710 mm×1000 mm　1/16		印　　张：27.75　字　　数：470 千字	
版　　次：2024 年 10 月第 1 版		印　　次：2024 年 10 月第 1 次印刷	
书　　号：ISBN 978-7-5667-3597-3			
定　　价：98.00 元			

出 版 人：李文邦
出版发行：湖南大学出版社
社　　址：湖南·长沙·岳麓山　　　　　　　　邮　　编：410082
电　　话：0731-88822559（营销部），88821691（编辑室），88821006（出版部）
传　　真：0731-88822264（总编室）
网　　址：http://press.hnu.edu.cn
电子邮箱：1138705953@qq.com

目录

第三部 · 暮鼓晨钟

第一部　邵邑醇良

1
邵邑醇良

一线粉红的光亮刚刚撑开东边黛色的天幕，孝立公不顾初冬的寒意，早早地站在那架杉木梯上，将高悬于后堂屋正上方的那块百年老匾抚抹得一尘不染、净亮夺目。没等阳光晒醒魏家塅的土地，知县果然带着七八个人来到了孝立公家中，要给那块百年老匾"上红"。

"上红"是当地的一种大礼，知县"上红"算是一种大赏。随着一阵热闹的鞭炮声，孝立公当众从知县手里接过那匹大红缎巾，披搭在那块百年老匾的上边。孝立公连说："受之有愧，受之有愧哪！"知县执意说，这是县里对您"毁产代输"之义举表示真诚感谢！

"上红"完毕，知县问及魏源，并与孝立公忆起去年童子试时，魏源与其对联的高兴事。孝立公找到魏源，叫他站到知县身边。知县问魏源："你可知道这块匾的来历？"孝立公刚准备跟知县说明魏源才十岁，还不知道这块匾的来历时，没想到魏源抢过话说："我知道！"

孝立公暗自担心地说："那你说说，我们听听你说的是对是错。"

魏源说："我们家一直很富裕。康熙三十九年遭遇大旱，整个邵阳严重饥荒，一些灾民无法缴纳税赋，负责收缴税赋的官员强行征收，甚至捕人入狱，引起灾民骚乱。民众快揭竿而起，是我们曾祖父将变卖家产所得银两作为全县所欠税赋交了上去，这才使全县官民得以安宁。所以当时的卢知县给我们家送来这块大匾，上写'邵邑醇良'。"

孝立公听魏源几乎是以大人的腔调说完这些，真是喜出望外，非常欣慰地抚摸着魏源的头说："爷爷本想过几年再告诉你这些，没有想到你都已经知道。"

魏源说："我听很多人说过这事。百闻不如一见！爷爷今年'毁产代输'

更让我敬佩!"

孝立公说:"这块匾是祖上留下的功德匾,我们家世代都要无愧于这块匾!爷爷用一家之难,解千家之难,你说值不值得?"

魏源说:"值得!"

孝立公更加喜欢魏源。

宾主客气一番,热闹一场之后,送走了知县一行,家里人也都忙各自的事情去了。

这时,魏源母亲从魏源卧室里拿来了那张束腰老花儿放在孝立公面前,又伸手进到老花儿肚里,摸了满手漆黑的烟炱给孝立公看,这才说:"爹,您看看这个!"

微风把一股桐油味吹进了鼻子里,但孝立公不明白魏源母亲要说的意思。魏源母亲只得将小花儿颠倒过来放在地上,让孝立公看明白。孝立公看到小花儿的肚里面熏得很黑,虽感奇怪,但仍不明白这是要说明什么事情。

为了魏源的身体,近些日子魏源母亲每晚睡前都要去提醒魏源不要熬夜读书。刚才,她将床头那张束腰老花儿搬起来举高一看,发现花儿里面已熏得有一层薄薄的烟炱。她恍然大悟,明白夜深之后,魏源是将这束腰老花儿用被子围成一个佛肚灯笼,把油灯罩在了花儿肚子里,只留着光口给自己看书。

魏源母亲说明这些情况后,孝立公终于发话:"这可不行啊!"魏源母亲说:"我也拿他没了办法。"

孝立公并不斥责魏源,只是拉着魏源的手往藏书楼上走,轻言细语地跟魏源说:"身体要紧!"一边又劝魏源母亲,"这孩子和别的孩子不一样,要让他去做他喜欢做的事情。"

第二天,魏家塅的鸡鸣声还远近相闻、起伏未绝,但对魏源母亲来说,这时已不早了。她每天必须早早起床,把家中料理得内有井然之序,外显清整之洁。孝立公倾尽家产代缴乡民所欠赋税后,家里只能艰难维持生计。她丈夫远在江苏做一个地方巡检小吏,又极求清廉,乐善好施,故能寄回家里的薪俸很是微薄。请不起佣人,一家老小十几口人的所有家务都得由她包揽。她每天起来第一件事就是烧好热水给几年来一直瘫痪在床的婆母匡老夫人"净身",然后才是洗衣、扫地、料理孩子们和饲养禽畜……

今天她给婆母擦过身子,又拐进魏源的房间。作为母亲,在几个孩子中,魏源是她最为挂心的。这孩子好学过头，自七岁入私塾启蒙读书后，每天从黎明起床就要一直读书到深夜，常是鸡鸣时辰才入睡，有时甚至通宵达旦！所以，每天早上她做完家务，就要先看看过去一夜魏源有什么异常。

此时，魏源正在藏书楼的楼梯口，远望着高阔的天际喷薄欲出的那一轮红日。他面前辽阔的大地上流溢着鲜嫩的橙黄。早起的农民已如星星点点在油麦田里移动，有男女亦呼亦应，有牛哞犬吠，有鸟鸣，有鹅唱。高天、大地和辛劳的人们让魏源感受到了一种从未有过的生活激动。这种突然而来的感觉，让他像面临一座莫名其妙又无边无际的空堂，看不到入身的门，却又已深陷其中。他混混沌沌地悟到，这是一种什么的开始，一种说不明道不白的开始，是他认知的开始，是他人生的开始，是他思想的开始，也是他走向无限空间和远方的开始……

魏源母亲挽着魏源走下楼梯，家里的"黄子"竖着尾巴，龇牙咧嘴地对着魏源叫个不停。"黄子"是养在家里几年的看家狗，怎么会这样认不出家里人呢？这太不正常，她要走下楼梯去赶狗，但被魏源阻住。魏源说："一定是我这些日子不理发，头发长得太长，改变了模样；加之天还没有全亮，家里的'黄子'没有看出我来！"但魏源母亲仍来到自家的佛堂里烧纸焚香，轻敲木鱼，为儿子祈求平安和福祥。

魏源母亲之所以特别轻声地祷告是怕年事已高的公婆听到。果然，身材高大的孝立公站在门外问话了："遇什么想不开的事儿了？"他那浑厚慈祥的声音让魏源母亲手里的木鱼杵慢慢停了下来。她先是小吃一惊，但立刻镇静下来，微闭着两眼说："爹，又让您老人家操心了！我没有什么想不开的事。您好好歇息，将养好自己的身体。"

孝立公默默地站了一会儿，感叹一声说："唔——这么大个家庭全靠你这么撑着。我也时常感到内心愧欠啊！"

魏源母亲说："爹，您千万别这样说！有您撑着，家里这么和和顺顺的，我还求什么？多做点事不算什么，一个人的精力就如井里的水，用了，它又会不断地冒出来。"

说话间，孝立公的身子摇晃了一下。魏源母亲马上站起来说："爹，您去歇息吧！"孝立公两眼含泪地说："儿啊，说来还是我们一家对不起你啊！"

魏源母亲说："爹，您这么说为儿可就承受不起了！这场大旱灾过后，整个邵阳都闹饥荒，我们这地方，那么多人上交不起税赋，官府又催逼得那么紧，有灾民已无生路可寻，眼见就要造反起事，就要有不少人被抓去坐牢，爹慷慨解囊，倾尽家产，代为灾民缴纳税赋，是救人于危难之中。这是行大善，积大德！菩萨说，救人一命胜造七级浮屠啊！"

孝立公见儿媳这么开明，两眼热泪慢慢收起。

孝立公共四房妻室，十个儿子，二十几个孙子。"毁产代输"之后，如此大家已不能照常生活下去。他果断地采取以大化小、各自谋生的分家措施。平均到户的家产已所剩无几，但五儿子魏邦鲁在嘉庆皇帝诛杀和珅那年，由监生捐了个巡检，现在江苏任用。这算是条件好一点，所以，孝立公把自己老两口定在魏邦鲁家里养度天年。可是，他时时担心委屈了这个儿媳妇，怕她遇到困难。

这时孝立公觉得背后有人，转脸一看，竟是魏源。魏源母亲跟魏源说："大人说话，你不得偷听！"

孝立公转身抚了抚魏源的头说："这些话，你都听到了？"魏源点了点头。孝立公说："那就好！"又高兴地自言自语，"人才如锥处囊中，立时可见啊！"

在众多儿孙中，孝立公对魏源独抱厚望。

过了年，忙完春耕，刚进入夏天，孝立公就选了个晴朗日子，特地穿上那件平时舍不得穿的蓝布长袍，戴了礼帽，郑重其事地跟孙子说："魏源，爷爷老了，时常感到自己大去之日不远。今天你挤点时间，陪爷爷说说话，行吗？"刚刚吃完早饭的魏源突然心里一沉，惊讶地呆望着爷爷。在家里，只有爷爷最能理解他，他也最喜欢、最敬佩爷爷！魏源走到爷爷身边，将爷爷的一只手挽住，深情地叫道："爷爷！"孝立公和家里人都等着魏源往下说话，但魏源没有再说，只是把爷爷的手挽得很紧，仿佛一松开，爷爷就会离他远去。

孝立公今天是要探探魏源肚里的"墨水"。

魏源跟着爷爷走出八字大门，来到门外沙洲上的金水河岸。他拉着魏源的手，指着远处的山脉说："一方山水养一方人哪！我们这里的山水非常独特！你看，那是狮山，那是象山。两座山远远而来，把我们魏家塅分为北边的上魏家塅和南边的下魏家塅。我们家住在上魏家塅金水河边的沙洲上。更远处有一座大山叫龙山，龙山上有一座龙池，龙池里的水流下山来，分流成涟水河和邵水河，涟水河流入湘乡，邵水河流入我们邵阳，并在邵阳县城与资江相会……"魏源点着头，很欢喜地听着爷爷讲这些书本上看不到的事物。

太阳升到了头顶，气温越来越高，孝立公感到有些燥热。他咳嗽了几声。魏源望着爷爷有些难受的脸色，抓紧了爷爷的手说："爷爷，我们回家吧。"孝立公立定了一会儿，平静下来之后说："爷爷再陪你说说话。爷爷能跟你在一起的时间不多了。"

魏源不让爷爷这样说，他摇了摇爷爷的手，异乎寻常地加重语气叫道："爷爷！"孝立公听出了这是一声依依难舍的"爷爷"，他很惬意地微笑一下又继续说："这些日子，刘先生都教了你们什么书？书要读到能背诵才算是自己的！爷爷考考你如何？"魏源笑着对爷爷点了点头。孝立公由浅入深，慢慢试问。

孝立公说："为人子，方少时……魏源马上接着说："亲师友，习礼仪。"

孝立公说："孔曹严华，金魏陶姜……"魏源马上接着："戚谢邹喻，柏水窦章……"

孝立公说："大学之道，在明明德，在亲民，在止于至善……"魏源说："知止而后有定，定而后能静，静而后能安，安而后能虑，虑而后能得……"

孝立公说："喜怒哀乐之未发，谓之中……"魏源说："发而皆中节，谓之和。中也者，天下之大本也；和也者，天下之达道也。"

孝立公说："君子务本，本立而道生……"魏源说："孝悌也者，其为人之本欤。"

凡孝立公所提上句，魏源皆能接着往下背诵。孝立公立定在田埂上高兴地看着魏源，暗自欣喜。心想，自己一直交代家人要用不一般的方式对待魏源，的确没有错。他发蒙才多久呢！此儿读书一定是过目成诵！不过，还得考他几篇难一点的文章，不能让他因为轻松过关而滋长少年傲慢。孝立公说："臣闻：求木之长者必固其根本……"

魏源便接着背诵起来："欲流之远者，必浚其源泉，思国之安者，必积其德义。源不深而望流之远，根不固而求木之长，德不厚而思国之安，臣虽下愚，知其不可，而况于明哲乎？……"

孝立公举手示意，让魏源暂停下来。魏源以为爷爷让他不要再背了，没想到，爷爷朝他十分得意地笑笑说："你真能完整背诵全文吗？"

魏源继续背："凡昔元首，承天景命，善始者实繁，克终者盖寡，岂取之易，守之难乎？盖在殷忧，必竭诚以待下；既得志，则纵情以傲物。竭诚，则吴越为一体；傲物，则骨肉为行路。虽董之以严刑，振之威怒，终苟免而不怀仁，貌恭而不心服。怨不在大，可畏惟人，载舟覆舟，所宜深慎。"魏源一看爷爷两眼微闭便停了下来，不料爷爷突然睁开眼说："怎么不往下背了？"

魏源说："我以为爷爷不喜欢听了，睡着了呢。"

孝立公说："我正听得入神！背！往下背！下面的才入正题。"

魏源好像很喜欢这样背书，他笑了笑又继续背起来："诚能见可欲，则思知足以自戒；将有作，则思知止以安人；念高危，则思谦冲而自牧；惧满盈，则思江海下百川；乐盘游，则思三驱以为度；忧懈怠，则思慎始而敬终；虑壅蔽，则思虚心以纳下；拒谗邪，则思正身以黜恶；恩所加，则思无因喜以谬赏；罚所及，则思无以怒而滥刑。……"

魏源将全文诵毕，还轻松愉快轻轻跳了两下，然后蹲下去看在稻穗上飞来飞去的各色蜻蜓和蝗虫。孝立公从没见魏源这么高兴过，他问魏源："这些书都是刘先生教你的？"

魏源笑了笑，不作答。

孝立公说："那是你二伯父教的？"魏源笑了笑，仍不作回答。

孝立公说："那是你自己偷偷读到的？"魏源笑了笑，也不作答。

孝立公若有所思地"噢——"了一声说："刘先生和你二伯父都是好先生！刘先生尤擅文章，用字从不喜随俗，不喜八股文，故文辞奥衍，难被人理解。他多次参加科举考试都未上榜，就以教书为乐，是一位难得的好先生。你二伯父是我要他管理家塾。家中子孙众多，没有个踏实人管理家塾岂可放心？他也是少年好学，那年应试时，学使张公得其文过目大喜，极力称他是力学于韩、柳、欧、苏，并言其日后必大有所成。他就学岳麓书院时，甚得其师厚爱，每有疑难必详解不隐。我们金潭与山外闭塞，难得他如此倡学不倦，又乐善好施，极力传承我们的家风。他待人宽厚，但对家里的子孙辈施教又极为严格。他多次不惜重聘，延名师来课子。他亲授子弟时尤其认真。"

魏源说："二伯父授课总是口讲指画，一听就懂。但他不让我们另寻书读。这我做不到。"

孝立公说："你年纪尚小，还不明白你二伯父的良苦用心。你以后自然便知，他是在为你的功名着想。"

爷孙俩沿着金水河边走过稻田，走上房群间那座高高的阁楼。站在楼上可以瞭望魏家塅周围的村庄和农田。孝立公问魏源："你知道这个阁楼叫什么名字吗？"

魏源说："观音楼。"

孝立公微笑一下说："爷爷告诉你，别人家把这叫观音楼，在我们家，这座阁楼它不叫观音楼，它叫'观烟楼'。烟是炊烟的烟！每到受灾和青黄不接时，我们家每天早晨要派人到这楼上仔细观望，凡有哪家哪户不升炊烟者，我们必要弄清，如是断粮，我们家必须送米去救济。自你曾祖父开始，我们几代人都是这么坚持下来的。你曾祖父在世时，每到冬天出门都要穿很多衣服，路上遇到受冻的人，他就脱下自己的衣服给别人穿，常常回到家时只剩个单衣单裤。"孝立公顿了顿又继续说，"做人啊，你心里有别人，别人心里才会有你！尤其读书人，要心里有别人！心里有天下！"

魏源含笑地点点头，表示记住了。

爷孙俩从观烟楼下来，回到家中在堂屋里坐下来歇息。孝立公让魏源拿了蒲扇来扇风纳凉，正感到舒服，准备继续和魏源说话时，却不断地咳嗽起来，且捶胸拍背也止不住。魏源母亲听了这咳声不对，马上停了穿梭，从织机上下来一看，只见孝立公的长衫背后一大片汗湿，就知道必是受热过度，热极成寒。婆母也为孝立公不断的咳嗽声感到不安，忙问是怎么回事。魏源母亲如实将情况说给婆母匡老夫人听。匡老夫人也说："定是暑极生寒。"

孝立公从未出现过因汗湿而咳嗽不止的情况。此前，他也不是没有出过汗水，受过暑寒，比这更严重的暑寒他也经过无数；即使当时有些咳嗽，喝点姜糖开水，发发汗，也就自然好转痊愈，所以，他并不在乎这点儿咳嗽；尤其为魏源的事，他总是不惜一切！前年魏源参加县里童子试一鸣惊人，他现在回想起还引以为荣。

孝立公陪孙子去县里应童子试时，魏源母亲悄悄拿了两个米面饼子给魏源，嘱咐说："这两个饼子你带上。要是你们爷孙俩在路上饿了，这个就有用！"魏源接过饼子往衣服里一塞，就跟着爷爷上路了。

童子试是县里为应乡试，趁早储备人才的考试。这对于县署来说，无疑是一件大事。

考场里，应试童子来去不绝，知县的表情也随心情表现各异。

魏源见一位同考的童子好像因害怕知县而后退了一步，偏是朝前迈了一步。知县见他举止文雅，一脸坚毅，又还敢大胆朝前，立即点他到面前应试。知县转身端起那只白瓷兰花茶杯，喝了一口茶，正准备思考试题时，见杯底有一幅阴阳双鱼图，灵机一动就指着杯底对魏源说："杯中含太极。"说完，知县用得意的眼神看着魏源，表示这个考题非同一般，很难答上。没料到的是，这孩子在衣服里一摸，立刻回对道："腹内孕乾坤。"知县一想，惊喜得发呆，转而击掌三下说："绝妙！绝妙！"知县走过去要看他胸前藏了什么秘密。魏源解开腰带，两个米面饼子"啪啪"两声落在脚边。知县拿起两个米面饼子举过头顶供大家欣赏一番，赞不绝口地说："绝对！真是人才！"

这时刻，孝立公马上朝前走去，知县立即起身来迎。孝立公施礼后说："谢知县夸奖愚孙！"

知县惊疑地指着魏源说："这位高才童子可是你老的……"孝立公得意地微笑着捋了捋胡子说："正是愚孙。"

知县及其身边的人都站起来打拱，向孝立公表示祝贺。魏源因此声名远扬。

因为兴奋，爷孙俩也不知道饥饿，两个米面饼子带在身上，直到回了魏家墩都没有动过……

染病几个月来，孝立公服了些草药，还辟谷几天，如今还是病得失魂丧魄。

这天早饭过后，孝立公让魏辅邦把家里人召集到床前交代后事。交代完所有事情后，他最不放心的还是家里能不能善待魏源。孝立公特地要魏源坐在他床前。他紧紧抓住魏源的手说："爷爷那天见你能背诵《谏太宗十思疏》全文，真是十分高兴。你明白其中原因吗？"

魏源说："爷爷，你是认为这篇文章特别好吗？"

孝立公说："是啊！读书人记住此文，上可做贤君、做能臣，下可做名士、为良民。"

此时，门口进来一位陌生的中年人，横挎包袱顺背伞，直问孝立公在家否。孝立公一见来人，便要家人扶自己坐起来回话。于是，陌生人跟孝立公说："老先生，我是代我主人来给您谢恩还钱的！您老还记得十多年前，有一位少年到你府上借钱才继续学业之事吗？"

孝立公略思片刻，摆了摆头。

陌生人又提醒："他姓陶，是安化陶家溪人。看您还记得他否？"孝立公又略思片刻，还是摆了摆头。

知县及其身边的人都站起来打拱，向孝立公表示祝贺。魏源因此名声远扬。

陌生人说："您这里离溆浦很近，严如熤您该知道吧？"

孝立公点了点头说："溆浦桥江严如熤，陕西汉中好知府。"

陌生人说："这个姓陶的少年，他父亲和溆浦的严如熤是岳麓书院的同窗好友。"

孝立公问："他父亲大名？"陌生人说："陶必铨。"

孝立公一下清醒过来："陶必铨？是他啊！"

陌生人说："向您借钱的少年就是陶必铨的儿子陶澍！"

孝立公掐了掐指头说："陶澍？就是一直跟着父亲读书的陶澍？那今年应是二十四五岁了。"

陌生人说："是的。您老好记性！我今天就是他专门派来谢您的。"

孝立公吃力地摆摆手说："不用谢！"

陌生人解下身上的包袱说："我家主人说，那是一定要重谢！当年如无您援助，不继续学业，他哪会有今天！"

孝立公说："今天他有什么出头了？"

陌生人说："他高中嘉庆壬戌进士了！"

孝立公脸上一喜，朝魏源看了很久。魏源明白爷爷的深意，为安慰爷爷，他说："爷爷，我也会像陶进士一样，好好读书，考取功名！"

孝立公甚为高兴地跟那陌生人说："钱，你带回去！"

陌生人说："主人说，他能有今天，多亏您帮助。钱不仅要还，还要加倍还！"说着将一包沉沉的银子放在了孝立公床前的柜上面。

孝立公脸色严肃起来，说："你回去问问你家主人，我当年借钱给他是图财或是图名？或是图他加倍偿还？你告诉你主人，他能考上进士，成为国家栋梁，这钱就已经还了！如他今后能做个爱民的好官，那他就是加倍偿还给我了！"

陌生人听完老人的这番话深为感动，也不知如何是好。

孝立公气微起来，果断地挥挥手说："把银子退他！送客！"

陌生人依依不舍，两眼热泪，突然跪下说："老人家，那我代主人给您跪下谢恩！"

陌生人起身走后，孝立公又将魏源的手抓过来摇了摇说："你日后要经常读诵魏徵的《谏太宗十思疏》！记住了吗？"

魏源说："记住了！"

孝立公说："那我就放心上路了。"

魏源感到爷爷的手渐渐松开。他大叫一声："爷爷！"

但孝立公没有睁开眼睛，嘴闭得很自然，只是上唇开始收缩，形象顿时枯缩了许多。一家人放声大哭，匡老夫人也在床上不停地哭喊……

这是1804年，农历甲子年，孝立公在人们的惋惜、赞扬声中，终老登仙。

孝立公的离世让所有人感到突然。金潭人，尤其魏家塅天天能和孝立公见面的人，都说孝立公前几天说话还声若洪钟，想不到说走就走了。这不能不让周围的老人们说，这是他积功积德的福报。

没有了孝立公，地方上像是被人敲缺了一块天，家家蔓延着不安和惋惜。于是，魏家的灵堂和院子里到处都挤满了前来哀悼的乡民。

灵堂设在前堂屋。堂门外正上方横贴着三个白底黑字"当大事"。字的四周围着青布扭成的花团。左右各燃着一支插进竹筒里的黄蜡烛。灵桌下点着一盏用米筛罩住的亡灵灯。细而不灭的灯光在密密的筛子眼里晃动着一种幽远的光晕，如通往"阴曹地府"的隧道。不知是哪位扎纸艺人，把香案后面的灵屋扎得酷似魏家的这座院子，两进的正屋之间由一对亭台相通，形成三个青砖铺成的天井，两头配以两层跑马小楼。灵屋前一升谷米摆在香案中间，香案前摆着德禽、鲜鱼、豕首、水果等祭品。窄而长的引魂旗从灵屋顶上垂下来，一直拖到灵桌的边沿。金水河边的风吹来时，引魂旗就随着灯光在微微地飘动。一捆稻草横摆在灵桌前地面，代作蒲团供孝子们下跪作揖时垫膝。因为前来下跪叩拜的人多，不一会儿，一捆圆形稻草就被众多的膝盖压扁。

自孝立公上午仙逝时开始，前来作揖上香的人一直没有中断，由近而远，有达官贵人也有平民百姓，有乡绅也有穷苦人。到下午时，谷米升子里的香棍已经交互插成一座神奇的塔形，很高而不歪斜。

知县带人前来悼念孝立公这天，正好遇上魏邦鲁告假从江苏赶回魏家塅为父亲吊丧。魏邦鲁刚刚放下行李，在灵堂里作揖上香完毕，门外就传话进来，说是知县一行已到门外。魏邦鲁立刻让孝子们在八字大门外成两列跪迎。

知县一行有坐轿的，有骑马的。但隔得远远地，骑马的都下了马，坐轿的都下了轿，全都步行而来。

走至大门口，一一扶起跪在草包上迎接他们的邦曙、辅邦、经邦、邦檡、邦鲁、邦嵩、殿邦、庆邦、靖邦、邦翰等十兄弟及其后辈魏湖、魏源、魏浚等孝孙。然后，知县走进孝立公灵堂，哭喊一声："孝立公啊，要不是你给我解危，我早就当不成这知县了啊！我还欠着你的银两未还哪……"他一骨碌跪下去连磕三个头，孝立公就在眼前活了起来……

秋末冬初，一些乡民开始抗税闹事，刑房已抓捕数十人，牢房里人满为患。知县正到堂办案时，一个衙役满额头鲜血地慌乱跑进公堂，两手撑地俯首报告："禀报知县大人，有乡民要捣毁粮仓！"

知县心里一紧，正不知如何是好时，又一衙役跛着脚一歪一歪地崴进公堂，跪在知县的公案前两手撑地说："禀报知县大人，外面已经围满了乡民，他们扬言，如不放人，就要烧毁衙门！"

知县不得不愤激地站直身子，两脚发颤地给自己也给衙役们壮胆："谁敢——！"

此时，再一个赤着上身的衙役跌跌撞撞地进来，跪在知县的公案前两手撑地说："禀报知县大人，乡民正准备联合起来去仓库抢粮！"

知县坚持不住了，一下子跌坐在那张圈椅里。他想到自己的辖地乱成这样，再也没有力气站起来显出知县的威严。

此时，一位穿着素净整洁、身材高大的乡民，戴着棕篾斗笠从大门外朝衙门正中走进来。知县以为是闹事的头儿来了，担心他是来捉官拿吏的，连忙招呼并威吓这位高大乡民："不许动粗，有话好说！"

这位高大的乡民在知县的公案前站定，并施抱拳礼说："知县请宽心！我是来为你解难的！"

知县一听此话，如一口镇静汤药下肚，马上站起来挺胸伸颈说："请问你是？"

高大乡民揭下头上的棕篾斗笠说："我是本县金潭司门前魏家塅人魏志顺，字孝立。"

知县见是孝立公来了，马上以手示意衙役后退一步，转而微笑着说："万没想到是魏老先生到了！请坐请坐！"

衙役移来一张樟木官帽椅，孝立公将棕篾斗笠置于座椅左边，然后文雅落座。知县更加有了敬意，说："自去年童子试后，我就听说您老是金潭司门前的'万担君'啊！"

"知县真是耳闻八方啊！那是我父亲手上的事了，前些年我们家修了座大点儿的谷仓，当地人就戏称是'万担君'，实不足挂齿，让知县见笑了。"孝立公回道。

知县说："听说您父亲在世时，派手下人骑马去一百多里外的县城里办事，在县城边上休息时不注意，那马偷吃了路边的庄稼。这办事的人回家后，一直也没见有人来追问索赔，就跟魏家人说起这事。但魏家人告诉他，那庄稼本来就是我们魏家的，谁还来索赔？这话可当真？"

孝立公说："真有其事！不过，那时候我还没有当家立业。"

知县敬佩地说："一百多里外都还是你们魏家的庄稼，那就是实至名归的'万担君'啊！请问孝立公有何良策能解本知县眼前之难？"

孝立公将银白的胡须捋了捋说："今年我县连续水灾之后又遇大旱，不少田地颗粒无收，而皇粮国税朝廷未免，知县不能不催缴。这不能怪你知县！但不少乡民确实饥荒严重，吃草根，嚼树皮，以观音土充饥，常见饿殍横路，所以，也不能怪百姓！眼下交得起税赋的都已交过，那些交不起税赋的，都是真正的穷人。饥荒之人，如果再遭蛮催硬抓，官民矛盾势必激化。眼下形势已如火遇薪，再溅星火，岂不顷刻间大火冲天？如此下去，朝廷必派兵镇压，岂不有更多的乡民家破人亡？倾巢之下安有完卵？如乡民遭受如此灾劫，你知县又岂能是隔岸之人？"

知县一听此番良言，连忙点头称是，但不知如何应对，说："请孝立公明言！"

孝立公站起来朝门外挥了挥手。一位穿着短裤、紧缠腰带的黑脸壮汉推着一辆独轮车从大门口大步而来。黑脸壮汉在孝立公面前停下，揭开盖在车上的那块烂棉絮，小心而用力地从车里搬出两口黄亮的大提箱交给孝立公。孝立公接过沉沉的提箱放置在知县的卷头公案上说："这是本人全部家产变卖所得的银两。请知县过目，应能抵销我县所欠税赋。"

知县说："真是难为孝立公解难啊！要你以一户之力来代缴我一县所欠赋税，我这知县还有何脸面？这些银两，只能算是本官向你暂借，以后还得慢慢偿还。"

孝立公心里清楚，这只是知县的一句面子话。如今还有哪个官府不是寅吃卯粮？还有哪个官府不是负债运行？他站起来说："银两还不还，暂且不说。我现在只请求知县尽快放了那些关在牢房的欠税人！"

知县拿起手边的惊堂木，在公案上重重一击，向衙役宣布："放——人——！"

衙署内外，人们立刻欢呼起来！

……

知县回想着此情此景，对着孝立公的灵桌作揖磕头，真如孝子一般虔诚。

魏源站在爷爷灵前，一直注视着知县的一举一动，见知县言行如此真诚，在心里愈发佩服爷爷的为人。

地处亚热带的邵阳，雨热同季，故常是水旱连环。邵阳西部有梅山（雪峰山）主脉高耸，北部有梅山支脉林立，南部的南岭制高，东部偏又低到海拔只有一百多米。境内高差达到一千八百多米，形似一个张开的箕。自西、北、南发源的多条支流朝东北汇流成的资江，与境内的另一发源于城步流经绥宁而入沅水的支流——巫水，共同孕育着邵阳这片广阔的土地。复杂的地形和多样的土壤，丰茂了这片土地上的生命，也承受着多发的灾难。

孝立公入土为安之后，离魏家塅不远的塘头湾也有了孤冷的凉意。

深秋的清晨，刘之纲先生因心里有事，比往日起得更早。弹冠更衣之后，他在自己的家门口望着这熟悉而又似乎陌生的乡村，心里却怎么也平静不下来。

不远处的地面传来一种奇怪的震动，近到眼前时，刘先生才明白，原是牧鸭人挥着缠有红布条的长竹竿，在雾岚中的冬水田间赶着嘎嘎吵闹的鸭群。声势浩大的鸭群，在牧鸭人的吆喝下"噗噗"前行。白鹭被鸭群惊起，像白麻叶一样，从河边柳林下的河岸飘过田垄，又跌进那片翠绿的竹林。

昨夜，刘先生没有睡好，一直想着魏源要跟着父亲远去江苏，他怎么也割舍不下。他教授魏源已三四年，魏源是他最得意的门徒，他执教多年还从没有遇过这样的门徒。

也似乎是因魏源要远行才引起刘先生对自己人生的思考。刘先生平时本不愿多想自己的不如意之事，但这次魏源要远行，他情不自禁地回想起自己的科举往事。对科举仕途，他已经不存希望。蒲松龄72岁考得岁贡生，归有光60岁考中进士，他们也皆非科场留名于世。不少举人、进士都在科考的过程中耗尽了青春，比他教书为业又能好去多少？特别是自己得了像魏源这样可遇而不可求的得意门徒，教授起来真是乐而忘忧。但现在魏源要离开家乡，离开魏家私塾随父去江苏就读，他就像丢魂失魄了一般，表面上强自镇静，内心里却有些坐卧难安。

刘先生穿着圆口布鞋，踩着浅浅的草叶露水，在村外转了一路，又回到自己书房里坐下。他终于决定将自己批阅过多次的那本《近思录》赠送给魏源。他从樟木书柜里取出那本书来，翻开扉页，在自己原有的签名后又加上赠书日期和嘱语。这本《近思录》是他最喜欢的一本，纸张好，版式好，印刷着墨都很好。他一直用书匣保存着，每年读两遍，并随手还做些眉批。现在翻开书页，几乎每一页都记有他读书时一闪而过的思考。但即使在魏家私塾教书，他也舍不得带上这本书，而只是带着另一种版本的《近思录》，放在魏家私塾供自己平时习读。如果换一个人，即使向他讨要这本书，他也万万不会答应，但今天他要主动送给魏源留作纪念。

早饭过后，他正带上书准备启程去魏家墩见魏源时，魏源提着篾织花篮礼盒从大门口走了进来。他径直走到刘先生面前行了弟子礼，之后，师徒俩走进书房坐下促膝长谈。刘先生依依不舍地问魏源："此次随父远去江苏有何想法？"魏源说："我最担心的就是怕再也遇不到如先生这般恩师。"

刘先生情感复杂地苦笑一下，又摆摆头说："普天之下，遍地皆师也！'圣人无常师，孔子师郯子、苌弘、师襄、老聃。郯子之徒，其贤不及孔子。孔子曰：三人行，则必有我师。是故弟子不必不如师，师不必贤于弟子，闻道有先后，术业有专攻，如是而已。'更何况江苏开启文明很早，肯定不乏高师。"

魏源说："弟子将远行，今日特来向恩师讨教。"

刘先生将准备好的那本《近思录》捧起来交到魏源手里，说："此乃我送给弟子的唯一礼物！世上好书甚多，以愚师之见，《近思录》必列其中。我一直常读不厌。今天为师赠给你，是要你懂得其中很多道理。书不可读死，死读书不如不读书。世之人事，惟随时变易乃是恒道。己欲立，先立人；己欲达，先达人。圣人之道，入乎耳，存乎心，蕴之为德行，行之为事业。不日新者必日退。学源于思，真读书人读过一本书，就不应再是旧人，而应是新人。将来学成之后，无论入幕出征，均要胆大而心细！……"刘先生平时惜言如金，而此时却箴言泉涌。

魏源端坐恭听之后，回刘先生说："恩师所教，弟子牢记！"

魏源才到总角之年，所以，魏邦鲁一直担心儿子年幼无知，在恩师面前可能失礼。但自己因回家操办父亲后事，忙于处理家中杂务，实在分不开身来，只得让魏源独自去与恩师道别。魏源走后，魏邦鲁就不断远望着金水河岸，盼着魏源早点回来告知详情。

直到魏源回家把恩师赠送给他的书和面嘱的话都说给魏邦鲁听了一遍，魏邦鲁才放下心来说："为师如父。刘先生的教导，你一定要牢记在心！"

魏邦鲁还只是一个巡检小吏，算不上朝廷命官，虽父亲去世，他还没有资格享受正规的丁忧待遇，丧假期满，他必须按时返回江苏，履行自己的职责。

办完父亲的后事，家庭经济更显拮据。老母亲又瘫痪在床，陈夫人肩上的担子越来越重，子女的教育等诸多现实问题魏邦鲁不得不面对；尤其魏源性格很不寻常，常做出一些让人难以理解的事情。原来家中有老父亲时时提醒爱护，事情总还能顺利过去；现在，老父亲逝世，这孩子如丢在家中他怎能舍得？唯有带在身边才能放心！还好，跟魏源说过此事后，魏源不仅一口答应，还为能远去江苏就读流露出兴奋神情。

魏邦鲁要带魏源去任所就读，这本是艰难的抉择。巡检是个不太好做的小吏，州、县关津险要地方才有设置。其职责是捕捉盗贼、查诘奸宄等。事多，官小，薪微，带着儿子去任所就读，他也不知是祸是福。陈夫人虽然不得不同意，但心里又非常难舍。临别前夕已经说过很多，但到临行那天早上，她还是把魏源搂在怀里，将他的新衣服纽扣又扣又解，又解又扣，直到魏源说，他要去和奶奶道别，陈夫人才让魏源离开。

魏源到奶奶床前道别时，匡老夫人吃力地从枕头底下摸出一个青布钱包递给魏源，说："你父亲薪饷微薄，这次回家为你爷爷办后事又花费不少，回江苏一定手紧，你把这点碎银带上，路途如遇了意外情况，也好做个救急补充。"魏源把奶奶的小钱包推了回去，说："奶奶，我们不在家，你自己留着有困难时用吧。"

奶奶说："魏源，你若听奶奶的话，你就悄悄带上，不要让你父亲知道，免得他拒绝。你若不肯带上，你就不是奶奶的好孙子！出门在外，无钱死英雄！带在身上不用不要紧，下次回来还给奶奶就是。要是路上遇到了难处，这点银子能帮你们父子度过，那奶奶也就算尽了一份心！"

魏源见奶奶神情严肃，只好接了小钱包说："奶奶，我定会尽快回来看你。"

早饭过后,魏邦鲁父子走到大门外的老柳树下时,魏源回头一看,伯父、叔父、母亲和兄弟等一家大小站在门口送别。站在最前面的是母亲,她用衣袖遮了两眼——她是止不住热泪,又不想让邦鲁和儿子看见自己的难舍之情。魏源突然不顾一切跑回去在母亲面前跪下说:"母亲,你要好好照顾奶奶。"见魏源这么懂事,母亲更加热泪直下。她点了点头扶起魏源说:"你们放心走吧,我会把奶奶和家里的事打理好的。" 谁都听得出来,这话是说给魏源听,更是说给丈夫魏邦鲁听的。

上路了,金水河上空的雁阵也在天空高叫着远行。

魏邦鲁因长期在外从公,与儿子少有接触,此次远行,正好一路相互沟通。尤其当父子俩坐在低矮的船篷里顺着资江下行时,有了充裕的时间交谈。

魏邦鲁问儿子:"听说你在家里也帮母亲做过些家务?"

魏源说:"没做多少。母亲不让。"

魏邦鲁说:"那你一天都忙些什么?"

魏源说:"读书!"

魏邦鲁听家里人说过,魏源读书几乎不分白天黑夜,多有通宵达旦。他沉思了一会儿说:"你尚年幼,发奋可以,但不可以伤劳!"

魏源说:"母亲也常这么跟我说,因为夜里我背着她看书,她还哭过。"

魏邦鲁说:"你母亲经常哭吗?"

魏源瞪大两眼说:"没有!每天天黑后,母亲就把点燃的松柴挂在高处,让亮光照亮屋内,她在亮光中绩麻纺纱,我在亮光中读书。母亲每天都是很高兴的样子!只有我不听她的话,她发现我深夜里偷偷读书时,她才哭。"

魏邦鲁说:"都怪我远离家乡在外谋生,又没有多少薪水寄回家中,还把照顾家庭的重担丢给了你母亲一人,让她受累了!你母亲即使责怪我,我也该受!"

魏源说:"母亲从来没有责怪过您!"

魏邦鲁用感激的眼神看着儿子,想跟儿子好好讲讲家里的往事:"你曾祖父一辈,家里本是富有的……"但魏源打断父亲的话:"父亲,这些我都知道。"

魏邦鲁说:"到了你爷爷手上……"

魏源说:"父亲你别说了,这些我都知道。"

　　魏邦鲁听得出儿子对他的这些冗话已经不感兴趣，但他没有对儿子表现出愠怒，只责怪自己和儿子相处太少，不知该和儿子谈些什么。

　　一路上，尽管魏邦鲁想方设法要和儿子交谈，但一些话题都被儿子用简单的回答终止。魏邦鲁猜想到儿子可能有点责怪他不太顾家，但这反而让魏邦鲁感到儿子很懂事，他想起了老家那句俗话："穷人的孩子早当家。"

　　直至完成旅途，到了目的地，走进父亲的任所时，魏源才慢慢开始悔悟，感到自己有点错怪父亲了。

　　走过码头，拐进一个陡峭的台阶，再进一个窄小的砖门，就到了父亲的住所——海州惠泽巡检司。逼仄的小院中间是一个精小的圆拱门，门外头是巡检司的办公地，门里面是生活区。魏源站在外面看了看办公处的那几张漆皮剥落的五屉桌和简易扶手木靠椅，便在心里发问：这就是父亲所在的巡检司？这远不如一个县署阔气！魏邦鲁跟儿子说："这就是我平时处理公案的地方。"他跟着父亲走进住房，推开门一看，里面十分整洁。魏源站在门口好一会儿没敢走进去，这个房间已经整洁到令他感到惊讶！他不知道自己从家中带来的东西往哪儿搁置。但父亲很快就把东西归置整齐，并告诉他，已经为他准备好了一个小卧室兼书房。魏源猜不到这个小卧室兼书房会在哪里，哪里还有余地。说着，魏邦鲁移开一张靠着壁板的坐椅，轻轻推开一扇门，里面真的洞开了一个小卧室。魏源侧身进去一看，真是欣喜不已！书桌、书柜、木床，布置得巧夺天工。他试了试起、坐、卧、读，真是十分方便。他仔细看了看书柜里的书，心里更是大喜，在魏家塅私塾里读过的很多书，父亲在这里也都为他准备了一套。魏源这才明白，父亲这次接他来江苏，其实早有准备。

　　赶路的这些日子，魏源没能像平日一样读书，此时，他如饥似渴，很快就把书柜里的书一本一本地翻阅了一遍。他发现父亲不是他此前想象的父亲，父亲也是爱读书的人，那些书里还到处布满了父亲的眉批。魏源看了一些眉批，发现很多内容与刘先生和二伯父魏辅邦所执相近。

　　第二天，魏源刚刚坐下读过一会儿书，就听到隔壁的父亲在迎接访客。说话的是一位女人："魏巡检，感谢你的救命之恩！"说着就听到下跪的声音。魏邦鲁说："嫂子，你可千万别这样！快起来，我可受不起！"

　　女人说："要不是你这神医以良药相救，我孩子早就没有了命！"

　　魏邦鲁说："我不是神医，也没有什么良药，只是用了一个小偏方。能救你孩子一命，是你家人有福！请快快起来！"

魏源听着隔壁的女人一直不肯起来，便推门一看，原是一位瘦弱的中年女子穿着一件烂棉衣，伏首跪在地上。魏邦鲁不便近身拖扶，只好示意魏源说："你代父亲将大婶子扶起来说话。"

魏源上前去扶女人，女人说："我可以起来，但你要答应我一个要求！"

魏邦鲁说："什么要求？你尽管说。"

女人从衣胸里取出一个小布包说："这里有点儿碎银，请魏巡检勿嫌弃！如若不然，我就跪下不起！"

魏源正感到手足无措时，父亲示意他收下。

魏源收了银钱后交给父亲，父亲跟女人说："你既然好意谢我，我就暂且先收下了。正好，我刚从湖南老家回来，带了些蒿菜糍粑，我送你几个，你带回去给孩子们尝尝鲜。蒿菜还是一味消炎败毒的好药！"

父亲让魏源将蒿菜糍粑放进女人的包袱里。女人出门走远了，父亲才告诉魏源："那银钱已被我悄悄放回了那装蒿菜糍粑的包袱里。他们家有两个孩子，正是要花钱的时候。"

顿时，魏源对父亲肃然起敬！他说："我在家时从未听说父亲您会行医，您是从哪里学来的医术？"

魏邦鲁见儿子对自己有了敬意，拉着他在自己身边坐下，慢慢道来："缺医少药是眼下平民百姓的常事！我做巡检，接触的人非常杂多，帮人做点好事，了点难事，本也寻常，但受到关照的人为表示感谢，常常将他们的家传秘方给我。这个我也不拒绝，都一一抄录下来。得了秘方我就可以帮人。这样日积月累，得到帮助的人多了，就说我是神医，有妙方。"说着，魏邦鲁顺手从抽屉里拿出一本用麻绳自订的手抄本给魏源看。魏源翻阅着那些偏方，看着那工整的蝇头小楷，无不敬服地点着头说："我也要学习父亲，长大后为民分忧办实事！"

魏邦鲁欣然告诉儿子："我们家是邵邑醇良。以人苦为苦，以人乐为乐，以人寿为寿，以人福为福，是我们魏家的家风！自你曾祖父开始，到你祖父，到我们这一辈，都以这种家风为人处世。"

父子正这么说着，一位老人不断地咳嗽着走进门来，身上的棉衣已经絮花翻飞，脸上满是痰沫涎水。这让魏源不知如何是好。魏邦鲁对魏源说："给这位老伯置座。"魏源搬了凳子放在靠墙处说："老伯请坐。"那老人扯着衣袖抹了把痰沫涎水说：“魏巡检，今日来是有件事情不好启齿。”

魏邦鲁说：“有事你尽管说就是。”

老伯喘了几口气说：“家里揭不开锅了，一家老小已饿了一天。想在你府上借点银钱。”

魏邦鲁立刻默然。他官俸微薄，平时不断周济穷人，加之刚到家里办过父亲的后事，原有的微薄积蓄已经耗尽。说句丑话，如果返程的路再远一点，他们父子就得向人家借车船费。但他没有拒绝这位客人，他说：“老兄，我是刚从老家为父亲办过丧事回来，实在是花得分文不剩。不过，离发薪的日子近了，到时你再来，我一定口中匀粮，有你的一份。”

老伯很是失望，正要转身出门时，魏源走到父亲跟前，将一个小布包悄悄递到父亲手心，轻声说：“父亲，我这里有点儿碎银，是我离家来江苏前，奶奶给我的。您拿去给这位老伯。”

魏邦鲁立刻对魏源爱恨交加，爱的是儿子这种继承魏家家风的慷慨解囊之举，恨的是他悄悄接受了奶奶的碎银。眼见那件烂棉衣快要晃出门口，他走上前去拉住棉衣的后背说：“老兄且慢！这是我儿子的一点碎银，你拿回去先用着，救命要紧！”

老伯接了银两，眯着眼在手中抛了几抛，感觉不轻。转身出门时两脚立刻有了走路的力气。

魏邦鲁说：“魏源，你这几年书没有白读！你是我魏家的好子孙！”

魏源说：“这人怎么这么可怜呢？”

魏邦鲁说：“他家离这里不远，一家人多病，以前也常来向我借点小钱。不过，他是个正直人，有一身童子功，但从不耀武扬威。”

不过几天，夜深人静时，魏邦鲁突然接到居民报告有盗贼。魏邦鲁赶到作案现场勘察，因为发现及时，那盗贼还没有得手。抓盗经验丰富的魏邦鲁马上布置对现场周围进行搜查。果然，那盗贼从黑暗的屋梁上跳了下来。大家一阵叫喊，那盗贼直往外逃。魏邦鲁一直在后面追赶，追上街巷，那盗贼见来往人少，边跑边在身上摸刀，准备干掉魏邦鲁。时为深夜，魏邦鲁并不知道这盗贼准备对他行凶。正当盗贼要回刀行凶时，脚下突然像被套住，一下倒在巷里，被魏邦鲁擒拿归案。魏邦鲁一看，旁边坐有一人，手持绳套一脸得意。魏邦鲁仔细再看，原是那位借钱的老兄帮了他大忙。

　　魏源走到父亲跟前，将一个小布包悄悄递到父亲
手心，轻声说："父亲，我这里有点儿碎银，是我离
家来江苏前，奶奶给我的。你拿去给这位老伯。"

魏邦鲁很高兴地回来跟魏源说起此事，魏源问："巡检原来还有生命危险？"

魏邦鲁说："巡检就是捕捉盗贼，查诘奸宄，时时都有风险。但只要我们办事公正，调解民间纠纷及时，有民众拥护，也没有什么可怕的！"

魏邦鲁公务之余就用心关照魏源读书。一天傍晚，他将一个大布包放在魏源的书桌上。魏源打开一看，有《八卦观象篇》《系辞传论》《序卦传论》《尚书既见》《毛诗说》《春秋正辞》《周官记》《律谱》《六乐解》《九律解》《声应生变解》《成律合声论》《琴律解》《算法约言》等等，有的还是手抄本。在魏家塅读私塾，二伯父总是管着他，不让他看书过杂，现在没人管束他了，父亲还与二伯父相反，只希望他什么书都读。这些书真让魏源感到新奇，爱不释手。

魏邦鲁问魏源："你知道这些书是从哪里来的吗？"

魏源说不知道。

魏邦鲁说："你当然不知道。这都是当地一位名望很高的老学者所著。这位学者大名庄存与，字方耕，乾隆己丑的榜眼，官至礼部侍郎。他自幼好学，于经济、理学均有探求。后来下第归乡，专门精研数理。其为人性情清淡，严于取予，饮食衣着刻苦自持，可为少年榜样。他常说起自己的学习所得是：'学所以养其良心，益其神智，须旁广而中深，始能囊括群言，发其精蕴。'又云'读书之法，指之必有其处，持之必有其故，力争乎毫厘之差，深明乎疑似之介'。他在自己的书房上挂的对联是：玩经文，存大体，理义悦心；若己问，作耳闻，圣贤在坐。"

父亲的这些新鲜话，让魏源听得如痴如醉。

刚从湖南乡下来到江苏的魏源，对这里的一切都感到新鲜。父亲给他找来的这些书，他在家乡也都没有见过。开卷之后，他被书中的各种学问深深吸引，总是废寝忘食。好在父亲并不像母亲那样阻止他夜里看书，他完全可以按照自己的意愿夜毕一卷。数天之后，他迫不及待地找到父亲说："庄先生学《易》主朱子本义，《诗》宗小序、毛传，《尚书》则兼治古今文，《春秋》宗公谷、义例，《三礼》采郑注而参酌诸家。真可谓当朝今文经学开山祖也。"魏邦鲁虽不考功名，但亦酷爱读书，一听儿子此言，真是暗自惊喜。他没有想到儿子能在短短的数天里读完这么多书，儿子的独到见解听来也让他如拨云见日。但魏邦鲁怕魏源滋生傲慢，没有把想说的夸奖话说出来，而是严肃着脸说："小小年纪，岂能如此狂言！庄先生何等人焉，岂由尔辈评说！"魏源一时感到无地自容。此刻，魏邦鲁又觉得自己刚才说得还是有些过分，马上又缓和口气说："你来江苏有长进，但不可以恃才傲慢！要牢记：满招损，谦受益！"魏源俏皮地闭紧一下嘴唇，没回话。

过不久，魏邦鲁又跟魏源说："今天我带你去拜访一位年轻的学问家。"魏源在家乡养成了借书和与人切磋的习惯，到了江苏，也特别喜欢父亲带他去拜望身边的名士学人。这也正好是他父亲热心擅长的事情。

父子启程后，魏邦鲁特别交代魏源："今天我们要去拜访的这位先生姓陈名奂，不过二十几岁就被人称作'学富五车'，足可为尔辈之师，为尔辈之范。"

魏源说："家塾刘先生在跟我道别时嘱我，天下皆师，能者为师。"

魏邦鲁说："记住刘先生此嘱，受益一生。这位陈先生只比你大八岁，他先是从吴县江沅治古学，又师从段玉裁。据说段玉裁先生刻《说文解字注》之前多得陈先生校订。"魏源一听是为《说文解字注》作校订的人，就精神倍增，想见陈先生的愿望也更加迫切。

走过深深的青石板长巷，上一个半圆码头，到了一家府上。进入院内，左侧一堤翠竹，翠竹下兰花铺排；右边两棵梅花树如夫妻相望而立，树脚是一大片菊花。陈先生本在教授自己的学童，见魏巡检到了，他给弟子们点好背诵功课迎了出来。一番热情问候过后，魏邦鲁向魏源介绍了陈先生。魏源上前施弟子礼。陈先生年轻儒雅，举止潇洒而又彬彬有礼。宾主进书房入座，魏源见书桌上置有大毛公《诂训传》，彼此谈及该书，陈先生说："大毛公《诂训传》言简意赅，汉儒不遵行，锢蔽久矣。"陈先生果然出言不凡，魏源怦然心动，有一见如故之感。两人相谈，有许多志趣相投的话题。此番切磋，魏源觉得获益匪浅。

回到魏邦鲁的住所，魏源还与父亲谈兴不减。魏邦鲁告诉儿子，陈先生殚精竭虑专攻《毛传》，以传中礼数名物韬晦不彰，乃博征古书，著述多种，发明其义。他虽尚未获得功名，但居家授徒名气不小，前来拜访者甚多。

魏源很佩服陈奂这种有真才实学的人。当魏邦鲁将陈先生赠给他的书转给魏源读习时，魏源真是如获至宝。

魏邦鲁也发现了魏源读书过于用功。一天深夜，他悄悄来到魏源的床前，虽然魏源迅速将书往枕头下藏了，但魏邦鲁还是看得很明白。他从枕头下取出书来一看，是陈奂先生的《毛传义例十九篇》，书上几乎还有手捧的余温。魏邦鲁忍不住说："魏源，你要答应我，往后，你读书时可以'静若处子'，但平时也要'动若脱兔'就好。不然，我就不敢带你在学问的路上继续朝前走了。你要明白，吴越之地乃学问之国，这里的书是看不完的！"

魏源说："我读到好书时是最快乐的！如无好书可读，我就会心慌不安！父亲尽管放心。"

魏邦鲁一直主张儿子要把书读活，读书要与处世相结合，读书要于民有益。所以，他很喜欢带着魏源去拜访那些有学问又能办事的人。

一天，魏邦鲁要带魏源去拜访一位叫许乔林的先生，并告诉他，许先生是海州人，家学极深，其父在乾隆年间做过运河通判，其与胞弟许桂林被时人称为"东海二宝""板浦才子二许"。许先生二十五岁时就在两淮盐运分司通判邓鸣岗先生处授徒，他是嘉庆丁卯科亚元，正在备著《票盐志略》等书，学识渊博，治学严谨，江淮学者，争趋其门。魏源深感这里名人学士云集，尤其学有所成、读书立言之人不少。

许乔林府上很有些讲究，匾联均有一种大户人家的气派。走进大门便是一方照壁，照壁内的院里非常整洁，石桌、石凳摆放得与花草非常和谐。魏邦鲁带着魏源走到院中间，许乔林已在正厅门前迎候。两人抱拳致礼后，魏邦鲁把儿子魏源介绍给许乔林。魏源立刻向许乔林行弟子礼，问许先生好。许乔林一见魏源，便知他极有个性，很是喜欢。他拉着魏源的手说："听尊父大人说过你读书的狠劲。好啊！"

"父亲过奖了。"魏源说着，见许先生也不过三十岁左右，原本笨拙的嘴巴，此一时却突然变得灵便起来，"以后，我可要多向许先生请教。"许先生说"岂敢岂敢！"魏邦鲁从未见魏源这么肯说话，心里又增了几分高兴。

此次来拜访许乔林，魏邦鲁私下还带一个心愿，那就是想给魏源找个继续读书的地方。能当先生的人这里自然也不少，但魏家择师从来极严，正如在魏家墩一带能教私塾的人不少，但像刘之纲这样的塾师，的确还是难求。

其实魏源已经猜出父亲的那点儿心事，已经拜访过的这几位先生，说实话，从他们的著述来看，都足能为他的先生，但父亲似乎还有更多的想法，还在带着他做更好的选择。在父亲与许先生叙话时，魏源一直看着书案上的那几支丰毫大笔。大笔放在一个深深的玉雕笔筒里，笔筒外侧雕有竹林七贤。那竹节，以及趴在竹节上寓意一鸣惊人的鸣蝉都雕得活灵活现，尤其是那几位贤人的胡须真是飘如风掀。魏源在家乡还从没见过这样高超的雕工。玉笔筒的底座是一个五足高束腰的圆儿，圆儿从上到下抹得油光锃亮。魏源记起母亲在家也总是把大大小小的几案抹得发光，但不知许先生家这些家具，如圈椅、茶几、桌案等，都用什么法子竟能抹洗得如此耀眼，一派兴旺气象。

魏源抬头时只见许先生引着一位年轻人从左边的过道出来，朝自己走近。走至魏源面前时，魏源站起来示敬，许先生从中介绍说："这是魏源，亦名远达，默深，魏巡检的令郎。今年才十二岁，但已博览群书。——这是我的愚弟，小名许桂林，小我四岁，对《易经》《毛诗》均略有研究。你们今后可多在一起切磋。"

因许桂林比其兄小了四岁，与魏源的年龄又接近了四岁。魏源感到更加亲热。两人不约而同地挨近坐下后交谈起来。许桂林说："我读过《梅氏丛书》《戴氏十书》等书后，只觉得天下至易至简之学，无如历算者。"魏源尚未读这些书，不敢妄言，这些书对他充满了诱惑，只是要向许桂林借这些书看。交谈中魏源又得知许桂林正在为配合《说文》而撰写《许氏说音》一书，他们彼此交谈得十分投机。魏源很佩服许氏兄弟的学问。

但魏邦鲁提出要让魏源拜在他们门下为徒时，许氏兄弟却没有接受，他们谦虚地说自己年轻徒有空名，怕误了子弟！其实他们是心念功名。魏邦鲁不知出于什么考虑，也说："既这样，也就不好勉强。"

正说着，门外来了四位年纪相差不大，又都穿戴文雅的年轻人，身高和脸相也极为相似，这让魏氏父子感到新奇。许乔林和许桂林站起来迎客时，魏邦鲁和魏源也一同站起来相迎。许乔林先把魏氏父子介绍给这四位年轻人，接着又将四位年轻人介绍给了魏氏父子。原来到访的是吴世裕、吴世广、吴世祺和吴世龄四兄弟，都是许家的常客。魏邦鲁于他们四兄弟也早有耳闻，街道巷子里传言的是此四兄弟皆砥行劬学，为士林引重。其父吴振勃，弱冠即工诗善书，为同里名士称道。于篆、隶承换深有见解，其书法作品被誉为"逸品"。家学持"敦本崇实"，力戒虚浮客气。专意经史，兼及古文辞，精研极思，豁然通悟，有圣贤心得，著有《经学考源》《春秋分类纪事》《音学考源》《筠斋文稿》《筠斋诗录》等。

宾主寒暄一番过后，各自落座。不知何故，魏源和吴世裕从未谋面，却有一见如故之感。于是，魏源示意世裕在身边坐下便交谈起来。许乔林见魏源和世裕如此亲近，便悄悄地跟魏邦鲁说："魏巡检的公子真是好眼力，一见世裕就认着了知音。世裕实在是令人喜爱，其父也在他的《筠斋诗录》中这样夸赞：'阿裕有英气，饥寒不挂齿。乃闻嗟叹句，自谓殊不尔。尝读古人书，命惟居易俟。我实感此言，厥躬益自砥。孺子能起予，安得不色喜。苟其充此心，吾可无忧矣。'诗里可见振勃先生以世裕为豪。"

大家正被许乔林说得高兴，吴世裕的小弟吴世龄却说："不过父亲于大哥也有担心。如闻听大哥将为人佣书时，他心郁不解，并作诗云：'家贫谋食幼怜渠，莫道抄胥计便疏。万里封侯时未至，虎头燕额亦佣书。'"

在座各位听了这诗都笑了起来，笑得吴世裕很不好意思。幸得魏源的频频问询，吴世裕才通过回答问题稍显自然。两人越谈越亲密，魏源便告诉世裕，这次是随父来此读书，父亲正在给他寻求塾师。吴世裕真不愧是家中的老大，懂得的世事甚多。他几乎毫不犹豫就说："你可到海州分司童濂署中就读。"又跟魏源说起童濂前前后后的不少故事，这些故事让魏源很是心仪。

从许府回到父亲的住所之后，魏源跟父亲说起吴世裕推荐自己去童濂署中就读的事时，想不到魏邦鲁竟然直拍着自己的后脑勺说："我怎么就没有想起童先生呢！论学问，论为人处世，他的风格都和我们魏家的风格相近，讲求经世致用，他是最合适的先生人选！"

于是，魏源就进了童濂署中就读。

魏源就学有门之后，发现父亲越来越忙，常常是深夜才归家，天未亮就出门，人也瘦得很快。他问父亲在忙些什么，父亲告诉他："海州正闹灾荒，我正在开展救助行动。"

魏源想了想说："我也很想去看看您怎么救助。"

魏源以为父亲不会同意，没想到父亲非常高兴地说："好！读书人就是要了解民情。"

第二天，魏源跟着父亲走过大街，折进一个小巷，在一排民房前站住。周围异常安静，只看见一长排黄泥和石头砌成的柴火灶展现在面前，灶口已经熏得黑如墨瓶。几个中年妇女不知从何处冒出来，站在那里等着魏邦鲁开门。此刻灶后又突然变魔术般冒出一大片蓬头垢面的人来。魏源不知何故，吓得往父亲面前退了一步。魏邦鲁护住儿子说："别怕！他们都只是来等着喝一口稀饭，不是坏人！"

魏邦鲁开了门锁，妇女们将那些活动门板一一拆下搬放到一旁，然后抬出一箩大米分别倒进几口洗净的灶锅，加足水，开始往灶里烧火，并让一人守一锅，使劲地在大铁锅里搅拌。魏源看明白了，问父亲："用这么大的锅熬粥?"魏邦鲁说："饿死不少人了！我看不下去了，才办了这么个粥厂救人。这几个月来，总算救活了不少人。"

正说着，那些衣不遮体的穷人，拿着钵子、捧瓢很快排起了长队，等着粥厂发粥。突然，一个抱着孩子的瘦弱女人因为要插队争先，与人互相挤推，结果和一个高瘦驼背的男人打起架来。孩子重重地掉地上，但一声未哭，一动也不动。有人帮孩子母亲抱不平，有人帮那个高瘦男人说理。长长的队伍很快闹成一团，撕的撕，扯的扯，地上掉了不少烂鞋烂衣服。魏邦鲁抱起孩子，站在一个木凳上挥着手说："大家都是来讨口粥喝的，不要慌乱，每人一碗粥我保证供应！按先来后到的顺序排队，无论前后，谁都不会少！我魏邦鲁说话算数！大家可以想想，我开办这个粥厂几个月了，有哪一餐少了谁的一碗粥吗?"

骚乱慢慢平息下来。原是那瘦弱妇人的孩子已饿得快要断气，想抢先争口粥把孩子救活过来。明白这个原因后，魏源赶快舀了碗粥端去送给孩子母亲。孩子喝了些粥之后，慢慢睁开了两眼。母亲在孩子屁股上掐了一把，孩子"哇——"地哭出声来。母亲脸上挤出一丝笑意，很是感激地朝魏源笑了笑说："他活过来了！"

于是，发粥的秩序恢复了。长长的几行队伍排在那些烟雾缭绕的土灶之间。整个现场非常安静，只听得轻轻的钵盆碰触声和喝粥吸气声。

3

羽翼渐丰

从粥厂救灾回来，魏源明白了父亲这些日子为何如此忙碌，为何消瘦了许多。他也更加钦佩父亲了。自祖父代灾民交税赋，到父亲在经济拮据的情况下办粥厂救人，他对自己这个家庭有了间接和直接的了解，他开始明白什么叫德善世家，什么叫"邵邑醇良"。

燃烧的晚霞在太阳落下之后，渐渐幻化成漫天的棉絮云。阳光在壁上消失，海州巡检司的小院里也慢慢灰暗起来。在小院里看天的魏源也一直关注着父亲，他在小院里踱步转圈不止，每隔一会儿就看一遍手里捏着的几张信纸，那神情举止里有高兴，有焦虑，有无奈，更有强自镇静。魏源正想问父亲遇了什么事时，父亲抢先告诉他："家里来信了，说起你哥哥弟弟的事情。"魏源也暗自一阵欣喜。魏源排行老二，哥哥魏湖，大弟魏浚，现在小弟该有名字了。他问父亲："给小弟起个什么好名字？"魏邦鲁说："我想好了，我们家住在金水河岸，你们四兄弟都要与水相连，一个魏湖，一个魏源，一个魏浚，这个就叫魏淇吧。"魏邦鲁又对这个"淇"字解释起来："淇为水名，古为黄河支流。依五行论，淇属水，又是吉字。"魏源轻轻念了两遍"魏淇！魏淇！"之后，跟父亲说："我想回家了。"魏邦鲁说："想弟弟了？"魏源转过脸没有回答，也不让父亲看到自己俏皮的表情。

魏邦鲁说："你想母亲了？"

魏源也没有回答。

魏邦鲁说："那你是想奶奶了？"

魏源终于转过脸来说："我都想！"

魏邦鲁略一思考说："也好，我的公务也有了变动，以后会更忙。以前很多时候都顾不上你，以后会更加顾不上你，我也想送你回家乡读书。"

魏源的脸上闪过一丝微笑，显然是高兴了。

第二天，魏邦鲁一拉开检巡司的门，就涌进了很多平民，他们有的带着几个鸡蛋，有的带着草鞋，有的带着些吃的，也有的带着看不清到底装着什么的各色布囊。这些人里，魏邦鲁认识一些，也有不认识的。他们都挤进了院里，坐的坐，站的站，一小院子的人都是来给魏邦鲁送行的。原来他们知道魏邦鲁奉调要去苏州就任。小院里议论纷纷：以后，谁还指望这里有魏巡检这么好的巡检呢！

魏邦鲁没跟任何人透露过这个消息，甚至连他自己的儿子魏源都还蒙在鼓里，谁透露了这个消息呢？

魏邦鲁一一抱拳向大家致谢。待将大家都送出大门后，才告诉魏源自己是奉调要去苏州钱局就任，以后新地新事，可能更加分不开身来照顾家人。

魏邦鲁原也想亲自送魏源回老家，毕竟儿子年纪还小，同时也可以就便看看小儿子魏淇长得如何。公务这么一变，他只得托熟人将十四岁的魏源带回邵阳，然后，让魏源一个人从邵阳回司门前魏家墈。这些事都让魏邦鲁为难，所以，他常在院里不停踱步转圈。不过，魏邦鲁相信，只要到了邵阳县城，魏源回家也就不成问题。

盛夏的金水河两岸，禾苗正长得茂盛。傍晚时分，苍鹭成群地不断飞过低矮的天空，贴着树尖儿各自落入古树上自己的巢里。树上传来鸟儿们的呢语，使人想象着家的温馨。泥泞的路上摆着耕田人的草鞋、锄头、四齿铁耙，薅田用的木棍、竹棒，以及扯起来丢在路边的一把把稗子和鸭舌草。一声接一声的蛙鸣近在脚边的草丛里。瞪着两眼的青蛙，不断地从草丛中跳进水田，把一线亮亮的尿液喷射在魏源的脚上……魏源对这一切都有一种从未有过的亲切！是的，他在江苏父亲的任所住过了春夏秋冬才返回家乡，这是他第一次远行归来！

远远地就看见自家大门口那棵老柳树，巨大的树冠像一座城堡高高地坐落在金水河岸，而魏家墈的沙洲又像一艘大船稳稳地拴牢在这座城堡前。

走进大门，见母亲正背着小弟魏淇忙着伺候桑蚕。他叫了声母亲后就呆立在母亲面前热泪盈眶。他让母亲从头到脚地看过一遍，母亲说他长高了许多。然后，来到奶奶房门口长长地叫了声："奶奶——"

奶奶的两眼虽已看不清远处的魏源，但对魏源的声音一点儿也不陌生。她从被子里伸出手来叫道："魏源，你回来了？快来让奶奶看看你。"

魏源半跪地趴在床沿上，将手伸给奶奶。奶奶将魏源的手摸揉了好一会儿笑着说："到远处踩新土，人长高了，手臂也长粗了，像个大人。你肚里也一定装着很多新鲜事儿吧？"

魏源说："见过很多以前没有见过的人和事，也读了不少江南人所写的书。"

奶奶说："这就叫长见识！"

魏源说："奶奶，我要去看二伯父他们了。"

奶奶说："好啊！你在家读书时，你二伯父对你们一辈要求那么严，出去之后，感到有好处了吧？"

魏源朝奶奶点了点头说："我越来越感到二伯父和刘先生讲的很多道理，走到哪里都非常受用。"

奶奶说："那你快去向他们请安！"

魏源别了奶奶急步走向书楼，正遇上二伯父魏辅邦在收拾教具。魏源高兴地走近去叫道："二伯父，我回来了。"

魏辅邦一看是魏源回来了，一直绷着的脸孔一下子放松起来，还露出浅浅的笑意说："哦，魏源回来了。"

魏源问："二伯父，显达、五达兄弟他们呢？"

魏辅邦说："他们不知道你回来，刚散学回家。远行这么多日子，是不是特别想念他们？"

魏源说："是的，特别思念。我这里有一首诗，请二伯父过目。"魏源从衣袖里取出一张纸来递给二伯父。魏辅邦将处罚学生时用来打手板的戒尺和打屁股的长板放在讲台上，然后坐下来认真阅读：

> 篝灯哦制艺，隔壁偷余光。
>
> 誓将拾芥效，偿此三余忙。
>
> 夜间促织声，伴影如在床。
>
> 忽念南溪子，安得来共觞。
>
> 呼童持一尊，送踏草桥霜。
>
> 与君对溪酌，何异同一堂。

魏源看着二伯脸上是高兴的样子，自己也高兴。果然魏邦辅说："好啊，我和刘先生没有白费一番心血。你这首诗写了你们夜间在油灯下阅读制艺

（八股文），有时候还得借助隔壁人家的余光。你是立志一定考取功名，要不负自己苦读。夜里听到熟悉的蟋蟀鸣叫，就如曾经相伴共读的兄弟在自己床上。忽然想起这些兄弟，能不能来这里一起喝一杯呢？你想象着，让童子拿着一壶酒，踏着草桥上的霜寒送去，你和你的兄弟在门前的金水河边欢快地小酌，这和你们在一间屋子里共饮有什么不同？此诗不仅写活了你们童年的生活，还不缺少抱负，同时也彰显了你务实的风格。"

魏辅邦对魏家子弟从来要求甚严，不轻赞子弟文章作业，此番评价，让魏源喜中不安。魏辅邦说："县里学馆还向我打听过你。还记得'杯中含太极，腹内孕乾坤'那副对联吗？

魏源笑笑说："哪能忘呢！"

魏辅邦说："你那年童子试应了这下联后，至今名气很大。省里的学政都在过问你哪！"

魏源说："我这次回来就是要去县里学馆读书。"

魏辅邦说："好，那里会有更多、更好的学友。"

魏源高兴地和二伯父话别后，又去看望刘之纲先生。

刘家院里显得非常洁净，沿着墙角的一排杂花无论黄、白、红、紫，正好在尽情地怒放。师母在浇花，她一见魏源突然到了院里，就引着魏源来到刘先生书房。刘先生说着欢迎，却仍在伏案写着最后一个"翠"字。写完最后一笔，刘先生将笔横枕在青瓷笔架上，这才搓搓手和魏源说话。魏源急不可耐地看了刘先生刚写完的这首朱熹的《濂溪先生像赞》："道丧千载，圣远言湮。不有先觉，孰开我人？书不尽言，图不尽意。风月无边，庭草交翠。"

刘先生见弟子魏源看得痴迷，心里甚是欣慰，说："听说你这次回家是要去县馆就读？"

魏源说："是的。但要参加县试，不知我县试情况将会如何。"

刘先生严正了脸色，非常自信地说："不收魏源，还有何人？只是你要记住你二伯父经常提醒你的话，'满招损，谦受益'！"

魏源点着头，知道恩师于自己怀有厚望。

刘先生见自己刚写的《濂溪先生像赞》墨迹已干，便小心折好，用纸包好赠给魏源说："邵阳县学有濂溪先生血脉，可不简单哪！你在那里可多关注理学。"魏源的两眼马上放光，刘先生明白，他这个弟子对于新学问总是如饥似渴。于是，他稍停了一会儿，好像是为了平静一下心情，然后才说：

"中国学问，在先秦，以诸子百家为学派；秦、汉统一文字后，罢黜百家，独尊儒术，两汉时经学盛行；至魏晋玄学盛行；南北朝佛学盛行；北宋自周敦颐、程颢、程颐、张载、邵雍，此'五子'形成理学，至南宋朱熹、陆九渊，理学渐成主导；元代理学南传北受；明代理学成为官学，自明人王阳明心学后，理学日渐式微；乾、嘉以来，理学盛极而衰，则以朴学为流。吾国七百年理学，影响深远，而宋理学之宗祖周敦颐乃吾湖湘道州人，尤其与邵阳濂溪书院有缘。"

魏源正听得如醉如痴时，刘先生却突然止住不言。魏源说："先生，弟子只想先生继续说下去。"

刘先生说："师傅领进门，修行靠本人。我只告诉你，有这样一个地方，有这样一位了不起的人，有这些了不起的学问。记住了这个，你去县里学馆读书就知道了进入大学问的洞门。"

告别刘先生，魏源在回家的路上陷入了思考，刘先生这席话，真是让他胜读十年书啊！

县试出榜那天，魏源来迟了一些，看生员录取榜的人围得石墙一般，他挤不进去。但从里往外传的消息却又让他兴奋不已：前三名是魏源、石昌化和何上咸。人说，这是邵阳"三神童"。

魏源在父亲任所生活、读书时，深受父亲好游览和广交豪杰名士的影响。在县里学馆和师生们见面那天，他在一片竹林里找到了石昌化和何上咸，三人交谈得非常亲切。石昌化家住邵阳岳平峰下东岳村，何上咸为邵阳北乡人。和魏源家一样，他们家中虽不富裕，却特别喜欢延请名师授课子弟，故一见面就有了说不完的话题。

石昌化得知魏源还比自己小一岁时，话语里流露出了深深的惭愧，因为这次县试成绩他位居第二，排在魏源之后。故魏源尊他为"兄"时，他总要说自己"虚长一岁，日后将奋力追赶"。从石昌化的言谈举止中，魏源明白他是一位非常好学礼贤的学子。比魏源小一岁的何上咸有些俏皮地说："我们三人都要争取'食饩'！"

入县学的考生，无论年龄大小，首先要参加入学考试，入学后才能成为秀才。秀才又分三等，只有一等才可获得官方每月发给的粮食，也即奖学金，这叫"食饩"。

他在一片竹林里找到
了石昌化和何上咸，三人
交谈得非常亲切。

魏源的勤奋，石昌化的机敏，何上咸的活泼、开朗，使他们三人渐渐成了读书和生活中最好的伙伴。县学生员以程、朱理学和八股制艺为主要教习内容，入学考试发榜后，魏源、石昌化、何上咸都是一等秀才，都可获得官方每月发给的粮食。但排名秩序仍是魏源第一，石昌化第二，何上咸第三。于是，石昌化和何上咸单独在一起时就开始研究魏源，说他并不比自己认真，不知何故自己就是超不过他。

与他俩不同的是，魏源不仅精于程、朱理学，还乐于王阳明心学，最大的不同是他博览群书。一次，石昌化见魏源斜靠在窗外看书入迷，他走过去偷看一眼，原是一本《囊萤阁正续集》。石昌化不知这是从哪儿弄来的一本书，自己从未听说过这书名，就很担心地劝魏源说："魏源啊，你可不能心有旁骛啊！你这么聪明，万万不能误了功名前程！"魏源笑了笑说："石兄，你都快要像我二伯父了！在我们魏家私塾时，我二伯父就专盯住我，不让我看别的书。我偏又对别的书都很感兴趣。我跟你们说，这世上好书多哪！我读的这本就是我们本县理学家车大任所著。"石昌化问："车大任是何人？从未听先生说过。"魏源告诉他们："车大任是明万历年间我们县的一位理学家，他们一门几代都是学问大家。"

过几天，石昌化发现魏源又在看《四书条辨精解》和《榴园集》。于是，石昌化也开始向魏源借这些书看，何上咸也跟着借去看，他们发现本县这些理学家的著述也确有独到之处。

有一次，三人相邀去濂溪祠参拜，进门前，魏源说："圣人之道，仁义忠正而已矣。中，即礼。正，即智。图解备矣。守之贵，天德在我，何贵如之！行之利，顺理而行，何往不利！廓之配天地。充其本然，并立之全体而已矣。岂不易简！岂为难知！道体本然故易简，人所固有故易知。不守，不行，不廓尔。言为之则是，而叹学者自失其机也。"

魏源的这段话，令石昌化和何上咸大吃一惊。何上咸拉了魏源的手说："魏源，你又在哪里找到好书了？又一个人读？"石昌化也说："魏源，我们来个君子协定，以后你发现好书一定要与我们共同分享！"魏源说："我的这段话与我们今天的行程有关。"

石昌化和何上咸还听不明白，这到底有什么关联。魏源解释说："我们今天不是去参观濂溪祠吗？我们邵阳的濂溪书院、濂溪祠都是为纪念濂溪先生周敦颐而建。濂溪先生所著不算多，但很精深，所以称七百年理学之宗祖。

我刚背诵的这段文章，是他论'道'的原文。不过，同是论道，到了明代的王阳明就又不一样了。"魏源继续往下说，"率性之谓道，诚者也；修道之谓教，诚之者也。故曰：'自诚明，谓之性；自明诚，谓之教。'《中庸》为诚之者而作，修道之事也。道也者，性也，不可须臾离也。而过焉，不及焉，离也。是故君子有修道之功。戒慎乎其所不睹，恐惧乎其所不闻，微之显，诚之不可掩也。修道之功若是其无间，诚之也夫！然后喜怒哀乐之未发谓之中，发而皆中节谓之和，道修而性复矣。致中和，则大本立而达道行，知天地之化育矣。非至诚尽性，其孰能与于此哉！是修道之极功也。而世之言修道者离矣，故特著其说。"

听魏源如此一说，石昌化和何上咸顿然醒悟，觉得心胸豁然开朗，赞叹魏源真是过目不忘。魏源又乘兴说："阳明先生的心学总起来就是六个字：心即理，致良知。四句话：无善无恶心之理，有善有恶心之动，知善知恶是良知，为善去恶是格物。"

三人边说边走，抬头一看，到了。

这是邵阳人为纪念宋代理学大师周敦颐先生而修建的宏伟建筑。垒石为台，基高九尺，建筑宏伟而古雅。三人踏步而上，门楼高耸，栅栏横延，亭台楼阁有奇石相伴。太极图、莲花、曲廊、凉亭，触目皆是。入正门后沿中轴而入，依次参观致道堂、藏书楼、观澜阁……主体建筑之两侧的"敬德"和"居业"两间生员修习厢房。再往外是用于庖厨、餐饮及食物储存等的数间庑房。院后有祠，祠内有周子、朱子，以及程颐、程颢、张载、陆九渊等北宋大理学家的塑像受祀。三人在祠内下跪叩首，魏源又一气背诵了周敦颐的《爱莲说》。

回途一直很愉快，石昌化和何上咸就要魏源说说他跟父亲在江苏那边的见闻。巡检是直接接触底层社会的公职，魏源在父亲身边耳闻目睹的都是活生生的人物和事件。于是，魏源跟他们谈起东南的地理、形势、海防、夷情、盐课、军饷、兵制等。魏源在他们俩的心目中成了很有学问和见识的学友。

三人回到学馆，在门口见到先生才停下话来，向先生致礼。先生喜形于色地告诉他们："今天省学政正在我们学馆视学。"三人高兴而又好奇地把先生围住问这问那，先生说："学政在我们学馆里看得很细，也问得很细，很是认真哪！"

三人刚回到学舍，先生就在门外叫道："魏源，你来一下。"魏源应声出门，跟在先生身后走了一段后忍不住问道："先生何事传我？"先生说："李宗瀚学政看了你的文章，说要见你。"

魏源受宠若惊。但他回想起前几年在县署应童子试时深得夸赞的情景，心里又平静下来。心想，李学政问什么我答什么就是，不必惧怕。

进门一见李学政，魏源大出意外。他没有想到的是李学政如此谦谨。他个子瘦高，穿着简约素净，见魏源彬彬有礼地走到他面前行礼，就微笑着问话。问过功课后，突然提出让魏源背诵《爱莲说》。陪伴在旁的先生为魏源捏了把汗，因为他们的功课中还没教到这些内容。没料到魏源站起来竟熟练而轻松地背了下来。李学政满意地点了点头，跟魏源说："周子的《道第六》你能背诵否？"魏源又站起来背诵了全篇。李学政暗有喜色，站起来踱了几步，用欣赏的目光若有所思地看着魏源说："周子的《师第七》你能背否？"陪伴在旁的先生更是着急地在鞋子里暗暗勾紧了脚趾头！这些内容都是还没有教到的功课，生徒怎么背得下来呢？背不下来，这李学政又会怎么看待呢？如弄得李学政没有面子，这邵阳县学的名声怎么办？不料魏源又接着顺溜地背了下来。李学政悄悄地从衣袖里抽出一份卷子问魏源："你知道我为何要你背诵这几篇文章吗？"

魏源摆了摆头。

李学政微笑着将那份卷子抖开来说："你看这份卷子是谁的？"

魏源一看是自己的手稿，便周身发热不安起来，不知这李学政到底还要给他出什么难题。李学政见魏源有些莫名其妙，就明说了："我明白你们的功课里还没教到这些内容，但我下午查看你的卷子，发现你的行文里多处流露出周子理学和王阳明的心学意念，我想你一定是攻读了他们的学问，因而想要验证一下我的想法。没有别的意思，你回舍里歇息吧。"

在言谈举止中，魏源深感李学政可敬。他深深一鞠躬，表示对李学政的敬意，然后转身离开。

魏源刚一出门，李学政便站起来跟学馆的先生们说："湘中有才，我拭目以待！我记住了，邵阳魏源家住邵阳魏家塅。"

此时，陪伴学政的几位先生才松了一口气，高兴而得意地拥着学政走出学馆，到门外树下散步闲谈直到晚饭后，才各自散去。

魏源回到学舍，回想起李学政在先生面前的那种威仪，加之一天来所闻所见所思，以及入县学以来的教、学种种，心里既有激动，更有复杂，这唤起了他对家的强烈思念。他起开墨池，舔笔之后一挥而就：

> 束发鼓箧，涵咏圣涯。
>
> 昧昧我思，羹墙在望。
>
> 不登朝列，无望飏言。
>
> 敬撰斯谊，以俟来哲。

写完后，他思绪万千，一夜多梦。他听到奶奶叫他的名字，惊醒一看，天已大亮。

果然，第二天家里带给他一个消息，说他奶奶病重。

一听说奶奶病重，他毫不犹豫地向先生告了假。他回家来到奶奶床前一看，奶奶病重得已经两天水米不进。见到魏源，奶奶抓住他的手不放，直问他在县学里吃得好不好，睡得好不好，又耐心劝他，不要不分日夜地读书，要有忙有闲，注意休息。魏源含泪告诉奶奶，说自己身体好，耐得住。为让奶奶高兴，他又说些县学的新鲜见闻，比如李学政与他的交谈，比如濂溪书院，比如他考上一等秀才，每月都可以领到县署发给的粮食，等等。

看完奶奶他去看母亲。母亲正在给猪喂食，大猪小猪都在唔唔作声。夕阳照亮着院里的一半，石榴树的影子拉得很长。小弟魏淇高兴地朝哥哥跑来，小脚踩出一路的碎影，魏源急忙追过去抱起了小弟。母亲看着魏源说："你怎么瘦了？在县学里饿饭了？"魏源也一眼看到了母亲那被头帕盖着的花白头发，心里一酸，摆了摆头说："不饿饭。"

母亲问："你还经常通宵看书？"

魏源说："我有两个同窗，一个姓石，一个姓何，他们也都日夜苦读。"

母亲深深皱着眉头说："你们还年少，不可以这样伤劳！"

魏源说："我不感到累！不钻进书里去才难受！学馆的先生也像你一样，一到时候就要让熄灯！"

母亲这才笑了。

魏源说："母亲，您太忙，别养猪了。"

母亲说："那怎么行呢！凡居家都是勤则兴，懒则败！治家岂能少猪蔬？我们家里人口多，你父亲薪水微薄，又要周济穷人，我们得自己硬起骨头。"

魏源不再说话，两眼模糊地看了一眼母亲，就拖着小弟魏淇往后中堂走了。走到后院中堂那块大匾前，他望着"邵邑醇良"四个大字，呆呆地想着，他想起了知县为匾"上红"那天的情景，想起了"观烟阁"，想起了爷爷以及爷爷和他说过的很多话……

返回县学的路上，魏源心情十分沉重。家中人口不断增多，收入却渐微，母亲已明显劳碌过度。他思考再三之后，暗自决定回家去一边读书一边授徒，挣点收入补贴家用，为母亲减轻负担。于是，魏源回到学馆就将自己在县学里写成的两件作业手稿《孔子年表》和《孟子年表》呈给了县学先生。先生们一看，大为惊叹！其对孔子和孟子的生平事迹真是了如指掌。县学的先生们并非对孔子和孟子的生平事迹不作了解，但的确无人能像魏源这样细考详记。从两份年表可以看出魏源的博学和严谨，尤其文中指出一些向来无人发现的史料谬误。如文中说："《史记·孔子世家》：'鲁襄公二十二年而孔子生。'此大误也，不知是年孔子是十二岁矣。"魏源考证为："鲁襄公十年十月庚辰孔子生。"

县学诸先生找来魏源进行集体辩问，魏源举证推论无人能够否认。因此，魏源在县学里名声大振！

县学先生要向现任省学政报告此事，上上下下一番议论后，魏源才知道他非常敬慕的李宗瀚学政已调任京都太仆寺卿，现任湖南学政为徐松。

县学里因为魏源所呈孔孟年表的事热闹了一段时间，正在此时，新任学政徐松为力行"整饬学校，录取真才"和"实力甄厘，悉心训敕"，从长沙出发来到了邵阳。到达邵阳县学那天，天气恶劣，但一听先生们说起魏源，徐学政就提出要与魏源见面，并当面对魏源大加鼓励。作为县学生员，能得到省里学政的夸奖，这让魏源对未来充满了希望。

但魏源一想起家中经济的拮据，想起母亲要侍奉祖母和操持家务的劳苦就深感愧疚。他想起随父就读江苏时，陈奂先生也不过二十来岁就收徒授业，而且大受生徒欢迎。他反复思考后，还是向县学提出回魏家塅私塾授徒，帮助母亲侍奉祖母。

县学的回复当然是不同意。这样的回复，魏源并不感到意外。但也有先生暗里表示支持他，鼓励他，夸他为人有"陈情之善"，难能可贵，还夸他的学问足以在私塾当先生收徒。闲聊中，有先生还嘱咐魏源："你回乡收徒，要像孔圣人那样有教无类，拿不出银子的，交些农货来，你也要让他们入学读书。"

魏源想到自己能为母亲分担家里的重负，帮助母亲侍奉祖母，劲头十足。

不管别人是什么意见，他坚持回到了魏家塅，开始授徒。

但真要授徒时，魏源又不无虚慌。做好一切准备之后，他找到二伯父魏辅邦说："我已经放信出去，不知是否有生徒来我这里就学。"

魏辅邦鼓励他说："你已名闻县邑，要相信自己！"

果如二伯父所料，得知魏源收徒，周围人家慕其少年拔萃，惟望子弟以其为范，纷纷送子弟前来就学。别家的私塾一徒一年收谷三箩，魏源也按一徒一年收三箩谷子，一下收得数担谷子作为家用补充。家里的基本生活已不用母亲如此前发愁，又有魏源帮忙侍奉祖母，魏源母亲感到轻松了许多。

魏源第一次感到了自己的成功！但母亲反而比此前更加忧心忡忡。魏源几次问母亲这是为何，母亲总是闷闷不乐，缄口不说。直到后来，他告诉母亲自己要去岳麓书院求学时，母亲突然如年轻十岁，笑容满面。魏源这才明白，母亲一直忧虑的是什么。

魏源在族兄魏显达那里听到一个不好的消息，让他对自己的岳麓求学产生了担忧。

魏显达是早春二月从外地回来的。

那是午后，魏源站在金水河岸，看着白云像是从沉睡中初醒一般在蓝天上从容地飘移。金水河两岸的田地就如被俏皮顽童任意画上无数的线条，切割成了黄黄绿绿的各色条块。燕子结对成双地低飞盘旋，青蛙开始在映着蓝天的水镜里蹦跳寻伴。使牛犁田、挑箕割草以及扬着木耙平整秧田的人们，在田畔上忙忙碌碌。低飞的蜻蜓浮在眼前如叶片飘飞，到处都是春耕大忙的气象！魏源在自己的田里掐了把草籽尖，正在往回家的路上走着，忽然，一双手从背后伸来，蒙住了他的双眼。他惊住了脚步，将身体站直，摸了摸那封住他双眼的手，突然高兴地叫道："显达兄！是你回来了？私塾一别，好久不见了。"

魏显达放开手，两人并排前行。显达说："你真神！怎么一下子就猜着是我了？"

魏源拿住他的手掌说："你小拇指的肾穴位上有一粒小肉痣，看不见但摸得着，我一摸就能知道。"

魏显达摊开自己的五指一看，并未看见有什么小痣，说："我自己怎么不觉得？"

魏源说："你跟我讲医术时，我们互相摸着手掌定穴位，我就记住了你这个标记。你对自己的手，当然就没有我那么注意了。"

魏显达惊异地问道："如此大一个手掌，你怎么偏就记住了这么个细微东西呢？"

魏源说："记事记物不在大小，关键在记它的与众不同！这是我记忆的方法。"

魏显达说："佩服！"

魏源把水灵灵的草籽尖送至厨房母亲手中，折身回来，两人在大门口坐下继续亲密地交谈。魏显达比魏源大几岁，他与魏源的共同之处在于，他们都好勤学深思，为文作诗不甘流俗。魏源说："有些日子没有见到你了，很想念！"他说着就从衣袋里取出一张纸递给魏显达，"这是我有感而作的"。

魏显达展开来看：

> 去岁山村雨，江南春色来。
>
> 今年寒食尽，不见杏花开。
>
> 一夜听幽滴，高斋愁落梅。
>
> 草玄寂寞子，谁为破蒿莱。

在诗风上，两人各异。魏显达夸赞魏源说："老弟啊，我的诗感远不及你的朴实和浓烈。"

魏源说："我也非常喜欢你诗里的那种清纯和淡远。"

两位年轻人谈过诗就忍不住急着要谈自己的志向。魏显达说："我最近诗写得少了，主要是研读医药典籍。不为良相，便为良医。我是不想走功名之路，只想从医，济民积德。"

魏源说："行医的确是好。我随父亲在江苏任上见过那些被我父亲救治好的人，他们真是对我父亲感恩戴德。当时我也感到为人做好事最直接、最方便的办法莫过于行医。但我从小立志，要做个读书人。古来读书人都讲究立功、立德、立言。我还是要朝着这个目标努力。"

因为魏显达刚从长沙拜师学医归来，魏源就向魏显达打听省城学界的消息。魏显达一下子微皱了眉头说："官场复杂啊！"

魏源瞪大两眼，等着显达兄往下说，但魏显达像是不太想说。魏源催了他，他才又说："现任省学政出大事儿了，不知是不是会影响今年的拔贡和岳麓书院的各种事务。"

魏源一下心里警觉起来，追问道："学政出什么大事儿了？"

魏显达告诉他，顺天人徐松去年刚任湖南学政。他是嘉庆十年的进士，朝廷本是看重他的，但他遭到礼部赵慎畛等人的控告。这个祸也算是徐学政自作自受。他来湖南任学政，因其为人矜持又刚愎自用，不为同僚看好。他为巩固自己的官位，就设法攀附赵慎畛，常列赵慎畛之弟子为优等。但徐学政不了解这个湖南佬的倔脾气，赵慎畛恰恰不喜欢如此，以为误其子弟。于是，将湖南人所传述徐学政劣迹罗列上奏，被朝廷称为"考试勒索及出题割裂并发卖武童弓箭等款"案。去年腊月，派钦差侍郎初彭龄等人紧急核查此案并将情况向皇上奏明。今年正月皇上立马朱批：刑部议奏。皇上把事情朱批到了刑部，事情一下子就闹得更大！钦差侍郎初彭龄等人在查办此案时，还传讯了我们府、县的知府、知县和教官。

湖南人赵慎畛等人弹劾徐学政有九大罪过：第一，坐轿直进棂星门，实属对孔圣人不敬；第二，以官员特权出书，实属变相腐败；第三，在评选优等生时收费，实属乱规；第四，招取新生时"加收红案陋规至十数两"，有新生不交这笔钱，被挂牌警告；第五，考试录取"佾生"时，每县发几十名备卷，谁给了钱就录取谁；第六，纵容家丁凌辱士子；第七，考试招生时，以售熟食名义索要钱财；第八，武举考试时，强迫考生买弓箭；第九，出科举考题时，故意割裂经文，胡乱断句，弄出一堆根本看不明白的题目，比如有考题叫作"主畜牛"……

魏源情感复杂地问道："徐学政来宝庆府视学时我见过，他看上去不像这种人。后来查明这些事情了吗？"

魏显达说："工部左侍郎初彭龄受命到达湖南后，会同湖南巡抚广厚进行了切实查究。查办结果确有出入。如说徐学政在宝庆府那天坐轿进棂星门之事，徐学政解释说，实乃当天下雨，轿帘未开，未知轿夫过下马牌未住轿，直至角门住轿，徐学政当时狠骂了轿夫。后与柳知府和邵阳县学教官周世举对质，确实如此。这就有些冤枉。所奏其他罪状也都或多或少存在出入。但有的还真是事实，不过是他的手下人和他家人所为。皇上追查下来，罪状自然就都记在徐学政头上。于是，他受刑挨杖，被革职查办，最后被贬去新疆戍边。更惨的是，案子还没有查完，朝廷又命汤金钊接任了湖南学政。"

魏源联想到自己的学业，只得长长"噢——"了一声。

两人还想继续往下谈，魏显达的家里来人找他说："筠谷，你赶快回去。有人上门放炮仗谢医来了。"

魏显达说："是谁啊？"

来人说："家里经常有这些陌生客人来谢医，我也不认得。"

魏源笑笑说："显达兄快成再世华佗了。"

魏显达说："你现在才叫大名鼎鼎！可别信口乱说啊！'再世华佗'这大名我可受不起！"

魏显达走后，魏源仍在大门口坐着。他有点暗怨自己的学运不好，偏是对自己钟爱有加的两任学政都前后离开湖南。这对自己来说，不知是个什么兆头。现在又换了新学政，加之刚闹这起"学政勒索案"，谁知道新任的汤学政是怎样一个人呢？

嘉庆十八年是嘉庆朝拔贡的正科之年。新任湖南学政汤金钊为嘉庆四年的进士，历授吏、户、礼、工四部尚书，协办大学士。他是浙江萧山人，出身商业世家。有了前车之鉴，汤金钊汲取了徐学政的深刻教训，到年底的寒冬腊月，他还冒着雨雪遵照朝廷要求视学楚南。组织乡试后，又考察生徒之行谊，观望生徒之容貌，还接以言论，合之文字，吸纳了一大批德才兼备的学子。汤学政又生怕自己识材不准而误了朝廷大事，先是按部甄录，之后又宽取严核，最后才与湖南巡抚广厚共同考定八十九人。

在汤学政来邵阳县考定新生那天，魏源见到了新任的汤学政。前两任学政李宗瀚和徐松，都有一种文雅之气，和蔼可亲，而现在的汤学政却如古圣贤一般，在问答谈话中，无一字多余，无一丝轻松。魏源深感汤学政不如前两任学政那样看重他。

让魏源没有想到的是，岳麓书院张榜公布录取的八十九人中，他还名列前茅。

那天，汤学政站在正门等候生徒们到来。魏源走进岳麓书院大门，就看到了自己的拔贡座主汤金钊学政。魏源上前执弟子礼，汤学政与上次见面相比，像是换了一个人。他微笑着说："邵阳魏源到！"接着，很亲热地和魏源谈起话来，还把魏源带到站在一旁的袁名曜山长面前。魏源再执弟子礼，袁山长仔细端详过魏源后，露出满意的微笑说："久闻其名啊。汤学政很是欣赏你！"汤学政接话说："袁山长更是如此！"魏源这才受宠若惊，喜出望外。汤学政见魏源不知如何应对才好，马上给他打圆场："以后慢慢就会熟悉。"

汤学政又将附近的三位生员叫到魏源面前说："这位就是你们想要认识的邵阳魏源，魏默深。"三位生员马上围上来向魏源抱拳致问候礼。魏源从容还礼后，汤学政说："你们以后就是同窗了。"魏源说："还望各位多教诲。"汤金钊跟魏源说："好同窗一定会相互切磋、鞭策，一起上进。这位是李克钿，这位是何庆元，这位是陈起诗。"

李克钿，字希廉，湖南桂东人。其诗文有发于天机之巧，具晋人之风气，但乐于放浪形骸之外，表现自己的聪慧。后来受教严师，开始折节自克。汤金钊当着大家的面叮嘱李克钿："克钿啊，日后你要注意损酒益食，损文益质，损名益实啊！"其爱护之情溢于言表。

何庆元，字积之，号漱石。湖南桂阳人。如魏源一般，幼有慧解，七八岁时父指壁间一镜，命作文破题，其脱口出诗，令人惊喜。稍长大一些便显出杰迈豪奇、骞然峻卓之才。于是，汤学政跟何庆元说："我的前任徐学政很是器重你，我也很器重你。"

陈起诗，字筠心，湖南郴州人。生有异禀，十几岁即受徐学政之教。汤学政说："徐学政向来爱才，尤其对其诗其情有偏重。据我所知，他赠你诗已有多首，其意均在勉励你志存高远。"

师徒六人自正门而入，见"惟楚有材，于斯为盛"的门联气势恢宏而又笔墨饱满，魏源肃然立定，凝神敬视。汤学政和袁山长见状，无不欣喜。他们一直前行，边走边谈话。过大门、二门后右转来到了半学斋。半学斋是生徒休息和自习之地。汤学政和这四位生徒道别，袁山长则继续陪着四位生徒走进半学斋察看了一番。

岳麓书院在湘江岸边的岳麓山下，为中国著名四大书院之一。宋代开宝九年，由潭州知府朱洞始建。宋真宗召见山长周式时，赐书"岳麓书院"四字匾额。从此，书院名闻天下，声誉大振。南宋时，著名理学家、教育家张栻主持书院，朱熹曾两次来此讲学，生徒多达千人。历代著名学者和不同学派的代表人物如陆九渊、陈傅良、欧阳守道、王守仁、王乔龄、张元忭、王文清、罗典等，都曾在此讲学或主持书院。更有一批国之栋梁在此就读，从这里出山，在修业、治国方面名闻天下。袁名曜已是岳麓书院第四十八任山长。袁山长为湖南宁乡人，本朝嘉庆六年进士，授翰林院编修。

袁山长虽上任不久，但书院在他主持下显出一派生气。那天，魏源在业余休息时走出舍门，在书院里从容观瞻。从乡村私塾、县学来到八百余年古书院，见到了省学政、袁山长以及同学一百余位，还见到了亚圣朱熹所题"忠孝节义""御书楼"和一代书法高手欧阳率更的书法真墨，尤其见到几代皇上御赐的"岳麓书院""学达性天""道南正脉"等匾额，实在眼界大开！他一边看，一边默默地在心里描摹笔法、结构，偶有所得，则兴奋愉悦。

见"惟楚有材，于斯为盛"
的门联气势恢宏而又笔墨饱满，
魏源肃然立定，凝神敬视。

来到湘水校经堂和船山祠背后的一处工地时，一个熟悉的背影在他眼前出现：那人拿着一幅图纸在那里比比画画。他走上前去一看，果然是袁山长在那里讲解工程的施工细则。魏源站在一旁好奇地听着。袁山长似乎是带着些意气在说话："书院为湖南学者萃聚之地，既有四箴亭祭祀二程（程颐、程颢），又有崇道祠祭祀朱、张（朱熹、张栻），岂能无濂溪祠祭祀周子？周子（周敦颐）为湖南人，此地更应有祭祀之祠！"跟随袁山长身后的几位一一称是。魏源还在家乡读书时，就对爱莲书院和周敦颐情有独钟。周敦颐的诗文魏源能背诵不少。于是，听袁山长如此一番训话，心里更是敬重袁山长和岳麓书院。

深秋的一个傍晚，魏源独自一人来到介景台。带着凉意的秋风，轻轻地吹拂着面前的树叶，归巢的鸟儿如影子一般飘进丛林深处。天边的亮色随着时间的推移渐渐暗下来，夜幕下的群山更显出无际的苍茫，只有细听时，才从苍茫的深处听到一些湘水的流动声和市井的声音。一种灵感飘然而至，他随口吟出一首《岳麓介景台夜作》：

> 夜上空台上，回看列岫林。
> 苍然太古色，敛入万山深。
> 湘水明不改，遥城微有音。
> 龙蛇蛰大泽，此夕气阴沉。

魏源从介景台回到斋舍时，夜已渐深，但何庆元、李克钿、陈起诗还在等候着他回来叙谈。他们正如汤学政当初所言，几乎每隔几天就要聚在一起研习学问，以"饬言功，敦伦理，以克己为功"来相互勉励，立志于克己复礼，弘扬理学。今天，他们正要找魏源切磋程、朱理学，研习所遇到的疑问。魏源一看，在陈起诗旁边还坐着一位气质不凡的青年，看上去和陈起诗的身材、相貌非常相似。魏源一笑，跟陈起诗说："这位是?"陈起诗马上说："我愚弟，陈起书。忘了介绍了。"并向他弟弟介绍说，"这位就是你想见之人，邵阳魏默深魏源兄。"

陈起书也马上站起来致礼问好。魏源很喜欢这位和陈起诗气质相似的青年人。大家叙谈至深夜仍不过瘾，散时又相邀第二天傍晚再聚再叙。

第二天，几位又相邀往爱晚亭方向慢步而行。陈起书请魏源给他谈谈周（敦颐）程（程颐、程颢）朱（熹）之学，魏源就把自己在乡授徒时讲解过的内容讲给陈起书听："'人生而静以上不容说，才说性时便以非性'，'善固性也，恶固不可不谓性'，此天台圆教彻底之言，而明道初年泛滥佛老时所兼印。宜乎'动而无动，静而无静'……下同于孔子之无欲而静。要之，惟颜子能尽发圣人之蕴，惟明道能尽得周子之蕴。至于周子之太极图，乃朱、陆意见各殊，而未知孰为定论。"

随行诸位听得入神，李克钿说："默深所论将天台圆教与程、朱理学点通致明，实在佩服。"

何庆元说："朱（熹）与陆（九渊）于周子（敦颐）的太极图各有所解，也于后人增添了思路。"

陈起诗说："地不相同，时有各异，于程、朱各有所见亦是学问。"

陈起书再也按捺不住自己的激动，他跟紧魏源说："听君之言，如壁凿光！请君继续明言。"

魏源继续说："世称程、朱，伊川、考亭，而非谓明道先生。虽均未光风霁月，而均守规矩准绳。程子功在《易传》，朱子功在《仪礼经传》与《集注》《或问》，至于《诗》《书》二传与《大学》《孝经》两改本，均未敢谓美善之尽。至苏子奏疏疾伊川为奸，而欲打破一敬，程子始终置之不问。如何后学钱詹事尚慎其议论？惟朱子《阴符》《参同》《楚辞》《韩文》，皆中年所游艺，而无与于性命，宜乎为吴草庐、王文成所同诤。"

诸位甚感魏源所论如无旁枝的果树，丰硕而精到，已无再议。于是，他们又论及别的学业，范围扩大到各自所长，各就自己所好大抒胸襟。年龄最小的陈起书感慨至深，一路洗耳恭听，先听李克钿讲先辈大儒之书，再听陈起诗论诗，复听何庆元讲古文，又听魏源讲经世致用……

一天夜里，陈起书久久坐在魏源身边不走，魏源催他休息，他还不愿离开。魏源问："起书，你是有什么事要说吧？"

陈起书说："是的。不好启齿。"

魏源说："抵足兄弟，何故如此。有事快说。"

起书说："一直想读你的诗。"

魏源不禁笑出声来，顺手从书案的抽屉里取出一张诗笺递给起书，说："这是我游岳麓寺时所写。"

起书马上轻轻地诵读起来，但读到"谷僻春留久，山深月来迟"一句时，他突然加大了声音。同窗们都来听起书诵诗，弄得魏源有点不好意思地说："岳麓书院的学风、学问、师长、同窗、古迹、碑刻、故事，无一不令我向往。我游岳麓山时作过好几首诗。"魏源说着，自己又背诵起《晚步爱晚亭至岳麓寺》来：

> 斜照颓湘流，湘江生暮烟。
> 钟声自何来，破此山苍然。
> 暝色至无际，已隐青林端。
> 远水带鸥明，近响随樵喧。
> 老僧隔遥岑，欲访将何言。
> 聊同暮云出，仍随飞鸟还。

魏源来岳麓书院的目的是希望拔贡。考试过后，院里发榜那天，魏源看到自己名列其中，甚为高兴。他给在江苏的父亲去了一封信报喜，告诉父亲，他将去京都国子监就读，然后再参加乡试。

在岳麓书院修业时，魏源感到日子过得和翻书一样快，回想起自己离家来到长沙，眼见面前自然物象的变幻，他诗情涌动。他将自己在长沙写的两首诗，夹在给父亲的信里，一起寄给了父亲。

带着顺利拔贡的兴奋，魏源回到魏家塅。塾师刘之纲和魏邦辅想了一个小难题，意在试试顺利拔贡之后，刚从岳麓书院回家的魏源现在有了多大的长进。

魏源到家第二天，天气晴朗。那是早晨，魏家塅正好炊烟袅袅，山清路亮。塾师刘之纲和二伯父魏邦辅早饭后就将魏源叫到书楼上的讲堂里。魏源看了看二伯父，他手里执一竹制的教鞭；又看了看塾师刘之纲，他手里拿着纸笔和墨盒。一时猜不出他们这到底是要干什么。

二伯父以从未见过的笑脸对魏源说："默深，你从岳麓书院学成归来，今天你来给魏家院子题几副门联。我们就从朝门开始。""朝门"就是大门。

魏源这才明白二伯父的意思，笑了笑，表示默认。

于是，三人来到院东南的大门前，魏辅邦说："此乃一院之大门，贤侄看作何联？"

魏源四处一望，立即报上：

沙洲回碧水，朗月照金潭。

刘之纲轻轻复述一遍，在随带的纸上记下此联后，不无激动地说："好联！上联点出此地名沙洲，金水河自北而南，从门前弯曲环绕，碧水荡漾，浮光耀金。下联则写夜景，朗月映照，同时扩大到整个金潭。"

听说魏源在为院子题联，魏家人都出去看热闹，老老少少地越聚越多，一大帮人跟在他们三人身后听魏源题对联。

三人来到前堂屋门前，魏辅邦说："此前堂屋，乃家中活动的重要场所，贤侄想作何联？"

魏源想起曾祖父、祖父、父亲的为人处世，想起自己未来的志向，于是拟道：读古人书求修身道，友天下士谋救世方。

刘之纲一脸的自豪，说："大家听听，读书治世，家国天下，尽在其中矣！"于是，一边记录，一边又大声地将此联复述一遍。

三人再往书楼上走。来到讲堂前，魏辅邦说："读书教人之地，无须我多说，贤侄自会明白此联之要。"

魏源几乎没有思考，二伯父话音刚落，他就吟出一联：功名待寄凌烟阁，忧乐常存报国心。

刘之纲记录完这一联之后，近乎发狂地将笔墨置于课桌上，兴奋地向众人说："志存高远！"

魏辅邦在课桌上坐下来沉思片刻，回想魏源刚才所说的三联的确超凡脱俗，很是满意。于是他说："贤侄今日才思敏捷，就再撰一联。"

魏源说："撰给何处？"

魏辅邦说："金潭河西杨梅冲有一'知止庵'，此庵乃吾十世祖振寰公于顺治年间创建，一直香火旺盛。你也去过那里敬香拜佛。我一直想那门上应有副好对联，今日大家兴致都高，你撰一联如何？"

魏源小时候几次去过这庵，对庵的内外环境非常熟悉，略一构思便出一联：曲通山径开僧舍，静悟禅机写佛经。

魏辅邦历来教子弟严谨，此时也不得不夸赞魏源说："好！"

刘之纲说："有此徒，吾为师不枉矣！"

此时，魏源母亲已经做好了饭菜，传话过来，大家都很高兴地往饭堂里走去聚餐。

5 北上京都

　　一辆沉沉的马车从稻田间的沙石道上缓缓驶来。车轱辘陷入软泥，发出吱吱的摩擦声。泥泞的道上碾出弯弯曲曲的深辙，远望去像两条通天的长绳向远方蔓延……

　　当这种摩擦声止住时，马车停在了魏家八字大门前面。魏源走出大门时，正见父亲和堂弟魏五达从车后的蓬里跳下来，将几口杉木大箱抬放到地上。魏源意外而高兴地跟父亲和五达打过招呼后，就去帮忙搬移木箱。父亲告诉魏源："你从岳麓书院寄我的信和诗都收到了，知你顺利拔贡。我这次很高兴地告假回家，就是要在你进京前为你'圆房'。"

　　父亲此前跟魏源说过"圆房"这事，魏源也表示愿遵父意，但没想到父亲会回来得这么快，而且一回来还没进家门就提这事。魏源看着父亲带了不少为他办婚事所准备的红红绿绿的物品，心里不免高兴，但又有些羞涩，只得和五达抬运木箱时顺便说些别的事儿。五达已外出好些日子了，自魏源去岳麓书院修业后就没有见过面。现在父亲和五达一起回家来，魏源只想跟他说说话。魏源说："五达，这些箱子里都是些什么，这么重啊！可以开箱看看吗？"

　　魏五达说："全是书！这些书买回来，就是给家里子弟们看的，怎么不可以开箱看呢！你开箱看就是啊！"

　　魏源开箱一看，全是黑脊背的古籍，随手翻看几本，更是高兴得手舞足蹈："五达，你这是从哪里弄来这么多好书啊！"

　　魏五达得意地说："这次去了江浙一带，在一些书肆里，只要我看上的，全都买了下来！"

　　魏邦鲁在一旁插话说："你五达弟为这些书可是吃苦了！这一路他舍不

得吃个好菜，舍不得住个好店，一分一毫都节省下来购这些书。"

魏五达说："家有良田万石，不如家有好书万卷！唯望我魏家子弟均以耕读为本。"

魏五达字连福，号云轩，魏源二伯父魏辅邦之子，比魏源小几岁。魏源非常喜欢这位堂弟重孝守礼的品行，尤其是魏五达不慕荣利，酷爱购书、读书，凡见珍本，均要不惜重金购买。故藏书甚丰，魏家子弟可广泛阅读。

魏源看着搬下车来的书箱摆了一地，忍不住问魏五达："这么多木箱，这一路上你是怎么运来的？"

魏邦鲁趁机教育儿子魏源："五达真是爱书如命！为节省几个钱多购点书，这一路上车下车，上船下船，他几乎不请脚夫，都是自己动手。真是让他吃苦了！"

魏五达笑笑说："吃苦倒不算什么，有时怄气才真是难受！最让我着急的就是在江苏上船过关时被扣押。那时船将开了，守关的人死不放行，那才急人哪！"

魏源说："这些书他们也要扣押？"

魏五达说："他们一看这么多黄铜镶角的漂亮木箱，以为里面是金银财宝，就坚持扣押下来，要我一一开箱让他们检查。我开了箱，他们又要一本本拿出来抖给他们看，这真是让人难以接受！所以，我跟他们吵了起来，巧在开船时间后延了，我才得以上船。"

魏源说："那一定是一只专门等你的神船！"

魏五达说："哪是什么神船啊，行船途中，船老板的儿子问我借书看，才说了他也是爱书如命之人！"

魏源说："这船老板儿子也这么喜欢书？"

魏五达说："他还问我这些书能不能卖给他，他愿出更高的价钱。船老板儿子说他们家里也出过进士、举人，他大伯父还在邵阳做过知县。我问他知县对邵阳印象如何，他说，知县告老还乡后，前年已经辞世。临终时他还说欠着邵阳魏家人的银两没有还。我说，知县这么记情，真是个好官。他说，知县还乡时除了那些旧衣服，就只带回两个精致的提箱。他经常讲起这两个提箱与孝立公的故事。"

魏源兴奋地说："天下真大，什么人都有！天下真小，有些事情真是凑巧！"

魏五达说："这船老板说他就是知道了我们是邵阳人，又是姓魏，才专门等我们的。他说，邵阳姓魏的人于他大伯父有恩！"

家里又来了些人帮忙抬书箱，几大箱书搬回家后，魏源和魏五达站在藏书楼下说话。魏五达正式道贺："祝贺老兄顺利拔贡又添新婚大喜！真是双喜临门！"

魏源说："同喜同喜！"

魏五达说："我不打算在功名上再用心。余生只想做三件事：守在家里藏书、读书和著书。"

两人说着来到藏书楼。魏五达放下包袱就要魏源帮他开始清点图书。魏五达告诉魏源："这些图书先要按写本、抄本、稿本、绘本、原刻本、重刻本、修补本、石印本来分。然后，又按时序分唐刻本、五代刻本、宋刻本、辽刻本、西夏刻本、金刻本、元刻本、明刻本、清刻本。再又要按官刻本、家刻本和坊刻本来分。最后，还要按足本、节本、残本、孤本、善本来分。这样，才能把这些藏书的真正价值充分体现出来。"

魏源一边帮五达递书分类，一边不断翻阅这些古籍，也初步记下这些古籍的大概面目。魏五达则一边整理古籍一边自语："我收集这些古籍，费尽了心力，是为我们魏家子弟开阔眼界，博闻多识。购书花费我倒是不在乎，我在乎的是吾家子弟最要深知此番良苦用心！"于是，五达在藏书簿上用蝇头小楷写上书名、类别、藏书日期。每完成一本，再特别慎重地将归类之书的扉页上钤盖藏书印。印文为："体吾良苦，珍藏世守；若抛弃者，是为不肖。"

几箱古籍非是一时就能全部整理归藏，魏五达怕耽误魏源的家事，又劝他："你还是去给你父亲当帮手，忙你的婚事去吧。我慢慢来完成这件事。"

魏源说："父亲回家了，这些事他会操办好的。"

魏邦鲁在外做巡检多年，诸事均能应付自如。果然，家里一天比一天热闹起来，快近年边时，喜庆气氛愈加浓烈。扫尘除污，张灯结彩，写贴对联，院子里更是显得喜气盈门。魏源看到父母忙碌而高兴的样子，忍不住随兴赋诗一首：

......

邻媪来贺瑞，喜溢东篱隅。

阿母笑留客，倒酌颜回朱。

篱前对菊英，何异醉茱萸。

明春娶儿妇，更酿百翁酥。

但年后正月的一个早晨，院子里突然变得沉闷起来，魏邦鲁的脸色大为不悦。这是因为，魏邦鲁一早起来收拾好灶具，魏源母亲陈夫人准备上锅烧喜酒时，揭开一口密封的酒糟缸一看，酒香是浓烈，但酒糟都变成了红色。再揭开另一口缸同是如此。陈夫人大吃一惊，她此前每年也都自己烧酒，但从未遇到过如此怪象。他悄悄地把魏邦鲁叫到酒缸边问原因。魏邦鲁一看，也说从未见过这怪象。夫妻俩在那张四脚板凳上挨着坐下来不知所措。

陈夫人想了想说："我去这附近问问老人们，他们见得多，看他们见不见过这怪事。"

魏邦鲁也说："这倒是个办法。"

陈夫人一连问了三位八十岁以上的老人，个个都说这是非常少见的吉祥之兆。一位老人还给他讲了一个例证："嘉庆九年，新化邓家有户人家做酒就有酒糟发红现象，结果，这一年他家的二儿子邓湘皋高中举人！"

陈夫人听老人这么一说，转忧为喜，高高兴兴回家转告魏邦鲁。魏邦鲁一听，想起来了，这邓湘皋就是新化的邓显鹤。邓显鹤高中举人那年，也正是孝立公大去那年。魏邦鲁原本与邓显鹤相识多年，现在经这么一提醒，他倒迫不及待地要见见他，问问是否真有其事。

魏邦鲁跟陈夫人说："我明天就去湘皋家一趟。"

陈夫人说："既然在老人们那里问明白了这怪事儿，就别再多事了。"

魏邦鲁说："也不光是为这酒糟发红的事儿。我们魏源已经顺利拔贡，圆房之后他要进京求学。我只能顺路带他到武汉，武汉之后我就得和他分开去江苏履行公职，而他得继续北上进京拜师访友。湘皋是嘉庆甲子举人，在科举上已取得功名，我们两家又是故交，有些事，我还得向他打听打听，弄清了也好嘱咐魏源如何作为。湘皋比魏源大十几岁，在修业和科考方面正好做魏源的领路人。"陈夫人想了想，认为魏邦鲁言之有理。

做巡检的魏邦鲁脚力很硬，天未亮，从魏家墩出发，到新化见了邓显鹤说完事回家时，太阳都还刚刚落山。他分外高兴地告诉陈夫人："邓家酒糟发红那年的确是湘皋中举了！"陈夫人这才真正如释重负。

魏邦鲁还告诉陈夫人："真是有缘哪！我告诉湘皋，魏源已顺利拔贡，办完婚事要进京求学，请他做些指点。哪知湘皋真是热情，他说他也正准备进京向师友们要诗稿，就约定和魏源一路同行。"

陈夫人说："这真是天大的好事，让魏源一路上有个良师益友，相互切磋，也好日有所进。"

婚期越来越近，全家人开始全力以赴筹备婚事。

大喜之日，自家烧制的几大缸米酒都用棉絮严严封了缸口，棉絮上又加盖了木板，木板上还加压了石头。酒缸的佛肚上又贴了魏源写下的大红双"囍"字。朱红的糍粑也舂好了，在房里摊着一晒簟，给新媳妇的新衣服和金银首饰也都置办齐备，用盒盘盛着，在新房柜子上金光银闪。一对红蜡烛、一块"离娘肉"、一包谷雨茶叶、一只大红公鸡等，都摆放在了家门口。最后，魏邦鲁才将由红绿两色纸叠成，写有男女双方生辰八字的"鸾凤书"交给"请客人"。装着礼物的数担四方竹篾皮笤由娶亲的人们担着。一切准备就绪，"请客人"就要领着队伍点燃竹篙火，向女方的娘屋出发。魏邦鲁和陈夫人一再交代"请客人"："请你一定与亲家说明，眼下我们家中也不宽裕，如有怠慢之处，还请多多包涵。"

魏家塅娶亲向来讲究"早起早发"，娶亲的队伍出发时天还远远没有亮，但娶回新娘时已经到了傍晚。傍晚有傍晚的热闹，远远就能看见魏家院里灯火明亮，客人熙攘。"请客人"和抬新娘的大花轿到达大门口时，土铁炮连放九响。在最热闹的鞭炮声中，"送亲娘"轻轻掀起轿帘，新娘由新郎迎进了洞房。

稍事休息，中堂里穿戴礼服的司仪就开始主持结婚大礼。新郎、新娘共牵一个红绸同心结，由礼宾引领走出洞房来到中堂。此时的锣鼓、铜钹、唢呐随着司仪唱颂的吉词，响得最为喜庆高亢，尤其是唢呐曲《百鸟朝凤》，吹得抑扬顿挫，生动灵活……

积善成德的魏家人，深受当地人爱戴，前来贺喜祝福的男女老少非常之多。新婚之夜，魏家院子直到深夜才渐渐安静下来。

新娘严氏出身名门望族，其祖上严儒安曾在江西做过县令，其父亲严翊羲又是候任布政司。严氏知书达礼也俭朴实在，刚满"三朝"就脱下婚装，穿上便服，开始料理家务，为婆母减轻负担。陈夫人跟儿媳严氏说："家务事你少做些，魏源要进京求学，你多帮他准备好用品。"严氏说："娘，我都已经准备好了。"陈夫人还要魏源检查一下，还有什么东西漏掉了没有。

魏源看了看新婚妻子为他北上修业科考准备的行李包袱，其中的穿戴和文房四宝真是精当而齐全。他原以为大家闺秀难免"骄娇"二气，依赖性强，没有想到自己的严氏会让他如此称心如意！

魏源从包袱里取出一个非常精致的铜墨盒，仔细看了好一会儿，盒面刻着一只白鹭正从莲花中起飞的图案，"路"与"鹭"，"莲"与"连"同音，寓有"一路连科及第"之吉意。盒底刻有"后有定，可言强"。墨盒小巧可握入掌心，推开墨盒，墨香扑鼻，润墨又极为饱满。初看未见余墨浮起，毫蘸书写又可连用不竭。实为闺室之宝贝，魏源爱之入心！他跟严氏说："此宝是何来路？"

严氏见他如此高兴，闪动一双深情的眼睛看着他说："这是我爷爷在做县令时，一位好友所赠。我爷爷将它送给我父亲，我父亲知你即将北上应试，就作为嫁妆给了我，要我转你。祝你新科高中！"

魏源对着严氏深深一鞠躬："谢谢泰山大人和细心夫人！一定不辜负夫人厚望！我这里也备了两首诗送给夫人。所谓秀才人情一张纸，希望你喜欢。"魏源将一个红纸封递予严氏。严氏开封看完诗，两眼久久地望着魏源，激动得热泪盈眶……

全家人在新娶媳妇的欢喜日子里一晃就是数天，大家根本没有想到匡老夫人会在这时无疾而终。

匡老夫人临终那天早上还吃了魏源送去的一碗瘦肉粥。早饭过后，她让儿孙们一个个到床前来说话，把魏源和严氏安排在最后。她跟魏源说："奶奶知道你上次是为帮助母亲侍奉我，才辞了县学回家授徒。你是奶奶的孝顺孙子！"

魏源说："《论语》上说，'君子务本，本立而道生。孝悌也者，其为仁之本与'。读书人岂有知言不行！"

匡老夫人说："你父亲平时远在外乡从公，家中情况他并未尽知，今天又去了县城，奶奶有句后话要说给你听，你一定要转给你父亲。"

魏源说："奶奶，您有话尽管说。"

匡老夫人说："今天是奶奶的大去之日。家里刚办完婚事，经济不宽裕，你还要进京拜师访友求学，我的后事要一切从简！你听明白了吗？"

魏源说："奶奶，您身体好着，哪就说这不好听的话呢！"

孙媳妇严氏也跟祖母说："奶奶，您老为人乐善好施，积功蓄德，一定还会增寿！"

匡老夫人说:"你们要答应奶奶这件事,奶奶才会高兴!"

望着奶奶认真的样子,魏源沉默了。严氏也落泪了。

匡老夫人重复一遍:"你要答应奶奶这件事,奶奶才会高兴。"

魏源抹着泪水点了点头,答应把奶奶这话转达给父亲。

匡老夫人说:"你抱我起来坐坐。"

魏源将祖母抱起来,斜靠在自己怀里。严氏也坐在床上紧依着奶奶,拉住奶奶的手。匡老夫人吃力地抬起手来抚摸着魏源的脸颊。她还没有摸完一圈,手就慢了下来。她的手从脸额落到膝盖上花了很长一段时间,但在落到膝盖的那一刻却非常迅速。魏源感到奶奶身子突然重了起来,他叫着:"奶奶,奶奶!奶——奶!"

奶奶不再回答他。他看了看奶奶的脸色,赶紧叫父亲。父亲已去县城访友了。他叫母亲,母亲赶来一看,匡老夫人果然是已经大去。

一家人很快都来到匡老夫人床前商量后事。大家都说匡老夫人的离世,实在是有些突然。有人说,这是老夫人一辈子积善积德的福气。有人问起魏源,老夫人是否留有后话。魏源如实转告大家,奶奶没说别的,只是交代她的后事从简。

魏邦鲁从县城访友回来,只得邮发书信再向江苏那边告假操办母亲的后事。

匡老夫人后事之简约反而显出其肃穆和庄严,在当地成为一种孺人的典范,也让匡老夫人一生最后一个句号画得美名远扬。

一喜一忧,魏府的人好几个月都忙碌不停。待到完全处理好匡老夫人的后事,魏家人完全安定下来时已至秋初,也到了魏源北上进京的日子。

启程北上那天早上,家里变得非常安静。但魏邦鲁和魏源走出大门时,背后终于有了女人难舍的轻咽。父子俩转身一看,果见婆媳俩相拥而泣。魏源伫立片刻,魏邦鲁本不忍催行,但男子汉应重大义轻私情,考取功名事大。他还是催了儿子一句:"我们走吧!"

父子上路了。

这是孟秋时节,金水河水落石出,巨石如牛。沿河各种形态的水潭就像一片片翠玉相连,映着天,映着云,映着飞鸟和行人。经过春天和秋天的孕育,大地已经把鲜花变成了丰硕的果实。金水河两岸的稻田全是浅浅的绿豆黄,而远处村庄外一棵棵高大的柿树正是果子黄红,一些鸟儿成群结队地飞落到树尖上啄食红熟的柿果。走过柿树下的青瓦木屋，只见向阳的木屋栏杆上晾晒着各色衣被。狗就蜷曲在屋门口，听到有人来了，抬起头看看，似曾相识，懒得叫，又静静躺下。于是，魏源第一次感到家乡是如此的宁静和可爱。河水流动的声音变得非常的响亮，从画一般的田野中间传来；三五成群的黄牛被牧童们守护在河边的滩涂上俯首饱餐……对于故乡，对于新婚，魏源的脑海里留下了很多依依难舍的画像。

父亲看出了儿子依依不舍的情感，说："留恋故乡吧?"魏源坚强地摆了摆头，但泪水还是忍不住流了出来。

父亲说："那就好! 二十一岁了，必须是个男子汉!"

父子来到资江边，站在一个由石头砌成的码头上。小码头伴着一些杂草延伸到江水里，一艘洁净的篷船泊在码头下游那棵梨树脚下。扎进深土里的梨树根被河水淘洗出来，成了临时拴船的支撑物。码头的斜坡上落了些被鸟儿啄食而空了半边的残果。码头外侧的河面上，微风拂动着秋水，使篷船在涟漪里轻轻地摇晃。一位身材高大的方脸年轻人站在船头凝视着岸上，他朝魏邦鲁亲热地挥手示意，魏邦鲁也挥手以示回应。魏源明白，这应就是新化的邓先生。

上船见面，魏邦鲁就向儿子介绍邓显鹤，再把魏源介绍给邓显鹤。魏源欲执弟子礼，邓显鹤坚决不受。客气一番之后，三人才挨着坐定。

船上已旅客满座。魏邦鲁跟邓显鹤说，魏源此次进京是拜师访友，准备应试，请邓显鹤多多指教。上次魏邦鲁来到邓显鹤家里说过此事，现在邓显鹤见到魏源更是满口答应。

邓显鹤的热情和谦卑让魏源看不出一丝举人的傲气。当巡检的父亲说起话来难免灵泛随意，相比之下，邓显鹤语言不多，显得非常文雅而宁静。魏源感到与邓显鹤在一起非常亲近，完全是一种和老乡、兄长相处的感觉。

魏邦鲁性格开朗，喜郊游，善交友，为让儿子魏源旅途开心，使邓显鹤与魏源建立亦师亦友的关系，一路上，凡到名胜古迹处，均带着他们去游玩一阵，还相互交流一番观感。于是，魏源与邓显鹤开始切磋触景生情的诗作。

篷船在资江上渐行渐远，魏源想起负重的母亲、新婚的妻子和家中的亲人，又想起自己此行途中有幸结识了邓显鹤，情动之中悄悄作诗一首：

> 胡为别戚爱，登此万里途。
>
> 疏者日以亲，亲者日以疏。

出谷水赴壑，出石云弥虚。

扶疏干去土，学习巢辞雏。

皇都像北极，万辰所拱趋。

群材龙凑海，文献日丽衢。

海大水变化，日丽云昭苏。

足不九州莅，宁免井蛙愚。

尼父咨柱下，吴札观周书。

晚上在客栈入住之后，魏源把诗给邓显鹤求教，邓显鹤看完魏源此诗，稍稍沉思后说："此诗有情、有象、有理、有志。"

坐在一旁的魏邦鲁一听，虽心里高兴，嘴上却忍不住说："湘皋啊，你不接受魏源的弟子礼也就罢了，但你们亦师亦友，万不可晦其黑而彰其红啊！"

邓显鹤一笑，从容说来："'疏者日以亲，亲者日以疏'，岂非他此时之离情也？'出谷水赴壑，出石云弥虚'，岂非资江一路山水之险象也？'皇都像北极，万辰所拱趋'，岂非我们离家远行北上之理也？'足不九州莅，宁免井蛙愚'，岂非源之远大志向也？"

此言一出，魏邦鲁无言以对。魏源也感到邓显鹤对此诗的理解准确而透彻，于是在亲近中又多了份敬意。两人间的情感已消除了刚相见时的隔阂，彼此融通相连，诗兴也高涨起来。

船沿资江入洞庭湖前与湘江汇合，其风光又让魏源怦然心动，他忍不住再赋诗一首：

乱山吞行舟，前樯忽然没。

谁知曲折处，万竹锁屋阔。

全身浸绿云，清峰慰吾渴。

人咳鸥鹭起，净碧上眉发。

近水山例青，湘山青独活。

无云翠蒙蒙，烟林尽如泼。

遥青一峰显，近青一峰灭。

眼底青甫过，意中青郁勃。

汇作无底潭，遥空碧蓝阔。

十载画潇湘，不称潇湘月。

今朝船窗底，饱览千嶙崒。

他年载画船，鸥鹭无汝缺。

邓显鹤看后，更评赞他情深意远。两人渐成诗友。

船泊岳阳时，魏邦鲁带着魏源和邓显鹤去游岳阳楼。上到楼下码头，魏源便稚气地邀约邓显鹤："我们站定在这楼下，闭上眼玩个游戏如何？"

邓显鹤问："闭上眼能玩何种游戏？"

魏源笑笑说："一起背诵范公的《岳阳楼记》。"

邓显鹤回笑一下说："行啊！"

魏邦鲁将脸一黑，插话斥责魏源："你好大的胆子，敢跟湘皋举人较量了！"

魏源羞愧地耸耸肩，一直看着邓显鹤是何反应。

魏邦鲁又提醒道："湘皋啊，都是你一路上太惯着他了！他平时总是默不作声，但在你面前我看他一路说个不停，都快没大没小了！"

邓显鹤说："我本也不善言谈，我们两人是半斤对八两，所以我倒喜欢他这样。物以类聚，人以群分嘛！"

两人站定在楼下码头上，面江而立，闭上眼，开始背诵《岳阳楼记》。两人滚瓜烂熟地同声背毕此文又余兴未尽，邓显鹤又出一题："我们项背相靠，互不相视，然后蹲地各以《岳阳楼记》中一句头字写在地上，以足踏盖，再转身移足，展示其字，看各自最爱哪一句。可否？"魏源欣然应允。

两人照约而行。移足展示后两人所写均为"迁"字。邓显鹤先说一句："迁客骚人多会于此，览物之情，得无异乎？"魏源默然一笑，也重复此句："迁客骚人多会于此，览物之情，得无异乎？"

两人会意大笑！

而后登楼观景，两人一路同诵楼中唐贤今人诗赋，欣赏其墨宝，甚是惬意。

几天后他们就到了武汉。武汉是他们将要分别之地。魏邦鲁要往东走水路去江苏履职，而魏源跟着邓显鹤将朝北走旱路去京都拜师求学和备考。魏邦鲁行程虽紧，但仍与邓显鹤、魏源在武汉留宿两夜，游玩了一天。

分别的那天早晨，因行船时间早于车马时间，邓显鹤和魏源来到码头送别魏邦鲁。魏邦鲁虽然在外多年，分别并未少见，但此时的父子之别让他非常动情，看着儿子站在码头上依依难舍的样子，想到一路北上将由邓显鹤为儿子领路，也忍不住对儿子感到愧疚。他向邓显鹤深深一礼，以示拜托之心，并表非同一般的感谢之情。邓显鹤非常明白魏邦鲁的心意，还以深深一礼相敬，并说："知你难舍，愿你放心。北上的路途我熟悉，到了京都拜师我也能找到门户。"魏邦鲁嘱咐魏源："湘皋与你亦师亦友，又如兄长叔侄，你要好好听他教诲。"

魏源回答："父亲放心，我们一路来已经是相知相信！"

码头上各色人等直往船上涌入，有拖儿带女的，有扶老携幼的，有带货抬箱的，有送客道别的，有哼哼唱唱的，有哭哭啼啼的……魏邦鲁匆匆上船后，在人群中站着不坐，久久地举起手中的红纸伞不断地朝码头上挥动。魏源和邓显鹤也举手挥别，直到船至江中，视域不清才各自作罢。

初秋的阳光到中午时还带着夏日的明媚，缓缓地照进车窗。魏源和邓显鹤在马车上相对而坐。邓显鹤这已是第三次进京，而魏源是首次进京。魏源想着入山东、望河北、奔京都，一路可以饱览车窗外异于南方的北方美丽；没有想到，一路上艰难旅行数天，在车窗口所见，皆是大煞风景：山、水、田、林、路、房屋和人民，无不遍地凄凉！黄河泛滥后留下满目疮痍，有路难见人畜，有屋难见炊烟，有田难见耕耘，有地难见庄稼。万户萧疏，饿殍横路。魏源心里开始沉重起来。很久很久，两人相视，默无一语。

车至一个路口，一位絮花披身的老妪拖着一个裸着下身的小男儿拦在车前。老奶奶伸出讨吃的手，像一个干裂的泥窝。魏源和邓显鹤跳下车去，问老奶奶是何意思。老奶奶已经说不出话来。魏源只得问那半裸小男儿是不是要吃的。小男儿点了点头。但他们两人没有带任何吃食，只得在自己的包袱里翻找点碎银给他们。老奶奶就在拿到碎银转身的一刻，突然晕倒在地上不省人事，再也叫不应她。男孩哭叫了好一阵才说："奶奶——她——饿死了——"

魏源和邓显鹤在老奶奶身边陪守了一会儿，又将她抬到路边的一块干净的石板上，然后，给了小男儿一点银两，让他好安葬奶奶。

回到车里时，两人都看到了对方的泪痕。但车夫见怪不怪地说："这种事，我在这条路上遇到过不少。少见像你们这样的读书人！二位一定是去京都赶考吧？"

魏源和邓显鹤在老奶奶身边陪守了一会儿，又将她抬到路边的一块干净的石板上，然后，给了小男儿一点银两，让他好安葬奶奶。

　　魏源想说是，但邓显鹤示了个眼色阻止了。邓显鹤抢先告诉车夫："我们也是家乡遭灾了，去京城里找亲戚求援。"魏源一下明白过来，邓显鹤如此说是在告诉车夫两个意思：一是我们同是灾民，身上不会有太多钱财；二是我们在京城是有点儿靠山的，是乱动不得的。魏源不得不承认，邓显鹤到底是几次进京，老成持重，知道路途复杂，不可轻言身份。父亲把自己托付给他，自有他的道理。果然两人单独相处时，邓显鹤才告诉魏源：这年月，出门在外，弄不清陌生人的底细，即使在自己的马车夫面前，也不能实说。

　　路途又遇到几起乞丐拦路讨吃的事情，但车夫似乎明白邓显鹤和魏源的心思，他总是绕道而过，避免麻烦。这又让邓显鹤和魏源心存无奈和愧疚。

　　实在沉默不下去了，魏源将双眼收进车内对邓显鹤说："中原乃国之心腹，岂能如此衰败？"

　　邓显鹤早也有话要说，也转脸来说："因黄河泛滥，近两年河南等地水旱灾情严重，民不聊生，官民矛盾日益尖锐。加之天理教在直隶长垣，河南滑县，山东定陶、曹县等地起事，当朝不得不重兵清剿，因此一路所见，无不凄凉！"

　　魏源皱眉咬牙，鼓起的肌肉使他的脸颊轮廓更显得刚硬。他说："一路所见，与我此前的想象大相径庭！中原不可如此！百姓不可如此！吾国不可如此！应治水宁民，除苛去贫！"

　　邓显鹤沉思着说："国之希望在人！人才不见，何以治国！"

　　魏源年轻气盛地问道："何以人才不见？"

　　邓显鹤泰然，笑而不答。这让魏源更加憋足了内劲，一路以诗言志。

　　苦行多日之后，到达京都，在一简陋客栈住下时，魏源把此前写下的多首诗重新整理一番。其中一首曾在邓显鹤面前见教过，现在又交给邓显鹤几首"讨教"。邓显鹤本有些旅途疲倦，但对魏源的诗，他又不无好奇，只想多读。一开读就自觉精神振奋起来，一路上湘江行，过洞庭，游岳阳楼、黄鹤楼，观黄河，望中原，入京都……一气读完后，他轻轻地击案三下，连连赞叹："早闻魏源乃少年奇才，果然！果然！"那些过目难忘的诗句构成的画面都一一展现在他眼前：

> 浊河决千里，一淤辄寻尺。
>
> 曲指三千年，几决几淤积。
>
> ……

当年歌舞馆，下隔黄泉百。

……

黄沙万殍骨，白月千战垒。

至今未麦地，极目森蒿藜。

借问酿寇由，色哽不敢唏。

……

瓞瓜不可摘，高舌挂南箕。

……

麦秋不及待，人饥已奈何。

明知麦花毒，急那择其他。

食鸩止渴饥，僵者如乱麻。

……

投之北邙坑，聚土遂成坟。

明年土亦然，春风吹麦新。

勿食荞麦花，复作坑中人。

……

夙抱山水情，每结烟霞约。

一来河南道，十里惟广漠。

更无山可青，唯有水长浊。

……

野风吹蓬蒿，蒿中瓜庐垣。

洌洌井不食，寥寥突无烟。

……

　　邓显鹤记起魏邦鲁在武汉分别时所嘱，万不能让魏源滋长傲气。看来，此才宁可折磨，不可溺爱。于是，他没有当面过分夸赞，只是说："不处庙堂之高而忧其民，自何而来如此大境界？"

　　魏源正色答道："自我先祖父辈身上而来！看到这些天灾人祸给百姓带来的苦难，我就想起我爷爷当年在家乡'毁产代输'的情景，想起我父亲在江苏赈救灾民的情景。那时我才十几岁，至今记忆犹新！"

　　邓显鹤的家族是以经营绸缎生意为主，也赈救过灾民，对魏家塅魏氏家族的家风很熟悉。他点了点头说："何谓家德？这便是家德！何谓积善成德？

这便是积善成德！"为让魏源全面了解社会，邓显鹤跟魏源讲起以李文成、林清为首的天理教在河南、河北、山东、山西等地起义的前前后后。九月，林清率二百余人潜入北京，攻入紫禁城皇宫，在龙宗门与清军激战，又因势单而遭失败，林清等人战死。于是，清廷命那彦成统兵镇压。李文成在河南滑县战死，天理教才算罢灭。他们一路所见均是清军剿灭天理教之地，哪能不萧瑟凄凉呢！

魏源说："我父亲和祖父都常说，兴也百姓苦，衰也百姓苦。"

邓显鹤知魏源这个年纪的人，思想容易偏激，他不顺着说下去，怕引起魏源的悲观。他把诗稿退给魏源时告诉说："你这七首诗，我已全部抄录了一份。"

魏源好奇地问："你抄一份何用？"

邓显鹤说："人之一生若不能做成一两件于世人有益的事情，那便是枉生！我决心把我们湖湘文人学者的诗文都收集起来，集中出版存世，以供后人鉴阅，以传湖湘文脉，以起湖湘文风。"

魏源若有所思地说："如此浩大工程，谈何容易！嘉庆九年我才十一岁，而你就已高中举人。你为何不把功名仕途当着头等大事，通过为官造福于民？却把收集、整理和出版湖湘诗文作为己任？"

邓显鹤一下子深沉起来："自中举后，这些年我科考连连落榜，非是文章不好，其中变故万千！我想，今世之读书人若将科考当成唯一出路，那多是跳上独木之桥，钻入鼠门之洞！三考三落的韩愈，锲而不舍成'文章巨公、百代文宗'；终身不第的贾岛以诗成名；登第不中的苏洵，焚稿苦读，终成唐宋八大家之一；闱场上屡战屡败的蒲松龄，毕生勤奋后著就《聊斋志异》流传于世。这几人有几位状元能与之相比？吾志已定，此次与你结伴进京非为功名，一是有些学问上的事需请教京师，二是要收集京都那些曾在湖湘的名人诗文。我原是要夏季北上，只因你父亲有托，要带你进京，才延至秋行。"

这番私话让魏源非常感恩，他说："父亲只嘱我一路与你同行，并不细说其中原委。如此，请允许我深深一谢！"

魏源正要打躬揖谢，邓显鹤马上扶了他说："我们两家乃世交，不要言谢。跟你说起这些，只因我们都是读书人，互相交个心。乡人来京实属不易，现在我们着急要定下来的事是，我们先去见谁？"

魏源不假思索地说:"唯有先去拜见汤座师。"

汤金钊?邓显鹤原以为魏源会要先去拜见陶澍,没有想到他要先见汤金钊。邓显鹤说:"何故要先去见汤座师?"

魏源说:"我是来京都拜师求学的。他是我拔贡的座主,应当最为熟悉我;至少不陌生,我更便于向他讨教。"

邓显鹤提醒说:"那前学政李宗瀚不也熟悉你吗?他在湖南任学政时,到邵阳视学不是与你有过面谈,还夸奖过你吗?"

魏源说:"那都差不多是十年前的事情。那时候我在县学,他是跟我面谈过,也的确夸过我。但贵人多忘事,他作为省学政,后来又升为京官,这么多年,他还能记得一个县学的学生?"

邓显鹤觉得魏源所说也不无道理,但他再三提醒:"照理说,我们来京都应当先找老乡才合情合理。"

魏源说:"你是说要先去见谁?"

邓显鹤说:"陶澍。"

魏源摆摆头说:"那不好。他少年游学困难时,我爷爷给过他帮助。他后来派人来我家还钱,我爷爷不接受。我这次进京去找他,岂不是暗示要他给我们家报恩赔情?如有此行,便有小人之嫌!我爷爷和父亲都交代过我,不到万不得已,不能找他!"

邓显鹤一笑,赞叹道:"真是'邵邑醇良'啊!也是言之有理。再者,陶进士近年也是家中多事。去年,三十二岁的弟弟陶晋病逝,他尤其伤心。曾作《哭弟》诗两首,真是如泣如诉啊!前不久,他那十三岁的'孝女'陶琼姿又'割腕疗母'……你不去打搅他也是好事。"

魏源说："我进京乃为求学，还是找学政为好。"

邓显鹤说："那就去找我们的李老学政吧。他在湖南任学政时，多次来南村堂与我面谈。他每次来，都要到刻坊查看印版、纸张和装订好的书籍，经常与我谈诗论文。我们之间还有数首诗文之交，相比汤学政，我更熟悉李学政。他是那种沉毅内敛，讷于言而敏于行之人。我后来进京也去过他家，还看过他收藏的很多珍贵的金石名拓。去他家的路，我很熟悉。他还留有关于湖南的不少诗文，这次我也正要去收集。"

魏源眉头一皱说："我倒是记得他清素简朴、沉稳谦卑的样子，不知他是否还记得我这个湘人。"

邓显鹤说："我们先去试试吧，如不奉面，再作论说。"

魏源和邓显鹤收拾书箱行李，叫了马车去拜访李宗瀚老学政。车过长安街时，魏源撩开窗帘看了看窗外的繁华，那宽广、热闹的街面迎面而来，那人、那物，让魏源目不暇接，真叫车水马龙，人流如潮：扛着葫芦叫卖的，担着货架叫卖的，拖儿带女的，围场耍刀弄枪的，站台唱戏的，骑马坐轿威风过街的……真是见所未见，闻所未闻，应有尽有。

邓显鹤对这些已是司空见惯，只注视着魏源。见他久凝窗外不转过脸来，又想起魏邦鲁嘱他帮带儿子的话，他提醒说："魏源，京都是大海啊，有本事畅游才可生存，没本事畅游者必沉溺而亡！此话可要牢记！"

马车在街边停下，邓显鹤突然想起一件事来：李老学政今天见面必谈其在湘诗文。邓显鹤早先是记得李学政很多诗的，但此时回忆起来，却无一首能够记全。要是李学政谈话中问及其在湘诗文，答不出来岂不丢我湘人之脸？但事到如今，他又无法挽回，只得默不作声、顺其自然。

两人从大街拐进巷子，再前行一段，到了一个大门口。魏源看看青石结构的大门虽不很高大，但雕梁刻柱，严谨而气派，一对镇宅石狮蹲坐门口，门楣结构紧凑而精巧，色彩简洁而夺目。邓显鹤敲门，里面有人开门笑脸相迎。邓显鹤报上二人姓名，很快就见略显瘦高的李学政健步而来。两人在门外均执弟子礼，邓显鹤又呈上一块家乡的柴火腊肉。李宗瀚在湖南做学政时品尝过新化的柴火腊肉，透香而细腻好吃。李宗瀚大为高兴，三人几近相拥而走进大门。经过院子时，魏源只见两边靠墙处摆放的全是残缺老石碑，有的文字齐全，有的只剩下半边或者一行一字。再往里走，环境更显阴暗，石碑更显老残，厅内的残碑依次用支架放置，上下竟有几层。李学政解释道：

魏源和邓显鹤收拾
书箱行李，叫了马车去
拜访李宗瀚老学政。

"里面光线有点暗——这些老碑不宜强光，也不宜过于冷暖。"魏源和邓显鹤听李学政所言，都惊叹这位老学政对老碑珍爱如命。三人在客堂里分宾主落座后，等不得魏源开口，李学政就先微笑着说："湘皋我们是老交情了。魏源——魏默深，近十年了，我一直都在关注你。当年我在湘任学政，去邵阳视学时，你和石昌化、何上咸被誉为'三神童'，尤见你作《孔子年表》中所指《史记》之误，令我大为惊喜。又见你在《学篇二》中所言'凝心于邪，久必有鬼陪之；凝神于道，久必有神相之'更是喜出望外。这次汤学政在湖湘拔贡八十九人，他专门告诉我，有你的名字，真是从了我之夙愿！"

魏源受宠若惊！京城如此之大，人事如此之杂，老学政竟然还能记得他这个邵阳魏家塅乡下的孩子魏源！魏源从内心感恩不尽，说："感谢恩师如此厚爱！"

李学政顺着魏源的话题说："国之兴在人才！为学政者不记人才记什么？在湘任学政那几年，我才真正体会到湖湘有才啊！那几年我心情也变得很好，写了不少有关湖湘的诗文。"李学政顺便念了起来："黑田人静起残更，徒侣成行夜不惊。深树暗随萤影度，荒坡悄路虎踪行……"李学政忽然举手轻拍脑袋，说："可惜后面几句记不起来了。"此刻，他果然看了看邓显鹤说："湘皋，你向我要过这首诗，你还记得吗？"邓显鹤阅过湘诗无数，现在李学政这么中间一点，他一时也记不清楚，场面一下尴尬起来。幸得魏源站起来说："弟子斗胆背下来，如果有错漏请恩师指点。"于是，魏源接着背诵起来，"山含雨露衣生润，耳有风雷涧作声。无那客程正萧爽，村鸡催出火明轮。"邓显鹤简直高兴得心跳加剧。幸好，昨晚上他把这些诗稿给魏源看过，非常感谢魏源解他一难！但李学政不形于色，默首说："魏源所背一字未错！"李学政高兴中充满了自豪。邓显鹤刚刚轻松起来，不料李学政还继续他有关湘诗的话题说："我离湘时，岳麓书院的山长邀我作岳麓一游，当时我也乘兴作过两首。这两首诗只有湘皋你那里有，魏源就不知道了。"李学政话虽这么说，两眼又定定地看着魏源，好像等待魏源也能鬼使神差地背诵出来。魏源果然又站起来背诵：

> 地忆朱张讲学时，门前饮马旧名池。
> 风流今有程夫子，招我来吟别麓诗。
> 眼底潇湘水北流，苍茫帆影去悠悠。
> 烟霞不借劳人住，从此灵峰合梦游。

李学政本想击掌示喜，但一想魏源这是在诵自己的诗句，将扬起的手复又缓缓放下来说："近有湘人来京与我谈及魏源，说了句夸魏源的话，'记不清，问汉勋；记不全，问魏源'，说实话，我想这肯定言过其实，今日得见，果不虚传！"

魏源又朝李学政执弟子礼说："恩师过奖！"

李学政问邓显鹤："湘皋此次来京有何打算？"

邓显鹤说："我这次来一是拜访恩师，二是收集在京名士旅湘诗文。小住几天就返湘去完成我的出版事业。魏源他准备秋闱，在京要多住些日子。"

李学政略一沉思，眉额透喜地问魏源："既如此，有件事与你商量，愿意或者不愿意，你都要说真话，不要勉强。"

魏源站起来说："请恩师明示。"

李学政说："如不嫌弃，你就留在我家，一边修业，一边教我家的子弟们读书。你看如何？"

邓显鹤一见魏源有些犹疑，恐怕失了好事，又想起其父所嘱，马上抢先回话，又喜又贺："那就太感谢恩师了！"

魏源却说："恩师之家，儒风盛行，弟子岂敢？"

李学政说："有何不敢？我知你于理学、心学、儒学、经学等各门学问均已造诣匪浅，在湘作私塾授徒也名声远扬，此次又为功名而来。我家子弟之学风正需这种正气带养。再者，你家自你爷爷'毁产代输'以来，家境也不宽裕。在此授徒，我是束脩银照付。你吃住在我家，有个安定之地，读书、修业和科考，也算有个方便。"

李学政真是情真意切，魏源答应了。

魏源留在李学政家馆授徒后，在京都拜师、修业，开始了自己的学业。邓显鹤看过恩师，办完私事，返湘忙他的湖湘诗文收集、整理和出版之事。

李学政家中就餐人口有两桌之多。第一天早餐入席时，李学政坐在家人席上一看，问道："魏源呢？"家人说他坐在另一席。李学政坚持不让家人动碗筷，说："请魏源与我们同席。往后以此为例。"

家人将魏源请来入席后，李学政请他坐在自己右席，而身左是李学政夫人。魏源自感非常有愧，举动很不自然。李学政跟他说："你以后就如在自己家一般，无须拘束。"魏源虽当面答应，心里却不免惶恐不安，不敢有丝毫懈怠。

魏源综湖湘古今各家教授之法，又得以在魏家私塾验之，积累不少授徒经验，故在李学政家馆教授数天后，其家中子弟变得灵活可爱，又德、业俱进。李学政更加喜欢魏源，所到之处，无不大谈魏源。几次在汤金钊和周石芳（周系英、字石芳）面前力推魏源所作诗文，托他们推荐给当朝要员和翰林院学士。

汤金钊只想见到魏源。深冬时节，一个阴冷的傍晚，他站在自己的院子里，看着落了一地金黄色的银杏叶，跟家人说："湖南的魏源已来京多天，住在春湖家。今天我一定要去春湖家看看魏源。我担心他从南方来这里，恐有不适。"家人提醒他，天气不好，风大，外面凉了。他说："正因为天气凉了，我才着急。魏源自湘而来，未必备齐在京都过冬的衣被，我得去看看他有无难处。"家人说："他在李御史家还用你操心？"汤金钊说："各是各的心意！"

家人备了车，汤金钊坐车到了李宗瀚家时正下大雪。李宗瀚见汤金钊到了，喜出望外，热情相迎，说："哎呀，想不到是敦甫驾到呀，快快请进，也不先带个信儿来。"

汤金钊进门一看，院内与往日一样，到处都是那些老石碑，非常安静，便问："李御史，魏源呢？你带他来看过我一次，后来他又专门来看我一次，最近已有月余没有见到他了。我不知怎么回事，心里老惦记着他，担心他在京都有什么不适。再不来看看他，我就枉为座师了。"

李宗瀚说："魏源最近正在收集、整理和注释《大学》古本，除借书还书，没有拜访和约见过任何客人，已经几十天没有出门。"

汤金钊说："那我今天可就一定要见见他了！"

李宗瀚说："那当然。座师来了他哪有不见之理？"

李宗瀚陪汤金钊在客堂里落座后，叫家人去告诉魏源，他的座师汤金钊来看他了。

很快，魏源从走廊里高兴地小跑而来。汤金钊睁大两眼怎么也认不出这个蓬头垢面、敝袍长须的人就是魏源！直到魏源走到面前，叫了座师，并执弟子礼，又将手中书稿呈给汤金钊，汤金钊才矍然叹曰："魏源啊，我听说过你向来勤学，但我没有想到你潜心深造到这种程度！你为何这样不爱惜自己的身体呢！"

魏源一笑，两眼亮亮地回座师："订《大学》古本，弟子其乐无穷！"

汤金钊因爱而"恨"，无话可说，沉默一刻复又问道："何乐之有？可否一谈？"

魏源说："弟子观释《大学》义，古今已有差异。《大学》之要，知本而已。知本之要，致知诚意而已。故《致知》《诚意》二章，皆以'此谓之本'结之。此千圣之心，传六经之纲领也。"

汤金钊点了点头，李宗瀚也点了点头。汤金钊又问："那何来差异？"

魏源娓娓道来："正、修、齐、治、平之理，朱子《或问》《文集》《语录》屡言及之。本末不偏，惟未悟古本分章之条理，而误分经传加以移补，遂留后人之疑窦。以为不格心、意、身之物，而泛言即凡天下之物。明代王文成公始复古本，而又未悟格物之本谊，遂谓无善无恶心之体，有善有恶意之动，知善知恶是良知，为善去恶是格物，与《中庸》明善先于诚身、择善先于固执之旨判然相岐。于是使诚意一关，竟无为善去恶之功，而以择善明善屏诸《大学》之外。又以无善无恶之体破至善之天则，变圣经为异学。而其徒王畿遂并以正心为先天之学，诚意为后天之学。明季高忠宪、顾泾阳、刘蕺山皆力排之。国朝以来，虽已熄讼，而古本未复，补传未去，则《大学》之谊不章。夫执改本以争古本者，逆而难。执古本以议改本者，顺而易。使朱子当日悟古本之条理，则不致启文成之疑，虽道问学而不失于支。使文成显复古之章次，而并暗符格致之本义，则不致启末流之弊。虽尊德性而不失于荡，岂非千载憾事哉！"

听毕魏源之说，汤金钊有些激动地坐立不安，他站起身来回踱步。李宗瀚则直说道："我虽曾为学政，于《大学》乃不如弟子所研之深。"汤金钊此刻才止步补充一句："此可谓青出于蓝而胜于蓝。"李宗瀚复又叹道："弟子不必不如师，师不必贤于弟子。闻道有先后，术业有专攻。"

于是，李宗瀚和汤金钊坐下来，开始仔细商议魏源拜师求学和科考之事宜。汤金钊说："做学问可不立门户，不争异同，但必以明道敬义为重。魏源啊，湘人周石芳侍郎，得阅你之诗文后，于其文中之敦雅大加赞赏，加之同为湘人，故他内心自豪而在京都大力宣扬，致你名满京都，在朝公卿争相交往。"

魏源有些不好意思说自己不愿有太多交往，他从衣袖抽出一封信来说："今天收到乃父自江苏来信，嘱我'汝力贫中学，年少慎交游'。"

两位学政将魏源父亲之信交互传阅之后，知魏源此次进京是身负厚望而来。于是，问魏源还有何求学愿望。魏源说，他最想拜师修研"宋儒""汉儒"和《公羊》，至于古文辞学，他想以自己研修为主。

两学政为魏源把关，反复商定让他学"汉儒"于胡承珙（号墨庄），学"宋儒"于姚学塽（字镜塘），问《公羊》于刘逢禄（字申受），古文辞则可多与董桂敷（号小槎）、龚自珍切磋。魏源一听喜出望外，两位学政推荐的都是他仰慕的名师大家。

到胡墨庄御史门上拜师那天，魏源在大门外站了好一会儿。他在想，见先生之前该做些什么准备，尤其是要回想一下自己读过先生哪些著述。在拜见李宗瀚老学政时，他已经有了这方面经验。现在虽然李学政已为他约好了与先生见面，但胡御史身为翰林院编修，随迁御史，天下利弊皆可由他陈于皇帝面前，在京城名气很大。数年来，他的奏陈多为深切著明之议，皇朝亦多施行，魏源不得不有敬畏之心。且其学问专究心经学，尤其专意于毛氏诗传，这也正是魏源所欲急趋和深究之学问。

北方的寒风十分狂烈，一阵北风将大门外的银杏叶卷飞起来，像金箔在地上翻滚。一对喜鹊划出两道抛物线，随风飘落到银杏树上，又喳喳叫了两声。魏源心里一喜，似乎是受了鼓励，举手拿起门环拍了两下。门叶轻轻开启，一微驼老人见他手提布包，包中露出书本一角，便点头笑迎他进去，并问他是不是御史的弟子魏源。魏源说："正是。弟子魏源前来拜师。"说时，魏源已见一位中等身材、穿戴整肃的长者站在大厅正门一侧。魏源朝长者走近时，长者抻了抻衣袖，很是庄重地迎候着。魏源执弟子礼，胡御史乐受之后说："弟子不必多礼。"并笑引魏源走至厅前方一小小静室里坐下。挂在内室壁上的字画很是古雅，但魏源不好细看，只注意着胡御史的言行。一小姑娘端来两杯茶小心翼翼放在几案上，胡御史说："请用茶。"魏源见茶杯上字画独特，将茶杯端了一下，但没有喝又轻轻放下。

"春湖老学政转来你的《两汉经师今古文家法考叙》初稿，我看过了。"胡御史放下茶杯跟魏源说。

魏源马上正了一下已经坐得很正的身子接话："请恩师多赐教。"

胡御史没有急于指教，而是反问："既来随我学汉儒考据，你都读过些什么书？"

魏源马上感到先生是在考他。魏源说："只读过先生的《毛诗后笺》三十卷，《仪礼古今文疏义》十七卷，《小尔雅义证》十三卷，和《求是堂诗文集》三十卷。"

胡御史非常满意，但喜不形色地一展眉额，稍停一刻之后才说："于诗，我是墨守毛传；至于经文，实有难通者，我也常常搜求他证。如'弗躬弗亲，庶民弗信'一句，《毛诗传》为'庶民之言不可信'，而《左传》《国语》《淮南》《说苑》引此诗时，皆谓'民不信上'。这就是我《毛诗后笺》于此句之依据，而于文中之意又更加顺畅。如此仅是一例而已。"

魏源完全明白先生这是在教他治学一定要从严求真！

胡御史看了看魏源虔诚的表情，而后他才开始让魏源谈其《两汉经师今古文家法考叙》。魏源说："我读《后汉书·儒林列传》，其古文之宗，今文之学，几可谓之俗儒，废书而喟！"

胡御史尽管已经阅过其文章，但魏源此语一出，他还是不得不暗自惊愕。一则为弟子于汉儒之学探究之深，二则为自己于此番惊世之语闻所未闻。胡御史承认魏源考之有据，言之成理。他举魏源文中之例说："如你文中所言，夫西汉经师，承七十子微言大义，《易》则施、孟、梁丘皆能以占变知来，《书》则大小夏侯、欧阳、倪宽皆能以《洪范》匡世主，《诗》则申公、辕固生、韩婴、王吉、韦孟、匡衡皆以'三百五篇'当谏书，《春秋》则董仲舒、隽不疑为决狱，《礼》则鲁诸生、贾谊、韦玄成之议制度，而萧望之等皆以《孝经》《论语》保傅辅道，求之东京，未或有闻也焉。其文章述作，则陆贾《新语》以《诗》《书》说高祖，贾谊《新书》为汉定制作，《春秋繁露》、《尚书大传》、《韩诗外传》、刘向《五行》、扬雄《太玄》皆以其自得之学，范阴阳，矩圣学，规皇极，斐然与三代同风，而东京亦未有闻焉。"

魏源没有想到恩师对自己的汉学研究会如此认可，于是问道："愿闻先生于东、西汉学学问之高见。"

胡御史兴致颇高，端着茶杯说："今世言学，则必曰东汉之学胜西汉，东汉郑、许之学综六经，呜呼！二君惟六书、三《礼》并视诸经为闳深，故多用今文家法……"

师徒俩在汉学考据研究方面谈得十分投缘。这让魏源于自己在汉学考据方面有了自信，话语也自然起来："先生所言令弟子胸怀大开！在《两汉经师今古文家法考叙》中，我采史志所载各家，立案于前，而后随人疏证，略施断制于后，俾承学之士法古今者，一披览而群经群儒粲然如处一堂。识大识小，学无常师，以为后之君子亦将有乐于斯乎？"

此次拜师不仅魏源高兴，胡御史以为自己收得一名高徒，更为高兴。师徒俩的融洽和开怀，使魏源对汉儒家法有了进一步的认识，于音韵、训诂等也足够重视。

不过几天，李宗瀚就收到胡墨庄御史送来的请柬，要在万柳堂举办祭祀汉学开山、东汉大儒郑玄的祭祀活动。活动是胡御史领头，魏源是胡御史的弟子，所以，请柬也有魏源的一份。

郑玄，字康成，山东高密人，东汉末年儒学家、经学家。曾入太学攻《京氏易传》《春秋公羊传》及《三统历》《九章算术》，又从张恭祖学《古文尚书》《周礼》和《左传》等，最后从马融学古文经。游学归乡，之后复客耕东莱，聚徒授课，弟子达数千人。他家贫好学，终为大儒。党锢之祸起，遭禁锢，杜门注疏，潜心著述，晚年守节不仕，却遭逼迫从军，最终病逝于元城，享年七十四岁。著有《天文七政论》《中侯》等书，共百万余言，世称"郑学"，为汉代经学的集大成者。唐贞观年间，列郑玄于二十二"先师"之列，配享孔庙。宋代时被封为高密伯，后人建有郑公祠以纪念。京城有关汉学之人事，都是胡御史领衔。

魏源因是首次参加这一祭祀活动，和李学政一道来得较早。李学政非常理解魏源的好奇心情，他自己在祭祀堂里坐下，又叫魏源到处走走看看。魏源是第一次走进万柳堂，这里稳重而古朴的屋宇和深黯而空阔的厅堂，以及无以计数的苍劲老柳，呈现一种肃穆的氛围。胡御史是领头，更不能来迟。他们在香火缭绕的祭祀厅外见面时，魏源本想向恩师执弟子礼之后，再去周围走一圈看看，不料胡御史以弟子魏源为荣，约他在堂左长椅上就座，以方便一一和前来参加祭祀的各位致礼问候。前来参加祭祀的均为京都名士，翰林院居多，认识他们于魏源的学问长进和将来功名考取都会大有裨益。

门口进来一位约五十岁的谦谦长者，见礼后，胡御史向魏源介绍："朱进士，家藏十万余卷，日后如见有'东园遗泽''培风阁珍藏'印记之书，乃是朱进士藏书。著有《文选集释》《说文假借义证》《小万卷斋集》《小万卷斋文稿》二十四卷及《诗稿》三十二卷，辑有《国朝古文汇抄》二百七十二卷和《国朝诂井》九十卷。"魏源一听，如雷贯耳，视同恩师一般，执弟子礼。胡御史言谈之中无不夸赞魏源。

三人刚落座，门口进来一位眉展眼亮、嘴带微笑的中年人，魏源见胡御史起身。也随同起身，见礼后，胡御史向魏源介绍："钱进士，治经不持汉宋门户之见，治史精博，能通体要，补撰三国魏晋南北朝诸史会要之缺。辑有《碑传集》一百六十卷和《三国晋南北朝会要》，所辑《经苑》一书，汇编唐宋元代儒家解经之著作。亦为浙江著名藏书家。"胡御史在之后的言谈之中又连连夸赞魏源。

魏源再执弟子礼后，刚分别落座，门口进来一位熟悉的身影，显得年轻儒雅，举止潇洒而又彬彬有礼。魏源马上记起他是江苏的陈奂先生。能在京都万柳堂见到自己的熟悉的师友，自是高兴万分。魏源向陈先生执弟子礼，陈先生不准。胡御史问："你们何时相识？"魏源说起自己曾跟随父亲到江苏求学，拜访过陈先生。胡御史也高兴起来，又将《毛诗传》议论了一番。两人相谈，虽见解有些相异，但也有许多志趣相投的话题。

随着张孙成、徐敫等几位进士相继到来，参祭人员已经到齐。胡御史宣布释奠典礼开始。

> 鼓初严。鼓再严。执事者各执其事。
>
> 纠仪官就位。陪祭官就位。正献官就位。
>
> 启扉。瘗毛血。迎神。
>
> 行三鞠躬礼。进馔。上香。
>
> 行初献礼。行分献礼。恭读祭文。
>
> 行三鞠躬礼。行亚献礼。行亚分献礼。行终献礼。
>
> 饮福受胙。撤馔。送神。
>
> 行三鞠躬礼。捧祝帛诣燎所。望燎。
>
> 复位。阖扉。撤班。礼成。

"祭郑"之后，魏源深感自己从恩师胡墨庄御史学汉儒家法真是受益匪浅，无论是内容或是形式，魏源都深受感染。

李学政按照与汤座主所商定，又送魏源问宋儒之学于姚镜塘。但此次拜访与此前任何一次都大不一样，李学政一再嘱诫魏源："拜访姚中书可不同于拜访他人！姚中书生介厚重，但近怪僻，在孩不戏，见物不取。尤以孝重，痛其父母不得躬侍禄养，遂终身不带亲属来京都，独居水月庵，生活简朴，拒受一切馈赠。既是依俗礼所分，应得之'印结银'，他独一律不受。传说其门下有士官湖北布政使至京，以五百金执献，姚中书力拒不成，遂隔日捐给会馆。如此，前后共捐三千余金。"

魏源一笑说："吾正无所馈赠，唯有一《书宋名臣言行录后》呈上请教。"

李学政暗自一喜："此举可行。"略思片刻又嘱魏源，"与姚中书攀谈、请教，可要千万慎言，他为人耿直而性格刚绝，处事清廉而不附权贵。内阁大学士和珅在任时，按照清朝之礼，内阁中书要对大学士行弟子礼，姚中书不齿于以和珅为师，宁愿弃职归家。直至诛了和珅之后，他才入京供职。此人此行真是独一无二！"

魏源越听越肃然起敬！从姚中书的清廉他又联想起自己的爷爷和父亲的善行，拜师愿望更为强烈。

座师汤金钊也担心魏源难以适应姚中书的古怪脾气，怕他拜师不顺，决心陪同魏源前往。

水月庵门口镇着两座铁铸兽腿香坛。中午正是香烟缭绕，那棵老柏树扭筋弯腰，如负重千年从未松懈过地斜立在左边的高台上，树冠就高悬在缭绕的香烟里。师徒俩走进圆拱大门左拐，再上一个高台阶，才见寮房的长廊上正有束衣裹腿的小沙弥扛着扫把过来打扫院落。汤座师上前问道："姚中书现在何处？"姚中书在此住了很久了，小沙弥很熟悉，故带访客入寺前行。过廊入甬道再拐入寮房，果见姚中书正伏案书写。纸窗帘幕，破屋风号，霜雪积案，姚中书仍危坐案前。汤金钊虽与姚中书熟识已久，但近来也有几年未见，今日见面却不得不惊异。姚中书薄衣布鞋，由于天冷，脸上稍显僵硬，但汤金钊的到来让他难免兴奋，他以手搓脸，立刻精神焕发起来。汤金钊说："中书今日何故如此穿戴？"

姚中书说："敦甫不知啊。吾今身之穿戴乃为父母居丧时之穿戴。一毡帽，一羔裘，终身服之，褴褛不改，意为终身丧，终身之孝。"

汤金钊即以恭肃声色向魏源介绍姚中书，又向姚中书介绍弟子魏源。魏源执弟子礼，姚中书坚决不允。李宗瀚和汤金钊推荐魏源拜师姚中书时，姚中书当时并不答应，说到最后他也只是答应看看人再说。今天，汤金钊将魏源带到了面前，姚中书凝视他片刻，见魏源眉硬骨刚，嘴厚颜正，才在心里应允，正色说道："请坐。"

坐凳是石磴上压着的一块扎实的木板，板面虽然粗糙，但稳重宽厚，宜人适坐，整张凳面都已被坐出光亮。汤金钊说他要在寺里转转，真意是要方便魏源单独向姚中书请教。

汤金钊一走，魏源落座，姚中书直问魏源："你是来向我问宋儒？"

魏源说："是的，请先生多多指教。"魏源先呈上《大学古本》见教。姚中书当即过目，于关键处又反复翻阅后说："古本出自《石经》，天造地设，惟后儒不得其脉络，是以致讼。吾子能见及此，幸甚！惟在致力于知本，勿事空言而已。"

见先生待人亲和无间，谈论娓娓，语皆心得，魏源明白，先生已接纳他了。这已经是开始传道、授业、解惑。他将自己的《书宋名臣言行录后》一文及书稿呈给姚中书道："请先生多多赐教。"

姚中书将书目细过一遍，略一思考，说："须知学问之人必主于修己！"

魏源说："弟子谨记！"

姚中书说："吾视万物，莫不有真趣。可见，人必自内定，然后可以应物。"

姚中书接过文章和书稿，坐正身子仔细阅读，魏源不断观察先生的神色，见他脸上渐显愉悦后，心跳才趋于平缓。

姚中书阅完文章，将手边的木镇纸轻轻压在文章和书稿上，以免窗风翻移。然后转过脸来亲切地对魏源说："文中所见深矣！不知何以存此见解，著此一书？"

魏源回道："《四库全书》总纂为纪文达（晓岚），文达故不喜宋儒，其《总目》多所发挥，然未有如《宋名臣言行录》之甚者也。如书曰：'兹录于安石、惠卿皆节取，而刘安世气节凛然，徒以尝劾程子，遂不登一字。以私灭公，是用深懑。'缘此，加之其他，我乃著此一书请先生指教。"

姚中书说："书稿前集起宋初，后集起元祐，书中多处正《四库全书》之误，吾未知文达所见何本也？岂不懂凡养气刚大，殁致风雷，必'百计抑之，终不能磨灭'！"

魏源深感先生所见与己之同，得到先生认可，也顿觉欣悦，话也多了起来："夫忠定与文公皆百世师，原非后人所能一畚增岳，一蠡损渤。而文达方以记丑辩尸重名，余恐耳食者流，或眩其信仰前哲之心而靡从之，则是益重文达过也。至文达谓'南宋亡于诸儒，不得委之佥胥；东林起于杨时，遂至再屋明社'，则固无讥焉。"

姚中书听后，点头示赞。

先生的言传身教，让魏源于自己所知增强了自信，同时也发现了一些应知的缺陷。别前，魏源告诉恩师："弟子回去要增遗补漏，再写《书宋名臣言行录后》。"

姚中书很满意魏源的身形相貌和求学精神，微笑着还给魏源书稿。送别魏源时，魏源再行弟子礼，姚中书仍拒绝。姚中书自始至终都拒绝魏源向他执弟子礼。

魏源正准备出门，见门口有一位气质不凡的年轻人，抱着一堆文稿直入而进。魏源一看，他额眉舒展，唇颏丰贵，两眼炯炯有神。姚中书见魏源不知如何称呼，立即从中介绍说："这位乃龚自珍，龚定庵。常来我这里问宋儒。"姚中书又向龚自珍介绍说，"这位是魏源，魏默深，也是来问宋儒的。"两人早已互闻其名，这下一见如故，龚自珍马上给魏源置座问安。姚中书有些不解地说："定庵今天见了默深倒像是换了个人啊，变得如此谦卑了！"

龚自珍说："魏源何人？人与人也有不同！"

倒让魏源不好意思地说："你先登师门，是师兄；我是师弟，照说是我该给你让座问安才是。"

龚自珍说："你不是外人，我就不客气了。现在我要请恩师给我作些评点。"于是，龚自珍将自己抱在怀里的不少诗文置于姚中书的书案上，跟姚中书说："请恩师多指点。"

魏源算是勤奋的读写之人了，但见龚自珍一下拿出这么多诗文，魏源大吃一惊。此真奇人奇才也！

但姚中书略一展阅，脸色十分严肃地说："吾文着墨不着笔，子笔墨并用矣。"定庵略一思考，明其深意，很不好意思，收拾好这些诗文背在背上，犹豫片刻，拉上魏源一并离开。

魏源陪着龚自珍来到龚自珍住所，龚自珍先给他上了一杯茶，让他坐在书房里喝，自己就在门外烧起一堆大火，将那些诗文抛进大火里焚毁。等到魏源发现火光，出门来看时，诗文已烧得所剩无几。

魏源非常痛惜地说："定庵兄这是何故？"

龚自珍大笑说："废品何用！"

魏源说："谁说是废品了？"

龚自珍说："恩师姚归安的话我听懂了！"

魏源一时听不明白，问道："姚归安？"

龚自珍仰脸一笑，说："我龚自珍向负俊才，为我所许之人少之又少，但于恩师姚中书，我从不敢道其名字，因其为归安人，故恭称他'姚归安'。"

两人哈哈大笑一番。

于汉学、宋儒之后，魏源始专治《公羊》学。于是，李宗瀚让魏源拜刘逢禄为师。刘逢禄虽前年三十八岁时才成进士，但家学深厚，其外祖父庄存与、舅父庄述祖，皆已经术名世，而刘逢禄又尽得其学。李宗瀚认为，治《公羊》之深，在京都莫过于刘逢禄。

魏源带着他的新作《公羊春秋论》上、下两篇去拜访刘逢禄。

刘逢禄时为礼部仪制司主事，与京都名人学士来往密切，于魏源诗文名气早有耳闻。刘逢禄见魏源到访，自是非常欢迎，也不拒绝魏源的弟子礼，而是微笑着直接将魏源带到自己的书房里坐下。魏源见书房的一副挂像严慈而相识，久仰了一刻。刘逢禄马上向他解释："此乃我外祖父大人。"

魏源马上施弟子礼说："庄存与老先生亦乃吾师也！在经学方面，真乃开山之祖。我曾求学于恩师。"两人归座，促膝而谈。魏源呈上自己的《公羊春秋论》说："嘉定钱詹士论《春秋》曰：'《春秋》之法，直书其事，使善恶无所隐而已。'"

刘逢禄说："吾意为：《春秋》之义，君弑贼不讨，不书葬，未闻有责君不正家者。'吾入仕以来，一直坚持以经义决疑事。学《公羊》务通大义，而不专事章句，须由董生之《春秋》窥六艺家法，由六艺家法求观圣人之志。世之言经者，于先汉则古《诗》毛氏，后汉则今《易》虞氏，文辞稍为完具。然毛公详故训而略微言，虞翻精象变而罕大义。求其知类通达，显微阐幽者，则公羊在先，汉有董仲舒氏，后汉有何劭公氏，《子夏丧服传》有郑康成氏而已。"

魏源忽被书房侧门上的一副联语所迷："玩经文，存大体，理义悦心；若己问，作耳闻，圣贤在坐。"刘逢禄见状一笑解说："这乃我外祖父座右铭。外祖父常教我：'学所以养其良心，益其神智，须旁广而中深，始能囊括群言，发其精蕴。读书之法，指之必有其处，持之必有其故，力争乎毫厘之差，深明乎疑似之介。'"

魏源接话说："恩师所著，《易》主朱子本义，《诗》宗小序、毛传，《尚书》则兼治古今文，《春秋》宗公、谷义例，《三礼》采郑注而参酌诸家。"

刘逢禄一听魏源于外祖父著述如此之熟，更是视为知己，交谈已无顾忌。至别离时还因魏源曾师从外祖父而不敢接受魏源所执弟子礼。

此后，魏源于《公羊》学大开眼界。

7

消寒盛会

座师汤金钊来看魏源，魏源却没有在馆。

李宗瀚刚任了都察院左副都御史不久，心情不错，很高兴地陪着汤金钊说话，告诉他，魏源带了些诗稿去拜访董小槎了。

董小槎是江西婺源人，嘉庆十年进士，翰林院编修，少孤，事继母以孝闻，博综经史及先儒之学。汤金钊自是赞成魏源与其多多交往。

李宗瀚陪着汤金钊看了自己新收藏到的几块残碑，又谈他收藏的《孟法师碑》《庙堂碑》《信行禅师碑》《善才诗碑》和他摹刻的《孔庙碑》及《化度寺碑》。估计到了魏源快回来时，谈起魏源在馆的情况，李宗瀚总是说，魏源用功太过。

魏源回来一看座师在，施礼过后又不知说些什么才好。汤金钊说："听说你去拜访董小槎了？"

魏源含笑回道："刚把诗文集整理出来，向他讨教。"

汤金钊坐下来用一种佩服的眼神看了看魏源，点点头说："好！你是学业日进，小槎能自励励人，真无愧性分职分也。"

魏源说："董先生本不以诗名，但其经明行修，不次大儒。"

汤金钊见弟子在京都求学如此兼收并蓄，求同存异，很满意地起身道别。李宗瀚和魏源送至大门外，汤金钊又对魏源说："当今学人如尔者不多！实不负尊父之厚望！现在，汝之诗文在京都已声名雀耳。万望记住：'满招损，谦受益！'"

在魏家塅时，二伯父也常如此教他。魏源说："请二位恩师放心，弟子谨记！"

汤金钊刚走不久，陈沆来访。

李宗瀚见陈沆出现在大门口略感惊异，一听他说是来见魏源更是一疑。陈沆是湖北蕲州人，十二岁童子试便出类拔萃，扬名在外。时任湖北学政鲍桂星向来才气雄鸷，眼中无人，可得阅陈沆试卷时惊叹："天才也！"陈沆虽也屈过公车，但成进士之前就已因辞赋声名鹊起。其学渊博，握要经史，旁证疏略，多所阅记。其诗文以独到为宗，又严谨苛求，不以思力深刻而自满，尝数易其稿，不至高奇华妙不罢休。在京都，除董桂敷、姚学壎、贺长龄、陶澍、龚自珍之外，几不随意与人交往。

李宗瀚迎进陈沆，并直接带到家馆魏源处。魏源虽已熟知陈沆大名，但见面还是初次。与魏源俭朴的穿着和粗糙肌肤相比，陈沆穿着清雅讲究，又玉肌月脸，魏源想不到这样一位文雅人却能在诗词文章中透出一代文宗豪气。

两人在书房落座，陈沆说自己不久将去湖南侍父，便拿出《简学斋手书诗稿》向魏源讨教。魏源谦敬地说："岂敢！岂敢！"及至开读其手抄诗稿便爱不释手。读至中途，转而又忍不住将自己的诗稿《北道集》交与陈沆求教。真是一见如故，互为师友。

亲切交谈中不觉时至中午，在李宗瀚家吃过中饭，两人继续谈诗。魏源谈他读陈诗之感："空山无人，沉思独往。木叶尽脱，石气自青。羚羊挂角，无迹可求。成连东海，刺舟而去。"陈沆读魏源诗亦不能自已，以古风一首对魏源的诗作了评价："直木无卑枝，清漪无杂鳞。君今甫二十，出语如有神。洒然风雨气，倾倒万斛尘。古风日芜秽，大道成迷津。各抱婵娟性，何以称诗人？遂如缁与素，渐染渐失真。贱子不量力，颓翻思一振。区区自怡悦，安计笑且嗔。把君《北道集》，怀抱生古春。流离浩满眼，凭车发哀呻。惜哉徒为尔，不救民苦辛。今当与子别，行矣各爱身。所期浮嚣近，远与淡泊邻。"两人契合甚深。

让李宗瀚根本没有想到的是，一个大雪纷飞的日子，一辆阔气的马车突然停在大门口，一个熟悉的身影从车帘里出来。李宗瀚怀疑自己的眼力，走近仔细一看，还真是大学士穆彰阿突然降临。李宗瀚赶快迎他进门。穆大学士一改往日在翰林院的威风，非常谦卑地说，他要见见魏源。李宗瀚明白，是魏源的名气惊动了这位翰林院掌院大学士。他将穆彰阿迎进客厅落座上茶后，自己去告诉魏源："魏源啊，你真是名大福大啊，翰林院穆彰阿大学士都来看你了。"

魏源却不以为然地看着书，安静得没有应有的反应。

李宗瀚强调说："穆彰阿大学士看你来了！"

魏源掩卷略思片刻说："请恩师告诉他，我不在。"

李宗瀚猛吃一惊，这魏源平时见人总是诚厚恭谦，今天大学士来主动见他，他何故反而如此傲慢少礼？李宗瀚担心自己激动得说出过头话来，他强自镇静下来才说："满京城的读书人巴结他都还巴结不上呢！他都找上门来了你还不见？你没有听错吧？是大学士穆彰阿哪！"

魏源说："我一介平民学子，何当如此大人物上门来见？"

李宗瀚说："你一个远在湖南宝庆府邵阳县魏家塅乡村的孩子，应该与当今翰林院掌院大学士穆彰阿没有什么过节吧？"

魏源说："恩师多虑了！"

李宗瀚不无着急地告诉他："当朝皇帝即位以来，他可是多次被钦点为乡试官、会试官。当下朝廷，凡有复试、殿试、朝考，教习庶吉士散馆考差，大考翰詹，没有几次不是他主持评选文章之事！国史、玉牒、实录诸馆，皆是他作总裁。门生故吏遍于中外，知名之士多被援引。这一次你若不见，恐怕于你仕途不利。"李宗瀚知道自己这话说得很重，也很直白，但他非为自己，全为年轻人魏源所想。此时此事，对于想读书取仕的魏源是何等关键。他岂能不诚心直言！

魏源本不想多说，怕恩师为难，还是随意找了个理由："我这么穿戴不整，毛长嘴尖，去见大学士反显得不恭不敬。"

李宗瀚想想，这倒也是个道理。但李宗瀚不愿让魏源失去这么好的机会，回他说："你说的这些，我可以跟大学士解释，他若知你是只顾苦学，不及其余，必会更加看重你。"李宗瀚还是等着魏源去见穆大学士。

魏源无法，只好跟恩师透露了内心："恩师所言，愚徒自是心知。可我常听师友们私下议论，穆彰阿长期当国，专擅大权。对上奉承迎合，固宠权位；对下结党营私，排斥异己。他利用各种考试机会，招收门生，拉帮结派，朝廷忠臣早有微言。我内心不愿与他为伍，不管他官有多大，权有多重！"

真是初生牛犊不怕虎啊！李宗瀚像是要吓瘫在椅子上。他原以为魏源是年轻无知、不懂礼貌，没有想到他竟如此了解穆彰阿大学士。李宗瀚再次提醒魏源说："机会稍纵即逝，你再好好想想！"

魏源说："我宁为玉碎，不为瓦全！"

李宗瀚闭目想了一刻，既担心魏源的仕途前程，也在内心深处高看魏源一眼。但越是这样，李宗瀚越觉得对于魏源来说，后果严重！他回想自己刚才已做得仁至义尽，现在也只好马上转话说："那好，我去回了穆大人，免他久等。"

李宗瀚回到客厅跟穆彰阿说："实在抱歉，让大学士空劳一趟！魏源本是在书房读书，刚才外出去了药铺。他风寒咳嗽几天了，今天突然加重。也不知他何时能回，要不……"

李宗瀚话未说完，穆彰阿一看李宗瀚眼神，觉出其中暗情。他灵机一动站起来，抻了抻官袍说："那好吧，下次我再来看他。请他好好将养身子。"

话是说得很有余地，但从穆彰阿道别后走出大门踏上马车的速度，以及双脚在车内的软垫上踩踏冰雪的力度，李宗瀚都能看出他的恼怒。不过，李宗瀚也能够理解穆大学士，他岂能被魏源拒绝见面？这是多么大的"羞辱"！别看他把话说得平平静静，要知道他是何等人也！谁能比得上他的城府之深！魏源啊，魏源……

第二天，魏源收到传递而来的请束，是陶澍邀请他去参加消寒诗会。魏源此前听说过在消寒诗会上雅聚的都是京都文人名士，更何况是陶澍请他，他不得不认真掂量掂量。

照说，作为老乡，作为有世交的陶、魏两家人，他进京这么久，应该先去拜访陶澍；他内心里其实也特别想早点儿见到陶澍，只因他觉得自己的爷爷曾经帮过陶澍，陶澍后来派人来还钱，爷爷又拒收。爷爷曾经还说过，"勿以助人而难人"，因此他觉得自己现在处于这种求学境地去见陶澍，似有逼人赔情的小人之嫌。原本觉得自己做得很有气节，现在陶澍请他来了，他一时又觉得自己失礼，心感歉疚，怎么能让陶澍先请他呢？这一次，无论如何，他是一定要去见见陶澍。

可对于这个消寒诗会，魏源不知内情，不知该如何应酬。在翰林院的那些年轻的名士面前，他总不能一见面就给陶澍丢脸！这到底是去呢，还是不去呢？

魏源虽未言明，但当过学政的李宗瀚不失细心，还是看出魏源内心的犹豫。他劝魏源："你不要犹豫，同为湘人，应当去见见陶澍了。他也非常值得你一见！"

魏源说："去参加这个消寒诗会，我该如何应酬？"

李宗瀚告诉他，消寒诗会由陶澍首创于嘉庆九年，原只有陶澍、朱珔、顾莼、吴椿、洪介亭、夏修恕六人，都是嘉庆七年的同榜进士。后来一些参会者不是嘉庆七年的进士，但与他们几人是好友，也陆续参加了这一活动。他们都是在翰林院供事、等待派职的进士们，年轻气盛，意气风发，领到俸银后就在诗会上赏花鉴古，谈剧间作，商榷古今上下，扩见闻而启神智，斗酒斗诗，尽兴时脱帽宽衣，举杯吟诗，手舞足蹈，极尽取乐，一醉方休。开始是十日左右一聚，或某诗人生日，或某传统节日，皆可成为他们聚会理由。近些年由于白莲教作乱，皇朝多事，诗会已停办多年。这次听说是翰林院编修董国华发起，据说林则徐正在京都，也可能参加此次聚会。

二十几岁的魏源也正意气风发，听李宗翰如此一说，不仅不再犹豫，而且大为喜悦。

赴会那天，门外虽风止雪停，但前几天的大雪已将地上覆盖得一派银亮，大小屋宇都幻化成巨兽般肥白的异象。魏源特地将自己收拾出一点浪漫，往宣武门外那指定的茶馆赶去。

茶馆的朱红雕花门开着，从外往里看，雪白与朱红门扇对比起来更是强烈抢眼。四扇门板雕花很是讲究，有"喜鹊登梅"，有"一路连科"，有"双喜临门"，有"福禄寿喜"。进门可见里面是一层厚厚的条花棉隔帘。魏源先是轻轻掀一下棉帘，没想到棉帘很沉，没有掀起来。他稍稍使劲才将隔帘掀起，里面一座大火炉正火光红亮，四面张挂着《仕女图》，靠壁一面高脚花几上的兰花剑叶绿亮。墙角深处又有一古琴、一琵琶、一棋局助乐。众进士围炉而坐，济济一堂，不仅暖和，还热闹亲切，顿觉"消寒"之名真是叫得贴切！

到堂的各位正互相致礼、问候、寒暄。魏源一眼便见恩师胡承珙正站在厅中与一位身材高大的官员说话。魏源走去向胡承珙执弟子礼后，胡承珙马上向魏源介绍这位身材高大又脸若日月、目若深潭的官员："这位就是邀请你来参加诗会的老乡——陶御史。"

陶澍今年三月刚补任江南道监察御史，四月生过一场大病，但此时已痊愈几月，也正是心情好的时候。魏源向他执弟子礼问好时，他只是呆呆地看着魏源，像是未做反应，只感到那刚眉硬骨的家乡人面貌越看越亲切。半晌，陶澍才问："贵庚？"

魏源回道："甲寅三月。"

陶澍说："小我十五岁！如叔侄一辈。好啊！"

魏源不知往下该说什么。胡承珙及时提醒道："你该感谢老乡！消寒诗会可不是一般人能参加的！"

魏源刚准备说感谢老乡，陶澍抢过话跟魏源说："你应该感谢你的几位恩师！墨庄先生、镜塘先生、申受先生，都向我力推你的诗文。观你诗文的确非同凡响。你虽非消寒诗会成员，但来感受一下诗会非常有益。"

魏源欲再行弟子礼致谢时，陶澍不准，并领他进厅左一个斗室入座相叙。

陶澍说："进京多日，为何不来见我？难道魏家与我有何过节？"

魏源全身燥热起来说："岂敢！"

陶澍说："那到底是为何？我们是老乡，我们两家还是世交，你为何如此生疏？"

魏源深感应说真话了："我这次是来求学应试的，诸多不便。因此，不好打搅。"

陶澍不高兴了："你可知道我们两家是几代交往，不然，我当年求学遇到困难时，也不会找你家相助。"

魏源说："爷爷在世时说过此事。"

陶澍说："你爷爷他老人家不在世了？"

魏源说："已仙逝十多年了。"

陶澍站了起来，眨了眨含泪的两眼，低头一会儿，说："他老人家可真是'邵邑醇良'，我从内心敬仰！有关我们两家的事，老人家在世时都说过些什么？"

魏源说："爷爷交代我，要我以你为楷模！但将来若进京，切勿打搅。说善欲人知不是真善，恶怕人知乃是真恶！为人要帮人不难人。"

陶澍压抑着自己的感激之情说："你家里人现在可好？"

魏源说奶奶也已经去世，父亲仍在江苏就职，只有母亲和自己刚娶的严氏等人在魏家守家。他已进京数月，也无法得到家里消息。

陶澍问："那你是独自来京都求学？"

魏源说，父亲陪他到武汉后就东去江苏履职。但父亲帮他约了新化邓湘皋先生一路同行来京。他们入秋启程，至秋末冬初才到京都。多亏湘皋先生熟悉京都，帮他找到新任御史、当年的湖南学政李宗瀚，他才在李府暂住下来，开始求学和备考。

陶澍说："湘皋呢？"

魏源说："送我到京都后，他办完自己的事也返湘了。他正忙着收集、整理和出版寓湘文人的诗文。"

陶澍问："这个我知道，他还到我这里要过诗文。你入京求学备考还有何困难？"

魏源说："李御史待我极好，没有困难。"

陶澍又特地问他经济上有没有困难，魏源说："李御史收我在他家馆授徒，吃住在他家，又束脩照付。经济上也没有任何困难。"

陶澍问："李御史与你有多久的交往？"

魏源说："李御史在湘任学政时到邵阳视学，查阅试卷时，发现我在《孔子考》中指出司马氏《史记》之误，后与我谈话，至今厚爱于我。"

陶澍点点头赞道："爱才如此，我朝有幸！"但陶澍话锋一转说，"穆彰阿大学士前些天看你，你为何不见？是我向他推荐的你的。"

魏源说："人以群分，物以类别！此人我不愿为伍！"

陶澍知道自己家乡人的倔脾气，但还是劝说魏源："你好大的口气啊！当朝读书人，凡要通过科考求仕者，无人敢得罪穆大人！"

魏源说："我只是不想见，并不想得罪他。这就算得罪他了？"

陶澍说："官场上的事，你还不懂！慢慢学吧！"陶澍话题一转又问，"你自湖湘来，一路所见社情如何？"

魏源情感复杂，不知如何回答才能尽意。突然记起自己的几句诗来："去岁大兵后，大祲今苦饥。黄沙万殍骨，白月千战垒。至今未麦地，极目森蒿藜……这是我国湖北、河南、山东等地的印象。"

陶澍情不自禁地重复了后两句："黄沙万殍骨，白月千战垒。至今未麦地，极目森蒿藜！"

魏源又道："我离开家乡时，湖南也遭灾不轻。"

陶澍深沉地说："是啊，今年湖南山田旱歉，情形不轻！澧州、慈利、桃源、安化，及宝、永尤甚。百姓以草木及'神仙土'充食，斗米价钱五六百文不等。各地方应各行出示，凡有谷之家，于零星粜买，不得阻滞。据险遏粜，如苏溪关等处，即行拿办，俾谷米流通。严禁盗贼，有倡意抢劫者，立即惩治，毋稍宽纵，才不致生事端，而旱歉之民复登衽席。"

陶澍身居京都却将湖湘之事如此细知于胸，这让魏源不能不另眼相看。他原以为翰林院人不过读书作文而已，没想到陶澍既能读书作文，还如此忧国忧民，朝中做官还真是要些本事！

此时，董国华来催陶澍，说与会者已经到齐，诗会准备开始。

陶澍诚心想为魏源来京求学、科考伏下人脉。他破例领着魏源绕炉一周，向大家介绍这是他的小老乡魏源。因李宗瀚、汤金钊、胡承珙、姚学塽、刘逢禄等人已在京都大力推介魏源的诗文，大家一见是魏源，就都表示欢迎。陶澍又向他一一介绍与会的各位大员。

此前因白莲教起事攻进过京城，皇上已令"严禁聚会"。今天的活动是消寒诗会中断几年之后的复会，又有应邀的新成员参加，所以来的人数胜过往昔。陶澍和魏源入座后，依次围炉而坐的有：

湖南安化陶澍，嘉庆七年进士，翰林院编修。

江苏吴县顾莼，嘉庆七年进士，翰林院编修。

福建长乐梁章钜，嘉庆七年进士，翰林院编修。

安徽泾县朱珔，嘉庆七年进士，翰林院编修。

江西新建夏修恕，嘉庆七年进士，翰林院编修。

安徽歙县吴椿，嘉庆七年进士，翰林院编修。

安徽泾县胡承珙，嘉庆十年进士，翰林院编修。

江苏吴县董国华，嘉庆十三年进士，翰林院编修。

浙江嘉兴钱仪吉，嘉庆十三年进士，翰林院编修。

江苏常州刘芙初，嘉庆十三年进士，翰林院编修。

湖南善化贺长龄，嘉庆十三年进士，翰林院编修。

浙江嘉善黄霁青，嘉庆十四年进士，翰林院编修。

福建福州李兰卿，嘉庆十六年进士，翰林院编修。

福建福州林则徐，嘉庆十六年进士，翰林院编修。

陶澍出于乡情让魏源分享的这一风光场景，对魏源影响极为深刻。这些人，也成了他心中的榜样。他暗暗告诫自己：如果以后的科考遇到挫折，就一定要想想这次盛会上所遇到的这些翰林人！

董国华谦约陶澍来主持此次诗会，理由是消寒诗会由陶澍首创于嘉庆九年。但陶澍应道："先甲逮后甲，董子复继起，一为登高呼，应者从风靡。还是你来主持。"

董国华为陶澍的谦让一笑，便开始执主持事。

如在早些时候举办这一活动，他们的第一项活动很可能是游园赏菊；而此时正值深冬大雪，他们的第一项活动只能是鉴古。在董国华的提示下，贺长龄将一个铜角黑色紫檀盒放置于身边的卷头书案上，按开盒扣，揭起上盖，小心翼翼地从中捧出一个古铜色竹笔筒向各位展示一番。于是，董国华向大家介绍说："今日诗会首先鉴赏宝庆竹雕笔筒。"

邵阳属宝庆府。魏源一听是鉴赏来自家乡的竹雕笔筒，兴致陡涨。

贺长龄介绍说："杜子美曰：'天寒翠袖薄，日暮倚修竹'；王少伯曰：'沅溪夏晚足凉风，春酒相携就竹丛。'铁冠道人曰：'宁可食无肉，不可居无竹。无肉令人瘦，无竹令人俗。'文人爱竹，古今一同。竹雕艺术始于秦、汉，盛于明、清，而宝庆竹雕源于永乐年间岷王移国武冈。因有文人学士参与其中的创意设计，甚至雕刻，形成了区别于金陵和嘉定派的独特竹雕艺术。在题材上，以文人画中的山水人物为表现主题；在雕刻手法上，以浅浮雕、高浮雕、圆雕、线刻、点刀刻相结合，不拘一格。今日所赏乃明代早期宝庆竹刻艺术家云山樵子的竹雕笔筒。大家可以看出，在雕刻刀法上他用的是减地阳刻浮雕和线刻、点刀相结合的方法。在这里，他刻画出了一幅生动传神的山水图画。"

于是，围炉各位开始一一相传递欣赏。在这一直径不过四寸，高不过五寸的竹皮表面上所刻的画面果然生动：远处，崇山峻岭绵延来去，巍然起伏又一望无际，一条瀑布飞流而下，深山苍翠之中隐现一大寺院；近处，群山脚下古松挺拔，竹木秀丽，溪水潺潺，一高士静坐水湄仙阁，观松听泉，二樵负荷行于蜿蜒山径。笔筒上部以阳刻之法刻有"近因春雨连绵，杜门罕出，偶仿巨然古法，甚为雅观，故其摹刻"。款为"云山樵子"。笔筒古朴典雅，堪称精品。

有宝庆这一竹刻精品欣赏，又涉及金陵、嘉定的竹刻名家的嗜竹故事，并议及玉、木、牙、角雕，众人一致认为竹刻艺术名家、大家不仅艺在竹刻，于犀、玉、木、牙、石均能过手成宝。

简约而具特色的菜肴已经上桌，各自面前的酒都已酌定。鉴古之后开始品酒。酒过三巡便开始玩"飞花令"游戏。击鼓传花开始后，首轮花传到陶澍手里时，鼓停场静。各位齐喝一声："喝！"

陶澍魁梧的身材站起，二话不说，倾杯而尽。

再击鼓传花，鼓停时，花又停在陶澍手里。陶澍再一饮而尽。

第三次还是如此。陶澍便端着酒杯不喝，他湘人性子大发，声若惊雷地质问董国华设了什么"毒局"。董国华大笑说："尔乃消寒诗会首创人，近年来国朝多事，严禁聚会，诗会中断不复。今日复会，皆大欢喜，刚才你不在场时，大家一直悄悄议定，必先敬你三杯。但恐你过谦不受，故设此'毒局'尽兴。"

陶澍听后更加开怀，笑饮而尽。他放下酒杯，拿起一根布巾定要将击鼓者两眼蒙蔽。击鼓者争辩："我是背对你们，难道我背后有眼不成？"

陶澍笑曰："你乃提线之偶，受人操控，暗中做鬼！"

击鼓者亦笑道："你真是火眼金睛！将来在你麾下定是无人可奸！"

击鼓者被蒙眼之后，传花步入公正，每每轮到意想不到的人喝酒，真有无穷乐趣，兴味大增。

击鼓传花玩过数巡，游戏又改为"投壶"。

一只彩绘"八仙过海"双耳大壶搬到厅中摆好，又一块刻有"七仙下凡图"的黄花梨大插屏摆在壶前遮挡视线，然后，他们隔屏向壶内投签，投中多的人获胜，输者就要定量喝酒。这种投壶叫"盲投"，众人都觉得"盲投"最为公正。

这一活跃场面让魏源想起欧阳修笔下的"宴酣之乐，非丝非竹，射者中，弈者胜，觥筹交错，起坐而喧哗者，众宾欢也"。

不知何故，陶澍投签却屡不入壶，多被罚酒。但陶澍从不拒杯，全都一饮而尽，酣畅淋漓！魏源与陶澍是第一次相见，作为老乡和家庭世交，他悄悄走到同是老乡的贺长龄身边私语，意在托他劝说陶澍不要过量。贺长龄轻松一笑，毫不在意地说："无论喝酒吃饭，在座无一人能敌陶子霖！"

魏源坚持提醒已有醉意的贺长龄，说陶澍已豪饮无数。贺长龄带着几分酒意告诉他："安化陶子霖饮量与食量并宏，小饮如鲸吸川，可饮数斗不乱！"

魏源只得退至自己席上静观默察，果然陶澍不仅不醉，还叫"拿饭！"众人无不叹服！

贺长龄乘兴举臂一呼："谁还能与陶子霖公斗酒？"

全场无人应声。

贺长龄再举臂一呼："谁还能与陶子霖公斗饭？"

全场无人敢应。

魏源坚持提醒已有醉意的贺长龄，说陶澍已豪饮无数。贺长龄带着几分酒意告诉他："安化陶子霖饮量与食量并宏，小饮如鲸吸川，可饮数斗不乱！"

酒、饭都由陶澍夺魁！魏源观酒后陶澍身材魁梧如山，面相光明如日，两眼明亮如漆，出声若洪钟，又想起他此前与自己所谈之国事，虽只初见，但其"居庙堂之高，则忧其民"的情怀实为读书人所贵，顿时心生敬慕。此人必为治国护民之良臣俊才！

酒醉诗来，场内开始轮流诵诗。魏源以为吟诗时，陶澍会稍稍迟歇，没有想到古琴、琵琶乐起时，他更是心气十足，又捷足先登：

> 今岁足衍乐，春来事云适。
> 长安诸故人，颇能盛筵席。
> 席设每见招，终日但为客。
> 今朝客忽来，例我具肴核。
> 冷盘三五陈，下箸无所获。
> 匪徒少羊羔，亦仍乏鸡跖。
> 斗酒兴未阑，四座欢弥剧。
> 旋闻蟹眼鸣，中有云腴碧。
> 我家茱萸江，乡物旧所积。
> 虽无甘露兄，犹足清两腋。
> 煮茗况家风，庭前馀白雪。

陶澍的诗令四座叫好，尤其结尾从室内之情写到门外之景，十分贴切。

陶澍顺便告诉大家，今天喝的茶就是他从自己家乡安化带来的黑茶。大家更是感受到了另一份深情。

接下来，顾莼举杯诵诗：

> 孤干贞心迥出尘，不随凡本共沉沦。
> 还期鸾鹤重留迹，无奈风霜老此身。
> 大厦于今望栋梁，空山到处有荆榛。
> 汉家大将思冯异，不为江潭泪满巾。

顾莼语音刚落，梁章钜也以箸击碗抢着诵自己的诗：

> 天外鸦声渡苑墙，千林晚景送斜阳。
> 云光乍与山颜紫，霜意犹容瓦色黄。

窥户月华连北极，隔榤虫响尽东箱。

沧江青琐俱无著，漫听西风玉漏长。

朱琦也不甘寂寞，将酒杯重重置于桌面，趁全场惊静一刻，他开始吟诗：

独对疏窗暝色侵，幽居况味岁寒心。

进泉近户邀停骑，街树过檐送噪禽。

把镜渐看双鬓短，抛书空坐一镫深。

不忘薮泽雕笼里，庄舄由来总越吟。

唯有和贺长龄挨着坐的林则徐未上场诵诗，一会儿给现场凑笑脸，一会儿又沉默不语地翻看一本什么书籍，还翕动着嘴唇，像是在默念强记。这引起魏源的注意，他走近一看，林则徐正拿着一本异形书。贺长龄也好奇地看了看林则徐手里的异形书，但看不懂，于是跟林则徐耳语道："看的什么好书？"

林则徐合上书叹道："英国有一位叫史蒂芬森的科学家，已经发明了世界上第一台蒸汽机车。"

林则徐说出的这一消息，马上引起全场人注意。这些翰林院进士们都是年富力强、敏于事务的青壮年，他们马上把话题转向了议论朝政。

自白莲教起事后，朝中严禁私自聚会议政，这次消寒诗会的复会，还得益于翰林院大学士英和的袒护。但是，他们这个年龄注定酒后不再有所顾忌，还是把朝廷的事扯了出来，有人悄声说，别国正忙着制造火车，本朝却正在忙着复开捐钱买官。朝中大臣对捐款鬻爵虽有两派争议，皇上也很犹豫，但因军需不济，河工缺费，朝廷收入数额有定，而支出浩繁无度，财政竭绌，在无其他措施之下，朝中只好勉强推行捐钱买爵。于是，大家言路漫开，又涉及中外通商问题。大多数人只是听说些情况，而陶澍说了一个较为具体的数字：西洋商人贿通洋行商人，仅去年就偷运了一百余万两白银出洋，朝廷虽订章严禁，却并不令行禁止。

说到此，林则徐便精神抖擞起来："前有英吉利兵船泊于广东香山县洋面，又有英人留居我澳门。朝廷虽命广东查处禁止，英人却以各种借口暗抵。我们得规范外洋商船，岂能容许洋船在我国为所欲为！"

召集人董国华警觉起来，担心大家继续犯忌，感到诗会应当结束才好。于是，征得陶澍同意，宣布诗会圆满结束，并嘱咐大家："酒后慎言，席外不传！"

因为魏源说要回湘一段时间，诗会结束时，陶澍和贺长龄特地送了魏源一段路程，一路话乡情说仕途，自然是对魏源充满了希望，而魏源也对自己即将面临的乡试信心百倍。

8

秋闱之味

乡试是在秋天举行，所以也称秋闱。

在等待秋闱的日子里，魏源回到了家乡。

魏源此次返湘，虽时间较长，但他一直很忙碌。先在长沙开馆授徒，辑录了《曾子》十篇；接着受辰沅永靖兵备道姚兴洁邀请，纂修了《屯防志》和《凤凰厅志》。纂修志书需要查阅大量地方资料，这对于他了解湘西地理、底层社会的复杂关系和经世安民都很有帮助，魏源尤其难忘过辰州青浪滩时的险情。为此，他写了首《青浪滩夜雨》：

> 客行得良朋，夜舟泊惊浪。
> 欢娱忘苦辛，寂寞成悲壮。
> 谁知今夕雨，正及武溪涨。
> 疑挟海气来，骤使滩声让。
> 山鬼灯淅沥，同行气凄怆。
> 解衣见殷勤，无酒谁酣畅。
> 地是伏波阻，人异屈原放。
> 同此波涛困，终赖皇天仗。
> 水涨滩易过，声寂神方王。
> 得失亦乘除，平生秉昭旷。
> 怀执今古余，命轻江湖上。
> 蛟龙不可求，月出清光漾。

魏源住在魏家塅的日子里，有一天一位远路客人找到他门上。那客人刚一坐定，也没说是什么事儿，先把一个沉沉的布包放在魏源的书桌上，说：

"这是给你的润笔费。"客人好像是和魏源早有约定。

魏源不解，问道："润什么笔？我还不认识你。"

客人这才说起，他是受傅鼐家人之托，特来约请魏源撰写"傅巡抚祠碑铭"。

魏源大感惊异！

傅鼐字重庵，浙江山阴人。历任知县、同知、湖南按察使，去世后朝廷恩赠巡抚。他在治乱安民上，用武力远少于用政治，故广为人称颂。

此前，魏源虽已作过不少诗文，序、论、考、赞等多种文体都有涉猎，但为堂堂巡抚大人作祠碑铭，他还从未有过。魏源不无稚气地笑着摆摆头说："我才几斤几两？如此大任，令我诚惶诚恐。"

客人说："自古英才出少年！你在邵阳县童子试中巧对知县时就已名扬城乡，如今你的诗文又广传京都，才学已闻名遐迩！"

魏源立刻打断客人的话说："岂敢！岂敢！从京都到我们乡下，都还有我的先生！"

来人说："私塾先生刘之纲、县学先生周世举，还有现在京做官的省里前两任学政李宗瀚、汤金钊，他们都说你所著诗文在京都已有很大名气，都举荐你为傅巡抚撰写祠碑铭。"

魏源一听如此回话，深知傅氏家人对他已做过深入了解，并非盲目行为。难怪这人一见如故，尽省客气。他虽有些虚怯，也不无少年雄心。沉默了一下，抬起头来答应说："那好。既这样，我只得试试，恭敬不如从命。"

客人高兴了，约定了取碑铭的日子，留下润笔费之后，很客气地道别走了。

魏源顿时像个贪玩的孩子，拿起放在书案上的布包在手上抛了又抛。这一抛令他小吃一惊，其布包重量使他意外。半天他才镇静下来，自言自语："该给这么多润笔费吗？"他赶紧去问正在书楼上给生徒们点书的二伯父。二伯父告诉他："读书人的润笔费从无定数。遇到穷苦人请你帮忙做事，分文不给，你也要乐意做好；遇到富贵人给你再多，你也可以接收。这是读书人的辛苦钱！"

魏源又把这些钱拿去问母亲，母亲反应更是又喜又忧又愁。喜的是魏源多年苦读，终有人愿给他这么多润笔的银两；而忧的是，此后的魏源是否会更加勤而忘命；愁的是这堂堂巡抚所要的碑铭，她儿子能否完成？儿子还这么年轻！母亲虽然接了润笔银两，但她分毫不敢动用，全数秘密藏在自己的箱底，定要等到傅巡抚家人来拿碑铭那天再说。

魏源在书房落座之后，将自己熟悉的大量铭文一一心诵一遍，然后把傅巡抚家人送来的文书一一过目。他一边过目，一边构思，很快即成腹稿：

维古大司马有事征伐，则乡大夫将之……武既不可再兴……衣哺其流离而屯守之，训练之。……其为政善深长思……公曰："女苗，女士、女氓，自兹以往，其若兄弟。毋怨以变，外我太平！"……于是，南楚、西黔、北蜀，咸归孔乐，有盐有布，有骈有骆，铜鼓不鸣，宵户不籥。帝曰："予嘉，汝杲于南。岁往视之，以慰以监。"……天子万年，四夷来同。永镇南服，我公之功。

傅巡抚在魏源笔下文武其雄，如见其人，如闻其声。其所奋斗和功绩，尽在碑铭中。在傅巡抚家人来取拿碑铭之前，魏源又反复吟诵，斟酌润色，直至自己满意为止。

傅巡抚家人如约再来魏家，拿到碑铭读赏，深感不负厚望。兴之所至，又加赏了银两，并预约魏源再撰《湖南按察使赠巡抚傅鼐传》，魏源也欣然答应。

直到此时，魏源母亲才高兴起来。她做了几道好菜，请了刘之纲先生和家人一起小庆，当然也是对刘之纲先生的答谢。在席的二伯父平时极为少言，但此刻总是不断地提醒魏源"满招损，谦受益"，切切不可滋长傲慢！而刘之纲先生总是骄傲地预言，魏源的前程将无可预量，必为国之栋梁。

随着秋闱时间的临近，魏源再次从湖南来到京都做考前的准备。

为备嘉庆二十四年的秋闱，魏源进京时还是春末夏初。北方的春天比南方来得稍迟，时已四月，南方早就燕子低飞，春池水暖，而北方京都的树木还只能看到羞涩的浅绿。但这最能引起人怀念家乡的春天和分别的离情。魏源从包袱里取出夫人要他带上的那个非常精致的铜墨盒，又记起夫人那闪动着深情的眼神，记起自己在夫人面前说过："一定不辜负夫人厚望。"

为备这次秋闱，从初次父亲和湘皋陪他进京开始，他已在京湘之间反复来回。魏源觉得日子在他的苦读、著述和拜师交友中过得真如孔子所感，"逝者如斯夫"。

在消寒诗会上见过陶澍后，这一次进京，魏源先去拜见陶澍。陶澍曾经做过乡试的考官，魏源觉得自己应该向陶澍讨教乡试应注意的事项。

陶澍情绪极好，领他到书房里说话。因为是老乡，是知己，就显得随意，宽大的书案上来不及收拾，但右边的书很整齐地摆放着，只是书桌中间的一些诗文稿还摊开在桌上，用一对金丝楠嵌螺钿的镇纸压着。墨池里的墨还饱满，笔也还润着，看得出，陶澍刚刚还在写着什么。两人谈过魏源的学业、科考和未来的仕途后，陶澍显然是有些得意地告诉魏源，朝廷已授自己川东兵备道，正准备启程赴任，京都里好友们已在万柳堂为他举行了热闹的饯行，并把书案上那些饯行的诗文都拿给魏源看。

坐镇咨长策，岩疆岂等闲？

云深巴子国，水急佛图关。

控制当天险，安危系雪山。

吾诗如左契，行矣莫辞艰。

魏源暗里感慨，此诗将川东的艰险地理、朋友们对陶澍的殷切期望尽述其中。

翰林院里都是些才学盖世，又年富力强的待官青壮年，能被封官委职是唯一希望，自然也是大喜！魏源抬头见一幅挂图，名《陶云汀出蜀入蜀图》。这挂图不知是谁所赠，手笔真是不凡，竟然将陶澍的形象刻画得生动而逼真。魏源看得一时兴来，拿起笔纸，就在陶澍的书房里一挥而就，成诗五章：

（一）

奕奕梁山，维禹甸之。

昔我于役，辀轩骓骓。

今也来思，虎节载驰。

岳岳虎节，王尊所持。

栈严我铭，江媚我衣。

高深如云，我行孔怀。

六月叱驭，日天南陲。

......

（五）

有马有舟，有栈有沂。

昔我于役，天豁图谱。

今我来思，父老拜舞。

使君再来，使君之马。

气笃江山，仁美风雨。

……

陶澍看完五首诗特别高兴。魏源客气了一句："秀才人情一张纸！以此赠别。"

陶澍说："默深的诗名闻京都，我得这五首诗如获至宝！"

魏源道别时，陶澍送他到大门外。陶澍说："你这次进京就别再打搅老学政，住老乡周侍郎周石芳家中如何？我已跟他商量过，他表示欢迎。"

此前，陶澍已多次向周石芳介绍过魏源，周石芳也看过魏源的不少诗文，不仅自己很是欣赏其敦雅，还四处揄扬，让魏源名震上下。魏源也拜访过周石芳几次，住进周侍郎家中，他自然也很乐意。

周石芳是湖南湘潭人，与陶澍家关系甚好，所以，这次陶澍一介绍，周侍郎就十分乐意接纳魏源住进他家。

陶澍不仅能吃能喝能耐重任，还是非常周密、严谨之人。他这样关照魏源，还有一层意思，那就是要让魏源以后同老乡们来往更为方便。魏源明白这层深意后，当然一口答应。

时年五十四岁的周石芳为乾隆庚戌进士。他待魏源如子侄一般，两个儿子也与魏源如兄弟相处，尤其他的侄子周诒谷特别喜欢魏源，每次开餐，他都要先给魏源盛上饭。魏源很不好意思，总劝周诒谷不要这样，但周石芳却乐得开怀大笑地说："诒谷做得对，魏源是我们家的贵客。待客就是要有礼貌！"

周石芳一有时间就跟魏源讲学业、讲政事，也讲自己在官场多年的感想。常教魏源"政贵适中"。他对魏源此次科考抱以厚望。在魏源眼里，周侍郎大器有识，色和气夷，是一位可亲可敬的师长。

但这位严谨清廉、在朝为官多年的吏部右侍郎，根本没有想到这一年自己会卷入一桩地方纠纷大案。

五月，在湘潭的江西商人请了个江西的戏班在火宫殿唱《渭水河》这出戏。戏文说的是周文王在渭水河畔寻访姜子牙拜为宰相的故事。由于戏班的官话说得不很标准，唱到"周家八百八十年"时露出了江西口音。在台下的几个本地人想为本地戏班争生意，借故当场起哄闹事。过几天，江西商人请戏班在万寿宫唱戏时，又遇到同样的"哄台"。

遇到"哄台"对于戏班来说本也不算奇怪事，可在湘潭做生意的江西人以为是自己生意发了财，遭到了当地人的嫉恨，是故意欺辱他们江西人，是"打狗欺主"，就非常生气。于是，部分江西商人商量决定要狠狠地报复一下湘潭本地人。

三天后，江西人又请戏班在万寿宫唱《渭水河》。入戏后，当本地人再次起哄时，江西人马上关牢万寿宫大门，与几十名本地人群殴起来。因为无人制止，群架越打越凶，结果毫无准备的本地人，因寡不敌众全部被江西人殴打致死。

此一惨案引起了当地民众公愤。当地人聚集众多船舶，立即将湘江封锁，让江西商船和商人无法逃逸。随后，当地人对江西商人居住的江西会馆进行围攻，乱杀无辜。直到湖南巡抚出动军队镇守湘江两岸，这场因戏引发的惨案才算暂得平息。

但令人想不到的是，一些地方官员又把事情弄得更大。因为当时在万寿宫的本地人全部丧命，江西商人拒不认罪，办案人员又死无对证，无法结案。但此时，经内部人揭露，办案人员在万寿宫挖出了几十具死者遗骸，这又铁证如山！

照说，案子到此就算是真相大白，但因湖南时任巡抚的祖籍是江西人，他受人所求，又以为本地人有欺侮江西商人之嫌，出于帮助祖籍乡亲，吴巡抚暗示江西人将死者的遗骸暗沉了湘江，并在奏报朝廷时有意偏袒江西商人。

因为周石芳是湘潭人，又是吏部右侍郎，湘潭本地人为伸张正义，找到了周石芳。周石芳得知这件事情的真实情况后，立即向嘉庆皇帝奏呈。嘉庆皇帝一看吴巡抚和周侍郎的奏折说的是同件事，疑心顿起，急召在荆州抗灾的湖广总督庆保前往查办。为了保证办案的公正，皇上还降旨湖南巡抚一职暂由庆保兼任。

案情到了这一步，也该不难了结，偏是此时，周石芳的儿子周诒桢出于对此案的关心，致信家乡人石承藻，要他们耐心等待。石承藻是前兵科给事中及刑科的掌印，此时他正在家乡居丧。

周诒桢致信石承藻，本是劝说当地人听从朝廷处理，不要再盲目乱事。但这事儿被怨气冲天的吴巡抚知道，他捕风捉影，立即上书嘉庆皇帝，说周石芳及其儿子与地方官串通办案。

清朝历来严防京官与地方官员相互勾结，周家与地方官员为案件互通书信，犯此大忌，导致天怒。嘉庆皇帝降旨，革除周石芳侍郎职务，将其涉事儿子杖六十、加判徒刑一年。

周家百思不得其解，本是平息地方闹事，为朝廷做好事，却弄得祸从天降。为应对这一案子，真是费尽了心血，弄得家里七零八落，鸡犬不宁。一向老成持重的周石芳也只能是不形于色，持信公正，等待日后还他清白……

魏源在等待秋闱的日子里，目睹和亲历了这桩案子，深感朝廷的事深不可测，也为周侍郎一家鸣不平。

魏源这次参加的秋闱是顺天府的秋闱。

这也是他首次参加秋闱。

八月初九这天终于到来，魏源早早来到顺天府贡院门外。这里人来人往，骑马坐轿的熙熙攘攘。魏源正欲进门，里面却押出一个考生，据说是查出其大腿根部有疑似笔迹，属考场舞弊。

魏源经过严格的"搜身"之后，进入贡院。夫人给他的墨盒属于考场正常所需，他一直拿在手里。进门走过高大的"龙门"，又有中门迎面而来，门额一幅横匾，上书"天开文运"，东边柱上题有"明经取士"，西边柱上题有"为国求贤"。贡院内沿中路有明远楼、公堂、聚奎阁和会经堂等建筑。东西两侧分布有数千间低矮窄小而敞开无门的"考棚"。先到的考生已在考棚里就位。考场四角有预防舞弊的瞭望楼，除了瞭望楼上有人瞭望外，还有监考官不断来回巡视。在这种森严的环境里要进行三场考试，前后九天，并非易事。但魏源心里很踏实，无论诗文或者策问，他都觉得自己准备得十分充分，加之大家都看好他，他也就信心十足。

这年顺天乡试的试题为："君君臣臣"二句，"君子素其位"一节，"诚者天之道也"四句。魏源感到这个试题在他熟悉的范围之内，答得顺手。

乡试从开考那天到发榜，需时大约一个月。在等待发榜的这一个月里，周石芳总劝魏源多歇歇，但魏源没有哪一天不是从白天到黑夜都在忙碌。《大学》古本整理、注释刚刚完稿，又在着手注《曾子》，还有师友们邮来的诗文也积数成堆还没有拆封和回信，现在得一一拆阅。

其中一封是好友陈沆寄来的《送魏默深归湖南》一诗，随诗又问及其书稿出版情况。

陈沆是新科进士，但他不恋京都，不慕官荣，而且弃官入湘，侍陪正居湘为官的老父身边。上次魏源还乡省亲在陈沆家住过月余，因此其诗读来就更多了深深的离情。情之所至，魏源也给陈沆回诗作答。

魏源早早来到顺天府
贡院门外。这里人来人往,
骑马坐轿的熙熙攘攘。

　　至于书稿出版情况，董小槎也已来信答复魏源："足下出都言别，未得一面，怅何可言？所存陈秋舫（陈沆）处书三种，俱已披阅。仰见孜孜嗜学，实事求是之心，良深敬服。惟是尊意欲将三书寄刻，则区区之见，窃不能无说也。夫《读书分年日程》及《人谱》二书，程、刘两先生当日皆经数番手定，行世已久，后儒不敢有所增损。今足下私自删改其辞句，更易其篇次，以便观省可也，欲以公天下，诏来学，则即无一字不归至当，而僭越之罪，已无所逃。"魏源曾师从董小槎，故董小槎所言至真至诚，他不同意出版经删改的《读书分年日程》和《人谱》二书，魏源也无话可说，只得要陈沆再作整理。

　　朝廷规定了乡试放榜日期，大省在九月十五日前，中省在九月十日前，小省在九月五日前。具体日期各省可自行决定，但出榜时辰都须在寅时或者辰时，意在取其吉祥即"龙虎榜"。顺天府在皇城脚下，情况尤其特殊，其乡试的放榜日期需要报告礼部，礼部还要奏请朝廷派员复查。放榜前一天，为不出差错，考官们先要填出草榜，由主考官依考取名次填写拟录试卷的"红号"。草榜填写完毕，所有乡试官员在内堂集中，共同拆卷，再将试卷一一核对红号，然后才依照录取名次将考生姓名、籍贯填写在草榜上。再将草榜交给书吏，由书吏向在座的所有官员宣读考生姓名。确认无误后，最后才开始填写正榜，盖印，并在府署大门外张挂。

　　因此，顺天府的乡试榜直到九月十五日寅时才发榜。发榜那天，顺天府大门外自然是人山人海。考生和与考生相关的人，以及关心乡试的人都早早地来看这个"龙虎榜"。

　　魏源算是到得早的，但也只能艰难地挤进人群才到榜前。凭他过目不忘的本事，他把看到的榜上一行行名字都记在了心里。当他看到再没有下一行姓名时，他的心一下子如悬高空。从第一个姓名看到最后一个姓名，没有看到自己的名字，他身上猛热一阵。复看一遍还是没有看到自己的名字，他全身凉了起来！他只得再往左看副榜，幸好，在副榜上看到了自己的名字。但这个不是他希望的结果！他一时说不清自己内心的复杂滋味，如江海翻滚，如云海怒腾。他痴呆了好一会儿一动未动。他问自己：嘉庆己卯年的秋闱我就只能考出这么个结果？这如何对得起已故的爷爷奶奶，如何对得起父母？如何对得起妻子？如何对得起师友？……

　　如此乡试机会，每三年才有一次。乡试录取的举人名额由朝廷根据各省人口多少下达各省，分别为几十名到一百几十名不等，全国只录取一千到一千三百人。乡试非常重要，乡试中举后才具备参加次年春季由礼部举行的会试的资格，会试中榜后再入殿试。副贡生是正榜之后的副榜所录取的考生，没有次年春天参加会试的资格，只有入国子监读书的机会。

父亲的话，湘皋的陪送，两位学政的帮助，胡、姚、刘、董等数位恩师的教诲，陶澍、周石芳、贺长龄等几位老乡的嘱托，就得这么个回报？但平心而论，魏源已经尽力了！他现在才明白，别看消寒诗会上那些进士们喝醉酒了吟诗作对显得轻松、随意、快活，原来科考这条路也不是想象的那么容易！

这个考试结果，对于魏源来说，实在落差太大，几乎是一种打击。好在身边的师友知道这个结果后，都凭自身的科考经历和在朝多年所见，诚心地告诉他，翰林院的进士，十之八九都是通过多年考来的，能连中三元者，自有科举以来，没有几人！

魏源的情绪慢慢地稳定下来，对自己的未来也想得越来越清楚：一边继续读书科考，一边著书立言。

时为山西学政的贺长龄通过老乡打听到了魏源首场科考受挫。他从山西致信魏源，邀约他去晋地一游。正处思想低谷的魏源喜出望外。一则他和父亲一样，喜欢交游；二则他也真想散散心，长点见识。读万卷书，行万里路，不正是读书人所望吗！此前，贺长龄是纂修官、翰林院编修，因国史馆《臣工列传》告成，皇上于四月初三朱批："贺长龄着加一级"，故简任山西学政。贺长龄得志不忘乡友，真乃亦师亦友，难得的知己！

魏源决定离开京都去山西拜访贺长龄，还要去川东拜访陶澍。同是湘人，在科考和为官方面他们又都可为师称范。拜访途中，还可以对自己所著的《书古微》《禹贡说》中的那些古地名进行实地查考，然后，他再绕道回老家邵阳省亲，给妻子和家人一个交代。

魏源到达太原时，想不到贺长龄会以高规格接待他。宴席设在太原最繁华的起凤街蓬莱仙境坊酒楼，与酒楼相对的是高高的奎光楼。魏源明白这肯定是贺长龄精心安排的。走进大门再进一个圆门才到酒楼的席位。提前赶到的几位陪客正在席边闲谈，贺长龄向大家介绍魏源说："我的小老乡魏源，从京都来。曾师从胡承珙学汉儒经典，师从姚学塽学宋儒之学，从刘逢禄学《公羊》，与董小槎、龚自珍研古文辞。其诗文在京都是名声鹊起！"

贺长龄的这个介绍让在座的各位肃然起敬。然后，贺长龄又向魏源介绍各位客人，原来都是晋省各部门的要员。魏源执礼一一致谦之后，大家就座。

席上的菜肴也很有讲究，贺长龄让一位酒楼老板来介绍。老板弹冠抻袍之后，拿着一把折扇隆重出场。首先指着众人面前的一碗汤菜介绍："这是很著名的一道汤菜：三大块肥羊肉，一块藕，一截山药，佐以黄酒、酒糟、黄芪，这叫'太原头脑汤'。"酒楼老板轻轻将一把汤匙放进魏源的碗里说："京都来的贵客可以先尝尝。"魏源用汤匙品了品说："果然有酒、药和羊肉的香味，而且越来越香。"老板说："这道菜形若晴天云月，食之，益气调元，滋补虚损，活血健胃，抚寒喘而强身体。"

贺长龄说："这么好的东西，别让它放凉了走味，大家先品尝品尝。"

大家品尝这道菜时，酒楼老板又给大家介绍一道大菜："这道菜叫'太原羊杂割'。在太原，不论店面大小，大都会在门口放一口大铁锅，锅里一满锅老汤，配好羊杂放在旁边。客人来了随到随要，根据所要分量计价，老少无欺。各家的老汤配料求大同存小异，如果你是细心人，吃每一家的'太原羊杂割'都可品尝出不同的美味。"

酒楼老板还向客人们介绍了太原刀削面、太原老鼠窟元宵、羊肉蒸饺、烧卖等。大家对酒楼老板的介绍非常感兴趣。魏源悄悄地跟贺长龄耳语了一句："你把太原好吃的菜都叫上了？"贺长龄得意地笑笑说："哪里呀，太原好吃的菜还多着哪！"

贺长龄举杯开饮之后，席上觥筹交错，气氛异常热烈。魏源的科场失意一扫而空。

魏源的家乡地处梅山蛮地，喝酒是男人的常项。他虽在家里不擅饮，但凭年轻，真要喝起来，就是喝上几大杯也没有问题。但贺长龄仍持缜密，总是小酌细声，劝同席各位不要只敬魏源，大家也互相敬一敬，多喝几杯。

大家好好地热闹一番之后才算结束。上次魏源见到了贺长龄在消寒诗会上喝酒。那一次最放开的是陶澍，贺长龄只是应付，更多的时间是和林则徐在议论什么。魏源还以为贺长龄不胜酒力，这次他算是见过贺长龄喝酒的真功夫。他话虽不多，也不主动敬酒，但凡来敬他者，一律不拒；更让魏源佩服的是，他喝了那么多酒，还若无其事，可见其城府真是不浅！

回到住地，贺长龄要魏源与他同室而卧，因是同乡、知己，两人竟有一夜也谈不完的话题。魏源谈了自己这次科考受挫及以后的打算，并有想在贺长龄幕下从事的意图。但贺长龄告诉他，自己这次来山西任学政是因为前学政被巡抚弹劾，他才临时补任。贺长龄比魏源大八九岁，又像大哥一样地问魏源："你住在周石芳周侍郎家时，周侍郎跟你说过一句话，你是否还记得？"周侍郎跟魏源说过很多话，魏源一时不知贺长龄问的是哪一句。贺长龄提醒魏源说："政贵适中！"贺长龄告诉他，山西前学政就是因为欠"适中"，一上任就听上面的暗示去察访官吏的廉贤，并向上奏呈，结果得罪他的老上司山西巡抚。巡抚为避后患，便对学政发起弹劾。结果是两败俱伤。贺长龄说："朝政之事全在'缜密'二字，君不密则失臣，臣不密则失身，凡事不密则害成。"贺长龄说到最后又告诉魏源，"你这次还不能留在我幕下，我在这里任期不会长久。不过，我们后会有期。"

既如此，魏源在太原游玩了几天就离开了，转而前往重庆拜访陶澍。因为贺长龄给魏源馈赠了足够的银两，所以，为了实现自己的设想，魏源沿途去了山东、河南、陕西、四川、湖南，并诗兴大发，一口气写下四十余首山水诗。

魏源到达重庆已是秋尽冬来。那天，重庆大雾封城，找到陶澍住所时，已是下午。陶澍刚从老家湖南安化省亲后到任不久，正忙于政务，但魏源到了，他还是倾情接待。

与贺长龄不同的是，陶澍没有请当地大员来陪席。他只找了个幽雅的小酒馆，两人对饮。酒馆靠山面江，像挂在悬崖上一个雕刻精致的木盒。开席前，两人临窗俯视，别人看不到他们，他们却可尽收来往行人的身影。此时，陶澍跟魏源解释道："我是刚到重庆，人不熟，地不清，接待你的场面过于热闹，面子是有，但要说话反而不方便。所以，我不敢请人来作陪，以免初来重庆就犯忌。你多多理解。"

陶澍比魏源大十五岁，魏源对他充满敬意地说："我们两人对饮最好，说话方便。我秋闱受挫，出来散散心，也想回家去省亲。"

陶澍说："科考这条路真是不容易！我们读书人，科考可成可败，但经世益民只可成不可败！自隋唐开科考以来，成者无数，败者无数，但史上很多科考失败者，最后照样做出了自己的成就而名存千古！凭你的才学，只要坚持下去，将来无论科考成败，都必有所成！"

魏源明白陶澍是在安慰他，鼓励他，但他还是难解内心的愧疚。于是，陶澍转移话题说："我这次回家省亲，办结了不少事。有两件我自己比较得意。一是过益阳时，我见了胡律臣，当时其孙胡林翼同在，与之问答，见他小小年纪，颖悟绝伦，必成大器，遂让女儿静娟与之订婚。二是这次回乡在陶氏祠堂里见到了陶氏父老乡亲。衣锦还乡当然高兴，但一回到重庆任上就再也轻松不起来了。"

魏源说："天降大任于斯人啊！"

小店掌柜见进店这两人非同一般，他自己出面为他们点菜。陶澍点了一个毛血旺、一个黔江鸡杂、一个万州烤鱼，一个清炖牛尾汤。陶澍说："我们就点这三菜一汤啊。"魏源说："有辣子菜下饭就好。"陶澍说："重庆的麻辣和我们家乡的纯辣可不一样！"

两人相对而坐，开始酌酒。

陶澍见店老板不在席上，就跟魏源说："别看我们这些人在消寒诗会上喝酒作乐，其实心里都很沉重，吟诗作对，也是一种发泄。如今，我大清王朝已内忧外患，积重难返，说重点是病入膏肓。"

魏源两眼一亮，对这个话题非常感兴趣。他敬了陶澍一杯说："请示其详。"

陶澍干了一杯，又满上，说："如今国与国之间的贸易势不可挡。外国银圆不断流入，交易多用洋钱，内地银两几滞于运转。我大清近海的广大地区，诸如两广、闽浙等省，大受鸦片之害。据我所知，仅今年，英吉利国输入我大清的鸦片就已增至五千余箱，如此，大量白银外流，财政危矣！这是外患。我朝盐政滞后，漕运老旧，灾害不断，民不聊生，贪官污吏甚多，民间时有起事作乱，官民不宁。这是内忧。就拿重庆来说，由于旱歉，现在是市缺物，民乏粮。我虽已督率各属捐赈、借粜，但也还不敢说就能御饥。再者，川东盐务，多居于公私之间，官盐价贵则私盐竞起。官府想绳之以法，但盐贩未处理好，良民却先要起事反对。这也是内忧之所在。"说到激动处，陶澍深有感慨地吟诵起来：

> 平生衣被志万家，自顾挟持先寸缕。
> 一从制锦学牵丝，始识绸缪多疾苦。
> 年荒谷贵易伤民，仰面疮痍更难数。
> 尔来三月况无盐，淡食难修瓜荠谱。

魏源听完诗情绪激动，一言不出却举杯一饮而尽，也不邀陶澍。陶澍暗自一笑，真是家乡的汉子！他倒是更喜欢魏源这样豪爽。

两人酒后还坐下来泡茶。陶澍从自己身上掏了一包茶叶交给掌柜的说："这是我家乡安化的黑茶。我是走到哪儿，带到哪儿。"魏源趁着酒意随口念了起来：

> 芙蓉插霞标，香炉渺云阙。
> 自我来京华，久与此山别。
> 尚忆茶始犁，时维六七月。
> 山民历悬崖，挥汗走躄躄。
> 培根阅冬初，摘叶及春发。
> 冻雷一夜鸣，蓓蕾颖欲脱。
> 是名雨前香，采之日一撮。
> 未几渐蒙茸，卓立针抽铁。
> 是名谷雨尖，香气弥勃勃。
> ……

魏源还要将陶澍写安化茶叶的诗背诵下去，陶澍制止说："好了，难怪别人说你过目不忘！"

茶杯一上手，陶澍就问："你可知道周侍郎最近情况否？"

魏源说："周侍郎一直还在申诉。不知能不能纠正。"

陶澍说："如有机会，我会为周侍郎抱不平。他确实是被当时湖南的吴巡抚所害。"

魏源说："官场真是祸福难测啊！"

陶澍说："这也难怪。我朝有严格规定，京官与地方官交往切勿过密。周侍郎这是犯了忌。"

魏源说："我将来若有机会，也要为周侍郎说公道话，打抱不平！"

陶澍明白魏源这是句醉话，但他喜欢听，听了心里还高兴，认为这年轻人不错，有湘人骨气！于是，他说："我们休息吧。你这几天一直长途颠簸，辛苦了。"

此时一壮汉进门来拜陶澍。陶澍本不愿接见这位不速之客，但一想，与魏源的话也谈得差不多了，再说这来者不是别人，是他的手下罗思举。陶澍一转笑脸说："找你不见自然来，你来得正好。"陶澍又向罗思举介绍了魏源。然后，陶澍又对掌柜的喊道："加碗筷，上酒！"

掌柜的添上碗筷和好酒，陶澍不让魏源再喝，自己拿大碗奉陪罗思举。

几碗之后，罗思举把上身脱得赤裸，一身肉颤，高声大叫地和陶澍斗起酒来。陶澍正欲借机杀他的威风，也不责他无礼，只是来个平等较量。陶澍的酒量大得惊人，罗思举根本不是对手。斗过四五碗，陶澍问他还要喝不喝，他已经趴在桌上动弹不得。陶澍还邀他每人来三碗米饭如何？他吓得走出门去，一边摇手，一边道别说："陶道台，高人！高人！"

罗思举走后，魏源叹道："这个人可怕啊！"

陶澍说："怕什么？他是忠孝之人。家在东乡，小时候家里穷，常在秦、豫、川、楚之间以行'盗'布公，杀过不义者无数。川楚教民起义时，罗思举充乡勇，数袭教民营，以功升守备、都司、参将等职。嘉庆十六年署川北镇总兵，现任重庆镇总兵。"

魏源这次来重庆看陶澍处事，真是长了见识。

别了陶澍，离开重庆，魏源出嘉陵江通长江、洞庭湖，入资江，带着几箱诗文书籍踏上归乡之路。待他回到老家魏家塅时已是腊月中旬，天气虽有些阴冷，但阳光亮透着魏家塅的山水田林路。小弟魏淇最早看到了魏源。他告诉母亲和嫂子这个好消息时，母亲和嫂子正在屋里剥桐籽。她们放下"7"字形桐籽刀赶出来时，魏源已经来到了朝门口。大家一起动手把书搬进家里，魏源见魏淇已长成了小伙子，扛上书箱很有力气，兴奋地说："小弟，我在京都接到你写来的家书，真是高兴！"

魏淇说："我知道！晨鹊噪书至，有弟归省亲。初喜行绕室，继思还涕零。维昔甲戌春，捧檄趋上京。汝侍慈亲侧，吾侍严亲行。饥寒三载归，南北万里程，汝侍严亲出，吾侍慈亲庭。别离岂足言，艰难怀二人。……"魏淇扛着书箱背诵了魏源在京都时写给家中的信里夹带的那首诗。

魏源见小弟长这么大了，又很懂事，感到无比的欣慰，几乎忘了母亲和自己夫人还跟在后头走着。他的衣服突然被重重地扯了一下，他转头一看是夫人严氏。严夫人红着脸低着头看婆母已经有意落后一段距离了才说："你慢走点。等等母亲！"

魏源这才缓下步来一笑，从怀里摸出那个精致的铜墨盒朝严氏晃晃说："带着它，你就一直在我身边！"

严夫人本是要多说几句的，一见魏源这样，又摸了摸那个还带着体温的铜墨盒，忍不住感动得两眼汪亮。

几口大书箱摆定后，魏源的隔房堂兄魏即龙异常热情地来向魏源问好，欢迎他衣锦还乡，还将那几口木箱一一掂量。魏源如实告诉大家他科场受挫，这次是回家省亲。魏即龙两眼一直盯着那几口木箱，又见魏源给长辈送礼，请塾师来家里做客，以为魏源未说实话，其实已经成了有钱人。于是，他开口向魏源告贷。魏源如实告诉即龙堂兄，自己确实没有钱，但魏即龙又以为魏源瞧不起他，才拒绝给他借钱。他很不高兴地离开了魏源家。

第三天夜里，魏源家所住的房子起了火。房子为孝立公所建，多年来每年入秋就要加上桐油一次，四壁油光锃亮，着火时，火势神速，无法控制。全靠附近赶来救火的人多，书箱才全部得救。魏源即将完成的《老子本义》《大学古本》《曾子章句》等书稿完好无损。

大火过后，小弟魏淇悄悄告诉魏源："堂兄魏即龙形迹可疑。"魏源不大相信，魏淇说："他很可能是以为你那几口木箱里全是银两，于是向你告贷。你不答应，他怀恨在心，便起了这坏心。"

魏邦辅听到魏淇的议论，告诫魏淇说："无根无据的，别乱说人家！反正家里还有这么多房子，你们搬来我这边住就是。"

魏淇不服，欲与二伯父争辩，魏源不让，告诉他："二伯父为这个大家庭操碎了心，付出了很多钱粮；为了这个大家庭的子弟，他还放弃自己的功名和前程，专心管理私塾和书楼。我们不得对他无礼！"

魏源的母亲催着魏源赶快给父亲去信报告家里火灾情况，尤其房子被烧，现暂住在魏邦辅家中，要作重点说明。

不久，魏源收到了父亲的回信。父亲没有说别的，只说让他们一家都迁往江苏，到他的任所安家。

9

迁居江苏

年后又过去些日子，春天从泥土里冒了上来，先是地上的草尖儿绿了，然后树叶绿了，然后就见到处是花团，到处有蜂舞蝶飞……

金水河两岸已经桃李花香，蛙鸣鸟唱，魏家墩正处在生命旺盛的季节。要在往年，这日子就正是秧谷下水、种瓜种豆的时节，但今年此时，魏源一家人收拾好了行李，准备往江苏远行。

此时的魏邦鲁在江苏张渚司任巡检。

陈夫人搬来高凳架在前堂屋神龛下方。她站在高凳上伸手从香炉碗里抓了把香灰放进一个布兜里，又在堂屋门前抓了把黑土掺和在香灰里，再包住藏在自己的衣袋里，然后转身问儿媳妇严氏："魏源呢？"

魏源刚才还在这儿，怎么一闪眼就不见了？严氏准备去找，魏淇说："嫂子，我去找！"

魏淇四处找不着，就断定他是去了藏书楼。魏淇果然在藏书楼讲堂里找到了哥哥。清晨的讲堂里没有别人，只有魏源独自低头静静地坐着。魏淇叫道："哥，娘和嫂子在找你呢。该启程上路了！"

魏源还是没有抬起头来。魏淇又叫："哥，母亲催你上路了。"

魏源这才抬起头来说："小弟，你听远处传来的是什么声音？"

魏淇一听，说："那是黄鹂在唱歌。它们每年这时候都聚在那树上唱歌，要唱好些日子。"

魏源说："是的，可我们以后就难听到了。"

魏源站起来，魏淇看到了哥哥用一个镇纸压在课桌上的一首诗：

> 莺啼谷中树，去年此分携。
>
> 人今何处去，莺仍旧树啼。

谁念听莺人，各隔武陵溪。

同在白云中，心或青云梯。

谁为一心人，白头听黄鹂。

斗酒双柑下，中有万古诗。

魏淇读完诗也两眼模糊地说："哥，母亲在等着我们，走吧。我们还会回来听这里的黄鹂唱歌。"

魏源为小弟这句话艰难地笑了一下说："是的，我们还会回来听这里的黄鹂唱歌。"

带上行李，一家大小启程了。来送行的家人和乡亲排了一大片站在大门口。魏源一家人从他们面前走过，拉手，揩泪，话别，他们叮嘱魏源一家要常回老家来认认亲……

走到大门外，魏淇突然拉了一下魏源的衣角说："哥，你看蹲在远处田角上的那个人是谁？"

魏源一看，是堂兄魏即龙。

魏淇说："他一定是心虚了，不敢来这里送别我们。"

陈夫人也看到了这一情形，跟魏淇说："四儿，不要乱猜，不能这样背后说人！我们要朝前走，看远处！"

魏源跟魏淇说："走吧，听母亲的，朝前走，看远处！"

魏源携母亲和妻子以及兄长魏湖、弟弟魏浚、魏淇等一大家，往父亲的任所江苏赶路了。

魏源虽不是老大，但大兄魏湖是一直在家务农的老实人，从不出远门，两个弟弟都未经世事，父亲又不在身边，这样的远行，魏源就自然成了一家人的主心骨。父亲来信也是嘱他一路要护佑全家人平安到达。

陈夫人一直教家人朝前走，看远处，但自己却又忍不住总是不断地回望越来越小的房屋，越来越细的道路，越来越看不清的故乡……

从故乡出发，到资江边上的码头上船，一路沿新化、安化、益阳进入洞庭湖，通长江而东下。魏源又回想起几年前自己与父亲和湘皋先生一同沿资江乘船抵达洞庭而后北上的情景。那次远行是他首次远行，父亲和湘皋先生跟他说了很多的自然地理和朝廷时事，至今记忆犹新。今年此时，他携全家向东远行，这将是他们家史上的一次大迁徙。他明白自己应担当起一路照顾全家的重任，但具体该怎么做才能让母亲满意，他心里也没有底。好在严氏一直专心照顾着婆母，尽管魏源并没有做过任何交代。他很是满意。

魏源照顾着全家远行，深感责任重大，在心里不时想起陶澍、贺长龄他们，想着他们是如何从严要求自己，公务那么繁重，还能举重若轻，公余还坚持读书吟诵。

正是春游的大好时节，每到一地，魏源安顿好母亲妻子，就带兄弟们游览景观，让他们了解君山、黄鹤楼、小孤山、燕子矶等名胜古迹。他要让兄弟们在旅途辛苦之外，也不少一份看看风景的轻松和快乐。

这一路，魏源写下《江行杂诗》八首。小弟魏淇在船上闲来无事，魏源每写一首，他都要反复读到能背诵为止。魏淇最喜欢二哥的诗。

数天之后，船到江苏境内，本来离魏邦鲁的任所越来越近，大家心情高兴，但可能是旅途遥远，车船累人，陈夫人突然头晕目眩起来。严氏将婆母斜靠在怀里坐着，兄弟们都围在母亲身边问她哪儿不舒服。母亲说，没哪儿不舒服，只是多天坐船，心里又急，睡不好，昏昏沉沉。严氏想起二十四孝图里的故事，她笑了笑说："娘，为儿给你哼几句戏文解解闷如何？"

陈夫人说："你还能戏文？"

严氏说："小时候跟爷爷学过几句。"严氏就学着哼了起来："拜告神明相保佑，死里逃生离波涛。否去纵然时有幸，倘得侥幸贺圣朝……"

陈夫人喜欢这唱词，就叫儿媳妇继续哼，严氏说只记得这几句了。

陈夫人问这是哪个戏里的词，严夫人说，像是《天开榜》里那几句。

严氏聪明，见母亲心情好，就说："魏源一路上写了好几首诗，我让他读给娘听听，清清心。"

陈夫人抬起头来，理了理鬓角，想起儿子们如能以诗为伴，不荒学业，那自然是件大好事，说："好，我听听。"

魏源转身说："我马上去书箱里拿诗稿。"

魏淇站起来说："哥，你不用拿。我都记得。我背给母亲听。"

陈夫人得意地提了提神，故意对魏淇说："四儿逗能干！你二哥的诗，他自己背不下来？还要你背下来？"

魏源说："那我来背给母亲听。"

魏淇争着说："不行！我来背给母亲听！"

陈夫人说："还是先让魏源背给我听。"

魏源开始背诵：

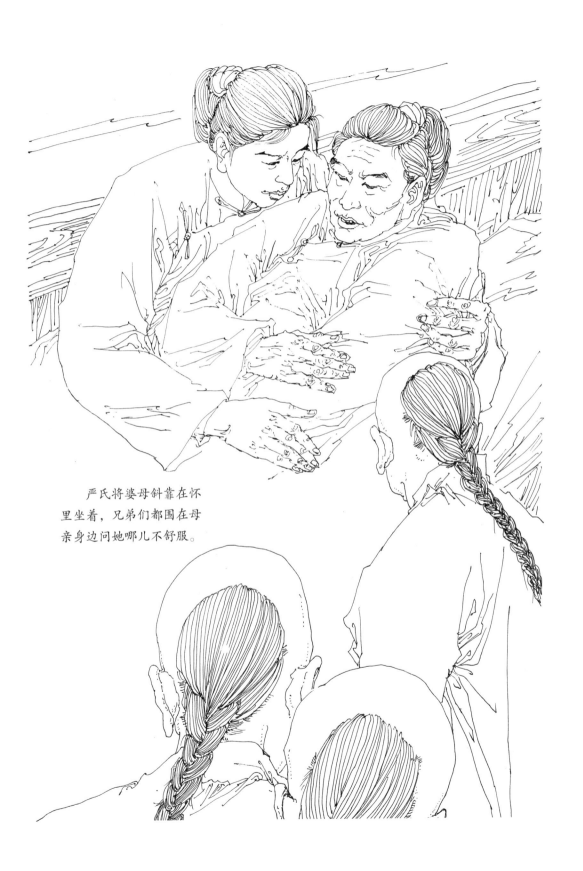

严氏将婆母斜靠在怀
里坐着，兄弟们都围在母
亲身边问她哪儿不舒服。

（一）君山

四面龙为宅，孤峰虎不家。

湖天万顷月，春雨一洲花。

诗似水无岸，雁先帆落沙。

中宵仙客过，满壁写槎牙。

（二）汉口

江声兼汉壮，山色渡湘青。

两岸争云树，孤帆入杳冥。

繁华天寂寞，卑湿月晶莹。

中夜闲鸥梦，随风落洞庭。

（三）黄鹤楼

一片青天雪，惟余黄鹤楼。

更无江上客，来泛木兰舟。

余亦从兹逝，仙人不可求。

征鸿去何所，菰叶满汀州。

（四）小孤山

一石江湖锁，千秋撼不崩。

断云江北去，常触此峰凝。

潮汐周遭转，帆樯上下乘。

乾坤孤立处，崖倚听涛僧。

魏源背完四首诗，陈夫人看了看四儿子魏淇，魏淇已经一脸的不高兴，简直想哭。为了让四儿子不生气，陈夫人打了个手势，让魏源停了下来。她跟魏淇说："你二哥连背了四首，你说你也能背，现在我倒要听听你背得如何。"魏淇到底还是孩子气，一听母亲要听他背诗，立刻破涕为笑，说："我也要背四首！"他接着背了起来：

（五）燕子矶

矶亭浮水动，潮势抱山回。

游客下舟去，江云深夜来。

英雄淘浪尽，洲渚界涛开。

采石横天堑，东南并壮哉。

（六）观船人有感

天影入江寒，孤舟犯晓滩。

风霜颜改易，江海梦归难。

推挽期群力，艰虞类一官。

波涛兼盗贼，回首羡泥蟠。

（七）岳州

舟出城陵口，天围楚蜀喷。

诸帆千里会，三国一江分。

风色荆门树，涛声梦泽云。

如闻江夏口，尚起水犀军。

（八）小孤山

去岸才三里，离尘已万重。

直将庐岳月，对此一拳峰。

路折层层槛，涛寒面面松。

临湖谁叩石？疑是隔江钟。

　　陈夫人不由自主地坐直了身子，精神明显好转地问魏淇："四儿怎么不背了？"

　　魏淇说："二哥一路写的诗我们都背完了。"

　　陈夫人笑着说："娘还想听。听了诗，头也不痛了，眼也不花了！"

　　大家明白母亲是在激励儿子们，也都开心地笑了起来。魏源跟魏淇说："那你给娘背我别的诗吧。"

　　魏淇说："你那么多诗，我知道背哪首？"

　　魏源说："那就背有喜庆味道的。"

　　魏淇说："娘，那我背一首喜庆诗啊。"

　　魏淇背诵：

村居远城邑，家酿无市沽。

稻获春风香，醡①急檐流徐。

阿母喜仙酿，新蒭复青蒲。

饭待儿书熟，酒为儿诗储。

---

① 醡：通"榨"。

今晨瓷渌变，色忽桃花如。

潋潋霞泛盎，浥浥香浮俎。

邻媪来贺瑞，喜溢东墙隅。

阿母笑留客，倒酌颜回朱。

篱前对菊英，何异醉茱萸。

明春娶儿妇，更醉百翁酥。

陈夫人竟然高兴地笑出声来，拉住儿媳严氏的手说："这不是在写前几年魏源娶媳妇的事吗？"

严氏羞得脸如桃花，扭进婆母怀里，抠着婆母的手心，不让说下去。

于是，大家都笑了起来。陈夫人兴头来了，又忍不住表扬魏源："你诗里有几句写得真是好，'春雨一洲花''诗似水无岸''征鸿去何所'，连我都能记得住。"

魏源惊喜地说："母亲，您也是诗人！"

陈夫人说："我哪是诗人，但好诗我一听就喜欢！"

魏源说："您喜欢诗句里的什么东西呢？"

陈夫人说："那些能把死的写成活的，把看不见的写成看得见的，我听起来就新鲜，就喜欢！"

魏源更加惊喜地说："母亲，您还说您不是诗人，您几句话就把诗说透了。"

多日的旅途疲惫，让诗意给驱赶走了。

但严氏突然呕吐起来。魏源搀扶她到舷边做了处理后问她哪儿不舒服，严氏说："没哪儿不舒服，吐了就好了。一定是晕船。"

魏源说："那你好好休息一下，我来服侍母亲。"

严氏说："不用！你们男人粗手粗脚的，还是我来服侍。"

魏源见严氏真的如若无事，也就不再在意。

一家人到达宜兴时天还早着。为让母亲不那么累，魏源决定在宜兴住宿一晚。离张渚不远了，这样安排日程就显得轻松。

安顿下来之后，魏源就慕名去蜀山古南街看热闹。

蜀山古南街是宜兴著名的紫砂一条街。山上是泥的艺术，火的世界；山下是出售紫砂成品的天地。蜀山原不叫蜀山，因为宋代苏东坡到此说过"这座山很像蜀山"，人们就将它叫作"蜀山"。

来到紫砂一条街，果然热闹非凡。街上全是运送紫砂产品的队伍。车拉船运，马背人担，来来往往，满街都是商人。沿街两旁全是紫砂店面，不知哪是头哪是尾，店铺多至无法计数。最为阔气的紫砂店要数"吴德盛紫砂店""铁画轩陶器公司"和"陈鼎和陶器厂"。魏源走进"铁画轩陶器公司"，店员紧随其后，见他默默地欣赏着陈设在货架上的紫砂壶，就非常热情地向他介绍紫砂鉴赏知识，说是选一把好壶必须看三个方面：一是要有星光和熔点；二是要透气和吸水；三是用后可养出好看的包浆。魏源本无意买壶，不过是欣赏而已，但这一看倒看出兴趣来了，尤其是壶底的铭文刻款大有文章。这家店里壶底刻印有"铁画轩""玉道人""玉屏"等字样，均为阳刻篆书，在魏源看来，其精美程度简直无可复加。他一时动念想定制一把紫砂壶。店员将他带到店主面前付款时，店主正与几位朋友在内室围桌品茶评壶，一听有人定壶，便要客人写下姓名。魏源写下姓名，店主轻轻一念"魏源"，桌上有一位朋友立即站起，一见魏源身材英伟，脸相刚硬，当即问道："你是哪里的魏源？"

魏源回他："邵阳魏源！"

那人马上让座，并一定要将魏源请上自己的座位就座，还一边忙碌一边念叨："我在宜兴遇上魏源了？我在宜兴遇上魏源了！"然后自我介绍说："我叫万贡球，乃泾县包世臣之好友。常听他夸你如何饱学，是文章高手。幸会！幸会！你这把壶我万贡球包了！"

魏源平时少于应酬，突遇如此热情，不知如何是好，只是说："不敢！不敢！"

万贡球说："有什么不敢？包世臣的朋友就是我万贡球的朋友！今晚我做东，请你和我们在座的各位欢聚一叙。各位都是这里的制壶好友，难得如此良机！"

魏源讷于言表，只得实话实说："谢谢兄弟盛情！我这次是带着家人前往张渚去投奔父亲。家人还住在客栈，我得回去照顾他们。"

万贡球说："你父亲在张渚？"

魏源说："家父在张渚做巡检。"

万贡球兴趣陡涨地问："请问尊父大名？"

魏源说："家父魏邦鲁。"

一桌人都站了起来，其中一人说："令尊是魏巡检？他可是我们这一带大名鼎鼎的大好人哪！"

　　魏源没有想到只是一个小小巡检的父亲，在这里竟然有如此高的知名度，有如此之好的名声。于是，他想起曾经跟随父亲读书时，父亲用微薄的薪饷和自学的医术帮助穷人，灾年还设粥厂救人之命……

　　万贡球说："我们这就去接你家人来一起聚餐！"

　　万贡球不由魏源拒绝，随魏源来到客栈。魏源跟母亲、妻子和兄弟说了这番情况。但母亲表示自己不能赴宴。严氏更是随婆母之意。与魏源同来的万贡球一骨碌跪了下去给陈夫人请安说："我与魏源结为好友，源之母即我之母，请娘赏脸！"

　　陈夫人沉思片刻，仍未答应，只叫万贡球起来。

　　万贡球跪说："母不应，儿不起！"

　　魏源终于劝了母亲一句："母亲，您就答应了吧。"

　　陈夫人又沉思片刻跟魏源说："你父亲不在我们身边，本该听你所言，但娘今天就作了这个主！"陈夫人转身又对万贡球说："魏源既是你兄弟朋友，那魏源该去，但我们不能去！"陈夫人又要魏源扶万贡球起来。

　　万贡球说："娘不去，我不起！"

　　陈夫人一动不动地说："万儿，你既以源母为母，为何母言不从？我膝下有儿四人，皆从未有违母愿！男子汉大丈夫，所投天下之志，岂能如此看重一饭一食？"

　　万贡球听陈夫人此话，周身立刻火烧一般，幡然醒悟，道歉说："万儿刚才为难母亲了，实在抱歉，乞请谅解。"

　　陈夫人说："你们走吧，难得一聚。"

　　万贡球拜别陈夫人，引着魏源来到一家酒馆。魏源抬头一看，匾额上写着：王复茂菜馆。临街的门面并不豪华，走进馆内，庭院式建筑显得十分开阔温馨。有大厅也有小包间，可摆几十桌酒席。

　　万贡球定下的是最好的包房。朋友们都到齐了，就等着魏源。席面非常精美，包银的乌木筷子、薄胎的青瓷碗盘，整鸭席、宜兴头菜、鸭饺面、炒三鲜等宜兴好菜点了一桌。

　　魏源说："万兄太客气了！"

　　万贡球说："包世臣来宜兴，我也是在这里用这些菜肴待他。他倒不客气，上席就吃，你客气什么！"

　　魏源说："源岂敢与慎伯同礼！"

万贡球是个直爽人，举杯相邀热闹起来。席间大赞魏源的诗文，并说："包慎伯向不随意誉人，但对你却不惜溢美！"

魏源没有想到，远在江苏宜兴还有对他如此敬重之人！他本想也学陶澍豪饮一番，但想到自己携母带妻，还要照顾兄弟，又尚未到达目的地，就强制自己只是全尽酒礼、酒兴，而不尽酒量。好在万贡球在酒量上并不了解魏源，因而不苛求。

第二天一家人都起得很早，吃过早点，辞别宜兴继续赶路。万贡球又派马车陪送了一程。

一家人到达张渚时，夕阳还在桃溪河清澈的水面上闪耀，镇上的家家户户刚升起做晚饭的炊烟。

魏邦鲁站在街口等候，夕阳照亮着他焦急的脸颊。这个时刻的袅袅炊烟尤其让他想念自己的亲人。他一双期盼的大眼睛，一直凝视着穿过大街的道路尽头。

两辆马车由小而大，终于来到魏邦鲁面前。先是陈夫人向魏邦鲁请安，然后是下车的四个儿子依次向父亲请安，最后才是儿媳妇严氏下车向父亲问安。魏邦鲁此时的激动，连他自己都难于言表。他想起这么一大家子在魏家墩过日子，只靠自己仅有的一点微薄的薪饷，是怎么熬过来的？他感到非常惭愧。一家人在路上颠簸这么多天来投奔他，他现在该拿什么来慰劳他们？他热泪盈眶地接过妻子的包袱，让魏源照顾严氏，一同朝新家走去。

走过一条繁华的大街再拐进巷子，父亲指着楼房背后一个低矮的偏栅，很不好意思地跟陈夫人解释："巡检司无像样的家属住房，我们家里人多，我只好租了这个地方。"

陈夫人非常理解地说："只要能住下，一家人能在一起生活就好。"

魏源看了一眼那里的门牌，知道这里叫"后街"。

说着话就到了后街这个偏栅的门口。魏邦鲁开了门，一家人依次走进屋内。让大家没有想到的是，屋内还算宽敞。墙壁都粉刷过一遍，屋内打扫得干干净净，厨房的厨具也很齐备，餐厅里桌凳虽是些旧货，也很不整齐，但够用。分隔好的三个房间虽然小，但放置了床铺之后，也都还能摆下一张书桌。走出门拐个小巷就是热闹的后街，生活也很方便。一家人看了，还难免有点暗喜。陈夫人拿过一只白瓷碗，从内衣袋里取出一个小布包，将布包里的东西放进碗里，然后将碗放在一个高台上。魏邦鲁问她："你这是什么东西？"陈夫人庄严地回他："我们祖先！"

魏邦鲁听不明白，再问："我们祖先？"

陈夫人重复道："我们祖先！"

见魏邦鲁疑惑的神情，陈夫人才解释："我在老家魏家塅前堂屋神龛上的香炉碗里抓了把香灰，在堂屋门前抓了把黑土，这就是我们祖先！我们这一离开，不知还能不能回去。我们到哪儿都不能丢了祖先！"

魏邦鲁感动得内心一颤，自己的女人原来这么细心！他不禁说道："你真是个好女人啊！"

陈夫人嘴角牵动了一下，表示一笑，跟邦鲁说："你收拾这个房子花不少钱吧？"邦鲁说："没花多少钱。打隔板刷墙壁，都是别人帮忙干的。这些旧家具有些是屋主给的，有的是别人送来的。"陈夫人说："那就太感谢他们了。"邦鲁说："我们湖南常德有善卷山，辰溪有善卷墓，张渚这里也有善卷洞。传说善卷到过这里布善德，所以这里人都很善良。"

更令陈夫人没有想到的是，第二天起床一看，家门口放了不少东西，有米、菜、柴和本地各种特产。陈夫人问邦鲁："这是怎么回事？"邦鲁看了看堆放在门口的东西说："附近的人知道我们一家人刚搬到这里来。这都是他们送来帮助我们过日子的。"陈夫人激动地说："那我们收下这些东西合适吗？"邦鲁说："我好好为他们办事就是！他们一片好心送来的东西，我们还是要接受。"陈夫人说："找到这个地方安家，真是一种福气！"

全家安定之后，魏源给在京都的师友和各地朋友去了信，不久就陆续收到一些信件。他得知周石芳因涉案被革职而回了原籍湘潭；得知孙玉庭任两江总督，陈桂生任江苏巡抚，姚文田任江苏学政，陶澍任山西按察使，林则徐任江南道监察御史，贺长龄任左春坊左赞善；在湖南因学案而被贬新疆的徐松因著成《新疆识略》一书，也赏任内阁中书。真是有忧有喜！

知道了这些之后，魏源又情不自禁地开始为功名着急。如按正常科考，乡试为每三年一次，但先皇驾崩，新皇继位第一年必须举行科考，这是朝廷的惯例，所以，嘉庆皇帝去年驾崩，道光皇帝继位后，虽离上次科考未到三年，也将进行科考，这叫"恩科"。这对士子来说，无疑是多了一次机会。于是，魏源不敢在张渚家中住得太久，怕耽误前程，父母的意见也是要他尽快去京都准备科考。

魏源准备进京的前几天，万贡球果然来给魏源赠送其定制的紫砂壶。魏源留万贡球在他家做客，万贡球坚决不答应，并热情邀请魏源及其父亲魏邦鲁一起赴他专设的宴席。席上又谈到科考，父亲又重复了曾经写信说过的那句话："汝力贫中学"，"年少慎交游"。父亲和万贡球也都鼓励魏源继续在科场上努力。

魏源返京后，应邀住在好友陈沆家中。他一边备考，一边教授陈沆之子陈廷经。陈沆比魏源大九岁，己卯年乡试，魏源只中副贡生，而陈沆这一年会试中进士。但陈沆清楚魏源的学识，所以他虽不随意交友，与魏源却已成金石之交。魏源也一有时间就与陈沆切磋诗文，相互修改文稿和赠诗作序。

辛巳年八月，顺天府恩科乡试开考。

龙虎榜发榜时，魏源看到自己又在副榜上，实在有些摸不着头脑，后来他知道些内幕后，又开始原谅自己。恰在此时，他收到了何绍基的书信。拆封一看，内文只有诗一首，名《柬魏默深》：

> 蕙抱怀兰只自怜，美人遥在碧云边。
> 东风不救红颜老，恐惧青春又一年。

魏源反复赏读，很受勉励。

何绍基小魏源五岁，彼此只是见过一面。魏源对何绍基并没有深刻印象，但何绍基对魏源却非常关注。这不仅仅是因为同乡，更因为魏源的学识和诗文在京都很受褒扬，大家对魏源拥有较高的期望，而他两次乡试却都被抑置副榜。让何绍基愤而不平的还有一个原因：虽然何绍基小魏源五岁，但何绍基八岁就跟随父母在京都拜名师求学，十八岁时就参加了顺天府乡试即"京兆试"，亦未中榜；而魏源是在三年后才首次参加顺天府乡试中副榜。同为科场上受挫又在继续进攻科场之人，何绍基不仅希望自己科场顺利，也希望同乡人魏源锲而不舍，坚而不摧。

魏源再一想，这次不过是新皇帝即位而新增的"恩科"机会，明年又还有三年一度的正科考试，与上次相比，他的情绪稳定许多。这也正好让他在等待明年科考的日子里，将《大学古本发微》和《曾子发微》两稿做些整理修订。

忙到年底，他收到家里的来信。信中言及严氏和儿子。他反复读过这封家书后，又将随身携带的那个精制墨盒放在手里反复摸抚，仿佛就摸着严氏的手一般。

他只希望能尽快见到自己的儿子和妻子。但路途太远，来去一趟需很多日子，他必须等到明年秋闱后，才能去张渚看望家人和妻儿。

儿子该叫什么名字呢？对于儿子的名字，父亲总有很多情感寄托其中，但魏源剔除了杂念，只希望他从小到老致力于学问，成为一位有鲜明个性的大学者。那就叫魏孺耆，派名纲己。

在等待科考和修订自己著述的日子里，魏源先是得知陶澍新任安徽布政使，后又得知贺长龄新任南昌知府，龚自珍新任内阁中书舍人……这都是能激励他努力仕途的喜讯，但湘人陈起诗的书信，让他看后痛彻心扉。陈起诗来信告诉他，岳麓书院的同门好友李克钿卒，并受其家人之托，约请魏源为其作墓志铭。一滴热泪掉在信纸上，魏源不舍抹去，任其浸出一个椭圆形墨圈，他在这个墨圈里看见了李克钿……

壬午年的夏末秋初终于来了，魏源仍在顺天府参加第三次秋闱。顺天府的龙虎榜发榜后，他终于看到了自己名列第二，喜中"南元"！更令人高兴的是，试卷还上呈到道光皇帝手里，道光皇帝阅后挥翰褒赏。魏源终于名声大振，举国皆知。魏源也很高兴地给家人去信告知喜讯，作为父亲的魏邦鲁收到魏源报喜的家书，自然感到十分荣幸。于是，他也急着和朋友们分享。魏邦鲁人缘好，很多朋友以各种方式表示祝贺，但他独喜欢好友谢元淮的一首贺诗：

> 举世轻小吏，科名重出身。
> 多君有令子，使我忘风尘。
> 楚泽储材大，京华旅食频。
> 准留青眼待，望此眼中人。

远在湖南新化的邓显鹤闻讯尤为兴奋，想起自己曾经为了科考在京都度过的艰难日子，想起他陪同魏源首次进京一路上的经历和友谊，也深感自豪！于是，他即兴写诗寄给在京都的好友唐鉴，回忆自己的科考经历，祝贺魏源：

> 魏子举京兆，褎然作南元。

魏源经历三次科考，终得"南元"，大家都认定他是实至名归。此后，凭他的学识诗文，必定是一路连科，直上青云。

但科考是读书人一条漫长的征程：县试，府试，院试，乡试，会试，殿试，魏源真要在科场上出头，还要看会试和殿试的结果。

为了准备会试，魏源不能马上回到张渚家里与父母、兄弟和妻儿团聚同乐，不能抱抱自己的宝贝儿子。他只能留在京都朝科考这条路上继续跋涉。但留在京都是要开支的，家里人口多，父亲薪饷又微薄，不能再提供给他应需的帮助，他只能自己一边备考，一边授徒来负担自己的生活开支。他应闽浙总督赵慎畛之邀，与同门好友陈起诗一起去了赵家授馆。陈起诗也一直在京都求学备考，两人有着相似的处境和岳麓书院的同门情谊，两人在一起授馆，甚是合得来，还感到别有一种成功的享受。

未来赵家授馆之前，魏源就对赵慎畛深抱敬意。湖南前学政徐松就因行事欠妥，而被他劾黜。赵慎畛是湖南武陵人，嘉庆元年的进士，为纪晓岚所取士。纪晓岚一直很看重他的人品，长久以来两人交往甚密。此前他已任过翰林院编修、御史、给事中、惠潮嘉道道台、广西按察使、广东布政使、广西巡抚。道光二年皇上念他诚实不欺，温谕褒勉，擢为闽浙总督。六十二岁的赵慎畛在闽浙总督任上政绩卓著，尤其台湾凤山有乱时，他未动用一兵一卒渡海，仅凭起用凤山内部人才即将乱事平定。赵总督果然是一位可亲的长者。魏源和陈起诗在赵家授徒时，他不在客厅里接待他俩，而是每次都在书房里和他俩促膝谈心。书房里一色的明式桌、椅、书柜，也像赵总督的为人稳重祖正。赵总督离家出任时，还嘱家人，将魏源、陈起诗和他们的朋友待若上宾。所以，汤鹏、姚莹、张际亮、宗稷辰等个性相近的朋友经常来找魏源和陈起诗"以道义文章相砥砺"。赵总督的家人总是不厌其烦地诚心接待这些年轻人，不忌讳他们纵谈天下。有一次，赵总督还参与几位年轻人之间的谈话，他非常赞同广东稽查出口洋船偷漏银两之事，并严查鸦片，同时表达了对甘肃、安徽、直隶、江苏、湖北水灾的关注和同情。

有一天，赵总督正在家里给朋友写书信，魏源却进门来很不好意思地说："赵总督，有件事情真是不好开口。"

赵总督轻轻放下笔，转过身来笑着说："我什么话没有听过？你直说无妨。"

魏源说："直隶提督杨芳邀请我去他家里授馆。这是他的邀请函。"

魏源将杨芳的书信呈给赵总督，但赵总督没有看，眉头深深地皱了一下说："是我家人在什么地方怠慢你了吗？"

魏源非常不好意思地移了移脚说："赵总督，您这话我就承受不起了。您和您的家人待我好得无话可说！"

赵总督说："那你就得说说理由。"

魏源说："这些年我随恩师胡承珙学汉儒，随恩师姚学塽问宋儒，随恩师刘逢禄修《公羊》，与董桂敷、龚自珍等师友切磋古文辞。但这些学问均未涉及武备，而治国安邦，不能离开武备；况眼下沿海诸多不安因素，我们不能不备！杨提督向以武功著名，故我想在他家熟悉一下武备事务。"

此其志不在小啊！赵总督听后暗自赞叹。三思之后，他轻声而坚定地叫家人："拿酒来！"家人用托盘端来两杯常德米酒，赵总督和魏源各端一杯，一饮而尽。赵总督捋了捋胡子，很是得意地说："我朝非无才，代有才人来！就此暂别，后会有期！"

魏源深深一谢，转身欲走时，赵总督又说："且慢，请带上束脩银。"赵总督从书橱里拿出一个布袋放进魏源手里。魏源拿着感到不对劲，说："赵总督，这个多了，不是我的！"

赵总督笑着说："你教得好。我多赏了几两银子！"

魏源稍稍犹豫了一下，既然是奖赏，他也就不再拒绝。

魏源告别陈起诗离开赵家后，与邓传密一道去直隶提督杨芳家授徒。

杨芳家住在古北口，而古北口有"燕京门户""京师锁钥"之称。东周时，燕国就在古北口筑墩设防以阻止东胡进犯，俗称北口。杨芳为贵州松桃人，在朝屡立战功，官至甘肃提督、直隶提督。

魏源与邓传密来到直隶提督府时，看到一对高大的雄狮镇守在大门口，一排拴马桩光亮地立在大门外，一排下马石横在拴马桩一旁。大门紧闭着，但里面有人说话。魏源拿起门环轻轻敲了几下，里面来了兵士开门。魏源说要见杨提督，兵士带他往里走。拐了几个弯，到了一处较为隐蔽的地方，魏源一看，壁上挂着一块牌子"练武堂"。宽敞的堂内是一地沙石，沙尘还正在空中飞扬。果然，魏源见一位背阔臂粗、肌肉健硕的大汉正在练武堂里舞动一对石锁。魏源肃然起敬地去问一兵士："那位就是杨提督？"兵士蔑笑一下说："你是少见了。这哪能是呢！我们杨提督练起武来，那才叫飞沙走石！"

练武的汉子一身大汗，趁他放下石锁活动筋骨之时，魏源试着提了提石锁，但提不起来，再提还是提不起来，又再使劲才算稍稍移动了石锁。魏源估计一个石锁总在二百斤以上。

这时，一位顶戴花翎的敦实汉子走过来。兵士告诉说："这才是我们提督大人!"

魏源和邓传密马上前去执礼,说是应邀前来授馆的。

杨提督威严的脸色顷刻变得和蔼可亲,说:"一直盼着你们来哪!此前乃是江苏阳湖人张琦在我家课子,因张先生修《仁宗实录》有功,朝廷将其用为知县,分发山东,故请你们二位前来授业。"

接着,杨提督带着魏源、邓传密在提督府转了一路,然后进了馆室。与别家的馆室不同,这里的馆室正前方有文圣孔子塑像,正后方有武圣关羽的塑像,前厅有讲台和课桌,后厅有刀枪练武场。魏源的故乡一直有崇文尚武的习惯,所以,这里让他不仅感到非常新鲜和满意,还如回到故乡。

杨提督虽为武将,却极重视子弟教育,待魏源、邓传密甚厚。魏源在杨家课子授业,暇时闲谈又可了解当朝军事形势,尤其可向杨提督寻问古代遗迹,以及山川之形势,关隘之险要。

因为在杨提督家授馆,见到不少武备事项,魏源感到除了此前研修的宋儒、汉儒、《公羊》和古文辞之外,还有很多于国于民有用的学问值得学习。

道光三年的礼部会试终于随着春风的脚步走来。二月初九,魏源来到贡院。他深深懂得这场考试来之不易,并且可能决定他人生的走向,十分重要。他摸了摸随身携带的那个精致的铜墨盒,一家人都在他脑子里浮现,包括儿子魏孺耆……

森严壁垒的考场,威严儒雅的考官,静若无声的环境,使他感到自己又进入了一个飘摇不定的世界。按照科考规矩,如果这次会试中榜,他将获得进士身份,就有了等待朝廷分派到地方任官尽职的资格,这也是当朝读书人所盼望的出路和结果。但若未能中榜,他还得回到古北口杨提督家授徒吗?

张挂在高墙上的本年度会试京榜，如晴夜星斗，万目仰望。一片黑压压的人头垒若乱石，又寂然无声。父亲、母亲、兄弟以及抱着儿子的严氏都站在他左右，他们指着魏源的名字喜笑颜开，高兴不已……窗外一声报晓的鸡鸣使魏源从梦中醒来，他摇了摇头，一场美梦！

他赶快起床赶去贡院看榜。

张挂在高墙上的会试京榜果真如晴夜星斗，万目仰视；果真是一片黑压压的人头……魏源的眼神如铁爪般掐着榜上的每一个字往下移，但移到最后一行，看完榜文还是不见自己的名字。再看，还是没有自己的名字！又再看，还是没有！

落榜了？

看来是落榜了。

真是落榜了！

照说他自己应该预想到这种结果，但他真是不愿想到！心里没有一点准备，他原本的自信加大了落差！他深深地叹了一口气说："这要命的科举考场啊！……"

他真有千言万语，但欲言又止。

此时，一声声"让开！让开"的喊叫自远而近，密集的人群像是被切割开来，一位骑高头大马的人冲过来，在榜下得意扬扬地站住看了一会儿，然后大声说："果真中了！"

骑马的人及其随行人员得意地走后，又有一坐轿的人在多人拥护下来看榜。此人原像是无精打采地躺在轿上，但听身边人告诉他中榜之后，立马弹直了身子。大家见他原是一位白须齐胸的老翁，都投以复杂的眼光。老翁十分自得地对身边的人说："老夫来自广州府三水县，今年一百零三岁！谢主隆恩哪！"现场一片惊叹！

这老翁坐轿走后，人群里突然吵闹起来，大家散开，又围成一个人圈，只见一个五十岁左右的人，将他的竹编精制书篮先是使劲地举在空中摇晃一番，然后再抛向高高的天空，从书篮里飞出来的那些纸、笔和书从半空中落下，散了一地。看榜的人一阵骚乱，随着天空中的那些物件落在地上，重又安定下来。但那抛书人却脱掉衣服狂跳乱舞，又用一种歇斯底里的古怪音调，如鬼如巫地随舞踏歌：

> 世人都晓神仙好，唯有功名忘不了！
> 古今将相在何方？荒冢一堆草没了！
> 世人都晓神仙好，只有金银忘不了！
> 终朝只恨聚无多，及到多时眼闭了！
> ……

人群里有人问，这人唱的是什么？有吴人口音的人答道，好像唱的《石头记》里的《好了歌》。

那歌舞者愈唱愈狂，愈跳愈狂，先是跳掉了衣服，接着跳掉了裤子。

魏源身边有人议论、猜问：他是因为中榜了高兴得发癫，或是因为考不中了发癫？一位大个子女人说："人都这样了，中了榜又如何？落了榜又如何？"魏源瞬间高看了这女人一眼，老百姓的这句话让他明白了什么。他不再在这种场合里久待，悄悄走了。

魏源又回到了古北口杨提督家，一边授徒，一边著述，他要让自己过得就如没有参加过这次会试一般。

杨芳虽为武将，却不失细心。得知魏源会试落榜后，他特地准备了丰盛的晚餐。两人小酌慢饮，杨芳只字不提科考，只给魏源讲了个故事。说是唐朝进士卢藏用，怀才不遇，没有官职。于是，他想了个曲折的法子达到目的。当时人们都非常崇尚隐士，认为隐士都是饱学之士。他就跑到长安附近的终南山隐居起来，以扩大影响。朝廷得知这一消息，终于让他出来做官。这就是"终南捷径"的故事。

魏源当然知道"终南捷径"的故事，但他向来不喜欢投机行为。而此时此地，他却突然脑子里闪过一道光：科考不能说完全不好，但把科考当作读书人的唯一出路，肯定有问题！卢进士投机取巧谋官当不是正道，但另辟蹊径这种思路还是有可取之处。

杨提督慢慢地把话引到了国家大事上，他说："眼下全国各地水旱灾荒不断，鸦片难禁，国库不富，入不敷出，各地又不断有乱事发生。以我陋见，读书人不必要把科场考取功名当作唯一出路，在其他各业也可以成就功业。凡于治国安民之业，都不应忽视。比如我就以武功立身……"

魏源心悦诚服地说："杨提督所言极是！我何不常怀此忧此意！"

一场小饮，魏源心胸更加开朗许多，倒将科场失利暗暗变成人生动力！

事后，魏源决定通过大量阅读掌握丰富的文史资料，把自己所著尽快完善定稿出版。

此时，朝廷要移调杨提督为湖南提督，魏源正好趁杨提督移迁之机，告假回江苏张渚探亲。趁探亲之日，他一路拜访自己的师友，向他们请教，请李兆洛先生作序，将《诗古微》定稿，托人刻板；又将《书古微》等著述进行了增补和定稿。办完这些事，魏源才回到家中。

家中有父母操心，虽栖陋室，日子却过得很温暖。魏孺耆已经能走能蹲，会笑会说了，天伦之乐为魏源洗去了不少的科场失意。只是父亲和母亲显得苍老了许多，头发斑白，脸显深皱，真是日不见其老，年见其老啊！

杨提督非常喜欢魏源在自家设馆授徒，调任湖南提督驻守常德后，又延请魏源去坐馆。

这次离家前，魏源觉得自己对张渚这个家已经没有一丝生疏，倒有一种特别的温馨和亲切，尤其进门小隔间壁上那幅《陋室铭》，让他久看不厌。魏邦鲁见他看得发呆，问他："喜欢这幅？"

魏源说："喜欢！"

魏邦鲁说："那你就带走。"

魏源说："不！挂这里最好！"

那是当地书法好友见魏邦鲁好结名士，喜读诗书又乐善好施，才写了这幅颜体《陋室铭》赠给他。父亲请装裱店的师傅将其装裱后挂在进门处的墙壁上，意在进出可见，教诲家人。他常跟家人说，他非常喜欢"苔痕上阶绿，草色入帘青。谈笑有鸿儒，往来无白丁"这两句。魏源在魏家墈读私塾时，受刘之纲和二伯父魏辅邦导引，开始临摹各种名家书帖，但后来偏爱颜鲁公的笔法和结字，尤其爱其《自书告身贴》。魏源总以为颜体骨壮筋足，血脉丰满。现在这幅颜体《陋室铭》挂在这里，他觉得非常得体。母亲走过来将魏孺耆放在魏源怀里笑着说："都过而立之年了，当了父亲了，还像十岁时看中堂里'邵邑醇良'那幅匾，看得发痴发呆！"魏源接过魏孺耆，亲了一口儿子的胖脸蛋，笑着说："我在想，我们家称得上是真正的陋室，又不断有读书人来访，这幅《陋室铭》挂在别人家可能不合适，挂在我们家真是物归其位。"

魏邦鲁说："人不畏穷，而畏染上恶俗！"

魏源要离家往常德杨提督家授馆那天，将小弟魏淇带在了身边。这一是因为父母有托，二是小弟魏淇记忆力好，魏源很喜欢，希望他能跟着自己治学修业，做成事业。

常德位于洞庭湖西侧，武陵山下，是湖南的北大门，史称"川黔咽喉，云贵门户"。故湖南提督驻防在此。

魏源来到常德杨提督家授馆不久，一天，突然来了位武官找到杨府门上求见魏源。原是从江苏崇明移调湖南镇筸（凤凰）的总兵官陈阶平路过此地，要见魏源。杨提督传话给魏源时，魏源感到莫名其妙：一位从未谋面的总兵何故要见他魏源？

但陈阶平真是找上门来了。两人在杨提督家的客堂见面时，陈总兵先给魏源执礼，魏源还礼后，两人座谈时才听陈总兵说明来意。

陈总兵说："今内外时局不可乐见，本总兵此次受命移守镇筸，深感惶恐不安。镇筸乃军事重镇，由汉、苗混居，时有生乱之人，如何安民，我胸无良策。闻尊父大人说起你曾受辰沅水靖兵备道姚兴洁邀请，纂修过《屯防志》和《凤凰厅志》。纂修志书需要查阅大量地方资料，这对于了解当地地理形势、社会关系和制定经世安民之策肯定大有补益。故冒昧请见，请多赐良策。"

魏源感到这位总兵的来意和言谈均非同一般武官，竟然找到杨提督门上来向一位尚无功名的人问策。魏源说："陈总兵真是要寻找在镇筸治军、安民的良策吗？"

陈总兵说："正是。"

魏源说："我仅是参与纂修了《屯防志》和《凤凰厅志》，只是记录往事而已。不过，此地曾有人著述论及边防和'安苗'，你如找来一阅，定会极有补益。"

陈总兵问："何人有何著述？"

魏源说："溆浦人严如熤，有《苗防备览》和《三省边防备览》两书，曾为皇上所重视。"

陈总兵急问："何处可以找到？"

魏源见陈总兵的确是诚意相求，便说："此书我倒备有一套。陈总兵既然如此渴求，那我也就诚心相赠，也算是物尽其用，不枉你此行。"

魏源进房去，从自己的书箱里翻出两套书来，陈总兵接过书，执礼深谢。然后两人坐下来喝茶闲聊。

魏源说："与陈总兵叙谈真如故友一般亲切。陈总兵身为总兵，何故如此谦卑为人？"

陈总兵说："我乃安徽泗州人，自幼家贫，得外祖父劝我入其河标营为卒。因我少年目不识丁，入伍后乘暇隙问字义、讲文法，渐能自具文稿。好读书，喜问事，这是我的个性。在东海时，我常去宝山拜见'强如老人'，向他讨教。其言其行，均令我受益，无愧当世巨人长者。行营练兵时我重视身先士卒，昼从驰射，夜袭击刺，尤喜制品结阵之法。练兵非身先不为功啊！这次去守镇篁，深感责任重大，我必须先做深入了解。故下决心必先将《屯防志》和《凤凰厅志》找到一读。"

闲谈中，魏源又记起那次受辰沅水靖兵备道姚兴洁邀请，纂修《屯防志》和《凤凰厅志》的情景。魏源不无动情地说："二书我手边未存，你到了当地应当也还能找到。但成书的经历就不是人人都知道了。"魏源想了想又忍不住慨叹起来："纂修《屯防志》和《凤凰厅志》的那些日子真是难忘啊！"

陈总兵果然"喜问事"，他非常感兴趣地说："能否说我一听？让我长长见识？"

魏源说："尤其难忘那天过青浪滩之险。现在要我描述，我也难以尽意。不过当时有感而发的那首诗，我还记得。"

陈总兵说："愿洗耳恭听！"

魏源稍一回想，就背诵起来。

陈总兵悟性极强，听后，随诗入境地说："地之险要，人文之复厚，已知一二。"

谈了几乎一个下午，陈总兵要走时，正好是杨提督在外办事回来。杨提督和魏源送陈总兵到大门口。陈总兵一眼看见一侧的"练武堂"三个大字，又突然提出："提督大人，我可否一睹你的练武堂？"杨提督说："但看无妨。"

三人在练武堂内外看了一圈。陈总兵拿起石锁上下舞动三回合，然后轻轻放下。杨提督微微一笑，拿起石锁上下左右舞了十几下才若无其事地轻轻放下。陈总兵连连点头，然后才走出大门。

魏源望着陈总兵的背影，思绪难静：陈总兵并非科场出身，但好学擅问，亲身力行，不是也能治军安民吗！

秋风来到常德的时节，四处是碧波荡漾的湖泽，满目是金浪翻滚的稻田。魏源带着弟子杨承注和小弟魏淇一边郊游，一边跟他们讲，常德城名源自《老子》"为天下溪，常德不离"，以及善卷居德山、《桃花源记》等故事。魏源和魏淇很久都没有这样快乐了。

傍晚回到家中一看，有周诒朴书信一封。拆看方知周侍郎卒，请他作神道碑铭。周侍郎才刚六十岁啊！他离开周侍郎家时，周侍郎的精神还是何等的健旺！还在为自己一家的冤案向道光皇帝申诉，……魏源悲痛致痴半晌，魏淇叫道："哥，你怎么了？"

魏源回过神来仍全神在为周侍郎悲痛，说："公文学在士林，典刑在乡邦，政绩在海内……"

魏淇摇了发呆的魏源说："哥，你在说谁？"

魏源说："湘潭周侍郎去矣！他于我有恩哪！他是因为冤枉而折寿！"

周诒朴系周侍郎第三子，为陶澍之女婿，与魏源感情深厚。魏源在京都求学备考时由陶澍介绍住周侍郎家中的那些日子，又浮现在魏源的记忆里。周侍郎为乾隆庚戌进士，虽官至学政、侍郎，待魏源却如子侄一般，不仅自己很是欣赏魏源诗文的敦雅，还四处揄扬，让魏源名震朝野。其子侄们也与魏源如兄弟一般，尤其是周诒朴与其关系密切。周侍郎常跟魏源讲学业、讲政事，也讲自己在官场多年的感想。他大器有识，色和气夷，常谆谆教诲魏源"政贵适中"，对魏源科考深抱厚望。

但这位严谨清廉、在朝为官多年的吏部侍郎，根本没有想到湘潭县发生的这起斗杀大案，将他及其儿子牵扯了进去……

魏源十分悲伤，晚不进餐，端坐案前，叫魏淇备墨，他哀思泉涌，行文如泻，一挥而就：

户部左侍郎提督江苏学政周公神道碑铭

上之是非不明，则其公在下；下之是非不明，上之是非明，则公在上。公在下，则是非与黜陟出于二：公在上，则匪直出于一，且以黜陟正是非，尤克昭苏万物，平概群品……铭曰：

帝选宿学，入侍讲幄，公矢其悫，匪夕伊朝，受知两朝，若云在霄。曰汝教督，于汾于蜀，士霄其读。曰汝司衡，于南于京，士春其英。曰汝二部，司空司马，朕肱且股。天鉴其忠，民吁其恫，公蹇其躬。虽则蹇难，仁庙斯眷，温纶载涣。卒俟其定，以贻嗣圣，大正厥命。臣受于君，子受于亲，唯命是循。实录手辍，中夜感涕，曰思先帝。弗惩厥前，益矢厥肩，救民恐遄。手揗口瘏，大灾克苏，士气克梓。庶公其宰，以润四海，曷云不待！公重如山，公粹如璠，万夫之宪。公位日崇，公产不充，一亩之宫。显显令哲，皤皤黄发，曷云其忽。穹碑湘濆，公配恪勤，以教事君。

写完，魏源倒头便睡。

但睡不着，满脑子全是周侍郎的音容笑貌。

直到第二天，魏源还是睡不着也起不来，小弟魏淇叫他，他也不起来，又水米不尝。魏淇真急了，刚送到的两封书信，魏淇也不知是该告诉哥哥或是不告诉哥哥。他既不想告诉哥哥，想让哥哥多休息一下；但又怕耽误哥哥的大事，想快点告诉哥哥。最后，他还是决定把两封书信送给哥哥。

哥哥终于起来看信了。第一封信是何绍基来的，谈自己乡试落榜之事。第二封信是陈起诗来的，他乡试中举了。

魏源的情感如一块烧红的铁板突然浸入冰水之中，一种非常强烈的反应使他强迫自己冷静下来。他的意志力像一根水银柱，从最低处一直慢慢往上升到最高处，升到他的头顶，然后，又快速降下。他跟魏淇说："走！"

魏淇说："去哪儿？"

魏源说："练武堂！"

兄弟俩来到练武堂，推了推关着的门，门没有开，但里面有人说话。魏源再敲门，杨提督的儿子杨承注开了门。父亲在远处问是谁来了，杨承注说："魏先生兄弟。"杨提督说："让他们进来。"

魏源和魏淇进门后，杨提督马上说："把门闩牢！"

练武堂的大门重又牢牢闩上。

魏源兄弟走进练武堂，见杨提督和儿子都是一身习武服，便站着静观。

杨提督跟儿子说："我们继续练！"

杨提督边念边示范，父子俩形影如一："上左步，左尺划圈收回往左前反劈，并回勾于左后；右尺向前冲击，上右步，右尺划圈从左回勾于右上，同时左尺托往前冲击；脸朝西……"

收桩后，父亲又解释说："此一招叫'打虎擒龙'。右腿收回，双尺保护胸部，上右步右尺劈对方头部；如对方用棍阻挡，我右尺反勾对方之棍往右后拉，用左尺托击对方头部，左尺划圈护身，再劈对方头部；对方如果来袭，有左尺又反勾对方的棍往左后拉，右尺击对方头部，再左尺托击对方头部……"

杨提督父子练过数招后才稍稍休息。魏源忍不住也把所看的这一招演习了一遍，动作虽不娴熟，但招式不缺，伸缩有位。杨提督大吃一惊，说："人们都说你过目成诵，有说是'记不清问汉勋，记不全问魏源'，魏先生果然名不虚传！"

魏源说："哪里呀！小时候，我爷爷偷偷地教过我一点梅山功夫。"

杨提督恍然大悟："哎呀，我真是忘了！教我这功夫的师傅就是新化人，都属梅山武功。"杨提督又在儿子面前夸奖魏源："能文能武，难得的好先生啊！"

于是，杨提督和魏源谈起了"梅山铁尺功"。梅山武功计有多种，仅这小巧铁尺就了不得，非常便于藏在身上携带，遇事随时可用，灵活方便，招招伤敌。铁尺套路要是学全了，有几十招功夫，软硬兼备，防如壁垒，攻如霹雳。

此后，杨提督更加喜欢魏源在他家坐馆授徒了。

但是，魏源收到了贺长龄的邀请。

闰七月，贺长龄刚从山东按察使调任江苏布政使。魏源是想下次回家探亲就去拜访，没想到贺长龄会先来手书相邀。虽然书信里未具详事，但魏源看出是有大事相商。加之严夫人又生下个宝贝女儿，他很想回家看看。

杨提督知道此事后，办了丰盛的饯行宴。酒至半酣，言路广开，既为知己，随意交谈。杨提督说："眼下鸦片成灾，夷人船炮日益逼近，我朝军事不容乐观。八旗、绿营能否胜战，不难料定；又各地团练始兴，扰民不断。此乃内忧外患也。惜我朝文武官员忧国忧民者寡，奢侈享乐者众。你到江苏见到布政使一定给他多建言。"

魏源说："提督之言甚合我意。回想起来，我入私塾，进岳麓，留京都，拜名师，结益友，从而熟小学，通汉儒，明宋理，习阳明，精辞章，时至今日，我尚不明白所学到底何用。为科考功名？若天下学问皆用于科考，不利国利民，于国何用？于民何用？于国于民无用，于己何可用也！"

至夜，秋月明堂，魏源思绪万千，席罢仍激动难眠。

常德至江苏水路交通方便，别了杨提督数天后，魏源带上数箱书籍到达江苏。因为心情急切，魏源只安排了小弟魏淇回张渚转告父母，他自己没有回家，而是直接赶去拜见贺长龄。

省里的布政使主要是管理全省钱、粮。朝廷潜伏的经济危机，贺长龄暗急在心。江苏省是朝廷财政收入来源的重地，而他又是江苏布政使，受任后，他无时无刻不在为朝廷谋划着急。魏源找到贺长龄府上时，贺长龄已去州、县查访税赋收缴情况，但贺长龄家人熟悉魏源，便告诉魏源，贺长龄今天一定会回来。

天色已晚，魏源就在府门上转了会儿，一眼看见门上有副对联：

行不得反求诸己，躬自厚薄责于人。

魏源觉得贺长龄把自己的行事原则用一副对联写活了，写全了，也写透了，他特别喜欢这副对联。

鸽子回窝时，府前的大道上来了一行人，后面有人抬着轿子，走在最前面的官员顶戴花翎，锦鸡官袍，没有坐轿。果然是贺长龄踏着余晖回府了。魏源迎上去，两人亲热地相互执礼问候。贺长龄让随行人员各自回家后，跟魏源说："太原一别又是数年啊！"魏源说："是啊，这些年只听你连捷不断。"

贺长龄说："你也中了'南元'啊！可喜可贺！"

魏源摆头说："可惜会试失利。"

贺长龄说："大河远行，必有弯曲！"

两人说着进了大门，再往前行就到了客堂。在两张官帽椅上分别落座后，佣人端着托盘送上两杯茶水。贺长龄急不可耐地喝茶的样子，让人觉得他有些累了，渴了。魏源则端起茶杯，用杯盖轻轻撇开浮沫，显得从容。茶是很普通的茶，不过泡得很浓。贺长龄说："现在江苏可有你们的家啊！"

魏源说："是啊，每次离开还真是有点难舍。"

贺长龄说："家人可好？"

魏源说："家人均好。只是父母垂老。"

贺长龄说："你勿再漂泊，留在江苏可好？"

魏源说："为科考求功名，我自嘉庆十九年北上求学，至今已十一年漂泊在外，真是很想安定下来读书做事。近日又添一小女，还未及见面。方伯的意思是？"

贺长龄说："我想你与我合作做件大事。"

魏源说："不知何种大事？"

贺长龄迟疑了一下说："你这些年在京都拜名师，结名士，对吾国朝政有何看法？"

魏源想起与杨提督分别那一夜畅谈之快。但在贺长龄面前，他还是有些拘束。他想了想说："我乃后学之辈，岂敢与方伯谈国事朝政？"

贺长龄说："但说无妨。"

魏源自京都在消寒诗会上初识贺长龄，就认定他是不事声张，但愿实行的人。这些年的事实证明自己的判断是对的。贺长龄自嘉庆十二年乡试第一，次年连捷成进士，时年才二十四岁，可谓才智不凡。嘉庆十四年又被选为翰林院编修，翌年任广西乡试副考官，嘉庆二十一年出任山西学政，二十五年保选御史。其间主要是充任皇帝的文学侍臣，借此熟悉了国典朝章，官场礼仪，以及外人难以看到的《四库全书》和国史档案，参与过国史编修，深得皇帝信任。道光元年授江西省首府南昌知府，次年升为山东兖沂曹济道；四年署理山东按察使；同年闰七月又升任广西按察使，一年后的今天，已再升任为江苏省布政使。贺长龄是皇帝信任的能臣，他在皇上面前的奏请言必有应。贺长龄又是同乡知己，还是亦师亦友……魏源的直性子终于忍不住了，他说："那我就在你面前直言了。"

贺长龄朝魏源亲切地点了点头。

魏源说："自乾隆中叶后，海内士大夫大兴汉学，而大江南北尤盛。自地方而京都，皆以史学非经学，或谓宋学非汉学，天下聪明皆用于无用之途！而于吟风弄月之文士，空谈身心性命之理学家亦同讥焉。工骚墨之士，以农桑为俗务，而不知俗学之病人更甚于俗吏；托玄虚之理，以政事为粗才，而不知腐儒之无用亦同于异端。彼钱谷簿书不可言学问矣，浮藻饾饤可为圣学乎？释、老不可治天下国家矣，心性迂谈可治天下乎？曷谓道之器？曰'礼乐'。曷谓道之断？曰'兵刑'。曷谓道之资？曰'食货'。道形诸事谓之治；以其事笔之方策，俾天下后世得以求道而制事谓之经；藏之成均、辟雍，掌以师氏、保氏、大乐正，谓之师儒。师儒所教育，由小学进之国学，由侯国贡之王朝，谓之士。士之能九年通经者以淑其身，以形为事业，则能以《周易》决疑，以《洪范》占变，以《春秋》断事，以礼乐服制兴教化，以《周官》致太平，以《禹贡》行河，以《三百五篇》当谏书，以出使专对，谓之以经术为治术。曾有以通经致用为诟厉者乎？以训诂音声蔽小学，以名物器服蔽三《礼》，以象数蔽《易》，以鸟兽草木蔽《诗》，毕生治经，无一言益己，无一事可验诸治者乎？呜呼！古此方策，今亦此方策，古此学校，今亦此学校。宾宾焉以为先王之道在是，吾不谓先王之道不在是也，如国家何？"魏源说完后，激动地放下茶杯。

贺长龄本是轻轻放下茶杯的，无奈也因激动而在茶杯落地时发出声响。他站起他那魁伟的身躯，在客堂里踱了几步，尽量抑制住自己的激情，而后才说："'古此方策，今亦此方策，古此学校，今亦此学校。宾宾焉以为先王之道在是，吾不谓先王之道不在是也，如国家何？'你魏源真是一语道破天机！吾不以为同是湘人，不以为同是学人，吾只以为同是知己！我耦耕没有选错人！此后，你就在我府衙里来完成《皇朝经世文编》这部巨著！"

魏源说："世有著述已汗牛充栋，再编巨著如国家何？"

贺长龄终于平静地坐下来说："正因世之著述已汗牛充栋而缺如此著述，我才有如此念头！此巨著正是要力排学者群趋于考据之一途的饾饤之风，为国朝所需而编。"

魏源仿佛看到遥远处有一点亮光，说："不知方伯有何惊世骇俗之想。"

贺长龄说："此书在审取上，既经世以表全编，则学术乃其纲领。凡高之过深微，卑之溺糟粕者，皆所勿取矣。时务莫过于当代，万事莫备于六官，而朝廷为出治之原，君相乃群职之总，先之'治体'一门，用以纲维庶政。凡古而不宜，或泛而罕切者，皆所勿取矣。此乃《皇朝经世文编》之主旨。"

魏源感到耳目一新，兴致陡涨，说："果有此书问世，万事可为之新矣。此正乃吾之所思所慕！"

贺长龄继续说："此书存之必广大。见智亦见仁，道同归者无妨殊辙。刬夫适用之文，无分高下之手。或迩言巷议，涓流辄裨高深；或大册鸿编，足音寥同空谷。故有录必披，无简可略，匪但专集宜寻，亦多他书别见，则

贺长龄说："我想你与我合作做件大事。"

魏源说："不知何种大事？"

网罗之宜广也。"

魏源听得出，贺长龄的编著思想已经非常成熟而明确，可见其已苦思良久。此其志不在小，乃能当大任之良臣、能臣也！此书如能编成留世，必将利人才而经世富国。魏源端坐正色道："方伯不必多言，源已明深意！自孔、孟出有儒名，而世之有位君子始自处于儒矣；宋贤出有道学名，而世之儒者又自外于学道矣。有位与有德，泮然二途；治经之儒与明道之儒、政事之儒，又泮然三途。依我之拙见，道不可离事而言，德位与政事，又不可分为三。道须因事而著，学必因事而显，然后通经始能致用，而所谓圣贤者非日诵千言，著书满家之迂儒，而须能出其所学以救斯民者也。故其理想之圣人与治考据、谈心性之迂儒不同，而独与孟、荀之所谓大儒者合。"

贺长龄听得非常高兴："此番议论正与吾意同矣！世必因事而异，事必因文而行；事必行，文必先有备。时下，为上者好大喜功，奢侈腐败，贿赂成风，浮滑奸巧者皆得势，诚实刚直者则受压；军事怠惰，善言代战，欺上瞒下；沿海夷舰利炮渐入，各地鸦片成灾，白银外流，银贵钱贱；内地民不聊生，纠扰不安，团练时兴，深伏后患！然士大夫仍沉于汉学之繁琐，宋学之空疏，不讲实用。内忧外患，非经世致用之学无以救社会，无以振邦国！"

两人真是一拍即合，推行经世致用之学，编著《皇朝经世文编》成为贺、魏的共同心愿。而此时魏源和贺长龄得一好消息：陶澍将由安徽调任江苏巡抚。

　　魏源心情很好，抽空回了一趟家。见到宝贝女儿那丰圆的脸蛋、明亮的双眼，魏源满心欢喜。女儿出生时，右手背上就带有一个清晰的玫瑰花图案，那天，还是个万里无云的大晴天！魏源兴致极高地给她起名魏秀均。

　　见了家人后，魏源再回到府衙即着手编纂《皇朝经世文编》。

　　一天傍晚，贺长龄轻轻走进门来，见书案上、书橱里到处摆满了书籍，地上还有不少书箱没有开启，他皱了皱眉头，站在魏源的背后静静地看了一番。魏源仍在全神贯注地坐着翻阅典籍，半晌才问："何人入内，怎不说话？"

　　贺长龄苦苦一笑说："从小如此，如今过了而立之年，你还是如此，一做事就这么如痴如醉！真正难能可贵啊！你该吃晚饭了！"

　　魏源一听是贺长龄的声音，立刻站起来转身相迎，说："是方伯啊，有事叫我即可，何劳亲临？"又将身旁的一张官帽椅正了正说："请坐。"

　　贺长龄将官帽端放在桌案上说："想和你说说编书的事。"

　　魏源揉了揉两眼，眼前模糊的物体渐渐清晰起来。他实在忍不住打了个长哈欠说："你和我收集来的这大量的奏议、文集、方志等文献，我正一篇不漏地认真查看。这样，才能按照你提出的'存乎实用'的要求，遴选出来我们所需的篇章。"

　　贺长龄说："你昨夜又熬了一个通宵吧？"

　　魏源说："鸡鸣头遍时，还是忍不住睡了会儿。"

　　贺长龄说："万事有度，过犹不及。事急必得以恒制。"

　　魏源说："玉石相间，去石存玉不可丝毫疏忽，而况体例与文章如此庞杂！"

143

贺长龄说："体例上还是参照我朝陆耀编《切问斋文钞》的大法。《切问斋文钞》共分三十卷，辑清初至乾隆年间诸家论文、奏疏。析为学术、风俗、教家、服官、选举、财赋、荒政、保甲、兵制、刑法、时宪、河防等十二门。所论吏治得失，民生疾苦，风俗盛衰，内容丰富，很值得借鉴。陆耀是江苏人，官湖南巡抚；我是湖南人，官江苏布政使。他在前，我在后，我们现在编的书总不能在其之下。"

魏源心里更加明白贺长龄对这部书寄予厚望，要求很高，不过魏源还是胸有成竹。他说："我初步设想是，在体例上要比陆著更加精细，在收文上要更加精准、丰富。大约可分为学术、治国、吏政、户政、礼政、兵政、行政、工政之八大门类，下分十一个子目，各子目又大约共分为六十五个子项。"

贺长龄脸色沉毅地点了点头，表示认可。自去年秋末到眼下新年之初，才几个月时间，编纂工作就能取得如此成效，贺长龄听后不无欣喜，觉得编纂进度很快，所设框架也很对自己的思路。他没有看错魏源，魏源是可以委托大事之人！贺长龄本来还想跟魏源谈谈漕运改海运等问题，但又觉得魏源已经太累了，只得如释重负地站起来同魏源道别。

魏源陪他走至门外，贺长龄提醒说："今年会试何时启程？"

魏源说："已准备好近日启程。"

贺长龄预祝道："'春风得意马蹄疾，一日看尽长安花'。"

魏源说："谢方伯吉言！"

魏源也很想趁入京会试的机会见见师友，但因身负编辑《皇朝经世文编》的重任，不能提前进京，所以只能在会试前赶到京城，没有时间访师会友。碰巧的是，在等待入场的时候，他遇到好友龚自珍。龚自珍告诉他，此次分校礼闱是自己的恩师刘逢禄。魏源和龚自珍都曾从刘逢禄学《春秋公羊传》，问经世之学，如今正好是恩师阅卷，自然是少了试外的忧虑。

刘逢禄正在将《公羊》哲学融通经世之学时，遇到了最得意的两位门徒，那就是龚自珍和魏源。龚自珍早春就已携妻何吉云入京准备会试，而魏源这次入京应试显得有点匆忙，因为《皇朝经世文编》的编纂任务很重，他不能全身心地投入会试准备。

会试在贡院的南厅举行。会试结束后，刘逢禄作为阅卷考官看到邻房两张行文出众的试卷时，暗自兴奋不已，虽卷面经过"糊名易书"，"朱卷"上已看不出是何省何人，但文字透出的才气霸世，经策奥博，使他自认为此必出自仁和龚自珍和邵阳魏源之手。刘逢禄惟望国朝得此二才而新日月，故极力向上推荐。但其力荐未被接受，理由不明。最后张榜时，龚、魏双双落第。所以，本年龙虎榜贴出之日亦为刘逢禄痛心之日。他早早起来，有点胸闷的感觉，推开书房窗户，外面天气晴朗。但他不出门，连后院的花园也懒得去。穿戴、洗漱之后，只在自己的书房里痴坐闷想，仔细回忆龚、魏二卷之雄奇新颖，越想越心痛，总觉得另有其故。于是，铺纸舔笔，愤然作诗《伤浙江、湖南二遗卷》，为其鸣不平。

> 之江人文甲天下，如山明媚兼嶙峋。
> 盎盎春溪比西子，浣花濯锦裁银云。
> 神禹开山铸九鼎，罔两俯伏归洪钧。
> 锋车昔走十一郡，奇祥异瑞罗缤纷。
> 兹登新堂六十俊①，就中五丁神力尤轮囷。
> 红霞喷薄作星火，元气蓊郁辉朝暾。
> 骨惊心折且挥泪，练时良吉齐肃陈。
> 经旬不寐探消息，哪知铩翮投边尘。
> 文字辽海沙虫耳，司中司命何欢嗔。
> 更有无双国士长沙子，孕育汉魏真经神。
> 尤精选理跻鲍谢，暗中剑气腾龙鳞。
> 侍卿披沙豁双眼，手持示我咨嗟频②。
> 翩然双凤冥空碧，会见应运翔丹宸。
> 萍踪絮影亦偶尔，且看明日走马填城阇。

龚自珍二十七岁中举那年是嘉庆二十三年。嘉庆二十四年，他首次参加会试落第；次年因道光皇帝继位，参加恩科会试再次落第。这是第五次科考和第三次会试落第了，在科场上失意之感全然与魏源相同。他家父去世，年前十月才服丧期满。眼下外敌舰炮日益逼近，国内鸦片成灾，银贵钱贱，河运不畅，南北难通，张格尔又在新疆勾结外敌作乱。此次会试落第使他联想到仕途的坎坷和国朝的内忧外患，颇感惆怅。他读到恩师刘逢禄的诗后，也即兴赋诗三首赠魏源并表达自己的内心之感。

---

① 注：浙江七百余卷，独分得六十卷。
② 湖南玖肆，五策冠场，文更高妙，予决其为魏君源。

其一

秋心如海复如潮，但有秋魂不可招。

漠漠郁金香在臂，亭亭古玉珮当腰。

气寒西北何人剑，声满东南几处箫？

斗大明星烂无数，长天一月坠林梢。

其二

忽筮一官来阙下，众中俯仰不材身。

新知触眼春云过，老辈填胸夜雨沦。

《天问》有灵难置对，《阴符》无效勿虚陈。

晓来客籍差夸富，无数湘南剑外民。

其三

我所思兮在何处，胸中灵气欲成云。

槎通碧汉无多路，土蚀寒花又此坟。

某水某山迷姓氏，一钗一佩断知闻。

起看历历楼台外，窈窕秋星或是君。

魏源何尝不是如此！但与龚自珍相比，他一边暗恨这种埋没人才的科举，一边忙着编纂他的《皇朝经世文编》，心里感到踏实。

回到江苏后，贺长龄已经知道他落榜，但两人见面时，魏源并不显得消沉，而是一股劲地继续进行《皇朝经世文编》的选稿。这让贺长龄暗自欣喜。贺长龄也没有跟他说别的，见面时只是给他念了一首王维的诗：

怜君不得意，况复柳条春。

为客黄金尽，还家白发新。

五湖三亩宅，万里一归人。

知尔不能荐，羞为献纳臣。

魏源听后会意一笑，说："得任晟等先生相助，书已完成一百二十卷，尚有《会典提纲》二十卷以稽其制，《皇舆图表》二十卷以测基地，《职官因革》以详其官，更辑《明代经世》一编以翼其旨。欲脱全稿，指日可待。"

贺长龄很满意地说："能如此快速成书，实令我欣喜！这是吾国吾民吾朝之所需。盖欲识济时之要务，须通当代之典章；欲通当代之典章，必考屡朝之方策。选举、考察、职掌之必悉，而后可以审立官；赋权、俸饷、出入之周知，而后可以制国用。度律、等威、服制，不明其别，何以辨五礼之仪文？山川、关塞、邮驿，不审其方，何以筹九州之控驭？明罚敕法，准乎律例，如程物之有衡；提防疏浚，各有情形，必左图而右史。盖土生禾，禾出米，米成饭，而耕获舂炊之节次，宜各致其功，不可谓土能成饭也。脉知病，病立方，方需药，而虚实补泻之万变，宜各通其要，不得谓一可类推也。"

魏源说："正因如此，本书聚我朝以来硕公、庞儒、俊士、畸民之言，都若干篇，为卷百有二十，为纲八，为目六十有五。言学之属六，言治之属五，言吏之属八，言户之属十有二，言礼之属十，言兵之属十有二，言刑之属三，言工之属九。"

至此，《皇朝经世文编》初稿已基本定型，"叙""例"亦并初成，待吴县曹堉校勘完毕，即可付印。

这个季节，随着晴天的增多，江宁城不再潮湿闷热，晦蒙的秦淮河也日渐亮丽。大街上行人因为穿上夏装而显得清爽快乐。但这天，贺长龄两眼潮红，脸色很是不对。他在魏源的书案对面坐下，沉闷不言。魏源看出他有不顺心的事了，说："何事令方伯不快？"

贺长龄沉默片刻才说："以后我们就再也见不到太初了！"

太初即陈沆。对于魏源来说，这个消息来得太突然，因为此前他收到过陈沆的书信，信中还说："近自患病以来，闭门谢客，日坐斗室中。初犹浮杂，渐觉疑定，性灵自炯，诸妄除呈。于此之时，以之检察病根，则毫发毕见；以之涵泳义理，则意味弥长。足见为学之道，静虚为本，深密为要。……我辈终身沉溺词章，岂不愧死？"信中并无病哀之意，不料此乃陈沆临终之悟！魏源双手开始微微颤动起来。他推了推书，让桌面上挪出一点空间来，搁下笔说："他？……"

贺长龄说："在京都因病而终。"

陈沆于嘉庆十八年中举，二十四年中状元。其策论文章，气势雄浑，论述精辟，笔力奇健，授翰林院修撰。道光二年任广东省大主考，次年任礼部会试同考官。官至四川监察御史，可谓仕途顺风得意。但他不慕京都，用心侍父……魏源心沉如铅地仰望着天花板感叹道："天姿隽拔，思力刻惨。己卯进士，当世孝子！"

贺长龄说："太初才过不惑之年！人生苦短！想来，我们唯有惜时奋发才是！"

魏源说:"昔日我们意气风发,曾与其互阅书稿,各为批注,何等深情啊!"

贺长龄说:"太初不仅诗文雄海内,交友益独慎。唯与董桂敷、姚学塽、陶澍、龚自珍,以及你、我有金石之交。"

魏源说:"我在长沙授馆时长住他家。太初待我数日不厌,如亲兄弟一般。别太初时,我有诗一首。"

魏源情不自禁地念了起来:

> 别期复兹合,湘城数过饭。
> 君侍庭闱近,我去庭闱远。
> 罢馆聿将归,强留同息偃。
> 君贪朋友乐,我愧高堂眄。
> 劳君筹舟车,岁暮得旋返。
> 我忻庭闱慰,君惜朋友散。
> 欢戚互殊方,缱绻同一馆。
> ……

"唉——可惜啊,太初看不到我们的《皇朝经世文编》了!"

两人渐渐地平静下来。贺长龄说:"我们得朝暮不怠,尽早成书,方能让更多的师友看到我们这部经世之著。"说完这话,贺长龄又有点后悔,觉得不该暗示魏源再作努力。他看了看魏源略显憔悴的脸色和那件天天都穿着不换的衬衣,站起来说:"该给你薪俸了。"

魏源微笑着摸了把下颏,下颏已经有了成型的山羊胡子。听说要给薪俸,他脸上流露出些许高兴,但没说什么。他明白自己的俸银按规矩是在贺长龄的养廉银中支付,不会很多。江苏虽为富庶之省,但保证国朝赋税之后,地方财力也是捉襟见肘,何况贺方伯是新到任的布政使,周旋余地非常有限。其实,无论多少,魏源内心是希望贺长龄尽快给自己发放俸银的,因他已经看好一处可供自己建房安身之地;如果能把这个地方买下建个房子,就可以把一家人接到这里来居住,自己就可以安安定定地读书和著述。

贺长龄说是这么说了,但真要等俸银到手还不知是何月何日,更何况还不知道他能给多少。布政使一年的俸银和养廉银加在一起也不到两万两,其支出数额又实在是庞大,且日有增加……唉,还是加快编纂这部书吧,俸银的事暂且放下别去想它！会是多少，何时能发，由方伯去吧！

《皇朝经世文编》现在只剩下一些需要完善的工作，其中，"工政"门的文章中编选了李绂的《书总河齐公复奏淮扬运河札子后》一文。李绂乃江西临川人，康熙四十八年的进士，曾任广西巡抚。这位一百多年前的进士就在文中论及雍正时为解决淮扬运河淤垫、水高于城的问题，并建议于运河之西开新一道。魏源也一直热心治水，很喜欢此文，并已初录。但文中所论乃事关治理运河的重大问题，一百余年之后还是否可行？《皇朝经世文编》最要力戒的就是刻舟求剑！于是，他得找合适的人进行核验。找谁呢？他想起了在宜兴时万贡球多次提到的包世臣。人以群聚，物以类别。大名鼎鼎的包世臣既然如此推崇魏源，说明他们在学问见识上必有共通之处，魏源何不先去见见这位被人传为"身材短小精悍而口若悬河"的奇人呢？

包世臣与魏源有相似的人生经历，自幼家贫，勤苦好学，嘉庆十三年中举，但多次考进士落第。在江西新喻做县令时，又因直言不讳而被排斥免职。但因其顽强坚毅，胸怀经世大略，官场失利反而让他有足够的时间对漕运、水利、盐务、农业、民俗、刑法、军事等进行充分的实地考察，常有独到见解。各地封疆大吏每遇兵、荒、河、漕、盐等重大政事，常向他咨询，并以他的建议为准，故其名满江淮。

包世臣一直在给人当幕僚，居无定所。但那天魏源在苏州找到了包世臣。两人在一家客栈里一见如故，无所不谈。包世臣在魏源面前并不如人所传"口若悬河"，因有文章要审，两人只是小酌两杯就言归正传。魏源将李绂的《书总河齐公复奏淮扬运河札子后》一文给包世臣过目。包世臣先是一目十行，然后再字斟句酌，看过三遍后才长叹一声："唉！"

魏源以为他有话要说，但等了一刻却未见他出言，只是又长"唉"一声。魏源说："为何只叹不言？"

这时，包世臣再长叹了一声才说："魏源你乃慧眼！李绂议开新河于运河之西，以挑河之土别筑西堤，与我所见甚同！"于是，包世臣拿起笔来，将自己的意见作了附纸注明。略思片刻还觉不足明己意，又为此文写下跋语："魏源网罗近世有心世道之文甚夥，而河事尤所注意。得李公此文同，使余质其是非，故与为深信。"

魏源看完包世臣的批语说；"世人皆说你口若悬河，今日为何宁书不言？反而言比语贵？"

包世臣说："口若悬河时，可听亦可不听。今日之事不可小视，必书之载明！"

两人由此篇文章而谈及漕粮、海运、河政、纲盐、票盐诸事后，又说起幕僚人生。魏源说："慎伯兄之人生已有难望境界，凡东南大吏，每遇兵、荒、河、漕、盐诸大政，几无不屈节咨询，兄亦总是慷慨言之，实在难得！"

包世臣也不无得意地说："人生但其有益于世耳，身虽不显，而所言得行，苍生实受其福，夫复何憾？"

此话让魏源深为感动并认可！他说："难怪古人总是乐于遍寻良师益友，今日身受也！"

见到了多日想见的包世臣，此文又得到包世臣的认可，魏源更加自信，心里也有了底气，心满意足地回到府衙。

让魏源没有想到的是，回来的第二天就领到了贺长龄发放的俸银。入幕将近一年时间，贺长龄支付给他的薪俸是五十两银子和六十斛大米。五十两银子不算多，只是个小头，六十斛大米等于一万多斤。将大米兑换成银两后，他算了算，自己足可以买地建房，实现多年的愿望，真是兴奋不已！自二十岁从魏家塅入京至今过了而立之年，他已经在南北各地漂泊了十余年。现在父母垂老，孩子一天天长大，加之科场的一次次失利，他实在渴望安定！

选了一个晴朗天气，魏源来到他中意的地方——江宁城西清凉山下，考察一块要出卖的土地。这里紧挨乌龙潭畔，邻近龙蟠里。龙蟠里的东侧是小仓山，与纪晓岚齐名的袁枚曾在此建有"随园"；西北侧是虎踞关，明末清初的著名画家龚半亩曾在此居住；西面是清凉山，建有扫叶楼。魏源与卖家见面后谈得很顺利，当场成交。

因为是改建和扩建，工程量并不很大，所需的时间也不长。但因魏源设计精到，宅院建成后，成了一座别致的江南民居，坐北朝南，风向通透，砖木结构，造型精巧。魏源又特地到当地梅园选购了两株老桩蜡梅，请园艺师移植到小院中间。小院立刻弥漫着诗文气息。魏源给这座三进式宅院起名叫"湖干草堂"，后来一斟酌，又叫"小卷阿"。从张渚后街偏栅里搬来的魏源一家人，老老少少无不感到心满意足。

深秋的一天早晨，魏源起来一看，天满云彩，地满翠绿。乌龙潭那边高大的古树上有喜鹊叫个不停。阳光暖暖地从大门的门楼下斜射进来。严夫人

魏源给这座三进
式宅院起名叫"湖干
草堂"，后来一斟酌，
又叫"小卷阿"。

牵着儿子魏孺耆的手，从房间出来走进阳光里，陈老夫人正背对阳光取暖。四岁多的魏孺耆非常好奇地走进奶奶怀里说："奶奶，我们的影子怎么变得这么长了？"奶奶高兴得不知道怎么回答才好，严夫人也为儿子的提问感到好笑，她指着魏源的书房抢过话说："别问奶奶，问你父亲去。"

"爹——"魏孺耆对着书房叫道。

魏源应着，手持刚舔过墨的笔走出书房说："我正写字呢。"

魏孺耆跑过去一看，爹正写完了几个大字。

"认得吗？"魏源逗着魏孺耆说。

魏孺耆摆摆头，粲然一笑。魏源将笔置搁下，以手指点着几个大字念道："小卷阿"。

严夫人摸摸魏孺耆的头发跟魏源说："他才多大呢，你让他认这么难的字！"

魏源乐得抱起儿子亲了亲说："对于童蒙未开的孩子来说，字无难易！大人不告诉孩子，任何字都是难字，孩子永远都不会认得！大人告诉了孩子，无论什么难字对他来说都不是难字，他都能认得！及之而后知，履之而后艰嘛！"魏源抱起魏孺耆在小院里转了转，又心满意足地跟魏孺耆说："看看，有亭有篱，有竹有树有梅，不城不乡，可歌可钓。"他想起日后自己有了这座读书、立说的宅院，虽然不大，但很好用，心里特别愉悦！

此时，大门外有人下马请魏源说话。魏源以为是贺长龄派人来找他回署有急事相商，没有想到是督署派人来告诉魏源说，陶巡抚晚饭后要来看他。此时，魏源还是满脑子的《皇朝经世文编》，只是简单地答应了一句。待马蹄声远，他才清醒过来，既然陶巡抚要来看他，他得有所准备才是。于是，他把这个消息转告给了母亲和严夫人。母亲说："陶大人家和我们家是世交，得好好招待一下。"严夫人将魏孺耆交给婆母，自己赶快忙了起来。

室内外都收拾干净后，天边的月亮渐渐地升高变亮。一阵马蹄声响到了大门口，果然是陶澍一行来了。

大门开着，陶澍穿着便服，伟岸的身躯在大门口站了一会儿。魏源一家人急忙赶到大门口将陶大人迎进屋去。

进大门后，陶澍先向魏源母亲陈夫人请安问好，再向全家人问安，然后才与魏源如兄弟般并肩而行，如耳语般亲切交谈。两人沿东路而进西路而出，边走边谈。魏源有些愧疚地说："知你从安徽调江苏巡抚，但没有想到这么快就会到任。我以为你还要先进京办完事，然后休整一段时间，总得个把月才会来。本是该我先看你，结果反倒让你先来看我了。我们家乡有句俗话——三斤鲤鱼往倒提啊！"

陶澍说："我们两家钱米都不计较了，还计较你先看我还是我先看你干什么？江苏是国朝之财粮重地，漕运、海运、盐政、水利无不令人焦虑，岂敢懈怠啊！"

魏源说："贺方伯也正急着考虑这些事情。"

陶澍说："好啊！这回我们聚到一块儿了，尤其漕运、盐政不能再这样下去！"

魏源说："我与贺方伯也正在考虑漕运之事。"

陶澍说："你们不是正选编《皇朝经世文编》吗？"

魏源说："是的。这书已经编成，余事正在努力办结，不久即可见书。所以开始考虑《筹漕篇》。"

陶澍点头笑着问道："有方伯和你在，不要多久，漕运、盐政方面，我们也要弄个新的起色来！"

两人走到大门外，陶澍看了看门楣说："这个'卷阿'是《诗经·大雅》中的一个篇名吧？"

魏源说："正是。"

陶澍说："卷者，曲也；阿者，大陵也。'卷'与'阿'合而为一，我想你是要强调江宁钟山龙蟠，石城虎踞之地势吧。"

魏源说："让你一语道透了。"

陶澍说："你们一家该有这么个安定地方。好像有正房九间，另有门房、厢房、杂屋五间吧？"

陶巡抚怎么弄得这么清楚？魏源惊笑道："什么事都逃不过巡抚的火眼金睛啊！"

陶澍说："有了眼睛、耳朵和嘴巴，世上的事情就没有弄不清楚的！你这里与周围邻居的住房相比算不上大院，只能算小宅院。但这里开门能见乌龙潭，湖光山色幽静秀美，尤其院里那两棵老桩蜡梅，真是诗意无穷！是个著书立说做学问的好地方啊！"

魏源说："我正是如此想法——我们再往前走，散散步吧。"

于是，两人出侧门沿乌龙潭边前行，走至一个小码头拐下再上小船。月亮升得更高了些，乌龙潭的水面也显得更亮了，整个潭面如一块巨大的老坑翠玉镶嵌在江宁西城，魔幻不测又风姿绰约。陶澍望月四顾欣然感慨："乌龙美景，秀色可餐！"魏源应和道："有些妙处，何必西湖。"

陶澍说："你还是三句话不离西湖啊！据我所查，此潭乃明洪武年间筑城围入，相传潭中曾有乌龙现身，故名乌龙潭。因其风景绝美，一些达官贵人才沿潭造园。据说《石头记》中的江宁织造府花园就是现在'随园'的前身。"

魏源说："都是这么传说。"

魏源向来佩服陶澍的勤勉和见识，上任江苏巡抚才几天，竟对此处的历史文化了解如此深细。

游过乌龙潭，回到小卷阿门口，衙役轿夫已在等候。临别时，陶澍问道："尊父大人贵体如何？"

魏源说："在巡检任上多年，常年琐事缠身，操劳过繁，已大不如前。"

陶澍长长地"哦"了一声，说："子曰：逝者如斯夫！你二十六岁那年去太原见贺长龄后，又来重庆与我一叙。一晃就有多少春秋过去了！想不到我们今天能在江苏相聚。"说完，陶澍上轿走了。

魏源回到小卷阿，依然激动不已，又想起刚住进小卷阿时，一个雨天的早晨发生的趣事，一位老僧穿着草鞋来给他送笋干，走时在青石板路上留下了一串异常夺目的黄泥脚印，他随着老僧的脚印走了很远，最后站在脚印消失的林子前，望着林子深处赋诗。

卜居金陵买湖干草堂三首　其三

春风绿尽一池山，闭户文章败叶删。

不是老僧来送笋，如何倒屣出柴关。

小卷阿日益成为魏源讲学、编、著的可爱处所。他常常漫步潭边，或与友人潭中泛舟，吟诗作对，或与同道畅谈国事。小卷阿在朋友中间的知名度也越来越高，慕名而来的人日益增多。魏源的日子也过得快意许多。

腊月的一天，父亲从张渚任上回家，跟家人说起一件怪事："有位不知来头的人，自称魏源的朋友，在张渚民间暗查我的行状。"魏源母亲马上一脸紧张地跟魏邦鲁说："你是不是什么事儿做过头了？让人伤心记恨呀？做巡检你可要多加小心哪！"魏邦鲁说："我向来不因喜而谬赏，不因怒而滥刑！做我所该，行我应行！如果有人害我，那是他的险恶！我心正行稳，有何惧怕！"话虽如此，第二天一早，魏邦鲁就在客堂屋里闩上门，温习起他的梅山铁尺功夫。但留有一隔门没有闩，那是留给自己儿子们看私家功夫的。魏湖、魏源、魏浚和魏淇站在隔门上看着父亲习武，一声不出。魏源深感父亲的功夫仍在，腿脚臂膀虽不显灵敏，但收发力仍稳中弥坚，一般对手恐还难以为敌。不言而喻，父亲这是在作最坏的准备。

这事还真让魏源感到奇怪，是何人为何事要暗查父亲的行状？魏源多日不得其解。直到为预祝《皇朝经世文编》成书面世，陶澍、贺长龄特约魏源一聚那天，魏源才明白原是陶、贺所为。

没有别人在场，雅室里就只有陶、贺、魏在席。席位为贺长龄所订。一则他先于陶澍来江苏就职，陶澍到任，他应尽地主之谊；二则为选编《皇朝经世文编》，魏源几近废寝忘食，实在辛苦，想慰劳一下魏源。

贺长龄和魏源先到一步，刚就《筹漕篇》的写作思路交谈几句，陶澍进门来了。一见只有他们俩在，坐下来也不说客气话，喝了茶就直来直去："魏源啊，你们一家真无愧是'邵邑醇良'啊！"

贺长龄心知肚明，只笑不言，魏源却蒙在鼓里，不知陶澍要往下说些什么。

陶澍说："尊父大人先后在华亭县金山司、嘉定县诸翟司、上海县黄浦司及吴淞司、太仓州甘草司、震泽县平望司、荆溪县张渚司、海州惠泽司任巡检职多年，其间还在'肥缺'苏州钱局任职五年。任职数年来，无论到哪里都清正廉明，亲自督查侦缉，赏信罚必。政绩突出，好评如潮。除公职尽责外，他还自学医术帮人治病，救济穷人。尤其在苏州钱局任职期间，一扫贪腐的陈习陋规，两袖清风，不染一尘！吾朝官员多有位高而自贱者，而鲜见有魏巡检这样职卑而自贵者！"

魏源这才有些释然，说："什么事都瞒不过您陶巡抚耳目！"

贺长龄说："巡抚绝非戏言，是明察暗访才得此结论。"

魏源两眼一定，忽然听出一点端倪来了，问贺长龄："明察暗访？"

陶澍说："是啊！不明察暗访，我难道还有千里眼、顺风耳不成？"

魏源说："难怪父亲说前些日子有人在暗查他的行状。原来如此啊！"

陶澍笑了，贺长龄笑了，魏源也笑了。

贺长龄说："巡抚的意思是考虑魏巡检年纪大了，给他挪个便利一点的地方。"

陶澍接话说："先挪至宝山水利主簿吧。"

魏源表示感谢陶、贺对父亲的关照，但不知父亲是否同意。

席上又谈及《皇朝经世文编》成书事宜、漕运、盐政、张格尔勾结外敌作乱，以及魏源的科场仕途。魏源好像对科考已经不太在意，但陶澍和贺长龄还是对魏源充满了信心。陶澍于嘉庆四年二十三岁时中举，三年后中进士；而比陶澍小七岁的贺长龄是二十二岁中举，二十四岁中进士。嘉庆十五年，他们同时被任乡试主官，陶澍任四川乡试主官，贺长龄任广西乡试主官。而后，他们又同时回京任职，同在京师广泛阅读，增长知识，并结交师友和提升本事。今天，他们历经多种任职后，又在江苏为官相聚，虽重任在身，也还是不减人生之快。因此，他俩根据自己的经历，一再劝魏源继续奋发努力。散席时，已看不到刚刚还挂在天边的那一丝下弦月，时间真是过得太快！

第二天，魏源回小卷阿陪父亲。他本是急着要见到父亲的，但因为贺方伯交代的一件公事要办，拖得起身时迟了一点，到家也就很晚。但父亲还端坐在客堂里像是等着他回来。小卷阿的家具都是新置的，虽不算很高档，却也稍有讲究。桌椅几案，全为一色花梨木制作而成，形式有点追仿明代风格，显得简约而沉稳。见父亲坐在那张明式官帽椅上，魏源也紧挨着父亲落座在另一张官帽椅上。父亲见儿子亲近自己，心情顿时好了起来，但没有说话，只是挪了挪身子，以示轻松。魏源说："昨天的晚宴我与贺方伯、陶巡抚在一起，总算弄明白了一件事情。"

魏邦鲁又严肃起脸说："什么大不了的事情？"

魏源说："是有关父亲您的事情。"

魏邦鲁看了看儿子，见魏源的脸色很愉悦，便挪脚放松自己说："我能有什么大事要你弄明白？"

魏源说："你前些日子不是说有人在暗查你的行状吗？"

魏邦鲁听说是为此事，便认真起来："是谁干的你弄明白了？"

魏源说："当然！不弄明白我能这么说话？"

魏邦鲁迫不及待地追问："是谁干的？"

魏源说："陶巡抚和贺方伯托人干的。"

魏邦鲁吃惊地说："是他俩托人干的？难道是有人到他们署衙里状告我了？"

魏源说："没有人状告你。"

魏邦鲁说："那是为何？"

魏源说："是他们自己要暗查你。"

魏邦鲁咬了咬牙说："他们暗查我干什么？我是人正不怕影子歪！由他如何明查，由他如何暗访！"

魏源说："好也，坏也，总得说出个子丑寅卯吧。"

魏邦鲁说："他们暗查到了什么呢？"

魏源一笑说："他们说你不愧为'邵邑醇良'！"

魏邦鲁一听这话，心情顿时大悦起来。他两手轻巧一抖，一对铁尺从两只袖里滴溜出来，准确地落进他手心。他将铁尺握住，平放在面前的花梨木束腰茶几上。随着铁尺落下的沉重声音，他走出门外学着哼了句昆曲："可知我一生儿爱好是天然？恰三春好处无人见，不提防沉鱼落雁鸟惊喧，则怕的羞花闭月花愁颤。"哼完，他进房睡觉了。

如果与十年前为考取功名进京求学时相比，魏源深感自己老成了许多。如今即使科场落第也并不让他感到空虚无为。现在房子买下了，自己和家人都安定了下来，尤其《皇朝经世文编》成书刊行和自己的《诗古微》初刻成书，都让他内心不无欣慰。于是，他想放松一下自己，去游览一回人间天堂——杭州西湖。但贺长龄和陶澍总有太多的事情交给他，总是等着他尽快办结，使他的杭州游好梦难成。现在杭州离他如此之近，他反而难以成行，很久了都没有去过。

刚刚刊行的《皇朝经世文编》已送到布政使的署府，魏源按照贺方伯的要求忙着给相关部门和官员寄赠书，又为自己的师友寄赠了该书。不久，魏源书案上就堆满了来自各地师友给他的书信。有说此书风行海内外；有说讲求经济者，无不奉此书为矩尺：几乎家家都欲求其书。湖南师友在书信上说，三湘学人诵习成风，士皆有用世之志；甚至有人说"欲把人间万病除，《皇朝经世》一编书"。朝野好评，于魏源真是莫大的鼓励。

在贺长龄的幕府里，大事总是一件接着一件。《皇朝经世文编》刚刚完成，贺长龄又把漕运工作提上了议事日程，加之其他应酬，魏源每天几乎都要忙至夜深才能休息。

陶澍和贺长龄约魏源议行漕运事务的这天晚宴上，因为《皇朝经世文编》的成功，魏源再次深受陶、贺的赞誉，还领到了嘉奖给他的银两。因而他实在有些激动，多喝了几杯。第二天一觉睡到了傍晚，赶回小卷阿时已到夜月中天。他乘兴站在小卷阿门口四望，一切都非常安静，连乌龙潭的水都静得没有涟漪，像一面朝天放平的镜面。

但大门虚掩着，魏源推开门就看见父亲在小院里站着。"爹，你还未安睡？我回来晚了。我不知道你今天会回来。"

魏邦鲁说："我也是天黑才到家，你哪会知道呢。"父亲的口气不仅没有一丝责怨，还带有深深的父子情谊。

为逗父亲高兴，魏源说："是有什么话要儿子恭听？"

魏邦鲁说："我干巡检这么多年，督府为何偏调我去任宝山水利主簿？"

魏源明白，"哦"了一声才说："那你就去吧。这差事比当巡检安稳。"

魏邦鲁说："陶巡抚和贺方伯如此用人，必有其故。"

魏源一笑说："如我没猜错的话，一定是陶、贺要治理江苏水利、漕运，才让您去宝山任水利主簿。看来，是对您寄予厚望。早去早好！"

魏邦鲁想了想，突然提起神来说："既这样，我明天就启程赴任！虽然已是一身老骨头，但现在还是能为朝廷办大事出点力。"

就地理位置而言，"两江"所辖江西、江苏和安徽三省，其经济地位的重要性无可替代，故除了直隶省的政治地位外，"两江"的官位就成了难求的"肥缺"，但也是烤人的"火炕"。众目睽睽之下，小可变大，微可成著，稍有闪失便朝野尽知；而此地水情莫测，非旱即涝，防不胜防；又运河年久难畅，南粮漕运，年所增难。所以，"两江"官员在皇朝的运作中，也就常如走马灯一般地轮换，在任能超过三五年者数来罕见。

道光五年，山东巡抚琦善升任两江总督，原两江总督魏元煜改任漕运总督；安徽巡抚陶澍进京述职返回安徽不到三个月，即令其带印启程，急赴江苏就任巡抚，而此时张师诚任江苏巡抚还不到一年；贺长龄由江苏按察使就地升任布政使也是此前不久。在道光皇帝看来，这一轮的人事调整，将那些对"漕运"改"海运"持不同意见者都已移调，而用在"两江"的全是持"漕运"改"海运"意见的良臣干将！

道光皇帝继位才四五年，本是想稳中求进，但前一年洪泽湖的湖堤"高堰"因年久失修，受不了水满的挤压而决大口，溃堤一千余丈，湖水一泻而下，兴化、东台、盐城、阜宁等地均成泽国，生命财产死损无数，还致高邮、宝应到清江河一段运河因缺水而断航。如此后果，不能不让道光皇帝焦急和恼怒。他派遣大学士汪廷珍、尚书文孚下江南查办此事时，在其奏请上御批：孙玉庭辜恩渎职，罪无可道，革去大学士、两江总督衔。张文浩刚愎自用，不听人言，误国误民，厥咎尤重，着革职，遣戍新疆。并令张文浩戴枷三月，每日必在水灾地站立反省。由此可见皇上用心何其良苦！

洪泽湖从形成之时起，就潜伏着祸患。早年黄河夺淮入海，淮河入海之道被阻断，水位升高。于是，上游之水聚于盱眙以东，使原处零散的小湖渐渐连扩，形成洪泽湖。如此，黄河带来的大量泥沙又散沉在洪泽湖湖床。洪泽湖日不见其高，年见其高，经年累月，不知不觉就成了高悬在人民头上的可怕"悬湖"。为防悬湖水危，人们人工修筑了一条长堤——高家堰来约束它。自东汉至唐、宋、元、明、清，在一千多年的岁月里，人们把这条长堤加到了三四丈高，一百四十多里长，成了闻名于世的人工堤坝。

大运河出问题和"漕运"与"海运"的问题都不是新鲜事，此前都反复发生过，争论过，但道光皇帝觉得此时是要解决问题的时候了！运河断航，漕运受阻，南粮运不到京都，天庾正供无法保证，那事情可就大了！

两江官员的降职、调离，这都不难，但要漕粮顺利到达京都可就不是一句话的事儿，得有人去完成。哪些人才能完成呢？这得先看看哪些人有决心。于是，道光皇帝下诏：

……然漕粮为天庾正供，所关非细，设将来运道竟至淤滞，各帮船因而迟误，该督抚等身任地方，岂有束手无策，不为设法运京之理？自应未雨绸缪，另筹妥办。朕思江苏之苏、松、常、镇，浙江之杭、嘉、湖等府属，滨临大海，商船装载货物驶至北洋，在山东、直隶、奉天各口岸卸运售卖，一岁中乘风开放，每每往来数次，似海道尚非并不可行。

此前的问题和议论，道光皇帝都有所闻，所以他才由商人的海运联想起漕粮的海运。但他心里也没有底，只是提出来供朝臣们商议。

的确，道光皇帝只知道商人一直都在海运，却不知商人的货物海运和朝廷的漕粮海运大不相同。商人由海上往南北自由航行，流通南北货物时，用的是小船，吃水浅，海浪来袭时，可靠近海岸线行走，或躲至礁石后面；而漕粮船一艘要装粮一千多石，体大身重，唯有在深海区航行，一遇风浪便无处藏身，且还没有一条熟悉的航线。自从明代王宗沐主持海运，因为不熟海道而在鹰游门失事之后，至今再无人敢提漕粮海运；但当运河被阻，漕粮不能起运之时，又免不了有人要打海运主意。这一次道光皇帝的诏书的意思是很想突破这一点，虽不明说，但暗含着鼓励主张海运，鞭策不视海运之意。诏书中情意切切地提出："惟事系创始，办理不易，然不可畏难坐视，漠不相关。"又让官员们多呈好的建议，让两江官员，以及有漕运任务的省各抒己见。于是，南北官员无不谈漕，"海运""河运"各成阵营。

道光皇帝看完大量奏折，更加明白，不当事的官员、幕僚，大都主张海运；而当事的官员、幕僚大都强烈反对海运，主张河运。两派明暗对垒，旗鼓相当。

阻止海运，力主河运的有大学士孙玉庭（曾任过两江总督）、现任两江总督魏元煜、漕运总督颜检、江苏巡抚张师诚等。单从奏折来看，都各有一大堆道理，但道光皇帝把同类奏折归纳起来一想，问题就明显了：如开行海运，他们将责无旁贷，身负重任。

主张海运的官员有协办大学士、户部尚书英和，山东巡抚琦善，安徽巡抚陶澍等，还有朝廷其他大员，如大臣曹振镛、尚书王鼎、大司马王砚等。尤其是还有一批主张经世致用的幕僚学者如魏源、包世臣等，都纷纷建议开行海运。

从内容来看，孙玉庭在奏折中提出：治理河道为第一要务，河通则船行，还是河运稳妥可行。明知漕运困难极大才涉议海运，孙又对浚河、漕运的具体措施含糊不明，道光皇帝御批"虚言搪塞，竟无一切实把握之语"，将他的奏折驳了回去。

现任两江总督魏元煜的奏折中提出：海运之法，诸多窒碍，拿河运盘坝与海运相比，还是河运盘坝稳妥。其列举海运不可行的理由是：事涉天庾正供，关系重大，不能轻易尝试；正因为前代海运均告失败，河运才得以复兴，是为前车之鉴；军船及水手不熟海运，招募商船恐怕散漫，难以约束；加之海洋天气变化难测，潮汛、风向实难把握；此外，改河运为海运后，所需费用会大为增加，还难免海盗袭劫；改河运为海运之后，大量失业旗丁无法安置，难免闹事；运输途中的沉船、损米、伤人难以预料；等等。

道光皇帝轻轻拍了拍龙椅，心里火气很重。这些问题都不过是老调重弹，道光早已听腻看厌！更让道光皇帝看不惯这位两江总督的，是他的滑稽言行：说他反对海运呢，他又在积极咨询海运情况；说他赞成海运呢，他又对倡导海运者持否定态度。

魏元煜的态度的确有些让人难以捉摸。他早在前些日子就暗里派了金匮县齐知县去上海，花了一个多月时间了解沙船以及海上情况，而当齐知县赶到督府，把海运可行的详细情况向他汇报后，他又毫无所动，连齐知县也不明白他到底是什么心思。

齐知县在总督府里向魏元煜制府汇报那天，魏制府态度谦和，一脸笑意，添茶加水也叫得十分勤快。但齐知县一说到正事，魏制府总是一副滑稽样子。齐知县说："沙船长年往来海上，熟悉航线，运输又快捷，数目虽不如别人说的那么多，但也够用。租用沙船，官府还少了造船之忧。这是省时、省人、省费的好事，何乐而不为呢？"魏制府却只是笑笑，他心里非常清楚海运的好处，但就是不愿行海运。齐知县说毕，魏元煜说："好了，知道了！你辛苦了！既然公事完成了，那就回去好好休息吧。"

魏元煜听完了齐知县的意见，又似乎很恭谦地去布政使贺长龄的署府倾听意见。贺长龄非常明白魏制府心里是要河运不要海运，而贺长龄恰恰相反，他是要和陶澍一道倡行海运而非河运。但是，贺长龄也明白，自己不能和上级直接唱反调，他两江总督不支持，这海运能搞得成？要是事情办砸了，他布政使一个人又怎承担得起如此重大责任？故当着魏元煜的面，贺长龄虚晃一枪，说："此事过于重大，我才就任不久，地理、人事均尚欠熟悉，不敢轻言，待我三思之后再回你。"

魏元煜刚一动身，贺长龄就去找魏源商量，告诉他："魏制府刚才来府署的意思是要我谈海运和河运的意见。"魏源说："这个我们不是议过多次了吗？非海运不可！"

贺长龄说："魏制府城府很深，万不可如此直白。事情不会这么简单。魏制府的内心是主张河运反对海运的，我如面对面和他唱反调，必不利于我们将来的海运。我们只有来个缓兵之计。"

魏源说："如何缓兵呢？"

贺长龄说："你给我代笔写一个《复魏制府询海运书》回他。"

魏源说："这比当面回他好吗？"

贺长龄说："要好很多！一是不伤他体面，不结怨；二是白纸黑字，不留是非空间。如当面回他，他就可以对上说，我们也不赞成海运，那就跳进黄河洗不清！"

魏源明白了，难怪贺长龄在官场走得如此春风得意，原是想事情这般周密！魏源说："方伯对此复书有何大意？"

贺长龄说："先是直说利弊得失，再作详细分析，复作艰难陈述，最后，要明确我们的主见。当然结尾要说得客气点。"

魏源一想，"复书"的轮廓已经浮现，多日来参与贺长龄有关海运的议事的经历也清晰起来。于是，贺长龄一走，一篇《复魏制府询海运书》一挥而就：

海运之事，其所利者有三：国计也，民生也，海商也。所不利之人有三：

海关税佥也，天津仓胥也，屯弁运丁也；而此三者之人，所挟海为难使人不敢行者亦有三，曰：风涛也，盗贼也，霉湿也。所挟人为难使官不能行者亦有三，曰：商船雇价也，仓胥勒索也，漕丁安置也。……

下文列举了元、明海运难行是因海道不熟所致，当朝海道已开一百三十余年，商船已是"朝洋暮岛"；再将不同朝代的船艘、水手、费银等进行比较，将反对海运所据之障碍"海盗""风涛""霉湿"进行分析和提出克服办法，然后突出"集事固在于谋，而成事必在于断"，把人的因素提到了首位。

……国家建都西北，仰给东南，唯资咽喉一线，岂惟河梗可虑，抑亦人事难齐。苟廑未雨之绸缪，必需旁门之预辟。今机会适逢，发端自上，因熟乘便，天人佥同。夫集事固在于谋，而成事必在于断，此时关键请两言蔽之，曰：上海、天津两地，得其人则能行，不得其人则不能行。海船南载于吴淞，而北卸于天津，两地出口入口，实海运始终枢要。苟上海关不得其人，则船数可使多者少，商情可使乐者畏，雇值可使省者昂。天津收兑不得其人，则米之干者可潮湿，石之赢者可短缺，船之回空者可延滞。……其中条件尚多胶辖，统俟议定，录状呈览，伏望随时训示。不宣。

贺长龄看过文稿，微微一笑，很满意魏源的笔墨，既把问题说得透彻，又在结尾处说了"统俟议定，录状呈览，伏望随时训示"，显得谦虚而客气。

正处两派明争暗斗，让道光皇帝感到难决时，四月十日的一次早朝，大臣们当场争论起来。协办大学士英和站出来为海运说话了。他把话说得有些委婉，但把态度说得非常明确："皇上，世之治道，久则穷，穷则必变。河道既阻，重运中停，河漕不能兼顾，惟有暂停河运以治河，雇募海船以利运。虽一时之权宜，实目前之急务。盘坝驳运，则民力劳而帑费不省；暂雇海船分运，则民力逸而生气益舒矣。"

协办大学士英和是满洲正白旗人，一家四代翰林。其仕途虽也有坎坷，但终因他熟练政事，且勇于担当，又好士爱才而官至户部尚书、协办大学士。嘉庆七年殿试时，英和作为阅卷官阅点了陶澍的试卷，使陶澍中了进士，所以，英和还是陶澍的恩师。早在乾隆年间，和珅欲将爱女许配给英和，却被英和的父亲拒绝。凭和珅当时的权势，何人敢拒？何况是送上门的好事！由此可见英和的家风、家势和处事之刚直。难怪嘉庆皇帝亲政诛杀和珅后，特为英和"拒婚"一事赏赐给英和"清华励品"的御匾。在倡海运上，英和到底棋高一着，他力主海运，却不生硬相对，而言"暂停河运以治河，雇募海船以利运"。先促初变，以观利害，而后再待全变，此无异于万全之策。他的这一"穷变"论，道光皇帝很是中意。主河派见道光虽未明确表态，但表情上已倾向海运，才不得不偃旗息鼓。

到了五月初，河运派又以低报漕粮运费来说动道光皇帝，说河运粮食二百万石，只需费银一百二十万两，实际上远远不止这个数。他们的如意算盘是，开启海运后，其运费差额再到民间去索取。但他们没料到，道光皇帝并不了解漕粮运费，不说这个河运费很低，反说这个河运费银太多。

朝廷争议耗时耗神，时间越来越紧迫。主海派一时也没能拿出解决问题的完整、具体意见，而主河派的这些当事大员又众口一词坚持河运，道光皇帝无法，只有违心地同意暂行河运，但告诫他们要顺从天意，厉行节省，不要动辄请帑，将有限之银，花费到无底洞里。

皇上既然同意河运，主海派也就只好暂时息声。不料，盘坝接运过去了不少日子，漕运速度远远不能达到预期目的，要是不能保证天庾正供，谁能担此大责？

此时已是五月下旬，在朝议时，主海派和主河派再次激烈交锋。英和再次上疏，奏请"雇商船海运"的主张。英和的主张再次得到琦善、陶澍等人的支持。这也给本就主张海运但心里无底的道光皇帝再次注入信心，但为防独断之嫌，他在英和主张海运的奏折上朱批了"朕周谘博访，择善而从，并不预存成见"之后，又将奏折转至有漕运任务的各省大吏传阅。

到了六月二日，得知还有一大批漕船被阻在黄河以南，道光皇帝一改表面隐忍之态，怒发冲冠，将坚持河运的当事官员全交吏部处分：将大学士孙玉庭、两江总督魏元煜、漕运总督颜检、河运总督严烺等做降职处理。直到此时，人们才明白，其实早在处理这些官员的半月前，主张海运的琦善就已经接到调任两江总督的命令，陶澍也已经接到调任江苏巡抚的命令。皇上还给了陶澍一道手谕："该抚等俱各带印起程，于途次交代，即赴新任，毋庸来京请训。"未免先任、带印启程，而新官又无须进京请训，这些都足可见道光皇帝心情之急切。

作为皇帝道光的得意重臣，陶澍也非常理解皇上的心事，还在上任途中就向道光皇帝呈递了海运计划。此前，陶澍还有顾虑，而此时，这个海运计划他必须尽早呈上。新任两江总督是琦善，而江苏布政使是自己的老乡、好友贺长龄，还有一位非常得力的好幕僚魏源，他们都是主张海运的；再加上漕运、河运总督皆为新任，推行海运的人事条件已完全具备。足见道光这回是下定了决心。

陶澍"舟过金陵不及泊，非关风利为趋程"。他来不及与两江总督琦善见面，直接来苏州上任后，从前任张师诚手中接过江苏巡抚的文印。第三天，就和布政使贺长龄带上魏源，赶到洪泽湖现场踏勘。在夏日的酷暑中，他们来到堤坝上，三人四望很久，遭水患后的大片农田惨不忍睹。贺长龄说："这里光是湖底就高出苏北平原一丈二尺到二丈四尺，而这湖床上一般蓄水又要高达三丈左右，加起来快要到六丈的高度。这么高的湖水日夜悬在人们头上，想起来谁不可怕！随时都有决堤成害的可能！孙玉庭、张文浩是该革职查办，但面对垒卵之危，若换了你我，又岂能逃脱？"

陶澍说："皇上也不是不明白这些，但出了这么大的事，怎能无人负责？其实张文浩也应是懂得治河的，但这么短的时间里，他又能将'悬湖'如何呢？而谁又敢说他没有责任？朝廷至今也说不清他到底应负多少责任，只有这样查办他才算一个交代，主要以戒后效！"

"革职、查办这些官员都很容易。"作为布政使的贺长龄不无焦急地说，"现在有一个非常严峻的现实问题摆在我们面前，那就是江南的漕粮如何能够安全、准时运送到京城，保证天庾正供，因为决堤后大运河已有部分河段断航。"

一阵热风吹过，陶澍一下子回忆起儿时在故乡安化经历大旱的情景。这是一种越吹越旱的长风！向来处事不惊的陶澍，脸上也不能不掠过一片阴云。三人继续前行，至被水患冲断的运河断口处实地观测。

经数个朝代人工开凿的京杭大运河，全长一千八百公里，南至杭州，北至通州，流经浙江、江苏、山东、河北和津京地区，串通钱塘江、长江、淮河、黄河和海河，是世界上最长的人工运河。中国的地势是西高东低，所以凡自然河流皆呈东西流向，唯大运河为南北流向，故自开通以来，其运输的繁忙程度和对南北经济沟通的重要程度，都无任何河流能比。但也恰恰因为大运河为人工开凿而非自然形成，没有南北流向的自然水源供给，而只能横向截取黄河、淮河、长江、钱塘江等自然流向的水源作为补充。又因河道太长，通航需水量太大，为保证大运河通航，尤其是朝廷官方漕运的需求，流域里的其他水系都得先满足运河的水量需求，用于灌溉的水资源自然就少了。

如此，致使无数农田无水而干旱不说，也还常因缺水而致运河丧失漕运功能。特别是这条人工运河没有自我调节机能，而供水的各条江、河之泥沙，尤其是黄河带来的泥沙，总使运河河床频频淤塞。

魏源拿起水利测量专用的丈杆和五尺杆量了量河宽、河深和淤积的厚度，皱紧眉头说："河底淤积高达丈余，积淤又宽又厚！分流而来的淤塞抬高了运河自身的河床之后，一是使运河本身难承载运，二是堵了分流的入口，阻水倒流，淤泥和漫水自然成灾。"

贺长龄记起看过魏源已经完成的《筹漕篇》初稿。他跟陶澍说："魏源在他的《筹漕篇》里写道：'人知黄河横亘南北，使吴、楚一线之漕莫能达，而不知运河横亘东西，使山东、河北之水无所归。'真是一言道破天机啊！"

陶澍说："人力欲强河流真是何其难哪！不仅我朝，历朝以来，凡有漕各省的大小官员无不从年头忙到年尾，又是筑堤，又是疏浚，又是催趱。而凡漕、盐、河事，又无不涉及运河。没有运河又似乎不行！祸兮福所倚，福兮祸所伏。"在江苏，漕、盐、河三政都是重头。陶澍的话里，还是把漕运排在了第一。可见面对运河这种难以通航的现状，江苏的漕粮要运送进京城，是何等的棘手。

当朝的漕粮实行官收官运，已长期形成了一套庞大的漕运机构。每年漕运皆由军队负责。贺长龄说："现在的漕粮运输真是算不得账啊！按每船装载漕米五百石左右，而每只船上配运军、运副各一名，水手九至十名，整个船队算下来所用人数近十万名。至于上下搬运的人更是不计其数。这还是在大运河正常通航情况下所需的人力。如果大运河航道受阻，后果就不堪设想了。"

魏源把手里的丈杆插进深深的淤泥里说："去年就只有丹阳以下的南段因为江河水源补充足够，通航可行；北上之后，大运河不是枯水就是淤塞。最糟糕的时候是数千船只困躺在河床上如晒干的鱼串一般，动弹一下都不可能，更莫说运粮！"

陶澍、贺长龄和魏源从河堤下来后，又赶往宝山县。

宝山因处滨海，明永乐十年，曾用人工堆筑成一座土山，作为航海标志，为出入长江口的船只导航，故永乐皇帝将其定名为宝山。雍正二年从嘉定分出宝山县。宝山地处长江和黄浦江交汇处，是水路门户，要问道海运，自然避不开此地。魏源突然明白陶澍和贺长龄调父亲任宝山水利主簿的意图。

陶巡抚一行到了宝山，第一个去拜访的就是魏邦鲁。

魏邦鲁进了县衙一见陶巡抚就要行拜见礼，陶澍不准，说："你家于我有恩，我们以兄弟相称！"陶澍扶了魏邦鲁让其在客堂正上方与自己并排平坐。魏邦鲁不依，请求坐在右侧的椅子上，陶澍不依，一定要他挨着自己坐下，并为他敬茶。魏邦鲁非常感激地说："女为悦己者容，士为知己者死！巡抚爱我，我本应为巡抚效大力才是，可惜我已垂垂老矣，只能尽些微薄之力。"

陶澍说："兄台已是我朝最好的巡检了！只是江苏水政更为重要，派你来宝山任水利主簿，自是有我们的良苦用心。贺方伯到任不久，我还只是刚刚到任，于江苏水利，尤其海运，我们必须多收集资料，多熟悉底层，然后，才可图着手治理。"

魏邦鲁将一个布袋放在腿上打开，从中取出一本厚厚的文稿交给陶澍说："这是我自上任以来，日夜查阅大量图书所录的江苏水文资料，供巡抚参阅。"

陶澍站起来，双手捧过资料放在面前的茶几上说："好啊！知我者兄台也！待我慢慢细阅。"

魏邦鲁说："据我所得资料可见，于淮扬水情，历来河漕官员和地方重臣，向恃高堰、翟坝、周桥一带之堤，障遏淮、泗，使不得阑入内河，而借全淮之水力注清口，合黄河，刷其沙以入于海者，今且啮左堤而灌高、宝诸湖，水力分而愈弱，河蹑其后，沙淤其下，运道梗而湖水溢，民与漕交病矣！"

陶澍回想起自己在实地考察所得材料，觉得魏邦鲁说得很有道理，说："兄台所言甚是！"

魏邦鲁说："此转录资料中，有为利漕利民利商之计者，建上流、中流、下流之规划。诸多浅见尽在其中，一目了然。"

陶澍说："于运河治理，兄台有何高见？"

魏邦鲁说："运河治理须按上流、中流、下流三路分治。上流不治，则来水无穷，虽日治中流无益也。中流不治，则蓄泄无方，虽日治下流无益也。下流不治，则水无去路，虽日治中流亦无益也。"

一个下午，两人谈兴不减，至晚餐时，魏邦鲁告辞要走，陶澍已为魏邦鲁备了晚宴，坚持留他一起进餐。贺长龄和魏源在另一房内谈事，这时也出房来准备作陪。魏邦鲁与贺长龄说过几句话，就忍不住咳嗽了两声，他自感嘴里忽然冒出一股血腥味。他是谨慎之人，连忙捂住嘴不再说话，只是装着笑脸不停地挥手作别。陶澍知道挽留不住，只好派人送行。魏邦鲁回到自己住处，松开手一看，果然满口鲜血。他明白，这个下午自己是说话太多了。

一直陪同父亲住着的魏湖出来扶了父亲进屋。

魏源明白父亲有事，紧随其后也到了父亲的住处。魏源向父亲问安时，魏邦鲁往下咽了一咽，又若无其事地叫魏源去陪陶巡抚和贺方伯，嘱咐儿子公事要紧！魏源有些不舍，陪着父亲坐了下来。父亲又问魏源《筹漕篇》写得如何了，得知魏源正在修改时，又说起他这次跟陶巡抚说起的江苏水情漕运，并悄声告诉魏源，一定要找到金匮县齐知县，齐知县曾受前任两江总督之托，详询过海运，让他直接与陶巡抚和贺方伯详细说明。然后，魏邦鲁才从容地躺下入睡。魏源这才回到宝山县衙自己的住房，继续修改完善他的《筹漕篇》，其间又想起父亲说的金匮县知县齐彦槐，曾受前任两江总督之托，详细查考过海运诸事。

遵父嘱，魏源费尽周折才找到了齐知县。齐知县还憋着一股气，说上次受魏元煜总督之托，认真仔细地考察过海运、漕运之事，并提出了详细建议，无奈魏总督却将他的建议当着儿戏，现在他是什么都不想再说。

魏源说："这次可不同上次！陶巡抚和贺方伯已经亲临现场，看了不少地方，是要动真格的！你实在不愿说也可以，那我回去如实汇报就是。"齐知县一听此话，立马回话说："既如此，我愿将所了解的海运详情向陶巡抚和贺方伯说明，不过，我不喜欢别人传话，我要当面跟他们直说。"魏源明白齐知县是怕再被人糊弄，他高兴地说："这倒是求之不得的好事！"

齐知县跟着魏源来到宝山县衙。陶澍和贺长龄认真听了齐知县的情况介绍。齐知县说："沙船长年往来海上，熟悉航线，运输又快捷。至于船只数量虽不会如别人说的那么多，但我计算过，应该是够用的。还有，利用沙船有一最大好处，就是官府免了造船之忧，可以节省时间、人力和费银。朝廷为何看着这么好的办法不用呢？"

送走齐知县，他们又找来了方远、王献等人了解海上航线，方远和王献向他们提出一条从淮安往东，历麻湾、海仓，经登莱至天津的新航线。

接着陶澍、贺长龄和魏源又坐船去察看海口沙船等情况。魏源深为二位的实干精神所感动，坐在船上时，魏源慨叹说："官场之风气向以推诿为明哲，而任事谓迂；又以因袭为老成，而更张为躁。唯二位所为，一洗官场之陋习。"

陶澍稍带笑容说："事关重大，一切办理之法宜豫，而尤以雇觅海船为第一要务。盖必船定，而后一切章程可得而详议也。"

贺长龄说："《筹漕篇》不是一篇好写的文章啊，它应当是我们所思所行的真实记载。"

到达出海港口，陶澍、贺长龄和魏源还和船户、水手进行了广泛交谈，发现很多情况与此前所闻大有出入。比如沙船，原来都说有三至五千艘，但到实地考察后得知，齐知县说的情况属实，真正能用的只有一千余艘，其他的都属老朽不可用之列。其中能容一千多石的大船还只有八百多艘。这说明，齐知县真正就海运做过细致调查。

陶澍说："不仅船只数量有限，这些商船平时都为趋利而在海上自由往来，散漫无束。如果朝廷要调用，这些船主愿不愿意受雇于官府，要费是多少？另外，这里港口有多宽，一次能泊多少艘船只？这些情况都需要弄清楚，还得有人去和一家家船主谈拢才算落实。"

陪在他身边的一些地方官员中有人劝说："巡抚大人放心，这些具体事用不着你操心，我们会落实的。"陶澍说："事不必全力，但必须先亲。自己查验后，能得其确实，然后再派他人去具体执行才是可行的。嘉庆十五年、十六年海运不成，其中一个重要原因就是首先没有调查，偏信海关人员之言，把运费算得太高。"

陶澍、贺长龄和魏源等一行人来到上海县东南门外，登高放眼一望，见黄浦江面虽宽五六里，但出口非常狭小，不大可能一次靠泊上千船只。可又听周围熟悉情况的人说，商船都停泊在离出海口几十里的水域内。为进一步查实情况，陶澍、贺长龄和魏源等一行再赶到商船停泊地察看究竟。那里的江面上果然停泊着大小百余船只。他们一道登船，直接了解到这些商船的确比内河船只体积要大，桅板更结实，船底更平整宽阔，容量也更大。魏源估计了一下说："如果装米的话，大号船应该可以装下一千四五百石，中号船应该可以装下八九百石，小船也可装四五百石。"

贺长龄说："按这个数量算下来，要比原来估计的少一半。"

陶澍以生意人身份向"牙行人"（中间人）询问："像这种船，在上海能找到多少艘？"

牙行人说："能雇到千艘左右。"

魏源与陶澍、贺长龄一合计说："若用这种船只运米，两次可运正耗米一百五六十万石。"

一位两眼亮如漆珠的白胡子老船主正在水面上舀水煮饭，魏源走上船去坐在船梆上与其闲聊。魏源问："您老尊姓大名？"

老船主说："我叫阿三。"

魏源问："今年高寿？"

老船主说："一百二十岁整。我十六岁就当粮船水手。"

魏源说："您老这船走一趟津京，帮费是多少？"

老船主说："雍正时的帮费是每船五两银。如今一船的帮费，在那时能租四百艘船哪！"

魏源很喜欢这位老船主，他即兴吟道："百廿年前旧掌篙，自言身阅四朝漕，只今一舸千金费，当日堪酬四百艘。"老船主好像是听懂了点儿魏源的诗，脸上也增添了得意的笑容。魏源这才又问老船主："一年当中，你们何时航行，何时停航？"

老船主说："一年之中除了十月、冬月和腊月不航行之外，其他月份只要把握好风向、海讯，都是可以航行的。"

魏源回头与陶、贺三人相视一笑。

贺长龄问这位老船主："您老海上航行时见过什么事故吗？"

老船主说："当然见过。不过那也只是百分之一二。"

陶澍忍不住又问老船主："你们由上海行船到天津，要多少天？"

老船主将水勺放在船板上，心里算了一下说："顺风的话十多天可到；不顺风，最多也不会超过一个月！"

这可是最为可靠的情况，陶澍一听，马上愉悦起来。想到这些意外的收获，陶澍与贺长龄商量后，让魏源与上海地方官联系，安排一个聚会。这个聚会不仅有当地官员，还有地方上有海运经验的能人和前辈。

在这个会上，陶澍和贺长龄始终用讨教的口气跟大家说话，大家一看巡抚和布政使都来倾听他们的看法，难免兴奋起来，把自己知道的有关海上的天气变化情况、商船航行的详细路线、海上装运粮米要注意的事项等，都毫无保留地说了出来，还提出了不少很好的建议。他们这些海运的直接经验都是书本以外的真知，非常珍贵，魏源都详细地记录了下来。漕粮海运的确是一项十分复杂而浩大的工程，远不是朝廷上的争议所能涵盖。陶澍、贺长龄和魏源在了解了这些情况后，又来到海港直接找了商船的船主试谈生意。三

魏源与陶澍、贺长龄一合计
说："若用这种船只运米，两次
可运正耗米一百五六十万石。"

人登上一艘船，船上是一位中年船主。陶澍不再以生意人口气，而是告知船主，自己是巡抚，来谈海运用船。中年船主本逗着自己的三个孩子正高兴，一听是官府用船就露出一脸难色。陶澍说："船主，为何一谈官府用船，你脸色就如此难看？"

船主说："给官府做事只怕是白干啊！我们就靠这条船养家糊口。"

陶澍似乎早有准备，他从衣袖里拿出御旨展开给那船主看，并说："该给的帮费一定照给，一分也不会少！君无戏言！"

船主不再说话。

陶澍转身跟贺长龄和魏源说："看来，我们应当发布一个公告，解除船主们的心头之患。这个布告的内容要包括：漕粮运价要高于一般商运价格，并一律当堂发给船主，不经吏役之手；每一船只需八成运载官米，尚留两成给船主自带商货；官米交接后，空船可带北货南归；海运官米船只沿途由水师护卫，不必顾虑海盗；每船要给损耗米，不必担心赔损；运粮船只到天津交结，无须到通州。在天津有专门官员办结，并视情况予以奖励。南北两头及沿途如有刁难者，一经查明，按阻挠军国重罪计，严惩不贷！"

随后这些条款被写成更加详细的公告张贴各处。一时间，衙门官吏和地痞刁民不敢乱来，船户顾虑消除，都表示愿运官府粮米。直到此时，陶澍和贺长龄才算心里基本有底。陶澍跟贺长龄说："从历史和现状来看，漕粮河运恐难长久，海运必是未来。我们从现在起就要准备积累完整、详细的海运资料，以益后人！"

贺长龄说："是的，我已让魏源全程参与海运，随时记录、收集、整理资料，编写文书。"

魏源说："除了《筹漕篇》上、下篇之外，我同时还在考虑《〈海运全案〉序》"。

海运的船只、航线、费用等各项都有底之后，接下来就是用人。新设立的海运局坚持起用新人、能人。贺长龄举荐俞德渊说："俞某之治民，治心之学，驯良第一。"王有庆为民间所举荐，当地百姓说他当县令十余年，长于吏治，两袖清风，深得民心。川沙营参将关天培听说总督和巡抚正在选拔押运官，就自告奋勇，力请身任。二十岁就做过两淮盐使的黄冕此时正在赋闲，也正好被起用。

从各路聚拢的共一百多能人把关海运，个个都是精心挑选出来的。人员精简了十分之八九之后，开支大为缩减。上海这边负责收兑漕米的宋潢和负责直接发放运费的潘恭常，都是这次起用的骨干。

但因为新设的海运总局没用原海关的官员，来自原海关的阻力渐渐显现。漕粮无税，船户捎带的二成商品又实行免税，海关的确是无事可做，无财可入。往日商船载货去北方销售，须由海关纳税放行，交税多少自然是由海关人员说个数就行，所以，都少不了海关人员的好处。现在是明里暗里都少了一大笔收入，他们岂能坐视不管！

魏邦鲁休养了一些日子，身体还没有完全恢复，但已能在街上走走看看。他有意要听民间对今年海运有何议论。走进怡乐茶馆，魏邦鲁刚刚坐下，果然就听到对面桌上聚着一桌人在评说海运。一个说："这些办海运的人，什么总督、巡抚、布政使，都是说得好听，私下里都是在中饱私囊！"其他人也就跟着帮腔助势，毁谤、造谣、蛊惑人心的话，简直说得毫无顾忌。

魏邦鲁听着，茶也喝不下去。他走出茶馆来到大街上，见有一帮人在围着看什么。他也挤进人群里探听，原是墙上贴着两张告示。一张是《海运条例》，写明：一、漕粮运价优于一般货物运价，运费当堂发给，丝毫不经吏役之手；二、船只八成装载官米，留两成仓让船户自己捎私货，并许免税，回空船只仍准到奉天揽装豆饼等北货南归；三、海运船只沿途有水师护卫，不必顾虑海盗侵扰；四、每船都预给损耗米，无须担忧自己亏折；五、运粮船不到通州，只到天津港口，在那里有朝廷特派官员收兑，随到随卸，多运快速者有奖；倘有各衙门吏役土棍人等，假公济私，吓诈尔等者，本部院严查密访，一经查出，定当照阻挠军国重计例，处死治罪，决不宽恕。

旁边又加贴一张《海运章程五条》：一、如遇风暴粮船失事，漕米损失不由运主赔补；二、每船从所载漕米内提出样米一斗，装在定制的木桶里，封好，粘贴印花，随船抵岸，由验米大臣比照样米验收；三、命令沿海各水师会哨巡防，保护商船，夜间多挂号灯，日间多树号旗，使商船停泊守风，不致迷失方向；四、因漕粮改海运，明年军船旗丁的津贴应取消，但考虑到他们添置器具及零星修补船只方面还需费用，乃酌情补助；五、按商船运米之多寡给予奖励。

围观人群中不少就是船主。他们看了、听了两张布告上的内容，都说朝廷把海运的这些事已经说得十分具体，他们可以放心去帮朝廷运送官米了。但是，有穿着官服的人在里面大唱反调说："这个布告不过是写在牛皮上的字，过会儿就被狗吃了！别相信他们说得好听！"

大家一看，穿着官服的人都这么说话，围观的人又都疑惑起来。果然有人议论说："也是啊，官员何时说过不好听的话？但真做好的事又能有几件？"这时另一位穿着官服的人更加火上浇油地说："不用原来海关的人，新设什么'海运总局'，还不是为了让自己弄几个钱方便一些！外行人、老百姓不知道，内行人谁还看不明白？"

魏邦鲁一看这说话的官员正是上海县的知县武念祖，心里吃了一惊。陶巡抚、贺方伯以及相关的大小官员为办海运，可谓费尽了心思，现在海运迫在眉睫，而有些朝廷官员还这样在民众中作祟，要是误了朝廷天庾正供怎么办？那还不成了乱国之祸？

魏邦鲁带着这些担忧回到小卷阿，急着想跟魏源说说这些事，但魏源正忙办海运，没回家。他只得带着孙子魏孺耆在乌龙潭游玩一天，等着魏源。

魏源回家时，父子俩一见面，魏源就发现父亲脸上挂着事。在饭堂里就餐时，魏源想让父亲高兴些，就跟父亲说："您喝点酒吧？"魏邦鲁摆摆手说："不喝！身子骨一直没能恢复从前那种硬朗，一身力气都不知从哪儿漏掉了。"

虽没有喝酒，但一家人聚在一起，这顿晚饭吃得还是非常热闹，魏邦鲁很高兴。饭后，大家各忙各的事了，魏源刚欲起身回书房时，魏邦鲁却留住魏源说："默深，你坐坐，我有话跟你说。"

魏源坐下来，感到父亲如此郑重其事地要跟他说话，定是大事无疑。魏邦鲁说："你一直在帮着陶巡抚和贺方伯筹备海运，现在情况如何了？"

魏源说："一切都已就绪，只待起运，请父亲放心。"

魏邦鲁皱了皱眉头说："只怕还有些暗礁没有扫清。"

魏源两眼瞪大说："父亲难道发现什么漏洞了？"

魏邦鲁说："本身我身体还没有恢复，公务也繁忙，但是，有一件事我必须赶回来告诉你。你要及时转达给陶巡抚和贺方伯。我就怕坏了他们的大事，坏了朝廷的大事！"

魏源说："什么要紧事，父亲您说。"

魏邦鲁说："我最近特地到街巷里走了走，帮你们了解点民情。果然听到、看到一些官员对这次海运正在暗地阻挠。"

魏源感到问题严重，说："父亲您直说无妨。陶巡抚和贺方伯跟我说过，要我随时了解官意民情。"

父亲就将那天在大街上看布告时所遇的实情一一说了。魏源听后说："原海关人员和上海知县对海运做鬼，这是严重情况，我得早早向陶巡抚和贺方伯说明。"

魏源将此重要情况向陶巡抚和贺方伯如实报告后，陶澍说："我预想过，原来每年从河运暗中获利的地方官员会有异议和暗中作梗现象，但没有想到这些人会如此公开蛊惑民众抵制海运。"陶澍慨叹道："看来，调邦鲁兄台到宝山任水利主簿是做对了！"陶澍感到事关重大，不可延缓，不能不去拜会两江总督琦善。

琦善也是海运力倡者，他在总督署衙里接待陶澍时很亲切。他们之间有师生关系，又是上下级关系，还有同倡海运的关系，两人见面融洽无忌。琦善笑着直说："我以为你这个巡抚是要一个人搞海运，不需要我帮助呢。"

陶澍听出这话里有好心的责备，但他不慌不忙，很认真地说："恩师言重！弟子不敢有丝毫怠慢！弟子是想把海运情况弄清楚后，再来向总督面呈。"

琦善一听，感到悦耳，说："说吧，还有什么需要我出力的？"

陶澍说："海运之事，关涉面广，该办的现在基本上都已坐实；唯有原海关和部分县的官员仍在暗中作梗，蛊惑民众对抗朝廷，阻碍海运。如这些人在我们招商、雇船、验米、付费等海运环节中使坏作祟，岂不是千里之堤，溃于蚁穴？这海运大事岂不要坏在他们手里？"

琦善说："谁？有具体人吗？"

陶澍说："有！上海县的武念祖知县就是当众蛊惑民众对抗朝廷的典型。"

琦善似乎听下属说起过这个人，此人以最喜欢制作和赠送刻有自己名字的竹笔筒而闻名。琦善两眼一眯计上心来，说："他呀，我早就听说他才识平庸，不宜参办海运！将他撤办，不能让他沾海运之边！"

陶澍欣然，如释重负。琦善又提出要穆彰阿在天津负责收验官米。穆彰阿也是力主海运的，办事也精干；还要求派布政使贺长龄再赴上海，落实海运各项事宜。

陶澍提出了几项要求，琦善均表示赞同和支持。

接着，琦善给道光帝上了奏请，并得到了朱批。

至年底腊月，漕粮海运正式拉开大幕。

对于漕粮海运，河运派一直是顾虑重重，而海运派又过于乐观。尽管此前贺长龄带人赴上海，落实了添雇沙船、商定运费、议定漕粮剥兑章程等具体事项，但陶澍还是觉得万事开头难，海运一开始，肯定有意料不到的困难出现。他两天睡不好觉，只得带人再次赶赴上海，以便发现问题随时解决。

事情果然不出陶澍所料，到了用船这天，原本答应得好好的船户，有的躲了起来，不愿承运，有的去运输别的利益更大的商货了。真正如约而来的船只中，能运千石以上的大船又非常少。面对这各种情况，陶澍非常着急，他带人四处告劝船主。他一听有船主临事反悔不履行协议，很是恼火，派人搜寻那些躲藏的船只，警告他们：如果去运官米，不作追究；如私自毁约不守信用，误了国朝大事，当受处罚。于是，临时又招募了浙江的"三不像"船只和别的地方的一些商船。总算有了千余号船只，应交漕粮作两次运送，这些船算是够用了。

年根岁末，本是闲月，但两个月来，上海黄浦一带的江面上无数船只来往穿梭，码头上人山人海，有来交米的，有来运米的，有要进港的，有要出港的，因筹办海运，实在是热闹非凡。

过了年，二月的头一天是个好天气，陶澍及其随行人员一同登上吴淞口炮台居高远望，长江红亮，东海浩荡。他在随从官员的陪同下，面海而诵《海运告风神文》：

伏以铜马静转，应千里而无差；彩鹢平飞，历重洋而利涉。占二十四番之信，天下皆春；运百五十万之粮，江南蒙福。惟神灵之垂护，俾转漕之有方。

今者海运议成，新漕待发，诹吉二月朔日，粮船开行。万舳连樯，望帝京而早发；千艘衔尾，莫瀚海以无波。仰德惠之日宣，遍瀛堧而无分遐迩；协圣征之时若，履安澜而共适荡平。当兹挽粟转输，用敢吁诚请告。伏愿仰叨庇佑，顺籍吹嘘。春水依然，泛桃花而浪静；布帆无恙，指析木以津通。天庾同登，神庥允赖。敢告。

诵毕，只见满载漕米的千艘船只在外海口平阔而宁静的海面上扬帆起航，各色旗帜在天空中迎风飘荡。起航的锣鼓越过海面，震撼海上，所有载米船只有序地向海北上……

二月底，海运漕粮安全到达天津港。接着又进行第二次运送，至八月初，计划海运的一百六十三万三千石漕粮，全部在天津港验收入库，本年度海运圆满完毕。

这次海运不仅时速比河运快了许多，还节省银钱十余万两，节省米十余万石，尤其是往年河运需向百姓收浮费百余万两，而这次海运没向百姓收一分浮费！一日上朝时，道光皇帝精神焕发，当着朝廷大员们对陶澍大加赞赏："汝总办此事，诸凡妥顺，朕深嘉悦！所办甚好！"并赏戴花翎，以示有特殊功绩。陶澍原属从一品，赏戴孔雀翎即为正一品。

但陶澍不贪天功，把海运功归于"天时、地利、人和"。为总结海运，以益后人，《江苏海运全案》成书。全书共十二卷文稿，还收录"沙船""蛋船""三不像船""卫船"等各类船只的"行驶图""停泊图"和"粮仓图"的图片和文字说明。此书为两江总督和江苏巡抚督刻的官刻本。魏源以举人拣选知县衔列为该书编校，并受托代贺长龄作《〈海运全案〉序》，代陈鉴作《〈海运全案〉跋》以及代李景峄作《道光丙戌海运记》，陶澍嘱魏源在对海运成功的所有记载中，都要体现集体智慧，不可记作他个人功劳。他特嘱魏源："在事文武，大小一百余员，昼夜奋勤，不辞劳瘁，或招雇商船，料理经费；或综核文册，酌议章程；或验兑漕粮，迎提催趱；或专驻公所，收发出入；或巡防弹压，经历岛洋。莫不竭尽心力，各拱指臂。"

因此，魏源代贺方伯所作的《〈海运全案〉序》记载：

道光四年冬，淮决高堰，竭运河，天子深维海与渎相消息，畴咨左右故道。维时辅臣力赞，大府佥同，而臣长龄适藩南服，绾海国漕贡，乃襄议，乃筹费，乃遴员，乃集粟，乃召舟，僚属辑力，文武颛心。其明年，遂航海致米百五十万石京师。六年夏，既蒇事，佥曰：是役也，国便，民便，商便，官便，河便，漕便，于古未有。

……成事何易，任事何难！易曰："夫乾，天下之至健也，德行恒易以知险；夫坤，天下之至顺也，德行恒简以知阻。"又曰："穷则变，变则通"，"神而化之，使民宜之"。故知法不易简者，不足以宜民……老子曰："大道甚夷而民好径。"非海难人而人难海，非漕难人而人难漕……

魏源代陈鉴作《〈海运全案〉跋》中又记载：

……苏、淞、常、镇、太仓四府、一州之漕，赋额几半天下，而其每岁例给旗丁之运费，则为银三十六万九千九百两，为米四十一万一千八百九十三石，计米折价，值银九十三万六千七百五十九两，共计给丁银米二项，为银百二十九万五千七百五十八两。上之出于国帑者如此，而下之所以津贴帮船者，殆不啻再倍过之，通计公私所费，几数两而致一石。官非乐为给也，民非乐为出也，丁非尽饱厚利也。军船行数千里之运河，过浅过闸有费，督运催攒有费，淮安通坝验米又有费，亦知其所从出乎？出于彼者必取于此，而公私名实之不符，有所赢者必有所绌，而良莠强弱之不平，吏治何由而清，民气何由而靖？唯海运则粮食百六十三万三千余石，而计费仅百四十万，抵漕项银米之数所溢无几，而帮船之浮费丝毫无有焉。诚使决而行之，永垂定制，不经闸河，不饱重蠹，则但动漕项正帑，已足办公。举百余年丁费之重累，一旦释然如沉疴之去体，岂非东南一大快幸事哉！……

　　海运成功，作为海运的首倡者——道光皇帝更是兴奋不已。他首先宣旨召见贺长龄。

　　贺长龄领旨后，未回老家湖南，而是满怀激动直接从江苏任上入觐。

　　离开江苏进京途中，船至扬州时，他赋诗一首：

　　　　谋国端应计久长，宜民变通本无方。
　　　　曾闻刘晏场输课，亦有陈瑄海转粮。
　　　　事涉补苴终罅漏，道归易简自平康。
　　　　关心财富东南地，谁与披云达帝阊。

　　诗后又作注："江南盐漕之弊极矣，盐归场灶，漕归海运，兹其时乎！余与江南辞矣，赋此以谂来者。"诗和诗注里充满了"先天下之忧而忧"的湖湘情怀。

　　贺长龄受皇上召见后才知自己被调任山东布政使。尤其让他感动的是，皇上非常深情地对他说："汝名声甚好，今调山东，非因汝曾任山东，实因地方难治也。"贺长龄见皇上如此恩重自己，更是情愿肝脑涂地。

　　贺长龄从京都返回苏州后，江苏的官员在穹窿道院为贺长龄饯行。穹窿道院即苏州穹窿山之上的真观，为铁竹道人施亮生所建，被称穹窿福地，列三十六殿，金碧瑰丽，规模宏大，为士大夫喜欢游宴之所。那天的宴会由川沙厅同知李景峄做东，邀请参加宴会的有苏州同知齐彦槐、松江知府陈銮、太湖厅同知刘鸿翱、江苏元和县令何士祁、松江府管粮通判夏世堂等人。贺长龄反对奢侈，宴会办得极简单。但因为都是倡行海运的同僚相聚，又刚刚取得海运的成功，所以气氛非常热烈。

皇上对贺长龄敦敦有嘱，贺长龄猜测是因为治理山东任务繁重，皇上不免担心，因此，贺长龄暗告自己：万不可因漕运有一分之功而在山东掉以轻心。所以，宴会散席之后，魏源陪他回到府衙时，他跟魏源说："我还想与你单独一叙。"

魏源也似乎意犹未尽，正有此念。两人在茶厅里喝茶畅叙起来。贺长龄十分认真地说："我去山东后，陶巡抚一定要你去他幕下。"

魏源近来本就在贺、陶之间穿梭来往，在陶澍幕下自然是熟门熟路，陶澍待他也确实不错。但一种离愁别绪还是油然而生。他沉默着不说话。

贺长龄故作轻松地说："不过，我还要拜托你一件事情。"

魏源说："方伯之事如我自己之事。你说吧。即使在陶巡抚幕下，也是无妨的。"

贺长龄说："皇上于我恩厚，自觉此去山东任重。我本想拜见包世臣先生，倾听一下他于治理山东省有何高见。无奈上有皇命，须限时赴任，只得请你代我询问包先生治理山东省之策。"

魏源一口答应："方伯放心！我定代你尽意。待得到包先生之良策后，我一定尽快转予方伯。"

贺长龄说："那好，我们到时再叙。"

此时鸡鸣二遍，贺长龄致谢，两人这才作别。

但包世臣很不好找，他长期在多处做幕僚，常常是居无定所。魏源四处打听之后，才得知他此时住在小吴门。

魏源经人领带，来到小吴门费尽周折终于找到了包世臣。时为春夏之交的四月，布衣包世臣精短的身材正屈膝蜷躺在竹靠椅里，一大杯浓茶置于右手边的矮几上，左手正摇着一把金陵折扇，驱赶夏日的湿热和蚊蝇。一见是魏源到了，包世臣有意外之喜，从摇椅里弹起来相迎。他们这是第二次见面，上次是一年前在苏州，也是魏源来见他。那一次是为《皇朝经世文编》中有李绂的一篇《书总河齐公复奏淮扬运河札子后》，魏源有些拿不准，特请包世臣过目定夺。

随着对包世臣的深入了解，包世臣的学识确实让魏源信服。包世臣少年时就有志于用世，成年后见现世百业滞弛，唯贿赂公行，吏治污腐而民气郁憋，暗预世将有变，于是，潜心兵家，意欲止乱平世；后又见民生日渐艰难，旱涝所致，则有饿殍遗路，思所以劝本厚生，于是学农学；再后又见齐民践步，屡遭无辜陷害，奸民趋死如鹜，而常得自全，思所以饬邪禁非，于是学法家；近又见江南大利，在盐与漕，江北大政，以河工为最，而官吏视为利薮，胥隶恣其中饱，上损国帑，下病齐民，于是，又究漕、盐、河之学……凡世之所需，皆有所学，且各有著术和独到见解，常在幕僚中一言治弊，故为世所尊重。

包世臣比魏源大十九岁，但他们是忘年之交。魏源说明来意后，包世臣眉头一皱说："既是新任山东承宣贺公托你来询东省治要，我自当有所准备才行。想来，你我久未见面，我们还是先叙叙旧事，晚上我一个人再思拟'东省治要'，明天给你。"

包世臣引魏源入内室，就坐在客厅里。两张花梨木官帽椅和一张方桌，使客厅挤得很是逼仄。但背景一副对联"风前莫作墙头草，雪里要学高山松"却体现出胸襟的开阔。魏源对这副对联的内容和书法都很感兴趣，说："此联似少穆笔法。"

包世臣一笑说："你还不愧是林则徐之友。"

魏源说："多年前，在京都消寒诗会上见他当场题诗，其正楷师欧柳而又不无己法，清、整、温、润、刚、洁皆备，笔笔不离绳墨，又个性淋漓，当时一见，我是真的很佩服！直到今天，无论何时何地，少穆的字，我一眼便能认出。"

包世臣说："字如其人啊！"

魏源说："我与定庵试卷上的字，都被考官指出过书写'不中程'。"

包世臣笑说："这怕也只是借口而已！其实你和定庵的字亦有独特韵味。少穆的字合科场规整，而你俩的字更有日常娴雅之趣。欲加之罪，何患无名？你、我、定庵三人屡试屡败，恐怕不是写字之类的问题，而是我们这张嘴、这支笔、这个性格，得罪了当朝达官豪门。"此时的包世臣果然是无所顾忌，还真有点儿"口若悬河"。

魏源一时不知如何应对。包世臣从里屋端出一杯茶来，茶杯大得吓人，简直像个茶罐。魏源微笑着心想，包世臣恐怕不只是口若悬河，茶瘾只怕也是超人一等。

包世臣说："今年的龙井。"

魏源端着茶杯闻了闻："果然是龙井，有一股浓浓的西湖味。"

包世臣说："你还真是个'西湖迷'！"

魏源说："将来我要永远躺在西湖边，与西湖为伴。"

包世臣只是情感复杂地一笑。

两人默然品了一刻时间的茶，才又漫无边际地叙谈起来。

包世臣说："我三十三岁中举，此后连续多次参加会试，均名落孙山。应该说科举制度对选取人才起过进步作用，但发展到今天，由于八股取士，对考试的内容和形式都有严格的限制，已经成了束缚人们创新的桎梏，加上考场舞弊成风，因此其选拔优秀人才的功能作用，我看是要大打折扣！当然，可能更重要的原因还是我包世臣究心于时务，针砭时弊，主张改革，揭露和批判当朝的腐败吏治，得罪了大小官员，尤其是朝廷中的王公大臣，是他们在从中作梗。已经有人转告我说，桐城姚柬曾为我包世臣抱不平，去询问过贡院：包世臣屡试不第到底是何原因？贡院司事者都说：'先生卷发誊不送内帘，事后乃有房戳于败卷，以来是十余试，讫无一遇。'听此一说，我才恍然大悟，原来决定取舍并不一定就凭试卷。不同流的人，连试卷都送不进'内帘'"。

魏源从未听到过如此之说，他惊得目瞪口呆！半晌，他才醒悟过来，想起陶澍曾将他推荐给穆彰阿，那次穆彰阿礼贤下士来看他，他却找个理由不愿见，还弄得恩师李宗瀚十分难堪。魏源说："我中举后也是多次会试落第，只怕也是因为得罪了某位大人。"

闲谈到此打止，晚餐时，两人到酒店里小饮。但都不喝多，包世臣晚上要拟写《山东西司事宜条略》，这可马虎不得！两人有点酒意后，魏源听包世臣一口气说完了他想说的话，而且他的腹稿条理清楚："为政之道，务在自胜，以通民情而附民，民附则从令……山东民气最淳朴，又饥渴易为饮食。从前州县有稍治民事者，其去任也，无不扶老携幼，扳舆铺饮，垂涕而饯之……近年颇饬吏治，不专事庇属以虐民，而告讦遂为少减，是亦民不可胜而易治之显证矣。予以己卯、庚辰间，就食伊土，略悉梗概……积习至牢，交恶弥甚……故东省官之受累，必以讦告条漕，而讦告条漕之源，则以平日不能受理民事，以郁民气，上控之后，曲意拖累，以积民怒……山东盐商，多系无赖子弟，认岸行销，措课不完，以挟持有司……又东省有城工银百五十余万两，交商生息，以为逐年修城之用，而本处无偿，至通省无一完好城郭……又东西两司，赏识各殊……"

魏源这次算是真见了包世臣口若悬河的真功夫，出口成章啊！

第二天，包世臣就将《山东西司事宜条略》文稿交给了魏源。魏源将包世臣的文稿转递给贺长龄看后，贺长龄很满意地跟魏源说："包慎伯真是名不虚传！于山东的民情积怨确实很了解。"

道光七年五月十二日，贺长龄到达山东任所，心中有了治理山东的基本对策，刚刚安顿下来，就给道光写了《调补山东布政使谢恩折》："……窃臣由江苏布政使，蒙恩调补山东布政使，恭折请觐，遵诣阙庭，叠蒙召见。……陛辞后，束装就道，于五月初十日驰抵济南省城。准署布政使钟详印信文卷移交前来，臣恭设香案，望阙叩头，祗领任事。伏念藩司职任较巨，山东事务尤繁，察吏理财在在均关紧要，历经各前任加意整顿，而未结交代，尚有二百余案之多。……"

贺长龄走后，魏源转入陶巡抚幕下，仍在继续完善他的《筹漕篇下》。为戒空谈，魏源深入各地调查，听取各方面意见，因而得知，此次海运虽已完成，但朝廷里有关河运、海运的意见远没有终结。道光七年夏，更是事多，减坝既筑，御坝仍不启，黄高于清，漕舟复舣。天子命相臣行河，群难复起。魏源更着力于《筹漕篇下》，全部心思都在以事梳理，以理服人，以达力持海运。

但至初冬十月，魏源得龚自珍信，知恩师姚镜塘病重。魏源对姚镜塘深有敬意，又联想到前不久陈沆卒、赵慎畛卒、严如熤卒，他心情十分沉重。湖北陈沆是魏源难得的好友；而武陵人赵慎畛总督的人格最受魏源爱戴，当年湖南学政徐松欲"附赵自固"，每列赵慎畛之弟子为优等，赵不欢，列款纠劾罢之，赵慎畛真是何等正直。严如熤为溆浦人，与魏源的老家仅一山之隔，算是隔山老乡，又与陶澍父亲为岳麓书院同窗，在湘西安苗，陕西汉中治乱安民颇有建树，皇上曾三次召见他。这些师友的逝别，让魏源对姚镜塘染疾有了不祥之感，他决定入京都看望恩师。

魏源带上礼物，去水月庵看望恩师姚中书时，在圆拱门处就听到乌鸦在那棵驼腰老柏树上呱呱叫了几声。魏源知道，此非吉象！

古寺门口还是那两座生铁浇铸的香坛，还是香客众多，香烟缭绕。那棵老柏树弯腰驼背，依旧如负重千年从未松懈过地挺立在左边的高台上。魏源走进圆门左拐，再上那个熟悉的高码头，过廊入甬道再拐入寮房，果见姚中书卧病在床。还是纸窗帘幕，破屋风号，不过已经春来无雪，窗外绿亮。魏源一见姚中书正衣而坐，仍是上次见面的穿戴，不禁感慨万千地说："恩师今日还是如此穿戴啊！"

姚中书一见魏源到来，吃力地正了正身子说："吾今身之穿戴乃居丧时之穿戴。一毡帽，一羔裘，终身服之，褴褛不改，意为终身之丧，终身之孝！"

魏源问："恩师所患何疾？"

姚镜塘说："廷试武士，我以此穿戴执事，因敝裘单薄，晨感寒疾。定是年迈体弱之故。"病成这样，还是上次说话的口气，还是这种刚直不阿的脾气！

魏源双手捂紧了姚镜塘的手，忍不住轻泣着喊道："恩师……"

姚镜塘凝视魏源片刻，才正色说道："请坐。"

坐凳还是石磴上压着的一块扎实的木板，板面虽然粗糙，但已被坐得光滑镜亮。

姚中书直问魏源："何故而来？还问宋儒？"

魏源说："得知恩师病重，特来探望。"

姚镜塘脸色一沉说："所注《大学古本》如何？"

魏源说："谢先生所指得失，已作修正。"

姚中书两眼汪着泪水说："想不想安心做自己的学问？"

魏源说："一直都想。"

姚中书说："须知学问之人必主于修己！"

魏源说："弟子明白，修身之要以重于修心。"

姚中书说："人必自内定，然后可以应物。"

姚镜塘顿了顿又问："龚自珍现在如何？"

魏源说："他一切尚好，只是科考不顺，如我一样。"

姚中书说："他那次来请我看他的诗词文章，我说得太直。"

魏源说："良师都只有直言，大师教人不施巧！定庵当即明师深意，回到住所，将他的诗文烧得所剩无几。"

姚中书大惊说："这又何必？"

魏源说："定庵说了，废品何用？与其多而废，何如少而精！"

魏源见姚镜塘说话太久感到吃力，借故道别。姚镜塘拖着病体送至门口。魏源再行弟子礼，姚镜塘仍坚持谢拒。魏源明白，这可能是最后一次给恩师行弟子礼了，尽管姚镜塘谢拒，他执意照行。

姚中书两眼汪着泪水说："想不想安心做自己的学问？"

魏源说："一直都想。"

姚中书说："须知学问之人必主于修己！"

魏源回江苏不久，闻姚镜塘回到归安老家即卒。魏源为痛失恩师而思绪万千！他受托饱含热泪为恩师立传时，恩师的音容如在眼前：

姚先生，名学塽，学者称镜塘先生，世居湖州归安双林村。……

嘉庆己酉，举浙江乡试第一，父丧骨毁。丙辰，成进士，官内阁中书，辄归侍母，母不许，复之官。戊辰，主贵州乡试，归，道闻母忧，痛父母不得躬侍禄养，遂终身不以妻子自随，既服阕，独行至京。……

居京师三十年，粗粝仅给，未尝受人一物。故事：部员于其乡人之有事到部者，许同乡官具保结，各有例规，谓之印结费；又，外任官至京，于其同乡同年世好之官京师者，各留金为别。此二者，京官赖以自存，习为常，公独一无所受。其门下士伍长华，官湖北布政使，至京，以五百金赍献，亦不受。或固辞不得，强留而去，则翌日呼会馆长班持簿至，书而捐之，前后捐馆中者三千余金。居丧时，有毡帽一，布羔裘一，终身服之，蓝褛不改，盖所谓终身之丧。……

道光七年冬十月，廷试武士，执事殿廷，敝裘单薄，晨感寒疾，即呈告开缺，上官不许，给假一月，然先生归志已决矣。其在部也，必慎必忠，遇事必求无憾，感吏以情，吏不欺。既病，不寝，日正衣冠而坐，有问者必起谢揖。十一月戊戌，病笃，神明湛然，拱坐而殁，年六十有一。大人先生及士夫至负担闻之，皆哭。……

魏源曰：道光壬午年，拜公于京师水月庵，以所注《大学古本》就正。先生指其得失，憬然有悟，遂请执弟子礼，先生固辞，而心中固终身仰止矣。国朝醇儒推汤、陆，先生取与之严，持守之敬，不亚汤、陆，而深造自得过之。发为文章，形于语默，左右逢源，可与胡敬斋先生并，其当崇祀瞽宗以矜式百世，盖有待于来者焉。

为姚先生立完传，魏源有好长一段时间心神不宁。他只得带着一种复杂的情感来到杭州散心。他早就想来杭州，但一直没能成行，这次，他终于如愿。

这时，龚自珍也正好在杭州。他们都曾问学于姚镜塘的宋儒和刘逢禄的《公羊》，作为同门弟子，两人每次相聚总是无话不说。魏源虽然言行严谨，但却特别喜欢龚自珍的放浪不羁；而龚自珍又非常喜欢魏源的拙朴、直爽和倔强。在杭州城里一见面，两人还没说几句话，魏源就相邀龚自珍去游西湖。

他们先去飞来峰看石窟。飞来峰亦名灵鹫峰，位于灵隐寺前，古木蔽天，奇岩突兀。其石形如龙、象、虎、猿，有卧有飞。两人看了一座又一座石刻造像，在弥陀三尊像前停了下来。龚自珍说："峰峰形势极玲珑，灵根秀削摩苍穹。一峰已尽一峰起，奇峰面面无雷同。"

魏源一听，知他是在诵读汪适荪的诗，接续着说："我来绝顶徘徊久，天风飒飒吹襟袖。恍疑羽化欲登仙，此峰自合名灵鹫。"

两人会意一笑，不多言，往对面灵隐寺走去。

始建于东晋的灵隐寺，坐落在古木清泉之间，以天王殿、大雄宝殿、药师殿、法堂、华严殿为中轴，两边排列着五百罗汉堂、济公殿、华严阁、大悲楼、方丈楼等。龚自珍告诉魏源，在灵隐寺藏经阁里有一件宝贝，为敦煌石室所藏唐人写经——《摩诃般若波罗蜜多心经》。这卷写经纸为黄檗染制，抄经手具有非常娴熟的书写技巧，至今已历经一千四百多年，仍完好无损。魏源说："敦煌石窟的唐人写经真是佛学和书法宝贝。"

然后两人到西湖周边看岳王庙，再下码头坐船到湖里看苏堤、三潭印月、白堤、断桥、平湖……时至晚霞红满西湖，波光粼粼的水面上金光幻化，游船从叶绿花红一望无际的荷园中缓缓驶过，受惊的荷花变成一片颤动的天地……魏源说："世间如此之美，我心何常烦乱难宁？"

龚自珍说："缺一佛心！"

魏源说："我志在治世。"

龚自珍说："世人皆以入佛便是出世，殊不知佛亦为治世。"

魏源说："此佛何在？"

龚自珍说："不妨一试。"

魏源说："何处可试？"

龚自珍指着远处西湖岸边的一团云雾下说："此处即可。"

魏源说："此处何处？"

龚自珍说："天边眼前。那里有钱伊庵东甫居士可为师矣。"

魏源说："明日可否带我去一见？"

龚自珍说："自然可以！"

第二天，魏源随龚自珍去见东甫居士。

沿西湖岸往前走，越往前越如幻觉一般：远看是云团，近看成山峰；远看是山峦，近看是湖云；再近看又湖云如山，舟到才慢慢剪开……到了钱伊庵门前时，向喜幽默的龚自珍指着钱伊庵的门户让魏源自己去拜见。魏源走近居士施礼，居士还礼后却不理魏源，只顾在房子里追赶一只野蜂。野蜂不断地撞在透亮的窗纸上，咚咚作响。居士自语道："房子这么大，又有门开着，你为何不从空处出去，偏要往纸窗上撞呢？你这不是白费力气吗？空门在眼前，投窗是大劫。百年故纸窗，何不记心间？"魏源一听，呆立半天，听来似是居士在向他示意悟道。抬头又见屋壁上挂着一幅字："祸福由来互倚伏，还如影响相随逐，若能转此生杀机，反掌之间灾变福。"魏源不知自己为何一下陷入禅宗之中。他上前几步问居士："悟了的人又该去向何方？"

居士说："愿再生做一头能耕田犁地的大黄牯！为百姓做事。"

魏源又问："这又为何？"

居士说："大彻大悟之人，若只守得一个莲花座，自乐其身，充其量也只是个死人禅！"

龚自珍已悄悄地站在魏源背后，暗里和居士打过招呼后，说："好了，别再打搅师傅了，我们走吧。"

魏源却对居士说："可否在你处小住？"

龚自珍明白，像魏源这种慧性好的人，最容易入境入佛。他虽然和居士是亦师亦友，但他不能帮魏源在居士面前求情，佛要讲求缘分！

居士说："悟道人最讲个信、愿、行，既如此，你就住下来吧。"

魏源揖谢。在居士家住下。

居士的家具简如雕塑，洁如刮洗，精少而不染一尘。这样的居室自然少有红尘乱思纷想。魏源向居士借阅了经藏后，又进一步了解禅宗。居士约了曦润法师给他讲"楞严"，又请了慈峰法师给他讲"法乘"等。这让魏源如在另一番天地里过了月余。临别居士时，他情深意切地给居士留下了《武林纪游十首呈钱伊庵居士》，注有"时寓师之宅月余，临行纪此志感"。此十首诗让钱居士如夏日渴饮甘泉，其中"纪韬光寺"的一首他常在朋友们面前提及：

> 篁深不见天，苔厚不见地，
> 至今头白僧，不出黄叶寺。
> 山门扣不开，幽禽时一至，
> 林笋无人剧，迸箨篱间积。
> 久疑山雨来，寒翠失衣袂。

君本城市人，何用劳车骑。

此间无禅伯，亦复铲诗意，

风泉自成韵，林籁自成吹。

陶澍非常理解魏源此时的心情，知道他需要歇歇心，但是，有些事不能再等。魏源从杭州回到苏州，正想平静几天时，没有料到那天早饭过后，有人来传信说，陶巡抚等着他到府上议事。

魏源走进巡抚府，陶澍正在伏案拟折，见魏源到了，停笔转过身来，稍有些情感愤激但仍不失沉稳平静地说："这些漕运硕鼠，一年贪不到利就又着急起哄了！"

魏源站着不知他说的是件什么事，但听出这话的背后可是惊雷啊！陶澍说："你坐吧，我有话跟你说。"

魏源坐下。陶澍说："要拟一《复蒋中堂论南漕书》。"

魏源眉头一皱说："又是为漕运的事了。"陶澍将桌案上一套笔墨推给魏源说："我说几个意思，你记下，然后你代我行笔。"

魏源一直跟着陶澍和贺长龄参与组织海运的具体工作，陶澍也知道魏源对于是海运的细节非常熟悉，《筹漕篇上》《筹漕篇下》《〈海运全案〉序》《〈海运全案〉跋》《道光丙戌海运记》都是出自魏源之手。今天陶巡抚何故要亲自口授？魏源做好记录准备，陶澍开始口授：

道光五年，举海运苏、松、常、镇、太仓百六十万余石，南北开销皆出州、县帮费，共百四十万金，其中尚可节省一二十万。较之河运帮费每石几一两有余者，已大有省便，州县亦尚有盈余。然尚谓权宜非政策，暂行非永逸者，盖江苏粮道所属四府一州，岁给旗丁漕项银米，较他省最为宽裕，即使丝毫不提州县帮费，亦足以济全漕……何必更留帮费之名，使州县借口以浮收于民，小民借口以挟持于官，不为一劳永逸之计。然必将此四府一州永行海运，方可举行。如仅实行一两年仍归河运，则有所不可。永行海运之议，人不敢主持者，一则军船之丁役难散；二则津、通之收兑难必，三则海商之经久难恃。不知军船之难安置者，不在旗丁而在水手……至水手随船去留，既省出他属造船修船之费，兼可折材变价以津贴安置，资本营生，此无虑者一。天津前岁收兑，全赖钦差大臣主持全局，自从永行海运，人有担心安能常有此实心稽查之大臣？……今天津已有四百万石之仓，再建百万仓，以五十金建仓一间，受粮三百石计之，为费不过十五六万金，足受三府之粮，其可无虑者二。……去秋，上海增造沙船三百余艘，以备今岁海运之用。且大洋瞬息千里，侵漏无由，澡岛文武稽催，淹留不敢……此可无虑者三。仰值圣主圣相，勤求民莫，天时人事，穷极变通，舍海运别无事半功倍之术，为救弊补偏则不足，为一劳永逸则有余。如蒙上达圣聪，仰邀俞允，所有纤悉事宜，尚须与督漕诸公会筹奏办，从此东南民实永受其赐！

陶澍说完后沉思了一下，大概意思已经说完，没有想起什么需要补充的内容，便让魏源去拟稿了。但魏源忍不住问道："新来的两江总督是否不像原总督琦善那样支持海运了？"

沉稳坚毅的陶澍没有正面回答，只是跟魏源说："不管他支不支持，总督新来，我们都须重申海运之必要。先入为主，我们如果不把海运好处说透，那些大小漕运硕鼠就要复活得势。"

魏源受陶澍之命，写完《复蒋中堂论南漕书》后，又去宝山看望了父亲。父亲身体不仅没有恢复，还越来越差。但他却越来越不肯休养，天天不是去民间调查水利情况，就是去查阅、收集、抄录水文资料，亦如此前当巡检一般，从未歇下。

魏源见到父亲时，父亲还背着包袱刚从水利工程现场上踏勘回来。父子俩几乎是同时到达魏邦鲁任所的住宅门口。见父亲在门口的石板上刮洗鞋子上的泥污，魏源有些心痛地说："父亲，您该休息了。"

魏邦鲁说："你读过陶巡抚写勘察水灾的那首诗吗？'长堤亘一线，殆哉危岌岌。火符浦上来，连夜启坝闸，始也三河开，继之两坝决。高浪架霾云，平地走川铗。……露处蒲苇间，不辨姥与姜。唯闻儿女声，索食类吠蛤。哀哉斯时民，性命轻一叶。'此景此情常怀我心，我如何敢休息？"

魏源明白了父亲的内心，他陪伴父亲住了一个晚上。父子俩也谈了一晚上的话，从魏家塅谈到他的县试、府试、院试、乡试、会试……魏源感到很惭愧，但父亲却没有一句责怪他的话，总是以他为荣，总是勉励他不要泄气，要继续努力。魏源把很多委屈咽在肚子里，包世臣说过的"得罪王公大臣"的话，他更加不想说，不能说。父亲说什么，他都顺着称是，以顺为孝，不敢违拗病重而还倾心公事的父亲。

第二年早春，又到了礼部的会试时间。

魏源从苏州巡抚府回到小卷阿家中，与父母妻儿享受了一下午天伦之乐后，夜里家人都睡下了，他却躺在床上睡不着。对于科考，魏源已经陷入进退两难的境地。编纂《皇朝经世文编》时，大量阅读各名家、各学派的经世文章，让他深感乾嘉盛行之考据学已不合时宜，经世致用的学问越显重要。这也使他对科考产生了极大的疑虑。这次自始至终参与完成的漕粮海运的成功，更使他认识到国家、朝廷到底需要什么样的治事人才。陶澍、贺长龄的确都是进士出身，是朝廷的良臣，但他们为朝廷办事的本领，有多少是在科考内容中所有的？用于科考的八股文，到底算个什么东西？然而，身处其中，无不由模而成型。试想，如果陶澍、贺长龄不是进士出身，又哪会轮到他们为朝廷、为民众尽心？又哪来治国、平天下、立功、立德之机会？就现实而言，科考又是读书人必须要跨越的门槛！

魏孺耆睡着了，严夫人问魏源："遇了什么不顺心之事，让你不能静心安睡？"

魏源说："又到一年科考期了，去或是不去呢？"

严夫人毫不犹豫地说："春种是为秋收！读书人哪能不去参加科考？你上次不是说过，有人一百零二岁才考上进士吗？"

魏源一笑说："考上进士埋进土里又有何用？"

严夫人说："你又不是学问不够。你读这么多书，不入仕，又能做成什么大事？一个读书人做不成大事，书有何用？"

魏源想了想说："夫人所说也不无道理。我还是如前几次一样，带上你送给我的铜砚去应试。"

魏源这是第三次参加礼部会试了。与前两次一样，会试发榜后，又没有他的名字，但多年好友陈起诗、龚自珍中了进士。看到"陈起诗""龚自珍"这两个名字时，他又发自内心一笑，表示祝贺。

魏源虽未中榜，但他联想起《皇朝经世文编》的巨大影响，自问起来：我读了这么多的书，难道就让科考置我于死地？难道不可以通过著书立说来影响社会，实现我之志向？读书人"立言"本也就是"三立"之一啊！此次虽未中进士，但他凭举人资格和以往惯例，捐为内阁中书舍人。与魏源同期捐任内阁中书舍人的还有江苏上元人叶克昌、安徽阜阳人周心存、江苏长洲人彭蕴章等三十余人。（彭蕴章后来官至武英殿大学士，军机大臣。）

对别人来说，内阁中书舍人只算个闲官，对于魏源来说，任内阁中书舍人，就是一件天大的好事，就是如虎添翼！内阁为典籍之藏，国朝掌故之海，在那里可借阅史馆所藏档案、官书及士大夫私家著述和古老传说。这于日后著述岂不是如鱼得水！

魏源这次在京都会试借住在杨芳家中。杨将军是受皇上召见，从新疆喀什噶尔入觐而住在京都的。他是贵州松桃人，湘、黔是邻省，杨将军也是"应试不售"之后自强成材之人。加之他不仅尚武，而且崇文，尤其他那一套铁尺功夫让魏源看起来亲切！魏源童年时见爷爷练过，前不久又还见父亲练过。而且魏源曾两次在杨将军家中坐馆教子，杨将军待他甚厚，不仅薪俸不低，就连生活细处也是关怀备至。所以，魏源这次虽不坐馆，仍在杨将军家借住了数日，每日早起便入国史秘阁，阅录官书和士大夫私家著作。数天下来，魏源已有大量抄录的资料收入囊中。

当朝内阁中书舍人多异材隽彦，龚自珍以才著称，宗稷辰以文著称，吴嵩梁以诗著称，端木国瑚以经著称，魏源以学问著称。此五人被誉为"薇垣五名士"。这次会试，魏源未中进士，却获得了这个胜于进士的美称。

在京都停留数日，除查录典故之外，就是看望师友。看望恩师吏部尚书李宗瀚时，李宗瀚有意不跟魏源谈科场，他深知魏源科场不顺与某大学士有关，但又不能说破这个秘局。他担心说破了，对魏源打击更大；不说破，魏源还会继续努力，或许将来有个变局。他只是兴致勃勃地跟魏源谈他刚刚收藏到的古碑帖。但魏源却对恩师说，自己屡失科场感到有愧，真是对不起恩师。李宗瀚一听此话，实在忍不住了，一个浅笑回他："连翰林院掌院大学士都敢不见的人，就应当早有这个准备！"还是老学政能曲径通幽，轻轻一句既不伤害任何人，又把自己的意思透露出去。但话也只能说到这个程度，再往下说得太具体，那就失态了。

去看恩师汤金钊时，汤金钊也不跟他谈科场，但特别高兴地说："魏源，你来得正好。你不来，我倒要给你书信相托了。"

魏源说："恩师何事着急？"

汤金钊说："严如煜家人请我为其作《神道碑铭》，我自感年老心钝，要请你代劳。"

魏源说："只怕弟子学有所限，难达师意。"

汤金钊说："不必过谦。听说你们两家还有世交？"

魏源说："是的。严公老家在溆浦桥江，我家在邵阳魏家塅，山前山后，相隔不远。我父亲年少时常去严公家学奇门六壬占筮之术，兼闻经世之学。父亲如今还常提及严公之可敬。"

汤金钊说："那由你代劳也就是情之所至。我算是找对人了！"

告别汤金钊回到杨将军家，收到龚自珍的聚会请柬。

他必须赴约，因为龚自珍不仅是他的好友，还与他是科场上的同病相怜

193

者。龚自珍自戊寅年参加浙江乡试中举，第二年开始参加会试，此后参加会试多次均落第，这次他中了进士。但策对中所撰《御试安边抚远疏》中，议论新疆平定张格尔叛乱后的善后治理，不顾时忌，直陈朝政弊端，言辞过限。据说主持殿试的大学士将他置于三甲第十九名，不得入翰林，并找了个理由是"楷法不中程"，即楷书写得不合规矩。他从此进不了培养国家栋梁的翰林院，只能在礼部当个小主事。因此，有朝廷大员说："他呀，还是个不切实际的书生，老爱提建议。"

龚自珍现居京城上斜街，魏源如约赶到时，见他家中聚有吴县顾莼、大兴徐松、福州林则徐、泰兴陈潮、阳城张葆采、道州何绍基、长乐梁逢辰、金坛于铿等一大帮好友。他们一见面总是又亲热又随意，快乐无比。龚自珍最喜欢这种感觉！

龚自珍家里常是高朋满座，吃喝热闹，谈天说地，但这次却多了些神秘。魏源落座后才明白，原是龚自珍得了个宋刻小楷九行《洛神赋》帖，要与大家一起分享。魏源一看，此九行《洛神赋》共百七十六字，为古麻笺所写，难怪龚自珍如此珍惜。龚自珍喜形于色跟大家说："这是宋徽宗刻石秘府，拓赐近臣者也。此本即孙氏藏，著录《庚子销夏记》中。先入歙县吴苏谷家，后入扬州秦编修恩复家，秦丈以贶余。流传有序，二百年来四易其主啊！"魏源听完一笑，心里说，如此钟爱小楷书帖的人，却在科场上被翰林院大学士定为"楷法不中程"，这是何等荒唐！

王大令所书小楷神品《洛神赋》，相传原有数本，至宋元时尚有两本。一本为晋麻笺本，后归赵子昂，赵氏定为真本；一为唐硬黄本，上有柳公权跋，疑为柳公权临本。据说此两本均佚，自宋代后仅残存楷书中间的十三行，所以后世所传一般简称为"十三行"，而后传"十三行"也只有两种石刻本流传，一为"碧玉版"，一为"白玉版"。这次龚自珍怎么得了个麻笺本《洛神赋》九行？这麻笺纸是做不了假的，大家大为惊奇，视如珍宝，纷纷细究起来，一整天个个兴奋不已。

拜师见友，轻松了几天之后，魏源给母亲买了盒"驴打滚"，准备离开京都南返江苏回家时孝敬母亲。不料五十六岁的刘逢禄突然去世。魏源学《公羊》时，刘逢禄是其恩师。他的《诗古微》成书后也是刘逢禄为其作序。为悼念恩师，魏源改延了南返时间。

参与处理完恩师的后事，在离京前夜，杨将军照平日一样，让其儿子将习武厅的门闩上，厅内的武场上只有他们父子和魏源。杨将军和儿子一起过了一场"铁尺功"之后，汗发额亮地问魏源："如何?"

魏源看得一身筋骨正来劲，跷出大拇指说："一如既往!"

杨将军不无得意地抖了抖手，摩了摩拳，又擦了擦掌，如临辕门地侃侃而谈："嘉庆二年，我随额勒登保清剿白莲教，打败张汉潮;嘉庆四年，我亲领九骑行于大军之先，灭冷天禄于人头堰，在石笋河连发五箭，每矢必覆一敌船，军中称为奇捷，因此而擢两广督标参将;嘉庆五年，我领兵千骑与顽敌周旋，擒斩劲敌无数，受赐号'诚勇巴图鲁'，升广西新泰协副将;嘉庆六年，我率轻骑克敌于汉江南岸，追擒乱党张良相、马德清、刘奇、辛斗，受陕西陕镇总兵;嘉庆七年，苟文明犯宁陕，我率军围追，灭苟文明，擒郭士嘉、苟文学等人，至三省悉平。嘉庆十八年，我率军隧地攻滑城，殄贼二万余，调汉中镇总兵;嘉庆二十年任甘肃提督;道光六年，回疆军情紧急，我自请从征，得许后，领军一鼓破敌，于柯尔坪斩贼酋;道光七年，我偕参赞杨遇春、武隆阿进师，三战三捷，到喀什噶尔浑河北，合击大破敌军，遂复其城，又擒贼酋噶尔勒，收复和阗，并于额尔铁盖山将张格尔生擒，押送京都伏诛，赐封三等果敢侯，加封太子太保;道光九年，受皇上召见，晋二等侯，加太子少傅……忆数年之征战，何有太平可言? 文武之士不可一日不备啊! 一日不出战事，一日要出战事!"

杨将军当然也受到过挫折。嘉庆十一年，他麾下的新军因他的离开，粮、盐供给出现问题而引起内部哗变，虽获平息，但追究其治军宽容，坐驭兵姑息而褫职遣戍，至次年才得以释还，以守备、千兵用。作为武将，杨将军只说他过五关斩六将，不说他走麦城，魏源也是可以理解的。

魏源深有同感地说："国朝有杨将军在，真是有幸!"

杨将军说："吾之血身皆为皇上有! 文事必有武备! 战事不可日出，战备不可日懈!"

次日，魏源还想跟杨将军说话，但一上午不见其人，到下午回家时，杨将军变得神采奕奕，见了魏源就十分高兴地说："我，又要出征!"

魏源见杨将军如此亢奋，他镇定了一下问道："杨将军何事出征?"

杨将军说："因浩罕、安集延等人复扰喀什噶尔、叶尔羌等城，我奉命为参赞大臣，协同扬威将军萨尔图克·长龄往剿!"

此前，魏源多次听说杨将军的英雄气概，也一直想目睹体会一番，同时也想熟悉一下军务。此时见杨将军要去剿敌，自己也怦然心动，说："请杨将军允许我一同前往效力如何？"

杨将军感到吃惊，上下打量了一番魏源。往日，魏源在杨将军的眼里，只是一位非常严肃文雅而沉默寡言的先生，怎么今天突然有了投笔从戎之气概，并一定要随进剿大军效力？何况他本已经准备返回江苏！魏源望着杨将军疑惑的两眼说："杨将军，实话实说，我一是想从军出关立功，二是想考察西疆沿途地理，熟悉武备以为后用。"

但杨将军沉思着没有答应。他两手拍了魏源的双肩，想起扬鞭跃马，征战斗杀恐非魏源能适，他心情复杂地摆了摆头，既不拒绝也未答应便转身走了……

杨将军虽未答应，但也没有拒绝。这就等于给魏源留下了希望。于是，魏源给家人和陶澍写了书信之后，当夜作诗给邹汉勋等人：

> 见说王师讨叛羌，诏书祸首罪边疆。
> 譬从南海骚珠翠，奚异西陲索白狼。
> 张奂早辞羊马馈，王郎何至羽书猖。
> 虫生朽木非今日，蚁溃金堤自古防。

魏源这首抒发乱疆之恨的诗，让好友邹汉勋激动得夜不能寐，他也当夜即作《闻魏默深之征西幕府》相赠：

> 大儿要执夷矛柄，貔貅百万俯从命。
> ……
> 我是护儿方受《诗》，读至击鼓发豪兴。
> 忽闻祖生先箸鞭，使我通宵不能瞑。
> ……

好友吴清鹏得知魏源从军后也作诗云："魏子独奈何，尚跨玉关骑。书生走戎幕，万里空憔悴。"

杨芳将军出征那天早晨，正是秋凉雾浓，魏源当真轻装简行出现在杨将军面前。两人无言，对视一眼，明白彼此内心。

杨将军整队发令出征。万余人，长驼队，浩荡前行。

行军途中，又传闻时任参赞大臣、山东巡抚陆阿奏运山东炮二十门远赴回疆助阵，魏源有感再赋诗一首："……征兵远到黄龙府，挽炮翻驰回纥疆。

谁识百程劳往返，戎衣空压万驼霜。"

随军征战，魏源是头一次经历。每当星月之夜到达新的宿营地，他总要回望长长的人阵和驼队，总是心潮澎湃，也总要赋诗为记。他常常回望"万驼鱼贯"，目睹"盘雕冰帐""捣贼河冰"。历经了军队在柯尔坪、轮台、甘泉等地的行军、扎营后，他想起陆游的诗"僵卧孤村不自哀，尚思为国戍轮台。夜阑卧听风吹雨，铁马冰河入梦来"。

陆游的诗就如写这次西征远行。他情不自禁地也连写了诗二首：

其一

间道前锋柯尔坪，万驼鱼贯月连营。

盘雕雪帐寒无梦，捣贼河冰夜有声。

夺气先争疏勒垒，长驱更相郅支城。

长安索米频西笑，好梦前宵赋北征。

其二

征兵九道集轮台，羽檄甘泉日夜催。

黑水柳环营垒立，雪山梅伴战场开。

须防清野逃三窟，有几屯田偏九垓。

万里转输方孔亟，几时飞过白龙堆。

正当魏源壮怀激烈，随军日夜兼程，远行万里到达嘉峪关时，杨将军却领着将士们策马而回，在军营门口告诉大家："败敌已成定局，暂无须我们援军。各部原地待命！"

魏源只好随军驻扎在嘉峪关待命。

一天早晨，军营正是开早餐和喂养驼马的时刻。一阵马蹄声响来，随着一阵尘雾，萨尔图克·长龄下马站在军旗下宣布："由于叛乱者只是一群乌合之众，当朝廷各路援军赶到时，他们都已散逃鼠窜！被叛贼围困三个月的喀什噶尔和英吉沙尔两座城市已经解围！"

虽未能取胜立功，但魏源听到如此喜讯还是充满了喜悦。他赋诗二首，并在当晚月光下将自己的诗作赠给萨尔图克·长龄将军，对将军说："为庆祝西征胜利，祝贺边疆重获安定，有诗二首献给将军。"

魏源还是第一次给蒙古族将军赠诗。萨尔图克·长龄将军为蒙古族正白旗人。乾隆时，由生员补工部笔贴式，充军机章京。历任理藩院主事，内阁学士、副都统、陕甘总督、直隶总督、军机大臣。他虽为武将，但很喜欢诗文。他捧着魏源的诗，充满着胜利的喜悦命令身边的将士："大家给我高高举起你们手中的火把！让我放开喉咙朗诵魏源的一首诗吧！"

于是，军营里火光通明，人头攒动。萨尔图克·长龄将军朗诵诗的声音传至远远的天边……

> 捷书中夜过龟兹，共说杨家老战旗。
>
> 河雾仓皇冲垒日，阵云崩黑倒戈时。
>
> 冠军尚有乾隆势，破竹未令回纥知。
>
> 从此天山一扫定，凯歌杨柳劳归师。

将军又把最后一句重复了一遍："凯歌杨柳劳归师！"

魏源想此次从军定会西出阳关，效命绝域，或立功受奖，或踏勘西疆地理，没有想到胜利如此早来。高兴之后，要胜利返京时，他又怅然若失，深以为憾。启程返回时，他只得回望嘉峪关慨叹："我生第一伤心事，未作天山万里行！"

回到京都后，恩师刘逢禄之子知他能喻其父之志，找到他，请他组编《刘礼部遗书》并作序，他想起自己在问学《公羊》时，恩师的谆谆教诲，心情非常沉重。答应了恩师之子的请求后，魏源又重买了一包"驴打滚"，一包果子干，准备回家。

第二天将离开杨将军南返，魏源起得很早，但夏天的朝晖更早，已在远处天边燃烧出半边红亮的云彩。杨将军父子站在大门口送别魏源。

杨将军深情地跟魏源说："内未久安，外添祸乱，我朝禁粤海关私货入内及银两出洋后，英吉利船泊于我澳门外洋要挟多端。洋钱现已充斥黄河以南各省，鸦片走私日盛，至白银外流，银价日涨。朝廷已命采用'断来路、禁外销'之办法。此法一施，洋人岂能心甘？下次如有御敌之机，我们再会！"

"杨将军常忧国忧民，不愧朝中良将忠臣！请受魏源一礼！"魏源礼毕转身走了。

杨将军父子久久地望着魏源背影，魏源背上那一大包从史馆秘阁抄录的资料，被霞光照得一晃一亮……

魏源直接回到小卷阿。

　　从乌龙潭斜照过来的夕阳使小院里特别明亮，石头的身姿、蜡梅的树干都似乎比平日更加壮实。严夫人在晾衣竹竿上收拾衣服，魏孺耆和妹妹魏秀均跟在她身边帮着做些拿布巾的小事。兄妹俩都看见了父亲，但都站着不动。魏源从包袱里拿出果子干朝他们晃了晃，叫他们："耆儿，秀均，快过来。"兄妹俩依旧站着不动，两眼朝母亲看着，仿佛是等待母亲的允许。魏源忽然感到孩子怎么生疏了。

　　自从接到魏源的书信，知道他去西疆征战之后，严夫人就一直提心吊胆。孩子们说起父亲时，她总是告诉孩子："父亲去了很远很远的地方，要很久很久才能回来。"现在魏源这么快就突然出现在眼前，她真是欣喜得如梦里一般！她提醒儿子和女儿说："快去给父亲接行李！"

　　孩子们这时才相信是自己的父亲回家了。魏孺耆跑过来要把魏源的包袱往自己肩上背。魏源抚摸着他的头说："儿子，你还没有那么大力气，过几年才行！"秀均跑进屋去很快端了一杯茶来递给父亲。魏源接了茶杯，然后，将果子干分给兄妹。严夫人提醒魏源说："快先给母亲送去。"魏源得知母亲今天没去宝山父亲那里，就高兴地拖着儿女去见母亲，跟他们说："走，我们一起去看奶奶。"

　　陈老夫人有时候住在魏邦鲁的住所，因为魏邦鲁年纪大了，她不放心。但想念孙儿孙女时，也还是常来小卷阿住一段时间。陈老夫人像是知道魏源今天要回家一样，脸朝门口高兴地端坐在堂屋的官帽椅上等着。

　　魏孺耆和秀均进门各自叫了"奶奶"，就拱进奶奶怀里挤得紧紧地站着。魏源进门叫了母亲，从包袱里取出带给母亲的小吃，放在母亲手里说："这是京都的小吃，您老人家尝尝味儿。"

　　陈老夫人将那包"驴打滚"放进糖果盒里盖上说："先不说吃的！先说这回会试如何。"

　　魏源在母亲面前跪了下去，说："母亲，我还是落榜了。不孝儿对不起母亲！"

　　陈老夫人脸一沉说："男儿膝下有黄金！你快快起来！谁说我儿子不孝？谁说我儿对不起娘？"陈老夫人"哗"的一下揭开桌上被一把蒲扇罩住的东西说："这就是你对娘最大的孝顺！"

　　魏源一看，摆在桌上的竟是他出征前写给家里书信和刚刚出来的二卷新书《诗古微》的初刻本。

陈老夫人说："你会考虽未中榜，但你为国出征，娘已经感到无上荣光！何况你还有这新书刻印出来，可见你学问大长！金榜上的名字两三年就换一轮，这著书立说，才是千古不朽！"

魏源真是心花怒放！捧起新书翻开一看，在浓浓的墨香里首先映入他眼帘的是"修吉堂刊行"一行粗字。浙江德清县徐氏修吉堂有"徐氏五翰林"之盛名，由修吉堂刊印的书，自然是非同一般。再往下看，恩师刘逢禄作序。序曰："《诗古微》凡二十有二卷：上编六卷，并卷首一卷，通语全经大谊；中编十卷，答问逐章疑难；下篇五卷，其一辑古序，其二演外传。《诗古微》何以名？曰：所以发挥齐、鲁、韩三家《诗》之微言大谊，补苴其罅漏，张皇其幽渺，以豁除《毛诗》美、刺、正、变之滞例，而揭周公、孔子制礼正乐之用心于来世也。……邵阳魏君默深治经，好求微言大义……其志大，其思深，其用力勤矣！予向治《春秋》今文之学，有志发挥，成一家言，作辍因循，久未卒业。深惧大业之凌迟，负荷之陨越。幸遇同志勇任斯道，助我起予……"恩师言犹在耳，而恩师之身形已离世永去……魏源心中一时喜怒哀乐，五味俱全，不知如何适从。

陈老夫人见魏源难受的样子，为安慰儿子，她开始和魏孺耆、秀均品尝从京都带来的小吃。魏孺耆和秀均品尝着他们琥珀色的柿饼干、橙红色的甜杏干，酸甜交融的味道，让孩子脸上露出了深深的酒窝。陈老夫人吃过"驴打滚"也高兴地说："这小吃的味道真不一般！到底是来自皇城脚下，又香又甜又脆！"魏孺耆和妹妹吃过了果子干，还使劲地吸着沾在指头上的甜酸味，吸得吱吱叫，引得一家人都高兴地笑了起来。

陈老夫人问："这小吃叫个什么名字？"

魏源认真地告诉母亲："这个叫'驴打滚'。"

陈老夫人天真地笑着皱了眉头说："味道是好，这名字太粗！"

魏源说："红糖水陷巧安排，黄面成团豆里埋，何事群呼'驴打滚'，称名未免近诙谐。"这一说，一家老小都笑了起来。

严夫人抱着衣物进门来，递给魏源一封信说："前些日子，陶巡抚给你带信来了。"

此刻，魏源才从随军的疲劳和天伦之乐以及《古诗微》刊行的喜悦中，回归到属于他未来的幕僚生活之中。

第二天，魏源来到巡抚府见到陶澍时，陶澍已经是一身崭新的仙鹤服，作为两江总督一品大员，朝冠宝石，威风凛凛，满面春风。

想想陶澍在治理江苏三年，漕运、水利、民讼各方面均成效卓著，已是如鱼得水，在巡抚任上屡建奇功。魏源为陶澍高兴，也在陶澍身上看到了一个成功的读书人应有的样子！

在两人的深入交谈中，魏源得知：五月，都府收用"贩卖私盐首犯"黄玉林等人，以枭捕枭，初获成功；六月，陶澍部署严查回空粮船夹带私盐，尤其缉获户部私造假照要犯任松宇、刘东升，并解京惩治，朝廷为嘉其功，加封陶澍太子少保衔。而此时两江总督蒋攸铦正因病乞假，陶澍受命为两江总督兼署江苏巡抚，并升兵部尚书、都察院右部御史，总督江南、江西地方军务。不久，又受皇命，统属文武，节制巡抚、提督、总兵等官，总理粮储，操江南河务。真可谓大权在握！道光皇帝还在召见陶澍时说："汝人爽直，任事勇敢，故畀以两江重任。"又鼓励陶澍，"三省任重，自不待言矣，兼以河盐疲敝。……汝宜殚竭心力，公慎察查，断不可因循姑息，贻误将来。"

陶澍跟魏源说话就如跟自己的子侄说话，亦叙亦诲："我事江苏几年，日渐政风好转，其中不无你和尊父的帮助。"

魏源说："您言重了！见您行政、仕途如日中天，我们一家人甚是高兴！"

陶澍说："皇上恩重，臣将竭尽所能，报以血肉之诚。决心将地方营伍、盐漕、水利、宣防一切事宜，认真经理，竭力尽心。"

魏源说："您和贺方伯，朝中良臣也！"

陶澍说："皇上虽励精图治，日夜不怠，然，朝中官吏恶习难移，故皇上召见我时说，'当今之要，首在得人，汝宜殚竭心力，公慎察查。'"

魏源听此一说苦苦地摆了摆头。陶澍心知肚明，魏源是对国朝的科考不满，以为做不到"首在得人"。科考一事，陶澍确无回天之力。他只得把今天要说的具体事情继续往下说："据我所察，如今两淮盐务积弊已到非治不可之地步！如印本、支票、贴息、套搭，皆弊混之尤者。不肖奸商，巧立名目，借端开销，以致库本全空，课项目绌，竟有积重难返之势。即如商人办运，所有引课、场价、运脚、使费，一切并计，谓之成本。内有商人缺底一项，名为'根窝'。每引取银票一两，每年按引即须银一百六十九万有余，归于底商，先国课而坐收其利。其余则浮费居多，每由总商开销，取之散商，名为'办公'，而实不知其名目，盈千累万，任意摊派，此类甚多。成本安得不重？成本既重，则售价必昂，而私枭由此起矣。……"

魏源听完陶澍的这番论说，预感到他是要准备整顿两淮盐务了。果然，陶澍说："盐务不整，国朝难兴！但这绝非轻而易举！为备后人借鉴，你和许乔林要从现在起就准备纂辑《淮北盐票志略》，此书由两淮盐运使司海州分司运判童濂担任总修。从现在起就要与督署新盐政同步，收集所有资料。"

魏源早在陶澍来江苏之前就已经关注了淮盐积弊，他信心十足地说："是该着手解决这一积弊了。我们一定把此事做好！"

得知陶澍升任两江总督，魏源受到莫大的鼓舞，他回家后即兴作诗六首为贺，诗中说："今代麒麟阁，清秋鹤发翁。指挥当世事，质朴古人风。自到青冥里，新兼节制通。朝廷偏注意，申命控江东。"

入京都会试，拜师会友，又随杨将军出征西疆而回，公事私事积压了不少。魏源首先着手整理恩师刘逢禄的遗著，将未分次第的原稿厘其义类，分为若干卷，略窥旨趣，鳃理成文，列以目录，编定成书，又序其独特之处，扬其深邃之意。

可正当魏源夙夜忙碌之时，在宝山水利主簿任上的父亲带信说，他已经病重。多年来，父亲在外履职尽责，从未带信给家人说他染病，即使近年大家都知道他病得不轻，他也从未在家人面前露出半点病态。这回肯定不是一般疾病！虽有母亲和魏湖相伴父亲，但母亲也已经年迈多病，魏湖遇事又缺少机变，魏源不得不去宝山照料父亲。

魏源来到父亲住所一看，父亲果然是瘦了许多，但公案资料也垒得比此前高了许多。本来躺着的父亲，见魏源到了就吃力地坐起来，一改往日的严肃，变得非常可亲地问："收到你的书信，知你落榜后随杨将军去西疆，是想着立功吧？像你这个年龄的读书人，应当如此！我一为你担心，二也为你自豪。"

魏源两眼潮热地说："可惜我跟着杨将军刚到嘉峪关就接到消息，回疆已经平息。"

父亲说："真正平息了？"

魏源说："父亲放心，真正平息了。"

父亲沉默下来，想着什么。魏源说："父亲，您还没问我科考结果呢。"

父亲皱了下眉头说："我现在也想明白了，做个有用的人，才是大事！如今还谈科考何益？"

知子莫如父啊！魏源觉得父亲这句话说到自己心里去了。

父亲指着桌案的一大堆资料说："这些都是我收集、抄录的水利资料，你回江宁时一定带给陶总督。对他会有用的。"

魏源粗略地看了看，真的有些珍贵资料，就说："我一定给您带到。"

父亲微微一笑说："你会考、从军，北去这么久才返回，督府上一定有不少事要办，你应尽早去做你的事。我有魏湖照料着，你母亲也在这里，你放心。"

魏源想多陪几天父亲，就找了个理由说："我还要去拜见'章叟老人'，有事请他指教呢。"

父亲突然双目放亮地说："那你多待两天。你要向'章叟老人'多请教，他是个大好人！"

魏源说："道光四年，我在常德杨芳将军家坐馆，总兵陈阶平去镇算任职，自崇明岛到湖南，过常德时到杨将军府中约见我，谈话中他论及当代巨人长者时慨然说道，他离开东海时，江南正遭大水灾。逼海之邑宝山县正要被洪水淹没，万民将喂鱼鳖。此时铜陵章叟，以教谕身份组织十余万户避灾，又以教谕身份呼集十万余金赈灾。灾期无人吵闹，无人挨饿。后来朝廷给他发下帑金数万，他不接受；封其官职，他也不接受，宁愿在东海一角过自己的贫穷日子。此可谓真能当大事者！"

魏邦鲁听完儿子的忆述说："此长者的确值得拜见。我曾拜见过两次，每听他言事，必有大获！你可今日就去一见。"

"章叟"即章存谦，安徽铜陵人，嘉庆初年，因大兴朱文正公力荐，而召至军机处问以平定川楚白莲教起义方略，时廷对百余人，独溆浦严如熤与章存谦受用。后以亲老辞归，定居宝山。任教谕长达三十余年，享有盛名。

魏源去拜见章教谕时，年过八旬的章教谕耳聪过面，独坐斗室，环以万卷，声若洪钟。但绝口不语政事，惟指着案上《尚书》，为言《召诰》《洛诰》四篇次第四年时事……

说完话道别时，室外风雨大作，雷鸣电闪。魏源怕章教谕为难，不让其出门，将大门从外面关上，大跨步很快离开。至海塘东西炮台时，魏源眺望海边，只见海浪长啸，水天难辨。一只海鸟忽然从天空中跌落，死在他脚边。魏源联想到卧病的父亲：此非吉兆啊！

魏源冒雨赶至父亲家中推门而进，果见母亲、严夫人、魏湖、魏浚、魏淇等大小二十余口全都守候在父亲床前。父亲已处弥留之际。

魏邦鲁见魏源来到床前，稍稍合了下眼，似是养神欲言。他要魏源坐在他身后，斜斜地将他抱在怀里。他动了动斜靠着的身子，稍稍坐正了一些即问魏源："我们魏家塅的事你还记得多少？"

魏源说："我都还记得。"

魏邦鲁动了动焦渴的嘴唇，魏湖用瓷汤匙给父亲喂了点热水湿了湿嘴唇。魏邦鲁说："你爷爷'毁产代输'的事，你可记得？"

魏源说："记得。'邵邑醇良'那块大匾我印象太深了！"

魏邦鲁说："你爷爷在观烟阁观烟救困你可记得？"

魏源说："我记得。我十岁时就跟爷爷上过观烟楼，爷爷跟我讲过观烟救困的故事。"

魏邦鲁说："我们家世代都永远不要辜负那块大匾额！都要记住'邵邑醇良'这四个字！"

魏源说："我记住了！"

魏邦鲁说："还有你多次进京求学，那些帮助过你的师友，也一定不要忘记！"

魏源说："我都记得！"

魏邦鲁说："源不深而望流之远，根不固而求木之长，德不厚而思国之安，应知其不可！"

魏源说："读私塾时，刘先生和辅邦伯父就要我背诵过《谏太宗十思疏》，后来爷爷也常要我背诵此疏。我如今仍能背诵。"

魏邦鲁说："为大官可为民办大事，为小官可为民办小事，不为官亦可为民办善事。有武功可为国立战功，有文才可为民创新思想。"

魏源说："父亲，您的话我都听懂了！"

魏邦鲁说："你要抽时间回老家魏家塅去看看。"

魏源说："好。我一定回老家去看看。"

魏邦鲁脸色如释重负地舒悦起来说："我过世后，如家中因贫困，无力操办丧事，可留灵椁于吴，但不可安葬于宝山……"话未说完，魏源感到父亲的全身松散了一下，又突然变重了。魏源连续叫了几声："父亲，父亲……"父亲再也没有反应，魏源明白，父亲走了，永远地走了！

魏邦鲁终年六十三岁。

一家人大哭，尤其魏源因过度悲伤而无力操办父亲的丧事……

魏源冒雨赶至父亲家中推门而进，果见母亲、严夫人、魏湖、魏浚、魏淇等大小二十余口全都守候在父亲床前。父亲已处弥留之际。

父亲于嘉庆初年分发江苏，历署多地巡检，所到之处，厉行乡约，平争讼，课生童，皆著廉惠。在荆州张渚司、海州惠泽司尤其有名。逢惠泽大灾年，魏源目睹父亲捐赈、施粥、供药，与饥民同寝食者数月。父亲善医，所至乐为人诊病施药，故讼者甫退，诊者盈门。又乐善好施，所得微俸，省以济人。调任去苏州钱局那天，沿河两岸，送行者十余里不绝。父亲虽为小吏，所至不名一钱。如苏州钱局，向为利弊之地，知府额腾伊有察察之明，年底审查钱局后上报意见是："本员管局一载，实能弊绝风清，且破除旧习，不受陋规，洵佐杂中难得之员。"于是，魏邦鲁掌管钱局五年，屡辞不允。前后布政史贺长龄、陶澍、林则徐皆于他待之以礼。

在宝山父亲任所办过父亲的丧仪，魏家已是家徒四壁。

父亲已逝，俸禄已断，母亲年迈，弟弟尚未全明世事，哥哥是无力承重的忠厚之人，妻儿又还要抚养。魏源从未像此时这般感到父亲的重要，忽然深感自己身陷困境，负担沉重，力不从心。

家中果如魏邦鲁所言，二十余口生活无济，更是无钱买地为父亲下葬或者运送灵榇回邵阳原籍。魏源深感孤立无援，以头轻撞着父亲的灵榇悄悄哭诉："父亲，儿子现在只有遵您之嘱，将您之灵榇暂寄于吴，一家老小也只有在小巷阿居住……"

魏源将父亲的灵榇暂时厝于苏州的金姬墩。待日后条件允许，再作正式下葬。

历经丧父之痛，又面临家计无着，已近不惑之年的魏源思考再三，焦急而又别无更好的人生选择。既然走到了读书科考这条路上，他还是只有去科场上再努力一搏。

一大家二十余口都住在了小巷阿，宁静的地方也不再宁静，住房拥挤，人声嘈杂，生活用度时时逼人。那天晚饭过后，大家各自回房休息，孩子们也都去屋外玩耍，唯有魏源痴坐在餐厅饭桌边不动。严夫人收拾过碗筷，给他上了灯，在微弱的灯光下，她皱着眉头久久地看着魏源。魏源捋了捋自己的山羊胡子问她："我脸上有什么了？"

严夫人说："身上的骨头尖儿怎么一下都长高了？胡子怎么一下长这么长了？"

魏源说："我的颧骨本来就高嘛！胡子倒是这两天长得快些。"

严夫人说："这些日子你瘦了很多！"

魏源说："可能是夜里睡不好觉。"

严夫人说："父亲一走，这么大个家庭所有的事都落到你头上，我知道你压力大。但有些事需要等待时候，时候不到，你急也急不来。"

魏源长叹一声说："唉——不仅是生活上，还有今年会试时间又近了，我是去或者不去呢？"

严夫人毫不犹豫地说："这还用说吗！无志之人常立志！'夫夷以近，则游者众；险以远，则至者少。而世之奇伟、瑰怪、非常之观，常在于险远，而人之所罕至焉，故非有志者不能至也。'你这次去京都参加会试，可住在亲家家中，不用去麻烦师友。"

听严夫人这么一说，魏源心思洞开，两眼转动起来，虽未答应，心里却在想着，这倒是个正理。女儿秀均生下来就臂带梅花图案，难道这真是个福兆？他不仅要去参加会试，会试过后，他还要去内阁抄录资料。住在亲家家里，自然又要比住在师友家中心安许多。

严夫人所说"亲家"即郴州人陈起诗，时为吏部主事。魏源自岳麓书院求学时就与陈起诗、李克钿、何庆元为同窗好友。近年游京师时亦常与其谈诗，究天下利病，天文、舆地、礼乐、财赋、兵阵、中西算法、佛家老家言、水利、盐政、漕运等，无所不议。正因如此，魏源才将自己的女儿魏秀均许配给陈起诗的长子陈圻。平日里，魏源不在京都时，他们也不断书信来往，两家关系一直密切。

魏源未到京都之前，陈起诗正为湖南前学政徐松所撰的《新疆志略》修正水道之误，眼下正在为武进的李兆洛所寄《天文分野图》作订正。他很忙，但知道魏源要来家中备考，他几乎是有些兴奋。陈起诗从岳麓书院求学始，就有志于经世之学，因此，他对魏源很认同。魏源进京准备会试的日子能住在他陈家，他当然分外高兴！

魏源在贺长龄和陶澍麾下做幕僚多年，已经很有成就，所以这次两人见面，陈起诗的话题总是不离民生事务。第一个晚上就谈到很晚还无睡意。陈起诗说："你在江苏陶总督幕下，江苏的水利应为急务。现在都说水利费无出处，以我之见，整饬盐政所得就足够水利之用。然后，漕运等诸政均可省费为用。"

魏源告诉陈起诗："真是英雄所见略同！陶总督也正有此大计，已嘱我从现在起就有所准备。此次由他总揽的'海运'已为国朝省银一百余万两，节粮一百余万石。上次听他跟我说话的口气，不久他还会实施淮北票盐大计。"

陈起诗说："江都陶澍任事稳健，行事坚毅，向来能说到也能克难而做到。又有你在其中运筹帷幄，两江将不断有捷报。但天下兴亡，匹夫有责，于淮北盐政之间，我亦将以书信致陶总督。"

遗憾的是，魏源此次会试仍不中榜，但他像前几次一样，在内阁阅读、抄录了大量资料，所获丰厚。这些收获也让他感到内心充实，他正准备为后人写一部承上启下的英雄大书《圣武记》。

魏源自京都南返江苏后，去总督府见陶澍时，遵父亲临终之托，将其生前所积累的最后一批水文资料交给陶澍。陶澍捧着一本本厚重资料，视若珍宝又如饥似渴地翻阅起来。阅过目录，再往下看过一部分，他两眼热泪，语溢悲壮地跟魏源说："尊父大人在宝山水利主簿任上为时不长，但为吴地水利尽力了！江苏东临大海，大运河贯穿南北，长江穿越东西，又有太湖、洪泽湖、高邮湖等水面浩渺的湖泊。此外，无数河流、港、汉，如网络般密布境内。省务诸多，但治水尤为紧要！"

陶澍不再多说，只是与魏源约定隔天就去太湖踏勘。那里部分水利工程已如期动工。

时值深冬，北风呼啸而来，割面而去。陶澍和魏源以及当地官员一行人来到太湖和吴淞江岸，一路交谈着水利情况。魏源跟陶澍说："道光六年，江苏的那场水灾，教训实在深刻。当初河臣开坝放水，本意是想坝开水落，没料想到坝开两月，湖水还只消降几寸。其原因是下游归海的几条河流因淤塞而河底抬升，致河水无法顺利流出。这里的重要河道大多是嘉庆时挖掘疏浚过的，到如今这么多年，也没有再去治理。所以，现在不只是漕粮河运不畅，这一地区的农业也一直受害严重。"

"江浙水利，莫大于太湖。苏、淞、常、太、杭、嘉等数县农田灌溉全系于一身。"陶澍说，"可多年来未得到应有的治理。百姓围湖造田，使湖面日益缩减，蓄水能力逐渐减弱，加之从前治水者一遇太湖满水，就临时开挖津汉引水，致使其正流吴淞江的水量变弱，泥沙淤积过多。"

魏源又就建闸问题提醒陶澍："吴淞江不畅还有一个原因，康熙和乾隆时期各建有一座闸门，建闸人的最初构想是让海潮来时能挡住海沙不进内河，而退潮时开闸可以泄去江水。现在看来并无此种功效。"

陶澍对这一问题早已心中有数。他说："此一想法听起来似乎很有道理，其实，当夹沙的海潮堵在关住的闸门外时，因无河水回送，便沉积在闸门外；而带着泥沙的江水堵在关住的闸门内时，又因为没有潮水的裹挟而沉积于闸门内。如此数年，致吴淞江口沉沙数十里，而水如沟微。上次我在黄浦江所见就大不一样，江口无闸，江、海互荡，泥沙不积，江面阔深。"

一位知州插话说："太湖灌溉任重，内涝堪忧。"

陶澍说："漕运、水利和盐政，时下皆为国朝大事。漕运改海运刚走出一条路来，虽仍杂议不息，但已有目共睹。当下要着力于水利，水利最关紧要。水利有了改善之后，我们才能再着手盐政。据我所知，全省急需整修的较大水利工程有几十处，涉及海、河、湖、堰、坝、渠、闸等！"

魏源说："治水必周密思虑。如治河，今人论治河，只问决口塞不塞，塞口之开不开，此其人皆不足以言治河。须知河塞于南，可溃于北；塞于上，可溃于下；塞于今，可溃于来岁。国朝以来，无岁不治河，河底岁高于岁，且几近竭天下之财富以事河。"

陶澍对魏源此说大加赞赏："此言极是！其实，国人治水已有丰富经验，可惜不予汲用。总括起来无非一'束'一'导'。因水性向下，如下游被阻，水必肆漫成灾。水之强在于集中，分之则弱矣。故治大水宜疏通下游水道，导水入海；而治小水则宜挑挖深通，蓄水灌溉。筑坝拦水非万不得已则忌用，强扭水性，必怒水成灾！"

亦说亦论，一行人来到疏浚吴淞江施工现场。虽天寒地冻，施工非常艰难，但仍是人山人海，来往如蚁，锄铲交织，轮车咿嚄如梭。赤着双脚的民工扎着裤腿，勾紧脚趾在泥巴中"吱哧吱哧"地劳作，或挖或挑或推车，干得热火朝天。陶澍和魏源被这种场面所感动，也赤着脚踩进泥里开始参加劳动。当地县、府官员情不得已，也跟着干活。当地官员告诉民工，是总督和他的幕僚来和大家一起劳动。工地场上迅速传扬开来，大家更是干劲冲天。

但不到一刻，就有人发现陶澍和魏源的脚上都在流血。血液在泥水边缘染红着他们的脚背，但他们自己却还不知道。大家不再让他俩继续劳动，将其扶上了大堤坐着歇息。

陶澍摸着自己的脚说："好像不是我们脚上出血，没有一点儿痛感。"

魏源也说："是啊，怎么会是我们脚上出血呢？我一点儿也不感到痛啊！"

扶着他们的人告诉说："你们的脚肯定是被冰片边缘割破，但因为冻僵了，感觉不到痛。"

另一位民工说："你们没有打赤脚干活的经验！这种场合，走路一定走在别人踩软的泥路上，你们走到没人走过的地方去，就必定要被破损的冰片割伤！"

陶澍和魏源相视一笑，点头表示认可，以前确实还没有经历过这种场合。

离开冻土一会儿，脚开始有了痛感。两人一摸脚，果然摸到了伤口。一位民工赶紧把自己的粗布衬衫撕成两块布条，帮他们绑好了伤口。他们返回工地再看，果见没有被人踩软的地方都冰冻得坚硬如铁，民工们用铁锄开挖冻土时，往往是第一锄挖下去，连一点儿破损都没有，只有一些冰粉粒飞溅起来，而且握锄头的手总被弹得麻木生痛。

魏源和陶澍从工地上下来，深感民工的艰难。陶澍一再叮嘱地方官员："你们不要催逼民工，实在不能如期完工，由我向皇上说明原因，如皇上责问，由我一人担当！"

但工程进度让陶澍喜出望外。自清浦县至入海口，总长一万零八百八十九丈，这段吴淞水道的疏浚工程，第二年早春全部告竣。

陶澍和魏源来到现场验收时，陈世镕拿着工程造册，魏源拿着铁锥，还有人扛着丈杆和五尺杆。一班人马从民工间走过，照册一一细勘查验。魏源量了几处堤坝内外，告诉陶澍说："挑挖的宽度比原计划还宽了三到六尺不等，深度也都在两丈左右。"

接下来开始查验夯筑质量。打夯很有讲究，如夯夫中有一人配合不好，筑打之迹就如马蹄，质量自然难以保证。魏源将四尺长的铁锥垂直立在夯筑处，手握铁耳，让一人用木槌用力将铁锥砸入土中，然后，将铁锥拔出，拿来水壶往铁锥眼里灌水，以其泄水情况确定夯筑质量。

查验第一处时，魏源报告："保锥！"

"保锥"就是不懈水。这是最好的夯筑质量。

查验第二处时，魏源报告："漏锥！"

"漏锥"就是一灌即泻，这是最差的夯筑质量。

查验第三处时，魏源报告："渗口！"

"渗口"就是半存半泻，这是一般的夯筑质量。

验完质量后，魏源又打开水壶盖子摇了摇水壶，因为水壶是当地官员所提供，他怕有人从中作假。提供水壶的官员说："放心吧，我们不会作假。"魏源笑笑说："先小人后君子！要是有人在水里掺兑鲇鱼涎或者榆树皮汁骗我，那我可就不客气！"

此前，当地官员的确用这些办法做过假，所以，他们都吓出一身冷汗。

历年的验收官都没有如此内行过！

陶澍在一旁看着听着，心里也高兴着。他当场将当事官员叫来，对验收不合格的工程负责人当场问责，直到其低头认错，表态立马整改为止。

陶澍一边验收，一边向周围的民工表示慰问。周围百姓一听说是总督来这里查验质量，都围上来要看看陶大人是什么样子。大家一见身材高大的陶澍将长袍的前后两襟捆紧在腰带上，拖着两脚泥水在忙着，就互相问起来："这是陶大人吗？"魏源笑笑地跟大家说："怎么？他不像陶大人？"陶澍马上

魏源又打开水壶盖子摇了
摇水壶，因为水壶是当地官员
所提供，他怕有人从中作假。

朝大家鞠躬致意："大家劳苦了！整修这条河道真不容易啊！虽然大家付出了辛劳，但这条整修好的河道将使大家从此不愁旱、涝，年年丰收啊！"百姓们一片欢呼声，大家都说百余年来，从未如此深挖浚通过这条河道，感谢陶大人！魏源一边忙碌一边思考着，自己穷究学问，一心想通过科考进入仕途，当个好官，而直到此时，他才切身体会到什么是受老百姓爱戴的真正的好官！

疏浚吴淞江的工程浩大，一直等着朝廷拨款，但朝廷库银枯竭，对下只能是画饼充饥；再则，即使朝廷来钱，也只是贷款，到期要还。这次在陶澍的总揽下，经数次商议，决定不等不靠，先按照十二个水利受益县份划分成十二个施工段，所需费用也由各受益县份自行筹款和承担。现在能取得如此成效，陶澍很满意。他和魏源一边验收，一边观看水道两岸，这条古老的河道终于要去除千百年来沉积的障碍了！

两人在一大堆古怪的废弃物前面停住了脚步。高如房屋的废物堆，由大小不一的各种形状物组成，外层紧裹着树枝、泥沙和苔藻，出水久的已经显出干燥之后的翘裂，而刚刚出水的还在顺着苔衣滴流水珠。魏源在京都时因为常与恩师李宗瀚看古碑帖，也顺带学得些看古物探幽微的习惯。他仔细一看，大吃一惊，并一一指给陶澍看："那是古老的破瓷碗。"旁边有人剥开外层泥沙一看底款，果然是明代成化的破瓷碗。

魏源又指着一个长木杆说："那可能是海船上使用的秤杆。"

旁边有人将那木杆拿来轻轻敲击，泥沙和苔藓掉落之后，果然就看见几粒粗大的秤星，只是谁也辨不出其表示何朝、何代、何种数量。

魏源再指着一块巨大的弧形物说："那可能是一块古老的铁锚。"旁边有人敲击几下之后，一块圆泥沙从一个圆孔里掉出，一块带着圆孔的弧形大铁让人们看得目瞪口呆。

还有那些浸泡过几千年的古船板、船上做饭的鼎罐、劈柴的铁斧、作战的盾牌等，有的器物根本就看不懂是作何之用。陶澍心里暗喜，他摸了摸那些被污泥包裹的古物件说："挖出了这些古物件，就足可证明，此河道的确是从未有人做过如此深挖疏浚。"

因为边走边验收，前行的速度不快。还没有验收完就已过下午。突然一排轿夫抬着轿子出现在面前。一县官说："天已不早，请总督大人一行上轿。"陶澍朝官员们摆摆手说："今天我们晚一点回去，完全可以查验完毕！"

大家继续往前查验。验收的最后一站是拦潮大坝。大坝是海河之间的调节枢纽：江水涨至一定位线时，则启闸向海泄水；而外潮进至一定位线时，则关闸御潮。因此，陶澍对拦潮大坝要求更高。

陶澍和魏源站在大坝一侧，陶澍指着大坝基脚上的一些柴草、铁木支架、土石堆说："那些杂物怎么没有清理掉？"

随行的人员告诉他："那是施工没有用完的一些杂物，都在水道之内，放水之后就会顺流冲到海里去。"

陶澍皱紧眉头说："那不行！拦潮大坝是海、河之门，坝基必须彻底清理干净！无论江水出或者海潮进，都要畅通无阻才行！你们跟我来，现在就动手清理！"

陶澍话音刚落，魏源就带头下到坝基开始清理杂物。于是，县、府官员都学陶总督，将长袍的前后两褂折上来扎紧在腰上，紧随其后。民工们在官员的感召下，纷纷行动起来，坝基下掀起了官民共同清理残留杂物的热闹场面。

整个水道勘验完毕时，天完全黑了下来。已经感到很饥饿的魏源看了看陶澍，陶总督已经有一只手在悄悄地按着腹部。魏源明白，他已经非常饿了，是在按着腹部强忍着。身材高大的陶澍酒量、饭量过人，中午又只吃了点小点心！

县、府官员当然心里清楚这些，也明白该怎么办事，早就为他们准备了丰盛的晚宴，还特地备足了陈年洋河大曲。但就是不敢在总督面前明说，摸不清总督是何态度。

办完所有事情，县、府官员陪着陶澍、魏源走进餐厅。大家上席后，有官员们实在太饿，急着拿筷子进餐。陶澍站在宴席间环视一周，水里游的，地上跑的，天下飞的，无所不有。他脸额即刻黑了下来，跟魏源说："你问问是谁办的这个酒席？"当地官员即刻吓得脸青唇白，不敢报出办席人姓名。

县、府官员中还有一位油嘴滑舌者有意引发陶澍的酒瘾说："知道总督向来廉洁，但再廉洁，饭还是要吃嘛！这洋河大曲可是起于隋朝，现为皇家贡酒啊！"

陶澍咽了一下口水，怒着脸："你们要吃如此奢侈的酒席，我就上奏皇上摘你们的乌纱帽！"

挨骂的人这才缩了头不敢出声。但太湖同知刘鸿翱上前到陶澍面前低着头说:"陶大人,宴席为本官所办,该打该罚,由我一人承担,与别人无关!"

陶澍的脸色倒一下子和悦起来说:"你倒是个明快人,敢作敢当!"

席上很快被撤下去一些菜肴,只留下素菜、三个荤菜和一道汤。这时,陶澍才拉住刘同知的手,和魏源入席吃晚饭,并说:"记住,下不为例!我们的工程款都还是借来的!撤下的这些好菜,你们明天送到工地上去论功行赏!"

席上议论纷纷,都说历来验收阅工的官员都是大轿抬着在大堤上转一路,装腔作势地说一通,就进酒馆里花天酒地,看戏听曲儿,享尽口耳之味,从来没遇到过如此认真地阅工总督!

到了开坝试水那天,陶澍和魏源再次来到现场。凌晨就已开坝放水的清浦江水不断地灌入吴淞江水道,到中午,新开挖的水道已灌满水位。陶澍下令开启上海拦潮大坝,此刻,先是河水顺出,然后海潮回进,平时不可驾驭的水兽,今天变得如掌中玩物般听从使唤!目睹激动人心的场面,魏源直听得陶澍在如吟如诵:"水势畅出,汹涌如雷,坝外淤泥立时冲散;未刻,海潮大至,水势抬高,内外刮刷……"

陶澍和魏源走到闸门旁边,在预先立好的一根石柱上用红漆划了两道横线:一道是江水涨至此线,则启闸泄水;一道是外潮进至此线,则闭闸御潮。

两岸数以万计的百姓欢声雷动。"笑若河清"的陶澍也终于微笑着和各位县、府官员登上了返程的官船。

各位在官船上继续交谈,魏源指着船窗外的大地和民居,兴奋地跟陶澍说:"以后,这苏、淞、常、太各地区将免遭水患而永得丰收了。"

陶澍也站起来遥望窗外说:"苦后有乐才有真乐啊!愿百姓福康永乐!"

此刻,官船即将离岸,一位秃顶披发的中年人突然飞跃而来,登上官船,大家莫名其妙。魏源正欲向他问话时,那人摊开一块夹板和纸张说:"我是来给总督大人画像的!"他转身向陶澍行了鞠躬礼说:"总督大人,我是画师张枭。这里的百姓很是感谢您为他们疏河治水,托我来给大人画张像,他们想将您的像挂在自己家里增添福祉!"

县、府官员们非常着急,都以为向来威严的陶总督会拒绝,只有魏源想到陶澍此时正为百姓办成了一件大事,内心很欣慰,他会接受。果不出魏源所料,陶澍没有拒绝,他非常高兴地走到船窗门口光线很好的地方端坐下来,让画师给他画像。张画师也像是有了神来之笔，几笔下来，端坐的陶大人蓝袍、长髯，左手拈着花枝，满脸含着微笑……张画师又灵机一动，将官船背景去掉，配以与时、地相衔接的河岸灵透奇石、汉河相通的河水和草木，一幅画就成了。

陶澍看过画非常喜欢，让魏源收下这幅画，并要给画师谢以银两。但画师无论如何不肯收钱，也不肯交画，说："这还只是样稿，待我完全画成后再专程来赠给总督大人。"官船靠岸，画师上岸后对着船上的魏源说："我是老百姓推举来给总督画像的，要给钱你就给百姓吧！"

陶澍捋了捋胡须说："那就等到今年秋天百姓喜获丰收时，你再送画来吧，我要再在这幅画上题字纪念。"

画师上岸越走越远，魏源望着他的背影非常感动。

中国水患无年不有，朝廷无年不为治水而花费大量的库银，百姓也无年不因水患而受穷吃苦。魏源自第一次进京求学就关注沿途水灾之后的民难民苦。多年来，他仍一直在关注水利，这次跟随陶澍治水他更是体会深刻，所学也有了用途！官有民，民才有官！于是，又想起儿时爷爷要他背诵魏徵《谏太宗十思疏》的情景。今天，他才明白爷爷的用意，才明白"载舟覆舟，所宜深慎"的真正深意。

魏源参与验收阅工后回府再代陶澍作《东南七郡水利略论》，写《湖广水利论》《筹河篇》上、中、下等有关水利著述时，思路大开，南北水利图已烂熟于心。但当他在督府里查阅朝廷公文资料时，看到的资料却和他的观点大相径庭，如"治河即所以治漕，可以南不可以北"。这让魏源不能不警醒。他通过多年的实地考察和大量调查证明：黄河每次北决之后要改为南行，都几乎不可能。如乾隆年间青龙岗决口，历时三年，耗资两千万银两而堵之，终难遂人意；嘉庆时，河南封丘荆隆工决口，历时六年，人力难为，最后因意外暴风才得以堵塞；武陟决口同是如此，耗资千百万，幸赖坝口淤塞才算终结；而凡南岸上游决口，只需几百万即能筑堵。这就清楚说明：黄河两岸是南高而北低，河流是北趋顺而南趋逆。积两百年治河经验和黄河两岸特点，黄河南决为导是错误，而北决为导才合水势向下之天性。黄河致"无岁不溃，无法可治"，皆因人为逆水势所致。历代如大禹、王景、贾鲁、靳辅等人治河的经验证明：黄河自来决北者，其挽复之难，皆事倍功半，是河势利北不利南，明如星日。河之北决，必冲张秋，贯运河，归大清河入海，是大清河足容纳全河，又明如星日。黄河唯有北流归海才会变水患为水利。

魏源为进一步说明问题，又将从内阁抄来的数据列举其中：乾隆四十七年之河费数倍于国初；而嘉庆十一年之河费又大倍于乾隆；到道光二十一年前后，又浮于嘉庆，其数额远在宗禄、名粮、民欠之上。其中嘉庆十年至十五年，南河岁修、抢修、专案、另案各工，共用银四千又九十九万两。如此之高的治河投资，主要由于浮费增加所致。而浮费猛增主要源于奸商趁河患谋利；河臣不真思治河，罔顾河性，滥用财力、物力，借口修堤，私吞款项，从中"食河"。其后果是堤日增，工日险，治河机构和官员已成文武官员数百，河兵万千，竭天下财富以事河。河政与鸦片成为国帑之两大漏卮！其后果必是河员惧其裁缺裁费，必哗然阻；畏事规避之臣，惧以不效肩责，必持旧例。一人倡议，众人侧目，未兴天下之大利，而身先犯天下之大忌！其后果是，一旦河自北决，开决口于开封之上，国将无力挽回淤高之故道……魏源想到此恶果，以笔向朝廷尖锐地发问："国家大利大害，当改者岂惟一河！当改而不改者，亦岂惟一河！"

魏源深刻认识到水利直接关系国家和百姓的生产和生活，而朝廷并未足够重视，学界人士也不足够重视。于是，他花了不少时间来研究水利，一边废寝忘食地编写他的水利著述，一边等待着吴淞江治理之后的效果。

这年夏季，江苏遭遇大水，如照往年，地处低洼的苏、淞、常、镇、太必遭洪涝，而这一年百姓安然无恙。秋收后，这里的百姓组成长长的队伍，抬着一块"安澜富民"的巨匾，敲锣打鼓来到督府报喜：因为吴淞江发挥了很好的控水作用，苏、淞、常、镇、太地区大获丰收！

画师张杲捧着已经画好的陶澍像走在队伍最前，一进门就要找魏源。在热闹的督府里，张画师将画像交给魏源，正好陶澍出来迎客，魏源将画像转交给陶总督。陶总督一看自己画像上的那种沉稳、坚毅、镇定和自信，正是他当时的内心境界，很是兴奋。他叫人将画像平放在桌案上，然后毫不客气地舔笔挥毫，在画像的正上方空白处题诗："平生未见先生笑，今日拈花喜欲盈。池馆香催桃汛稳，似闻河水已澄清。"题款为："自题拈花微笑图，时戊子之秋云汀。"在热闹的赞叹声中，朋友们也助兴在另纸上为其画像题字留念。有朋友题写："英雄其形，大儒其心，独立苍茫，而谋画自深。上以承日月之光，下以沛山泽之霖。"有朋友题写："其貌英伟，其神清峻。豪杰襟期，圣贤学问。优优然不竞不絿，而心有万间；坦坦乎无倚无偏，而身在千仞。"陶澍亦如当年在消寒诗会上，与大家同乐，拱手作礼为谢。

一阵热闹过后，邮差来送信件，督府里安静下来。魏源一看有龚自珍给自己的来信，拆了一看，是告诉他恩师李宗瀚大去。魏源回到自己的私室再读此信，又从书箱底找出恩师赠送他的那副颜筋柳骨钟韵王味的对联"爱敬古梅如宿士，招呼明月到方樽"，将其挂在墙上，自己一下瘫坐在官帽椅里。他闭上眼，恩师的音容笑貌就都浮现在眼前：在邵阳县学第一次见面时，恩师慈爱的目光；第一次进京求学时，恩师严慈的目光；几次为他求学选择先生时，恩师认真的目光；当他婉拒和穆彰阿大学士见面之后，恩师复杂而宽容的目光……

魏源常听李宗瀚恩师说："孝悌也者，其为仁之本与。"后来，魏源才知道，恩师的确是一位大孝子！他在朝为官期间，经历了养父母和生父母弃世之痛，嘉庆二十一年，其生父李秉礼已至暮年，晚景凄凉，李宗瀚为之建湖西庄，以使其颐养天年，并向朝廷乞归依祖母，潜心钻研诗词书法。不几年，祖母亦丧。至道光八年，李宗瀚才赴京就任工部侍郎，受任浙江典试、浙江学政……

李宗瀚恩师的去世让魏源感到有些突然，他今年六十三岁。他是因为父亲殁于桂林，而他为了尽孝，扶病长途奔波，在浙西衢州时病情加重，因无医疗，逝于行驶的船上……

有人轻轻移动了一下面前的座椅，魏源睁眼一看，热泪使他两眼模糊不清，他眨了眨才看清，站在他面前的是太湖同知刘鸿翱。刘鸿翱走侧门进了魏源的私室。

魏源从哀痛中清醒过来说："刘知府请坐。"

刘鸿翱一声不响地坐下，脸拉得很长，像是一肚子委屈，很不高兴。

刘知府是敢作敢当、光明磊落的人。但今天这个表情是怎么回事呢？魏源说："今天在督府里办什么事不顺心？"

刘知府摆了摆头说："不是！我是为上次的事扫兴。"

魏源说："上次是何时，何事？"

刘知府说："上次我是来向陶大人请求支持疏浚雕鹗河、黄洋湾。此两处地方工程虽不大，但为上达苏州、下通南湖之要道，其重要地位不亚于苏州。然因数年来河道无人治理而淤塞，来往的船艘只好绕外湖四十余里。这既冒航行风险又耗时费银。照说，陶大人向来重视水利，应当给我以较大的支持，没有料到他却让我自己设法解决，文银不给。是不是因为我在吴淞江疏浚工程验收阅工时，备了丰盛晚宴而惹怒总督大人，让他对我印象恶劣，不想助我？"

魏源特地给刘知府上了杯龙井茶，然后再坐下来慢慢地跟刘知府说："一事归一事。陶大人是个直爽人，宴席的事已经过去，他哪里还会计较呢！何况你今天这事又是为民治水造福！陶大人这几年一直很重视水利，清通猪婆滩，疏浚吴淞江，治理徒阳河新涨沙洲等，你我都有目共睹。刘知府过虑了！你是不知道陶大人的难处。"

刘知府说："现如今，说到银钱上，哪一级没难处？但鸡肥四两油，象瘦千斤肉！瘦死的骆驼比马大！他随便开个口，还在乎我们要的那点银两？"

魏源说："刘知府，你是不当家不知柴米油盐贵！那我就跟你报个底。为疏浚吴淞江的费用，陶大人多次上奏朝廷，希望朝廷拨款，或者借款也行，但都一直没有得到朝廷的支持。为保百姓尽早受益，他只得将工程费用分摊到受益县、府负责筹集。各县、府也感到压力不小，这你有亲身经历，也深有体会。为减轻县、府压力，陶大人又奏请把前两年办漕运时节省下来还未运送到京城的二十多万石漕米就地卖钱，先垫付给你们这些县、府应急，待后再归还国库，但就连这个方案，朝廷都没有同意，还由兵部以'火票'驳回了他的请求。"魏源又从文件柜里找出那份"火票"公文让刘知府过目。

惟漕粮乃天庾正供，八旗俸甲米石及京畿民食攸关。仓储支放有常，各省丰歉无定。此项带征之粮，即系节年正漕内少收之米，并非额外多余……仍令全行搭运赴通，以实仓储。……

刘鸿翱对魏源印象甚好，此次来是想魏源在陶大人面前助他一臂之力。但他看完这道"火票"公文，不禁长叹一声，知道朝廷各级官员之难处，准备起身回太湖。魏源说："刘知府不必泄气，你再去见见陶大人陈奏此事，他必有良方授你。"

刘鸿翱犹豫一下，魏源说："我陪你去。"

两人来到督府公堂，陶澍正拟完奏折放下笔来，非常热情地让衙役为刘知府置座、上茶。亲切地问道："此来还是为上次所说之事吧？"

刘知府一听陶大人将他所说之事还记在心上，如沐春风，站起来回话："是的。感恩陶大人还记得！"

陶澍说："此事我怎能不记得？这个地方我做过深入了解，称得上是物丰人众，水路要道。你上次所说疏浚意见，我非常赞同。你当官能为民着想，无愧为朝廷命官！只是疏浚工程所需银两，我现在实在是有手无取处啊！”

刘知府看了看魏源，回陶总督说：“我也是刚才看了那份'火票'才明白，总督大人眼下也这么为难。您这几年在江苏完成这么多水利工程，费银压力大！巧妇难为无米之炊啊！我能理解。”

陶澍皱了下眉头，略带歉意地说：“不能仅是理解我，还要相信民心可用！我这几年治理水利的实践证明，只要把民众发动起来，没钱也能办成大事！吴淞江就是在没钱的时候，由各县、府发动民众完工的，而且完成得非常好！”

刘知府一想，确实如此，于是说：“请陶大人放心，我这次回去一定想办法完成工程。”

陶澍更加殷切地嘱咐：“你回去后，先要去现场对工程进行全面、仔细地踏勘，何处深挖，何处浅挖，何处修堤，何处筑坝，动用多少土、石方，共需多少费银，都要做到自己心中有数，绝不能人云亦云。朝廷的每一文银都是民众的血汗，一文银就要办成一文银的事！要多同受益地区的民众商量，出钱是当地民众，受益也是当地民众，最用心的也会是当地民众！”

听过一席话，刘知府告辞，魏源送刘知府出门。

在门外，刘知府慨叹：“吾地最可怕者，水害也！”

魏源说：“我来吴地已有多年，从江、浙两省来看，水灾乃山脉形势所定。一脉自湖州趋杭州，一脉自镇江趋常州，南北皆高，而嘉兴、苏州、淞江、太仓适当其中洼。如看江苏一省，则地势北高而南下，黄浦东江、吴淞中江、刘河、娄江，皆泄太湖之水入海，再北为白茆、七浦，为孟渎，则泄太湖之水入江，是为五大干流。孟渎最北总是最先淤；白茆、刘河次北，则总是次淤；吴淞介南北中，则屡浚屡淤；而黄浦最南总是最浩瀚，为江、浙七郡诸水之尾闾，自古从无淤塞，亦从无需疏浚。也因此，现在我们是在吴淞大资宣泄，而刘河、白茆则在海口设坝，以防浑潮倒灌之患，让其可灌田而不通海。你看，这岂非地势决定？如此治理之后，吴地定是年年丰收，水运畅达。”

刘知府虽没有要到水利工程款，但经陶澍和魏源一番开导，思想明朗起来，决心自己回去设法解决经费困难。

五个月后的一天，有人来到魏源面前，送给他一个大红信函。原是刘鸿翱派人向督府报喜：疏浚雕鹗河和黄洋湾的工程已圆满完成。魏源将信函转交给陶澍时，陶澍正忙着拟那份《御赐福字暨鹿腿谢恩折子》，但陶澍先看了这封信函，见里面是喜信和请柬，他心潮澎湃，不能自已地说："刘鸿翱这个人还是能办事！"

魏源补充道："他也还会办事。"

陶澍说："我真想去他那里看看疏浚完工后雕鹗河和黄洋湾的景况。"

魏源说："那我们去吧。"

陶澍说："可现在漕务、盐务、水利，真是公务成堆啊！"

魏源说："刘知府还是很想您去的。"

陶澍说："我也很想去。上次他按常年惯例，办了那个吴淞河疏浚完工验收的丰盛宴席，被我狠狠骂了一顿，那是他办了错事；这次朝廷不花一分钱，他凭自己的努力筹款筹工，疏浚好了雕鹗河、黄洋湾，办了件大好事，我应当去慰劳和鼓励。奖罚应当分明！"

魏源说："我们能去，对他是莫大鼓励！"

陶澍微笑一下，答应了。

刘鸿翱领着相关官员，穿戴整齐地早早迎候在雕鹗河的大堤上。夏日的河风不停地摆弄着他们的长袍和短褂。陶澍和魏源一行赶到后，一同沿着大堤往前走，边走边看边聊天。这个季节枇杷正成熟，沿途到处都是大片大片的枇杷树，到处都是金果累累，绒黄迷人！陶澍高兴地问起这里的枇杷味道如何，刘知府介绍说："甘甜微酸，爽口不腻，汁多核小。"刘知府一边介绍，一边叫人从树上摘了几颗送给陶澍。陶澍一试，果然说："入口而化，味道不错！"

刘知府说："这里土层深厚，土壤肥沃，特别适宜栽种枇杷。雕鹗河与黄洋湾相接，我们这次疏浚的河道为五千七百余丈，只费银一万五千余两，而且全是自发义捐，不花朝廷分文。"陶澍一听，兴致陡涨。

行至码头，刘知府在前引领大家走下码头，上了租好的民船，并特向陶澍解释道："陶大人，本官今天租用的全是民用船只，实在简陋了一些。"

陶澍说："你算是聪明人，不贰过！"

一船人在疏浚过的河道上慢慢游览。河道的确治理得很好！水道上，大小民船来往如梭，船上的民众都喜笑颜开。陶澍端坐在船上捋着胡子，又想起上次张画师为他画像的情景，说："江南之言水利，必先治太湖。治太湖，不惟治其下流之吴淞、刘河、黄浦而已，其支河别港，亦必次第治之，而后小水治，而大水益治。"

此时，魏源代刘知府与陶澍耳语道："刘知府著有《绿野斋文集》，想请陶大人撰序。"

陶澍目睹刘鸿翱的治水功绩，二话不说就点头答应。

游完河道，天已黄昏，于是，就地住了下来。晚上，陶澍就在他的住房看刘鸿翱的《绿野斋文集》书稿，并连夜为他作序：

……东南之士，语温文，其民懦而智；燕齐之士，尚伉直，其民武而疾。治亦异焉。道不同，不相为谋也。末俗之吏，以法律轻诗书。……刘君次白以才大夫能文章，其气昌奇……生长燕齐，以治吴越之民，而不偏于所习，其固将游刃而有余乎？然君不以自意，益嗛嗛焉。其于文事，且日进矣。

显然，刘知府治水有功，陶澍对其赞扬之情已经溢于言表。

第二天刚起床，陶澍就把书序交给了魏源，果然就说："这是我对他这次治水有功的褒奖。"

刘知府来送别时，魏源将书序转交给刘鸿翱，刘鸿翱非常感动地说："没想到陶大人如此爱憎分明！"

与刘知府别后，魏源随陶澍一行人回到督府，感到有些疲惫，正准备午休时，陈世镕就急忙来告诉他："陶总督找你有事。"听陈世镕说话的口气，还是急事！

　　魏源走进两江督府，陶澍端坐在平头大案正前方全神贯注地沉思。他见魏源到了就说："你准备一下，过几天我们去海州。"

　　魏源虽答应得很轻松，心里却不免暗暗沉了一下。去海州肯定是要治理盐业，而江淮盐业已成沉疴，治理以来几受挫败，看来陶澍这次是铆足了决心。魏源马上回想此前治理盐政的艰难。

　　当时，蒋攸铦是两江总督，陶澍是江苏巡抚。初夏时节的中午，苏州巡抚府院里的花香随风而来，因为天气好，门前的一对石狮也显得比平日白皙许多，院内更是亮丽干爽。魏源走进巡抚府就看见坐在巡抚府里的王凤生。王凤生坐在陶澍左侧正有几分得意的样子向陶澍报告着什么情况。魏源一进门，陶澍就示意他坐得挨近一点，为的是方便轻声说话。陶澍带着一种复杂的语气告诉魏源："黄玉林自首了！"

　　魏源一听，站直身子，惊异地问道："他自首了？"

　　坐在一旁的王凤生抢过话说："是的。布告贴出后，有些人一见布告上写有'贩私之人准其自首免罪'，就来官府自首，其中包括黄玉林。"

　　这个消息能让魏源吃惊，是因为黄玉林已被民间传说成一位盖世盐枭，几乎是无所不能，所以，魏源对黄玉林自首深表怀疑。

　　魏源几次深入民间查访盐弊，一次是以搬运工模样潜入海州码头。在那里他见到一个船主告诉帮手说："知道这盐主是谁吗？黄玉林！他的盐船在海河江上辘轳连转，动辄以数百引记运，谁能与之相比！"魏源在淮北盐都板浦的盐场上查访时，他又装扮成一个普通盐商，听两个盐商吵架，一个盐商吓唬另一个盐商："你知道我的主子是谁吗？说出来让你掉层皮！黄——玉——林！知道吗？贩盐大沙船一运数千石，并且连船挂帆，由海入江；小者猫船，载数百石，但数以百十成帮，由场河入瓜口……"魏源还化装成路人，在盐局门外听墙角里有人悄悄议论。一个说："听说这回总督府要颁行新盐政？"一个回他说："说得好听！他们能拿黄玉林奈何？贩私算什么？黄玉林甚则劫掠屯船转江之官盐……"说着，一个人拿着一沓年画送给另一个人，说："你把这些画都散发出去，让更多的人都能看到。"接画的人看了看画，并不明白其中的意思，说："这个有何深意？我看不出来。"送画的人说："这是别人要我送出去的。这画上是一人扬起一把大刀在砍桃树。我也看不懂这是什么意思。"魏源一听，明白过来，便要了一张折叠起来，他也不打算马上给陶澍看，只是秘密藏在身上。推行票盐制果然不容易，刚刚有点萌芽，就有人如此强烈反对，难道是黄玉林在其中作梗？

如照民间这些传说，黄玉林就真是了不起的人物。这样的人物自首了，对于朝廷来说自然就是了不起的大喜事！但魏源心存疑虑，试想，如黄玉林真有其事，何以一纸告示就能令其自首听命？很可能是州、县官吏借张扬黄玉林之势，以显其抓捕之难而彰其功。但这件事情是两淮盐运使王凤生经手，从王凤生嘴里说出来，这就不一般了。王凤生说，黄玉林原系仪征一带贩私流犯，是见布告后带同伙伍步云等并船盐赴官自首，还情愿随同官弁引拿枭犯赎罪。王凤生见其情词恳切，并联想起此前拿办其他盐枭时得过黄的指点，认为黄玉林悔罪之意已久，故其言行可信。既知畏法，又多识枭徒，就可留他作为"眼线"，以枭捕枭，岂不可以事半功倍！王凤生的算盘打得满满的。

王凤生是前后两任两江总督蒋攸铦和陶澍都非常看重的人才。他是婺源人，嘉庆十年任浙江通判，道光二年，因治浙得法而大扬政声。后又在治理淮河中政绩卓著，道光九年升署两淮盐运使。王凤生所到之处都能有效施政，任两淮盐运使后，一上任就对淮盐积弊进行深入探究，将盐弊及整改措施汇成十八条呈报给蒋和陶。蒋总督看后不能不折服他的才智和胆略，但出于谨慎，有些犹豫不定，只有陶澍觉得，淮盐积弊太深，重症必用重药！后来几经商定的盐务章程，就是在这十八条的基础上总结完善出来的。作为这样一位能人的王凤生说了，蒋总督最后也就依了王凤生，向皇帝上奏，将黄玉林留作"眼线"，以枭捕枭。但道光皇帝不依，他不相信黄玉林等人真能悔过，几次提醒蒋总督不要被骗。黄玉林等人在几个月里也的确是安静守法，并带头指拿枭徒，使得督府里的人认为黄玉林自首后，的确已悔改自新。

不料事情正中皇上所言：黄玉林"反水了"。道光皇帝接报后当即大发雷霆，决意要将黄玉林处死，将时任总督蒋攸铦革职，发遣新疆。后念蒋为几朝老臣，又官声素好而"加恩"革去大学士衔，以兵部侍郎降补；将时任巡抚陶澍降四级留用；盐政福森、两淮盐运使王凤生均降四级调用。

黄玉林事件本是可以避免的，因为皇上的一再提醒，蒋总督已经对黄玉林有了警惕，决定不让其再做眼线，暂且将其关押到监狱里，稍后再处以军流。不料当地官府截获到了黄玉林写给同伴的信，信中说，做眼线还是收入太低，现在又还被囚禁，很是怀念风光的盐枭日子，有机会还是想重归旧业。作为一个盐枭来说，他怀念自己经历过的风光日子，也无可厚非，何况还只是个想法而已。作为两江总督，蒋攸铦手里押着黄玉林本人和他的信，他如何处理黄玉林都是轻而易举的事，也是分内的事，但为了证明皇上的英明和自己的忠诚，他将黄玉林的前后情况一一向皇上奏明，并要求皇上对黄玉林从重处罚。皇上一看所奏情况恰如自己所预言，便责怪起蒋攸铦和陶澍等人不听上言，因而大起怒火：一时要求收编利用，一时又要求严责重处，如此出尔反尔，成何体统！

淮盐治理刚一开始，两江政坛就因此发生剧烈振荡。总督蒋攸铦本来身体不好，被革职后，受不了如此重击，在赴京路上去世。

皇上可不顾这些，只顾补授两江总督的陶澍兼署江苏巡抚，办理盐政，对陶澍说话更不留退路："倘办理不善，或致激成事端，惟该督是问！"

陶澍的承受能力魏源是知道的，但这个时候去海州，魏源也很为陶澍捏一把汗。陶澍也看出魏源的担忧，他跟魏源说："我明白你忧虑什么。黄玉林事件我们虽然有失误，但也不要害怕！"

魏源说："都因盐业复杂，朝野关注。其实据我在民间所查访的情况来看，黄玉林实际上不会有传说中那么神奇。他不过是在仪征这个地方人熟地熟，利用各种关系为私贩找窝地，从中谋利，因而也有点小名气而已。"

陶澍说："但皇上此前说过，黄玉林霸占老虎颈码头，经营多年，结帮不少，故地方官都怕得罪他，想方设法避而远之，更不敢抓捕关押。"

魏源说："皇上一定是听了朝臣们的那些话，而这些朝臣都是众人之言，各自为己，未必可信。"

陶澍非常认同魏源之见，说："我分析亦如你所言。黄玉林收监以后，在解往徐州这么长的路途中，督府布置押役是做了充分准备的，但未见有任何劫夺迹象，就连来送口水喝、探望一下的人都未曾有过。由此可见，他并无什么生死党羽。"

魏源说："一些嚼舌生事、虚造声势的人只有一个目的，就是唯恐天下不乱。我们万不可中计！"

陶澍说："我也正日夜思虑，万不可因小失大，让黄玉林一事乱了盐政大计！时下最可怕的不是几个枭徒违法贩私，而在于小民之情迫于食私。盐价高昂，则食私者必众，而枭徒也将不胜诛者矣。盐价过高，沾着暴利，这才是祸根源头。我们对此更要加大整治力度！"

魏源说："可皇上正为黄玉林之事犯怒，好像还没有将精力放在整治两淮盐弊上来。"

陶澍说："我将继续上奏。"

于是，魏源协助陶澍连续上奏，在《敬陈淮鹾积弊情形折子》《请删减浮费，停补摊补折片》《会筹两淮盐务大概情形折子》等奏折中，冒着触怒皇上的风险，力陈两淮盐务的积弊，分辨时下整治盐务之主要对象……

到了去海州那天，天未全亮，陶澍早早地起来就神气十足地在院子里练拳脚功夫。魏源很少见陶澍早上起来习拳，就知道陶澍今天情绪亢奋。

秦淮河的微风带着温润的暖意，一阵一阵地吹进督府的院里，廊柱的抱柱联在一缕一缕的淡雾里若隐若现，挂了果的石榴枝擦着墙面小心地扭动着。魏源将石榴树下的石凳抹了抹坐下来，看陶澍的架势。陶澍先是左腿撤回半步，身体稍向右转；再转身向左，同时左手从上往下猛抓，撤回到左腰间，右手先撤回来再向前从下往上划圈，好一个虎虎生威；再用拳背向前反劈，然后左脚向左迈一步，右虎掌再次向前击打，左拳收于腰间，龙骧虎步，脸朝东南……

陶澍习过拳也来石凳上坐下，看了看院里生命力正旺盛的花草，又看了看愈来愈晴好的天空，说："真是气候宜人啊！"

魏源一脸自得地说："今天才知道你有如此好的拳脚功夫！"

陶澍显出难得的笑容说："我们梅山人，谁没有两下拳脚功夫啊！你小时候没练过？"

魏源说："练过。但没有专门跟过师傅，只跟爷爷和父亲练过几下防身功。"

陶澍说："我也是跟着父亲偷学到这么几下。我小时候，父亲带着我在岳麓书院读书。我见父亲与严公如煜常常早起练拳，就偷学了这么几下。"接着谦虚地说，"只怕是空架子，没有什么大作用。"

魏源说："你这是一套虎拳吧？"

陶澍兴奋地说："是的。我喜欢虎拳。"

魏源说："童子功了不得！梅山拳有七十余种套路，均注重散打实战。冲拳如三角，挑拳如牛角，掌法如镰刀。上打如雪花盖顶，下穿似古树盘根。刚、柔、直、横、斜、虚、实，冲、贯、扣、盖、横、砸、挑全具。梅山功夫特别强调站桩，所谓四个月学打，三个月练桩。"

陶澍说："我也不过是兴致所致，习习拳脚，练下身子骨。"

魏源说："看你今天的架势，可不是一般的兴致啊。"

陶澍说："是啊，这次去海州定要力推盐务改革，所以，先要把心气练足！"

魏源叹道："盐务之弊已是冰冻三尺，非一日之寒，整治在急不在缓了！但也绝非易事，加之'黄玉林案'这个头没有开好。"

陶澍说："开弓没有回头箭！虽然这个头没有开好，但自胜为强！人要自胜，然后可以胜人！无论遇到什么，我们都要将盐务改革进行到底！地丁税、盐税和关税，在我朝库银中三分天下，缺一不可！而如今，官盐不敌私盐，盐税几无入库之银。国穷则弱，国弱则民患无穷，此种恶弊岂能容忍！"

魏源想起督府里为盐务已进行过多次商议，又进行过多次查访，所有问题也越来越明显，越来越集中，但仍有人反对盐务改革。他说："鹾政之要不外化私为官，化私为官其根在官盐价高，私盐价低；官盐必减价才可敌私盐，而官盐减价之要，在于先减商本，但现行官盐再减价也难敌无课之私盐。故利出三孔则民贫，利出二孔则国贫。与其使利出二孔三孔病国病民，曷若尽收中饱私囊之权使利出于一孔！"

陶澍说："非减价曷以敌私？非轻本曷以减价？非裁费曷以轻本？非变法曷以裁费？宜民者无迁途，实效者无虚议，鹾政之出路惟改行票盐可也！"

魏源赞道："思来想去，惟改行票盐不可！"

晨雾散淡之后，督府门面上那些雕龙画凤渐渐明晰起来。陶澍站起来跟魏源说："盐务改革已动念多日，尚无明显效果，现在我们就从海州起幕，来他个天翻地覆！"

魏源说："天下无数百年不弊之法，无不除弊而能兴利之法，无不易简而能变通之法啊！"

此前，清代盐务仍沿袭明代纲盐制，积垢难去，弊端深重，作为大清经济支柱的盐税，流失非常严重。道光皇帝处理过"黄玉林案"之后，将盐政改革这一重任交给了陶澍，原本就力主改革盐政的陶澍更加充满了激情。在江南大地上最富生命力的日子里，陶澍明言是前往海州检阅东海水师，但跟魏源暗里交代，他要带童濂、梁章钜、俞德渊和一班与军事无关的官员前往海州，查勘淮北盐业情况。这也是避免打草惊蛇。

果然，陶澍一行全都打扮成平民样子，到东海水师只是例行公事，登高检阅一番舰船和水师，并未深入水师的军营，而是赶到板浦场的西临疃、太平堰、中正场等盐场仔细踏勘。在热闹的盐场上，陶澍遇到握着长柄勺舀取卤水的人、快步如飞地挑卤水的人、驼着腰背着柴火朝煎灶走来的人、正低头弯腰司灶煎盐的人、神色认真的验盐人、忙忙碌碌运送食盐的人，以及盐场上的衙役和经管盐库的人……他都问得很细。在查看盐库时，陶澍站在大量滞销的盐堆旁边痴了半天。时已壬辰之夏，而庚寅、辛卯的官方"纲盐"仍堆积在盐库，滞销如山。食盐销售总量本是年年基本相当，官盐却越来越滞销，说明私盐畅销排挤了官盐的市场，而私盐畅销的后果是：国无税银，贿赂盛行，官场腐败，贫富畸形……

了解到这些情况后，陶澍在板浦海州司署召开了现场会议，中心议题就是讨论淮北盐场如何尽快推行票盐制改革方案。

自明代沿袭下来的纲盐制已成固定体制，比如道光十二年是壬辰年，这一年之盐纲即名"壬辰纲"。每年由盐的产量和销量多少，决定发售多少盐引，订购纲册，招商认引。自发售之日起，订完为止。然后，凭纲引发货和运销。随着食盐流通渠道形成了完整的利益链，各个关口、环节都设关置卡，机构、人员膨胀，不同程度地加税增费，因此使官盐价格不断升高；而私盐却不存在这些问题，因此价低。故官盐不敌私盐而滞销非常严重。此前也用过各种各样的措施，但都无效而终。

陶澍这次决定来个大改革，实行票盐制，这也是受道光帝之意，为道光帝所望！

票盐制即领票售盐。这看似简单，实则大道至简，脱胎换骨，从源头上掐断了畸形的利益链，端掉了"食盐者"的私利大盘。因为领盐票时一次性交税，凭税票即可四处同销食盐，往下的任何环节、关口都无权再加收税、费，官盐之价将得到遏制，大可利民；而私盐亦无逃税之机，官盐优势明显，私盐自无余地，税银自可在国库归一。

会上议商纲盐改票盐时，仍如此前议商这一问题一样，争论很是激烈，主张票盐制中有多人极力主张"罢官商盐"，盐归盐场或盐户，由盐场或盐户统一纳税。陶澍看了看同来的俞德渊，在这一问题上，他很看重俞德渊的见解，暗示他说个意见，因为他的确熟悉盐业的情况。俞德渊皱皱眉头说："既然要大家畅所欲言，那也就恕我直言。今日此地发言不针对任何人，如有得罪某君之处，请多多谅解。盐归盐场之后，产、销必然相混，产值和数额必然难以确定，特别会给稽查带来困难，难免造成税收混乱和困难的局面；而盐归盐户，不仅私煎容易拖欠，而且经不住天灾人祸的折腾，供需尤其难保平衡；一旦供需失衡，不仅盐价难抑，还会带来食盐短缺等严重民生问题。权衡利弊，我以为还是仍实行官商盐，但需先定章程，重新清灶签证，裁减浮费。这样既不因新旧更替而停产，又不影响税收和各地用盐。"

魏源对两淮盐政做过深入调研，他非常赞成俞德渊的意见，跟陶澍私语道："此言至情至理，非常切合盐务内情。眼下盐务改革必要人才，此人可以重用。"

陶澍也是一脸愉悦，但不多说，只是点了点头，表示认同魏源的建议。

江苏官场人士都较为熟悉俞德渊。他是嘉庆二十二年进士，为人处事向来严正廉明，深得民心，曾任苏州督粮同知。道光六年江苏初行海运时，俞德渊总揽其役，亲手制定章程，工作成绩出色。道光八年任常州知府，旋任江宁知府，眼下两淮盐务混乱，看样子，陶澍是有意要俞德渊来治理盐务之乱。

梁章钜是嘉、道两朝重臣，道光六年贺长龄调山东后，他接任江苏布政使，至今已在江苏任职八年，四次代理巡抚，政绩斐然。去年江淮大水灾，他率属捐廉募款，又组织人力、物力修复练湖牌坝，还筹款兴修孟渎、得胜、澡港三河水利。他在这个会上的一番话说得非常动情："我本来身体欠佳，打算奏请皇上恩准我回福州家中养病。但这次陶总督来此，责任重大，我不能不来。盐政年久积弊，已到非改不可之日，反复比较，票盐制唯希望所在……"梁章钜因为要告假养病，只算是表个明确的态度。

童濂就把票盐制讲得相对具体了："实施票盐制改革，要新设督销局，实行三联票据。销盐不再由总商把持，取消总商，在海州三场分设行店，三联票据分别为运署留票一联、分司存查一联、交民随盐贩运一联。各场设立税局，交了税便可运售食盐，无票者以私盐论处。再者就是裁撤浮费，降低官盐成本，使之比私盐价格略低；取消不必要的办事手续，简便易行，加速流通；加强缉私，各要隘卡口加强巡逻。以上各项均可在淮北盐场先行。"

童濂的话更是一针见血。魏源注意着在座的各位，一些对票盐制持不同意见者如挨当头一击，脸色顿变。

海州公司运判对推行票盐制至关重要，现任这一职务的单壮图一直听得很认真，但也一直脸色不悦，沉默不语。当大家说完意见后，陶澍希望他也说说想法时，他却要告假去扬州养病，有关盐政，他一言不涉。陶澍和魏源都看出他是要暗斗软抗，去扬州看病就是想滞留扬州看"票盐"之戏。

海州司从来没有开过如此火药味浓烈的会议。会商过后，陶澍说："多年来，盐引成为专卖的凭证，形成垄断，浮费上升，至官盐价高，私盐泛滥，税银流失。皇上命我兼理两淮盐政，感谢大家支持我改革盐政。现在我宣布由童濂代理淮北盐场海州分运司运判，俞德渊代理两淮盐运使，并颁行《试行票盐章程》。有关盐政的这些情况我将马上奏呈给皇上。"

海州会议刚给票盐制改革拉开序幕，林则徐正好受命任江苏巡抚。作为好友，林则徐的到任，让陶澍感到这是皇上和朝廷对他治理两江的一个极大支持。陶澍非常重视林则徐的到来，心情极好，要魏源在总督府筹办了一个迎接林则徐到任的公宴，宴后又在煦园一游。大家散席后，陶澍才和林则徐进行私下密谈，只有魏源在座，为他们招呼茶水。

陶澍心情轻松，放下茶杯说："少穆兄你猜猜，这是什么茶？"

林则徐本比陶澍小好几岁，陶澍这是以文友称兄。林则徐笑着说："应该是江苏本地花果山上的云雾茶。"

陶澍先是一沉脸，但又马上转笑说："果然厉害！"陶澍最爱喝他家乡的黑茶，这次他来了个例外，但还是被林则徐识别出来。他轻轻捏起一片茶叶说："花果山的云雾茶，叶形酷似月眉，边沿如剪裁一般整齐，叶色浅碧透黄，尤其冲泡后复如新叶，一派春色，香气高淡而持久，可反复冲泡数次，余香无穷。"

林则徐也从自己身上掏出一个精致的竹雕小茶筒交给魏源说："泡一壶我这个茶试试。"

三人都立马感受到了当年在消寒诗社的那种青春气息和快乐。魏源见陶澍和林则徐如此随意，果然也就回忆说："今夜使我回到在京都消寒诗会的场景。"这话一下打动了陶、林的情感，陶澍说："那时，我们虽入翰林，名声在外，但清苦无几人能知。来往都是步行，急时也不过租用骡车。京师有句谚语，少穆是否还记得？"

林则徐笑道："上街有三厌物，步其后有急事无不误者。一妇人，一骆驼，一翰林也。"

三人大笑后，陶澍补充道："其时我辈皆着方头鞋，凡人遇着方头鞋者皆知是我辈'穷翰林'。"

这些话让魏源听出了另一番意味，原来翰林院的人还有此番苦衷。

陶澍说："虽如此，读书人谁不想入翰林啊！清苦些年，放下来至少是个州府官员。别的不说，治国平天下的抱负总算可以实现。"

林则徐说："此说合吾意！真要说起来，翰林院也是我朝希望之所在。此前，我在山东邹县任东河河道总督时，查验山东运河地段挑工，赴河南查验黄河防治工程。虽然有苦有累，但自己感到安慰的是，总算初步形成改黄河由山东入海的治河方案。"

陶澍说："内忧外患啊！看来皇上是要你我分担重担。"

林则徐说："女为悦己者容，士为知己者死！"

陶澍话锋一转说："据水兵所报，已有夷船自南入东，在我沿海一带活动。夹带鸦片等违禁物品，在沿海勾串奸商，哄诱居民。少穆见多识广，意下如何？"

林则徐尤其关注外夷在沿海举动，他非常果断而愤激地说："多为间谍侦察，必须严加提防！"

陶澍说："少穆所说亦正合吾意。"

魏源也慨叹道："英雄所见略同！"

于是，三人商定，由魏源拟令苏、松、镇总兵关天培带兵驱逐夷船。

几天之后，关天培前来向陶澍报告："英国东印度公司代表胡夏米率船只'阿美士德号'到我国沿海口岸福州、厦门、舟山、宁波、上海、威海等地进行侦察活动。该船以贸易作掩护，主要是调查沿海驻军人数和装备，测量河道港湾，绘制航海地图，散发宣传品。经我舰船驱逐出境后，该船已往朝鲜方向北去。"

陶澍听后告诫关天培："看来，此其意不在小，要严加海防！"

关天培说："总督大人放心，我已有严防措施。"

海州会议之后，魏源暂离督府，又潜入海州一带继续收集票盐推行情况。不久，魏源回府告诉陶澍："票盐推行仍不容乐观。因是初行，曾经的'食盐者'相互联络，暗里抵制，散布流言，加之民间对官府不信任，商贩顾虑重重，仍难以推行。"

陶澍非常自信地说："人心似铁，国法如炉！岂有不行之理！"

魏源脸色紧张，不回话，只抖了抖衣袖，像是要掏个什么东西出来，但又突然停止。魏源向来做事果断，从来没有这种做派，陶澍觉得有些奇怪，跟魏源说："你是个直爽人，今天怎么如此扭扭捏捏。"魏源本是已经忍住了自己刚想要做的事，他担心过于刺激陶澍，此刻，陶澍这话又狠狠地刺激了他。他将山羊胡子一翘，什么都不顾了，从袖筒里掏出那个小画筒，从画筒里倒出一个小画卷，并展开递给陶澍说："你看看这个画。这是我前些日子无意中拿到的。"

陶澍接过画展开一看，原是一个人扬起大刀砍向枝繁叶茂、满树鲜花的桃树。陶澍虽脸色镇静，但心里却明白这画上"桃树"就是他自己（陶澍），他不能不警觉起来说："这幅画是从哪里得来的？"魏源说了当时得画的情况，陶澍心想，照这么说，此画已在民间流传很广了。看来，一场更激烈的较量要来了，他得有足够的准备！

魏源说："这说明有人利欲熏心，要垂死挣扎。"

陶澍一直担心票盐改革能否真正落实和推行。于是，他把幕僚们召集起来说："我真希望你们能有人敢去当一回盐商。"

大家都不明白陶总督的深意，以为他不过是开个玩笑而已。陶总督进一步解释说："依我看，只有你们直接参与进去，才能发现票盐推行中存在的深层问题。"

但幕僚中没有人敢去"试水"，陈世镕赶快站出来说："我是个钝拙人，做生意是要特别讲究脑子灵活，我是不敢！"

魏源看着陈世镕的着急样子感到好笑。一群幕僚们沉寂了大约一刻钟，都不知说什么好。魏源一口接着一口地喝茶，看上去是有什么想法，大家就将目光集中到了魏源身上。魏源果然说："你们都不敢去，我倒愿去一试，看看盐务之水到底有多深。我们了解了这么多有关盐业的情况，写了这么多有关盐业的著述，制定了这么多有关盐业的规章制度，自己不敢去试一试，验一验，那还算什么真学问！"大家马上如释重负地说起话来，都鼓励他去试试。

陶澍却不马上表态。他想了想，魏源不仅比陈世镕大几岁，还比陈世镕老成持重。于是，他才鼓励魏源说："昔日管仲也设盐官专门煮盐，范蠡也是做盐生意发财的，你可以去试试。"

陶澍不仅口头鼓励魏源，还给了他一些银两垫底，支持他"从事盐商"，并嘱他要尽量赚钱，以示票盐可行。

魏源特地到苏州城外金姬墩的父亲灵柩前作了叩拜，祷告父亲："当朝每年库银总收入约四千万两，主要由田赋、盐税和关税三部分形成，盐税占据三分之一。如陶总督所说：'东南财赋，淮鹾最大。天下盐务，淮课最重。'父亲，我要一边想着为您买地营葬，一边开始参与推行票盐。票盐之事艰难，此时需人在前探险，舍我其谁？"

内地产盐共分十一个区域：长芦、奉天、山东、两淮、浙江、福建、广东、四川、云南、河东、陕甘。而江苏省两淮盐税就占全国盐税的百分之六十左右，就单位盐税而言，两淮每引盐的税额是其他省份的三倍。江苏省田赋每年三百余万两，为全国各省最高；而盐税却为四百万两，如果加上杂税，江苏（两淮）的盐税合计达七八百万两，为全国数省之地丁税总和。面对这种沉重的盐课，做盐生意要赚钱，魏源明白并非易事。虽然他的最终目的是去熟悉票盐的推行情况，但他如能赚钱，就是对票盐可行的最好证明。

两淮盐务的内部实如一个老茶缸，积垢很深，多年来形成了它一整套的行规业矩。票盐之前是纲盐，纲盐制就是根据每一年的全国总人口的需要所产的总盐量分成十份，一份即为一"纲"。"纲"下分"引"，每一纲约为三十万引，一引的重量为四百斤。淮盐每年二三月开纲，即称盐、运盐的开始。产盐省的食盐销售范围由朝廷以"引地"划定，各处盐商不能超越自己的引地销盐。这是"官督商销"纲盐制的规定。

海州会议之后，由于受到各方面明抗暗阻，票盐制并不能如期全面顺利推行，魏源正是在此期间试足盐业。

他对盐商行业本是做过深入了解的，但真正涉足盐商才明白，这的确不是一件容易事！自明万历年起，盐商之伍就算基本固定下来，并非任何人都能进入这一行业。凡领引行盐的人，须是熟悉盐行、精明能干，并拥有相当数量资本的人。朝廷把这些人每年所领盐引当作他们的特权，商人们自己也得意地称其为"根窝"。几百年来，朝廷都习惯于把他们编成"纲册"，每年只需按"纲册"所载，给他们这些"根窝"划拨盐引，按引收税。比如盐商江春当初向朝廷申请销盐一万引，得到审定后，每年他都可以也必须按计划销售一万引，而且，这个权利和义务属于他们的家族，还可以代代相传，只有在遇到特殊情况无力继续经营下去，才将"根窝"交还朝廷，由朝廷另转他人认领。因此，"纲册"上无名的人，很难进入"纲商"这一行列。

两淮在册的纲商有数百人。魏源以现行的身份进入盐行，只能算是"散商"。统领"散商"的是"总商"。总商介于朝廷与商人之间，主要是负责督促散商照章纳税。总商可以是纲商推举，也可以是朝廷指定，总的要求是要财力雄厚，有管理和社交能力。两淮每年一百六十九万盐引的产、运、销大权，通过各个环节，转移到了这些总商的手里。

魏源打扮成盐行散商，找到在海州盐场结识的一位叫赵布道的年轻人，他是从山东来海州做盐生意的，按他自己的话说是："一个包袱一把伞，来到海州当老板！"来这里闯天下做盐生意的本是山西、安徽人居多，偶然遇到这么一位有志向的山东人，这就让魏源有了恻隐之心。当年他首次进京求学备考，与邓显鹤一同经过山东时，见黄河泛滥过后山东人的悲惨生活，至今难忘。今天，见这年轻人能说会道，又身材高大，方脸肥耳，和魏源见面时还能背诵魏源的一些诗文，魏源很是喜欢，便邀约他合伙做票盐生意。但在顺风客栈里找到这个年轻人赵布道时，赵布道反倒劝说魏源："朝廷正在将纲盐改票盐，时局不定，做盐生意不是时候。"魏源却告诉他："这个时候正是盐生意赚钱的时候。"

赵布道说："朝廷正拼命压低盐价，哪里还是好赚钱的时候呢？"

魏源告诉他："朝廷实行票盐制是压低了盐价，但那只是挤掉了苛捐杂税，不让各地再加税派费，这恰恰是生意人减少成本多赚钱的好时机！"

赵布道这才说："我的本钱小，也只是出来混口饭吃，不得不谨小慎微；要是我有大本钱，倒也可以大干一场。"

魏源一听这话就高兴起来说："我出本钱你经营，获利我们各一半，你看可否？"

赵布道一笑说："我们相识不久，不知人之短，不知人之长，不知人长中之短，不知人短中之长，则不可以用人……"这是魏源在《默觚下·治篇七》中开头几句话，从这年轻人嘴里说出来，使魏源很感动。魏源很满意这位年轻人说的话，也回以一笑说："用人者，取人之长，避人之短；教人者，成人之长，去人之短。"

两人谈得亲和起来，赵布道又让店小二上菜上酒。小酌几杯之后，赵布道说："实在你愿意出资让我经营，那一定要找个老板作证。"魏源倒觉得这年轻人办事真是牢靠得很！

于是，他们找了当地盐商刘老板作证。魏源一看刘老板是坐地老盐商，不再有什么疑虑，签了合约，就将自己的全部本钱都交给赵布道去经营，他自己则把精力放在了"纲盐""票盐"的调查和著述上。

此前，魏源只听说这些盐商很富，到底富到何种程度，他不得而知，这次他去了趟淮南食盐总商集中居住的扬州才真正明白。

魏源一早就去看了盐商张老板的私家花园。在花园里逛了大半天，还分不清东西南北，看不完园内的亭台楼阁。园内共有三十多处大小不一、形式各异的厅堂，让魏源印象非常深刻。这几十座厅堂中，每一座的装潢又都各不相同，有金碧辉煌，雕龙画凤，有清素高雅，书画古玩。真是富丽堂皇，巧夺天工。尤其这些厅堂里座无虚席，有的正接待官员，有的正举行朋友聚会，有同行互拜的，更有专为业务往来的。几班戏子在厅堂里伴宴，鼓乐唱奏，歌舞升平，不是皇宫，胜似皇宫。前客酒足饭饱成群走出园门，后客又正列队接踵而至，人客如潮。那些厨师正忙着砍猪解牛，佣人正在弯腰使劲搬运大箱的燕窝、鱼翅和海参，刀斧声，吆喝声，喧若闹市。

正碰巧，魏源转过厨房往前，走至一安静八角木亭，见园内有一青年正在石桌上读书。他走近一看，读的是《皇朝经世文编》。魏源坐下来稍作问谈，本想听听他对此书的编纂意见，不料那读者顺着问话就书中所述漕运、盐务、水利等诸多疑惑探讨起来。青年读者提出的书中任何一篇文章的疑问，都得到了眼前这人的详细回答，那读者再看眼前这人，却自言自语了一句："你就像是魏源一样。"魏源一笑说："你如何知道有个魏源？"那读者说："我有个朋友叫金安清，他常跟我说起魏源。这部《皇朝经世文编》就是金安清送我的。"魏源说："还真让你猜对了。"这读者惊呆一刻，仔细一辨，又问道："你真是魏源？"魏源说："难道曾经有人冒充魏源混饭吃？"那读者将石桌上书册稍作收拾就跟魏源说："你且暂坐一会，我去为你备上中餐。"魏源说："初次见面，免了吧。"那读者不听，执意去了。片刻后，那读者返回，引魏源入厅就餐。一大帮佣人围着他俩转了起来，魏源这才明白，这位读者竟然是这里庄主张老板的少爷。家富不忘读书，魏源不仅不讨厌这位少爷，还和他谈兴很浓。不多时，餐桌上佳肴上了十数道，各色小吃又上了十数盘，本来宽大的桌面上，盘碟也都堆积得高如一座金字塔。魏源忍不住问道："我们有多少人就餐？"张少爷说："只有你我。此前金安清来，也是这样待他。"

魏源说："何须如此浪费？"

张少爷还来不及回话，端菜送饭的就回说："老爷，这不算什么！只是接待一般客人惯例行事。如果是款待达官贵人，那排场就要大得多了！"

张少爷对魏源满是敬意，力劝魏源定要吃一个鸡蛋。魏源见他劝说如此认真便问："这鸡蛋难道和日常鸡蛋不一样吗？"

张少爷说："这鸡蛋并非市场所买，是自己家里请人专门喂养的鸡下的蛋。"

魏源说："那不也还是鸡蛋！"

张少爷说："这可就大不一样了！下这蛋的母鸡，每天吃的都是上好的粮食，其中拌和一定比例的鹿茸、人参、白术等好几味中药粉末。"

魏源这才惊愕："这就真是讲究啊！那这鸡蛋岂不贵如黄金？"

张少爷说："平时也只有我父亲每天吃一个。一个相当于一二两黄金。"

魏源问："那这鸡蛋吃了有何好处？"

张少爷说："父亲听一位老中医说，此蛋补肾。肾主骨，骨主髓，髓主血，血旺而体壮神旺。"

魏源说："这个也太吃得稀奇了！"

张少爷说："这还算有点道理的。我们这里还有几家人，专门请人用鞭子将活猪的脊梁打肿，然后将那点充血的肿肉活生生割下来炒着吃；又有让活鹅在烧红的铁板上来回飞跑，将鹅掌慢慢烫熟后，活生生地砍下来当菜……"

魏源对这些事见所未见，也闻所未闻。听此一说，他没有了食欲。两人饭罢，在园里散步。见些伴宴的戏子来往不绝，魏源跟张少爷说："这些戏子的行头真是十分讲究啊！"

张少爷指着一只戏箱说："光戏箱就花二十多万银两，裘皮、绸缎做成的戏装，还得一年四季更换，费用不知其数。"

此前，魏源以为自己已经很熟悉盐商生活了，但今天他才算见了世面。

他久久地沉默不言。张少爷送别魏源时说："下次，我们去十里秦淮看看吧。那里会更让你开眼界。"

魏源说："扬州、淮安、苏州、杭州都先后去过，十里秦淮的风景也见过。告诉张少爷吧，我也是来做点盐生意的。"

张少爷此时才提醒说："如今的盐生意已不像从前好做了，不容易赚钱。"

魏源说："不过，我也没有时间自己去经营，只是出本钱交给一位做盐生意的伙计去运营，我只是分点利。"

张少爷说："那伙计是哪里人氏？"

魏源说："山东人。"

张少爷两眼一瞪说："那你可要小心啊！"

魏源感到奇怪地说："此话何意？"

张少爷反倒一笑说："先生忘了包世臣在《山东西司事宜条略》中的最后那段话了。'山东盐商多系无赖子弟，认岸行销，压课不完，以挟制有司。绌课才数十百两，而蹉使弹章一出，常开缺至三五州县，及其平课开复，受累已深，亏空之源，此亦其孔也。'"

此话让魏源内心为之一紧，他竟然忘了包世臣的这段话。魏源依然沉默，只挥手与张少爷致礼为别。

魏源从园里出来在大街上走了一路，忽见繁华地段上人满为患，不知为何出现万人望天的怪相。走近一问，才知是两家盐商正在此地打赌，看谁在最短的时间内花完万金。魏源站住稍等了片刻，果然，街边一座高楼顶上走出一位阔绰的先生朝人群挥着手说："各位注意了！各位注意了！现在，江老板和刘老板的赌局就要开始！大家即将有幸见证谁胜谁负！最激动的时刻就要到来！"

于是，街两边都响起震耳欲聋的鼓乐和鞭炮，一群惊飞的雀鸟像一把沙石从屋顶上撒过。一阵猛烈的热闹之后，天空中突然爆出金光烂漫的两大光团，街左边一团，街右边一团，都从高空折射着阳光，星星点点又齐刷刷飘飘摇摇地散落下来，有的落在屋檐上，有的落在街道上，有的落在树叶上，有的落在墙缝里，有的落在水面上，近看才明白，那全都是闪闪放光的铂金片。于是，整个街上的人发疯一般地寻找、抢拾，有的搬梯子上楼，有的脱衣服下水，有的钻墙缝，有的爬窗子上树……

魏源从园里出来在大街上走了一路，
忽见繁华地段上人满为患，不知为何出
现万人望天的怪相。

魏源站在那里一动不动，看着整个街道一片混乱。

一位破衫游医扛着招旗，摇铃而来，在魏源背后站住，重复着说："暑极生寒，寒极生热！乐极生悲啊！乐极生悲啊！……"

魏源看了眼老游医，跟着他离开了这个混乱的地方。

走进一家客栈，问过食宿价格后，魏源觉得价位太高，想转身离开另找，正好此时听到两位客人正在餐桌上谈论盐商，且很有见地，他转身在这两位客人旁边坐了下来。为了不被人瞧不起，他点菜要酒时，也故意显出些许阔气。

这两位客人大约是在盐商家里当差，他们一看魏源是个盐商，果然对魏源客气地点头示意，并旁若无人地照样谈论他们与盐商的事情。

瘦客人叹了一声说："这盐商也真是把钱不当钱花。"

胖客人诡异地笑着说："无论怎样花钱，他们能把钱用到社会上来，总比把钱死捏在手里要好！"

瘦客人说："这些人想起来也真是好笑！花钱修那么多闲置房屋不算，还要养一帮读书不成的酸文人给自己添风雅；这还不算，还要一年花几万两银子养儿班戏子，只为了给自己家宴助兴；这又还不算，还要花天价买些破古董、假字画，不为别的，就为图个有钱的名声。"

胖客人说："不知这些盐商都是用些什么法子，弄得多少钱？"

瘦客人说："你是才入这个行道不久，还不知道内情！这里面办法就多了。两淮盐额有一千六百九十万多引，叫作'纲盐'，每引大约四百斤，在盐场上购盐，每斤售价不过七八文，课银不过三厘多。但运到汉口，你知道是何价格吗？每斤卖五六十文不等。出了汉口那就价格更高，愈远愈贵。盐质又愈远愈杂，刚从盐场出来时是雪白的盐，运到汉口就已掺杂成半黄半黑。进了'纲册'上有名字的盐商'根窝'那里，一引盐经过'根窝'的手，就要抽银一两，说是作运脚费公用，其实运脚之用不到四分之一。汉口的岸费，每引又要加派到一两多。将近一千七百万引的两淮盐额，你算算，该多少银两？如何不发横财！除此之外，他们还要生财，如盐商去运司那里买个手本，这本是公事，不过几十文银就买来了，但报账时却要报销一千银两。"

魏源听到这里内心一惊！

胖客人说："原来这纲盐之利全被盐商所占啊！"

瘦客人说："那也不是！这些商人绝对不会蠢到如此程度。他们为了长期坐享其利，将自己周围的人都安待得好好的。幕僚、门客、家丁、丫头、老妈子，也都要沾一点，所以，那些船夫、脚夫，即使不领脚钱也不愿离开，还想方设法给盐商行贿，以保住自己这份职业。"

魏源听得有些不明白，不领运脚钱如何谋得好处呢？

果然，那胖客人也问道："不领脚钱能有何好处？"

那瘦客人道："这里面你听我慢慢说。凡是盐船到了汉口，都要排号依次轮销，这船主施点手脚，把号子靠后一些，他就能先卖掉自己的盐，再买些廉价的私盐来充数交货。这法子在他们行道上叫作'过笼蒸糕'。"

胖客人说："这么心狠啊！难怪从盐场上出来雪白的盐，到了汉口再转出来就半黄半黑了。"

瘦客人说："这哪算是心狠啊，当他们买不到私盐无法交差时的行为，那才叫狠哪！"

胖客人说："我是想不出再有什么更狠的法子。"

瘦客人说："万一买不到私盐，他们就在深更半夜将船底凿通，由船沉水，然后按行规报个沉没赔损。这个办法在他们行业里叫'放生'。"

胖客人折服地摆了摆头说："真是无所不用其极啊！"

两人兴来，连续碰了三杯之后，瘦客人一笑说："不过，这些盐商的好日子恐怕也是要过到头了。这回新总督陶澍，他身边有位无所不知的幕僚叫魏源，你知道否？这人非常厉害，先是在京都广拜名师，做尽天下学问，然后，一转身又要倾心搞经世致用，不知他是怎么知道这些弊端的，他们一帮人辅助陶总督在搞'票盐制'，连皇上都很支持。最近在海州开了重要会议，正在终止'纲盐'推行'票盐'。"

胖客人说："这'票盐'到底又是怎么个搞法呢？"

瘦客人说："那可就省事多了！简而言之，无论哪省哪府，只要交了税钱领受盐票，也不论数目多少，都可以到盐场灶上计引受盐，但要按引地行销。盐票分为一式三联，一联留产地，一联存盐局，一联随盐用于过关备查。领取盐票时，一次纳税，行销途中任何地方也无权加税派费。同时又加强缉私，使盐业私枭几乎是无机可乘。"

胖客人跷着大拇指说："这办法好！这办法绝！"

瘦客人说："这办法是好，是绝，但是堵死了一众盐商的财路，他们恨不得将陶总督那帮人千刀万剐！因为无处公开发泄怨恨，他们请人把陶公一家大小制成牌画，暗以辱之，其中有一张就画了一个人拿起斧头在砍一棵桃树。这些盐商还四处造谣说魏源在盐行官商中是'五虎'之一，大发盐财。"

魏源此时生怕自己抑制不住激动，赶快端起酒杯来小喝一口，以遮挡自己愤激的脸色。好在那一胖一瘦的客人开始幸灾乐祸地说："朝廷行了票盐之后，这些大盐商吸不到民脂民膏了，一眨眼工夫就已经倒了好多家。"

听完这两位盐商家里当差人的私话，魏源感到如入了一回盐业的秘境。

从海州回到督府后，魏源同陶澍谈了他在民间了解到的这些盐商情况。陶澍也给他讲了两个道光帝的故事。第一个故事是说，有一天道光帝批阅奏折到深夜，觉得肚子实在是饿了，但奏折又还没有批阅完，就想吃碗片儿汤再继续批阅。于是就要太监出宫去外面的店庄买一碗，但外面的店庄因为夜深，已全部打烊关门，太监没有买到片儿汤，回来跟皇帝说，可以让御厨自己做一碗。道光问："现做一碗要花多少银子？"太监说："大约三十两。"皇上站在那儿想半天之后还是捂着肚子说："算了吧，还是花费太大，不要做了。"

第二个故事是说大臣们见道光帝穿了打补丁的裤子，就纷纷给自己的好裤子打补丁。有一天，一位大臣穿着打了补丁的裤子上朝，皇上问他补那个补丁花了多少银子，这位大臣说花了三钱银子。皇上一听就觉得自己裤子上的补丁太贵了，说："你们在外面打补丁真便宜，我这个补丁花了五两银子。"这大臣为讨皇上欢心，又说："皇上，你那补丁不贵，我们这是在没有破洞的好裤子上打补丁，不费多少工夫……"这话还没说完，皇帝变脸了，这大臣又悔之不及。

魏源听完故事问陶澍："皇宫里的东西为何如此之贵？"

陶澍说："你想知道这个内情？内务府的人都在变着法子赚皇帝的银子。"

魏源说："这些皇帝身边的人也敢如此这样？"

陶澍告诉魏源："他们也实在是没有办法。内务府的银子也是实在不够花。皇帝规定，宫中一年全部用度不能超过二十万两。这个数额比乾隆时期的用度缩减了九成，内务府各堂如不这样赚皇上的银子就过不下去。"

魏源咬牙切齿起来："皇上都节俭到了这种程度，两淮盐商却挥金如土！"他又将自己近来所见所闻的盐商生活细节描述一番给陶澍听。

陶澍听后说："说到底，盐商的这种挥霍恶习倒也是朝廷惯出来的。盐商们也知道，皇上对他们挥霍无度非常不满，自雍正年开始，他们就主动向皇上奉送'报效'银，而且年复一年就形成了定例。有了这个定例，朝廷也就理直气壮地庇护盐商。其他人知道是皇上所允之定例，均不敢异议这一问题。结果是这种恶习愈演愈烈！据传从雍正到嘉庆前期，两淮盐商共'报效'了三千八百多万两银子，其中用于军需、河工、赈灾的款项为一千八百多万两，用于内务府以及皇室庆贺的竟占了一千多万两。朝廷为不亏待盐商，反过来又给这些盐商封官、嘉奖，放松管理。"

魏源说："这些'报效'银，其实也都是盐商们层层盘剥来的。"

陶澍也说："所谓'报效'银，本应由盐商私人出，结果呢，私人所出不到十分之一，其余大头都是先由运库垫付；垫付过后，又不再弥补，而是挂在账上。如此，这些盐商自己没花多少钱，又在皇帝面前大赚名声。而国库税银缺口逐年增大，由于年年拖欠，到如今，两淮竟欠朝廷盐税六千多万两！这分明就是慷国家之慨，拿国家的盐税做人情。皇室和内务府中还有人拿钱在盐商那里放贷取利。官商勾结，岂能容忍！"

魏源说："看来，唯有票盐制能治疗膏肓之疾了！"

说到此时，陶澍像是忽然想起来，问了一句："你的盐生意做得如何？"

魏源如实说："我这些日子还是专注于了解熟悉盐业方面的内情，生意是让一个伙计去做，我出成本他经营，然后分利。"

陶澍皱了眉头说："据我所知，盐商里的合伙人多有出钱方被骗者，尤其那些没有资本而来做盐生意的人要特别警惕，以防把你的本资丢了，你还摸不着头脑。"

魏源先经张少爷提示，现又经陶澍这么一警醒，加之又到了与合伙人预约见面的日子，也就急着去海州盐场找合伙人赵布道。

找到盐场上一看，曾作担保的刘老板的店子已经关门停业，问邻近店铺的人，也都说不知其去向，也弄不清刘老板为何经常关门。

预约见面的地方就是刘老板店里，现在刘老板不见了，魏源就着急，有种被骗的预感。但他不相信赵布道这样的年轻人会骗他。他在盐场上连续找了几天，还好，终于在盐场码头上看见赵布道正在往船上搬盐，魏源心里一阵宽松。

赵布道一见魏源真是非常热情，拉了魏源就往附近的酒馆走，一路走一路说："我在这里找你多天了，总算是等到你来了。"这言行让魏源感到好一阵舒坦。

　　两人在酒馆里坐定，赵布道也不奢侈，只要了几个小菜、一壶酒，就和魏源喝了起来。魏源急着想让赵布道说说经营情况，但赵布道却只跟他说那些盐商的奸巧之计，比如盐税是按每包三百六十四斤交，而商人们在捆包时，每包至少要加进十来斤。这叫"买咀"。魏源在心里算了一下，两淮之盐的总额是一千六百九十万引，这商人们就可挟带走私盐上亿斤啊！还有一种走私，就是干脆在运送官盐的船里留一定的空舱装私盐，这叫作"跑风"。尤其是有盐商将一船官盐分作几船来装运，途中故意让一船出事，全部报淹。如此，一可补买，二可以得到免税和津贴，三可以赚了那没被淹的盐的钱。这叫作"淹销补运"。还有"过笼蒸糕""放生""整轮"等。魏源开始琢磨着赵布道滔滔不绝地说这些是何用意。赵布道还要这样说下去，魏源忍不住说："赵先生，你如此精通这些行道，一定是赚了不少钱吧？"

　　赵布道这才说："哎呀呀，魏老板，我跟你说这些，就是告诉你，那些赚钱的盐商都是靠耍这些奸计。像我这样的老实人，能干那些为人所不齿的鸟事儿吗！所以我是白费辛苦了，赚不到钱！"

　　魏源不高兴了，但还是克制着说："亏也罢，赢也罢，我们今天得把账算一下。"

　　赵布道却笑着说："我正是要与你算账才在这里等你。"

　　魏源心里又轻松了下来。

　　赵布道便把账单从包袱里拿出来放在魏源面前的桌上。魏源一看，不仅八百两本银没有了，还倒亏五百两银子。魏源一下子黑了脸，半天没有出声。倒是赵布道若无其事地说："生意买卖有亏有赢，本就历来如此。你不要过不去。我虽没赚钱，但我得到了比银子更值钱的东西。"

　　魏源说："什么东西？"

　　赵布道说："我已经摸透了这盐行里所有的窍门！我现在再返回去做盐生意，我保证不亏只赚！"

　　魏源在鼻子里蔑笑了一下说："你说的这些窍门，都只有一个目的：那就是偷漏朝廷的税银！这个你不能干！"

　　赵布道说："别人可以干，我为何不能干？"

　　魏源说："我说不能干就是不能干！"

　　赵布道说："那好，你赔我五百两银子！"

魏源气得咬着牙说："我给你那么多银子合伙做生意，你一分利不给，本也不退，还要我倒赔你五百两银子？"

赵布道慢慢地也黑下脸来说："是啊，合伙做生意，盈利了你分红；亏了，你不该赔吗？"

魏源的梅山人脾气终于忍不住了，他拿着酒碗，将半碗酒朝着赵布道脸上泼过去。说："我不跟你说了，我找刘老板去评理！"

赵布道脾气好得惊人，他以手将脸上的酒水抹了下来，反而得意地笑笑说："好啊，你去找刘老板！不过，我要告诉你，刘老板是我舅舅。"

魏源赌气去找刘老板。

刘老板正在处理那些做盐生意所需要的行头：高木桶、大杆秤、胖酒缸……都写了处理价格。魏源对着刘老板把刚刚发生的事情说了一遍，要刘老板来评理。刘老板不愠不怒地说："你不再给他钱就算你聪明过人了！他骗过的人不知他自己数不数得清，反正我是数不清！"

魏源说："你既知道他是骗子，你何不早说？"

刘老板说："你说得倒轻巧！我女儿被他骗走了我都不敢说！我不要钱可以，不要女儿也可以，我总不能连一家人的生命都不要了吧！"

魏源说："他连舅舅也敢下手？"

刘老板说："什么舅舅？你别听他胡说！我不是他舅舅！他没有我这个舅舅，我也没有他这外甥！"

魏源听出复杂的内情来了，他说："刘老板，你既当了我们的投资公证人，你就得负责任！"

刘老板说："要讲正理，就是你说的这个理！不过，我现在也被这家伙骗得精光了，连女儿都被骗走了。你实在放不过我，这些坛坛罐罐都给你。"

魏源一想，说："我要你这些东西有何用！那我再去酒馆里找赵布道。"

刘老板说："你再也找不到他了！我告诉你，他在这里等你好多天了，就等着你再给他送钱。今天你没有再给他钱，就是万幸！就是厉害！也算是他敬重你了！我是不愿配合他，才将店门关掉，让你找不到我。我要弄个局子让你钻进去，那你就要亏大了！你现在再也找不到他了，他再也不会跟你见面了！"

魏源说："为什么？"

刘老板说："只要他骗不了你了，他就再也不会跟你见面！你想想他的名字你就会明白。他开始认识你时叫赵布道，当你被骗之后，他就成了'找不到'。"

魏源原来还喜欢这个名字，此时才恍然大悟！

后来魏源果然没有能再找到这个赵布道，只打听到他被缉私营的兵员抓获收押了。

魏源没能赚到一分钱，还亏了大本，但在盐业生意场上，却被赵布道和一些恶意盐商造的名声不小，说魏源是官商相通的大盐商，很多事都栽在了魏源头上。

魏源很久没有回家了，很想回小卷阿看望母亲和妻儿，但这次盐生意几乎让他亏了全部身家。他无脸回家，也没有心情回家。他只得回督府跟陶澍如实说了这次被骗和他所了解到的盐商所行的种种奸计。被这个赵布道骗去如此一大笔银两后，他心里很不好受，尤其其中大部分银两都还是借的账，现在自己亏成这样，愧对家人！

好在陶澍一肩担了，说魏源是督府里要他去做盐生意，目的为推行票盐作探路，赚不赚钱都没有关系，给他所亏的成本都补上了。陶澍安慰他说："你一介书生初涉生意场，亏点钱算什么？你要看到你自己所得甚多！"

魏源说："不知有何所得。"

陶澍说："几百年纲盐之弊被你全都看透，盐业里那么多内幕秘情都被你探明，你还不知所得？有你这些所得，我们推行票盐就更有根有据有信心！我马上就向皇上陈奏淮盐积弊。我再奖给你五百两银子，你再去做一回盐生意。"陶澍把一张五百两的银票给了魏源。

魏源感到非常意外地说："我无功不受禄！"

陶澍说："这是你一年多来调查盐弊的酬劳和奖金！"

魏源转念一想说："那我再用这些钱去做盐生意赚钱。我一定用我的成功来证明票盐的可行。"

陶澍难得一笑地说："此乃魏源魏默深的性格！亦我所愿也！"

魏源拿着这些钱暗下决心，定要把盐生意做好。但他自己又实在是不能亲手运营，两难之间，他想起了一个人，这个人叫谢元淮。

17

絜园内外

　　谢元淮是湖北松滋人，比魏源大十岁，他也参加过漕运改革，现为无锡县令，并在海州帮办盐务。因他也是擅诗文而重经世之人，魏源每次与他见面，都很谈得来。他与魏源父亲还是好友，魏源未与他见面时，魏源的父亲就曾跟魏源说过，道光二年，魏源中举时，谢元淮还写诗表示祝贺。算起来，谢元淮和魏源家也是两代人的交往了。

　　魏源在无锡的县衙里找到了谢元淮。

　　无锡算得富裕县，但县衙里的陈设显得非常简朴。堂柱不粗大，但一尘不染，朱漆锃亮；卷头桌案和两排官帽椅，有的前后腿还有木匠修整过的痕迹，但精心修缮过的补迹与原木色非常融合，看得出其良苦匠心。走进谢元淮坐治的县衙，未曾开口说话，魏源就已感到一种良好的风气，对谢元淮有了几分好意。

　　谢元淮一见魏源就以"贤弟"相称，这让魏源更感到十分亲切。文人相见，互相致礼后还是从诗文开始。魏源说："尊兄之《养默山房诗稿》真是一事一物，只三五字就发挥透露。灵思浚发，成一家之言！"

　　谢元淮说："只是有感而发，在贤弟面前不足挂齿。我正仿《九宫大成》编辑《碎金词谱》，此书有八百余首词，请吾省乐工陆启镗谱上工尺，将以此证明词可歌曲的特性。到时还请贤弟过目诲教。"

　　魏源说："这是大作！到时一定拜读。"

　　谢元淮到底是比魏源年长十岁，一眼便看出魏源此来并非谈文论书，而是别有意图。他说："贤弟此来定是有什么事情相托？"

　　魏源说："尊兄真是明眼！不瞒你说，有件大事相求。"

　　谢元淮说："贤弟之家乃'邵邑醇良'，所求之事，一定是于公民有益。"

魏源有点难以启齿地说："此事却是在私。"

谢元淮说："但说无妨。"

魏源便说："陶总督撤改纲盐，力倡票盐以来，官商多有疑阻，为票盐畅行，已委源推进。应陶总督之愿，我是花尽身家近千银两去与人合伙行盐，不料，此合伙人乃盐商骗子，亏得我身无分文，无脸见母亲妻儿。幸得陶总督鼓励，说我生意失败，却辨明了许多盐行弊端，也算成绩。他再赏了我五百两银子作为报酬，让我重返盐行，再行生意。我因自己无暇运营，所以还是想寻找一位信得过的合伙人。非图大赚，只望分点利银还债即可，主要还是为票盐推行。"

谢元淮极为爽快地说："此乃为推行国朝大政而牺牲私利。我当鼎力相助！正好，我也为助推票盐而与徐老板合伙营盐，很是成功，所分利益不少。这样吧，徐老板明天要来给我送分利，你们当面谈吧，这些事不能靠人传话。徐老板也是我的家乡人，精通盐业，又是最守法规的盐商。"

魏源等到第二天早饭后，徐老板果然来见谢元淮，并分给他应得的合伙利银几百两。魏源眼见为实，与徐老板谈好约规，将本钱放心地交予徐老板。

合伙后的当月月底，徐老板就约了魏源见面。魏源还怕是有什么麻烦事找他，原是徐老板来给他送合伙的红利，并附有详细的分利表册给魏源审阅。付清红利银两，徐老板又告诉魏源："现在盐运畅通，凭票过关，交税后无人敢加收任何杂费，只要按朝廷的规定经营票盐，完全可以赚大钱。"魏源拿到了一大包银两，又弄清了票盐真是可行，喜出望外。

至腊月年边正需花钱时，徐老板又按时分给他一大笔利银。他不仅还清了此前的欠债，高高兴兴地回家过年，还请人为他在扬州建房物色基地。

接下来每月的分利越来越多。这个徐老板真是位守信用的好商人，每月总是初五准时分利，账目又清楚无欺。魏源已经有了可以购买房屋的积蓄。因此，他在痛恨赵布道的黑心之余，也感到自己可能是祸福相倚。他心情开始转好，准备把自己所承担的有关《淮北票盐制略》一书的辑纂进度和相关问题向陶澍做一次陈述。

在督府厅堂里，陶澍一边喝茶，一边听着魏源讲自己与"找不到"合伙做生意亏掉血本，和徐老板合伙做生意赚钱的盐商故事。因是夏末秋初的晴日，督府外树上还有鸟唱蝉鸣，从树叶间斜射过来的阳光落在地上特别亮丽，几案上的紫檀大笔筒里还插着一把湘妃竹骨的绫绢折扇，陶澍时不时顺手把扇子抽出来展开轻摇几下，不在于生风纳凉，而是像在掩饰自己这时的复杂心情。他有几分得意，但不是因为魏源与人合伙做生意赚了多少钱，而是魏源的盐生意能赚钱证明了照法经营票盐的商人的确是能够赚钱的！商人能够赚钱，盐产、流通都没有问题，票盐制就是能够成功的！淮北票盐制能成功，淮南也就不愁推而广之。全国百姓就有可能都吃到质优价廉的好盐，国库也就能如数收到税银。这真是一件利国利民的大好事！

陶澍心情轻松地听完故事，跟魏源说："你一介书生，于商业从无关涉，为票盐制吃苦受累还挨了骂名，付出了很多。你的参与和成功，使我深信，票盐制一定能推行下去！"

"但阻力仍然很大！我是深有感受。"魏源说，"那些靠坐吃盐利的盐商和杂员，他们几代人习惯了坐享盐业带给他们的富贵，要在他们头上动土，岂能情愿？仍在想方设法暗阻明抗，造谣生事。"

陶澍说："这我知道！他们有的手段极为卑劣，诬蔑我不算，还制作牌画辱我家眷，又制造'捆夫闹事'，甚至'京控'大案。我也曾向皇上请奏不兼管两淮盐政，但皇上不准。仔细想来，治国平天下乃我读书人之天职，朝廷用我时，又岂能临危有惧？读书即为修身齐家治国平天下，除此之外，读书何用？让我高兴的是，幸得皇上鼎力支持，派了户部尚书王鼎、侍郎宝兴作为钦差来会同我们一道推行票盐制。"

魏源说："这两位钦差大臣到后所做的一切，也真是尽心尽意！"

陶澍说："是应当很感谢两位钦差大臣！当下，有关盐政，朝野议论如潮，奏折如飞雪。他们离京时，皇上交代他们要'坚持定见，细心筹议'。这话里其实含有对我们所奏不一定要全信无疑的意思。所以，两位钦差大臣先是看了我们的详细呈报，接着又带上账本，找盐场、仓储各处的灶工、场商、脚役、船主和路人，对库贮垫占、虚报奏销、商运稽迟、灶私透露等问题进行了解、核实。这之后，两位钦差才完全认同我们的主张。难得他们在皇上有疑、朝臣有争之情形下，这样惟真惟实地信任我们，真心支持我们，帮我们在皇上面前代言。"

魏源说："记得当时两位钦差为扶持您改行票盐，真是冒天下之大不韪，不惧皇上嫌疑，和您联合上奏皇上，还把话说得非常坚决。"

陶澍说："是的，我们在那份奏折里说，官盐滞销，两年之销不足一纲之盐。纲商濒危，私盐盛行，历年虚报奏销，总商假公济私，盐商纳课不齐。

今已无税进库，一遇急用，即便挪款亦已无门。两淮盐务已成决裂之势，山穷水尽，不可收拾。通过据理力争，最后才把反对票盐制之风压了下去，票盐制才得以推行。如无两位钦差的鼎力支持，岂能改变这数百年来的既成体制！"

两人谈过不少，魏源将一大堆书稿从青布包袱里取出来摆放到面前说："由童运判牵头的这部《淮北票盐制略》已经开编，您看这体例行否。"紧接着，魏源一一介绍，"全书以卷、目结构进行记述。卷一拟存海州全图、板浦场图、中正场图、临兴场图、戽水扫盐图、淮北产盐行盐疆界分图、票盐过坝渡黄图、淮北走私道路图、新建三场税库图、重建义仓图、新建敦善书院图等。全书共十五卷，一百三十一目，刊图二十一幅。其他各卷为改票、改道、设局、设卡、遴员、丈池、江运、奏销、融南、奖励、税库、捐输、义仓、书院等。"

此书总修为两淮盐运使司海州分司运判童濂，纂辑为内阁中书舍人魏源、前山东泰安府平阴县知县许乔林。陶澍听完后很满意地说："此书成书之日乃是票盐定论之时。多亏童运判，还有你和乔林，朝廷应当为你们论功行赏。"

魏源说："童运判的确为票盐尽力了。自您委任他为淮北盐场海州分运司运判后，要他扩建板浦、中正、临兴三场，复振淮北盐务，他都是肝脑涂地。自童运判在板浦设督销局，管理票盐地放销事宜后，板浦成为国家征收田赋、盐课、工料的要区。经过几年试办，人心踊跃，票本每年加增。盐商均于开局前全数到场，无从分别先后，不能不先令挂号，票盐旺销又秩序并然。这是我亲眼所见。"

陶澍说："票盐能够推行，多得同仁志士相助，其中俞德渊也功不可没。两淮本脂膏之地，历来运使多以财结权贵，及四方游客，而俞德渊一贯秉公办事，不徇私情。听说尚书黄钺之子黄中民为盐场大使，欲得盐业一美职，俞德渊不允，他说，'此美职以待有功，中民无功不可得'，其忠心与守制可见一斑。"

分享成功的同时，魏源回忆起推行票盐之初，真是感慨万千。魏源说："现在盐产稳定，运输通畅，供需有序，稽查、核价得力，国家税收大增。"

陶澍也兴致满怀："当时真是群议朋兴，或谓成法一更将不可复，或谓巨万税课责诸何人，或谓捆工千百失业必嚣，或谓引枭入场沿途必劫。……幸得官府有像你默深之人倡导先行，民见官行，远近辐辏，场盐埒积一空，票盐轻课敌私，畅销溢额，故能以一纲行两纲之盐，收两倍之课，每年除奏销外，尚有溢课三十余万协济淮南，用于修建义仓、书院。此举利国利民，利商利灶，为数百年所未有！"

魏源说："易则易知，简则易从，易知则可久，易从则可大。政不易简者不可以宜民。两淮者，天下盐法之表率；淮北者又淮南之先机者。"

陶澍说："你常说，兴利由于除弊，除弊必知弊之所由，而后可知利之所在。此话我很认同。北纲积弊之由，一是淮所运本太重，二是口岸钱价在昂，三是官费太多，以致场私灶私等充斥滞销。知纲盐之弊，然后方知票盐之利。"

说完票盐，魏源跟陶澍说，现在他心情很好，明年还去参加礼部会试。陶澍仍是一如既往地鼓励他去，并说，除了编纂《淮北票盐志略》一书，尽量让他不承担督府的具体事务。

令人心寒的是，魏源第五次会试仍然落榜！

但这次落榜他不在乎，徐老板每月分给他那么多合伙红利，他现在已经打算在扬州购房，为母亲备办六十寿诞。将来在扬州有了房屋之后，他决意静心去做自己的学问。漕运和盐政使他看透了国朝的内忧，加之不断听到的外夷鸦片输入和外夷舰船来沿海挑衅的消息，又使他预感到外患的降临。在科场上已奋争了这么多年，人到中年，立功、立德是否还有机会，这很难说，但立言就全在于自己的发奋努力。说到底，他乃一介文人，也只有用著书立说、载道诲人去辅国益民。

正月二十二日，立春、雨水都已过去，太湖的风已经减退了寒意改向从东南方吹来。巡抚府署的清德堂刚刚走了一批客人，他们是林则徐的好友、同僚竹堂、兰友、棣华、少白、艮甫。但延白舫和魏源吃过饭仍没有走，他俩是林则徐请来阅卷的。紫阳、正谊两书院招生，刚刚举行过考试，正等着阅卷录取发榜。

几天后卷已阅完，榜已发出。魏源托人在扬州找宅基地的事正好有了消息。他满怀希望地来到扬州，对几处地方进行了实地踏勘。他反复比较后，决定买下扬州钞关门内仓巷的这一块。这块宅基地面积五亩左右，大小正合他的要求，又地基平缓，水丰草茂，还存有古树名木。当地有老翁相传，说有的古树为南唐后主李煜所栽。这尤其为魏源所喜爱，似乎古树如人，亦如李后主诗文。

买定地基后，他作了施工规划，又马上请好石、木工匠，着手加速兴建新宅院。乙未年是母亲的六十岁本命年，他一定要在母亲六十寿诞前将宅院建好。在这里举办寿宴后，让母亲在此颐养天年。无论在邵阳魏家塅，或者来江苏这么多年，母亲都一直在为这个大家庭辛勤操劳。现在父亲先逝了，总得让母亲幸福一些，开心一些，尤其是要让母亲有个幸福的晚年。

开建絜园的事安排妥当后，魏源回到小卷阿告诉母亲，他在扬州买了宅基地，准备建一座新园子。但他没有告诉母亲是要为她办六十寿庆，他知道母亲不会让儿子为她如此费心。母亲以为新建宅院会和小卷阿一样，所以也没有多问，只是说："住在这里已经很不错了。"

魏源说："这地方本来就小，加之书又占地太多，二十多口人住在这里，挤得一人打鼾，众人难睡。没有各自的空间，特别是孩子们读书写字也不得安静。"

母亲说："心安自然就安了。"

魏源说："再说，我的书籍越积越多，现在已经没有搁置的地方了，有很多都放在地上受潮。"

一听这话，母亲不再多说，但劝他"有时要为无时计"，不要开支过大。家里这么多人吃饭，父亲又还没有入土，孩子们正一天天长大，老老小小，要的是钱花。

魏源这才告诉母亲，他与人合伙做盐生意分了很多红利钱，建座新宅院也用不完。

母亲立刻皱紧眉头说："你与人合伙做盐生意了？一家人惟望你读书考取功名，你去做盐生意了？"母亲从没有这么生气过。

魏源说："母亲，您听我说。我不是自己直接去做盐生意，是拿钱给别人合伙，然后再分红利。"

母亲说："你是在官府里做事的人，和商人混成一伙做生意，这官府还成官府？生意人是只图利，要是官府里的人也成了生意人，见利忘义，那百姓还有说公道话之地？"

魏源说："母亲，您是不知道现在的事。国家的盐生意几百年都掌握在一些盐商手里，他们想方设法以盐吃盐，用尽心机。官盐的价格被他们抬得很高，百姓吃不起官盐。于是，造成私盐盛行，官盐滞销。这样一来，国家收不到税银，百姓也吃不到价廉物美的食盐。这次皇上要陶制府兼管盐政，陶制府接受盐政时，两淮共欠朝廷税银六千三百多万两。他决定把原来的纲盐制改为票盐制，也就是说，只论盐课之有无，不论商贾之南北。无论谁，只要先交钱开票纳税就能拿盐，然后只要你在盐票上规定的范围，随便往哪里运销都行，各个关口都不能再加税加费，这就使食盐涨不了价。这本是个好办法，国家的税银能收上来，百姓又能买到价格不高的好盐。但是，一些盐商和一些多年贪得盐利的人得不到世代享受的盐利了，他们不干！他们想方设法给陶制府出难题，挑动人们罢市、闹市，还制了牌画污辱陶制府及其家眷，以此来反对票盐制。陶制府没办法，只好动员官府的人也去参与票盐生意，带头去用实际行动推动票盐制。无锡的县令谢元淮不仅自己与人合伙经营票盐，还劝我的好友包世臣去经营盐生意。"

母亲终于听明白是这么回事，才不再反对魏源的做法。

得到母亲的认可，魏源就在宅院的工地上看守了一段时间。直到初夏，陶澍差人通知他回府有事，他才回到督府。

原是王凤生去世了，请魏源为其作墓表。

王凤生嘉庆十年即为浙江通判，政声清直，治理淮河又再显才能，道光九年即升两淮盐运使。他尽数淮盐积弊和治理措施，总共汇成十八条，后得陶澍重用，但又因黄玉林事件被降职。虽如此，陶澍依然十分信任他，仍留用治理盐政，并大获起色。正值陶澍以王凤生有功而奏请朝廷促其复出任职时，他未行而卒，享寿五十九岁。王凤生与陶澍、林则徐、魏源、俞德渊等都交谊很深，他的突然去世，令魏源感慨万分。端坐案前，他说着往日说过多次的一句话："近日海内谈实用之学，必首推凤生君。"于是，魏源为其撰《两淮都转盐运使婺源王君墓表》。林则徐为其手书墓志铭。

在督府里忙过一段时间后就到了年底，因为推行票盐制取得显著成效，大家心情很好，魏源与谢元淮等好友相邀游了一趟云台山。年后，元和县知县黄冕又请魏源为其作《三江口宝带桥记》。东南之水汇于太湖则尾于三江，而吴江长桥与元和宝带桥锁其门户。自宋代至清代，亦疏亦塞，每逢涝年，东南田赋什不一二。自道光五年，兵部侍郎陶澍自安徽移抚江苏，承海运之后，始奏疏浚吴淞江。道光十年，陶公总督两江后，巡抚林则徐复与督府会奏，浚刘河、白茆河，旋又通七浦、徐六泾之口，修昆山之至和塘，浚太湖之茆淀，而告成于三江口之宝带桥。三载经营，百废备举，先后糜金钱若干万，而刘河则以元和知县黄冕奉檄总其役，宝带桥又元和所辖也。于东南之水，魏源感受至深，黄冕又为长沙人，受知于陶澍，于海运、票盐都有建树。于是，他欣然答应。

做完《三江口宝带桥记》，魏源再回到扬州钞关门内仓巷。第二天是个雨后初晴的日子，魏源和严夫人带着魏耆者和秀均一家人，来到新建的住宅踏看。他们沿着一条东西巷道，走过盐储仓，眼前出现了新建的絜园。绕着鱼脊院墙外围走了一圈，尽管这宅院在扬州算是简朴，但魏源已经心满意足。他跟严夫人介绍说："整座宅院东至公用巷道，西至旗杆巷，南至长胜庵，北至后墙巷道。包括正房配屋，有各类大小房屋数十间。这回全家该是人人都住有其所，大量的书籍也有了藏处。"

严夫人说："这宅院的大小也和我娘家的差不多，只是设计上别具一格。"

魏源介绍说："院内总体格局由住宅区和花园两大部分组成，约各占一半面积。住宅部分坐北朝南，南面是设计精巧的花园。北面的住房区皆可开门即见一派翠绿、花开花谢，使人终年融于四季自然。"严夫人感到非常满意。

一家人在磨砖八字大门前站住。门楼迎阳朝东，显得特别宽阔的一字型照壁与大门相映。大门墙体做工十分精致，门楣墙头的塑像非常细腻圆润，足可见工匠对技艺的精益求精。

走进大门进入府邸后，先是围着主体建筑绕行一圈。魏源很有几分得意地叫魏耆者念那些门楣上的匾额对联。首先看到的是"古微堂"，接着看到的是"秋实轩""藤荫书屋""佛堂"。这都是住宅的主要区域。看到的对联有："池楼凉似水，林月淡于烟。""万竹绿围花，百花香绕家。"

一家人来到建筑群与花园之间，看到湖石、假山、亭阁、小桥和流水，以及鱼池和饲鹤的"鹤鸣渚"。魏源指着秋实轩的那副对联让魏耆者读："尚志诗书，句搜六代三唐后；怡情山水，人在千岩万壑中。"走过秋实轩来到藤荫书屋，又指着一副对联叫魏耆者读："一园花木足高趣，万卷图书发古香。"从藤荫书屋再往前又见书斋的一副对联，魏耆者不等父亲叫，就自己先读了出来："读万卷书求圣道，行千里路得民情。"魏耆者能将每副对联读得声情并茂，还能做些意境的解释，魏源和严夫人虽没有当面夸奖，脸上无不流露出满意。

然后再细看房屋。房屋分东、中、西三路并列，厅堂、佛堂、庭院、书斋、客座、花房、灶间、楼阁亭台，无不具备。

花园部分总称絜园，整座园子以此为名。鱼池居中，池北朝南置花厅，四面临虚，卵石铺就曲径环绕，西侧临花池一方，四周缀以湖石，中设黄石假山，池中有石桥，西有石径，南池边置亭阁、石桌、石凳。池东南隅置斗室、附房，西地隅筑亭阁及竹林，有放鹤地。园内奇花异草和名贵树木点缀其间。

看完园子走出八字大门时，严夫人站在大门下有些激动地跟魏源说："我们要好好感谢陶总督、谢元淮知县和徐老板，是他们让你有钱修这座宅院。"

魏源说："真是歪打正着！我也想不到会发这个财。当时，总督府的意思是要我的同僚陈世镕去试水，他不敢，我才冒险而去。这次深入盐业我才真正明白，这地方为何有如此之富的盐商！"

絜园尚未完全竣工时，当地文人墨客闻魏源在此建宅，相传又有数株古桐为南唐后主李煜亲手所栽，就有人抢先来此游玩，他们尤其喜欢在秋实轩相聚吟咏。

临近母亲寿诞之日，絜园基本竣工。魏源将全家迁入新居那天，母亲走进大门，马上站住四下一望，惊讶得停步不前。她根本没有想到魏源说的这个新建的园子如此宽阔讲究。邵阳老家魏家塅的房子在当地还算不错，但也比不上；乌龙潭边上精致的小卷阿更加比不上，尤其在气派上比不上。母亲站在八字大门内沉默不语，严夫人搀扶着婆母说："母亲，您有何话要说？"

母亲问身边的魏源："吾家何功，享此豪宅？"

魏源回说："母亲，儿曾禀过母亲，建宅院所费银两乃愚儿经营票盐生意所得，取之有道，为娘不必忧虑。何况在扬州，与当地盐商相比，您若把这等小宅院说成豪宅大院，那就太让人见笑了！"

母亲再问："此院是否为我生日所建？"

母亲的头脑实在清醒！魏源内心里一阵惊警，生怕母亲不高兴，矢口推说："这万万不是！"

母亲追问："那是为何？你不要忘了你爷爷那辈，观魏家塅烟火以救人之急；不要忘了你父亲在世时，虽薪水微薄，还要救济穷人；你也不要忘了你自己少年时，废寝忘食地求学到底何为……"

魏源说："母亲，我哪敢忘记这些呢！在邵阳魏家塅，爷爷毁产代灾民交税；在江苏，父亲开办粥厂救人，我都亲眼见过，永志不忘！但儿求学之志不在一乡一地，而在一国一世界！"

母亲不明其意，仍止步等着魏源细说下去。

魏源说："儿将以此院为家居之地，藏书之地，会友论政之地，著书立说之地，新国新民之地！同时，这也是助朝廷推广票盐，向世人广而告之：做票盐生意可以赚钱！票盐制非常可行！"

母亲又问："可有佛堂？"

魏源说："岂能没有佛堂！"

母亲的脸色渐渐和悦下来，细心的魏源看到母亲的嘴角略露一丝笑意，朝儿媳严氏挥挥手说："那好，我们先去佛堂。"

大家跟着陈老夫人先去佛堂里拜佛。

佛堂虽然不大，但空间很高，四壁黄幛，三尊佛像迎面而立，高到胸前的兽腿供桌上摆着贡品，一尊铜香炉里正香烟缭绕。自陈老夫人开始，依次叩拜之后，再出佛堂门，分别往自己的新居搬运行李，入住安歇。

热闹了一阵之后，大家各自找到自己的房间和活动区域，院内安静了一个时辰。但到下午，院里又热闹起来。大家都不约而来观看那对白鹤。白鹤站在水中的石头上，一时交颈相亲，一时展翅伸腿，一时又对天长鸣几声……大人们在院里有的高兴地游走，欣赏，有的搬了凳子围坐一圈闲谈欢笑。孩子们在园里奔跑、追赶、呼唤、欢笑，他们相互告诉着一处处惊喜的发现，交流着观园的兴奋。

十四岁的魏耆耆第一个来到父亲的书房。魏源见魏耆耆来到书房很是高兴地说："耆儿，你来得正好，我这里正缺个帮手。"

魏耆耆走进书房环视四周，长长的一排高过人头的书橱排满两壁，橙红的涂漆使书房里显得温暖宜人。西面为大窗，光亮通明。东面连通门外石径。一张束腰大画案正置中间，一张铁梨木官帽椅与大画案相配，画案上设有青玉雕大笔筒、白玉笔架、一方老坑椭圆形灵芝纹端砚，还有珍藏了多年的严夫人所赠的结婚礼物——精制的铜刻小墨盒。书橱里的书有成箱的，有捆包的，也有单本的，还有未装订的手稿本。魏耆耆一边给父亲搬书、递书，一边趁机又连忙翻上几页，两个眼珠转辘辘转，为的是看看新奇。魏源一边从儿子手里接过书来放进书橱里，一边跟魏耆耆讲解着那些书的来历和大略内容。

魏耆耆拿到那本《近思录》时，一看书封就感到眼熟。他翻开几页，果然是他曾经看过一遍的。魏源见儿子对这套书很喜欢，就跟他讲起这书的来历："我少年时要离开魏家塅到江苏你爷爷的任所读书，我的塾师刘先生决定将他亲手批阅过多次的这本《近思录》送给我作为纪念。我看着他从红木书柜里取出这本书来，在自己的藏书签名后加上赠书日期。他说，这是作为师徒情谊的纪念。这本《近思录》是刘先生最喜欢的，纸张好，版式好，印刷着墨都很好，他一直用书匣子保存着，每年读两遍，并随手做些眉批。现在你翻开书页看看，几乎每一页都极其认真地记有他读书时一闪而过的思考。刘先生和别人不一样，他喜欢把自己读书的感想记录在他珍爱的书上，说是这样才会把书越读越精，越读越薄。即使在魏家私塾教书，他也舍不得带上这本书，而只是带着另一版本供自己平时习读。如果换一个人向他讨要这书，他万万不会答应，但当时他是主动要送给我留作纪念的。所以，我无论在京都，在江苏，或者在别的什么地方，我都带着这本书，它跟着我三十余年东飘西荡。现在絜园应该是它的归宿。"魏源讲过这些才将这书小心翼翼地放进书橱。

魏源从魏耆孺手中接过自己所注《大学古本》时告诉魏耆孺："当年我在京都求学时，因年少无知无畏，带上自己所注的这本《大学古本》去水月庵向大名鼎鼎的姚镜塘先生问宋儒，请教《大学古本》注释。身居陋室的姚中书当即过目，于关键处反复翻阅后说：'古本出自《石经》，天造地设，惟后儒不得其脉络，是以致讼。吾子能见及此，幸甚！惟在致力于知本，勿事空言而已！'姚先生待人亲和无间，谈论娓娓，语皆心得，所出之言，无不传道、授业、解惑也！接着，姚中书还跟我说：'须知学问之人必主于修己！吾视万物，莫不有真趣。可见，人必自内定，然后可以应物。'我所注《大学古本》能得印行，多谢恩师指点。睹物思人，捧上这本书，我就想起恩师，记起他的言传身教。"魏源扯起衣袖沾了沾眼角，似乎是有泪水模糊他的视线。

魏耆孺提起一个又大又沉、包得严实的布包问父亲："这里面也是书吗？"魏源一看，说："是！这就是我此前跟你提过几次的《皇朝经世文编》。这书里收录了六百多位作者的两千多篇文章，上至本朝顺治，下至道光五年。内容包括政治、经济、文化、军事、学术等各个方面；分有学术、治国、吏政、户政、礼政、兵政、行政、工政等八大方面，六十三个专题，共一百二十卷。所以，你提起来才会感到这么厚重！这是我当年受江苏巡抚贺长龄之托，认真编纂的一部关于治国理政的大书。你将来读了这部书就会明白其意。"

少年魏孺耆好奇地追问父亲："其意何在？"

魏源原本想待魏孺耆成年后再跟他谈谈这些，没有想到魏孺耆今天就会问到。魏孺耆能如此一问，也让魏源深感高兴。他略带兴奋地说："在此之前，海内士大夫惟考据为学，刻舟求剑，以昨日之学对今日之事，大江南北尤盛。此风难免锢天下聪明智慧，使尽出于无用之一途。《皇朝经世文编》乃当世所需的经世可用之学。故一经印行，刷新世人耳目，凡读书人皆争相阅读。"

当魏孺耆将一个青布大包提上花几转手递给魏源时，魏源特地说了句："小心啊，这还是一部未刊印的书稿。"少年魏孺耆很是好奇，要求解包一看，魏源略一考虑便欣然应允。解开布包，映入眼帘的是："印心石屋"四个大字的双钩图。魏源告诉儿子："这是皇上赐给陶制府的御书双钩图，书封要用。陶公以得御书为荣，从朝廷士大夫到吴、楚人士，多为诗文以道扬盛美。陶公命我将这些诗文编辑为《御书印心石屋诗文录》十卷。"魏孺耆觉得很有意思地笑笑，似乎是明白有关皇上的事不便多问。但魏源很耐心地跟他说："凡国家当创造之初，人心思治，官朴吏愿，士纯工悫，男侗女庞，其君子勤礼而急公，其小人畏威而寡慕，故上常清静休养而天下治。休养日久，生齿炽而机变滋，人心日趋于利。利出于二孔，则不归于上，不归于民。有救时君子欲矫其弊而还其利，势必不得不出于更革。小更革则小效，大更革则大效，于是中饱不便之人辄群起而哗之。豁群哗之难，难于豁积弊，任事者遂动色相戒……陶公为国为民之忍辱负重，令吾辈动容！受命编辑此书并为之作序，我视为荣幸！"

还有两个最大的包袱，魏孺耆试着搬了一下，但搬不起来。魏源说："这个你不用搬，我还得慢慢整理一下。再入书橱。"

魏孺耆说："这好像是书又好像不是书。"

魏源指着一个大布包说："你猜对了，这里面有书，也还有很多其他的资料，大部分是我在京都和其他地方抄录下来的。这些资料是我为写《圣武记》这部书所准备的资料。"魏源又指着另一个大布包说，"这些都是我为写《海国图志》所积累的资料。"

魏孺耆不知道父亲这两本书写的是什么，没有什么想问的，一看搬完了摊在地上的书，他一拍手，蹦跳着出门往花园那边走了。

有了这个大书房，魏源丰富的藏书和资料得以分门别类、井井有条地整理出来。书房每天都被严夫人打理得一尘不染，魏源就如鱼归大海，鸟飞蓝天！他所有的知识、抱负都在这里汇集、萌芽和爆发……

魏耆也常来魏源的书房里。这天，魏耆走进父亲的书房，站在父亲身边看了一会儿，便问："父亲，你在写什么书？"

魏源说："你猜猜看？"

魏耆说："《圣武记》？"

魏源摆了摆头。

魏耆说："《海国图志》？"

魏源心里高兴地说："耆儿好记性啊！不过你都没有猜对。这本书叫《明代食兵二政录》。"

魏耆有些较真地说："搬书那天，我没听你说过这书。"

魏源说："是的，那天没有说是因为那天你没搬过这部书稿。当时，这部书稿就放在我的书案上，我正在编纂这部书稿，无须放进书橱里。"

魏耆见父亲一边答话还一边在稿纸上写字，又问："这部书现在很重要吗？"

魏源放下笔来说："是的，这部书是我继《皇朝经世文编》之后，编纂的又一部经世致用的书，我以为很重要！这个世界非常缺少这种有用的书！"

魏耆在父亲身边坐了下来，说："我想听听到底有何用途。"

魏源见儿子坐了下来，还认真得像个小大人，知他已童蒙初开，可以跟他说说了。也就放下笔，专心给他讲解起来："一国一朝之盛，必有其由。明代之得，在于清仕途，培士气，其失在于大权旁落。我朝乾、嘉年间，民不闻苛政，亦不见锋镝，而由乾纲亲揽，日见群臣，日答万几。而近年，无一岁不虞河患，无一岁不筹河费，黄河无事，岁修百万，在事塞决皆需千百万，此前代未之闻焉；江海惟防倭防盗，不防西洋，夷烟蔓宇内，货币漏海外，病漕、病鹾、病史、恙民之患者，前代未之闻焉。漕鹾以此日敝，官民以此日困，此前代所无也；士之穷而在下者，自科举则以声音训古向高，达而在上者，翰林则以书艺工敏、部曹则以胥吏案例为才，举天下人才尽出于无用之一途，此前代所无也；其他宗禄之繁，养兵之费，亦与前世相出入。故我欲编此书以参正之。全书分七十八卷，分为食政、兵政两大类，食政分为理财、养民、赋役、税课、屯政、仓储、荒政、盐法、宗禄、水利、运河、河防；兵政分为兵制、京营、亲军招募、战车、屯饷、茶马、防守九边形势……"

魏耆睁大两眼，听得似懂非懂，但父亲说的这些学问，在自己读过的书里还的确是从来没有见过。魏源看得出来，儿子也很感兴趣。

快到母亲寿诞这一天，大家都说要把寿诞办得热闹阔气一些，但魏源不让，他知道母亲的个性和意愿。寿宴可以热闹，但不可以阔气。魏源拟定寿宴菜谱时，考虑了扬州和邵阳魏家塅两地的口味，办定了九个菜：面食寿桃、烧椒茄子、粉蒸排骨、清蒸鳜鱼、党参鸽子汤、全家福、清蒸猪膀、白灼基围虾、蓬莱有仙翁（长寿面）。九与久同音，寓长寿之意。

季夏之夜，园内十分喜庆，但魏源不请外人，烛亮的厅堂里只设宴三席。厅堂正前所挂大寿字和寿联均为魏源所写。寿字正下方摆一张铁梨木圈椅，椅子下方垫了脚床，脚床前是一个用作晚辈下跪拜寿的草蒲团。

陈老夫人由严夫人搀扶着，拜过佛后来到了餐厅，魏源宣布寿宴开始。他扶着母亲在铁梨木圈椅里落座后，厅外面放了一挂长鞭炮。接下来，自魏湖始，魏源、魏浚、魏淇偕家中妇孺，一家二十余口依次为寿星下跪拜寿，拜毕入席。

酒过三巡，大家又议论起这个家庭祖辈的事情，议论起从邵阳魏家塅迁徙到江苏一路上的经历，以及全家人走到今天的不易。陈老夫人还说起魏邦鲁尚未最后入土，是她的一大心病。有远道而来祝寿的邵阳魏家塅的人劝说陈老夫人："今天是你大寿之喜，不谈这个话题。"陈老夫人说："邦鲁虽死犹生，他与我时时相伴，在我心里他从未离去！我不忌讳这个！"

正当大家在厅堂里说得热闹时，魏源的侄子魏彦一眼看见两只白鹤已经从花园那边蹀步过来，站在厅堂门口又是梳理羽毛，又是伸颈相望，又是鸣叫起舞。魏彦说："它俩也像是来祝寿的！"当大家都拥到厅堂门口看它俩的热闹时，它俩又相邀高飞到水陆洲上鸣叫。

魏彦说："这肯定是吉象！"

大家都说魏彦这孩子真聪明，懂事，又这么会说话，给寿宴多添了喜庆。魏源当众摸摸魏彦的葫芦头说："这孩子我喜欢！我就把他当儿子待了。"魏彦果然聪明，转身就给魏源磕头一拜。魏彦是跟随魏家塅人前来给堂奶奶拜寿的，他想不到堂叔父魏源这么喜欢他。他家正是兄弟姐妹多，生计困难，如能跟着叔父在这里生活，那就真是万幸！

　　魏源如此喜欢魏彦是有原因的。他远望着这对白鹤思绪万千，顿时默念起他几年前所写的那首《悼鹤》诗："月前孤唳为谁哀，无复双栖影绿苔。岂是孤山林处士，只应花下一雏来。"

　　那年，为协助江苏巡抚陶澍和布政使贺长龄督办漕粮海运，魏源有很多日子都住在上海。有朋友送他一对鹤，饲养到元旦那天，一只鹤伤足而殒。次日他接到家信，他的次子闰儿（昌耆）殇矣。在絜园放养这对鹤，也有对已殇的闰儿的怀念。眼下这对鹤如此生气勃然，而魏彦又如此这般聪明，如此这般讨他喜欢，在魏源心里就如他的次子闰儿复现，他就想把魏彦留在家中。

　　寿宴之后，魏源独自一人在碎石道上踱步，由母亲想起自己早年的漂泊经历，想起家庭往事，想起父亲、祖父，以及魏家的亲人，想起自己现在在这里读、写、会友之余能浇花、饲鹤，或在藤荫下长坐，听雨打芭蕉，或呼儿课夜更，独坐静听天籁之音……夜虽已深，他仍不能入睡，顺手拿起扫把扫了一阵落叶，一阵凉风拂面而来，借着酒兴，又独自站在絜园的望月台上诗意大发，自吟自赏起来：

　　　　炎暑走入冰壶里，天风凉得心如洗。

　　　　此是谪仙何世界，梧影不动檐鸦死。

　　　　月华有露兼有霜，月气非烟亦非水。

　　　　此时灵光不用回，万象无声念无起。

　　吟过此诗，他走下月台，继续在絜园里环游。幽蓝的高天前面是梧桐的粗枝和阔叶。月明星稀，刚刚还与人为伴的双鹤现在已在水陆洲上悄悄融进了静静的夜色，但月光仍照亮着它们亲昵的身影。他又一边前行，一边吟道：

　　　　幽院月当心，花深灯影深。

　　　　月斜水边槛，照见花间禽。

　　　　此际无言客，眠桐不鼓琴。

　　　　中宵微雨过，积翠滴成音。

　　　　驯鹤千年羽，藤龙百尺阴。

　　　　偶来藤下坐，欲把鹤当琴。

　　　　阔步恒高视，长鸣自赏音。

　　　　百年吾与汝，不操履霜吟。

寿宴之后，魏源独自一人在碎石道上踱步，由母亲想起自己早年的漂泊经历，想起家庭往事，想起父亲、祖父，以及魏家的亲人。

　　吟过此诗，忽听身后有脚步声音，魏源转身一看，竟是魏彦跟在他后边。魏源说："你还没睡？"

　　魏彦说："叔父，你今天喝了不少酒，我一直跟在你身边。"魏源感到这孩子很是贴心！他又意犹未尽地望着远处说："今后会不断地有朋友们来我这里聚会，会更加辛苦你！"

　　魏彦说："我不怕做事的！"

这些年为整治漕运、盐务和水利，魏源真是劳神苦思，夙夜在公。现在如愿以偿地在絜园为母亲办过了寿庆，尽了自己的孝心，心里难免欣慰和愉悦。但到年底，两淮盐运使俞德渊腊月二十在任上病故。这又让魏源忧虑起来：四月，两淮盐务干将王凤生去世，现在又没有了俞德渊，而两淮盐务又实在是复杂得难于对付！

不知是恶意还是善意，魏源有了絜园之后，名声也和两淮盐务搅和在了一起。先是扬州，而后江宁乃至全国各地都在传扬他做票盐生意赚了大钱，在扬州买下了豪宅，连家乡湖南的朋友也不断来信询问，有人还想和他一起做票盐生意赚钱。

门外已是暖风拂脸，雨滴像是变得很稠，落在花园的假山石头上立刻聚流成一层薄薄的水光。这时，突然来了个陌生人站在八字大门外要找魏源。魏源走出来一看，这人竟然还穿着一件宽大的兽皮大衣，戴着一顶很松弛的皮帽，几乎连眼睛都被罩住，让人认不出他是谁来。魏源提醒他说："请问你是找魏源魏默深吗？"

那人掀掉大皮帽嚷道："有钱建豪宅了，瞧不起我龚定庵是不是？"

魏源一见是龚自珍来了，真是又惊又喜："哎呀，这个季节你怎么还穿成这样子！这大皮帽、大皮衣，快把你扮成一头大黑熊了！哪还认得出你是龚定庵啊！——快快进屋歇息！"

两人紧挨着走进大门，龚自珍告诉魏源："我哪有钱买这豪华衣帽，是我南下途中在大风里渡河时湿了衣服，一位做皮毛生意的朋友见我穿得单薄，冷得打战，好意送给我的。解衣以活友啊！"龚、魏两人亲热得很，说话也无所顾忌，想说什么就说什么。

魏源说："这些年各自奔忙，见面甚少，颇为思念啊！"

龚自珍说："你现在倒是好了！"

魏源说："好什么呢，也不过能过日子而已。"

龚自珍说："都说你做票盐生意发了大财。"

魏源说："哪里呀！不过是遇了位会经营的好伙伴，他讲商德，分我些利钱罢了。但有外人说我发了大财，我也一概笑而不辩，让他们弄假成真，因为这有助于朝廷推行票盐。在你面前我得实话实说。咬牙建这个宅院，真正目的是为我年事已高的母亲颐养天年。"

两人会意一笑，彼此心领神会。

魏源陪着龚自珍走进秋实轩放下包袱，然后在絜园里游走转圈。龚自珍大为感慨："默深啊，在这个'避席畏闻文字狱，著书都为稻粱谋'的时期，你能有此建树，足矣！"

龚自珍内心里非常羡慕魏源眼下的生活。这一年他四十八岁，因进谏惹怒了上司，被扣了一年的薪俸。加之他叔父当了他的上司，按规矩，他必须回避，所以，早已在官场失意的他，趁机递上辞呈，南下回乡，只在民间向朝廷呼吁"不拘一格降人才"。

两人走至厅堂前站定，龚自珍指着堂门说："此处必得有一联相配。"

魏源说："我正等着一个人来撰写。"

龚自珍说："此人非我莫属！"

魏源一笑说："正中吾意！"

两人走进秋实轩书房，魏源叫魏孺耆前来站好，说："这位就是我常跟你说起的龚伯父。快快拜见！"魏孺耆施礼之后，魏源让他去研墨。

文房备齐后，魏源在卷头书案上铺好纸，龚自珍提笔便写："读万卷书，行万里路；综一代典，成一家言。"

果然才思不凡！魏源一看，甚是喜爱！

龚自珍说："因是抱柱联，我将单字字势稍稍拉长一些，如此站立感要好些。"

魏源说："这个做出来肯定效果好！"

两人在书房里坐定，家人端上茶来。龚自珍品过茶说："此乃陶制府家乡的黑茶。"魏源说："天下茶都逃不过你一张灵嘴！"

两人又谈论起道光六年一起参加科考时，刘逢禄所言"龚魏齐名"的往事，无不大笑释怀。此时，魏彦端着洗脸水来请龚自珍洗尘。龚自珍躲避之后，魏彦再次端着洗脸水靠近他。这惹得龚自珍很不高兴地对魏源说："我不喜欢洗脸，你看你的仆人偏要让我洗脸，贤主怎么能这样不尊重客人？"魏源只得笑着叫魏彦端着水走开。"这是我的从子魏彦。"魏源说。

龚自珍仔细一瞧，见魏彦长相英俊，又要魏彦放下洗脸盆，跟他说："你坐我身边来，为感谢你给我端水洗脸，我要给你讲个故事听。"龚自珍给魏彦讲了三个英雄人物故事，鼓励他男子汉将来要做大事，不能只会给人端端洗脸水。魏彦由讨厌龚自珍到喜欢龚自珍。魏源让他叫龚伯伯，他也叫得十分嘴甜。

至晚餐时，龚自珍站起来准备出门就餐，穿在右脚的布鞋一直在地上拖拉，很难随脚而移。魏源仔细一看，竟是鞋面和鞋底脱离。龚自珍说："哎呀，这双布鞋已穿两年了！"魏源马上让严夫人拿来一双新布鞋给龚自珍穿上，无奈魏源足大，而龚自珍足小，穿起来走路又还是松松垮垮。魏源说："只好请定庵兄将就了。"龚自珍却说："大船轻载，顺风快行。好得很！"两人相视，又仰天大笑几声。

为方便说话，魏源特要了酒菜在龚自珍卧室里对饮。两人酒至半酣，谈起穆彰阿与朝廷科考的老笑话。那年，顺德罗惇衍、泾阳张芾、昆明何桂清三人不到二十岁都中了进士，并入职翰林院。张芾、何桂清见穆彰阿权势炙手可热，便依附于穆彰阿门下，只有罗惇衍去拜谢大学士潘世恩。潘世恩得知罗惇衍没有去拜穆彰阿，大惊失色道："你没见穆中堂就先来见我，这下只怕前程堪忧了。"罗不信。次日，宫中果然传旨："罗惇衍年纪太轻，未可胜任，着毋庸前往，另派某去。"清朝二百余年，翰林院的人已被放差又收回成命者仅此一例。而当时罗惇衍已经十九岁，在此三人中他年纪最大。

谈到得意处，龚自珍大笑着跳上案头，手舞足蹈，其乐无穷。等到酒罢安歇，龚自珍竟不知一只鞋子飞往何处。魏源只得四处寻找，但也没有找着。直到龚自珍离开絜园之后，细心的魏彦收拾龚自珍睡过的床铺时，才在蚊帐顶上发现那只鞋子。

送走龚自珍不多日子，一个陌生人在一个黄昏里直接走进了魏源的大门。魏源惊奇地问他是谁时，他不出一言，只拉住魏源便往屋里走，一直走到魏源的书房里，他才放下包袱说话。他告诉魏源，他是徐老板派来结账的。于是，他将一包银两和一份结账单递给魏源看。魏源一看，不无吃惊地说："徐老板的票盐生意做得好好的，怎么一下连本带利都要和我结断不做了？"

那人传话说："我们徐老板说，各地鸦片泛滥，银贵钱贱，白银外流，又自然灾害四起。鸿胪寺卿黄爵滋正奏请严禁鸦片，湖广总督林则徐也正奏请湖南、湖北严禁鸦片。我们徐老板说，各地烟患还不算，尤其一些盐商趁烟患之乱，又死灰复燃，重霸盐业。如此下去，大乱即将降临，他不敢再做生意，特地派我来将你的本利结断。"魏源怅然若失，日子刚刚好过，财源又被切断。他只得说："你回去转告徐老板，我和我们一家人都非常感恩他，对他十分敬佩！"

那人将包袱揭开说："请你对照附单，点清银两。签字后将回单给我。"

魏源说："徐老板包好的银两，我不用清点。"

那人说："那就请魏先生在这结账回单上签个大名。"

魏源在清单上写下："本利全清。魏源致谢！"

那人拿上清单就走，魏源怎么挽留他都不依。

魏源有一种不祥的预感，这一切都与鸦片输入日增有着密切关系。此后，一大家人的日子就靠最后这点儿连本带利的银两维持。

鸦片之事已经越闹越大，魏源知道英夷不会善罢甘休。

在这个山雨欲来风满楼的日子里，世事难料，人人自危，众人无不忧虑生存。魏源先是收到昔日同僚陈世镕的来信。他高兴地开信一读，却又哭笑不得。信中说："自丙申金陵作别，岁星一周。中间接足下书一，萧梅生书一，刘子玉书一。梅生言：足下盐利大获，在扬州买宅，居然与富商等，子玉亦云。"陈世镕中进士后，去甘肃就职前与魏源在金陵相见作别。魏源有意不与其谈论票盐生意一事，是因陈世镕胆小怕事。现在看来，陈世镕也是听了朋友们传言，还真以为他魏源是"与富商等"了。魏源收起信来，下意识地摆了摆头，轻轻念道："世镕是真正的老实人，连他都信以为真，难怪世人都说众口铄金啊！"

接着又收到了故乡人柘农的来信。柘农即贺熙龄，是贺长龄胞弟。柘农此时正主讲长沙城南书院。城南书院曾与岳麓书院齐名，张栻与朱熹都曾在此讲学论道。

因为与贺长龄的密切关系，贺熙龄自然也是魏源好友。同时，魏源又比贺熙龄小了六岁，所以，贺熙龄还是兄长。看完贺熙龄的来信，尤其另纸所询票盐赚钱一事，似还有意涉足票盐生意，魏源心里真是复杂而沉重，甚至有口难辩。这一天，他一直思考到夜深人静时才开始复函。

柘农先生左右：

违教十载，鄙吝日积。每逢湘中故人，侧闻名山讲席，人才兴起，养苍生之望，储霖雨之本，引领故乡，神驰天末。源自遭大故（父逝），全家廿余口，流落无归，因而营葬江南，又无山可买。……

承别纸俯询淮北票盐情形，此事试行一二载之初，原有倍利。其时源以不谙事之书生，又无将伯之助……大半未能亲手经理，以致连年负累，几于身家荡尽。两岁以来，始觅一心计之友湖北徐君与之合办，一切交其握算。而源以身往来其间，始有把握。故卜地既成，而宿负亦偿，非真有鸱夷之术，累致千金，亦有亭林之材，囊贮余智也。今春买盐贩多号少，不过三折，受累者居其大半。……迥非试行初年之比，况买不足数乎。

家乡粮食各项贸易，三分利息者甚多，何必涉险数千里以图此不可必之事。若源则流落江、淮，无可谋生，不得已就近经营，以为免死之计，非择其利厚而为之。……

信刚发出去，故乡人邓显鹤来了。邓显鹤走进八字大门，就如走进了自己的院子，他大声呼唤着："默深——默深——"

魏源在书房里忽然听到耳熟的邓显鹤的叫声，他感到惊奇，走出来一看果然是他！魏源像当年进京求学时一样，把邓显鹤当作亦师亦兄。他接过邓显鹤肩上的包袱说："我还以为是在梦里听到你叫我呢。"邓显鹤严谨而寡言，但见到魏源却有很多话想说。他感叹道："默深啊，一晃就二十多年了！多少事都成了过眼烟云！还是道光五年来过扬州，多年了，这次是因为要刊印王夫之的《船山遗书》来扬州有事，听说你做票盐生意赚了大钱，买了豪宅，就来看看你。"

魏源还是苦苦一笑说："刚给柘农先生去信，说明做票盐生意赚大钱不过传闻而已。实则陶制府治理两淮盐政，我责无旁贷，其中艰难一言难尽。外面也不知是谁出于何种目的，都说我是做票盐生意赚了大钱，买了豪宅，其实，像我这样的园子，在扬州遍地皆是，也不过一般人家的宅院。"

邓显鹤说："别人想说什么就说什么，各人的嘴都长在自己鼻子底下，你封不住！"

魏源说："我主要是想让母亲颐养天年才建这个院子。但这个话我在母亲面前不敢这样实说，只能说是为了支持陶制府推行票盐制。真正说来，我为推行票盐制而去做盐生意之时，根本没有想到会有钱建这个宅院。"

邓显鹤说："鸦片成灾，积弱积贫民不聊生，别怪人家眼浅。"

魏源说："我想，也是这个道理。"

两人走至客房门口，魏源将邓显鹤请进客房。安放好行李后，两人再出门逛园子。走到中堂处，邓显鹤停下步来看着那副抱柱联说："此必为龚定庵手笔。"

魏源说："你好眼力！定庵兄来此小住，见此处无联便自告奋勇。"

邓显鹤说："刘逢禄先生有'龚、魏齐名'之说，他写此联最有深意！"

魏源说："定庵真是率性人，那天他在这里高兴得手舞足蹈，最后连脚上的鞋子都不知踢到哪儿去了。几天后，家里人才在帐顶上发现。"

两人在园子里转了一圈，邓显鹤感到赏心悦目，说："我在新化的老家虽然占地十亩，比你这里宽阔，房子也不少，但都作了刻坊、印刷之地，各个角落都堆满了印版。我把自己家里叫南村草堂，比不上你这里这么井井有条，住宅、花园各有天地啊！"

魏源说："你那里是湘学摇篮，文献之地。"

两人回到书房，又谈及进京和科考，以及师友们的近况。魏源问到湖南查禁鸦片情况时，邓显鹤说："湖南乡村人也吸食鸦片成瘾！鸦片烟已使民众病入膏肓，如不以壮士断腕之志，已无可救药！"

魏源说："鸦片不禁，吾国吾民必灭无疑！"

两人自见面起一直谈得甚欢。但魏源留邓显鹤多住几天时，邓显鹤没有答应。他说："我正忙着辑刊《资江耆旧集》《沅湘耆旧集》《楚宝》《宝庆府志》，如不是为《船山遗书》之事顺路而来，我们还真是没有机会在此见面叙谈。"魏源又向邓显鹤请教自己的著述《圣武记》和《海国图志》的刊刻事宜，邓显鹤在书籍刊刻和印刷方面是专家，他给魏源介绍了全国各地的刊刻、印刷情况，供魏源选择。

邓显鹤很忙，第二天早早就道别返湘。魏家人在打扫房间时发现客人在桌上留有诗笺，家人把这首诗转交给了魏源：

> 眼明写正群经字，脚健穿残万岭云。
>
> 树影深藏镫形静，市声初歇鹤声闻。
>
> 贫能将母谋絜养，穷坐著书多古芬。
>
> 我别扬州今十载，重来何幸一逢君。

魏源反复吟诵之后，悟出邓显鹤对自己的关爱和期望，仍然如当初陪护自己进京时那样殷切，父亲所托之人，果然乡情深深！

初春的深夜，魏源刚准备入睡，严夫人慢慢坐起来将桐油灯光挑大了一点，提醒魏源说："你又该去参加会试了。"魏源看着严夫人说："这次我就不去参加了。"

魏源想起中国已烟患至深，想起去年闰四月鸿胪寺卿黄爵滋奏请严禁鸦片，命各省将军、督抚妥议；想起去年八月，湖广总督林则徐等奏湖南、湖北查禁鸦片，收缴烟土、烟枪的情形；想起去年十一月朝廷命林则徐为钦差大臣赴广东查办海口事件，节制全省水师。此时，英国输入中国的鸦片已增至五万余箱。魏源想起今年正月，林则徐着手整饬海防……

严夫人皱了眉头说："你没有忘记我们圆房时，我送给你的那个精致的墨盒吧？"

魏源说："这个哪能忘记呢！但湖广总督林则徐奉命在广州查禁鸦片，声势浩大，威震华夷。此时，国难当头，我去京都参加会试，就算考中进士又如何？我要居家待命，一有需要，将赴粤或别处抗敌！"

严夫人想了想说："那好，大丈夫当立功、立德、立言！"

一天早饭过后，魏源脸含笑意来到严夫人床前。严夫人因病已几天没有起床，不知魏源何故而高兴。她问道："你今天有何喜事如此一脸喜色？"

魏源说："待会儿你就知道了。"

严夫人说："外面天气如何？"

魏源告诉她："正值春暖，满园花开。"

严夫人说："可惜我有病在身，不能陪你看看外面的春色。"

魏源说："今天定要让夫人高兴一回。我先出去一下。"

过了一个时辰，门外响了一挂长鞭炮。魏源披红戴花朝着严夫人走了进来，手里捧着一个朱漆梓木托盘，托盘里放着用红绸缎覆盖的东西，托盘前悬挂着一幅观音送子图。魏源一直走到严夫人床前，严夫人还不明其故。她吃力地坐起来问道："默深，你这到底是要做什么？"

魏源说："夫人，我们又一个儿子诞生了。"

严夫人说："你这是说的什么话呢？"

魏源说："夫人，你忘了我们二儿子昌耆幼殇时，我在你面前许下的诺言了？"

严夫人说："我记不起你当时说过些什么。"

魏源说："当时见你太伤心，我就说，以后，我每出一部新书，就当是我们生下个儿子！"

严夫人记起来了，笑着说："两口子说过的话，你还这么认真！"

魏源将托盘的红绸缎揭开，严夫人一看，果然是一套新刊印出来的《明代兵食二政录》，又见魏源背后跟着前来看望她的家人，严夫人吃力地坐正身子，接过新书抱在怀里，感动得泪流满面。她强作笑容地对魏源说："难得你这么费心！"

此时，水陆洲上的那对白鹤也飞起来落在房门口。严夫人心情好了起来。大家离开之后，她下床在门外走动几步，见满园花红柳绿，暖风拂面，那对白鹤正在水湄恩爱相依，心情更加愉悦。当晚她进食一小碗米粥，觉得身体有了起色，夜里还在藤廊下赏了一会儿新月。魏源挽扶着她说："此后，我每出一部新书，都仍当着我们添了个儿子。"

严夫人靠近魏源怀里低眉一笑说："那就我是爹，你是娘了！"魏源终于让严夫人从痛失幼子的悲痛中慢慢走了出来。

一个天气有些阴暗的下午，魏彦急步走进藤荫书屋告诉魏源，有位中年布衣男子在大门外来回转圈已久，就是不进大门，不知其故。魏源放下笔略思片刻，走出门外远望了一眼，怎么也认不出这人是谁，为何有如此行为。

魏源只得走出大门说："请问先生……"话还没有说完，那人转过脸来，竟是曾经和魏源朝夕相处过的周诒谷。周诒谷虽着布衣，但不失当初的整洁端严。魏源惊呼道："诒谷兄？是你来了？何不进门？"周诒谷两眼热泪，颤抖着嘴唇，痴痴地看着魏源，半天没有说出话来。

周诒谷是周石芳侍郎的侄子，自幼随周石芳在江西、江苏和京都官署里生活。嘉庆甲戌十九年，魏源入京都求学、科考时，有很长一段时间都住在周石芳家中。他一家人不仅悉心关照魏源的起居生活，周侍郎还四处揄扬魏源的诗文，使魏源得以名满京师，使朝中公卿争纳交结。当时，他和周诒谷如兄弟般朝夕相处。周侍郎卒后，周诒谷随丧归里后久未联系……

魏源深情地问道："为周侍郎作神道碑铭那年我们见过面，一眨眼，又过去十三四年了！"

周诒谷说："我经常想念你哪！"

于是，两人如当年般亲热，摩肩而行，走进絜园。安排停当后，魏源陪着周诒谷在絜园漫步交谈。两人在秋实轩的廊椅上歇坐下来，魏源说："在周侍郎家中时，每到开餐，你都要给我盛饭，弄得我不好意思。"

周诒谷说："我非常喜欢你读书时发呆的样子。"

魏源说："我们那时都年轻不更事，我是后来才想起周侍郎当时承受着非常沉重的压力，但他从未在我们面前说过半句怨言，悄悄承担了很多。"

周诒谷说："伯父一生是秋风大雅不染尘。即使以'手书'为抚臣奸奏而致其身遭职削并连累家人时，他仍持守气夷色和。"

魏源说："公文学在士林，典型在乡邦，政绩在海内，李兆洛所作的周侍郎《行状》和江苏《请祠名宦公状》均有公论。"

如此谈到深处，周诒谷反而沉默无语。魏源问道："兄此来是否有事相商？"

周诒谷摆头说："没有。十几年未见，听说你做票盐生意赚了大钱，买了豪宅，来看看你。见你还不忘学业，我就高兴！"

魏源明白周诒谷此话的深意，说："尊兄是怕我丢了自己的学业？"

周诒谷说："是的。伯父当年于你之厚望，我心里最为清楚！"

魏源说："我算是辜负了周侍郎的厚望。多次会试都名落孙山，说起来真令我深为羞愧！"

周诒谷说："我倒不尽是说你的科举功名。我最期待的是你的经世之学能有大成。"

魏源说："谢谢尊兄知己！不妨去我书房一坐。"

于是，两人来到书房。周诒谷走进书房，见两壁尽是书墙，立刻如释重负地长叹一声说："我要告诉伯父：魏默深还是当年那个魏默深啊！"魏源指着书案上和书橱里大包大包的资料跟周诒谷说："我正在撰写《圣武记》和《海国图志》。这些是我在京师史馆秘阁的官书和士大夫私家著述中收集的资料。"

周诒谷问道："《圣武记》何书何用？"

魏源说："君问何书？我生以后数大事，及我生以前上讫国初数大事，皆在其中。共十有四卷，约四十余万言。君问何用？今国内鸦片成灾，财不足用，兵不强敌。今夫财用不足，国非贫，人材不竞之谓贫；令不行于海外，国非羸，令不行于境内之谓羸。故先王不患财用而惟亟人才，不忧不逞志于四夷，而忧不逞志于四境。官无不材，则国桢富；境无废令，则国柄强。桢富柄强，则以之诘奸，奸不处；以之治财，财不蠹；以之搜器，器不窳；以之练士，士无虚伍。如是，何患于四夷，何忧乎御侮！"

魏源一谈到鸦片之害，周诒谷就有强烈的同感。周诒谷说林则徐任湖广总督时，湖南、湖北收缴烟土、烟枪的声势浩大。

魏源听后内心一喜说："山雨欲来风满楼啊！"

送走周诒谷的当天晚上，魏源奇怪地梦见搭载自己的漕运大船在海上颠簸，醒来后吓出一身大汗。严夫人问其何故，魏源知非吉兆，闭口不敢直说，心里便担心起近来一直患病的陶澍。

陶澍自年初朝廷批准他因病开缺之后，暂住督府署内调治养病。魏源早早赶去府署看望陶澍时，陶制府的案头上正摆着厚厚的几本《资江耆旧集》样稿，一旁还放着他正在写作的此书之序。邓显鹤来絜园时和魏源谈起过这部大书即将开雕，他们商定最好是请陶澍作序。当时陶澍的身体很好，没料到他一得病就如此之重。魏源问过陶制府身体，又见他脸色不好，说："制府既开缺养病，何不好好休息？"

陶澍见魏源来了，心里高兴，说："邓显鹤费九牛二虎之力，收集编定了这部《资江耆旧集》。此书起自明代，止于当下，共收资江流域诗人、文士四百一十一人，各种体裁的诗作四千四百余首。全书共六十卷，另附有《资江盛事》一卷。去年周诒朴就将书稿交给我了，我得抓紧办妥。"

周诒朴是周石芳之子，与陶澍、魏源来往密切。魏源说："这我知道，当时您正抱病节署，力疾趋公，不遑昕夕，检旧所收录本，命周诒朴分编入集，经补搜集所未备。此书工程浩大，您万不可过于劳心！"

陶澍说："默深你来得正好，序中有关'三湘'之说，我念给你听听。"

魏源马上说："您不能如此耗神！还是让我读一遍吧。"

"三湘之称，俗以湘乡、湘潭、湘阴当之，此皆后世县名，征之不古。朱子以潇湘、蒸湘、沅湘易之，而蒸湘之名亦不的。蒸本细流，湘水所纳，如郴、如渌、如涟、如浏、如沩、如汨，不下数十水，何独言蒸？且古无是说也。窃谓湘水在九江最长且著。必综其首尾核之，而后三湘之名可定也。湘出广西之全州北，至永州城外，而潇水自西北来入之，谓潇湘，此旧说也。及至长沙过湘浦，而资水分流东入之，谓之资湘，地在湘阴，一名临资口，即陵子口，古黄陵庙也。又北入湖，与沅水合于湖中，谓之沅湘，此则《水经》之原文也。以潇湘、资湘、沅湘为三湘，当为不易之论。"

魏源读完此段精论，诚服得点头称是。又劝说他切不可过劳。

陶澍强撑身子仍挥毫润色序言，跟魏源说："此乃我之资产也，耆旧集中不可无余序！"

别后仅一月，六月一日，陶澍因病加重，自知存世之日不多，遂要暂署两江总督陈銮代写遗折，但陈銮在清江浦视漕，赶不回来。

六月二日，江宁一整天阴暗不明，到酉时大雨滂沱。陶澍像是突然病有好转，端坐案前自己动手拟写遗折：

"夏至以后，痰涌气喘，日渐沉重，病入膏肓，药石无效，余生将尽。……臣惟遗嘱子孙，奋勉读书，日后得能成立，稍有寸进，上报鸿慈，以补臣未尽之志。则臣虽奄然物化，亦瞑目矣。……"

守候在陶澍寝房门口的家人、朋友、幕宾，见他写完遗折已是大汗淋漓、热泪满脸，无不唏嘘叹赞。陶澍摇晃着，站起来，又在加高了手托的座椅上坐下，然后，如释重负又无所牵挂地斜靠着，夫人用毛巾轻轻地沾着他额上的汗水，陶澍舒适而安详地闭上了双眼……

时至酉刻，鸡将归笼，一股凉风从门外使劲地吹了进来，几根照明的蜡烛同时熄灭。黑暗中突然一阵哭声。蜡烛再被点亮时，陶澍画上了生命的句号，终年六十一岁。

在陶澍生病期间，魏源常去看望，但陶澍临终时，魏源来迟一步，他赶到时，这位向他爷爷借钱求学、后来官至两江总督的平民之子——陶澍，已经是一副灵榇停在灵堂里。

灵堂里挂着很多挽联，正面两侧挂的是林则徐的挽联：

大度领江淮，宠辱胥忘，美谥终凭公论定；

前型重山斗，步趋靡及，遗章惭负替人期。

似乎是林则徐的这副挽联，割开了魏源的情感伤口，他将陶澍嘱他完成的《筹鹾篇》呈放在灵前，头顶着灵榇喊道："陶公，您醒醒！您醒醒啊！魏默深来矣！您嘱我所作的《筹鹾篇》来矣！"于是，魏源抚柩大哭而诉：

源自弱冠识公京师，中岁栖迟江左，受知至恳以笃，曾预托以身后乐石之文……

公为翰林能诗，为御史能言，及备兵川东，摘伏发奸，又为能吏。值今上新政，首受知遇；二载，历两司至巡抚。其抚安徽，厘库项亏空，以豁三十年之吏敝；举义仓、水利，以拯三十州、县之灾黎。……

公自任督抚以来，如漕务之创海运，三江之修水利，淮南之裁浮费、截粮私，淮北之裁坝扛、改票税，皆恒情所动色相戒。公奋不顾身，力排群议，卒能创始善终，可久可大。而海运、票盐，尤百世之利，后之筹国者，必将取法焉。皆由圣天子明目达聪，任贤无贰。……

公所辖三省，河、漕、兵、农、吏治、水利、海塘、繁剧甲天下，又兼管盐政，案牍如山。数载以来，心血耗罄。……用人必尽其所长，凡拔举至方面节钺者，皆有名于时。服官数十年，起居如寒素。公余手不释卷，奏议下笔千言，无能代具草者。……爱才好士，讲论文艺无倦。建惜阴书舍于江宁，专以经史古文课士。建震川书院于嘉定，并求归太仆后人为奉祀生，建守候在陶澍寝房门口的家人、朋友、幕宾，见他写完遗折已是大汗淋漓，热泪满脸，无不唏嘘叹赞。

敦善书院于海州以造士。访求湘潭陈恪勤公后裔，为置祭田。……倡建悦生堂，以赡京师穷民；回籍时，则捐渔税，议禁罟籪，以利资江之行旅。无时不以济人利物为志。

源自弱冠入京师，及来江左，受公知数十载。曾命编次奏稿，并托以身后志状，言犹在耳。……

呜呼！陶公啊！……

陶澍灵榇由妻儿护送回湖南安化小淹原籍……

魏源送别陶澍之后，回到扬州絜园，一家人也为之悲悼！魏源直至遵陶澍生前之嘱，写成《太子太保两江总督陶文毅公行状》和《太子太保两江总督陶文毅公神道铭碑》两文之后，还沉浸在连连失去师友的悲伤之中。

直到何绍基从京师东下，来到扬州絜园与魏源叙旧时，魏源才从悲伤的阴影中稍稍解脱出来。

时至深秋，春天催开在絜园的花朵，经一个长夏都长成了果实。现在红的红，黄的黄，很是赏心悦目！魏源陪同何绍基在絜园里慢慢欣赏，两人先谈了些国事朝政，再又谈起京师的学问和书法。何绍基说："京师人才之数，魁儒硕士究朴学、能文章者，辐辏鳞化，日至有闻。至于网罗六艺，贯穿百家，又巍然有声名位业，使天下士归之，如星戴斗，如水赴海，在于今日，惟仪征及司农两公而已。"但魏源在京师求学时，仪征、阮元鼎盛时期已过，魏源只从师于后起的一辈，如姚学塽、刘逢禄、胡承珙……

两人回到古微堂书屋，何绍基一见书案上已文房飘香，便得意地挽了挽袖子微笑道："此是为我所备吧？"

魏源回笑说："子贞来了，岂能不留墨宝！唯愿你的墨宝洗我心头之痛。"

何绍基非常理解陶澍弃世之后魏源的悲伤，略一想，便挥毫写下四个大字："果味满园。"魏源一看，果然耳目一新，字里透出汉魏骨血、鲁公筋力，自成一味，墨韵无穷。魏源甚是喜欢，默赏良久，爱不释手。

何绍基小魏源五岁，最初的交往是先见其文，后见其人。魏源记得自己科场几次失利后收到了何绍基的书信，拆封一看，内文只有诗一首，名《柬魏默深》："蕙抱兰怀只自怜，美人遥在碧云边。东风不救红颜老，恐误青春又一年。"当时展读起来，诗意如画般展现在眼前，顿感身心轻松，意志坚强而神清气爽起来。

275

后来，两人都非常关注对方。这不仅仅因为两人是同乡，更因为两人同为科场落榜又在继续坚持科考的人。何绍基不仅希望自己科场顺利，也希望魏源锲而不舍，坚而不摧。

魏源的学识和诗文在京都大受褒扬后，大家对魏源拥有较高的期望，最初的两次秋闱，魏源都被抑置副榜。何绍基八岁跟随父母在京都拜阮元、程恩泽等名师求学，十八岁时参加了顺天府乡试即京兆试亦落榜。两人谈及过去的师友时，魏源又把包世臣的那句忠言搬了出来："诸多师友，诸多良言！我犹不能忘怀慎伯兄所说：'人生但期有益于世耳，身虽不显，而所言得行，苍生实受其福，夫复何憾？'"

何绍基顿悟道："读书人斯言诚哉！诚哉！"

离别絜园时，何绍基赠诗魏源：

> 著述匔匔吾老默，今日絜园真请客。
>
> 杯盘好在不经意，正似征人有行色。
>
> 霜余果味方满园，读书养亲天所思。
>
> 今古微言恣深讨，又闻精猛课宗门。

何绍基走后，魏源读其所赠之诗时，深有愧疚。他本是想把招待何绍基的席面弄得阔气一些，但果如曾经合伙做票盐生意的徐老板所预言，大乱将临，票盐制几不能运行，原来所分的利钱已经用得所剩无几，经济上明显拮据，家中用度不能不力尽节省。幸得何绍基能够理解，一句"杯盘好在不经意，正似征人有行色"让魏源在无奈中感到一丝幽默。

清明前夕，一位草履布衣的人突然来找魏源，见面一问才知是新化罗洪乡的罗金鉴因仰慕魏源大名，带着两本书稿来请他作序。新化与邵阳向来被视为同乡，罗家是著名的地理学之家，魏源不得不接受邀请。

由两本地理书，魏源想着父亲的灵榇还停放于苏州城外的金姬墩，没有最终入土为安，他预感外夷可能来犯，得抓紧处理父亲的灵榇。但他做完这两本地理书序后，朝廷又命他去督浚徒阳河。

徒阳河段开凿于秦代，沿途多高地和大小夹岗，易淤难浚，历代均以为患，自康熙、乾隆下来，每朝必有疏浚。河岸多有古迹传说，邑志所载北固山杨公祠故事便是其中之一。说是顺治二年，北固山杨公祠壁有女子题诗，自言台州人，卫氏，字琴娘，出嫁三月而遭兵难，掠入淮河，乘间逃还后，至此而死。

魏源在浚河顺利进行的日子里，来到杨公祠，睹物思人，观事怆情，他乘兴作下《京口琴娘曲》寄情：

> 山下江涛撼楼橹，阑干花亚红禽语。
> 红禽楼下逐花飞，楼上红飞堕楼雨。
> ……
> 猿惊雁怯江声近，鹤寡鸾孀月色浓。
> 北固山头半城雪，西陵渡口行人绝。
> 冤禽叫下上山云，鬼鸟啼红寺门血。
> 阿爷生我阿娘慈，袖中团扇妾郎诗。
> 君生妾死君休问，妾死君生君不知。
> 风风雨雨摩山壁，字字行行带泪题。
> ……

魏源怀着此情从北固山杨公祠下到河边，所约之船已在此等候多时。他洗过手，坐上船顺水而行。沿途河岸险夷多变，民房农田错落有致，河上船只来往如梭，这让魏源一路观看不舍。几经辗转，至京杭大运河与江河交汇处丹徒口时，古镇码头上的繁华扑面而来，吆喝议语，进出船只，弥漫耳目。远处两座老桥连接河岸，使万家烟火夹渠而居，青石板街道蜿蜒曲伸，商贾云集，酒旗如云。徒阳河的重要，在这里可见一斑。

又几经周转，魏源来到太仓。太仓属苏州府，南临宝山。父亲在宝山做水利主簿时，魏源来过这里，不过以前来太仓只为游历，这次来却是身带公务。

泊在港口的大小船只篷帆密挤，多得几乎让魏源看不到边际，只见桅杆在蓝天下如春笋般晃动。码头上看不见波浪，唯能听得见船与船之间挤出的波浪拍击船体的暗响，桅杆也在那远近不一的水响里摇摇晃晃。魏源走上摇晃的甲板，一边看船，一边看河。忽然，他发现一位奇怪的老汉，矮短的身材站在船上如铁砧般沉稳。魏源仔细一看，又见他两眼绿瞳，但无胡子，唯有一脸如铁钉般的胡桩密冒出来。魏源忽然记起一个人来，他走过去问道："您老好像我前几年见过的一位老船主。"

那人笑着说："我也觉得我们面熟。"

魏源再一看他，说："我见过那位老船主叫阿三老伯。"

老人说："是啊是啊！我就是！"

魏源转而又疑惑地说："您那一大把秤钩胡子怎么不见了？"

老人哈哈大笑地说："吃饭喝酒都碍事，割掉了！不过，要不了一年半载它又长出来碍事了！"

魏源一看他壮实的身板，真是羡慕，说："只怕是阎罗王忘记您老还活在这个世上了！"

两人又仰脸开怀一笑，老人才说："你是督府里来的人吧？"

魏源故意一笑说："我不是。"

老人说："你是！我们见过面的！"

魏源故意问："我们何时见过面？"

老人一笑说："几年前，漕运改海运时，你和陶大人、贺大人在一起，我们见过面。你还问过我一些漕运、海运方面的事情。"

魏源很是佩服地说："人说'记不全，问魏源'，我看老伯记忆力比我还强。"

老人说："你别说好听的哄我！"

魏源仍如上次见面一样，为老人这么健壮而高兴。他兴致勃勃地说："没想到今天还能见到您。上次见到您时写的那首诗，今天我一定还要吟诵给您老听听。"

老人说："我只认得自己的名字，哪里听得懂你的诗啊！"

魏源说："听得懂听不懂没有关系，我一定要表达我的兴奋之情。"

魏源在船桅前站出一种姿态来："百廿年前旧掌篙，自言身阅四朝漕，只今一舸千金费，当日堪酬四百艘。"

老人好像是听懂了魏源的诗，脸上陡添了得意的笑容说："这首诗你上次就对我念过，写得实在！写得好！当时的漕粮运费真是高得惊人啊！"

魏源说："您还真是听懂这诗了。"

老伯说："上次你还问过我，一年当中，何时航行，何时不航行。"

魏源与老人相视而笑。老人又说："那位贺大人还问我，在海上航行时见过什么事故没有。我说，当然见过。不过那也只是百分之一二。"

魏源说："贺大人现在去山东了。老伯您真是好记性啊！"

老人说："陶大人还问过我，由上海行船到天津，要多少天。我告诉他，顺风的话十多天可到；不顺风，最多也不会超过一个月。"

魏源说："陶大人前不久辞世了。"

老人眉头一苦说："我这把年纪了，该死！陶大人他不该死！一定是阎罗王弄错了！"

魏源说："有几人能活到您这样啊！我将来要是活成老伯您这个样子，那我就算是神仙了！"

老人说："你是来疏浚徒阳河的吧？看你这面相，又做了这么多好事，你一定会成神仙的。"

魏源说："您老才真是得道成仙之人。让老伯猜对了，我就是来督察疏浚这条徒阳河的。"

魏源自弱冠与邓显鹤一同北上京师时沿途见黄河泛滥之灾，就有治水之志。数十年来，他亦将治水作为经世的主要学问之一，著有《筹河篇上》《筹河篇中》《筹河篇下》《畿辅河渠议》《湖广水利论》《湖北堤防议》《江南水利全书叙》《东南七郡水利略叙》等，督浚徒阳河虽是"受檄"从公，却也让他很是快意！何况这一趟除了与地方官员落实浚河措施外，还有意外的收获，比如写杨公祠的诗，比如再见陈阿三老伯……

回到絜园的当夜，魏源感到很累，严夫人给他端水洗脚时才发现他脚后跟已经有了一个大血泡。严夫人轻轻抚了一下血泡问道："你沿途不坐轿吗？"魏源说："沿岸很多地方不能坐轿，坐轿就离河道很远，必须走路；无路可走的地方，也只能坐船。"

严夫人说："这血泡可不小啊！"

魏源说："过几天嫩肉皮变老了就不痛了。我年轻时走再远的路都不起血泡，人老了反倒肉皮变嫩了，人真娇惯不得啊！"

魏源这晚睡得很沉，就如离开了这个世界进入一个瓶罐之中！听到屋外有叫他的声音，他睁眼一看，四壁漆黑，也不知自己是在何地。他原以为是梦，严夫人告诉他，是魏彦的声音，他才明白这是在自己家里，并问是何急事，这么深夜叫唤？魏彦在门外说："是来自张渚的三位客人，他们连夜赶到这里，有要事相商。"

深夜还有明显的凉意，魏源起来穿戴好，站在客厅里迎接客人。三位客人匆匆走进门来，施礼后，在魏源对面的座椅上落座。魏源一看，三位陌生布衣客人，一位已是雪须飘胸的老翁，一位也是六七十岁的老人，另一位是四十多岁的中年人。他预感到，这种年龄的三位客人匆忙赶来，必是有最重要的事情，但魏源一时想不出会是什么大事。

老翁稍稍理了下衣袖，两只大手掌压紧在双腿上严肃地说："昔日尊父魏公分司吾镇，厉行乡约，平息争讼，启蒙生童。每遇严寒则施棉袄、炭资。值岁大灾，为人捐赈，诊病施药饵，还开粥厂救济饥民，昼夜劳于粥厂，与饥民同寝食者数月。吾乡人已上其事于县署。魏公后在苏州钱局任事。苏州钱局向为利益所在，然尊父任内五年实能弊绝风清，破除旧习，不受陋规，现已载入《荆溪名宦志》。今闻魏公葬地未卜，何不效仿朱邑啬夫葬桐乡之例呢？"

西汉朱邑，字仲卿，庐江舒县人。他是当时有名的清廉官吏。朱邑早年曾做过舒地桐乡的乡官，行事公正廉明，体恤民情，爱护百姓，从不动用刑罚，对鳏寡孤独者——上门慰问、赈济，所以，当地百姓对他十分爱戴。后来，朱邑年老患病，他考虑到来日不多，给儿子留下遗嘱说："我曾做过桐乡的乡官，当地百姓爱我，我死后一定要把我葬在桐乡。你们子孙祭祀我，不如桐乡的百姓祭祀我。"果然，朱邑死后，他儿子遵嘱把他葬在桐乡西城外，当地百姓为他建冢立祠，年年祭祀，香火一直未断绝。

父亲在任上所为善事，有的是魏源所闻，有的是魏源所见，如捐赈、施药、设粥厂救民，魏源十几岁随父读书时都亲见过。民间对父亲如此尊敬，魏源心里大悦，但又不无担心地说："父亲在世最不愿连累百姓，若灵榇回荆溪张渚安葬，必有诸多事情牵连。"

老翁说："这你不必过虑。荆溪乡民已举其大贤山之吉地赠魏公以葬。"

另两位客人也同时站起来请求："乡民已在大贤山选好吉地赠魏公以葬！望勿迟疑！"

魏源也站了起来，他难抑激动地说："国朝面临的形势严峻，我暂无精力考虑父亲灵榇入土之事！"

老翁上前一步强调说："此事在急！你只需同意即可，其他诸事由我们张渚人办妥！"

据林则徐转知魏源，全国鸦片进口已达四万余箱，白银外流至三千多万两。正是忧于国朝命运，魏源才写成了《明代食兵二政录》，唯想唤醒朝野官民。魏源再次解释："我正暗里待命，一有需要，将赴粤与林制府并肩禁烟御敌。我岂能为父亲入土一事分散精力。"

老翁说："正因夷敌在沿海逼近，我们张渚人才日夜着急！如夷敌沿海北上，犯我吴越，尊父灵榇岂能落入夷敌足下？"

魏源内心怦然一动，终于沉默下来。他想起父亲临终时说过："我没，贫不克归葬者，可留家于吴。然宝山不可……"

老翁说："难道魏先生是对张渚人不信任吗？"老翁说着就要给魏源下跪为誓。

魏源马上扶起老翁，终于答应说："家父虽不能与朱邑比，但归葬爱戴之地，想必父亲也很乐意。"魏源终于同意这三位来自张渚的客人的请求。

早饭后，魏源同三位客人一同往张渚大贤山看地，乡民留下的果然是一块让魏源满意的地方。于是，张渚来人将魏邦鲁的灵榇由苏州城外金姬墩运往张渚大贤山安葬。当地乡民闻讯，夹河两岸送行者十里不绝。

父亲入土为安之后，魏源感到从未有过的轻松。但令国人未料及的是，五月，英舰果来封锁广州江面与出海口。六月，英军就来攻打定海。林则徐在广州禁烟所受的挫折，外夷对中国沿海的威逼，简直让魏源如火烧脚背。朝廷对鸦片禁与不禁，因两派斗争激烈，皇上有时也举棋不定。魏源唯图助林则徐一臂之力，但又鞭长莫及，他只得废寝忘食地编著他的《圣武记》。他要在这部书里将本朝御治的英雄人事都推而广之，将史论与纪事相结合，充分彰显他对历史事件的精深思考，并与经世思想紧密结合。通过颂赞清初的"盛世武功"，使民有英雄之气概，激发朝廷和民众抗夷御侮的决心，使人阅过此书而不患于四夷，不忧于御侮，使大清王朝重回"官强""兵昌""令行""军政修""四夷来王"的强国，以抵制夷人入侵，为林则徐禁烟旗开得胜奠定人心基础。

19

京口有约

大家在餐厅里吃早饭，却不见魏湖到席。

魏彦去房间叫他不见回应，又揭开被子摇了摇他，这才急忙回头告诉大家说，魏湖昨夜里去世了。大家感到十分吃惊，都赶过去看个究竟。魏湖的身体一直都是好好的，没听过他呻吟一声，怎么就走得这么突然呢！这一时大家就都想起他的好处。这么多年来，魏源很忙，魏淇后来捐了个盐运使，也在外忙着公事，魏浚也像父亲一样捐了个巡检，一年都忙着。魏湖一直都是家中的主要劳力，就像是雇佣的长工，家中有重活都是魏湖干。父亲晚年在宝山时也是魏湖作陪。有魏湖时大家都未觉得魏湖重要，今天突然没有了，大家才觉得家里其实离不开他！家里开始传出轻轻的哭声。但陈老夫人作为母亲也只哭了几声就冷静下来跟大家说："魏湖是他父亲的好儿子，他父亲需要他，是他父亲将他带走了。"说完，陈老夫人朝她的佛堂里走进去，很快，佛堂里就传来从容的木鱼声，让人平静。

大家也不深究陈老夫人的话有无道理，只求有个说法。魏邦鲁入土不久，魏湖就突然去世，想来也是个情理。大家开始处理魏湖的后事。

一个风摇红叶的傍晚，魏彦引着黄冕从大门口走进来。落日余晖正照亮着絜园的古木老干，那对白鹤正立在假石山下的水湄边带着几分倦意地歇息。魏彦将黄冕领进秋实轩客房安顿好，喝过茶，然后来到魏源的书房。魏源正伏案写作，魏彦告诉他："叔叔，黄冕知府找你有事。"

黄冕是长沙人，不仅是魏源的老乡，他们曾经还同在陶澍幕下处事过一些日子。黄冕二十岁即为两淮盐使，在陶澍为巡抚和总督前后，历授知县、州府同知，其所任无不躬行。作为县署官员，黄冕于浚河、票盐、海运均完成过重要任务。自海疆兵事起，闻英国自南东进，他作为知府已赴浙江前线视察。魏源正要了解沿海外夷进犯情况，听说是黄冕来找，自是迫不及待地要见他。他立刻放下笔，盖好砚台，出门来迎。

黄冕也非常急迫，在客厅一见面，就从身后包袱中取出一圆形怪物件递给魏源。魏源一时眼生，问是何物。黄冕告诉他："连日来有奸夷潜来军营窥伺，经我官兵追捕，夷人被伤后坠崖而逃。这是当地百姓渔船水手捞获的夷帽，给你饱饱眼福。"

魏源两眼放光，好奇而郑重地接受了这份特殊礼物，置于桌上仔细观察了一番，又得意一笑说："此物价值亦如夷敌人头！"

黄冕也得意一笑。黄冕比魏源小一岁，视魏源为尊兄。黄冕说："听说尊兄正在编写一本介绍外夷情况的书，愚弟特来告知你一件新鲜事情，顺便带给你这个礼物。"

魏源一听兴致陡涨，说："你从前线来，你说的新鲜事一定是抗夷之事吧？快说我听听。"

黄冕说："你还真猜对了！六月七日，英军占领定海，浙江巡抚乌尔恭额因定海失守，办理不善被革职后，七月，皇上命伊里布为钦差大臣，前往浙江筹办进剿夷敌。在他来宁波视师之时，我们抓获了一名叫安突德的英国俘虏。这是一名上尉炮兵，当天他带着一名印度仆人在青林岙测绘地图时，被当地乡民擒获，已押解到官府。为了获取更多的英夷情况，我们请你去一同讯问。"

夷敌这么快就犯至定海，令魏源非常吃惊！

魏源正在编写《海国图志》。他已经收集了不少文字材料，而此时此刻，他最缺和最想得到的就是直接从夷人口中取得的第一手资料。现在算是人想天助，机会来了！他说："我这就马上收拾行李随你一同赶去！"

严夫人为他收拾好行李，魏源跟随黄冕前往军中。

特意布置的审讯室不大，但空间很高，桌椅简洁得使气氛十分森严。室内只有相关的五人在座，审讯前鸦雀无声。黄冕陪同魏源在审讯席上就座之后，旁边有人传话："带人！"

我方军人押出一位黄头发、鹰嘴鼻的英俘从前门走上来，押他的人将他置坐在魏源正下方待审。

魏源见英俘傲气未消，有不在乎之意，便将手里令牌在桌案上重重一击，钢铁脆硬的撞击声从墙壁上弹回耳里。英俘果然受惊，颤抖一下身子，稍稍缩了缩颈脖，低下头来。

　　魏源从姓甚名谁开始，一一讯问下来，边问边记。问答双方表达的意思都由站在一旁的中国翻译官转达。

　　魏源的审讯细密得让英俘吃惊。此前他已经接受过中国方面的几次审讯，从无这次细密。从近至远，从小到大，就像在死鸭子身上拔毛，仿佛是要一根不剩！这一审也让魏源觉得自己就像推开了一扇从未开过的天门，见到了从未见过的异域奇观。

　　原来这耀武扬威的英吉利国，不过东西长一千六百里，南北横广六七百里，就像中国台湾、琼州形势，只不过是欧罗巴洲之小国。国中亦并无丰富出产，不过产豆、麦。少稻，不给于食，皆仰给邻国。但因濒海，专事贸易，故船炮讲求至精。凡商船所到之国，只要见其守御不严者，便以兵压其境，破其城，或降服为属藩，或夺踞为分国。其已在西海、西南海、南海所夺别国之土远大于英吉利本土。其中间以他国土地，不相联属者，或十余日，或半年航程不等，全以兵船往来联络之。凡所占城土，皆据其险要，驻兵防守，设官收税。凡兵饷官禄，皆取给于关税。其国海口共五关，凡货出洋回国者，值番银千圆之货上税五十圆，每年可收二百五十余万。其各属国之关税，则随处支用报销，不解回本国，每年计千二百余万，而孟塔拉地居六百万，孟买地居三四百万。原来毒害中国之鸦片惟产此二地，孟塔拉产大土，孟买产小土，其行销中国最广，故其税最多。余各属国，合计每年不过二百余万而已。令魏源深感奇怪的是，英吉利不产鸦片，亦不食鸦片，却能坐享鸦片之利，富强甲西域。英吉利养兵十九万，武官以火器考试入伍，月俸最高者有六人，达二千五百圆；一千五百圆者有三十余人，其余为三百圆，次者二百六十圆，以次递减。今在舟山英夷军舰上的伯麦（如中国的将军），月俸为二千五百圆，而布尔利（如中国的总兵），月俸为一千五百圆。文官则无论大小，皆先纳赀而后试之。得官后如不称职，乃黜降之。国都地名伦敦，距海口二百里，有河通海，河广三十丈。王宫皆在城外，山后为旧王宫，山前为新王宫。旧宫方四里，为朝贺之所，新宫方二里，为游幸之所。左隔河为城，距宫十五里。城外为太医院，医官数十。右三十里则为先王之墓。河桥五道，河中多火轮舟，过桥则倒其桅而行。火轮舟行最速，所以通文报。盖王宫依山阻水，山上有炮台，以师兵为营卫，故不必城中而后固也。英吉利与荷兰、佛兰西，其发皆卷而微红，不剃、不髻、不辫，惟剪留寸余，不使长。其长发者，惟妇人耳。西洋国多奉天主教，故其纪年以耶稣诞生之年为纪年开始。今英吉利书称一千八百四十年九月二十日，即道光二十年八月二十五日者。尊卑相见，重则免冠，轻则以手加额而扩之，皆立不跪，惟祭神乃跪。嫁娶择配，皆女自主之。如男女有成议，则及期会亲族，入巴底行庙，男女皆跽神前，僧为诵经，问男问女愿否？皆以愿对，则与二烛，各执其一，男授女，女授男，而吹熄之。复听诵经毕而归男家。女束发，尚细腰。国中女子之权胜于男子。宝贵贫贱，皆一妻无妾。今国王乃女主，名域多喇，年二十有一，登位二载余。左右侍从皆宫女，无男子。每临朝听政，国中宗室大臣皆坐而议政。凡国王临朝，手执金镶象牙杖，群臣进谒，屈一膝，以手执国王手而嗅之，是为其国中见君父最敬之礼。女王有子传子，有女传女，如子女俱无，则大臣公择其亲族中有才者嗣位。……

讯毕，安突德被带走后，魏源还坐在讯问席上不舍离开，他就如置身于英吉利国中的闹市，感受到了英国的政治、经济、军事、文化甚至婚礼风俗等。中国与英国在他脑子里形成了强烈的对比。偌大一个中国岂能在一个小小的英国面前如此无奈？在远道而来的几艘炮舰面前不堪一击？今之胜负其症何在？自林则徐在广州禁烟以来，英夷依仗船坚炮利对中国连续发动侵略进攻，中国先是因为狂妄自大，后又自卑自弃，甚至闹出些愚昧无知的笑话，最后导致节节败退，求和不得，欲罢不能。他越来越觉得自己要尽量收集外夷的政治、军事、经济、文化、技术、礼仪等各种情况，要写出一部介绍外夷的大书来唤醒国人，让中国人睁开两眼看清世界，学习夷人的先进技术，造出先进炮舰，然后，打败和教训夷敌！

魏源根据自己的审讯记录，并参考能找到的所有资料，写成了《英吉利小记》，将英国作了较为全面的介绍。但仅仅介绍英国还显然不够，他要写的这部书应当介绍海外各个国家的现状。

魏源趁这次讯问英俘，在中国军营里小住了一段，因而，他耳闻目睹了不少国内和外夷的事情。

自林则徐由湖广总督受命以钦差大臣在广州禁烟御敌以来，已在克服挫折中节节取胜。林则徐到达广州后，首令外国烟商在三天之内如实报告存烟数量，并要求他们写出保证书，声明"嗣后来船永不敢夹带鸦片，如有带来，一经查出，货尽没官，人即正法，情甘服罪"。林则徐一再表达自己的决心："若鸦片一日未绝，本大臣一日不回，誓与此事相始终，断无中止之理!"但外夷烟商在英国政府代表、驻华商务监督查理·义律的指挥下,顽固反抗,拒不缴烟和具结。林则徐采取特别严格的有效措施后,外夷烟商才不得不交出鸦片二万二千二百八十多箱,计二百三十七万六千余斤,并于六月三日,在虎门监视销毁这些鸦片。这一壮举令当地城乡民众无不拍手称快,连各国洋商亦称颂中国此政。

道光帝阅完林则徐虎门销烟奏折后,欣喜万分,得意地踱起步来,说:"可称大快人心事!"又拿了两张红绫纸,端坐在御书房桌案上,十分认真地书写了两个大字,一"福"一"寿"。并传话说:"此二字赠少穆爱卿。过几天就是他五十五岁的生日。"

林则徐自知外夷不会因此死心,他一边禁烟,一边备战,增修炮台,布设断江木排铁链,除整顿已有水师外,又招募数千渔民编成水勇,以保证取得抗敌胜利。

因广州备战御敌有力,外敌果然无法入侵。但英军炮舰枪口一转,沿海岸北上。让朝廷始料未及的是,五月义律领英舰刚到达广州海面,开始封锁海口,六月就攻陷了定海,直逼天津。

外夷毒害中国人之法,总是披上"文明"外衣,以蜜衣毒丸惑人害人。初则不识,久则方悟,悟时晚矣!这实在非常狠毒!为让中国人"快乐至死",鸦片是他们选中的最好的"文明杀手"。最初,鸦片在康熙时,不过是以上税的药材输入,即便到乾隆三十年,每年所入也不过两百箱作为药用。到嘉庆时,嗜者日众,始有禁其入口。嘉庆末年,每年私鬻鸦片为三四千箱,并只集中在澳门,后来扩散到了黄埔一带。道光初有过查禁,所以鸦片商游移到了水路四达、中外商船出入必经之路——零丁洋的趸船上买卖,且日益增量并以一般货物进入。福建、浙江、江苏等地商船即从外洋贩运,其粤商则皆在口内议价口外运入。此时,如要灭绝尚不为难,但当时官府要员以种种理由放纵,致藩篱溃决。

至道光十七年,总督复设巡船阻烟,但水师已积恶成习,欺上瞒下,串通一气,受贿收烟还邀功领赏,致使进入中国的鸦片猛增至每年四五万箱。

还是两年前的四月,在一次朝议中,鸿胪寺卿黄爵滋就在道光皇帝面前直言:"近年各省漕赋之疲累,官吏之亏空,商民之交困,皆由银价昂,钱价贱。……而银少价昂之由,由于粤东洋船鸦片烟盛行,致纹银透漏出洋,日甚一日,有去无返。此烟来自英吉利,洋人严禁其国人吸食,有犯者以炮击沉海中，而专诱他国，以耗其财，弱其人。……今则蔓延中国，横被海内，槁人形骸，蛊人心志，丧人身家，实生民以来未有之大患，其祸烈于洪水猛兽！积重难返，非雷厉风行，不足振聋发聩，请仿《周官》用重典，治以死罪！"

鸦片对中国的毒害，朝臣们已经不是第一次提及，主张"严禁"与"驰禁"的两派，已当着皇上的面争论过数次，但像黄爵滋把话说到这个份上，还从未有过。道光帝看上去仍然平静端坐，不言不怒，心里却已暗下决心：这鸦片是已到了非禁不可之时！于是下诏，"各省将军、督抚会议速奏"。

各省将军、督抚上奏，使朝中已经形成的"严禁"派和"驰禁"派更加暗流激荡，尤其"严禁"派中林则徐之奏折让道光帝大为震彻。林则徐奏道："烟不禁绝，国日贫，民日弱，数十年后，匪惟无可筹之饷，抑且无可练之兵。"并提出了六条禁烟具体办法：一是收缴烟具，以绝馋根；二是各省于审议后出示，分一年为四限，递加罪名，以免观望；三是加重开馆兴贩及制造烟具罪名，勒限自首，以截其流；四是失察处分，先严于近；五是著令地保、甲长查起烟土、烟膏、烟具，庇匿者罪同正犯；六是预讲审断之法，以杜流弊……

禁烟六条之后，又附以戒烟经验药方数种。这让道光帝眼前一亮，很是欣赏。

大清朝经康熙、乾隆之盛，到嘉庆、道光已成强弩之末，让雄心勃勃的道光帝感到朝政之弊积重难返。漕运之艰难，盐政之沉疴，水利之遗患，库银之拮据，无处不让皇上感到裂罅难弥、良臣难觅。道光帝不禁又怀念起前不久辞世的陶澍，怀念他在漕粮海运、票盐、水利治理等诸多重大朝政上的担当和忠诚。从林则徐的这番忠言里，道光帝感到此乃是可担当大任之重臣。况且，林则徐自从翰林院外放以来，所到任职之地，无不尽职尽责。道光帝已先后召见林则徐十余次，听取他的禁烟意见，并赐他可以在紫禁城骑马的特殊待遇。

数年前，林则徐与陶澍同在江苏，陶澍为两江总督，林则徐为江苏巡抚，当时，魏源在陶、林之间的幕府里来往，如鱼得水。之后，林则徐由江苏巡抚署两江总督、湖广总督。道光十八年冬，皇上命其为钦差大臣，节制广东水师。道光十九年三月，林则徐以钦差大臣身份驰驿抵粤，在军民的有力支持下，与两广总督邓廷桢联手，一面加强海防备战，一面晓夷禁烟。英舰几次攻海防，皆被我军击毙无数。道光二十年一月，英国驻华商务监督查理·义律对禁烟不服，以惯用的强盗逻辑，在珠江口进行武装挑衅，破坏禁烟。清政府调两广总督邓廷桢为闽浙总督，林则徐为两广总督，意在加强禁烟御敌。林则徐与邓廷桢在沿海广筑炮台，操兵练武，随时准备击败来犯夷敌。至二月，英国任命义律和他的堂兄乔治·懿律为对华交涉全权代表，英军六月率舰队进攻广州。两广总督林则徐在军民支持下，防守严密，英军无功而返，只能沿海北上。英军炮舰攻击厦门时，又被闽浙总督邓廷桢督师击退。英军见林则徐、邓廷桢布防严密，攻取不进，再转而北上，攻浙江定海。定海因防务松弛失陷之后，英军已直逼天津，胁迫朝廷就范。

英军炮舰北上如此轻易就夺关略地，这本是当地海防松弛所致，而魏源得到的消息是，朝廷认为此乃林则徐禁烟惹怒英夷。皇上一见英军炮舰突然到了天津，心里一片茫然，不无慌乱，又听直隶总督琦善说英国所不满者不过只是林则徐一人，只要朝廷严惩林则徐，所有问题都可迎刃而解。"驰禁"派也都公认琦善言之在理。逼急的皇上只得说林则徐"自查办以来，内而奸人犯法，不能净尽；外而兴贩来源，并未断绝；甚至本年英夷船只，沿海游奕，福建、浙江、江苏、山东、直隶、盛京等省，纷纷征调，糜饷劳师，此皆林则徐等办理不善之所致"，并下令"林则徐、邓廷桢著交部分别严加议处，林则徐即行来京听候部议"。林则徐被本朝官员诬陷而遭革职。魏源简直不敢相信，刚刚还是禁烟功臣，皇上还御书"福""寿"为他贺寿，这怎么可能又被革职查办呢？魏源不得不为林则徐捏一把大汗，并作《寰海》一诗抒怀：

寰海蚨飞尚未知，江河蚁溃起何时。
乾坤嗜欲兴弧矢，饮食需屯召讼师。
孰使卉皮轻节钺，只因薏苡似珠琪。
不诛夏览惩贪帅，枉罢朱纨谢岛夷。

英舰到达天津后，乔治·懿律将外相巴麦尊致清政府的照会递交直隶总督琦善，照会中以赔烟款、割让岛屿等条件相胁迫。皇上似乎惊慌失措，派琦善与英军谈判，又命琦善为钦差大臣兼两广总督赴广东，以征办林则徐为条件，甚或将酒肉送上夷船，乞求英军自天津返回广州谈判。

而被革职后的林则徐眼见英敌猖狂得势，而我军防务被废，真是痛苦万分，但他心定仍如平日。深秋的一天，他依旧起得很早，开门一看，阴雨冷风扑面而来。因新任钦差大臣、总督未到，林则徐回身入室，作过第四号家书，由军邮封寄出去后，仍往小北门外永康炮台演放炮位，午后又赴箭道校射。在林则徐心里，自己的职可以被革，但新任大臣未到，海防不可有一时松懈！

他回署得五百里廷寄一道，知英逆义律他们已前赴天津递交呈书，经直隶总督琦善代为转奏，朝廷已准英商赴粤通关，并将以琦善为钦差大臣来粤查办林则徐。林则徐明白，皇上中了谗言。既如此，也就只有听命。

魏源在他的絜园一边著书，一边为林则徐担惊分忧。林则徐为何不像当初禁烟时那样不厌其烦地向皇上奏明原因？当年推行"海运""票盐"时，陶澍也遭不少朝臣、盐商诬陷，但陶澍能屈能伸，一边力行，一边不忘接连向皇上奏请，即使在推"票盐"缉私中闹出了"黄玉林案"这样的大事，他也能在风口浪尖的船头上稳坐。

其实，林则徐也已反复向皇上奏请，问题是英夷炮舰突然到达天津直逼朝廷，皇上不得不考虑自己的危险处境。

琦善到达广州后，不仅忙于查办林则徐，还一反林则徐所为，一心讨好英夷，在军事上撤销防务，向英敌卖媚。林则徐试探性地提醒了琦善一句："琦总督可忘了我们改河运为海运的日子？"琦善诡笑了一下，说："此一时彼一时，我们得听皇上的。"

林则徐无语，心里却想着吏部还没有正式文件，于自己的处分还可能有变。

但只过一天，林则徐正式收到吏部文件，知自己被"交部严加议处，来京听候部议"后，只有加紧办理移交。看到公文的当日傍晚，他将封好的印、文交出，做好了一切准备，包括住房都已交割完毕，并定于十月初二起身进京听候部议。但十月初一吏部来文，又将林则徐革职并折回广东以备查问差委，无须赴京。于是，他又只得暂住广州，但必须搬出官署，另行租赁民居。

林则徐只得移居到高第街连阳盐务公所暂住。他本是要静静地听候问责，无奈听说他被撤职查办后，抚军以下的官吏皆内心不服，以私人名义前来拜见，粤东绅民也纷纷送来颂牌。至十月初二，已有五十二面颂牌。

林新街众铺民罗万安等送牌两对："仁风共沐，明鉴高悬"和"翰屏望重，厘保功高"。

　　桨栏街、装帽街众铺民泰隆号送牌两对："民沾其惠，夷畏其威"和"勋留东粤，泽遍南天"。

　　太平街众铺民经纶店等送牌两对："民歌孔迩，户被洪休"和"恩留东粤，泽遍南邦"。

　　濠畔街众铺民允中行等送牌两块："口碑载道"和"遗爱甘棠"。

　　小市街众铺民朱人寿等送牌两对："神以制物，静以安民"和"轻裘缓带，冰鉴玉壶"。

　　安徽绿茶商俞澄印等送牌两块："宽裕温柔"和"发强刚毅"。

　　太平门外新基铺民德信店等送牌两块："精诚耿介"和"民怀其德"。

　　十三行街众铺民广盛店等送牌："甘棠遗爱，琴鹤清风"。

　　六省武彝茶商公送牌两对："明察秋毫，忠心对天"和"循循善化，苍生霖雨"。

　　油栏绅士、铺民李致三等送牌两对："恩流五岭，化被重洋"和"清明仁恕，廉洁威严"。

　　土茶帮职员熊德星、众铺民等送牌两对："学源泗水，心印蒲田"和"明同金鉴，清澈冰壶"。

　　又广州乡绅公送来颂牌八面："公忠体国"，"清正宜民"，"韬铃振武"，"教育兴文"，"烟销瘴海"，"风靖炎州"，"德敷五岭"，"威慑重洋"。

　　以个人名义赠送颂牌的还有：翰林孔季勋，候补中书加同知衔金菁茅，候补同知张维屏，礼部主事陈其锟，即用六部员外郎许祥光，前吴川训导陆殿邦，刑部主事黄玉阶，国子监学正李名奇，归善县教谕郑允升，惠州教授陆淳康，南海举人吕陈谟、区光藻、陈鳌、钟壁光、黄亨，番禺举人钟逢庆、陈澧，岁贡周瑞生，东莞举人肖酉邻，新宁举人邝吉祥，三水举人欧阳祺，六品衔举人梁信芳，高要举人区士杰，增城举人肖月恒，琼山教谕黄玉衔。

　　撤职查办，交部严加议处，林则徐默默忍受；民间源源不断送来的这些颂牌，林则徐也默默地收下。宠与辱，对于林则徐来说，已是司空见惯，升与降，此前他已经历过多次。现在他仍是有条不紊，照章行事。他叫人把这些颂牌全部送到天后宫里放着。

　　朝廷将林则徐撤职查办后，义律回浙江镇海城，向清廷官员索要俘虏安突德。清廷官员无奈，只得派人到洋船上去馈赠牛肉好酒，献媚讨好。当这些人首先向义律祝贺林则徐、邓廷桢被革职时，反遭义律的羞辱，他摇着满头金色卷发说："喏喏喏，林公自是中国好总督，有血性，有才气，但不悉外国情形耳！断鸦片可，断一切贸易不可。贸易断，则吾国无以为生。吾国不得不全力以争通商，岂仇林总而来耶？"此举让这些朝廷官员自讨无趣，无地自容！

此时，汤金钊等朝中部分重臣为林则徐深抱不平，在皇帝面前力荐林则徐改去浙江军营御敌。皇帝对林则徐本无真恨，"交部议办"不过是无奈之举。第二年春夏之交，又让林则徐以四品卿衔，赴浙江镇海协防。

时主浙东战场的是新任钦差大臣裕谦。他得知林则徐要来浙江协防，真是暗自得意。在禁烟抗敌方面，裕谦和林则徐早已同心，所以，裕谦一心盼望着林则徐来浙同谋，筹划在浙东对入侵英夷炮舰以有力回击。

农历四月二十一日，林则徐从焦家溪、青麟渡至宁波府城。当地州、县官员来见，但因为要趁退潮赶往镇海，林则徐未让泊船。当地抚军、提督、镇守只好自己设法追上林则徐的船只。林则徐在船上见过他们后，傍晚到达镇海，住北城内蛟川书院。

第二天上午，林则徐本是要去看炮台，但前来拜访的官员将他拖到下午才得起身。

下午，林则徐先登招宝山观山海形势，又详细察看了新旧炮台。在观音、天后两殿前行过香，再返回到提督余步云寓所叙谈，至晚才回住所。接下来的几天里，林则徐一直在察看铸炮演炮，进行海防军务调度。四月二十六日，早饭后即赴炮厂观看铸造四千斤铜炮。不过几天，林则徐又去炮厂观看铸造八千斤大铁炮，与抚军提督一起观看放大铜炮演习，并布排有利炮位。但在招宝山观看演放大炮时，林则徐刚跟前线指挥官提出官兵管理欠严，一炮兵就因大意，将一根火线掉落进火药桶内引燃了火药，烧伤数名炮兵。林则徐严令官兵以此为戒，切加整改。

一个月来，林则徐无日不察看新旧炮台，踏勘海防，了解夷情，核实军务。五月二十五日，他一早就去东岳宫与裕谦和随营知府黄冕见面专谈海防，一整天三人谈兴未减。直到傍晚时，一位兵士前来急报说，刘抚军处刚接到兵部五月十三日有关林则徐咨文。林则徐正往下听他说是何内容，那士兵却闭口不言。林则徐明白他是不便明言，只好说："知道了。我这就去刘抚军处。"

林则徐赶到刘抚军处一看咨文，原是兵部奉上谕，说他林则徐在粤省所办营务均未能妥善，故与前总督邓廷桢一并改为发往新疆伊犁效力赎罪。林则徐看完上谕，震惊无语。刚来浙江协防夷敌啊！如此朝令夕改，说明皇上已无力控制朝政。

林则徐若无其事地回到北城内蛟川书院，当夜收拾好行李，一夜未眠。第二天一早即将行李移至南城外码头上登舟。当地督、抚官吏不少人送行，大家议论纷纷，多有人打听朝廷为何要如此苛刻地对待林则徐。有人说，林则徐被革职后，是因为得了颜伯焘和刘韵珂的保荐才调浙江协防；有人说，林大人调浙江协防后，琦善那一套大长了英夷之气，欲让中国割地赔款，粤省禁烟、海防，最终无一得胜。近臣们只得仍说是林则徐遗祸，皇上更加愤怒……

但林则徐已离粤在浙，有口难辩，现在只有默认。

裕谦万万没有料到，林则徐刚刚熟悉过地形炮位，新的海防计划还尚未成形，就接到被朝廷流放去新疆伊犁的谕旨。裕谦如挨了闷重一击，看来，朝廷是有人盯上林则徐不放了，非置他于死地不可！裕谦送林则徐上船时，两人以泪相对。林则徐忧心忡忡地站在码头上遥望着远方，深沉地叮嘱裕谦："我个人被革职查办，放伊犁效力赎罪，这都无所谓，只是定海严防夷敌之任重，夷寇之坚船利炮，你万不可轻心大意！"

裕谦回道："我原是靠着你来共同谋划，不料时至今日此状，我也只有硬顶！"

林则徐郑重地告诉裕谦："我给你推荐一人，此人可当大任！"

裕谦问是何人，林则徐说："如能请得魏源入幕，可当一臂！"

林则徐船已离岸，裕谦仍站在那里目送长叹，心里抱怨：对付外敌无能，残害忠良成习！此风何日得止？国人何时能醒？

裕谦和魏源虽不算十分熟悉，但上次黄冕请他审讯英俘安突德时，两人也有过交往。与林则徐道别之后，裕谦马上派黄冕去延请魏源。

魏源得知林则徐自粤省来浙江协防，心里早就十分期待与之见面一叙。一天，听黄冕说林则徐被朝廷重新发往新疆伊犁效力赎罪，就掐着指头算定了林则徐路过镇江的日子。于是，到了时间，他毫不迟疑地从扬州启程赶往镇江等候。

镇江亦即古京口，为长江与京杭大运河的十字交汇处，乃水上交通咽喉。

北宋王安石诗云："京口瓜洲一水间，钟山只隔数重山。春风又绿江南岸，明月何时照我还。"

果然，在镇江公署大门口，魏源等到了林则徐。林则徐正由一些州府官员陪同前往府署，他一眼看见魏源后就惊讶地站着。他没有想到会在这里见到魏源，更想不到此去伊犁的路上会见到魏源。他怀疑自己是否看错了人。魏源上前施礼说："林公久念了！"林则徐说："默深啊，我何尝不是啊！"此时相看唯有四行泪！

还是林则徐能控制自己的情绪，他突然回过身来，跟陪同他的县、府官员们打了个招呼："今晚你们把我交给魏源。你们都回家好好休息。"地方官员还站在那里不知所措，魏源和林则徐已经朝前走远了。

两人未多言，只紧紧相依着往街旁树下走去。衙役将林则徐随身带着的几大箱书籍运进了署衙。

魏源将林则徐的随身包袱接过来背在自己身上，两人摩肩而行，来到一家酒楼门口。

店小二很机灵，见他二人虽穿着不阔，但一身官员文气，言谈举止不俗，将他们迎进店里，请上二楼，又领进了一个僻静的包间。

两人挨着坐下相视一笑，都感到此处非常安静，的确是个说话的好地方。店小二来问："二位贵客，来一壶金山翠芽，或是茅山长青，或是宝华玉笋？金山翠芽是镇江茶叶第一品牌，口感清香醇厚；茅山长青，也是镇江传统名茶，叶形扁直挺秀、色翠，冲泡后，汤色嫩绿，叶底明亮，入口倍感鲜爽；宝华玉笋呢，条索挺直紧结，色泽翠绿，香气清鲜持久。"

林则徐看着伶牙俐齿的店小二说："难怪你这店里生意好，原是有你这张招财嘴啊！"

店小二一掀长衫下摆，就朝林则徐深深一鞠躬说："谢谢大官人夸奖！"

林则徐说："这茶我都喝过，都是好茶！默深你点吧。"

魏源说："那就来一壶宝华玉笋。"

宝华玉笋的滋味果然是鲜醇爽口，汤色也浅绿明亮，揭开壶盖一看，叶底嫩绿匀齐，芽尖朝上，亭亭于杯底，真是如雨后春笋，令人喜爱。

两人品着茶，心中自有千言万语，但又不知从何说起，一时陷入了沉默。魏源最想问的当然就是广州禁烟的前前后后，但这正是林则徐当下的伤痛之处，他又怎么能在其伤口上撒盐呢？魏源想了想，还是从别的事情说起。他问道："林公是第几次来镇江？"

林则徐说："道光二年我就来过两次，还两次都游过焦山。焦山水晶庵有陈恪勤所书的一副门联：'山月不随江水去，天风时送海涛来。'记得原句好像出自朱子游鼓山涌泉寺的诗。当时所见《瘗鹤铭》原石破碎，嵌以他石，立于定慧寺门旁。眨眼又已过近二十年，不知近况如何。可惜这次是去不成了。"

见林则徐把话说到了这个份上，魏源马上顺着话说："朝廷的事现在真是让人捉摸不定，虎门销烟和广州、厦门御敌，明明是得胜，为何还要将你和邓廷桢革职查办？"

林则徐捋了捋胡须说："问题是英军炮舰攻克了定海，且直逼天津，要割地赔款，让皇上为难。"

魏源说："据我所知，定海、天津皆因海防松懈所致，如像你在广州，邓廷桢在福建一般加强海防，督军御敌，英军炮舰岂能轻易得逞？"

林则徐说："据我看来，也不是中国将士都不想御敌，而是他们不知道御敌之法。有知己不知彼者，更有既不知己亦不知彼者，他们盲目轻敌。这才是我军吃大亏的根本原因。"

魏源说："你所说正是我之欲言。现在国门已被夷敌打开，祸患恐不只今日所见。惟吾国之君臣、官民、将兵尽其能师夷长技以制夷是望。"

真是英雄所见略同，林则徐最想跟魏源说的正是此一话题。但此时，店小二又来荐菜："二位大官人，进我们酒楼不吃肴肉那就白来了。我们这里肴肉可好吃了！皮色洁白，卤冻透明、晶亮、柔韧，瘦肉红润，肉质细嫩，香嫩不腻，肉香宜人。切片成形，结构细密，具有香酥鲜嫩四大特色，爽口开胃，色雅味佳。配以姜丝、香醋，则更加风味独特。"

为了不耽误两人聚在一起说话的时间，店小二推荐什么菜，魏源就点什么菜。如水晶肴蹄、红烧河豚、清炖蟹粉狮子头、东乡羊肉、拆烩鲢鱼头……店小二却突然提醒魏源说："请问大官人，你们共有几位贵客？"魏源说："就我们二位。"店小二将菜谱往桌上一覆说："不能再点，已经点多了！"林则徐心里一阵感动说："这年月，酒楼做生意，是以多赚钱为目的，哪还怕有客人多叫菜的？这宴春酒楼还真是有高尚德行！"店小二说："我们店里面规矩，不能点多了浪费！"

魏源很想喝点酒，但不知林则徐心情如何。他跟店小二说："上壶酒。"店小二说："请问是要镇江百花酒还是丹阳米酒？"

林则徐拍拍魏源的肩膀说："默深，你要你喝，我是一滴不沾！"

魏源说："早年在京师的消寒诗会上，我见你喝过，也醉过！"

林则徐说："那是何时？此是何时？"

魏源稍思片刻，对店小二说："那就免酒了。"

饭后，两人都想闲散地走一走，消消食。两人沿一条千年老街一直往前走，来到西津古渡旁的渡客客栈。魏源已经在这里住了两天，他一直在这里等候林则徐的到来。

两人走进客栈，林则徐一看，客栈是深宅大院，青砖灰瓦马头墙，曲廊花池，雕花门窗，典型的江南院落建筑。上楼进了客房，魏源略带羞涩地说："今天，我是出于私心要了这么个偏安一隅的双人间，图的是我们晚上好好一叙，诚望林公不要介意。"

林则徐说："如此，正中吾意！"林则徐粲然一笑，这才将自己的随身包袱放置床头。两人各坐一床，沉默对视片刻。林则徐突然一声长叹，魏源问："林公是因委屈而由此长叹？"

林则徐说："一人委屈何足如此长叹！"

魏源问："那是为吾国无坚船利炮敌夷而长叹？"

林则徐说："你可知坚船利炮并非神仙所造，人有所想，即有所器。难道吾国无造器之人才乎？即使吾国无人能造，也可引外夷人来造。如番禺绅士潘仕成捐赀延请佛兰西洋官雷壬士于家，造洋船洋炮，所捐造二桅战舰四艘，材坚工巧，悉如西洋式，每艘战舰仅两万金。又造水雷，每水雷造价仅四十金，能水中轰破船底。所造战舰、水雷，皆能为我所用，御敌制胜。"

魏源回忆起自己也接触过的几位专门研究造器之人，深感林公言之成理，又说："那么林公是为何而叹？"

林则徐说："吾国自古至今，何时少过人才？然人之才地各异，亦因用之者为转移。有才而不用与无才同，及用之而不能尽其才，或且以文法绳之，猜忌谴之，则其人之志困而不能自伸，而天之有才者，闻之亦多自阻。自古劳臣志士不能竟其用者此也。亦如潘仕成诏广东新造战舰，一切交其承办，毋令官吏经手，以杜侵蚀。大吏尼之，旋亦中止。故敌寇之役中国，非无外援也，非无内助也，无人调度之，则驱属夷以资敌国，且化良民为奸民，且诬义民为顽民。"

魏源顿时觉得林则徐其实和他正想在同一个问题，即人才问题。魏源说：

"吾国正与夷敌为战，内忧外患集于一身，最需知己知夷之人才，然据我所知，朝臣将兵中几无知夷之可用之才。"

林则徐两眼放亮起来，深感魏源为知己，说："默深所言极是！自去年至今，在粤省抗击夷敌中，我之所闻所见，正是少有知晓夷敌之将兵为用。朝臣不知英国大小事，只一听说英王是个年轻女人，只对女王的婚事感兴趣。如此下去何以克敌制胜？必须培养之，扶植之，使天下之才皆可以为我用也。"

魏源也说起自己在宁波军营审讯英俘安突德时，听中国官兵误传英国军人没有膝盖骨，不能跪下，跪下了就起不来。幼稚如此，又如何胜敌？

林则徐说："天下之事，势合则易为功，势分则难程力……今之时势，观其外犹一浑全之器也，而内之空虚无一足以自固。即得大有为者以振作之，尚恐其难以程效，况相率而入于因循粉饰之途，其何以济耶？狂澜东下，诚有心者所唏嘘而不能已耳。执事所深嫉者在于剜肉疗饥，吮血止渴，此诚确论，然上下皆明知而故蹈之，亦曰计无所出云耳！"

林则徐此说虽未点名，但魏源知道，这是他最真实的切身体会，也是有所指的。虎门销烟之前，基本形成禁烟之"势合"，而虎门销烟之后，面对夷敌坚船利炮之威胁，中国禁烟则"势分"矣。

但林则徐遭革去两广总督，留广东协理夷务期间，仍给奉旨来粤御敌的靖逆将军递有"防御粤省六条"。水道要口宜堵塞严防；洋面大小船只，应查明备用；大小炮位应演验拨用；火船水勇，宜整理挑用；外海战船，宜分别筹办；夷情叵测，宜周密探报；等等。尤其关于周密探报夷情方面，林则徐说得算是详细了。他告诉靖逆将军，查逆夷兵船进虎门内者，在三月中旬探报，有三桅船十四只、两桅船三只、火轮船一只、两桅大三板四只、单桅大三板一只。其各国货船，在黄埔者现有四十只。自虎门以外，则香港地方，现泊有夷兵船十七只、伙食船三只。此等情形，朝夕变迁，并非一致。似宜分遣妥干弁兵，轮流改装，分路确探，密封飞报，不得捕风捉影，徒乱人意。其澳门地方，华夷杂处，各国夷人所聚，闻见最多。尤须密派精干稳实之人，暗中坐探，则夷情虚实，自可先得。又有夷人刊印之新闻纸，不妨兼听并观也。至汉奸随拿随招，自是剪其羽翼之良法。但汉奸中竟有数十等，其能为之画策招人、掉弄文墨、制办船械者，是为大奸。须将大者先除，则小者不过接济食物，即访拿亦易为力矣。

魏源早就听说澳门有夷人刊印的新闻纸，但一直未知详情，不知到底是怎么回事。此时听林则徐说起，遂向林则徐求证。林则徐告诉他："是的，澳门有夷人刊印的新闻纸，每一礼拜即行印出，系将广东事传至该国，并将该国事传至广东，彼此互相知照。彼本不与华人阅看，而华人不识夷字，亦即不看。我近年雇有翻译之人，因而辗转购得新闻纸，密为译出。其中所得夷情，实为不少，我御敌之方多由此出。"林则徐说着，将身边的青布包袱小心解开，取出夷人新闻报纸来让魏源一看。这让魏源大开眼界，那些报纸图文并茂，真是如见稀宝。但报纸上都是夷文，魏源也不认识。魏源拿起一张报纸来问道："面对这些夷文，我也成了睁眼瞎子！这上面都写些什么？"林则徐将包袱里的一大沓报纸移开放在一边，魏源看到下面露出的就是林则徐自己写的厚厚一沓文稿，封面写着三个大楷字"四洲志"。魏源问道："林公此是书稿？"

林则徐说："是的。此乃我在广州主持禁烟期间，为熟知夷国、夷民的历史与现状，请人收集、翻译、整理、加工、润色，再编辑出来的一部实用书稿。其中录有英人慕瑞所著的《世界地理大全》，也有这些报纸上刊登的现实生活内容。我将此书暂名《四洲志》。"林则徐把书稿捧起来给魏源看。魏源睁大两眼，羡慕不已，如饥似渴地往下翻看，见书中叙述了亚洲、欧洲、非洲、美洲等三十多个国家的地理、历史和政治状况，他心跳加剧，激动不已地说："我也早有此意！我们真是心有灵犀啊！"

林则徐惊疑道："难道默深也著有此类书稿？"

魏源说："正是！"魏源细说起来，"自英夷不服我朝禁烟，以坚船利炮犯我海防，打开我国门开始，我就想起我朝盛世英明，故我近来专注于编著一本赞颂我朝英雄伟业之书，名《圣武记》，书已成印。今见国人因抗击夷敌而不知夷敌，故而屡受挫败，可知全面认识外夷已成国人要务，而实则官民并无紧迫之意，故我起意再编著一本要让国人全面认识世界的大书。我把这本书的名字暂定为《海国图志》。前不久，我应邀在伊里布军营审讯英夷安突德之后，感受尤其深刻！"

林则徐两目灼热地问魏源："默深可有二书初稿让我一见？"

魏源说："《圣武记》一书带有全稿，《海国图志》只随身带来其中几篇。"

林则徐焦急地说道："快让我先睹为快！"

林则徐惊疑道："难道
默深也著有此类书稿？"
魏源说："正是！"

魏源从包袱里拿出《圣武记》全稿，林则徐细看目录，明白这是一部叙述清朝开国至道光年间军事史的著作，共分十四卷。卷一为"开创"，共五篇，记叙本朝兴起至入主全国的军事活动；卷二为"藩镇"；卷三至卷六为"外藩"；卷七记"土司苗瑶回民"；卷八为"海寇民变兵变"；卷九、卷十为"教匪"；卷十一至卷十四为"武事余记"。林则徐看完目录，翻阅了一遍书稿，好一会儿都如醉如痴，沉思不言，只听得客房外突然传出虫鸣声和雨敲树叶的嘀嗒声。魏源又将他随身带着那几篇正在修改的《海国图志》文稿给林则徐过目。林则徐看过全书目录，觉得满意，再看《英吉利小记》，觉得更近夷情现实。但林则徐看完仍不出声。魏源不解地问道："林公为何如此沉默不言？"不料林则徐在床上猛捶一拳又突然大笑起来。魏源未知其故地说："还请林公多多指教。"

林则徐这才高兴得手舞足蹈说："何忧之有？我少穆何忧之有？默深可知我此去伊犁最大担忧是何事？非是家庭，非是妻儿，非是个人屈辱，乃夷人犯我海防，强迫我赔款割地！虽大臣非琦爵相一人，提督也非余步云一人，志在御夷敌者自会大有人在，但不知敌之师何以制敌？败阵受辱之师与无师何异？必欲知敌制胜之师方不负我愿。而知敌制胜之师何来，必备知敌之术，知敌之术何来？唯你我二君这《海国图志》与《四洲志》合成，如此能成，方可助人识夷制夷！多日未见，不知默深会与我如此同心！真乃天助我也！天助我也！"

魏源没有想到，林则徐此时此地为两人所见略同而感到如此高兴！

林则徐说："我原想，将编译好的《四洲志》在广州刊印成书，不料时运不依，朝廷先是将我革职，命我离开广州来浙抗英，现在又要去伊犁。我此去伊犁只怕生命难保，《四洲志》恐难成书！今有默深与我两璧合一，此忧全无！死可瞑目矣！"

魏源说："林公此话怎讲？"

林则徐说："默深啊，今天，我要将《四洲志》书稿及这些夷文报纸、翻译资料和粤东奏稿全部交你。你将两稿合二为一，就叫《海国图志》。此书留世，我死而无憾！"林则徐说着就将书稿及资料一并包好，捧起包袱交给魏源。魏源感动得双手微颤地接过包袱，对着林则徐深深一鞠躬，说："请林公放心，有魏源在，此书必成！魏源不在，此书也一定要成！"说完，两人相拥涕泣。

窗外一声鸡鸣，林则徐想起自己要往伊犁赶路，汪亮着两眼交代魏源："我如在伊犁不归，《海国图志》刊印行世之时，还望默深面西北焚香，以此书遥祭。"

魏源说："请林公放心！"

林则徐两眼一湿，从包袱里取了一卷画展开说道："请默深为我留点墨宝。"

魏源接画一看，是林则徐所作的《饲鹤图》。魏源正好托鹤抒怀："有鹤有鹤生蓬壶，老仙育之何勤劬。千年长羽翮，千年调嗉咮。一朝奋翅凌天衢，羽族亿万与之俱。爰居岛上西风作，群鸟移家避岁恶。吐雾含烟赤县迷，帝命丹书遣玄鹤。排闾历阖驱风霆，朝辞北海暮南溟。电扫妖氛清八极，爰居徒族空其腥。澄清未几风色变，鸦阵作群还索战。阊阖纷纷百舌群，共罪仙禽应受谴。佞莺敛翅来结舌，愿与爰居为嬖妾。……又闻狂飙簸天涛，蓬壶震骇爰居徙。呜呼！四海方今乌毕逋，哀鸿中夜嗷嗷呼。安得更起玄鹤凌天衢，尽收羽族游蓬壶，庶几反哺大报仙人劬。"

魏源题完，林则徐欣然击掌说："此去恐难再见默深，睹此饲鹤图之题，亦如与默深同室而立。"

魏源说："愿林公一路平安！日后必见！"

天亮后，两人走出客栈作别。

望着远去的船影，望着日出江面的苍茫无际，魏源激情难抑，诗意不可阻挡，他面江而吟：

> 万感苍茫日，相逢一语无。
>
> 风雷憎蠖屈，岁月笑龙屠。
>
> 方术三年艾，河山两戒图。
>
> 乘槎天上事，商略到鸥凫。
>
> 聚散凭今夕，欢愁并一身。
>
> 与君宵对榻，三度雨翻苹。
>
> 去国桃千树，忧时突再薪。
>
> 不辞京口月，肝胆醉轮囷。

魏源最希望的就是林则徐能顺利到达新疆伊犁，但因黄河泛滥，朝廷又命尚在赴伊犁途中的林则徐改去河南开封治理黄河。

与林则徐在京口（镇江）一别就到了七月初。

魏源对眼下的外夷入侵以及国情和朝臣们的所作所为，开始有了深入的了解和思考。他已经做好尽忠报国的一切准备。他告诉家人，上次跟随杨芳将军去新疆平叛，只行至嘉峪关，闻叛乱已平而返；这次，他要做好参加抗击入侵夷敌的充分准备！

这天，江阴书院来人告诉魏源，李兆洛先生卒，并请其为李先生作传。魏源听此消息，木然一刻。李先生虽享年七十三岁，魏源仍为之痛惜。魏源很早就仰慕李先生学问，深为敬之。李先生为江苏阳湖人，九岁即可为制举文，操笔立就。嘉庆十年进士，改翰林院庶吉士，散馆授安徽凤台县知县。其在县七年，爱民海民，辖境大治，名声极好。以父忧辞官不出后，主讲江阴书院近二十年，治经术、通音韵、习训古、订舆图、考天官历术及治古文辞。辑有《皇朝文典》七十卷等，著有《养一斋文集》等。魏源早年刻印《诗古微》修订本，仰慕李先生学问，恭请其作序时，李先生欣然答应，并在序文中称："钲割数千年来相传之篇第，掊击数千年来之株守序笺，比黰别朕，左右交会。非有独视之见者，不克臻此。"如此之高的评价，出李先生之手，实在稀贵！魏源回想过这些，李先生音容在笔下复现："李先生学无不窥，莫测其际，近代通儒，一人而已。……"魏源将《武进李申耆先生传》一气呵成。

夏末秋初的日子，扬州城里的风还带着古运河上淡淡的水土沤湿味，从马头墙的巷子里弥漫开来，但魏源在絜园里只能闻到果树林里正飘着那种果子开始成熟的花果香味。

正午，河风翻动着红、黄树叶，黄冕突然出现在林荫道上，他边走边巡视着。魏源半天不敢相信，这个时候随营知府黄冕会站在他面前，以为是认错人了。前线应是战事很紧啊！魏源从果树间探出来说："真是黄知府吗？"

黄冕听到声音看不见人，马上停步，有些着急地说："你这魏先生啊，难道还有假黄冕来请你不成？夷敌逼近，裕谦星使请你赴营献计制敌啊！"黄冕明白魏源的性格，他只要说了"献计制敌"这个话，魏源就一定会着急。

魏源素有抗敌安邦之志，年轻时随果勇侯杨芳将军西行平乱，壮志未酬而无功回京。如今得到裕谦总督延请，去前线抗敌，他内心果然是激动不已；不过他在言行上还是显得非常冷静，毕竟他已经不是"西行平乱"时的年龄。他做幕僚这么多年，且岁近天命。他问道："裕谦星使何故想我赴营？"

黄冕见状复又催道："这可是林则徐林大人与裕钦差礼别时所荐，说是他走后，有你可当一臂！"

魏源一听是林则徐所荐，更加兴奋起来。他从果树林里走出来，拍了拍身上的蛛丝、叶片，回家简单地收拾一下行李，告别家人，就随黄冕知府一同赴浙江抗敌前线。

这是第二次定海保卫战。

在此之前，大名鼎鼎的"二等果勇侯"杨芳将军曾作为参赞，率军前往广东作战。

魏源在京师求学时，就在杨芳将军家坐馆授徒，后在常德又为杨芳将军教子修学。在魏源的印象里，杨将军虽功名显赫，在平定白莲教、天理教、张格尔叛乱中屡立战功，被朝廷封为"二等果勇侯"挂像紫光阁，但他从未居功自傲，为人非常厚道重义，习武尽忠，以修身、齐家、治国、平天下为目标，魏源对他充满敬意。

杨芳时任湖南提督，因湘、粤为邻，故在朝廷派出的将令中，杨将军最先抵达广州。

五月的广州，被英夷的炮舰吓得惶惶不可终日，但人们听说是杨芳将军从湖南前来广州御敌，都欢呼雀跃起来，将其视为救星。杨将军到粤后，除抓紧练兵，堵关，在险要之地设立炮台，添置各种大炮之外，同时派人大量收购女人所用马桶和纸扎草人置于竹筏之上，又建道场，祷鬼神，目的是制妖驱邪。杨将军听人说，英国人的军舰、火炮之所以那么厉害，是因为他们懂得邪术，是"邪教善术伏于内"，所以他要"以邪治邪"。英军初见这些污秽之物，误以为神秘武器，待揭盖搅桶，察看清楚后，愤而发起攻击，很快摧毁了清军几十座炮台，击毁数十艘战船，完全掌握了战场主动权。逼使奕山投降，签订了《广州和约》，又赔款六百万元。

清军撤出广州城后，英军烧杀掳掠，三元里人民奋起抗英。但被声势浩大的三元里人民抗英浪潮吓跑的英军，又由璞鼎查率领北上攻陷厦门，再次直逼定海。此时，杨芳将军才发现自己根本不是英军的对手，连忙要求与英国通商议和，但遭到道光皇帝的斥责，还在民间落了"马桶将军"的臭名。最后，杨芳"以老病乞解职"。

现在面对二次定海保卫战该如何御敌呢？魏源思前想后，想在杨芳将军由朝中"二等果勇侯"变为"马桶将军"这件事情中吸取教训，所以，他一到军营就随同新任钦差大臣裕谦、江苏候补知府黄冕、宁波知府邓廷彩、浙江臬司周开祺，以及总兵葛云飞、王锡鹏、郑国鸿等人去前线踏勘，熟悉定海、镇海的地形和当地军营、民情，了解现有的布防情况和缺陷，并对自己所知夷敌情况进行了介绍。通过分析，对于防御夷敌，魏源已胸有成竹。但一想到杨芳将军新到广州抗击夷敌的糗事，又让他深为羞愧，也感到担心。他担心眼下的第二次定海保卫战中也出现类似的"马桶将军"！杨芳何许人也？他尚且如此，可见军中多少将士也如此盲目无知！

住在军营的日子里，魏源看到、听到的果然是朝廷仍战和不定，军中又兵骄将怯，心事各异。如此这般，如何能御敌制胜？

大敌当前，在一次极为重要的御敌防务议事会上，魏源非常耐心地听取了各方面意见。裕谦说："方今最为民害者，惟鸦片烟一项，……鸦片烟上干国宪，下病民生，数十年来银出外洋，毒流中国，患甚于洪水猛兽。本大臣一向力助林钦差查办烟案……"裕谦的这番话像是有意要说给魏源听，因为魏源是林则徐推荐而来，所以，他想暗示自己和林则徐同心同德。接下来裕谦又很有几分得意地专门说起防务之事："大家都看到了，定海、镇海的防务已是固若金汤，土城、炮城已依次完工，从目前防备来看，应是无懈可击……"

裕星使讲完这些，军地各员均表赞同。这就形成了高度统一的意见。但林则徐离别时推荐魏源来这里做幕僚，魏源又不能不说说自己的不同意见，同时，他还希望裕谦能重视他的建议，调整防线。

裕谦是两江总督兼署江苏巡抚，新近又为钦差大臣，可谓权重一时。他的确是一面认真督办防务，一面与妥协、投降派作激烈斗争，坚持铸火炮，建炮台，加强沿海防御，力倡兵民同心，毫无懈怠地抵抗侵略。这也是魏源欣赏裕谦的地方。正是如此，魏源为保裕谦一战取胜，才直言自己对于这次定海御敌的不同主张："天下无一面之城，定海非外城，乃一海塘耳。现所筑者，必不可守之城，守定海已为下策。贼从左右翻山而入，即在城内。且备多则力分，山峻则师劳，应集中兵力防守镇海，扼守招宝山、金鸡山，严防英军内窜。即使取下策防守定海，也要重建工事，坚筑内城，勿包外埠，以城卫兵，赖兵守城。"然而，魏源刚一说完就听到了窃窃冷笑。他的主张并没有像此前在贺长龄、陶澍幕府里那样得到认可和重视。魏源说过这些之后，静心地坐着听取各位的意见。有人把魏源这些建议当作闲谈，有人当作书生之见，还有人公然抵触魏源的建议。魏源看了看端坐在场的裕谦，裕谦并没有为魏源声张一句，而是扰于群咻，议遂不行。

也许是在公开场合裕谦有些不便，于是魏源又私下里提醒裕谦说："那天在镇海阅兵时，提督余步云御敌言行似有迟疑，战时可要注意。"裕谦皱了皱眉头说："大战在即，兵将不可疑，如若不然，恐难胜敌。"

魏源明白自己已不宜再进言，但有些事他又还是不说不快。此后，他几次欲向裕谦进言，但都被裕谦婉言拒绝。这让魏源发现裕谦虽在禁烟抗夷上能同仇敌忾，但其任事刚锐，不悉武备，又扰于群咻，仅凭总兵王锡朋、郑国鸿、葛云飞以兵士五千把守为依，实在是考虑不足。魏源目睹定海工事防备不当，将士不研习夷人炮舰战术，钦差大臣又听不进意见，深感此地非他用武之地。道不同，不相为谋。他在军营里住了些日子，决心请辞裕幕，返回扬州絜园。他要不负林则徐所嘱，安心完成他的《海国图志》，以图实现教国民"师夷长技以制夷"之大业。

裕谦虽未着力挽留魏源，但还是尽礼到码头上送别。魏源挥手道别时仍说："唯愿裕星使能在定海制敌取胜！"裕谦也挥手道别说："谢魏先生吉言！"

船一掉头，码头很快就越来越远。一群白鹭自上而下，贴着轻雾从浩渺的水面上掠过，魏源暗里为裕星使捏了一把汗，忍不住长叹一声……

船在定海至扬州的水路上行驶，魏源心事沉重地望着窗外的河山，想起自己这次不能为抗击夷敌出力，总是坐立不安。自己原本怀着壮志来抗敌，却又与上次西行平乱一般，无功而返，情绪游走于冰火间，难以平静，当即作《自定海归扬州舟中》一诗抒怀：

> 到此便筹归，应知与愿违。
>
> 狼烟横岛峤，鬼火接旌旗。
>
> 猾虏云翻覆，骄兵气指挥。
>
> 战和谁定算，回首钓鱼矶。

在魏源看来，裕谦原来一心仰赖着林则徐北上来浙江协防，未料林则徐突然再遭厄运被遣戍伊犁。这让他大出意外，顿失倚依。定海本如孤悬海中，且提督余步云犹疑滑稽，裕谦有疑又勉强用之；驻守定海三镇者皆为有勇而不悉夷情之武将，随营知府黄冕、定海知县舒恭寿又长期在内地为官，非守边之才。清军日日只顾敌人的坚船利炮，不了解其余敌情，甚至军中有人错误地认为，英夷陆军穿着高筒靴无法屈腿，下行尚可，上行不能，不堪一击，故对英夷陆军登陆作战防备不力。魏源虽身离军营，但军营里的这些情况细想起来，仍让魏源十分担心！

回到扬州絜园不几天，有专人来报，说龚自珍于八月十二日在丹阳暴疾而终。魏源不得不大吃一惊！"定庵兄啊，鸦片未禁，夷敌未驱，国难当头，人才未起，你岂可抽身西去？……"

正在一旁为魏源研墨的魏彦一听这个消息就热泪盈眶。墨池里的黑柱越转越慢，以至于他停下手伤心得哭了起来。魏彦心怀不凡，最喜欢听龚伯伯给他讲古今英雄人物故事，龚自珍也非常喜欢魏彦，上次来，还给他讲了好几个勉励他的故事。

自道光六年，魏源与龚自珍同应会试不中，刘逢禄作《题浙江、湖南遗卷》得"龚魏齐名"后，两人无论各处何地，都书信来往甚密。言谈举止，如同手足，上次在絜园醉酒肆欢，失鞋成典。定庵曾致信魏源谈学问："古人文学，同驱并进，于一物一名之中，能言其大本大原，而究其所终极；综百氏之所谭，而知其义例，遍入其门径，我从而管钥之，百物为我隶用。苟树一义，若浑浑圜矣，则文儒之总也。"魏源也曾直言定庵："近闻兄酒席谭论，尚有未能择言者，有未能择人者。夫促膝之言，与广廷异；密友之争，与酬酢异；苟不择地而施，则于明哲保身之义，深恐有失，不但德性之疵而已。承吾兄教爱，不啻手足，故率而诤之。然此事要须痛自惩创，不然，结习非一日可改，酒狂非醒后所及悔也。"最不善酬酢的魏源，竟能说出这番话来，足可见其手足情深！

魏源与龚自珍不仅私交好，而且政见相一。两人同样主张改革弊政，抵制夷敌侵略，全力支持禁止鸦片。三月，定庵父卒于杭州，定庵兼任父亲在杭州紫阳书院的讲席。上次来絜园时，还为魏源的孩子们题扇："女儿公主各丰华，想见皇都选婿家，三代以来春数点，二南卷里有桃花。"如此挚友突然逝去，魏源自是难受，沉默许久才清醒过来问报丧人："定庵兄何疾致死？"

报丧人支吾半天，似是不便直言。在魏源一再追问下才悄声说道："有说他是跟亲王奕绘的侧室私通，被奕绘之子毒死；有说是他常言侮穆彰阿职权，死于穆彰阿之手；有说是被青楼女子灵箫和小云毒死；有说是被荣亲王府派人所害；还有说是被宗人府的同事用毒酒毒死。"

说别的死因，魏源一无所知，但有两个死因，魏源略有知悉。一是说"死于穆彰阿之手"，魏源不能不有所思；二是"与奕绘侧室私通"，魏源曾经听到过此般议论。

穆彰阿已主持乡试、会试数次，并多次在复试、殿试、朝考等考试中评选文章，还充任编纂国史、玉牒、实录等史料的总裁官。名生故吏遍布天下，很多知名之士都受其引荐。因此，在朝中党羽众多，号称"穆党"。魏源又记起翰林院已被放差又收回成命的那个笑话。魏源自己的科场很可能也就是栽在穆彰阿之手，因为，他在京师求学时，陶澍荐他与穆彰阿相识，而他不依，得罪过穆彰阿。龚自珍更是口无遮拦，不惧时，常对穆彰阿出言不逊，穆彰阿岂能容忍？

定庵会因为与奕绘侧室私通致死？这件事早在京城闹得沸沸扬扬，说来话长。奕绘的侧室即顾太清，是满族人，幼年父母双亡，后在苏州姑家长大。姑父为汉族文人，故她自小打下了很好的诗词基础，长大后即成才貌兼优者。一日，贝勒爷奕绘去苏州游玩，见到顾太清，两人一见钟情，顾太清就跟着奕绘去了京城。九年后，奕绘忽然病故，丧夫之后的顾太清深居简出，寡言少诗。她守寡第二年，杭州文人陈文述力倡"闺秀文学"，又自己出资，将其女弟子的诗篇辑成《兰因集》刊刻成册。为抬高诗集声望，托人找顾太清索诗。顾太清最不喜欢附庸此类风雅，婉言谢绝。不料诗集《兰因集》出版后，却有"顾太清"的一首《春明新咏》在编。顾太清因这代人之作大为不悦，故写诗一首讽刺嘲笑陈文述。陈文述由此怀恨在心，一直伺机报复。顾太清从丧夫的伤痛中走出来，恢复和参与京城文人诗词交往后，龚自珍就常在顾太清家中出入。而后来到了京城的陈文述，看了龚自珍的《己亥杂诗》，把其中的"春"（顾太清又名春）、"梦见城西阆苑春"、"缟衣人"说成是龚自珍与顾太清私情的写照。陈文述发现的这些"证据"很快被人添油加醋编成事实，流言蜚语、嘲笑责问，使他们招架不住。龚自珍被逼得无处安身，只好带上自己的一车书籍离开京城，而顾太清也被逐出王府，于西城的养马营租了几间破房子，和自己一对可怜的儿子相依为命……

魏源如问天一般对着丹阳方向仰天长叹："才华横溢的定庵兄啊，你才四十九岁啊！"

才过数日，脸额失色的黄冕又来絜园找魏源。魏源正在荷池与鹤相伴，为龚自珍早逝而痛心发呆。黄冕一见魏源，一时站立不稳，忍不住哭诉起来："默深啊，果如你所料，定海失陷！"

魏源赶紧扶起摇摇晃晃的黄冕，在藤廊下的木椅上坐下，说："当时我就说过，在本来不必守之地分散兵力，劳我师，益外敌，安有不陷？裕谦星使怎样了？"

黄冕说："裕大人一直亲临前线指挥奋战，但料想不到英军进攻定海时，正面以战舰轰击。同时，一路进攻竹山，郑国鸿战死；一路进攻晓峰岭，总兵王锡鹏战死；一路军向东进攻，总兵葛云飞战死。随后，英军全力攻向县城，县城守兵溃散，全军覆没！当晚，裕谦悔恨不已，即令江宁副将丰申泰护理钦差关防各印文，速往浙江交与巡抚署衙。之后，他面对西北，向朝廷叩头谢罪，然后，大声喊道：'魏源，悔不该不听尔言啊——'随即跳入泮池，虽后被救起，但其身已殉国。"

黄冕只是来告诉魏源这一悲壮的消息，说完他站起来要走。魏源知他心情沉重，又公务缠身，也未多留。送至大门口时，黄冕又站着不走地说道："我大清岂能如此遭夷敌欺凌？"他显然是要激怒魏源。但魏源冷静地回他说："兵法有曰，知己知彼，方能百战不殆。请问我朝我军，有几人能知夷制夷？"

黄冕说："照此下去，国将何在？你我岂能忍看？"

魏源被这句话激得双手微微颤抖了一下说："强国先强人！我自有长久之计！即使百年后遂我此愿，亦不为晚！"

两人均不再言，含泪而别。

黄冕一见魏源，一时站立不稳，
忍不住哭诉起来："默深啊，果如
你所料，定海失陷！

黄冕走后，悲愤填膺的魏源开始苦苦自问：为何一个天朝大国竟败给了一个人数不多且是远道而来的英国入侵者？而对这样的战争，到底怎样才能获胜？如今只想"款夷"止夷，而夷敌之胃口愈款愈大，何时可以喂足？"款夷"之后又怎么办呢？遗憾、同情、愧疚、无奈、愤激……情感十分复杂的魏源咬着牙久久望着黄冕的背影，本来突出的颧骨更加显得高凸了。他不能使自己平静下来，虽然裕谦未能听进他当时的御敌忠告，但在魏源心里，裕谦禁烟、抗敌的雄心和勇敢使他仍不愧为一位忠君良臣、抗敌英雄和爱国将领！

魏源下决心闭门谢客，废寝忘食，日夜奋笔，一心只图早日完成他的《海国图志》。

在忙着这些事情的日子里，魏源得到的消息一个比一个屈辱。先是朝廷派奕经带兵到浙江与英敌作战，结果连战连败。随后朝廷又派耆英为钦差大臣署杭州将军，会同伊里布等人向英军求和。英军继续攻陷江浙海防重镇乍浦，侵入长江口，毁吴淞口炮台，致江南提督陈化成为抗敌而牺牲。在此之后，英军入侵上海，进攻镇江，在镇江遭遇顽强抵抗后，进行大肆屠杀。最终，在道光二十二年八月，耆英、伊里布与英国签下丧权辱国的《江宁条约》，开放广州、厦门、福州、宁波、上海五口作为通商口岸，又割香港给英国，还赔款二千一百万银圆……

这些消息通过各种渠道传进絜园，传进魏源的耳里。魏源不愿意听到这些消息，但又非常想弄清楚这些事情。每一条这样的消息都像是强心剂注进魏源的体内，使他不分日夜地查阅资料和奋笔写作，似乎唯有这样，才可以发泄他的悲愤，使他稍得心安。

古微堂的桌面上摆满了书籍、报刊资料、粤东奏稿以及林则徐组织编译的《四洲志》手稿。林则徐的字写得非常端庄，十多万字的《四洲志》手稿，魏源已经读过多遍，书中介绍了世界四大洲三十多个国家的地理、历史和政治状况，是一部相对完整、比较系统的世界地理志书。魏源虽过目无数，但从未读到过如此奇书，与他自己想象的《海国图志》模式竟然如此相投。他原担心自己的《海国图志》会因为难以搜集到海外资料，特别是读不懂、译不了夷人的书籍资料，而不知何日能成，现在看来有了林公这部《四洲志》相助，将大大加快《海国图志》的成书速度。看来，他和林则徐真是心心相印，不约而同就想到了一起！这背后没有别的原因，就因为中国太需要这样一部书了！近几年来，林则徐忙于禁烟、御敌，是何等忙碌，竟还能组织梁进德等人翻译了这样一部书稿出来，真是不能不令人敬佩。尤其稿纸上密密麻麻、一丝不苟的注批，都是林公的手迹，且林公对原书中凡有问题的地方都进行了订正。

那对白鹤不知何时来到古微堂门口扇动翅膀高叫了两声，魏源像是从那些书籍资料的海洋里泅渡出来，回到岸上。他清醒地看了看书房的窗外，天色已经泛亮，靠在廊柱上的那棵三角梅如彩霞般红亮在窗外。又是一个通宵！魏源将狼毫小楷笔轻轻舐了舐，放置在竹根雕山子上，左右交换着揉搓一下发酸的手腕，站起来拉开书房门。一道强光扑面而来，那对白鹤站在门口望着他，与鹤站在一起的还有他母亲。母亲把头顶在廊柱上，像是睡着了。魏源赶快出门扶住母亲说："母亲，您怎么也站在这里？"母亲并未睡着，她抬起头来，微风飘动着她的满头银发，魏源发现母亲的额纹又比此前深了许多。母亲说："儿啊，你小时候读书就没日没夜，如今已近天命之年，为何还要这么没日没夜？"

魏源心里一酸说："母亲，儿子的事很急，耽误不得！"

母亲说："无论什么急事，你也不能这么不分日夜地熬着身子！"

魏源将母亲扶进书房说："母亲，现在夷敌的坚船利炮已经打到我们家门口了，儿子不能在前线以枪炮灭敌，时时感到心里难安哪！但儿子知道现在我朝为夷敌所败的原因在于由自大转而自卑，在于不知夷敌之内情。故我要发奋著述，大讲吾国吾朝历代之英雄与功绩，以此激励朝野；大讲海外各国内情，以此师夷长技以制夷。"魏源将《圣武记》捧起来给母亲说："母亲您看，这就是《圣武记》。我要以此来激发朝野的'御侮'决心，使我大清重归'官强、兵壮、令行、军政修、四夷来王'之盛况。"

母亲挪了挪步，又指着摊在桌面、书架上的那些书稿资料说："还有这么多书要读？"

魏源说："是的。写好这样一部书，须得读数十部甚至千百部书。《圣武记》全书已经写完，请包世臣先生过目的信也都写好了，明天连同书稿一起递给他。"

母亲又指着另一部手稿说："这书也是你写的？"

魏源说："这是林则徐林大人转给我的书稿。他托我写一部大书，将他这部书稿作为全书一部分，我还得补充大量资料才能完成。"

母亲说："林大人的书稿是怎么转给你的呢？"

魏源说："这就真是碰巧了！为了了解外国情况，制服外敌，林大人在广州一边查禁鸦片，一边安排人翻译介绍外国的书。后来他被朝廷革职到浙江抗御外敌，接着又被贬往新疆伊犁。在他离开浙江去伊犁时，我到镇江等着和他见了一面。当我谈到正在写一部介绍外国之书叫《海国图志》时，他十分高兴地将他这部书稿《四洲志》交给了我。他说他这一去可能回不来了，正担心此书不能与世人见面，让我把我的书稿和他的《四洲志》合编为一书，再加扩充、综合、完善后，以《海国图志》付刊行世。现在我们国家正缺这么一部让国人了解外国之书。如果我们大清还是从官员到百姓，从将军到士兵都一点不了解外国的情况，不了解他们先进之坚船利炮，闭着眼睛捉麻雀，我们如何能打败外敌？如何能摆脱屈辱？"

母亲不再唠叨，放心地挪着三寸金莲往书房外面去了。正好严夫人来请吃早饭，魏源就和严夫人搀扶着母亲往餐厅走去。那对白鹤也像家庭成员一样，紧随其后，不紧不慢地跟着踱步。走不远，母亲停了下来，似乎是思考了很久才问这个话："那林大人现在平安到达伊犁了没有？"

魏源也停了下来，但没有急着回答。他知道母亲在担心什么，他得找一个让母亲听了比较放心的说法，但又绝不能说谎。他想了想说："林大人是德才兼备的良臣，虽说因为在广州禁烟误遭革职，但皇上哪离得开他呢！林大人从浙江起程往伊犁的日子，正好河南开封黄河决口。朝中老臣王鼎知林则徐因禁烟遭革职遣戍伊犁后，非常气愤，他不顾自己七十四岁高龄，力请林则徐与他一道前往河南开封治理黄河水灾，意欲让林则徐戴罪立功，以此来救爱国功臣。"

母亲又问："那林大人现在如何？"

魏源本想照直说出林则徐与王鼎的事情，但他略一想又忍住，而是跟母亲说："后来就没有了林大人音讯。"不过，他答应母亲，有了林大人音讯就一定及时转告她。母亲这才走进餐厅就餐。

林则徐被革职并遣戍伊犁，本与开封黄河水灾毫无关联，是朝廷老臣王鼎把这两件事紧紧地绑在了一起。王鼎认定林则徐不是禁烟"罪臣"而是"功臣"，他决心要智救林则徐！他不顾自己七十四岁高龄，向皇上请命赴开封治水。皇上问他有何要求时，他只提出请求让林则徐做他助手。朝廷一共只有六部，即吏部、户部、礼部、兵部、工部、刑部，王鼎时任户部尚书。

且"王鼎在户部十年，综核出入，吏莫能欺"。皇上深知王老臣精明过人，户部离不开他，但开封黄河水患十万火急，也的确难治，非良臣干将无可奈何。皇上希望朝中有能臣自告奋勇，但是没有这样的人，一时也找不到合适人选。既然老臣王鼎请命愿往，皇上自然是如释重负，何况他还只要求被革职的林则徐作为助手，再无别的要求！

王鼎是陕西蒲城人，嘉庆元年中进士，他那年二十九岁，但直到他五十多岁才被嘉庆发现其才并重用。嘉庆皇帝对王鼎原本不了解，亦未见有谁举荐，是见了他的大考考章之后，才知他学识不错，与他谈话才发现他为人品行端正。重用他是皇上的特达之知。此后，王鼎一路腾达：历任工部、户部、刑部侍郎，军机大臣，拜东阁大学士，为正一品文臣。所以说，王鼎是嘉庆皇上发现的人才。正因为有这层关系，王鼎才敢斗胆请求与"罪臣"林则徐同往河南"治黄"。

黄河治水自古一难，更何况王鼎还是一位七十四岁的老文臣！谋划、过问、查验不算，还得到场督察。此乃千古大事，要是出了问题，必须担当责任。这对于王鼎来说无疑是一件苦差事！但是王鼎心里明白，林则徐谙熟水利，他任湖北布政使和湖广总督时，治水方面就很有成就。其《修筑堤工章》和《防汛事宜》等公牍文章，王鼎都认真看过，至今仍记得要点。借"治黄"救林则徐，也乃天赐良机。

林则徐二十七岁中进士时被派去学满语，故与早在翰林院任职的王鼎相识，成了王鼎的门生。王鼎也成了林则徐在朝廷的后盾。

两人在开封见面时，林则徐深知恩师的良苦用心，有泪无言，唯有深深叩谢。王鼎凝视林则徐良久之后，也只说一句："现在你唯有'戴罪'立功！"

情到真时，言为多余！

到了开封第二天，两人就去督河工。晚上回来，王鼎请人洗疮换药时，林则徐才知道，恩师是带着疮痛前来治水的。林则徐请示王鼎："恩师，是少穆不够资格为恩师洗脓换药吗？"

王鼎无言，两眼泪满，沉默一刻才说："我不知自己是在救你还是在害你。"

林则徐说："恩师深恩，少穆肝脑难酬！"

林则徐不再让恩师请人换药，而是自己天天给恩师洗疮换药。

因为两人同心同德，又规划指挥得当，大坝顺利合龙，"治黄"工程顺利完成。朝廷嘉奖了王鼎，晋封其为太子太师。而林则徐却因有人诬陷不止，再被遣戍伊犁。王鼎万没有料到如此结果，他多次劝谏皇上重新起用林则徐，但皇上不听。

最后一次劝谏无果后，王鼎从乾清宫回到圆明园寓所，躺在床上几天，将鸦片之害、夷敌入侵、不平等条约，以及皇帝身边佞臣谗言等朝廷大事反复想过，然后写好遗书……

四月三十日卯时，宫里有人发现王鼎卒于圆明园寓所，立刻传言，老臣王鼎定是以死劝谏皇上收回对林则徐的贬谪令。"穆党"一帮惊闻此事，立刻聚来安排殡殓，果然发现王鼎手里所握的遗书写道："条约不可轻许，恶例不可轻开，穆（彰阿）不可任，林不可弃也！"

再一次搜查，又发现王鼎怀中有遗折数千言。军机章京陈孚恩是穆彰阿同党，他灭毁王鼎遗书奏疏，只说王鼎乃因沉疴缠身，又加近期积劳成疾，闭户自缢，悬梁自尽。

事后，关于王鼎的死因众说纷纭。有人说是被穆彰阿所害而死，有人说是因病而死，有人说他是因为皇上听不进忠言，以死为谏……

不过，无论怎么说，王鼎死时"禀无余粟，橱无新衣"是不争的事实。

林则徐知道恩师之死是在去伊犁的路上，由恩师之死，他也想到了自己的死。他面朝京城方向深深三鞠躬，作为对恩师的悼念，又默默说着在镇江分别时曾跟魏源说过的那句话："我如在伊犁不归，《海国图志》刊印行世之时，还望默深面西北焚香，以此书遥祭。"落难至此，除此而外，林则徐已无力回天。

魏源闻王鼎之死，又耳闻各种传言，悲愤而作诗：

> 万言遗疏气嶙峋，尸诤谁闻古荩臣。
>
> 荐瑗诛弥周直史，排云叫阍楚灵均。
>
> ……
>
> 身后被谁焚谏草，舣棱月照汉宫闱。

日后，魏源没有跟母亲说起朝廷这些事情，为让母亲高兴，他只是告诉母亲，林则徐在河南治水有功后，皇上仍令他去伊犁戍边。他自己的《圣武记》已经陆续付梓，《海国图志》也撰写得很顺利，很快也将付梓刊行。

因有很多人索观，《圣武记》是撰成一部分就付印一部分，来不及待全书改定再进行全书通审后付印。这也让魏源感到心里不很踏实。

一天，严夫人在内房给鞋面绣花，正绣到蝴蝶戏花时，门外突然响起了鞭炮。严夫人还来不及弄清是怎么回事，魏源披红戴花一个人从门里走了进来，和上次一样，手里捧着一个梓木货盘，货盘里放着用红绸缎覆盖的东西，货盘前悬挂着一幅观音送子图。严夫人突然明白过来问道："默深，又出新书了？"

魏源说："夫人，恭喜我们又添了个儿子！"

严夫人说："多年前一个玩笑话，你也太当真了。有了上一次你还不罢休，这次又来了！"

魏源将货盘的红绸缎揭开，严夫人一看，果然是新刊印出来的《圣武记》，又见魏源背后还跟着家人，严夫人坐正身子接过新书抱在怀里，笑容满面地说："难得你们这么费心！"

老桐树上的那对白鹤像是成精了，家里有事，它们总要来凑个热闹。此刻，它们飞下来落在房门口又是起舞，又是长鸣。严夫人心情更加欢快起来，大家离开之后，她陪同魏源走进果园，见满园繁花点点，硕果摇动，又远看那对白鹤在荷池边依依相偎，心情尤其愉悦。

魏源跟严夫人说："我曾说过，此后，我每出一新书，都要当作我们添了个儿子。"

严夫人低眉一笑说："我也曾说过，我是它爹，你是它娘。"

魏源说："那我这个当娘的就要生很多孩子了！"

严夫人说："你也不能生得太快！我儿时常听父亲教导说，文章千古事，得失寸心知。写出的文章一定要反复琢磨，如贾岛之'推敲'，如欧阳修之'环滁皆山也'，皆为先例。"

魏源说："夫人是说我的《圣武记》边撰边印显得草率了吗？"

严夫人说："正是。书未全成即分部刊刻行世，恐日后以讹传讹。"

魏源稍有羞愧之色说："夷敌以坚船利炮攻占我南粤后，又北上攻占我厦门、定海、镇海，直逼天津，威逼皇城，又是开放通商口岸，又是割地，又是巨额赔款，损我天朝尊严。是可忍，孰不可忍！然吾国敢抗敌、能抗敌者如林则徐、邓廷桢等反被朝廷革职查办；敢抗敌而无能抗敌者如裕谦星使、杨芳将军等人，却不甘受辱而自损；如奕经等人，身为朝廷的'扬威将军'，临敌不敢战，战亦屡败。我大清王朝往日的英雄气概何在？我大清王朝往日的英雄何在？我如何不急？"

一扯上朝廷大事，严夫人就闭口不言。严夫人说："我只跟你说书。"

魏源却似一发而不可收："欲强国必先强人！财用不足，国非贫，人才不竞之谓贫；令不行于海外，国非羸，令不行于境内之谓羸。故先王不患财用而惟亟人材，不忧不逞志于四夷而忧不逞志于国境。龚定庵曾有诗云，'九州生气恃风雷，万马齐喑究可哀。我劝天公重抖擞，不拘一格降人才。'《圣武记》浅看乃'颂扬'前圣贤士之作，深看才知是为当今反夷敌、强我军之作！当下，每刊印一部即被索取一空，证明世人急需！如待我全书著成后再刊印行世，必耽误多少人明书中之理。书之早行，必将在强国民、抗夷敌方面起到很好作用。至于其中所存错误，日后可随时修正。最后，自然是要全书正稿后再行传世。"

此时，佛堂里的木鱼声悠扬而来，魏源和严夫人从果园边折回往餐厅走，知是晚餐时候；因母亲近年来随着年事增高，每至餐前均要在木鱼声中诵经一段，似是念佛，亦似是敬祖。

次日天刚发亮，絜园大门外似有不少人说话。魏彦开门一看，排了长队，长袍短褂，老老少少，都是翘首以待。其中有人捧着书看，有人相互交谈兴致很高。大门一开，大家都朝门里涌来，要见魏源先生。魏彦告诉大家："魏先生每天著书都到丑时才睡，现在还未起床。请问何事，可与我说。"

有人抛了抛手心里的银圆，回答说："我们是来买《圣武记》的。"

魏彦走进人群，从那些看书人手里要过书来看，果然都是《圣武记》。有卷一，有卷二，有卷三还有卷四、卷五、卷六……各卷都有。他们想问的是，《圣武记》到底有多少卷，何时能出齐，何时能买到全书。

魏彦弄明白了这些事情之后，回头告诉了魏源。

魏源来到大门口时，大家都不约而同向他行礼。魏源似乎是还没有睡醒，对眼前的一幕反应迟钝。魏彦一见大门口的钱币很快成堆，马上提醒说："叔父，这可不行！到时我哪弄得清是何人留钱购书啊！赶快让他们拿回银圆。"魏源这才反应过来，走进队伍里细细一问，原来这些读书者大都是书院的学子和军营的官兵。魏源这才说："你们都把钱拿回去！我这里没有书卖。书由印社刻印，在全国各地出售，扬州各书肆均应有售。"

有购书者代大家回说："就因买不到，大家才跑到这儿来找你。"

魏源这才告诉大家："你们一定会买得到的。《圣武记》共十四卷，近日已经完成最后一卷的撰稿，全书正在请包世臣先生过目，待他回信后，再通编通审一遍，就交付给广陵印社，很快就能见到全书，此前卖的都只是其中的单卷。大家快把这些钱拿回去，到书肆里预订，我只担心你们去迟了就真的买不到了！"

大家争先恐后地又将购书钱拿了回去。魏彦见状一笑，心里想：叔父真是大智若愚，看似木讷，真要处事，又不少智慧。

大家都拿回钱要走时，魏源看见一位似曾相识的年轻人，他一把抓住这个穿着军装的青年说："你慢点走，我有话跟你说。"这青年莫名其妙地站住，望着魏源。魏源说："如果我没记错的话，你叫李二甲。扬州人氏。"

青年人两眼惊异地说："魏先生如何记得小人姓名？"

魏源说："那次我与裕谦总督在定海巡营时，我问过你叫什么名字，哪里人氏。你告诉过我。"

青年人说："魏先生真是好记性！"

魏源笑了笑说："记不全，问魏源！"

那青年轻松起来说："魏先生到我们军营巡视时，我在定海郑国鸿部下当兵，定海失陷之后，我移到扬州军营。那天，我们是在定海码头上见面，我正在站岗。"

魏源很喜欢这个壮实的青年，让他稍等一刻。

一刻后，魏源到家里取来一套书交给李二甲说："你在军营还来买书，知你不是俗人！这是《圣武记》全书。我送给你。你带到军营去，让更多人阅读后长我志气，坚定制夷决心！"

青年人接过书，向魏源致军礼后说："定不辜负先生厚望！"

魏源送别这位年轻人时，边走边说："夫制驭外夷者，必先洞夷情。今粤东番舶购求中国书籍，转译夷字，故能尽识中华之情势。若内地亦设馆于粤东，专译夷书夷史，则殊俗敌情，虚实强弱，恩怨攻取，瞭悉曲折，于以中其所忌，投其所慕，于驾驭岂小补哉？《圣武记》之深意乃反夷敌入侵之军事书。"

《圣武记》的影响之大，出乎魏源的料想。他想起自己编撰的《皇朝经世文编》也曾产生过巨大影响，但那主要是在仕宦之间，而《圣武记》的影响之广，已经不局限于上层而传入下层。现在看来，从书院的学子到军营的兵士，也都极为关注。由此，他预感到《海国图志》一旦刻印行世，其影响必将更加深远。

第三部 暮鼓晨钟

　　包世臣审读过魏源寄给他的《圣武记》全部书稿后回信说："……国家武功之盛，具载官书，卷帙多至不可究。足下竭数年心力，提挈纲领，缕分瓦合，较原书才及百一，而二百年事迹略备，其风行艺苑，流传后世，殆何必也。……"对全书需要完善的地方，他也提出了坦诚的意见。包世臣是魏源看重的经世学问家，经他过目后，魏源又通审了一遍，很快将《圣武记》十四卷全书印行。

　　《圣武记》全书刻印行世后，凡读书人皆纷纷求购，各地书肆都卖得火热。但魏源亦如同他第一次做票盐生意，花去本钱不少，不仅没有盈利，连本钱都没有收回，只是得了个出书的名声。他通过这件事情以及师友们的提醒，明白了文人著书也有窍门。他默想，《圣武记》别人赚了，自己亏了；到了《海国图志》一书刊行时，他不能再亏，至少不能自己掏钱。如果再要自己拿钱，家里人就得断炊！

　　从裕谦的幕府回到絜园后，魏源憋足了救国劲头，书房里各种资料成了他的百花园，有林则徐的《四洲志》、有朝臣们的大量奏疏，有从史馆秘阁抄录来的大量资料，以及清河萧令裕的《粤东市舶论》，安庆人方熊飞的《请造战舰疏》，歙县郑复先的《火轮船图说》《作远镜法说略》，嘉兴人龚振麟的《铸炮铁模图说》《枢机炮架新式图说》，福建监生丁拱辰的《铸造洋炮图说》《铸炮弹法》《大炮须用滑车绞架图说》《西洋用炮测量说》《用象限仪测量放炮高低法》《炮台图说》《西洋制火药法》，浙江余杭知县汪仲洋的《铸炮说》，江苏候补知府黄冕的《炸弹飞炮轻炮说》《炮台旁设重险说》，户部主事丁守存的《详覆用地雷法》《西洋自来来火铳制法》，广东候补道潘仕成《攻船水雷图说》，还有江宁王梅村寄来的一些抄录资料，等等。

魏源不分日夜地阅读、辑录和写作，而他已是近天命之年的人了，这不能不让全家人为之担忧。尤其是闭门谢客以来，魏源几乎是每天从早到晚都在他的古微堂忙着，吃饭时也要家人催促几次他才能到席，而且变得木讷少言，像是在他的迷宫里走不出来。

道光二十二年的冬天如约而来。一个晴天的早晨，絜园里绕墙进林子的土路上都结了一层厚厚的狗牙霜。魏湖在世时，每天早晚都会在园子里查看一遍，魏湖过世之后，因魏淇和魏浚又在外面求学、履职，魏彦就接续了这件差事。这件事没人做过安排，是魏彦主动接手的。魏彦不仅相貌长得越来越英俊，遇事也越来越灵活机敏。

魏彦每天都如此，查看过一遍园子，就到魏源的书房前敲门催魏源吃早餐。魏源也总是随叫随应。但今天，魏彦先是叫了几声"叔叔"，未听到回声，敲门也未见里面有任何响应。这些日子魏彦本就见叔叔脸色不好，暗里担心他过劳了身体扛不住，现在敲不开门就更加着急。他用一块薄薄的篾片，轻轻挑开门闩，果见叔叔趴在书案上，手里的笔将书稿上涂了一片墨污。魏彦吓得赶紧抱起叔叔。但魏源的身子变得软如棉被，无任何反应。魏彦将手放在魏源的鼻前也似乎感受不到呼吸。魏彦又掐了几下魏源的人中，好像也没有明显反应。魏彦对着门外惊叫起来："快来人哪，叔他不好了——"

魏彦把叔叔轻轻平放在地上，因找不到合适物件，顺手将书案上的竹臂搁拿来垫在叔叔的头下。这时，严夫人以及家人都赶来，魏源还是不省人事。严夫人立刻哭了起来，魏彦向来细心，他撕下一片小纸条，将下头悬空吊在魏源的鼻孔前，果见纸条还有微微的颤动。此刻，陈老夫人已经到场，她到底见事无数，知魏源没有断气，只是回不过神来。她不慌不忙地说："快把灯盏、灯草拿来！"

还是魏彦手脚最快，马上将灯盏、灯草拿来递到陈老夫人手里。陈老夫人将灯草沾上桐油点燃，连续在魏源前额烧了三焦灯火，魏源果然睁眼醒了过来。他先是嚅动一下嘴唇，然后就想自己坐起来。魏彦扶他在靠椅上稍稍坐了会儿，他开口的第一句话是："我的书稿呢？"

魏彦告诉他："我已收拾好了，放在书柜里。"

魏源强调说："《海国图志》，全书五十卷！"

魏彦说："全都在！"

严夫人说："这些日子你太拼命了，现在你应该好好休息！"

魏源摆了摆头说："还不能！要尽快刻印行世！"

出书对于魏源来说，已经不是什么新鲜事，他已经出版了《书古微》《诗古微》《皇朝经世文编》《圣武记》等多部著作。但说实话，只有《皇朝经世文编》是贺长龄组织编辑、筹款刻印，算是官刻，他赚了些润笔费，其他几部书都是他自己掏钱刻印。《圣武记》虽然卖了不少，但印社给他的稿费还不及他付出的成本，而且是一次给定，赚的钱也是印社和书商的。按照以往的惯例，刻印《海国图志》这么大部头的书，又该要家里拿出一大笔钱来，所以家里没人再敢出声，大家都清楚眼下的家境。

但陈老夫人眨了眨眼，不谈书事，只挤着两眶热泪说："大家都吃饭去，饭后各自该干什么干什么。"

饭后，魏源背上包袱，身体似乎还有点儿轻微的摇晃，在大家的劝阻声中魏源还是决定出门。包袱里是五十卷的《海国图志》书稿，一大摞，背在身上明显感到有点儿沉。

大家都站在大门口，意思是不想让他出门，说他这样的身体出门去，大家不放心。但严夫人倒劝了陈老夫人一句："娘，让他去，这部书比他的命还重要！您要不让他去，他会坐卧不安，失魂落魄！"

陈老夫人相信儿媳的话，不再多言，往旁边一站，让魏源走出了大门。魏源在略带寒意的天云下，沿着那两行落了叶的老榆树越走越远。

魏源心里明白，这个时候，要将五十卷《海国图志》印成书并非易事，但他没给自己留退路，他必须坚定不移地沿着自己想好的路走下去！

能雕版、具有刻印书籍能力的地方的确不少，北京、江宁、广州、苏州四大城市是老牌的全国刻书中心，新兴的也有江西的金溪浒湾、福州长汀四堡等地。魏源在北京、江宁、苏州都看过那些刻坊，那里每年刻印的书量也不小。但印量大的一是科举用书，如四书五经及其解读；二是童蒙读物，如《三字经》《弟子规》等；三是农园医卜，如《锦囊妙计》《家庭必备》等；四是通俗文学等。要刻印《海国图志》这种有大量插图又排版复杂的书，没有先例，刻坊肯定不易接受。魏源早就有这个准备。

刻书有三种模式，一是官刻，二是坊刻，三是私刻。官刻，在朝廷以武英殿为代表，武英殿是宫廷刻书机构。那里刻印的书，无论是校勘、印制或纸张，都是毫无疑问的优质精品。魏源当然希望《海国图志》能够官刻，但官刻对内容的要求非常严苛，必为最正统的官方思想，故武英殿所刻印之图书，主要是政府组织编纂的各种图书，以及朝廷大臣们汇聚校勘过的传统经典。这些书也很少流入民间，多是送内府收藏，作为皇家藏书，或送出版机构收藏，也有大臣们预约购买，皇上也会将其作为御赐的赏品。官刻一般图书无法插足，更何况《海国图志》这种涉及夷地、夷人、夷事的大部头奇书呢！

魏源先是在扬州城里找遍了刻书坊，包括广陵刻坊。扬州有很多刻坊，小一点刻坊一看这五十卷的大部头，尤其还有大量插图，都不敢接受，稍大点的刻坊虽想接手，但一看里面各种图示过多，也不敢拿下，至于刻印费，根本就还没敢谈到这个环节。

魏源又请全国各地的朝野朋友们帮忙打听，得到的回复大都是对这种书没有兴趣。最后，他又找到广陵刻坊，毕竟在扬州刻印，修改、校对起来要方便很多。

广陵刻坊到底是扬州最老、最大的刻印社，五十多岁的董老板也是读书人，知道魏源的名气大，但他非常精明，仔细看过书稿目录，又大略翻了下内文后，表示愿意考虑刻印，但要自费。他以为魏源是拿得出这笔钱的。

魏源当然不服，提醒道："此书乃刷新国人耳目之书啊！"

董老板非常有耐心，也非常谦和地说："实不相瞒，我们广陵刻坊每年刻印的书量也不小，但都是科举用书、童蒙读物、农园医卜、通俗文学等。《海国图志》这种书，"董老板摆了摆头说，"史无前例！特别是这里面插图很复杂，我还不是很有把握。"

魏源有点着急了！此书并非朝廷授意编纂，官刻实无可能，只有坊刻这条路，而坊刻中，小刻坊几无能力接受这一刻印重任。反复比较，无论是经济实力或者业务能力，还是广陵刻坊方可胜任。魏源不得不软下口气说："这是一部研究夷国、夷人和夷情，让国人大开眼界之书，销量不会差！"

董老板轻蔑地笑一下说："单就销量而言，我与你这想法恰恰相反！"

魏源不服气地说："此话怎讲？"

董老板说："魏先生，你是见识广博之人，像你和林则徐这样，真想通过用心研究夷国、夷人和夷情而打败夷敌者，你自己算算，朝野能有几人？你别以为夷人的坚船利炮已逼着吾国割地赔款，人们就会看重你这部书！"

魏源说："这么说，你以为这是一部可有可无之书？"

董老板说："这绝对是一部吾国吾民急需之好书！但装睡的人你是唤不醒的！不愿醒来的人是不会读这种书的！我社不是官刻社，没有朝廷支持，赔不起这个钱。"

魏源说："这么说，你以为这是一部可有可无之书？"董老板说："这绝对是一部吾国吾民急需之好书！"

魏源心里明白起来，说："说来说去，还是一个钱字。"

董老板却反驳："那也不全是！如果我没看上书稿，你有钱我也不会答应！书稿我确实是看上了，就是赔不起这个钱！当然，你如果出得起这个钱，我们刻坊自然愿意尽力。"

魏源说："那你要多少钱？"

董老板说："这书于国于民有利，我们尽量优惠。"

魏源重又问一句："董老板你别客气，我做票盐生意时赚过钱，也赔过钱，知道生意人不容易。你明说要多少钱？"

董老板还是对魏源非常客气地说："你能拿出多少？"

魏源不喜欢绕弯子，他直说了自己能拿出的全部家当。老板摆了摆头，但没有完全否认地说："这样吧，你把书稿暂放我处，我再仔细看看，我们内部也商量一下，你也回家再想想办法加点数。"

魏源想了想说："那好。"

魏源留下书稿走出刻坊大门，望着大街上匆匆往来的行人，他茫然无措。还有什么办法想呢？家里是再也挤不出钱来了，母亲和夫人的那点私房钱都掏了，家里的生活开支都面临困难，不过是当家人不说而已。朋友中当然也不缺有钱人，但他还从来没有开口问别人借钱出书。此前刻印的几本书都是自家拿钱，但每次要钱也不算很多，而且那时他又在幕府工作，收入不低，承担得起。《皇朝经世文编》这部大书是贺方伯组织人编纂，刻印费也是由贺方伯负责，算是省一级的官刻，他还拿到了可观的润笔费。《圣武记》虽是自己编纂，自己出钱刻印，但刻印社见销售不错，最后也还是给了他一点版费，自己算是没赔多少钱。现在，没有想到刻坊对《海国图志》这部大书的销售如此悲观。

魏源在大街上漫无目的地走着，也不知走到了哪儿，忽然想起前天听人说，已任淮南仪征同知的谢元淮到扬州来了。他不是想去找谢元淮借钱，官员的钱他是坚决不想借。他只是想打听一下徐老板的近况，因为徐老板曾和魏源合伙做过票盐生意，还赚了钱，而让徐老板和魏源合伙做票盐生意的人就是谢元淮，所以谢元淮应该知道徐老板的情况。

有人告诉他，谢元淮在盐运使司衙署里，魏源找到衙署。这个衙署魏源曾经来过几次，是盐业兴盛期所建，很气派！八字大门前有东西辕门，南北有牌楼，对面有照壁，另有东圈门、南圈门、北圈门形成三星拱卫规模。厅内又有大堂、二堂、三堂、景贤楼、清燕堂、银库、公廨、题襟馆、苏亭等，盖铜瓦，门前有石狮一对。两淮盐务都由这里管辖，负责运销、征课、钱粮兑支拨解，以及属地私盐案件，缉私考核等。魏源走进衙署一看，情景显然不如以前，地上小草冒头，墙上苔藓发绿，瓦楞也残缺不齐，破败之象显而易见。

谢元淮果然在这个衙署。魏源与之见面，先是说过一番定海抗击夷敌之事，然后，魏源才问及徐老板。谢元淮告诉魏源，陶大人辞世后，因大盐商的反对，票盐制内部已经开始混乱，徐老板早已不再在生意场上。谢元淮又问魏源："是徐老板还欠你的合伙钱吗？"

魏源赶紧说："徐老板哪会呢！当时连本带息，他都给我结算得清清楚楚，还让我在回单上签了字。他当时也说过，他不会再做生意。"

谢元淮说："那就好！当时你们合伙做票盐生意，我是你们的介绍人，要是有何干系，我也是逃不脱啊。"

魏源说："实在感谢你，让我赚钱买了房，出了书。"

谢元淮说："钱是你们自己赚的，感谢我干什么呢。只是可惜两淮盐务再也回不到那个时候了！"

魏源知道谢元淮在经济上可以帮他，也想开口借点钱，但话到嘴边他又咽了回去，还是觉得不能开这个口。做票盐时谢元淮给他介绍了徐老板，已经算是帮过一次大忙了。他又想起爷爷在世时，不让他进京时去找陶澍，因为陶澍借过他家的钱。如果徐老板生意做得红火，他可以开口借钱，因为他们曾是伙伴关系，可现在徐老板已退出生意场了，于是魏源和谢元淮又说了会儿话就道别了。

魏源回到絜园，跟全家人说了他出门所办事情的经过，大家都闭口不言。

陈老夫人回到自己卧室，先是关了门窗，然后翻箱开柜，将自己平日里积攒下来的零钱都凑合拢来，然后，用她从魏家墩带来的那个青布钱袋装起来，压在床头枕下。魏源求学时，她也多次从这个青布钱袋里取出自己的私房钱交给魏源。

陈老夫人刚刚把钱袋放好，儿媳妇严夫人就来请母亲开门。陈老夫人开了门，严夫人一进门也叫母亲把门关上。严夫人把自己出嫁时压箱的几件金银首饰用一个红布包着带来了，她跟陈老夫人说："娘，我要把这个当掉，换些钱来。"

陈老夫人心里明白儿媳妇的心事，说："是魏源要钱印书吧。你留着，我这里准备一些，你看够不够。"

严夫人不好告诉陈老夫人魏源所需印书钱数是多少，也不能去数娘的钱，她只得说："娘，您的钱都是过年过节子侄们孝敬您的，您留着。您这么大年纪了，别为难！我这几件陪嫁金器，放在箱子里也是些闲着的东西！换了钱让他把《海国图志》刻印出来，将是无量功德！"

陈老夫人说："我是现钱，用起来方便，你那些金器还要兑换。"

严夫人说："娘，不瞒你说，这些金器反正也是留不住。这两年，他因为写书没在外做事，家里没有什么进项，合伙做票盐生意时留下的那点家底子已经花完了。"

陈老夫人说："这些事，你不要告诉魏源。我们要让他一心一意把这部书刻印出来。他这是一部重要的书，有关国家大事。"

严夫人说："我知道，所以我想把这些金器都当了换钱。"

陈老夫人还要说话，严夫人示意她门外有响动。果然屋外传进话来："母亲，我都听见了。"这是魏源在外面说话。

陈老夫人赶紧让严夫人将门拉开，让魏源进来。魏源重复了一句："母亲，你们所说，我都听见了。"

陈老夫人说："听见了更好！那就照办！"

魏源说："这太为难母亲了！"

陈老夫人说："为难什么？我们千里迢迢，从邵阳魏家塅全家搬到江苏来，为个什么？不就是为后人能有个出息吗！现在，虽然你科考功名不顺，但作为读书人，立言成名也是一条正路！为娘还有什么舍不得？"

魏源一骨碌跪在母亲面前说："母亲，为儿一定要好好报答您！"

陈老夫人说："为娘已经很满足！想你们年轻时，我抓了把神龛上的香炉灰带在身上，和大小家人从魏家塅出发，出资江，过洞庭，入长江，达江苏，如今能在扬州有了这么一个像模像样的家，不仅能立定脚跟，儿子们还都各有出息，娘还求什么？"

陈老夫人的一席话，说得大家都眼泪汪汪。

魏源经与好友何秋涛相商，数日之后，又还是来找广陵刻坊的董老板。董老板也还是热情接待。两人刚坐下，性急的魏源未等老板开口问话就先说："钱是没有办法再增加了，书还是想在你这里刻印。"

　　魏源以为自己这个邵阳人脾气会让董老板讨厌，出乎意料的是，董老板却在微胖的脸上报以得意的微笑说："有些事，的确就是个缘分！"

　　魏源还没有真正听懂这句话，问道："老板这话的意思是？"

　　董老板说："你希望我给你一个什么样的答复呢？"

　　魏源说："这还用问吗？如果我不抱希望，还再来你这里哄茶喝？"

　　董老板说："当时我就想，先还是要婉拒你，如你能找到别的刻坊出书，那也是好事。但你如果再来，我就给你希望。"

　　魏源说："我不是已经再来了吗？"

　　董老板说："我不是也给你希望了吗！"

　　魏源说："那好！今天，我们就把合约签了，或亏或赚都是你的。"

　　董老板说："我现在非常清楚，刻印此书，我肯定会亏银子，但我也肯定会赚个千古大名！"

　　魏源往深处一想，不无激动地说："老板大格局！真精明！必成大业！"

　　董老板却很冷静地直说："有利无名之事我干，有名无利之事我也干，有名又有利之事我就大干，但无名无利之事，我董胖子是绝对不干！"

　　魏源说："董老板实在精明！"

　　董老板说："也许五十年，也许一百年，也许两百年，总有一天，《海国图志》会唤醒国人！那时，我或我子孙必然以此为荣！"

　　魏源两眼异常放亮起来，说："武备之当振，不系乎夷之款与不款。既款以后，夷瞰我虚实，觇我废弛，其所以严武备、绝狡启者，尤当倍急于未款之时。"

　　董老板接话说："未款之前，则宜以夷攻夷；既款之后，则宜师夷长技以制夷。夷之长技三：一战舰，二火器，三养兵、练兵之法。"

　　董老板竟能将《海国图志》中的这些原文说出来，魏源惊喜于老板的记忆力。魏源有意再将《海国图志》原文接着往下说："天下有不可强者三：有其人，无其财，一难也；有其财，无其人，二难也；有其人，有其财，无其材，三难也！"

　　魏源稍一停下，董老板就接着说："自用兵以来，所糜费数千万计，出其十之一二以整武备有余，则财非不足明矣。……中国智慧，无所不有……是人才非不足明矣。船桅船舱所需铁力之木，油木、櫸木、梓木，皆产自两广……皆与西洋无异，则材料又非不足明矣。"

　　魏源从来没有真正佩服过别人的记忆力，此时，他开始佩服刻坊董老板的记忆力。他继续往下说："故知国以人兴，功无幸成，惟厉精淬志者，能足国而足兵。"

　　董老板端起茶杯猛喝了一口，像是更加兴奋地说："去伪，去饰，去畏难，去养痈，去营窟，则人心之寐患祛其一。以实事程实功，以实功程实事，艾三年而蓄之，网临渊而结之，毋冯河，毋画饼，则人材之虚患祛其二。寐患去而天昌，虚患去而风雷行。"董老板站起来笑道，"何患不胜夷?!"

　　两人就《海国图志》的此番交谈，均感十分痛快淋漓！董老板的确不一般，到底是广陵刻坊的老板！魏源从内心里诚服，签下合约后，魏源放心地将书稿和银两交给了刻坊的账房。

　　在魏源回絜园的路上，北风变大了，开始摇荡路边的茅草和道上的树枝。因为身体没有恢复，出门时又穿得太少，他哆嗦了一下，感到天气突然变得很冷。他怀疑自己是因为办完了这件大事，连同意识和筋骨都放松了，才变得疲软不堪，经不起风吹。

　　魏源走到家门口时，孙子魏玺正拿着一个鸡蛋从鸡棚那边跑过来递给爷爷看，但因魏源手抖了一下，没有接稳，鸡蛋掉在石板上砸成了一摊白里渗黄的蛋糊。魏耆耆见了，抓紧儿子魏玺的小手摊开他的手掌就打了几下。魏玺哇地大哭起来。魏源跟魏玺说："都怪爷爷没有接稳，不怪玺儿啊！"魏源又责怪儿子耆耆说："不就是一个鸡蛋嘛，就该这么打孩子？"魏耆耆说："父亲，您不知道，这是全家人今天晚上的荤菜！"严夫人见石板光滑干净，赶紧拿了锅铲和一个小碗过来，将鸡蛋的上面一层铲起来端进灶房。

　　开餐时，魏源一看，果然餐桌上都是些小菜，仅有一大钵四季葱蛋汤是唯一的荤菜。魏玺因为挨了打还没散气，又见没有什么好菜，就不大愿吃饭。严夫人逗他说："要是你不打坏这个鸡蛋，那蛋汤就要好吃得多！"

　　魏源心里一阵阵酸痛，他不用问也明白家庭经济的窘境。但让魏源高兴的是，魏玺听奶奶这么一说，像是懂得悔过一样，又很听话地自己吃起饭来。

　　魏源饭后疲惫不堪地躺在床上回忆往事。

　　先是由孙子回想起四年前儿子魏耆耆结婚的情景。那时魏源正与徐老板合伙做票盐生意赚了钱，买下絜园后，第一件大喜事就是在絜园为母亲办了六十大寿，第二件大喜事就为魏耆耆和汪氏办了新婚大喜。那年魏耆耆刚好十八岁，儿媳汪氏十七岁。

儿子完婚后，魏源应家乡人邀请，趁清明节回魏家塅扫墓，这也是魏源父亲的遗愿。自从嘉庆二十五年，魏源陪同母亲及家人离开邵阳魏家塅，至今已二十年。魏源自然很是想念家乡。魏家塅人信守祖训：父子兄弟，去利怀仁义，相接无不兴；去仁义怀利，相接无不亡。魏源归乡那些天，父老乡亲甚是亲热，又在一起商定修族谱一事，并请魏源作序。他还站在书楼上，听他童年熟悉的莺歌，看他童年熟悉的燕舞，在田地间看他童年熟悉的庄稼，在大门外看孩子们尽情地玩耍……他又回想起自己二十年前一家人离开老家那天的情景，回想起魏淇弟弟说过的那句话："我们还会回来听这里的莺歌。"

也正是他回故乡这一年，自己的恩人——两江总督陶澍卒于任上。

这些人间世事就如一晃而过，还清楚地记得如在眼前，而孙子魏玺就快四岁了……

魏源身体还没有完全恢复，但面对如此家境，魏源不能不强撑下去。为家庭生计，他得去找新的生活来源，否则，这么一大家人，天天张口吃什么？

"扬州繁华以盐胜"！他还是很怀念曾与徐老板合伙做票盐生意赚钱的富裕日子，他决定再深入了解一下眼下的盐业生意，看还有没有入手的可能。

清代共有九个盐区，但两淮盐区名气最大。因两淮盐课当天下之半，损益盈虚，动关国计。连著名的"扬州八怪"也可以算是扬州盐商养大的。扬州地处长江之北，淮河之南，西濒运河，东临大海，数百里境内河道纵横，水陆交通便捷。加之全国最大的两大海盐产场在淮北和淮南，所以说"两淮盐，天下咸"。扬州盐商的富裕，魏源也是见过的，他们的吃住玩乐，简直奢侈至极！但今天，那些富甲天下的盐商门庭如何呢？

魏源首先来到"头灶""三灶"等地方看了看。当年这里都是十分热闹的煮盐之地，人山人海，各有分工，可如今已是灶裂草长，十分凄凉。

一位老人正在盐库门口打瞌睡，魏源走上去问道："这盐场过去可热闹得很啊！如今怎么成了这样？"

老人似乎并没有睡着，睁开眼看着站在面前的问话人说："这夷人炮船把什么都打乱了！"

魏源点了点头，又在空空的盐库门前站了会儿，不声不响地走了。

两淮巡盐御史的署地就在扬州，又分别在南通、泰州和海州设有分司。分司设运判一人，从六品，掌管盐场。魏源在巡盐御史署地仔细看了问了，这里已经门可罗雀。以前的"纲盐"秩序没有了，新兴的"票盐"也不执行了，盐业已一派混乱，谁卖盐都无人管理，署府里外已少有来办盐事之人，来的只有为卖盐而打架相骂的双方。

好好的一个票盐制，才实行多久呢，就废了？想当时贺长龄、陶澍、林则徐等一批有志者为推行"票盐"，费了多少心血啊！魏源寒着心摆了摆头，离开了这个巡盐御史的署地。看来，眼下这盐生意他是绝不能做！

在外转了些天，回到絜园时，魏源收到了家乡人邓显鹤来信。上次邓显鹤来絜园时，两人叙过旧，两人为老乡，魏源又一直视邓显鹤为师为兄，魏源一直都感到在邓显鹤面前可以无话不说。邓显鹤信中说，通过多年努力，一部收录湖湘人诗文的大书《沅湘耆旧集》已经编定开雕，其中自然有不少魏源的作品。魏源看过全书目录，复信表示祝贺，并提醒邓显鹤将张陶园那首有名的《张锅头歌》编入集中。随信又说了自己家中经济的困境："自海警（鸦片战争）以来，江淮大扰，源之生计亦万分告匮。同人皆劝其出山，夏间当入京师，或就彭泽一令，或作柳州司马矣。中年老女，重作新妇，世事逼人至此，奈何？"这是魏源第一次写信告诉老乡，他已在生活上走投无路，正在考虑是否去京都考个县令或者司马做做。

一天深夜，原本只是发点轻烧的孙子魏玺突然病情加重，抽搐不止。一家人全都起来守着，一边喂姜汤，一边用湿毛巾冷敷，一边议论着如何去找医生。如果能马上请来扬州城儿科医生陈里谦，那当然最好，但家里拿不出钱来。大家也都愿意把自己能值钱的东西凑拢来，但深更半夜的，找谁去换钱呢？小儿有点发热咳嗽，本也是常事，谁也想不到突然就这么重了！土方子用尽，还不见魏玺有好转，魏源跟魏彦商量说："你们先抬轿子去把陈医生接来，钱的事由我与陈医生见了面再说。我们不会少他的。"

魏源和家里的女人们守着魏玺，从家里男人中选了四个壮实人抬着轿子去接陈医生。陈医生一听病情，知道缓不得，马上上轿赶路。路上只换人，不歇脚，来去都速度极快。

陈里谦医生一到絜园就下轿直奔患儿房间，进门一看，已不见小儿抽搐，亦无别的动弹。他连脉枕都免了，将魏玺左手放在自己手上，伸出三指一探，又推开魏玺的眼帘一看，长叹一声："唉——怎么不早点接我来呢?!"

全屋人不约而同放声大哭起来。

陈医生摆了摆头，十分难过地说："医生也是只能治病，救不了命啊!"

魏源悲伤得几乎失去理智，一把将孙子抱进怀里摇着喊道："玺儿！我的玺儿啊——爷爷愧对你了！都怪爷爷为出这部《海国图志》，把家里钱都用光了，让你没能及时治病啊！"

陈医生一听这种哭诉极不好受，说："此话怎讲，我行医数十年，何时因钱延误过治疗？"

陈老夫人马上解释："不是说你，陈医生。我们是后悔自己当时因为手里没钱，没敢去请你。"

陈医生说："我行医不是做生意，不为钱！钱只是患者治好了病，自愿所给的谢意。"陈医生边说边收拾药箱，站起来准备走时他按自己的惯例，向逝者礼别；尽管魏玺才四岁，但陈医生向逝者道别从不论老幼。魏源将陈医生送至门口时，给了他一件玉器作为酬劳，陈医生坚决拒收。并叹服道："魏先生，不要后悔！像你这样的家庭，本不应落到如此境地！倘若夷敌不来犯我，盐业正常营运，国税能有保证，你或从公或营私，随便做点事情都会用度有余。"

魏源非常认同陈医生所言，说："陈医生所言极是！不愧良医！"

陈医生说："自古至今，书籍已浩若烟海，你何故要倾家荡产出此一书？"

魏源说："此书异于昔人所有海图之书。昔人海图之书以中土人谈西洋，而我此书乃以西洋人谈西洋也。"

陈医生很感兴趣地又问："你出这样一部书到底有何用途呢？"

魏源说："是为学习夷人先进技术，再用来打败夷人，强我国朝而作。"

陈医生恍然大悟，他站定转过身来说："魏先生，请受我一拜！"

魏源来不及拒绝，陈医生行过鞠躬礼，上轿了。魏彦他们刚准备起轿，陈医生又转身悄悄地跟魏源说："魏先生不必过度悲伤，不久家中必有双喜临门。"

魏源问："何以见得？"

陈医生说："你儿媳已经有喜，所孕亦是男孩！"

名医到底是名医，一双眼睛什么都能看清。魏源又问："那还有一喜是何喜？"

陈医生说："你将功名有成。"

魏源不解，他除了跟身处远地的家乡人邓显鹤透露过想再考功名外，从未跟任何人说过他要再赴科场，只是多次说过他已绝意考场。魏源问陈医生："你是如何看出的？"

陈医生一挥手，起轿走了，但往身后留了两句话："德善人家，自有子孙延绵！锲而不舍，必然水滴石穿！"

处理过孙子的后事，魏源常常坐在紫藤过道的长椅上，望着成双的白鹤发痴，自己这些年所经历的悲欢离合，喜怒哀乐，全都神奇地在脑子里呈现出来。过往的那些场景，那些人就都像可以摸得着，可以叫得应，如梦如幻。

支持和喜欢他学问的朋友，得知他为刻书而陷入这种生活困境，都好心地劝他再次振作起来，再去考取功名。不然，真是浪费人才。魏源对科考本已经死心，曾已决定不再走进科场，但这么些年他看来看去，当朝读书人除了考取功名，求得一官半职以外，没有别的更好的出路可言。读了这么多书，最后是连自己家人都养不活，何况他还有很想做而没有做成的大事。想想当年贺长龄、陶澍、林则徐等人，能为官一方，大刀阔斧地为国家、为百姓做成很多大事，要是自己也能如他们，也不枉自己一生的努力！

魏源心里又重燃希望了！

魏源自嘉庆八年拔贡，道光二年举顺天乡试第二，但后来也不知何故，五次参加会试都未中榜。直到道光十五年第五次会试落榜后，他才绝意考场，买宅扬州絜园，专心著书立说，以益朝野。一晃九年了！九年后的今天，他竟然要自食其言，竟然要以五十一岁的年龄复入考场，竟然要去考取自己早已瞧不起的所谓"功名"。

他实在是意想不到，思绪万千，难以言说。这个时候他才明白，什么是能屈能伸！为推行"票盐"，陶澍不也有忍气吞声之时？不也亦屈亦伸吗？

但家里人听说他要重振精神，再赴考场去考取功名，无一人不高兴！

深夜，房间像一块黑石头，魏源把卧室的桐油灯拨得很小很小，像在黑石头中间钻了个小洞。然后，他面对这个小洞，久久地坐在架子床前。鸡叫头遍时，严夫人醒过来见他还没睡，有点不知所措。她本不想打搅他，但又不忍心看着他如此煎熬，就不得不说："你还在想什么？天都快亮了，该睡了！"魏源说："会试的时间越来越近，进京的盘缠还没有着落，我不知找谁去借。"

严夫人说："你就为这事睡不着？"

魏源说："我想不出别的办法。"

严夫人起来，轻轻将桐油灯拨亮一点点，然后开了箱子，将一个布包从里面拿出来放在魏源面前说："这是母亲和我为你准备的盘缠。"

魏源小心解开包袱，里面是银两和那方精制铜砚。魏源激动不已，又羞愧万分。照说，他是一家之主，遇困难应该是他来解决，怎么好意思让母亲和夫人来担当？他每次赴考都是带着这方铜砚，他抚着他熟悉的这方精制铜砚，跟严夫人说："母亲和你把什么东西送到当铺里换钱了？"

严夫人说："娘不让我告诉你！说你只管去好好参加会试就是！"

魏源想了想，也不再追问，问明白了又有何用？

道光二十四年春天，魏源带着这些盘缠进京准备会试。虽然这条北上的路他已经走了多次，沿途已算得上熟悉，但对魏源来说，还是不轻松，因为，他仍要像前几次一样，考察沿途的水利，不断向当地人们了解治河的经验。最后他记下了沿途的印象："……两从固安渡永定河，详审南堤外如釜底，北堤外地与堤平……"

会试即"春闱"，是礼部为有举人资格者举行的全国考试。地点在贡院，每三年一次，考中的为"贡士"。"贡士"才有资格参加殿试。殿试中的前三名分别为状元、榜眼和探花，其余者均为"进士"。有进士身份，朝廷就会封官委职，暂时无空位安排的可以候任，知县、知府那是起码的官职。

此前，魏源已经参加过三次"秋闱"，四次"春闱"，这是他第五次参加"春闱"。这个开科取士的贡院他一点都不陌生。贡院坐北朝南，大门五楹。往里走又有二门五楹，龙门、明远楼、致公堂、内龙门、聚奎堂、会经堂、十八房等。周围墙垣高耸，气氛阴森，与高大森严的公堂、衙署相比，近万间考棚却十分简陋狭小。考棚周围有外棘墙、内棘墙、砖墙作为防护，十分严密。四角有瞭望楼，楼上有专人监视考场。内有总裁、副总裁、考试官、御史等官员的公堂、居室、点名厅、守备厅、监试厅及刷印刻字、誊录、受卷、弥封等办公场地。

魏源站在贡院前广场上的人群里，难免记起自己前几次参加会试的情景，那些年轻气盛的青壮年，那些白胡飘飘的老学人，那些为中榜疯得唱唱跳跳的，那些为落榜而哭哭泣泣的……这个地方是个大戏台，没有现成的剧本，读书人的成败悲欢，尽在这里表演。

依照秩序唱名唱到了"魏源"。魏源上前，经搜身后去领卷，然后由兵勇"护押"送进考棚。

　　这次的考题是《下学而上天乎》、《有所不足》、《以为未尝》、《白驹空谷》、得"人"字……

　　会试发榜那天，魏源早早地赶到礼部衙门外看榜。张挂在那里的"杏榜"赫然醒目，他一眼看到了自己的名字排在第十九名。魏源和别人不一样，虽然考到五十多岁才考上这么个进士，内心不无惊喜，但他没有太激动，只是淡淡一笑就转身走开。心里却奇怪地想到，只怕是这次会试，皇上没让穆彰阿沾手了。

　　总算没有白让朋友们操心，总算没有白让母亲和夫人为他筹集路费，总算没有辜负自己这么多年的努力！他又想起陈医生那天的吉言，他慨叹道："老医生真如神仙！"他还想起女儿秀均臂上那个梅花图案。

　　绝意考场已经九年，论精力，他明显感到今不如昔，但再来考场，反而考中了。后来才打听到，果然，这次会试的考官里不再有穆彰阿，而是陈官俊、文庆和徐士芬，这使他更加猜疑曾经真是有人对他有过打压。

　　其实这次会试，穆彰阿虽没当主考官，但仍是考官中的阅卷官。他还一直记着这个恃才不屈的湖湘子弟魏源！他喜欢魏源，但也不能放纵之，不能让其在翰林院掌院大学士面前都恃才不驯！他从不相信杀不下一个学子的傲气！多少年轻人最后都服了，你魏源真能是个例外？九年后，再次见到这个湖湘子弟的试卷时，虽看不到名字，但他只读过几行文字就意味深长地笑了。心里说：此人已到天命之年，离开考场九年，终于还是再次归入此处！九九只能是八十一！自己还是喜欢读魏源的文章，照说现在的魏源是应该明白了世事，不然就不会是一去九年，现在又重来应试！……穆彰阿想着这些，得意地用一个指头轻轻敲了三下这份试卷。这让别的阅卷官实在弄不明白穆大学士是随意敲的还是给了什么暗号，又不能违规过问，感到非常为难。阅卷大臣工部左侍郎福济只得在这份卷面上签字拟定此卷为"三等上"，他显然是怕得罪穆彰阿。同在旁边阅卷的工部右侍郎周祖培见状笑着说："此君波磔，恐仍三等下耳。"他显然是更怕与穆彰阿意见相左。福济侍郎说："诚然，第征引博赡。"但周祖培拿试卷再一看，说："此卷恐是湖南魏源之卷。"穆彰阿是一位老考官，此前因被人质疑，这次他才不做主考而做阅卷官。他在一旁听着他们任意议论了这么一番之后，走过来故作正经再看了看试卷的行文气势，确定这就是湖南魏源的试卷。万没有想到，他绕着弯地说："户部尚书祁隽藻有授意，说是凡翰林院者必须是读书人才好；如若不然，恐遭斥责啊！此卷若改为二等第一，上面核问起来，我们也好有话可答。"

在阅卷方面，没人比穆彰阿的资格更老，没有人比他更有经验，也没有人比他更有权威！他虽非主考官，但借着户部尚书之口如此一说，试卷立时判定下来。到后来按程序拆了密封一看试卷，果然是湖南魏源。穆彰阿不无几分得意。大家也都定着眼僵硬地笑着表示，魏源是早就该进翰林院了！

但魏源并没有如穆彰阿所愿，一直没有走近穆彰阿。所以，在他高高兴兴等着殿试的日子里，有人将他叫进礼部。一位考官告诉他因"磨勘草稿模糊"，要被罚停殿试一年。魏源听后虽然深感遗憾，但也无怨无悔，并未想到会是穆彰阿或者别人在暗地里做的手脚。他只是在自己身上找原因，他想到自己这些年来忙于编撰《皇朝经世文编》《圣武记》《海国图志》等大部书籍，总在赶时间，书写匆忙已成习惯。他也见过林则徐、陶澍、贺长龄他们的奏折手稿，那是何等工整的文面！所以，现在这个结果，魏源倒觉得很公正。

如果不是他"草稿模糊"，魏源就可直接参加本年殿试，停止他殿试一年，就只能等到下一次殿试。要等如此之久，诸多事情难免受到影响，细想起来，心里又不无烦躁。好在儿媳汪氏果如陈医生所言，已经身怀有孕，且日渐明显。这时魏源才从魏玺之殇的沉痛中慢慢走出来。

十月十八日，秋高气爽，果园里的金秋梨熟了，柚子金黄，板栗出壳，絜园里一派丰收景象。阳光照在路上像铺了一层透明的金光，魏源、魏彦和家里人一起，正在用竹筐将园里的果子运往院里储存，忽然听到一声婴儿的啼哭。魏源赶快回家换了衣服，净了手。果然接生娘将一个包裹好的胖娃娃从房里抱出来给魏源看，说："让爷爷先抱抱！"魏源抱上孙子看着他啼哭的倔样子，高兴不已。看着看着就想起给他起名，正好一对喜鹊飞落到眼前的桂花树枝上，魏源脱口而出："这孩子就叫魏桂，字仲枝。"

这一天，魏源还专门买了礼物到陈医生家报喜，感谢他的吉言！陈医生又告诉他："明年你家还有喜事降临。"

魏源问，是何喜事？老医生没具体说，只是说："时候到了，该谢的花都要谢，该开的花都要开！"

直到这时，整个絜园才渐渐走出魏玺夭折的阴影。

　　魏源会试中榜第十九名后，在京师拜访过一些师友，他心情复杂，一回到扬州就迫不及待地赶到刻坊。他来得正好，《海国图志》刚刚刻印成书。装订好的新书，蓝封、白切口，一沓沓整齐地码放在书架上，散发出浓浓的墨香味，很是赏心悦目！魏源忍不住拿来样书，初初翻阅一遍，觉得书的用纸和刻印质量都好得超过自己的预想。刻坊董老板的确是一位信得过的人！这一刻，他真是心花怒放。按照魏源的烈性子，真是想请刻坊董老板到酒店里好好喝一杯，但身上已经没有了银子，他只得强忍着不开这个口，仅给董老板陪陪笑，带上些新书就往家里赶。

　　回到家中，他像是着了魔，什么话都不说，什么事也不管，只是拿了朱漆托盘，将一套崭新的《海国图志》和一大把香纸郑重其事地放进托盘里端上，来到果园边的石子路旁那棵老梧桐树下摆好托盘，然后焚香烧纸，又面朝西北跪下，大声道："林公啊，《海国图志》已出，本应先送你过目，无奈你在新疆伊犁啊！我只有守约，先朝着你所在方位向你禀报，待再见之日，再奉你新书！"

　　为了尽快与师友们分享《海国图志》这一成果，魏源以最快的速度邮递了部分书出去，将它们分别赠给了一些师友。

　　此前，师友们就已听说魏源在编撰这部大书，一些欲熟悉夷情人事者一直期待，但没有想到魏源真是神速，这么快就将大作出版。书邮出不久，魏源就陆续收到了来自各地的反馈。魏源最早收到的评价《海国图志》的书信是姚莹从台湾所邮。姚莹比魏源大九岁，是桐城派姚鼐的侄孙，家学深厚。他嘉庆十三年就中了进士，道光初在京师与魏源、龚自珍等交谊深厚。姚莹时任台湾兵备道，正全力与总兵达洪阿组织台湾军民抗击英国侵略者，已取得五战五捷。姚莹为谋划继续抗击夷敌，正欲询查英地情事，但只能从抓获的夷囚口中问得一鳞半爪，很多西事莫能明白，深以为恨。此时喜得好友魏源所赠《海国图志》五十卷，初阅目录，见全部内容即围绕"夷情"而写，全方位介绍了世界各国的地理、历史、政治、经济、军事、宗教、文化、教育、风土等情况，是中国有史以来未曾有过之书，真乃如获至宝，称"大获我心"。又说"《海国图志》出，而海夷之说乃得其全焉！……《海国图志》五十卷，起自汉代以迄今时，首末具备，而中外地舆形势以全，可谓盛矣！"还说他原来"意欲取凡域外之书荟刻之，名曰《异域丛书》，俾究心时务者有所考镜。而见闻未广，尚待搜讨。今魏默深有《海国图志》之作，余可辍业矣。"这些评价，让魏源甚为惬意，引以为豪！

接着魏源又收到何秋涛的复信。何秋涛可算魏源忘年之交，魏源比他年长三十岁，但两人同进过科举考场。何秋涛也是少负异禀，过目成诵，嗜学天性，苦读博览，志向远大，年纪轻轻在地理学界名声就已不小。魏源在扬州刻印《海国图志》前，还与他反复商量过，他是最早看过全稿，且纠其失之人。书出后，自然少不了赠何秋涛先阅。何秋涛在书信中说，《海国图志》"经魏源搜采群籍，勒为图志，于岸国、岛国各情形条分缕析，便于检阅"。对该书编辑的褒奖之意跃然纸上。

相较之下，好友陈澧放下此书好的方面不赘述，专捡不足而言。他直言："《海国图志》初成，中有可议者。"陈澧是广东番禺人，道光十二年举人，凡天文、地理、乐律、算术、古文、骈文、填词、篆、隶、真、行书，无不研究，魏源很重视他的意见。魏源闻过则喜，陈澧所点各处皆一一记下，备作再版修改之用。

苏州人冯桂芬是道光二十年进士，精历算、勾股之学，力倡"中体西用"，体用兼备。他虽比魏源小十五岁，但在京师时，由张穆与何绍基创建的顾祠和组织的顾祠会祭，使他们相聚为友。冯桂芬后师从林则徐，故与魏源又多了一种真情。因此，他的意见更加尖锐，开门见山指出四处差错，直截了当地告诉魏源："偶校数卷，即有此误，恐全帙尚不止此。"

收到赠书的师友众说纷纭：有的说"体大思精，真奇书也"；有的说"魏氏此书，征引浩繁，亦间有参差失实。要其大旨在考览形势，通知洋情，以为应敌制胜之资"；有的说"《海国图志》……后有作者弗可及也"；也有的说"《海国图志》……名言至论，类多切中时弊，可以见之施行"。……

当然，魏源最希望的还是这部书能引起朝廷的重视。他甚至想有那么一天，凡朝廷命官，各书院学子，都能了解、重视他在《海国图志》中所倡导的"师夷长技以制夷"的思想。然而，《海国图志》在为数不多的师友之间热议一阵之后，随着时间的推移，并没有出现他希望的结果，对此书感兴趣的，只不过是些关心时政想了解夷人夷情的人，皇朝达官几无反应。但魏源非常自信，他相信他的这部书定会影响从今往后的很多人！那些想弄明白鸦片战争中国为何战败的人，那些想睁眼看世界的人，那些想制夷胜夷的人，那些不甘受辱，想要国家强盛的人，都会喜欢这部书！他又继续托人给贺熙龄、邓显鹤和朱琦等好友赠送《海国图志》。在赠给朱琦《海国图志》时，还希望他代陈朝廷，以益朝廷整顿海防边屯。

朱琦是道光十五年进士，时为福建道御史。他收到《海国图志》后给魏源复信赠诗道：

> 魏子别我时，授我书一编。
> 谓是海国志，幽邈靡弗宣。
> 方今急边防，疲氓未息肩。
> 苦心著此书，搜讨颇有年。
> 始议战与守，继绘其山川。
> 岛屿涉穷发，一一列简端。
> 所惜身卑微，无由达天关。
> 捆载悉见付，谓我宜代陈
> ……

《海国图志》刊印行世后，魏源感到道光二十五年像走马灯一般，很快就转到眼前。魏源在照例北上"补行殿试"的旅途中，仍是不忘心中所系，充分利用时机，沿途踏勘和询问、考察治水情况。

这一年是乙巳年，本科为太后七旬万寿恩科。凑巧的是考官又是穆彰阿，但殿试和会试不一样，殿试只是考个排名次序，并无淘汰可忧，魏源无甚顾虑。

这是魏源第九次进入科场应试。殿试出榜那天，高近三尺，宽约五丈多，用满、汉两种文字书写的大金榜张挂在东长安街的高墙上。金榜首文"奉天承运，皇帝制曰"之后加盖了"皇帝之宝"的御玺。金榜上载明：第一甲三名为萧锦忠、金鹤清、吴福年，赐进士第；第二甲九十八名，赐进士出身，第三甲一百一十六名，赐同进士出身。魏源为第三甲中的第九十三名，终于"奉旨赐同进士出身"，并以知州发往江苏叙用。

照说，魏源此时的内心应该非常高兴，自弱冠进京治学求取功名，到现在已过天命之年，通过"九考"总算是取得了"进士出身，以知州叙用"，完成了多年夙愿。这是父母家人的愿望，师友的愿望，更是当朝几乎所有读书人的愿望。但魏源心里又突然如临一道深深的裂痕，一片茫然，觉得自己所追求的并非这个"赐同进士出身，以知州叙用"，而是一种别的更高的精神欲求。到底是何种精神欲求呢？是要立功立德立言？是要像林则徐、陶澍、贺长龄那样，为朝廷、为百姓做成几件大事，实事，好事？是要治国平天下？……似乎是这些，也似乎不全是这些。他觉得自己仿佛成了身在地上、心在天际的天壤相距的"矛盾人"，既是被现实逼得世俗到就是为了养家糊口的人，又是"胸怀天下"的至高理想者！

这是朝廷"九考"魏源，更是魏源"九考"朝廷！

"九考"之后，他把科场之路走到头了，此后，他无须再为科举功名分心费神！

"九考"之后，他看清了科场也不过是人设的迷宫，此后，他无须再在这个迷宫里寻找唯一的游戏出口！

"九考"之后，他明白了读书人所学，只有能济世益民的，才是有用的学问！

这是巨大的解脱！这是根本的超越！也是他人生的回归！他自童年起，不就怀有此心吗！此后，他将专心去做他想做和能做的事情！

魏源想过这些，心情才真正轻松起来。他在礼部办完事走出大门，好友边浴礼正在等候他，邀请他去海淀一带郊游。

边浴礼是直隶任丘人，久慕魏源大名，去年有幸两人一同参加会试，均中榜，但魏源因文稿草率，被罚停殿试一年，而边浴礼直接进入殿试。魏源一想自己此后来京师的机会必定越来越稀少，对京都的师友们也充满着感恩和依依难舍之情，于是欣然答应了边浴礼的邀请。

郊游时，边浴礼悄悄转告他说："大学士穆彰阿通过别人在打听你呢。你难道不想去和他见个面？"同游的友人们也都为此一喜，好心地提醒魏源，劝其去穆彰阿那里走走门道，或者自己不便说，托人举荐一下也行。如此，就肯定能留在翰林院就职。只要能留在翰林院就职，凭他的才能，将来只要外放一下，就少不了是一方诸侯；而没有做过翰林院的官，死后不得谥"文"字，生前也不能入内阁做宰相。

魏源想了想，摆摆头说："恕我私下直言，我乃性格兀锐之人，不宜在京为官。再则，又已家贫如洗，手无余银，何以见人？最为重要的是，还有老母在堂，我不能远离。我还是回江苏，去州县就职，为百姓办些实事为好。"好友们听后都明白魏源是在故意找这些理由，但也觉得不无道理，人各有志，不必勉强。

其实，此时的魏源心里已有一大堆心事。

就国事而言，鸦片毒害已深，祸患国民，遭国人抵制后，夷敌公然入侵中国，胁迫朝廷割地赔款，而穆彰阿、琦善之流不仅慑于夷敌的坚船利炮，放弃抵抗，还要在皇上面前大逞治罪林则徐等禁烟功臣之能。如在此之前，让他去见见穆大学士就已极为勉强；现在，想想这些事，更是万万不可能！

就私情而言，那就是身处京都让他想起陈起诗和恩师汤金钊的那一场恩怨结局。陈起诗是魏源的儿女亲家，而汤金钊是魏源的恩师，也是陈起诗的恩师。魏源、李克钿、何庆元和陈起诗都是嘉庆十八年即癸酉科湖南拔贡生，而此时的湖南学政正是汤金钊。汤金钊本年拔贡所选人才，也让他自己引以为荣。湖南此次拔贡是在闹了"徐松考试勒索案"之后举行的，所以汤学政尤其认真，既要看文章，又要当面谈论，还要观其容貌，察其平时言行。当然，陈起诗是被汤金钊看好的，不然怎么会让他拔贡呢！平日里，陈、汤原本也关系很好，但道光二十一年却闹成了生死矛盾。汤金钊历官吏部尚书、工部尚书、户部尚书，身为本朝的重臣，因多次举荐由禁烟被贬的林则徐而失去皇帝的信任。恰在此时，作为吏部司员的陈起诗上书皇上，历数汤金钊的"七大不光彩"。陈起诗也并非落井下石，而是其被分配去做仓储官时，向汤金钊提出了诉求，表示不愿去，呈请汤金钊另行委职。作为吏部尚书的汤金钊认为，这样朝令夕改不好，必须执行吏部的任命，不仅退还了陈起诗的呈文，还不让陈起诗再来呈递，意思是要他坚决服从！陈起诗认为汤金钊对他的合理诉求不予理睬，非常反感，就向皇帝上书。最后，皇上盛怒之下，将汤金钊连降四级，调离他用。陈起诗则也因"司员漫罪"而被革职还乡，致忧愤而死在郴州老家……魏源自初次由邓显鹤陪他进京到如今，已经三十余年。这些年里，他对京都的此类故旧往事知悉不少。恰是因为如此，他对京都也十分排斥，所以，他才诚心要回江苏州县去做官，为百姓效力。

郊游当晚，他激情难抑，写下《游别海淀》四首：

（一）

万行柳色万声莺，啼遍千门万户春。

……

（四）

灞陵回首望长安，廊庙江湖岂异观。

忧乐不关青嶂事，泳飞只作白鸥看。

垂天云势西山拱，瀑月泉声北极寒。

何必上林夸赋手，烟波自有旧渔竿。

离开京都那天，魏源刚刚坐上马车，边浴礼骑着马赶来送行。边浴礼急忙跳下马，将一个印花布包送给魏源。两人话别后，魏源启程了。途中，魏源解开印花布包一看，里面有路上要吃的东西，还有边浴礼赠他的一首诗《送魏默深源出都》：

浮沉郎署君不屑，登陟玉堂君不为。

高名耻受达官荐，硕学翻贻俗子讥。

人间科第久无意，不幸误中张良椎。

罹罟野雉炫文采，难禁鸿鹄冲天飞。

……

生平著述高等身，此行名实且相宾。

宽饶之猛长孺戆，待挽一发回千钧。

三年报最非难事，好为斯民养元气。

海邦顽洞多见闻，援笔还须补《图志》。

送别赠诗，对于魏源来说，亦是常事，但魏源没有想到边浴礼的诗将他的性格、成就、志向写得这么透彻、真实、鲜活。他与边浴礼的交往并不频繁，但特别喜欢他这首诗。

带着这样的诗意离开京都，在回江苏的途中，他想起在山东的孔宪彝。孔宪彝是孔子第七十二代孙，虽比魏源小十四岁，但魏源喜欢他的学识。他自小师从李宗传、盛大士、阮元游等名师，又居京日久，常与好学者数十人相聚，学无不能。魏源已经多日未见这位好友了。

魏源绕道去了山东孔宪彝家中，不料孔夫人朱屿新近去世。孔宪彝在家中陈放着朱夫人的书法册页和水墨画作，魏源原本就喜欢朱屿的水墨画，此刻他一眼看到朱屿所临的《曹全碑》和《小莲花室图卷》，更是甚为惊异。物在人亡，其情难抑，应孔宪彝之请，他提笔在《小莲花室图卷》上谨题数语，用代挽章，并志两世交好："斑昭家住汉碑林，池墨多从泮水临。底事鲰生来问字，正逢弦断蔡邕琴。"

魏源原本打算在孔家多住几天，想四处看看，但孔家刚失了朱屿夫人，家中不便久留，他只得赶回江苏。

赶到苏州已经很晚了，他找客栈住了下来。

在客栈里吃了个简单的晚餐，就独自一人沿着湖堤散步，又想着当年与贺长龄、陶澍浚河治湖时，常在这条湖堤上来往。此时，堤在人去，夕阳照亮着远处的湖面，微风吹着涟漪在夕阳下闪亮；近处荷花叠连，偶尔有小鸟飞落在荷花上摇摇晃晃；高高的岸柳上蝉声如丝，缕如串珠……

迎面走来一人，相遇时两人一侧身，匆忙而过。待走过后，那人却又突然回过身来叫道："默深兄——"魏源转身看了一刻，这人竟是老乡、好友黄冕！他也惊呼道："南坡老弟！才几年不见，你为何如此躬腰皱额了！"

南坡公是黄冕的别名。

两人都想不到会在这里相遇！

黄冕说："有苦难言！"黄冕比魏源小一岁，又是同乡好友，说话就有了几分随意，"劳其心志，苦其体肤啊！"

魏源一听，知此人仍然意志坚强，说："真湘人也！还准备担当大任？"

黄冕说："宁死不败！我可是湖湘人！"

魏源欣然一笑说："自你那次来絜园告诉我定海战败，裕谦总督殉国后，只听说你奉调去了浙江抗击夷敌，再无消息。"

黄冕说："裕总督殉国后，我奉调去浙江防堵英军，率部在余姚海口击沉英敌舰船，活捉了英军耳目，算是解了我心头之恨！但浙江巡抚嫉妒，参劾我救援裕谦总督不力，于是朝廷将我谪戍伊犁。"

魏源深感朝中制夷敌而无法，害同僚力足而有余！一听说他在伊犁，魏源迫切想知道林则徐的近况，说："你在伊犁？见过少穆兄否？"

黄冕站直了一下腰杆，也显得精神起来说："所幸正在于此！几年来，我不仅与林大人在一起，还协助他在新疆兴办屯田四十余万亩，常在一起讨论西陲夷务塞防，尤其在水利建设方面，朝廷也承认我们有功，故赏我六品顶戴，提前回到江南。我这躬腰皱额没有白干！现江苏巡抚派我正着手办理海运。"

魏源心里更是一喜说："当年我们就一起搞海运。你是海运内行！有你回江苏办海运，江苏有福！"

黄冕说："林大人虽身在边陲，亦得知你的《海国图志》出版，这次又高中皇榜，他甚是高兴，专门写有一诗表示贺喜。"

魏源情中有疚，但又高兴难抑地说："可记得林公之诗？"

黄冕略一回忆，摆头说："记不得了。我可不像你能过目不忘。"

魏源说："多亏了林公惦记。知他远在伊犁通信不便，已有几年没有联系，所以，《海国图志》出版时，我已守约朝西北遥拜！"

黄冕说："是的，伊犁通信本就极不方便。我们谪戍边塞的人更是如此，所有来往信件均需盖有伊犁将军检印才能通行，不然就要打回。我也是和故旧几年没有联系。"

魏源说："我与林公在京口客栈有约，如他此去伊犁不能活着回来，《海国图志》刊印行世时，要朝着他所在的西北方向献祭。现在他还健在，又知道《海国图志》刊印行世，定是无比欣慰。但愿他能早日返回，早日读到我留给他的《海国图志》。"

黄冕说："朝廷以林公在新疆查勘开垦，著有劳绩，已命回京，以四品京堂候补。"

魏源叹道："我们老家魏家塅有句老话，叫'好人多磨'啊！"

说过这些，两人才谈到魏源的殿试之喜。

黄冕说："我虽返回不久，但也听到好几位朋友为你高中皇榜但未能留在京都翰林院感到遗憾。"

魏源解释说，他近来编撰繁忙，留在京师就职，必为公务缠绕，与在京师抄抄写写相比，在州、县做些具体事或许更有意义。

黄冕与魏源初次相见是十年前，而上一次见面是定海抗击英敌失败，裕谦将军殉国的日子。黄冕被贬去新疆几年，本就很是思念乡友，今天能在这里见到魏源，真是依依难别。两人在树下的一块条石上坐下，聊起请魏源审英俘，聊起林则徐，聊起裕谦，聊起魏源当时那些抗击英敌的计策，一切都如昨日之事，历历在目，触之可感。

黄冕说："裕总督当时如照你筹划所行，定会不致这种结局。"

魏源理解裕谦总督，说："不怪裕总督！我入裕幕仓促，大敌当前，他本已有一整套战法，要临时按我的筹划做如此大的调整，换谁都可能不会答应。且裕总督与我前无交往，互不了解，仅凭林制府举荐，他当然不可盲目深信。但这些都非主要原因，主要原因是他不熟悉夷敌夷情，过于依赖一张布防图纸；其军营内又有不少盲目轻敌、固执己见的官兵，甚至是同床异梦之人！"

黄冕说："真没有料到定海之战我们会如此惨败。"

魏源说："这不奇怪！我在军营审讯英俘时就已发现，军营上下不悉夷情，又兵骄将疑，岂能胜敌？成事不说，遂事不谏，既往不咎！我们不谈过去这些！"

两人直说到深夜才分别。

那一对白鹤经历了春夏的兴奋，进入初秋似乎是安静了许多。魏源与黄冕分别后回家时从它们身边走过，还抚了抚它们的颈羽，它们也没有显出像往日一样的高兴，倒是家里人都以他中了进士，取得功名而感到荣幸！

那天，魏源让家里人想方设法多凑了几道菜，请了几位朋友来小聚；虽也多是自己园子里摘来的瓜菜，但大家喝酒唱吟，无不尽兴。在友人们的贺庆中，家里人这才知道朝廷已任命魏源为东台县令，过些天就要去上任。

几天后，让魏源特别意外的是，曾经的同僚老友陈世镕在此时突然到扬州找他叙旧。自英夷入侵我海防之后，陈世镕为避时乱，不知去向，已失联了几年，此时能得见面，自然是十分珍惜，老事新话难以言尽。两人忆过幕僚日子，又谈起云南"永昌回变"一案。贺长龄因此案遭朝廷贬职，以防剿无功，降河南布政使。其实责任不在贺长龄，但朝廷祸福不由分辩，魏源和陈世镕都为贺长龄抱不平。

为给陈世镕洗尘，让陈世镕高兴，第二天，魏源邀约陈世镕游了茅山和宝华山一带的山水，两人还约在僧舍借住一宿。诚实的陈世镕遇见了直爽的魏源，他们畅叙了一整夜，至天亮，两人都未合眼。回家后，这个无话不谈的夜晚，以及皓月，寺庙，青翠山色，清凉的山风，幽深的山洞，明朝陈后所施的铜殿、仁庙、纯庙，乃至鸣梆集鼠施粮的情景，都给陈世镕留下了难以忘怀的印象。他连写了两首诗以作铭记。

其一

空翠踏不得，凌风升碧岑。

坤元何有肺，至道在无心。

句曲砂谁饵，华阳简莫寻。

君身具仙骨，试叩洞门深。

其二

十里松篁径，钟声听阒时，

俄从空翠里，露出碧琉璃。

铜殿前朝施，斋宫列圣遗。

未须论佛法，亦合具威仪。

游客即僧侣，松寮簌饱供。

凉风来夜半，皓月正中峰。

驯鼠衔枯叶，栖禽噪晓钟。

君能得禅意，我亦息双筇。

魏源与陈世镕有过几次分别，但这次别后，魏源总有一种从未有过的难舍之感。他说不清这是一种什么预感，就像永别一样！明明很尽兴，怎么会有这种感觉呢？难道是年岁大了的缘故？

第二天正好有家人回老家魏家塅，魏源收拾了一个严严实实的包袱交给他说："这里是'覃恩牌''纶音箱'等一些贵重物品，托你带回魏家塅，交给堂兄魏显达保管。"家人说："如此重要东西，何不自己保管？"魏源说："英夷入侵，战乱难平。我以后身在官场，恐难静安，还是放在老家由显达兄保管最为妥善。"

赴东台就任的日子越来越近，魏源不能不做些准备。

东台之名源于地处泰州之东而地势高于泰州的台地。西汉时东台就开设盐场，盐业兴旺，晏殊、范仲淹等人都曾在此任过盐官。"无可奈何花落去，似曾相识燕归来"就是晏殊在这块土地上写的。晏殊官至副宰相，有门徒范仲淹、欧阳修等。东台真是人杰地灵。

魏源去东台上任那天，只带上自己的"钱谷"（钱粮会计）魏五达和好友邓传密等几位同行。魏五达是魏源的从兄弟，好读书藏书，写得一手好欧楷，为人性格开朗，好交朋友，品行端正，常以"出门如见大宾，随处体认天理"两句名言律己。邓传密比魏源小一岁，是魏源的好友，其父乃邓石如。道光二年，应直隶提督杨芳将军信邀，才二十出头的魏源就与邓传密同去杨提督住地古北口，在署中教杨芳之子杨承注学习。那时因为一些传言，他与传密产生过一些误会，后来误会才慢慢消除。

　　与历任东台县令上任不同，魏源到任没有造任何声势，无鸣锣开道，无前呼后拥，亦不走寻常路线，几人转来转去，先是转到东台的一条老街上。见街边有一座古刹叫慈济寺，魏源就跟几位同行讲起这里民间流传的乾隆游江南的故事。说是乾隆年间，这慈济寺不幸遭了火灾，为复修寺院，寺里的可达和尚只得出门化缘。这天，可达和尚正在镇江的金山寺，寺里来了两位气度不凡的客人。方丈为善待这两位贵客，就请能说会道的可达和尚作陪。他们都不知道这两位贵客原是乾隆皇帝带着他的义子周日清，来江南微服私访。

　　三人登上金山，乾隆想考考这个可达和尚，见江上船只如梭，就问可达和尚："请问大师父，这江面的船到底有多少?"

　　可达和尚随即回说："小僧以为只有两艘船。"

　　乾隆追问："怎么只有两艘船呢?"

　　可达和尚说："一艘来，一艘去。"

　　乾隆没有难住可达和尚，只得默不出声，继续前行。来到山间一座茶亭，三人边喝茶边观景。乾隆低头一看，山下拜佛者来往如织，又问可达和尚："大师父，你说这山下有多少人?"

　　可达和尚马上答道："两个人，一男一女。"

　　乾隆还是没有难住可达和尚。身边的周日清忍不住了，带着一肚子火气指着旁边的一个竹篮子说："请问大师父，这个竹篮是什么东西编的?"

　　这时候，乾隆端茶杯时抬了下膀子，袖口处露出一点龙袍黄缎子，可达和尚暗吃一惊，瞬间知道来者是谁。但他毫不慌张地答道："这是竹青和竹黄编的。"其实，这是周日清下的一个套，他估计他问了这个话，可达和尚必然会答"由青篾和黄篾所编"。只要说出青篾（清灭）和黄篾（皇灭），就犯杀头之罪了。但是可达和尚就是不中他的套。

　　三人继续上山，乾隆又问可达和尚："我们这是什么走法?"

　　可达和尚说："施主，这是步步登高!"

　　乾隆又转身往山下走，再问："我这又是何走法?"

　　可达和尚想了想，周日清在旁幸灾乐祸了，以为肯定难住这和尚了! 不料可达和尚答道："施主这是后步更比前步高。"

　　乾隆听后直点头，问道："大师父是哪里人?"

　　可达和尚说："东台人。"

乾隆又问："你是出家在金山寺吗？"

可达和尚说："不是，我是东台慈济寺的和尚，因寺院不幸遭火灾，我是出家化缘修寺的。"

乾隆很喜欢这位有才华的和尚，下山后给他题了一块匾额："三昧寺"。周日清跟可达和尚说："你真是三难而不昧啊！"

如今这块匾还挂在寺里。

魏源讲完这个故事，几人又去看了郑板桥旧居，赶到县署时，县衙里的人几乎不大相信是新县令到了。

进门就见地面是认真打扫过，但院内很寥落。一对喜鹊突然飞落到院里的一棵棕树上喳喳叫了几声，这倒给院里添了些喜庆。见魏源到了，院里马上出来几个人，不热不冷地将他们迎了进去。

此时的东台县署正处非常时期，因前任县令在收缴漕粮时遭聚众阻挠，官民矛盾激化，从而被朝廷追责，几近要进大牢。魏源这才明白，是在这种县令空缺的情况下，才让他这位"进士"去充任。魏源想起自己小时候爷爷为救县里灾民而"毁产代输"的故事，想起自己家后堂屋里那块"邵邑醇良"大匾的来历……魏源坚信，只要自己到这里来就职，就没有解决不了的难题！这里的一切也都会好起来！

在县衙公堂后面的官邸安顿好之后，因为住房不够，魏源又将邓传密安顿在一家旅馆里，嘱他说："守之啊，你住这里安静些，读书之余，可帮我抄录《老子本义》和《墨子章句》，闲时我来看你。"邓传密也觉得旅馆比官邸好，起码是自由一些。

魏源与县署主簿及"六房"吏员见过面之后，第二天就去拜访了当地名士西园先生。

东台桥多，穿街过巷，还能看到桥上的题字，如"通济桥""广济桥"等桥名，题字用笔刚劲而朴拙，魏源询问，有人相告为范仲淹手迹。

西园先生即冯道立先生，西园是他的字，但人们都喜欢亲切地叫他"西园先生"。作为东台人，西园先生的人生难免与水相随。童年时，他见淮水泛滥，河湖四溢，汪洋之水危害民众，水患之苦给他留下了深刻印象。入学读书后，知道有李冰、郭守敬，就以他们为榜样，发奋读书，以图为民造福。西园先生得知魏知县来看他，想要做些准备，刚把茶叶罐端出来，大门外就传话进来，说是魏知县到了。何故来得如此之急？这让西园先生又慌又喜，他干脆什么都不准备，素面相迎。

魏源一见西园先生就欣喜地施礼道："西园先生秋安！魏源有礼了！"

西园先生还礼道："欢迎魏知县！有失远迎，实在抱歉！"

魏源说："还是叫我默深老弟吧。你比我年长十二岁。"

西园先生说："那可不敢，也不行！"

两人并肩说着话走进客堂坐下。家人上了茶来，魏源未喝先闻，说："这是东台著名的桑叶茶吧？"

西园先生说："不知魏先生喜不喜欢。"

魏源说："喜欢呀！《本草纲目》有载：桑乃蚕所食；桑柴灰可灭痣蚀腐肉；桑根可补虚益气；桑椹可利五脏关节，通血气；桑枝煎饮，久服终身不患偏风；桑叶代茶，利五脏，通关节；蚕桑一身都是宝，岂有不喜欢之理！"

两人高兴得哈哈大笑起来。

西园先生笑过说道："魏知县真不愧是大学问家，无所不晓啊！"

魏源说："西园先生抬举了，我是专程来向您求教的。兄台近来读甚好书？还望不吝分享。"

西园先生说："愚兄可不像你过目成诵，一目十行！我乃不可造化之人，潘家训先生的一本《河防一览》让我读了多年，至今仍爱不释手。"

魏源点头说："兄台过谦！温故知新，水滴石穿。兄台这才叫做学问，恕愚弟肤浅！"

西园先生说："魏知县的《海国图志》那才叫大手笔！此书曾迷我数日，夜不能寐。我所致力者淮扬治水，魏知县所观者五湖四海！愚兄佩服至极！"

魏源说："兄台过奖。兄台乃良师益友，《海国图志》编印匆忙，难免谬误，还望多多赐教。"

西园先生轻叹了一声说："可惜传读者太少，尚不广为书院士人欣赏。"

魏源说："此书如为世之所需，日后必为人所好；如不为世之所需，日后必为人所弃。我能做的事，就是不断完善书稿，只管耕耘，莫问收获。"

两人谈过这些，西园先生说："不知魏知县此来有何赐教？"

魏源说："东台总离不开'煮盐兴利，穿渠通运'。既来东台，必要治水，默深此来是要向西园先生讨教治水之策。"

西园先生说："请魏知县稍等。"

西园先生去了趟书房，回身拿着三本装订成册的书来说："良机难得，正好请魏知县指教。"

西园先生将书稿递给魏源。魏源一看，一本是《淮扬水利图说》，一本是《淮扬治水论》。这两本书，魏源早已听说过，现在他捧在怀里真是十分喜欢："我原听说兄台写有《淮扬水利图说》和《淮扬治水论》，说实话，我也是冲着这两本书而来。"

西园先生说："是的，淮扬治水是我几十年所爱。有一次我出外勘察水利，三年未归。那天，我坐船在向洪泽湖的临淮口行进时，不料突降暴雨，狂风把缆绳挣断，船被惊涛打沉，幸遇船夫奋力救起，不然，我就无福见到魏知县了。"

魏源又接着说："兄台参加过淮、扬两府的大中型水利工程，往返奔波筹划，常是过家门而不入，乡亲们都说你这些年来在淮扬治水中有大禹之风。"

西园先生说："这可不敢当！"

当魏源看到第三本书的书名时，非常吃惊地抚摸着书封说："万万没有想到兄台竟还写有这本《炮说》，真是难得哪！"

西园先生说："近年来夷敌的坚船利炮侵犯我海防国境，胁迫我朝割地赔款，气愤不过！才写下《炮说》。书中介绍了百余种火炮的型号、性能及防守之法，意在强调我国海防！"

魏源肃然起敬地说："请兄台允许我下次修改《海国图志》中的'铸炮''用炮'内容时认真借鉴、参考。"

西园先生说："国家兴亡，匹夫有责！大敌当前，国人唯制夷为重！何提允许不允许？林则徐大人都将他的《四洲志》书稿赠你了，何况我辈！凡有益于《海国图志》完善之处，我皆深感荣幸！"

两人说过这些，魏源起身告辞说："打搅兄台了。我来东台，是为百姓办事而来，兄台赠书我如获至宝。此书于我将有大用途！"

西园先生说："荣幸！荣幸！"

魏源回到县署的第二天，召集教谕、训导、典史及六房书吏等众官吏议事。重点还是议论前任葛县令所遗留下来的"本年度漕粮收缴任务"。葛县令在收缴漕粮时，遭到部分民众的起哄和武力阻挠而中止，因民众抓着葛县令之长短不放，其被罢官后，几近入狱。现在虽然新任知县魏源已经到任，但县署的官吏们仍是余悸未消，心神不宁。

魏源了解了情况后，心中有数，言行不慌。他先是将六房及其大狱查勘、整顿好，然后，预定开仓收漕时间。

到了收漕的第二天还未见有人交粮，县署吏卒正在院内列队听训，准备训完话开门出府履行公务时，县署大门外如此前一般，喧哗四起，刀、枪铿锵而来！县署吏卒因受前吓，余悸在心，一听大门外有喊声及刀、枪声起，吓得惊惶不安，各想着寻找房屋躲避。

此刻，魏五达陪同魏源来到府院正中站定。魏源镇静自若地指挥吏卒们说："大家应该都听到大门外的动静了吧？有人又在重演上次旧法。本人乃新到知县，凡来说理者，以礼相待；凡来故意闹事者，本府今天绝不优柔寡断！大家一定要明白：水势温，伤人多；火势凶，伤人少！县署如稍有迟缓，此势必蔓延扩散，酿成大乱！那时，朝廷追究下来，必有无数民众和家庭遭此祸患！我们必须尽快压住此风，扭邪归正！"

魏源将吏卒有序排布，严阵以待，然后，让魏五达领两吏卒开启大门，迎进民众。哗众寻事者刚冲进府门，魏源即下令以迅雷不及掩耳之势，将冲在最前的几人捕住，立即送往大狱关押。其余闹事者见状，大受惊骇，不知所措，只有被捕者家属越聚越多，哭的哭，嚷的嚷，骂的骂，喊的喊。纷纷求饶请乞，要求与魏知县直接对话，要揭露前任葛县令如何加重苛捐杂税之事。但县署回话时，魏知县正忙着提人审案，暂无时间。

正在双方较量最为激烈时，西园先生闻讯赶到。他拄着龙头文明棍，飘着长胡子，突然从县署衙门口的台阶走了上来，一直走进院子正中，站在吏卒和闹事者家属之间跟大家说："东台的父老乡亲们，大家都别闹！魏知县可不同于此前的葛县令！魏知县的事，我西园可以担保！"

在东台人眼里，西园先生从来只用心为东台治水做好事，不愿与官府的人有过多往来。今天，他何故如此为魏知县说话？还为他的政事担保起来？闹事的人带着疑惑，慢慢安静下来。

西园先生接着说："请听我西园把话说明。新来的魏知县乃饱学之士，曾随陶制府、贺方伯在我们淮扬浚河治水多年。他还是票盐制的功臣！他此来东台任县令，踏进东台就礼耆德，惩奸猾，为东台人民谋福祉，此乃我东台人民之福气！今日所捕首事者，他问明情况后自有分晓，大家不必担忧！"

但家属们概不相信，他们仍然在私下里说，谁见过被官府抓去的人能有好下场？

县署吏卒们见抓了人，驱散了闹事者，西园先生又为魏知县做担保，以为事态已经完全平息，就想发泄此前在葛县令麾下所受的委屈，说话趾高气扬起来："别异想天开！抗粮抗税被抓了，谁也别想能轻轻巧巧地出来！"

这时魏源突然出现在吏卒面前，他瞪大两眼问道："是谁让你在这里胡说八道？"所有人都像突然消失了一般，不再有一丝声音。魏源转而和颜悦色地对家属们说："你们都回去，县衙不会把你们的亲人无故办罪！但他们必须说明缘由。"

西园先生也给魏源帮腔说："大家都回去吧，魏知县不会欺骗你们。"

家属们这才开始陆续地散去。

晚上，魏源召集县衙里的人连夜商议，应该如何处置抓捕的人。大家都说这些人闹事多次，还因为他们告状，差点把前任葛县令送进了大牢。必须从严惩治，县衙才有威信，也才算让县衙的弟兄们出了这口气。

魏源捋着他那把刚硬的山羊胡子，沉默了一刻，然后说："我当知县，就不允许县衙里的人和老百姓说这些赌气话！吾民如吾子，子有过，教之，而非恶之！明天，都要放他们回家去！"

会堂一片惊嘘声，表示不理解。一个吏卒说："既如此，当初何必白花这么大力气捕人！"

另一个吏卒说："就这么轻松放回去，他们还会闹出更大的事来！"

还有个吏卒说得更大胆："这是在拿我们当傻子使！"

魏源忍不住了，说："必须这样！明天，都要放他们回家！大家可能还不明白，他们起事的原因是反对县署历年来所加的苛捐杂税，而非皇粮国税；而县署之所以要加征苛捐杂税，乃是因历任的高额负债和日益增加的养廉银过多。难道这不是县署之过而是乡民之错？"

魏源的这通训话，让所有的吏卒无言以对。

又是新的一天，太阳像是兴奋了起来，早早地就照亮着县署门前的青石台阶。台阶上县署的三楹朱漆门柱闪闪放光。家属们早早地来到县署，大门内外无处不是他们的身影。

魏源领着昨天抓捕的乡民来了，他对家属们说："老乡们好！昨日西园先生在此为大家做了担保，说我所捕首事者，问明情况后自有分晓，大家不必担忧。现在，我已经查清了，大家起事要反对的是地方上因负债过重而多加的苛捐杂税，而非皇粮国税！我现在就要兑现西园先生的话，放还你们的亲人，让你们接回去。但是，减去苛捐杂税之后之国粮国税，你们要尽快缴纳。"

家属们见自己的亲人安然无恙，又听说要减去他们的苛捐杂税，都高高兴兴地相伴离开县衙回家去。

从当天开始，民众交送漕粮的速度出人意料地加快了，肩挑车拉，船载水运，全县各地漕粮库房热热闹闹，完成任务的数量、质量和速度，远超历年。魏源第一次尝试到了"载舟覆舟"的真正意味。

正在大家坐在公堂上高兴地议论着全县皇粮完成情况时，魏五达悄悄来到魏源身边以眼示意。但魏源辨不明他是何意，问五达："有事吗？"五达悄悄跟魏源耳语："朝廷来人清查钱粮账目，收支都算出来了。"

魏源说："包括历年的？"

五达说："包括历年的。"

魏源说："你现在把账本拿来，念给县署各位听听。"

五达说："不可！你还是到户房先看，看后再说。"

魏源一听，知道其中必有文章。他当即跟着魏五达来到户房，五达将账簿上的收支结算情况念给魏源听了，重点介绍了负债情况。魏源翻了五达抄录下来的极为工整的账本，心里不禁焦急起来：原来东台历年来的漕赋都没有完成过。历年累加起来，到葛县令离任时总负债已达四千五百两白银！负债率如此之高！魏源在账房的靠椅上坐下来，想自己平静一下，但怎么也平静不下来。他想了想，又和五达商量一番，还是没有解决问题的办法。

魏五达说："照说，新官不理旧事，这个账应由前任负责。"

魏源说："五达，你还不清楚内情。新任常州知州严正基刚给我来信，说他那里也是负债很重。严正基是我们溆浦桥江人，我们是隔山老乡，他不会跟我说假话！现在还有哪个县、哪个州、哪个府没有很多负债？这种事朝廷官员都明白，但积重难返，只有后官盖前官，虽成累卵之危，却也互不揭丑。朝廷也很无奈，法不责众。实在有地方闹事，皇上不得不追查，那就追到谁谁遭罪；没人闹事，任期一满，就都脚板底下抹桐油——溜之大吉。谁遇到了朝廷清查，谁就得背着这口锅！"

五达听后哑无一言。

魏源回头又跟议事的吏卒一起商量，几位老吏卒都说，只有两个办法，一是把农民交来的粮食压级压价，让农民多交些粮食，然后，上交国库折银时，就可以拿多出的部分充掉负债。

但魏源坚决不同意这样！

另一个办法就是今年朝廷减灾，只要求上交田赋总额的百分之八十，东台不减这个灾，收满数，多下来的数额也可用来充这个负债。

魏源照样坚决不同意！他又捋着自己刚硬的山羊胡子说："我魏源当知县绝不搜刮民脂民膏！"

老少吏卒们一听，不禁感到好笑，心里说，到底还只是一介书生！一个老吏卒忍不住，好心好意劝了他一句："俗话说，农民吃粪官吃印！粪就是肥料，印是什么？印就是权力！"

魏源当即反对："只要我在东台当知县，就不让老百姓多出一分冤枉钱！"魏源干脆把事情彻底挑明了说："东台征收漕粮与其他地方并无二样，民众负担已经很重。自道光五年，原来负责河运的旗丁罢运，第二年不得不按其要求增加费用，这是'明加'。自鸦片大量输入后，银贵钱贱，农民原交一千文，现在要交一千二到五千文，无形中增加了负担，这是'暗加'。还有为与各粮道打交道所需的'帮费'，这叫'横加'。每年增加数又纳入第二年基数，这叫'累加'。大家想想，农民还能承受这种沉重的负担吗？县署完不成任务，年年谎报灾情，要求朝廷减免钱财，如此恶性循环，造成高额负债，朝廷岂能避免动荡？"

所有吏卒都不再出声，人人都暗自担心魏源是否要打他们那点儿俸银的主意。

果然，魏源说："我们就不能少拿点儿俸银？"

所有吏卒不约而同地表示坚决反对！他们一个个地跟魏源算账，说自己一年也就二三十两俸银，又没有养廉银，一大家子人全靠这个养活！谁减得了这个银两？魏源听出来了，是在说他知县有养廉银，而他们没有，他们这个银两只能自己养家糊口。

大家商量到最后也没有想出什么好办法来填补这四千多两白银的负债，怎么办呢？魏源终于暗下决心，学自己爷爷"毁产代输"，自己出了！

魏源私下找到五达说："这四千五百两白银负债，由我个人填补。"

五达吓瞪着眼说："这么大个数，你个人填补不起啊！"

魏源说："我要用自己的俸银、禄米，加上养廉银来填这个负债。"

五达说："那不吃不喝也要几年啊！"

魏源当即反对："只要我在东台当知县，就不让老百姓多出一分冤枉钱！"

魏源说："几年就几年吧！"

五达说："但家里人总不能喝风啊！"

魏源说："当年我爷爷'毁产代输'，为灾民交纳皇粮国税之后，我们一家人不也都活过来了吗！"

五达知道魏源的决心，也理解魏源的心情，他不再反对，说："那好，家里人就拿我的薪俸过日子。"

魏源中了进士，当了知县，但却没有一文银子带回家中。全家老少数十口几近断炊，幸得五达、显达兄弟每月都给家里些补贴，才维持起码的生计。但是，当五达把东台的负债情况和魏源拿俸银填亏空的做法详细讲给全家人听时，全家无一人反对，都赞成魏源的做法，以为一家苦换百家乐，就是他们的家风！

魏源受命于危难之中，通过他的努力，此后东台很快政通人和。在斜丰港的整治中，魏源深感东台人对他的信任。

斜丰港地处东台县西，与泰州、兴化交界。完成漕粮税赋之后，秋末冬初的日子，魏源邀请西园先生一道全面考察了东台的水利情况。一路上，他不断地向西园先生请教东台治水方案。魏源多年来致力于中国水利研究，他的《筹河篇》《几辅河渠议》《湖广水利论》《湖北堤防论》《江南水利全书叙》《东南七郡水利全叙》《筹漕篇》等有关中国水利建设的著作，在西园先生看来，都是了不起的专著。但西园先生见魏源如此诚心，也毫无保留地跟魏源说："东台水利建设，必须巩固堤防，疏浚入海水道。尾闾既泄，腹胀自消，下游多一份去路，上游即少一份狂澜，其裨益不仅在东台一县也。"魏源也非常赞同西园先生的观点，两人在一起，常道相处恨晚。

两人来到斜丰港，并肩而立，一眼望去，海风吹拂着防堤上葱茏的树木，地下退潮之后肥沃的海滩上是密密麻麻的数以万计的小鸟。小鸟们正专注觅食，陌生人的到来惊动了它们。但它们只是成群地飞起前移了一下，见来人并不再走近它们，又复归觅食的平静。魏源还是第一次见到这么多鸟儿，他站在那里痴痴地看着，想知道这是什么鸟儿。西园先生跟他介绍说："这是长趾滨鹬。海潮刚消退，它们正寻找鱼虾、水生昆虫、甲壳类和软体动物填饱肚子。它们的去向，常常可以提醒我们警惕水道的淤积。"

魏源猛然一阵警醒：西园先生已经可以因鸟观水了，实在是令人敬佩！看了一刻之后，魏源才说："入江水道果然淤塞严重啊！难怪有如此之多的长趾滨鹬!"

西园先生说:"如遇大水倾泻,将对东台影响极坏。"

魏源说:"必须疏通入江水道!东台今年冬天就干这件大事!"

西园先生说:"能疏通这入江水道,乃东台之大福!"

考察过后,魏源回到县署跟大家商议要疏浚斜丰港的入江水道,但所有官吏都说,这不可能完成,县署本就亏着很多白银,哪还有财力、物资和人力干这么大的事情呢!

魏源决意发动民众来完成此事。

工程还未开工,西园先生就在全县宣扬开了。因为是西园先生所言,东台的民众都坚信不疑。

这项工程的重要性很快深入民心。一天,魏源有意乔装打扮来到县城老街看看情况。他见一家大门敞开,门内爷孙三代正在杂物间清理物件,一边把一些治水的旧工具都清理出来摆开在院子里检查,一边议论斜丰港的事。魏源饶有兴趣地走进大门问那位正忙着的老人:"老人家,清理这些老物件干什么?"老人有些耳背,又在不停地指挥着儿孙,告诉他们每一件工具该怎么保管、使用和修补,其他人正忙着劈竹剖篾来补织抬土筐上的漏洞和给抬土筐重新系上手绳。见老爷爷没有答应,魏源再走近一步问老人家:"这些老物件都有些什么用途?"

老人说:"多年来它们都闲着,现在有了大用途!"

魏源说:"这些物件都快废了,还有些什么用途?"

老人说:"别看是老物件,修修补补,都还是用得上的好东西!如今钱米贵哪,节省一个是一个!前些年,陶制府疏河治水,我们就是带着这些东西上去的。"

魏源将那些老工具一件件拿上手,仔细看了看说:"听你老人家刚才说,好像是现在要打算用它来疏浚斜丰港吧?"

老人说:"是啊是啊!斜丰港入江水道淤塞这些年,今年听说新来的魏知县要集中人力整治,我们得做好准备。"

魏源心里顿时热乎起来。但一想,还得探探他们内心的想法,说:"不知道新来的知县有没有银子给你们发工钱。"

老人一下变得不高兴地说:"什么银子?这如同我们自己要吃饭穿衣的事,谁还想到要工钱!"

魏源说："没有工钱，这民工能召集来？"

老人说："要是别人当知县，那当然是召集不来。但这魏知县可不一样！他一上任就遇上了民众抗税，他抓了人，但不治罪，说话做事就真是父母心肠！上一任亏下来的账，朝廷追缴时，他一分钱也不让摊到民众头上，自己拿俸银抵销历年的负债。如今像这样的知县你到哪里去找？不听他的话还去听谁的话！"

魏源点了点头，就和老人家探讨起院里那些老工具。他先是拿起一面旧旗帜舞了两下说："这旗上写着'四防二守'是何意思？"

老人意味深长地一笑说："风能刷水汕堤，是不是要防？雨则冲堤淋沟，是不是要防？昼则怕洪水猛涨，是不是要防？夜则怕盗决大堤，是不是要防？二守即官要坚守，民要坚守。"

魏源很满意地报以微笑，之后又拿起一件久已未见的工具向老人请教："这老物件曾经只见过一次，还不知它有何用途。"

老人像是很喜欢别人向他请教，他说："这是鼠弓。"

魏源说："这治水还要鼠弓？"

老人说："堤顶堤面常虚土一堆，即是鼠类溃堤之害。这家伙嘴尖牙利，能顷刻穿堤，必须除尽！趁其迎风开洞时，用此竹弓铁箭射之，百不失一，乃良方之一。"

魏源点了点头，又拿起那些铜尺、丈杆、打水杆、相风鸟、三升标杆、标旗等老物件看了，然后满意地道别出了门。他心里对疏浚斜丰港入江水道的工程算是有底了。

县署关于疏浚斜丰港的布告张贴出去后，到了上工那天，魏源和西园先生早早地吃过饭，来到了防堤上等待民工上工。天气很冷，下着冻雨。各任务区都打好了木桩，树了木牌，数以万计的长趾滨鹬照样在木牌下若无其事地觅食，踱步，相互亲密。

不过一刻，就有鹬群惊飞起来，魏源一看果然是民工陆续朝工地涌来。他们中的老者已是白须齐胸，小的还是"嘴上无毛"。他们都自带工具和伙食。

工地上的民工如水漫海滩，很快扩展到各个任务区。近中午时，整个工地上已经千军万马，干得热火朝天。魏源跟西园先生说："我得好好谢你！没有你暗里做工作，哪来这个场面啊！"

西园先生说："这都是因为你魏知县心里先装着百姓啊！"

斜丰港疏浚圆满完工之后，当年春、夏汛期就让东台减灾受益。但就在全县丰收在望，人民一片赞扬声中，魏源却要离任了。

虽然东台民众不舍，魏源也不乐意，但父母为大——魏源母亲陈老夫人于四月二十九日辞世。按照朝廷官员"丁忧"制度，父母去世后，儿子须守孝三年，不得为官。因此，魏源不得不离开他任知县不久的东台，带着魏五达等人回到母亲灵前尽孝。

陈老夫人在魏家几十年，历经孝立公创家立业和"毁产代输"，又随春煦公邦鲁生儿育女，创家守业，尤其春煦公长期在外从公，官微薪少，家中所有大小事项几乎都是她在支撑。魏源特别记忆深刻的是，祖母年老体衰瘫痪在床时，母亲只身扶掖，哺甘涤秽，数年如一日，从无怨言。白天忙过，每至夜间还要点起油灯，母织子读，欣欣忘贫。魏家塅人都羡慕这个家庭尚义博施，母孝子顺……

魏源回到家中，长跪在母亲灵前，回想母亲那次带着一把老家神龛上的香灰，领着一家人从邵阳魏家塅一路颠簸，坐车搭船，来到遥远的江苏定居。一路上大家为让母亲高兴，仿二十四孝图之法，给母亲学戏、讲笑话、诵读诗词，逗母亲高兴。在几次最困难的时刻，母亲将自己从牙缝里省下来的私房钱倾囊而出，为家里解难，为他出书付费……这个世界上，他怎么可以没有母亲呢？但生老病死又无人能违！

魏源唯想把母亲的后事办得稍稍像个样子，也好让自己心里得到一点安慰，可家里的窘境让他这种想法无法实现。此时，他不仅拿不出办事的银子，还因为给前任亏账垫去四千多两白银。现在他家已是债台高筑，连向人借账都不好开口。

这个初夏之夜，蛾子在窗外扑打着亮窗，因为夜深，翅膀拍打得很响，但魏源仍全神贯注地在给好友胡林翼复信。他在信中写道："弟半载东台，只因漕务受前任之累，赔垫四千金。现在交代，尚未算值。清查发仓之初，未知如何出脱。其尤急者，全家数十口，指日悬磬……"当了一年县官，却落得个揭不开锅的下场。

好在母亲向来勤俭持家，主张铢积寸累，对她自己的后事也早有过认真的交代。她不让大操大办，只求简约合礼。魏源想想母亲在生的言行，也就以顺为孝。

办过母亲的后事，他仍深居絜园继续守孝，修订、增订《海国图志》，将最新得到的资料和见解重又增补进去。这年八月，西园先生特地给魏源带来了东台粮食丰收的喜讯，使魏源忧中添喜，心情日渐好转。丁忧期间不能为官，但为了还债和养家糊口，他决定重入幕府。

自陶澍之后的总督、巡抚、布政使，都如走马灯一般频繁更换，但魏源对刚刚继任的陆建瀛印象不错。因为此前魏源为改革弊政，曾将《淮北票盐记》和《筹鹾篇》上呈过时任两江总督，但不知何故，都如泥牛入海，没有消息。对于治水、漕运和盐政的改革，魏源可以说是烂熟于心，他曾在贺长龄、陶澍幕府多年，无不专心这些经世大事，故魏源对于自己的建议受到冷遇感到失望。但陆建瀛新任江苏巡抚后，力主推行、实践魏源的建议，实行在淮南改票盐的改革。这让魏源对陆建瀛寄予厚望，陆建瀛也欣赏魏源的才识，两人相得益彰。在这个秋天，魏源入幕陆府，陆建瀛如添了左膀右臂。

陆建瀛是湖北荆州人，长魏源两岁，道光二年的进士，道光三年，授翰林院编修。此前曾任直隶天津道、按察使、布政使。魏源在东台任知县时，陆建瀛任云南巡抚兼署云贵总督。如今陆建瀛是刚到任的江苏巡抚兼两江总督。

入幕后，魏源目睹陆建瀛面对江苏漕弊积重难返的无奈，他找到陆建瀛，当面呈上《上江苏巡抚陆公论海漕书》，一针见血地指出："江苏漕弊，非海运不能除，京仓缺额，非海运不能补，请将苏、松、常、镇、太仓、江宁五府一州之漕，酌行海运。……是惟海运可再造东南之民力，惟海运可培国家之元气。"陆建瀛眼前一亮，很快将魏源的意见变成了行动，并取得了可喜的政绩。

魏源也感到自己能心想事成，加之陆总督考虑魏源的名声，给他的薪银不低，一年下来，除了还债和养家糊口，魏源还能有点余钱做自己游历的支出，内心不免愉悦起来。在他完成《圣武记》的三次重订和将《海国图志》进行扩充之后，他给自己的人生做了一个南游大计划：实现"半年往返八千里"。

读万卷书，行万里路，本是历代文人之愿；而魏源好游历，好交友，又都深受父亲的影响。但近年因为母亲年迈，他也忙于《海国图志》的编撰以及在东台为官，已经没有远游过了，因而此时有了很强烈的游历愿望。

道光二十八年夏天，幕僚薪酬使魏源经济条件好转，带着对母亲的挂念，在"丁忧"期内，他终于出门远游了。

魏源收拾好行李，从扬州絜园出发，由江宁溯江而上，经洞庭、入湘水；又溯湘水而上，入潇湘，游九嶷，抵桂林，顺西江到达澳门、香港；再从广州北上，过衡山，至江西，至苏州。到了苏州他本想回家，但偶然在朋友处得知贺长龄于六月初辞世，他悲伤难受，复又改行宜兴、杭州、宁波、太湖等地，继续游历散心解忧。

贺长龄于魏源有知遇之恩。魏源弱冠在京师求学时，就慕名远往太原求教贺氏门下，贺长龄在江苏做巡抚时，和陶制府对魏源及其父亲都是关爱有加。如无贺方伯筹划，便无《皇朝经世文编》。可惜贺方伯因"永昌回变"，一跌不振，谢病归家，终年六十四岁。贺方伯究心理学，其立身五行也，治事设政，一以宋儒之学为本。至其言刑、言兵、言工，常喜听魏源启导之言。呜呼！哀哉！

魏源记得，半年前他出发那天正是万木葱绿的初夏，半年之后的今天，他再回到絜园，地上已铺了一层浅浅的冰雪，踩上去有阵阵破碎声。走进大门，远远地就看见那对白鹤像是在等着他回归。本来是无精打采而曲着颈将头收纳在翅膀下的白鹤，见魏源来了，立即把头从翅膀下抽出来，对天鸣叫了几声，然后精神十足地朝他大步走来。

冬天的絜园，仿佛所有的声音都被这一层浅浅的冰雪覆盖住了，而刚刚这两声鹤鸣又使絜园里的人们拉开关闭的房门，从门里走了出来。

最早走出来的是魏彦。魏彦接过魏源手里沉重的行李，严夫人也拉着小孙子魏桂出来迎接爷爷，其他人都站在门口候着。魏源喜欢得忍不住将桂儿从严夫人里拉过来逗着他说话，爷孙俩用童言童语交流好一阵，魏源才走进家门。

因为天冷，一家人非常温暖地聚在一起。魏源的归来，给家里再添了高兴。

魏源坐下来就兴奋地从行李包里取出一沓沓书报资料来，说："这一次游历尤其使我大开眼界，增长知识。在澳门、香港，我直接看到了不同于我们东方之西方文明方式。"

魏源与家人谈及澳门自明中叶即有西洋市埠，园亭楼阁，如游海外。香港又另有风景，诸岛环峙，藏风宜泊，雄城如大都会……

魏源跟家人说着这些见闻，将书堆里的《世界地图》等书籍特地拿起来向大家展示，说："这次不仅收集了这些资料，还在广州遇到了好友陈澧，当面听了他对《海国图志》的一些修改建议，真是如获至宝啊！我将对《海国图志》进行再一次修正和扩充，增至六十卷本。"

大家一边传阅，一边为魏源能收集到这些稀奇资料而感到高兴。魏五达说："有了这些资料，《海国图志》会更加完善。"

魏源又从行李包里取出一叠诗稿交给魏五达说："我这次还有个收获，就是沿途游览了众多名山大川，包括江西的庐山，广西的象山、龙虎山、灵渠，福建的武夷山等，还参观了诸多学者讲学的书院，顿觉心胸豁然，有感而发，写下了《洞庭吟》《游子吟》《楚粤归舟纪游》等几十首山水诗。"五达翻阅了几首，果然与此前的情感、气势大不一样！忍不住感慨起来："雄浑遒劲，剽悍奔放，观察细微，描写细腻，用喻新颖独到。"五达喜欢魏源的诗，但他从没有像今天这样给如此之高的评价。

道光二十九年初夏，丁忧守制期满，魏源奉命署理扬州府兴化县知县。署理也就是代理。

魏源自弱冠进京求学备考时起，就非常注重收集水利、地理方面的新旧图文。临去兴化上任的前几天一直下雨，这让魏源未上任就先忧心忡忡。一天晚上，他翘着他的山羊胡子，搬出一口老木箱，从中取出一大堆地图，有印制的，但大多都是魏源手绘的。他选出那张兴化地图展开在书桌上，严夫人为他拨亮灯光。他的食指尖沿着细细的黑线和圈点往前移，一边絮叨着，一边指示给严夫人看："扬州府所辖的这几个州县，地势都比较低洼，兴化尤其如此。这里河流和湖泊众多，地势极为低洼，如锅底一般，最易遭受水涝灾害。"

严夫人说："仁者乐山，智者乐水。记住与水打交道只可智取，不可蛮横。"魏源谢了严夫人提醒。

魏源去兴化上任这天，未进县署就与随行的钱谷魏五达和邓传密等朋友先来了一次"微服私访"。

邓传密尤其喜欢"微服私访"的感觉。

一行人朝着兴化县城的金东门老街走去。这些天，就像天上有了筛子眼堵不住，雨总是下个不停，街边屋脚都沤出了浅浅的绿苔，人也有了一身浆湿的感觉。老街密集的店铺商号足以让人感受到这里十分繁荣，寸土寸金，流金淌银。但魏源一行在老街上没走多远，就遇到好几伙拖儿带女的乞丐，围着他们讨钱要吃的。魏源有意斜进一家店铺问老板，这老街上怎么会有如此之多的乞丐？常年都是这样吗？店老板告诉魏源："那不一定。兴化一带地势低洼，又紧靠高邮湖，每年一到夏秋之季，大风大雨必然来袭，湖水必涨，威胁防堤。堤坝为利运河漕运，故设有南关、中新等五坝，以利宣泄。要在以前，堤防牢固，即使到了秋初湖水上涨时，也要坚持到下河农民水稻成熟，新谷收获归仓才开坝放水，这也就不影响农民的收成。但近些年来，因为河费多被河臣河工贪污挥霍，河堤年久失修，残缺不齐又很不坚实，所以，一旦湖水上涨，河官非常害怕因溃堤而获罪，宁愿提早开坝泄洪淹没农民稻子，也不愿冒溃堤风险而保农民的秋收，即使稻谷已经熟成绿豆黄，他们也完全不予顾及。只要一放坝，洪水泛滥百里，江都、甘泉、高邮、泰州、兴化、宝应、东台等下河七州县一片汪洋，而兴化地势最低，故灾情也最严重。近几年就因为启坝早，农民临熟的稻谷全被淹没，造成淮扬大饥，饿殍遍野。如今，我们这里都是靠四川、广东的粮食度过饥荒。"魏源在这些乞丐身上，看到了在兴化启坝是怎样的一件民生大事！邓传密说："虎吃一人，政害无数啊！此行让我真正理解了为何孔子要说'苛政猛于虎也'。"

为了警诫自己，魏源又带着一行人专门来到范公祠。面对范仲淹塑像，他跟大家讲了宋代范公曾在这里修筑县东捍海堰的经过，说范公此举是功在千秋，利在万代，其堪称朝廷命官之楷模！

魏源一行先在街巷、民间、湖堤上转了一路，得知兴化城乡巷谈村议，都是关于涨水放坝的话题。然后才到县署。县署的人只知道新知县即将到任，但都不知哪一天到来，所以也未做细致的接待准备。直到魏源从台阶下走上来，进了县署大门，大家才意识到这可能是新官魏知县到了。因此难免稍有些忙乱，但也似乎应接顺当，印文齐备整洁，交接按部就班。魏源不觉得有什么疏漏，对县署的人印象也不错。

行李放好，住地安排停当之后，魏源就在县署大门口的台阶上不停地踱步，时而仰望久雨不晴的灰天暗地，时而又站住静听哗啦啦下雨的声音。县署主簿悄悄来到魏源身后说："文档已全部清理登记好，可随时查阅。"

魏源说："我暂不忙着查阅这个。时下大暑已过，稻子正临成熟，但久雨不停，湖水高涨，我是担心去年之灾，今年重演！"

正说着，几十位蓑笠乡民一涌而来，击鼓请见知县。

魏源立定在县署大堂门外的廊下说："我就是新到任的知县魏源。何事请进公堂里说。"

一位领头乡民迅即在魏源面前跪下说："县老爷，兴化以及下河七州县稻谷正在成熟，待日可收，而河官却又要像往年一样，开坝放水淹没稻禾。乞县老爷跟河官求求情，让他行行好，稍等些日子，待稻禾收割再放水，让我们免受这场灾难吧！我们近几年已经连遭这种大灾，至今仍饥荒难挨，四处讨饭当乞丐！有的死在外乡，连尸骨都不能回来！"

魏源扶起下跪的乡民："老乡，你姓甚名谁？"

下跪乡民说："小的姓李名详。"

魏源说："请抬起头来。"

那乡民抬起头来。魏源发现他左额上有块红伤疤。

魏源回忆起在金斗门老街遇到的成群乞丐中好像有这个人。他想了想说："事不宜迟！走，我们一起上湖堤去！"

魏源带上魏五达和县署的人，与乡民一道赶到高邮湖堤上。他站在湖堤上极目四望，真如身处盛水的锅底，满目水汪汪地无边无际，湖堤如细带一般系着湖泊，房屋和田地像浮在浩渺水面上的彩色光亮的画片……

湖水被风吹起的波浪，哗啦啦地不断扫荡过来，离坝顶已经很近。魏源看了看脚下翻滚的水浪，又看了看身边的乡民问道："你们都是大家派来说事的吧？"

李详回道："是的！"

魏源说："那好！现在你们就回去传我魏知县令，将所有劳力都带上来，并带上加固堤防的工具。我们来一起加固湖堤行不行？"

一乡民代表说："行！只要不开坝放水，只要不淹没稻禾，哪怕我们作牛作马都愿意！"

魏源说："那我就在这里等着，你们快去快回！"

五达提醒魏源说："这些乡民回去后，果真还会带民工上来吗？"

魏源说："他们不会说假话！"

乡民们迅速回家，又很快带上大批乡民蜂拥般返回湖堤。魏源将各地头人召集起来，分段划分湖堤防守和加固任务。乡民们领受任务后，各自守护各自的堤段，并在湖堤上运土抬石加筑起来。一时间，湖堤上人山人海，加固堤防的速度很快，一道黄色堤坝呈水平状抬升起来。

但是，水的涨势也很快，魏源不断地捋着自己的山羊胡子，表面上很冷静地在湖堤上来去观察，实际上心里十分着急。他在想，白天可以这样拼命加堤固防，晚上呢？晚上运送土石就没有这么方便，筑堤速度肯定会放慢，而洪水还要继续上涨啊！

午时刚过，河督派人来通知魏源说，要开闸放水了。

魏源急得全身发颤地站起来，毫不犹豫地说："不行！你难道没有看见这里加固堤防的现场吗？请你转告河督，我们正组织千军万马加固堤防！不得开坝放水！"

河督差使一看现场，自己也很感动地说："我这就回去汇报！"说着，急匆匆赶了回去。

向晚时候，雨未停下，河督差使又急匆匆跑来向魏源报告说："我们河督说了，要是往年，我们根本不用通知你们就开坝放水。正因为你们在加固堤防，河督才要我们来通知你们。今、明两天必须开坝放水！这是极限！"

魏源说："坚决不能放水！挺过这次大雨涨水，只需半个月，下河七州县就收获稻谷了！那是多少人的保命粮啊！"

河督差使说："我们只听河督的！河督让我们来告知，我们就来告知；河督让我们开坝，我们就开坝！"

魏源说："你们回去照直转告河督，现在坚决不能开坝放水！我会找河督当面去说！"

河督差使走了。魏源把各段堤上的领头人召集拢来说："天已傍晚，大家要派人去准备镐头、油灯。夜里，我们要继续挑土固堤。水位在不断涨高，我们的大堤要比它长高得更快！"

那位叫李详的领头民工站出来报告："大家一天都在水里磨洗，工具损坏严重，现在急需添置镐头、斗篷、蓑衣、土筐、锄头、扁担。"

魏源说："要多少添多少！"

一位民工头儿说："这些东西要钱买哪！"

魏源将五达叫到身边，要他拿出钱来，但五达说："这钱的事我是无能为力啊！"五达现在身无分文。他原以为兴化不会像东台那样亏账，魏源上任知县后接手财账一看，不仅没有余额，也还亏着一笔账等着偿还。

魏源一听，跟五达说："你是钱谷，办法你去想，我只要钱买工具！"

五达明白，不能再拒绝，他只得果断地说："那就只有找钱庄去借。"

魏源说："那就借！"

五达说："那必须要你手书证券。"

魏源说："现在是分秒必争！刻不容缓！快拿证券来，我签！"

魏五达很快将钱庄的借贷证券拿给魏源签字。

签过字，魏源看见远处大堤上的槐杨树，先是在大风里摇曳着肥胖的身子，慢慢就变得模糊起来，不久就完全浸在深深的夜色里。

但是，数以千万计的火把，就如无数条长龙在湖堤上弯弯曲曲地伸展、舞动起来。挑土筑堤的大军，通夜在湖堤上沸腾。这是兴化筑堤史上从未有过的最为壮观的一幕！

夜深时，突然有人大喊："知县溺水了——"

湖堤上的火把长龙像是受惊了，摆动得有些剧烈！

夜里的火把只能照亮近处，稍远一点就人影模糊。在湖堤转弯处，人们一阵忙碌之后，把一个落水的老人打捞起来。老人已经呛了水，红着两眼，嘴里还在吐着水说："大家照样挑土筑堤，不要乱了阵脚！一人生死事小，保住下河七州县百姓稻子事大！"人们这才清楚，并且惊呼："这是魏知县！"

魏五达搀扶起魏源说："假如你晚餐时吃点东西落肚，就不会因为眼花倒在水里了。"

魏源说："我哪里吃得下呢！我们一刻也不能耽误！绝不能让湖水冒堤！我们加堤的速度一定要超过湖水上涨的速度才行！"

乡民这才明白，大家都是吃过晚饭的，只有魏知县没有吃晚饭，一直就坚守在工地上。

魏源来得匆忙，没有带换洗衣服。此时，湿漉漉的衣服紧紧地裹缠在身上，走起路来像绑着绳子，很不方便。脚上的鞋子也因为溺水，不知被水冲到哪里去了，他只得赤着两脚。魏源此刻因为饥饿而感到寒冷，两眼红肿而视物模糊……但他仍然在湖堤上来回察看和指挥人们挑土筑堤。魏五达不断地提醒他："你应当下去稍微休息一下再来！"

魏源说："不行！我休息，水能休息吗？水不停涨，我不离开！"

魏五达和县署的人只得照看和搀扶着魏源在湖堤上来回踏看。

上天似乎真要考考魏源，雨虽然时大时小，但一直就没有停过，湖水也一直没有消退。因此魏源一直没下堤。

魏源也不管是第几天，只管天一亮又是新的一天！

他已经精疲力竭，但还在湖堤上摇摇晃晃地来去。思想意识已如梦幻一般，不知人在何处，只记得要守住湖堤，保住下河七州县百姓的稻禾。

那天下午，河官又派人来通知魏源："报告魏知县，我们河督有令，要开坝放水！"

魏源经过几个日夜的煎熬之后，头脑似乎已木讷不清，但一听河督要开坝放水，他突然清醒，两足支开，两手握拳，变成一棵大树屹立在湖堤上，大声呼喊："谁要开坝，请先溺死我魏源！"

河督差使说："我们只按河督命令行事！河督让我们通知魏知县，我们就来通知魏知县；河督让我们开坝，我们就开坝！"

魏源为表示自己的坚定，他干脆一屁股坐在堤上的泥水里跟河督差使说："请你们的河督来跟我面谈！"

河督差使说："这不可能！我们河督没有时间！"

魏源说："开坝放水，事情天大！天大之事，他河督没有时间，还有何事他河督才有时间？你们回去请你们河督来！"

人群里突然有声音回道："本河督来也！"

全场惊讶得静如瓮中！只听得湖水在风里冲击堤坝的折水声音，还听得有鱼跳出水面的声音……

魏源一看，阔额宽脸厚下颏的杨以增河督已经走近面前。

杨以增河督在魏源面前以非常尊重的姿态站定说："本人江南河道总督兼漕运总督杨以增。"

杨以增山东聊城人，比魏源年长七岁，道光二年进士。他是因林则徐举荐才刚刚上任江南河道总督兼漕运总督。他们彼此虽未蒙面，但神交已久。杨以增敬重魏源的学问，魏源也敬重杨以增的勤奋好学和博览群书的学风。杨以增一见魏源累得不成人样，心里一软，上前要扶魏源起来说话。魏源摇手以拒，表示要自己站起，无须他人搀扶。但他几次使劲都未能站起，魏五达才在他身后暗暗帮了一把。他站直身子说："杨河督不是住在淮阳吗？如何能神速到此？"

杨河督说："你魏知县不是也住在兴化县城吗？如何能神速到此？"

魏源说："听说杨河督要开坝放水？"

杨河督正色道："是！听说是魏知县不同意开坝放水？"

魏源说："是！保我下河七州县乡民稻禾，是我的责任！"

杨河督说："以水位线为令，水位警戒线一到，保堤放水，这也是本官的职责！"

下河七州县乡民一听，一齐举锄而起，围住河督杨以增，骂的骂，嚷的嚷，有人竟然要扭住杨河督开打。魏源突然鼓足力气大声吼道："杨河督乃朝廷命官，有我与他交涉，你们不得无礼！"

乡民听魏知县如此一说，才又平静下来。

魏源与杨以增对面而站，像两座大山相峙而立。魏源说："杨河督，去年此时开坝放水，致使下河七州县乡民稻禾全淹，眼看就要丰收的稻禾竟颗粒无收，造成多少人家断粮断炊，如今还乞丐遍地，饿殍遍野。我们作为朝廷命官，难道你心里好受吗？"

杨河督说："但若湖水超过警戒不开坝放水，造成湖堤垮塌，漕运阻塞，打乱国库正供，损失是不可估量，何止稻禾！如果这样，我们作为朝廷命官，你心里好受吗？"

魏源说："杨河督，你别以为我对兴化的水利不熟悉。据我所掌握的数据，眼下的水位还没有达到原设计的警戒线位。现在的问题是，你们河官多年来侵吞朝廷拨付的湖堤防护银两，而未进行河堤加固修筑。怎么能把你们造成的隐患转嫁到下河七州乡民的头上？"

众民工不约而同地大吼起来："魏知县说得对！"

杨河督说："魏知县所言不无道理。但你要知道，本官到任不过半年，河防蛀虫与本督无关！湖堤年久失修，造成湖堤隐患，并非本督责任！而坚守水位警戒，适时开坝放水，保住大堤才是本官推之不去的责任！"

魏源说："你这是为保乌纱帽而不顾下河百姓的死活！"

杨河督说："你一个知县岂明我江南河道总督之大责？"

魏源说："杨河督，我坚决不同意开坝放水！"

魏源说："杨河督，我坚决
不同意开坝放水！"杨河督说：
"我只看水位警戒线！"

杨河督说："我只看水位警戒线！现在已快到位；只要到位，我坚决要开坝放水！我这是执行朝廷命令，岂容你一代理知县阻挠！"魏源说："七州县乡民听着，你们一边尽最大努力加固湖堤，一边派专人守住所在坝口，没有我的传令，不能准许任何人开坝放水！"乡民情绪激奋，齐声吼道："坚决听魏知县命令！"

魏源往前走了几步说："北窑村的人来了吗？"

"来了！"一帮青壮年齐刷刷站在魏源面前回应道。

北窑村烧砖之土皆为乌巾荡水下淤泥，欲取此泥，必须潜水能力极强方可。这二十位青壮年就是北窑村这次精心挑选出来的潜水队员。魏源对他们说："你们的任务是到堤坝水下护坝，以防有人派'水鬼'潜入水中开坝放水！"

大家齐声应道："是！"

杨河督也对他的随行人员说："你们也都听着，如我命令开坝放水时，有谁迟缓违令，别怪我手下无情！"河督差使也是摩拳擦掌，双方打斗一触即发！

如此下去，一场血腥事件即将在防洪大堤上发生！

魏源自知在杨河督面前，自己是人微言轻，但如论现场势力，河督一方已不是对手。问题是万万不能因打架造成混乱，为民保稻才是最终目的！魏源终于想出了一个缓兵之计，他稍稍软了下来说："杨河督，我们如此对阵也不是办法，请给我一点时间，我去找陆总督禀报此事。如他不同意你开坝放水，这责任也就不在你河督；如他同意你开坝放水，这责任也不在你河督。如此一来，你可两全其美。"

杨河督沉思片刻，本不愿同意，但看了看魏源累成这等样子，又想魏源本意并非存心与自己为敌，他也是为了百姓利益。下河七州县的百姓的确连年遭到大暑前后开坝放水之灾，生活无以为继。杨河督也心里一软说："那好，我等着回音。"但杨河督相信，依陆建瀛的性格，绝不会听信魏源而承担如此之大的风险！

魏源带着魏五达和县署随行人员，火速赶到督府。进了大门，魏源急不可耐地跟衙役说，他要见陆总督。衙役刚从睡梦中醒来，伸伸懒腰说："夜深了，明天吧！"

魏源说："要是可以等到天明，我还会这么深夜赶来？"

衙役说："除非火烧衙门，或者敌军入城，否则，我们不能这么深夜叫醒总督。"

魏源直问衙役："你们到底是喊或是不喊？"

衙役看魏源不过是一个代理知县，于是他毫无畏惧地回道："不喊！"

魏源二话不说，直奔衙门堂鼓，抓起鼓槌急擂不停。衙役上来阻止，魏源和他们大吵起来。

正吵得下不得台时，衙门里传出声来："谁人深夜击鼓？"

魏源一听是熟悉的陆建瀛的声音，心里一喜。他于母逝丁忧期间在陆府当幕僚的日子里，与陆建瀛有很好的配合和感情。陆建瀛在堂上坐下一看，原是魏源跪在案前。魏源说："本知县无冤可鸣，只是代下河七州县百姓，诉请陆总督传令河督杨以增切勿开坝放水！"

陆建瀛一见魏源如此焦急狼狈，心里复杂起来：这是何故呢？他先是示意衙役在他身边另置一椅，然后跟魏源说："请魏知县快快起身坐下说话。"

魏源起身到陆建瀛身边坐下说："想昔日，我魏源在陆总督手下做幕僚，那真是心想事成。今日之事，也必得陆总督相助才能成事。"

陆总督说："开坝放水乃河官之职，何故非我干预不可？"

魏源说："大暑刚过，下河七州县稻禾已近成熟，如开坝放水，这七州县乡民稻禾将颗粒无收！况去年前年已连受此灾，如今无数乡民断粮为乞，实为不忍！今年如再致灾，七州县乡民将以何生存？"

陆总督心里一警一悔：此前自己怎么就没有想到这么严重的事情？他问魏源："那你为何不直接与杨河督说明？"

魏源说："我已与杨河督在大堤上有过激烈争论。他说开坝放水是他的职责，这没有错；我说我要保住七州县乡民的救命稻禾，我也没有错！谁也不能说服谁。最后我们才同意听从你的调解。"

陆总督略思片刻说："要我如何决断？我如强阻杨河督开坝放水，要是垮了河堤，岂不损失更惨？责任更大？"

魏源说："陆总督不必担心！你只需命令河官不开邮南五坝，而开启运河东岸二十四闸分路泄洪即可。这个号令唯有你有这个权力发出，所以，我才到你这里击鼓告急！"

陆总督明白，魏源对于淮扬水利的研究，是绝对可以信任的。陆总督说："那好，我现在就同你一起去堤坝上坐镇。到达现场，我们再与杨河督商量对策。"

陆建瀛与魏源等人急速来到了堤坝坐镇抗洪，魏源也派人请杨河督到了现场。杨河督在陆总督面前仍坚持要开坝放水，而魏源仍死也不同意。陆建瀛表面为难，心里却不缺底气。杨以增原以为魏源的坚持会遭到陆总督的否定，万万没有想到陆总督竟会亲自来这里坐守，也没有想到陆总督会迟迟不表态支持河官开坝放水。难道陆总督还不明白，湖堤垮塌会给自己带来的严重后果吗？他就不信陆总督会支持魏源。

陆总督问杨以增："杨河督，水位线离开坝放水还有多远？"

杨河督回道："已经接近！应立即准备开坝放水！就等你最后决断！"

陆总督站起来，在魏源与杨以增之间踱了几个来回之后，又坐回到临时搭建的茅檐雨棚下的那张座椅上，扭头看了看身后那两杆高高的旗帜，一面旗帜上写着"普庆安澜"，另一面旗帜上写着"四防二守"。陆总督像是闲谈一样地问自己身边前来挑土筑堤的乡民们说："你们是否知道这旗帜上的'四防二守'是什么内容……"

杨河督一听，觉得这话很不对劲，此时此刻，他作为总督理应马上准备发令开坝放水，为何还向挑土筑堤的乡民解释这个？只有魏源明白，陆总督这是在拖延时间。

如果陆总督不在场，那自然是杨河督一言为定，现在陆总督在此坐镇守坝，没有他的号令，杨河督自然不敢擅作主张。偏在此时，西风裹挟暴雨而来，湖浪拍打着湖堤。杨河督再次催促陆总督准予开坝放水。魏源眼见高邮湖堤在风浪中挣扎，他也心急如焚！他不顾暴风大雨，伏在地上哭喊："如有罪过皆属魏源！魏源愿以生命来为民请命！"

汹涌而来的风浪再次把伏在堤上的魏源卷进水中，民众又将魏源救了起来。十余万筑堤民众见状，更是拼命加筑湖堤。陆总督终于感动得不顾一切地对杨河督说："杨河督，迅速开启运河东岸二十四闸分路泄洪！"

杨河督没有想到陆总督会出此一策。他马上提醒道："泄洪的惯例是开启邮南五坝，如开启运河东岸二十四闸泄洪，会影响漕运！朝廷追究下来，你可难以担当！"

陆建瀛看了看魏源那双被湖水浸肿的眼睛，和他那一身泥水的可怜样子，再跟杨河督说："你只管执行！如有过错，由我陆建瀛一人担当！"

杨河督只得服从，带上随从去执行陆建瀛的号令。

　　陆建瀛端坐在圆形的草檐雨棚下，死瞪着脚下水位的消长变化。水势虽稳定，但仍有微涨。直到下午时他终于看到一只水虫瞪大两眼，往下缩了一下头。它刚才露出过水面。陆总督敏感地觉察到，水位开始下降。同时，魏源也看到自己刻在一块石上的临时"水位记"开始露出，意识到水位的明显下降。此时，在湖与天的切线处还露出了夕阳的余晖，将湖面映出浅浅的红亮。

　　在大堤上劳累了几天几夜的十余万民众，知道湖堤保住了，下河七州县的稻禾保住了！他们情不自禁地丢下扁担、锄头、箬箕，尽情地欢腾起来！

　　陆建瀛从圆形茅檐雨棚下欣然站起，走出来对着那方亮天叹道："真是精诚所至，金石为开！今日所见，非信不行！"

　　魏源也想站起来看着那方亮天，但他刚刚站直身子就昏倒下去。魏五达和县署的随行人员马上将他扶起离开了大堤。一些筑坝的兴化民工，还紧随魏知县之后，送他回到兴化县署。

　　全城人闻听魏知县保稻成功，无不欢呼雀跃。黄昏时分，人们都来到大南门外老坝头欢迎魏知县，万人空巷，队伍从老坝头一直排到县衙大门口，长达数里。沿途各店铺门前都摆了香案，香烟缭绕，烛光红亮，鞭炮燃响。当街横放着一块巨大的牌匾，写有四个大字："淮扬保障"。魏源从未有过如此的激动，他在魏五达的搀扶下往前走去，拉住抬匾的人说："这匾谁写的？"旁人说："就是你拉着的这人写的。"

　　魏源说："才子啊！"

　　旁人说："他是我们的葛举人啊！"

　　魏源对随行的县署官吏说："设宴！招待葛举人他们！"

　　这是魏源到任兴化第一次与民同宴同乐，也是唯一一次与民同宴同乐！

　　可能是呛水和受寒过度，加之宴席上喝了点酒，魏源回到县署不久，患了一场大病。等到魏源的身子恢复一些，穿上官服，能在稻田间走走看看的时候，下河七州县的稻禾已进入成熟的金色时节，所到之处无不秋风金浪，无不充满丰收的喜悦！

　　一名壮男子和一家人正在稻田里忙着收割稻子。魏源让魏五达拉来一把稻草铺在田埂上，他坐在田埂上把垂下的稻穗捧在手心，看着饱满的谷粒，他眼眶潮湿了。当时，差点儿这些稻谷就没有了！他甚至对丢在田埂上的那些稗子，长在田坎上的穿鱼草、狗尾巴草，以及在田埂里钻来钻去的蝼蛄和在水凼里游动的蝌蚪，都有着特别的情感。他像是又回到了童年，回到了故乡魏家塅，回到了多年前在收割过后的稻田里跟随母亲捡拾稻穗的情景……

魏源对那位壮男子说："老乡，今年收成如何？"

壮男子一边和他的家人收着稻子，一边得意地大声回应："今年收成超历年，一石面积能收三箩谷子！"

魏源兴奋得站起来说："那大家就有饱饭吃了！不用外出讨米了！"

壮男子说："今年啊，在外讨米的都回家了！"

魏源感叹道："感谢老天爷哪！"

壮男子说："感谢老天爷没用！我们只感谢新来的魏知县！要不是他拼命给我们保稻子，今年就又颗粒无收！我们这里远远近近都把这稻谷叫'魏公稻'了！"

魏源很是感动，又见这壮男子前额有一块长伤疤，恻隐之心顿起，忍不住问道："老乡贵姓大名？"

壮男子说："我姓李，叫李详。"

魏源点点头，明白了他就是当时带领乡民来县署里说事的李详，而李详已经认不出这位瘦弱得变了形的魏知县。但魏源不再提及这些事，他从田畈上忙碌的收割景象中走出来，带着几分欣慰往两江督府赶路。他要到督府里跟陆总督谈谈西堤的复修工程。

24

政通人和

魏源来到总督府时，督府里正热闹着，还在大门外，就听得院里人声鼎沸。

他进了大门走上台阶一看，好些民众正抬着匾额，提着鞭炮，在陆总督面前为魏知县请功，甚至要求为魏知县建纪念祠。河督杨以增也坐在陆总督身边，他本是若有所思，见了魏源又显出不自在的神态。这也让魏源很是有些尴尬，一是担心陆总督误以为是他魏源授意这些民众来为其邀功请赏，二是担心杨河督误以为他魏源来争功名，三是担心自己无以报答民众的这份诚心。魏源站在那里一听，民众所说皆是一个意思：下河七州县稻禾丰收全是魏知县之功！魏源听清之后，马上向陆总督和杨河督施礼道："陆总督，杨河督，此民众之言，只见一斑，不见全局。请二位千万别在意。"

陆总督一笑，深知魏源是个明白人。但他倒同意民众的观点，他跟魏源说："民众没有哪儿说错做错啊！如果不是你坚持不让开坝放水，下河七州县哪有今年的丰收？"

魏源说："如果没有你陆总督坐镇指挥，我魏源有多大本事？"

陆总督说："我去坐镇，那是因为你深夜击鼓告急请求，并言之有理啊！"

魏源一看坐在陆总督身边的杨河督脸色难看，他又还是替杨河督说了句公道话："这里面也有杨河督的一份功劳。"

杨河督说："我不求功，但求无过。"

魏源说："其实杨河督内心深处也是痛惜下河七州县农民稻禾的。如若不然，按照惯例，你传令开坝放水就是，我魏源即使以命相随，被水冲走，那又何妨？"

见杨河督的脸色终于和悦下来，魏源才转身跟民众说："你们都听明白了吗？不让开坝放水，这是陆总督和杨河督的功劳，我当时只是把大家的意见转告给了他们，这不是我魏源一个人的功劳！你们都回去，将匾和鞭炮都带回去！"

但是，民众不依不从，说："哪一年没有总督？哪一年没有河督？哪一年没有知县？哪一年没有涨水？为何只有今年我们保住了稻子？没有魏知县深夜击鼓告急，就肯定没有了下河七州县的稻子！"

还是陆总督理解民众心情，说："让他们把匾放进大厅，把鞭炮都燃放了，我要坐在这里好好看个热闹！"

锣鼓喧天，加之很多鞭炮同时点燃，花猫跳上了屋檐，黑狗缩进了屋角，督府里一下热闹得像漂浮了起来！

鞭炮燃完，督府像是重新沉落到地上。未待硝烟散尽，魏源一个个地跟民众说："现在匾也送了，鞭炮也放了，你们就该回去了。我跟总督还有更重要的事情要说。"

民众这才慢慢地散去。

鞭炮的硝烟还有些呛人，陆总督让衙役将三张官帽椅和一张小茶几搬到督府大门内侧的一棵老樟树下。陆总督让杨河督和魏源在他的左右落座，然后跟魏源说："看样子，你今天一定是又有什么大事要说吧？"

魏源说："是的。来见总督自是有事要说。正好杨河督也在。"

陆总督用玩笑的口吻说："该不是又要我上湖堤坐镇吧？"

魏源也回以一笑，但杨河督眉头皱了起来。

魏源说："无须你坐镇，但仍需你鼎力支持！"

陆总督说："什么大事？你快说，别吊我们胃口。"

魏源说："在这场秋汛中，我们加堤保稻，使下河七州县百姓受益，民众感激不尽。秋汛后，我访问了很多老人，他们都说运河东堤之外原本还有一道防堤，叫西堤。西堤就是专门用来防御秋汛的。但因年久失修，连堤基都很难找到，所以现在一遇秋汛，为了保湖堤，就只有不顾下河的损失，用简单的办法开坝放水。"

杨河督的脸色又一下子阴沉下来，他居然不知西堤之事。照说，有关河堤的事应当是他河督最清楚，如何使魏源抢先呢？杨河督既有自惭，又有妒意，只是当着陆总督的面，不好表现出来。他明白魏源曾经在陆总督手下当

锣鼓喧天，加之很多鞭炮同时点燃，花猫跳上了屋檐，黑狗缩进了屋角，督府里一下热闹得像漂浮了起来！

过幕僚，考虑到他俩的这层关系，杨河督也只得默不作声。

陆总督说："还有这等好事？那好。正好杨河督也在，我们一起议议。"

杨河督心里一紧，他是现任的河督，就职时间虽不为长，但也已经半年，为何对西堤的事就知之甚少，甚至可以说还是一无所知呢？这个魏源还真是有些让人出乎意料！杨河督也是博学多才、勤政爱民之人，又是个山东硬汉的性子，向来不轻易服输，眼下在陆总督面前，面对魏源自己却黯然失色，他觉得自己不得不更加自勤自慎！此时此地，他万不可有丝毫的自满！他只得谦卑地说："这是民生大计，是得好好议议。"

魏源说："这正合吾意。"

陆总督问魏源："你现在找到西堤的堤基了？"

魏源说："是的，我请了一些老人带路，又请了一些民工砍树割草，终于找到了西堤的堤基。西堤的基本情况我已大体上摸清，其损毁实在严重，有的地方已经没有了痕迹，有的地方已经长有合抱粗的大树。"

陆总督说："只要找到了堤基，我们就要想办法修复。"

杨河督预感到，这回陆总督一定是要把西堤修复这个任务交给他杨以增了。他是河督！

魏源说："如要下河七州县年年秋收无水害，西堤修复势在必行！西堤修复好之后，运河东堤之外还有西堤，如此双堤护卫，抵御秋汛，即使遇湖水上涨，亦可待到秋收后再开坝放水。"

陆总督说："果能如此，功莫大焉！如此要务，本总督意欲魏知县亲督，你意下如何？"

魏源看了一眼杨河督，杨河督看似平静，实则凝眉冷脸。陆总督和魏源谈了这么多，他始终很少插言，算是一直都保持沉默，肯定是心里不顺。魏源本是下了决心，拼老命也要把西堤复修起来，此刻，陆总督又点名要他来督理此事，心里倒是高兴。但魏源想到复修过程中必定还将有求于杨河督，他还是想与杨河督保持良好的协作关系。魏源说："西堤修复与河督关系密切，不知杨河督意下如何。"

杨河督本不想说话，但魏源这么一点名，就不能不表个态度，他也不是一个小心眼的人！他说："总督意思明确，我们必须照办不误。"

这是一句什么人都不会得罪，但又含有自己意见的话，而且很讨陆总督喜欢。陆总督也知道杨河督不乐意，但他又不太放心将修复西堤这么大的事交给杨河督去办；虽然杨河督向来办事认真，但毕竟魏源曾是他的幕府人员，彼此有过得心应手的配合。陆总督跟魏源说："你回兴化后就着手准备递交督府的呈文，督府批准后，你就专事西堤修复工程。"

魏源心里高兴，回道："一定不负众望！也请杨河督多多支持。"

杨河督礼貌地微笑着，情感有些复杂地点了点头说："那还用说！"

当然，魏源看得出来，杨河督心里一直有事。但魏源不去考虑这些，他只想早日修复好西堤。与西堤这样的大事相比，杨河督高不高兴，已可忽略不计。

魏源趁此机会将下河的上游、中段及下游情形，一一进行了查访。兴化乃下游总汇，距各海口均一两百里，魏源还由六合绕赴盱眙等地，查勘了上游禹王河故道，并汇查历年水文案卷图说，始知上游分泄淮水归江之策，下河筑堤束水归海之策，均属劳费难成，殆同画饼。至中段徒坝一策，以全局形势统筹，亦多窒碍，也难以操券……魏源在他的《上陆制府论下河水利书》《再上陆制府论下河水利书》中，对这些情况做了不同的说明。对于西堤，魏源更是查访得认真，发现几百年前的案卷史料就记载：运河旧于东堤之外，筑重防，曰西堤，以捍秋汛，岁久不修，并失其址。……

魏源递交完西堤修复的呈文，应该在得到陆总督批准后才能离开兴化，专事运河西堤修复。所以，魏源直到自己要离开兴化的前天夜里晚餐时，才与朋友悄悄说起此事。但不知是谁走漏消息，很快来了不少士绅在门口等着，给他赠诗作别。晚宴后，魏源邀约一行人来到城北拱极台，四望万家灯火，他思绪万千，有诗顺口而来：

> 倾城竞赠送行文，不饯朝阳饯夕曛。
> 穷海见闻惟白浪，下河忧乐在黄云。
> 去年争坝如争命，此日调夫如调军。
> 不是皇仁兼宪德，那看台笠遍葘耘。

离开兴化县署之后，魏源一头扎进西堤的修复工程之中。勘测、设计、施工、民工安排、物资发放、质量检查……魏源都亲手督办。因为魏源保稻的影响日益扩大，凡他交办的事，手下无不拥护，故西堤修复的各项进度快得出人意料。

杨河督当然也一直关注着西堤的修复。他暗里派去的工程技术员到工地踏勘了之后，吃惊地回来跟杨河督说："魏知县治水真是非常内行！"

杨河督训道："幼稚！这话还要你跟我说吗！他初次进京都求学，就一路上考察和研究水利，后来又跟随贺长龄、陶澍在江苏治水多年，他还领头治理过多年失治的丹徒河，他能不懂治水吗？我是要你去看看，他用了什么好办法使工程进度如此之快，那质量是否有保证。目的是，把他的好办法记下来，将来我们自己搞工程要用！"

这位技术员说："我也看不出别的什么好办法，只觉得，工地上人心非常齐，很多民工不分日夜地干。我问过他们为什么这么卖力气，他们说，这是魏知县为老百姓办的事，我们自愿这么苦干！"

杨河督说："大巧如拙啊！真是'其身正，不令则行！'民心真乃天下也！难怪进度这么快啊！此法最好用，但也最难学！"

技术员明白杨河督的意思，说："但我们河道总署也有办法让他们快不起来。"

杨河督说："什么办法？"

技术员说："我们可以说他们质量不合要求。"

杨河督说："是真不合要求吗？"

技术员说："要想找他们麻烦，我当然不愁找不出理由。"

杨河督说："你是想鸡蛋里面挑骨头，故意找他们麻烦？"

技术员说："如有必要，也不是不可以！以前河督也经常这么干。"

杨河督脸一黑说："难怪好好的西堤就慢慢地销声匿迹了！原来河道总署还有这种'能耐'！——只要我杨以增任河督，谁也不能以任何理由干扰西堤复修！这是民生大计！他魏源现在正为民造福，而我们河道总署如为了邀功争宠而暗里使绊，那我将无地自容！死有余辜！"河道总署的人再也不敢多言。

西堤工地上，千千万万民众在日夜奋战。

西堤像一条灰白色长龙朝前延伸前行。到年底，全堤基本完成。魏源将护堤防洪和不得轻易开坝放水等有关条款奏请陆总督批准，在坝首勒石立碑，使其成为永久遵守的例规。

西堤竣工立碑那天，陆总督应邀特地赶到坝首现场与民同乐。成千上万的民众闻讯自发而来，场面甚是热闹。在简短的仪式上，魏源当众宣述碑文条款："湖涨，但事筑防，不得辄议宣泄，必节逾处暑，秋稼登场，始启坝，请奏著为令，并勒石坝首。……"陆总督随后即兴讲了修复西堤的深远意义。仪式结束后，陆总督由魏源陪同离开现场时，很多民众上前要求将西堤命名为"魏公堤"，陆总督笑着跟魏源说："魏知县意下如何？我看民众这个要求也不是不可以。"

魏源很不自在地说："那可万万使不得！西堤能成，一是朝廷皇恩，二是多得陆总督支持。我魏源只是做了些应做之事，岂能贪此大功！"

也许这是陆总督在试探魏源的心境，不过，魏源这个回答令陆总督高兴。行走在路上时，陆总督又临时动念，还要去兴化县城里看看。这让魏源感到有点不知所措，陆总督为何突然有此想法？此前可是请都请不动啊！这是想来个突然袭击，或是兴之所至呢？或是在督府坐闷了，想散散心？或是别有用意？但魏源认为没有必要想得太多，他并不因为自己没有任何准备而婉言谢绝。

魏源反而说："这太好了！兴化民众有福啊！"

陆总督说："魏源你当了知县嘴巴也变甜了，也学会了说这些逗我高兴的话了。"

魏源说："我说的可是心里话！坐镇坝上保稻时，民众都看过你为他们操心！"

两人说着话，申时才赶到兴化县城。魏源陪在右边与陆总督并行带路，往县署里走去。夕阳将长长的身影一直拖到了巷子的拐弯处。

陆总督走进兴化县署大堂里有意坐下来，伸出食指在卷头大案上抹了一下，翻过食指看看指肚，没有沾上灰尘。这说明衙门里有勤快人，卫生打扫得不错。但他揭开主簿位置上的墨池一看，全是一池宿墨。陆总督说："已经多少天没有办案了？"

魏源说："二十多天了。"

陆总督说："为何这么多天不升堂办案？是因为西堤工程？"

魏源还来不及回答，一衙役怕总督错怪魏知县，抢着说道："自魏知县到任后，前几个月把积案都已审结。现在已没有人来衙门上诉，无案可办！"

魏源听衙役如此一说，他将了把自己的山羊胡子，有点儿得意，也有点不自在。陆总督很欣赏魏源，说："良医寓所应无病夫，清官到处该无诉讼！走，我们去书院看看。"

一行人来到文正书院，由南大门而入，进二门、师范学堂和上房。在大门和二门之间，偏东处筑有奎星阁。陆总督在阁里站了站，又沿着窄小的楼梯上二楼遥望一番兴化的市容。在二门与师范学堂之间的考棚里，魏源停了很长一段时间。坐在考棚里的滋味，魏源感受尤其深刻！上房共三间，中为至圣先师，旁奉范文正公……陆总督指着东边的两间讲舍问道："此为何时所建？"

魏源站住一看，此两间讲舍与整个书院的形式、瓦色均是修旧如旧，并无异样。他不能不略有惊异地回道："书院急需两间讲舍，此乃九月动工，十一月完工，刚刚建成。"

陆总督说："看得出来，你说的是真话。凡新增建筑须由里往外看，由下往上看。纵使千般修饰，必有一丝真色！"

魏源说："见微知著，下官敬佩！"

陆总督见书院扩建后一派生气，给范文正公上了香，拜了范文正公后，再到育婴堂。

因近些年连遭放坝淹稻，兴化百姓的日子过得十分艰难，育婴堂亦不例外。在魏源来兴化之前，育婴堂的孩子不少，但部分房屋已经歪歪斜斜，其中两间几近倒塌。育婴堂里的人一见魏知县到了，都来迎接，并连连向魏知县表达感谢。魏源连忙将陆总督介绍给大家，但大家只认魏知县。这也让魏源有些难堪，他怕陆总督受冷落而难受。但陆总督却一直高兴地问这问那，并不在乎自己的身份。

告别育婴堂，走出大门后，陆总督才跟魏源说："花不少钱吧？"

魏源说："县署里能挤的钱都挤出来用在这里了！"

陆总督说："值得！孩子是家国的明天！幼吾幼以及人之幼啊！"

魏源说："当时这里的情况目不忍睹。"

陆总督说："看得出，整个育婴堂都已整修一番，有两间房是新建的。"

魏源说："总督贯微动密！"

两人走过育婴堂一侧走廊时，陆总督一眼看到墙壁上贴有一张民间赞诗，上书：

才非百里，学贯九丘。

幨帷下驻，琴韵长留。

身居中土，神往瀛洲。

潜心著述，远采穷搜。

时方浑噩，公已研求。

卓彼先觉，如有隐忧。

牛刀初试，砥柱中流。

淮扬保障，千载寡俦。

陆总督突然用异样的目光看着魏源说："来兴化不到两年吧？"

魏源看了看陆总督的神色说："是的。"

陆总督以手指敲了敲那首民间赞诗说："你自己看看这个。"

魏源转脸悄声对育婴堂的乳媪说："谁贴的这么个东西？把它撕下烧了。"

不料陆总督听到了，说："不能撕！百姓能如此夸赞一位知县，不容易啊！让它贴这儿。这首诗还要编进县志里。"

魏源说："兴化人真是重情重义啊！"

陆总督说："你不能只属于兴化！"

魏源说："总督此话何意？"

陆总督不再解释，只是说："我们回府吧。"

不久，魏源正在西堤上巡堤，边巡边想起西堤筑成后，下河人民将可年年喜获丰收，情不自禁地低首轻吟起来："谁人肯买下河地，万顷膏腴不值钱。上游泄涨保高堰，下游范堤潮逆卷。……昨夜西风五坝开，已报倾湖之水从天来。"忽然面前有人拦住，他抬头一看是陌生人，立刻做出不理睬的样子。但来人说："督府有令。"

魏源立住，想了想问道："何事有令？"

来人说："陆总督有请。"

魏源说："那好，我随后赶到。"

魏源赶到总督府见陆总督时，陆总督正坐厅堂里候着他。

陆总督十分客气地起身，然后和魏源挨着落座。魏源一眼看见陆总督面前的案上摆放着《筹鹾篇》和《淮北票盐志》，就预感陆总督定是要和他谈治理盐业了。茶后，陆总督果然说："此前，你们在淮北改行票盐制成效显著啊！"

魏源说："天下无数百年不弊之法，无穷极不变之法，无不除弊而能兴利之法，无不易简而能变通之法。"

陆总督说："改票盐制的道理，你刚才这些话已经说得非常透彻了！我在你的《筹鹾篇》里，也反复看过这几句话。现在的问题是，如何去实干。"

魏源说："宜民者无迁途，实效者无空议。改用票盐制，最要在四端上用力。一是额课减而不减；二是场价平而不平；三是坝工、捆工裁而不裁；四是各岸浮费不裁而裁。"

陆总督听得津津有味，魏源稍一停下，他又催道："继续说啊，我请你来就是要听你说这些。"

魏源近来老感到口渴，忍不住狠喝了几口茶才又继续说："天下无兴利之法，除其弊则利自兴矣；蠹政无缉私之法，化私为官则官自邕矣。"

陆总督似乎眼前一亮，说："淮南盐政已凋敝至极，不改不行！你是淮北改行票盐制的见证人和实践者，从谋划策略，议定制度，直到实践运行，你都是主要参与者。淮北票盐制的成功，对于淮南改行票盐制很有借鉴意义。今天请你来，就是告诉你，我已经奏报朝廷，从今天开始，你专事淮南盐政，在淮南推行票盐制。"

魏源立刻沉默下来。

推行票盐制，这对于魏源来说是一件烂熟于心的事情，但正因为这样，他才清楚其中的复杂和艰难，主要是推行票盐制必然触动部分盐商以及与盐商关系密切者的私利！而盐商的能量之大，既可上达皇上，又能下通地痞。陶制府当年也差点儿倒在了盐商手里。魏源说："票盐制虽好，但要推行起来也绝非易事！"

陆总督说："这我知道。手无雄黄是捉不住蛇的！"陆总督从一封信函里抽出一纸展开给魏源看，又继续说："你看好了，这是朝廷任命你魏源为盐运海州分司运判的任命书。"魏源一见任命书，知道事已成定局。成事不谏，再说理由亦属多余，他不如利索地表个态："既然陆总督如此信任，那就请放心！"

陆总督说："淮南盐政积重难返，恐难一蹴而就，你要放开手脚，大胆作为，迎难而上，坚韧不拔。如遇事，我陆某人就是你的靠山！"

魏源却说："此事不可操之过急！淮南课额较重，而引地又辽阔宽散，若骤然全改票盐，恐鞭长莫及，力难从心，欲速则不达。宜从销岸开始，逐渐推广。如此可举重若轻，稳打稳扎，张弛在握。"

陆总督一听，摆了摆头，表示不赞成。"逐渐推广"要到何时？现如今，夷敌不断入侵，内乱日有传闻，广西洪秀全的拜上帝会活动频繁，湖南新宁天地会又在起事，他陆建瀛还能在两江总督的任上干多久？这谁也说不定。

但他一定要在自己任上把淮南盐政理出个头绪，治出个子丑寅卯来！他跟魏源说："我已向朝廷奏准，淮南全面改行票盐制。你知道我内心有多着急吗？眼下正值南盐缺产，课额不足，整个淮南现行盐政极度混乱！这就是我奏准你任盐运海州分司运判之原因。有此职位，你可以对淮南、淮北盐事相机调停。南北相济，全盘调控，互为供需。不过，西堤的工程仍要你负责到底。"

魏源深知陆总督对自己的信任和重用，他没有理由不恪尽职守。

煮海之利，重于东南，又以两淮为最。魏源明白陆总督所降大任，两淮如缺盐，必致百姓食无盐取和盐政一派混乱。要使两淮足盐，必先使盐场足产。

作为淮盐的产地，两淮盐场以江苏境内的淮河故道入海口为界，南为淮南盐场，北为淮北盐场。淮南因仍处"纲盐"古制，盐业凋落，缺少盐课，唯有实行票盐制，淮北方可足补盐课。

两淮盐业始于春秋，发展于唐宋，兴盛于明清，嬗变于当下。魏源为摸清盐业的复杂内情，他带上盐运海州分司的稽查人员，穿上便服深入淮北板浦场、临兴场、中正场等各个盐场。面对河面上鱼贯来往的盐船和盐场上壮观的盐运人车，魏源怀念起当年跟随陶澍推行票盐制的日子。那日子虽然繁忙而艰苦，但是兴利除弊，经世致用，利国利民。这些成就至今仍鼓励他充满信心。他今天深入盐场暗查秘访之后，发现了不少问题：在扫晒、转场和运输过程中，灶民、船夫等相关人员均有偷漏现象，更有巨枭私船、私运、私藏盐数多达数十万引，合计起来，数可吓人！

两淮民间盐枭常是合伙作为，队伍庞大，分工明确，一般的缉私力量难以应付。淮盐集散地——老虎泾的蒋家人就是私藏的重点。这里有个叫蒋老四的人，是会门头子，又自拥人马，或私藏食盐，或帮人护私抽利，或水或陆，出入诡秘。他每次出面必有伙党护卫，虽扰乱朝廷盐政，但当地人皆是敢怒不敢言。魏源查明情况后，并不急于告诉当地官员，而是秘而不宣，以防内线通信。深夜，魏源带上海州分司的稽查人员来了个突然袭击，将蒋老四及其同伙一网打尽，捉拿十余人，缴获棍棒、鞭绳、刀枪，火药、子弹等武器和刑具若干。人赃俱在，其获朝廷重刑。

此举震慑远近，一些不法盐枭闻讯后，再也不敢嚣张。通过稽查处罚和监督管理，淮北盐产日渐增长。

魏源对盐政的改革与管理取得显著成效，一些难题也渐渐迎刃而解。这让陆总督非常满意，对魏源的任用又有了新的想法。

快近年底时，陆总督很高兴地将魏源请到督府里，两人在客房炉火旁坐下，陆总督开门见山地说："我原以为淮南盐业之弊积重难返，没有想到，你只用了半年时间，就有了翻天覆地之变！"

魏源说："半年已经不短！淮北改票盐，我已有足够得失可鉴，尚且用了半年；如若不然，难料结局。治乱必用重刑，听说蒋老四家也托人找过陆总督通融？"

陆总督自豪地说："是啊，不瞒你说，自淮南改票盐开始，我这里已收到诉状无数，但也有更多人称赞说好。蒋老四这些人死到临头才开始悔悟！你想，我能同情这些人吗！"

魏源说："淮南票盐制能一步步顺利推进，多得总督鼎力支持。如无总督撑腰，我哪有回天之力！"

陆总督深有感慨地说："我派你去推行票盐，岂能作壁上观！裁浮费，轻成本，畅流通，足课额，哪件事好办？才多长时间，盐业就一派兴旺，我何乐而不为？淮南缺盐一事处理得如何了？"

魏源回说："顷接总办委淮南监掣同知谢丞来札，以本年新章开局，必应扫数全完，而收课至冬尚止八十万大引，所缺数额已令淮北票商协运淮南二十万大引。"

陆总督心里更踏实起来，说："淮南有此接济，食盐可渡过难关。只是盐课情况尚不知如何解决？"

魏源说："盐课可以成倍增加。"

陆总督说："盐政乃我心患之一，如今有此好转，我乃少了一大心病。"

魏源说："还需要跟总督说明的是，我从这次淮南改票盐所获之利中，筹集了二十万两银钱交给盐商以本生息。每年本钱不动，而息钱全用作修筑高邮、宝应两湖堤岸的费用。此后，这里的湖堤就再也不会因缺钱而失修，年年可保丰收。"

陆总督说："很好！这可谓一箭双雕，千秋大计，一劳永逸！"

淮南盐务混乱和课额不足，本是陆总督的心病；加之这一年道光皇帝驾崩，洪秀全在广西起事，朝廷动荡不安，陆总督更是心神难安。而如今由魏源领衔，推行票盐制后，取得了如此好的成果，这让他如释重负，对魏源很是佩服。他暗里向朝廷奏报，魏源在办理盐务卓有成效，推荐其升任知州。

冬月末的一天下午，魏源在海州分司任上，拟完《辛亥纲开局兼收南课禀》一稿，搁笔抚腕之时，魏五达带一人匆匆来到案前。魏源一看，此人竟是陈世镕。魏源站起，一边收拾桌面，一面请幕僚老友陈世镕落座。世镕两眼红肿欲哭无声，魏源问："何故如此？"

陈世镕泣不成声地说："林制府他……"

魏源预感到大事不妙，一双脚腕硬了一下才继续站着说："林制府他如何了？"

陈世镕说："今年他本已六十五岁，但奉朝廷命令，他十月初二抱病从福州出发，以钦差大臣身份速赴广西平息拜上帝会起事，十九日路经潮州时暴病，逝于潮州普宁县驿馆。"

魏源往后一靠，整个身子不由自主地跌落在官帽椅上，两眼像是睁不开，而林则徐的身影就在面前浮现出来：消寒诗会、淮扬治水、广州禁烟、镇江长谈，《四洲志》书稿……魏源肝肠寸断，长叹一声，然后睁开两眼对着天幕说："麝因香重身先死，蚕为丝多命早亡！"魏源从书橱里取出留给林则徐的那套《海国图志》捧在怀里，对着魏五达喊道："快拿香纸侍奉！"

魏五达未明其意，稍有犹豫，魏源催道："当年我与林制府在京口一夜长话，林制府汪亮着两眼跟我说：'我如在伊犁不归，《海国图志》刊印行世之时，还望默深面西北焚香，以此书遥祭。'因他坎坷，至今，我默深专为林制府所留这套《海国图志》未能寄到他手里，实在有愧！"

魏五达取来香纸，跟随魏源走至室外面西北而焚……

陈世镕这才也在香纸青烟里同诉起来："道光二十二年八月十二日，林制府被陷革职，途经甘肃发配新疆。翻越乌鞘岭后，他于黄昏达古浪黑松驿。我素来仰慕林制府人品、才能，以古浪知县身份提前赴驿站迎候，并请林制府换乘我的暖车。当夜我们同车抵达古浪县衙，长谈一夜诗文。道光二十五年，林制府重获起用，返回甘肃时，又在古浪留宿一晚，与我再次相聚，依旧长谈诗文，并为当地人手赠数幅墨宝。岂知这是诀别……"

室外天色已晚，魏源依依不舍地想与陈世镕再作细谈，但陈世镕却要匆匆作别，说是世事不宁，公务在身，专此来告，不能久留，还得赶路。当魏源目送陈世镕的身影消失在渐渐暗下的暮色里时，他忽然想起没问陈世镕这是要去何处。

魏源由林则徐想起陶澍、贺长龄等诸多已逝师友，每天忧郁不乐，像是突然老了许多，遇事变得反应迟钝，言谈也变得少词惜舌。他自己也非常明白，这显然是一种老态。由此，他也开始珍惜自己的有生之年。

咸丰元年三月二十四日，魏源回到絜园，准备为自己过一个轻松的五十八岁生日。但早起时他并不高兴，甚至有些淡淡的忧闷。陆总督很可能是精心安排，才让他这天收到了朝廷送达的任命：命他去高邮做知州。这又让他想起自己近来办理盐务得心应手，邓传密又为其抄录完了《老子本义》与《墨子章句》书稿，就转而越想越高兴。晚宴里，他和家里老小喝了点酒，开开心心地说了些心里话，宴会结束后也睡得非常深沉。他已经很久没有睡得这么好了。

照说是人逢喜事精神爽，但魏源却不是这样。到了高邮履职以后，反而变得目黄体胀，身体一日不如一日。虽急于公务，努力行之，但总感到力不从心，终还是卧床不起。

从子魏彦本是天天给魏源煎药送药的，但魏五达考虑他年轻不更事，极不放心地坚持每天自己也陪着魏彦给魏源送药。

魏五达不得不四处访医求药，但魏源服药不少，病势却不见转好。经友人推荐，魏五达请来了钱塘的吴医生。吴先生比魏源小四岁，道光十四年中举，为候补知县，道光二十四年随父迁居扬州，习诗文、医术，毕生着力外治法研究，被誉为"外治之宗"。他主张外治与内治并行，可互相补短。其外治法除膏药外，还有敷、涂、熏、浸、洗、擦、搭、抹、吹、吸、坐、塞、踏、刷、点、滴、烧、照、扎、火罐、按摩、推拿等数十种医方，广泛应用于内科、外科、妇科、儿科、五官科等疾病的治疗。现每日登门求医者多达数十人。

抬请吴先生的轿子一进兴化境内，只见四处香烟不断，鞭炮连鸣。吴先生再仔细一看，只见路边满是乡民烧纸花钱，作揖祈福。这日子，非年非节，为何这大道路旁有如此异情？他感到奇怪地对轿夫说："请停步！我要下轿看看。"轿夫轻轻放下吴先生。吴先生撩起长褂，拄着龙头铜拐杖，走到烧纸祈福的百姓面前问道："老乡们，你们何事如此？"百姓告诉他，是兴化原来的魏知县得了疾病，久治不愈，大家都在为他斋戒祈祷，盼他早日康愈。吴先生转身问魏五达："他们说的魏知县是不是你家魏先生？"魏五达说："正是，前年他是兴化知县，曾拼命为百姓保稻。"

吴先生说："如今内忧外患，如我所见，诸多官员已心不在焉。像你家魏先生这样的好官，的确已不多见！难怪百姓如此爱戴！"

吴先生来到魏家后，一刻不停，直接到床前仔细观察患者。见魏源说话气短，咳嗽痰多，饮食困难，他赶快坐到床边，放上腕枕为魏源号脉。吴先生又仔细看了魏源的五官、肤色、毛色以及骨节穴位征象，问："魏先生是否溺过水？"

魏五达小吃一惊，从见面至今，吴先生未就魏源病情问过半个字，魏五达也未就魏源的病跟他说过半个字。魏五达不得不佩服地说："是的，在兴化筑堤保稻的几天几夜里，他几次溺水，都是被民工救起。"

吴先生又问："先生可有何大事放心不下？"

魏五达想了想，魏源心里放不下的事可多了，但要从中挑选哪件为最大之事，一时又想不出来。魏五达摆了摆头。这时，魏源迷迷沉沉地睁开眼睛说："《海国图志》还未受朝廷重视……"

吴先生收回三指乾坤说："多次溺水，乃此次身病之源；又巨著不被器重，乃心病之因。身心交病，岂能轻松！"

魏五达说："吴先生明辨，请吴先生举方。"

吴先生退出卧房，来到客厅，坐在案前略一思考，举出一方，并细细嘱咐，依然是内外兼治。

吴先生果然是名不虚传，魏源的病很快好了起来。入秋后天气稍有凉爽，他拖着病体登上州署楼上，远望四周，感怀不止，连吟《高邮州署秋日偶题》五首：

（一）

天无风雨不成秋，只当清明上巳游。

楚树吴云两千里，满天黄叶独登楼。

（二）

传舍官如住寺僧，半年暂主此荒城。

湖边无处看山色，但爱千家带雨耕。

（三）

衙斋少地得天宽，亭畔疏花丑石安。

官既支离民又病，待成新竹斫鱼竿。

（四）

隔墙树作青山看，乍晓莺当赤子听。

僧解送花兼送竹，吏忙抄牍更抄经。

（五）

不暇莺花与酒旗，半忙吏牍半忙诗。

新来札比催租急，江外僧徵去岁碑。

吟完，他得意地笑着，觉得大病初愈，诗兴还没有离他而去。

到了秋天稻子黄熟季节，他的身影又出现在修治运河堤岸的工地上。

咸丰元年不是一个好开头，太平军已成气候，各地州府已官堕民忧。但魏源忠于职守，还把高邮邻县江都的水利河工任务完成了。这让他的好友、兄长包世臣大为感动。写信赞许魏源："世臣在露筋市上，悉阁下以邻境有司，不分畛域，出手券谕市人，出钱抢险，得以保全新埽三段可验。非恫瘝在抱如吾弟者，安能及此？"

包世臣可谓魏源的挚友，得到他的赞许，无疑是魏源最为高兴和自豪的事情！从此，他似乎进入了一种佳境，又开始修运河堤岸，修高邮湖中的湖心岛。

前不久，高邮湖上发生了遇狂风暴雨而翻船死人的事故。魏源专门做过调查，在湖中此类事故绝非偶然，每年都会发生多起。得知这一情况后，他总感到高邮湖上不应如此，应当有办法解决。他有意选了个恶劣天气，领着高邮府的人来到高邮湖堤上踏看。一行人站在湖堤上放眼望去，湖面十分宽广，耳边风声如万马过境。魏源感叹道："难怪遇狂风则船覆人亡啊，你们听听这风声！"

随身的府吏、衙役告诉他，朝廷亦设有红船专事救护。魏源说："这我还能不知道？湖面如此宽广，来往船只多如天河星辰，岂是一艘红船所能应对？即使再尽力，也难免顾此失彼！"一随行人员说："倒也是，但有何法呢？再增加红船？"魏源捋了几把自己的山羊胡子，思考着没说话。又有一名随行人员说："历朝历代都如此，习惯就好了。"魏源站住了，说："加船必加人加钱，加钱必加赋税，虽取之于民用之于民，但不取更好！再说'习惯'常易陷入冷漠，更不可取！根治此患可用两法：一是在湖心挑土筑岛，岛上植榆树、柳树；二是疏浚湖内所有港口。"随行者并不理解魏源此意。魏源进一步跟他们解释道："在湖心挑土筑岛，岛上植榆树、柳树，可作为在湖船遇风时，临时避风靠岸停泊之所。疏浚湖内所有港口，船只遇风时，可以就近快速躲入港口内。"人们忽然明白过来，在湖内偶遇狂风船覆人亡者，十之七八的确是寻找不到避风处所致，有此二处可供避风，遇风之船自然可避免事故发生。

不到半年时间，魏源就组织民工筑完了湖心岛，疏浚好了高邮湖各港口，这两件大事深受民众好评。风和日丽的初秋，魏源诗兴萌发，与友人相邀来到文游台凭栏远望。辽阔的高邮湖，湖平浪静，来往行船如水浮竹叶。魏源又想起这些日子将文游台改为书院，并购置图书，设置义地，以及此前筑堤保稻等种种得意之事，心旷神怡，宠辱皆忘。他吟道：

何事终年最系情，晴多望雨雨祈晴。
湖云似堰当楼黑，春水浮天上树明。
谁道登临宜作赋，难忘忧乐是专项。
农桑未暇还诗礼，空对前贤百感生。

随行人道："何故老记得兴化旧事？"魏源说："此地乃有范公魂，后人不可忘'先天下之忧而忧，后天下之乐而乐'也！"

游过文游台，他又突发异兴，要随行人员一同去牢房里看看。

25

高邮护民

魏知州的这一想法，立刻引起随行人员的慌乱。其中有人实在不愿到那个肮脏、恶浊的地方去，还有人是害怕魏知州去牢房里看到衙役的恶行。魏知州此前到过两次牢房，已经狠狠地指责过衙役们克扣、虐待犯人，并对牢房里的暖室凉棚、给医施药之所都安排了银两进行改善。这次魏源就是要去看看，此前安排的事情是不是已落到实处。

大家没走几步，有一衙役立刻站出来向魏源告假，说是有急事要先回去一趟。魏源一笑，心知肚明，二话没说，同意了。这衙役刚走，旁边一人提醒说："魏知州，此人一定是先去给他的头儿通风报信。"魏源说："这有什么不好？"

提醒魏源的人说："他们会弄虚作假。"

魏源说："要是连真假都看不出来，那就是我魏知州有问题！"

大家不敢再说什么，默默地朝前走。

走进牢房大门，里面突然暗黑下来，无法步行。魏源提醒大家说："你们先原地站立片刻。"

大家站立片刻，果然眼前渐渐明亮起来，又能看清地面了，于是众人继续前行。

魏源仔细看了看脚下，地面打扫得干干净净，似乎还有些飞扬的尘土，可见的确是刚才所为。但魏源装傻卖痴地跟牢房头儿说："这里的卫生比上次好多了！"

牢房头儿说："我们天天都保持这样！"

魏源一笑，不表是否。

再往前行，看了厨房的饭菜，暖室凉棚的地面和屋壁，再看了给医施药的房间，最后，魏源还特别认真地交代随行的魏五达查看了牢房的账簿收支。

走出牢房大门时，魏源心情很好地说："这回倒是没有查出什么问题。"

身边有人提醒魏源说："分明是刚刚才把地面扫干净，做假给你看。你还表扬他们。"

魏源说："地面确实是扫干净了嘛！这个不算做假。你以为我不知道是刚刚扫干净的？我表扬他是鼓励他，人人都喜欢鼓励。要知道，人知廉耻，便可救药！"

这天，魏源走了不少路，说了不少的话，事事如意，处处顺心，浴后感到很是舒服。上床入睡连梦都没有，等到次日睁眼一看，天已大亮。

早餐后办理公案时，见桌案上有公私信函几封，一一拆阅时，突然捡出一封他意料不到的王茂荫手书。

王茂荫比魏源小四岁，是安徽歙县人，商人家庭出身，先是连考不中，道光十二年才中进士，次年到京任职，此时刚任御史。魏源是在补行殿试的前一年与王茂荫在京师修禊于顾亭林祠会祭。顾祠会祭是指在京师顾炎武祠堂举行的会祭活动。顾炎武被誉为清学"开山始祖"。他的《日知录》被学术界奉为尊品，成为有清一代文史大家疏正论辩的"显学"。基于顾炎武在学术和思想界的巨大影响，鸦片战争后，湖南的何绍基、山西的张穆首倡在京师的广安门内报国寺旁，修建顾炎武祠堂，供奉顾炎武为学界的精神领袖。自道光二十三年起，每年的春、秋和顾炎武生日，都举行会祭，意在弘扬"天下兴亡，匹夫有责"之精神。顾祠会祭是一件盛事，自道光甲辰以来，凡京朝仕宦之号称名士者，几无一人不参与此祭。魏源与王茂荫在顾祠会祭中相识后，还有几次相遇，每次都有共同话题。魏源尤其对王茂荫的财政和货币学说感兴趣，认定其是难得的经世学说。算来魏源与王茂荫本是老友，但魏源自殿试后署东台以来再未进京，并已互失音信。王茂荫此次来函，难道是要事相告？魏源拆封一看，茂荫所述，果然件件重要。先是说他已向皇上上奏《条议钞法折》，建议推行币制改革，发行由银号出资替国家负兑现责任的丝织钞币，以解决财政困难，但咸丰皇帝未允；再是说他奏请皇上，观太平天国军队所行，安徽边防要以宿松为重点，小孤山为要塞，可启用前任广西巡抚周天爵协助堵截太平军；三是告诉魏源，其《海国图志》已传入日本，引起日本一股"《海》"风。日本正疯狂翻印，争相研究。反观吾国，如无此书，冷寂一片，实在可畏！

茂荫所言，经济、军事、文化，无一不是朝政大事，且事事示以灼见；尤其《海国图志》流入日本，最令魏源忧心！魏源深思之后，坐卧不安！好在王茂荫最后附了他准备上奏的稿本《请刊发〈海国图志〉并论求人才折》抄件：

奏为敬筹备御恭折奏祈圣鉴事：

窃见自夷务兴，论者皆谓无法，遂隐忍而专于主抚。今抚虽已就，而难实未已，则所谓无法者，不可不亟求其法矣。臣所见有《海国图志》一书，计五十卷，于海外诸国疆域形势，风土人情，详悉备载，而于英吉利为尤详。且概前此之办理未得法，后此设种种法：守之法，战之法，款之法，无不特详。战法虽较需时，守法颇为易办。果能为法以守各口，英夷似不敢近。未审曾否得邀御览？如或未曾，乞饬左右购以进呈。……其书版不在京，如蒙钦赏为有可采，请饬重为刊印，使亲王大臣家置一编，并令宗室八旗以是教，以是学，以是知夷难御非竟无法之可御，人怀抵制之术而日兴奋励之思，则是书之法出，而凡法之或有未备者，天下亦必争出备用，可以免无法之患。

阅过此折抄件，魏源含泪合掌而揖，实在是感谢王茂荫侍郎如此看重《海国图志》！只是未知要到何日皇上才会清醒过来，大臣才会清醒过来，民众才会清醒过来！此折又要等到何日才会奏呈到皇上手中，又不知皇上到时持何主张……

魏源一直没能等到有关这一奏折的好消息，相反，他等到的是让他卷入战乱的现实。

《上陆制军请运北盐协南课状》已经写完很长一段时间了，魏源一直想完善后再呈给陆总督，但因为太忙，拖延了下来。最近心情好，政事也很顺，正好抓紧改定。

魏源刚把这个文稿呈给陆总督，邹汉勋就来高邮与他会面。邹汉勋字叔绩，邵阳罗洪人。罗洪这地方与魏家塅相隔很近，是真正的乡土相连。汉勋虽比魏源小十一岁，但其学问一直为魏源所青睐。年十五即通《左氏》义，于汉学不遗余力，著书立说"破前人之训故，必求唐前之训故方敢用"。长于地理、历法，曾为魏源代绘《唐虞天象总图》，道光十九年应同乡前辈邓显鹤之约，校刊《船山遗书》。此次是应礼部会试绕道高邮来访魏源。

两人见面才寒暄几句，魏源就拿出自己的《辽史稿》请邹汉勋参订。邹汉勋亦拿出自己的《五韵论》请魏源参订。

然而，此时，太平军已从永安突围，北上桂林，两月后，攻克全州。稍后又攻克湖南道州，快近年底时，攻克岳州、汉阳和汉口，大兵压境长沙。时世太乱，邹汉勋不敢久留，几天后只得绕道而归。

朝廷见形势严峻，急命在老家为母亲守丧的曾国藩在湘帮办团练，又撤赛尚阿，授徐广缙为钦差大臣署理湖广总督。遭遇殊死抵抗的太平军撤长沙之围，于次年初攻克武昌。又顺江而下，连克九江、安庆，直逼江宁。本还身陷英夷入侵、丧权辱国伤痛之中的魏源，又不由自主地置身一场来势汹涌的内战。

魏源深感心累，于是去游了趟黄山，返回时在江宁的旅馆偶遇陈世镕。二人均悲喜交加，心烦意乱，相邀去秦淮河上夜游散心。陈世镕带着马小聪要抢着做东，魏源不依。此时，陈世镕已称疾归里，一心在家著述，而魏源是新任的高邮知州，自然是陈世镕听了魏源的话，让魏源做东。

对于秦淮河上的行市风情，魏源和陈世镕都不陌生。夜间来到河边，一片灯火辉煌，天上水底皆流光溢彩，如宫殿一般。如若不熟悉这里，定是眼花缭乱！河面上的画舫共有大、中、小三种不同型号，大船称为大边杆，内为双层船楼，舱内可同时摆设两桌酒席。中型船称中边杆，舱内可摆一桌酒席。因为大边杆里游客太多，不宜他们二人深谈；而最小的又摆不下酒席，只能载人作简单的游览；所以，魏源要了艘中边杆，摆了桌精致的酒席，三人上船后，调转船头，朝河中最热闹处而去。魏源与陈世镕同船荡桨，桨声、灯影和琴曲仿佛能溶洗世事和尘土，让他们又回到当初见面的情景。

当初，陈世镕是跟随陶澍从安徽来到江苏的，而魏源是在时任江苏布政使贺长龄的幕府。魏源先是在陶、贺两处往来，因而与陈世镕相识，后来两人又同在陶澍的幕府，更是朝夕相处。那时候，他们朝气蓬勃，跟随贺长龄、陶澍在江苏改革漕运、实行票盐、浚河治水……于国于民，那是一份多么壮阔的事业；而对于自己，又是一种多么值得回忆的人生岁月。他们简直有用之不竭的精力！魏源说他自己也不知道，当时怎么就愿意直接参与经营票盐生意。陈世镕怨自己胆小，当时如果也像魏源那样去参与票盐生意，自己也可能发财，也可能有自己的宅院！

魏源说："倾巢之下，岂有完卵！国无宁日，宅院何用！"

魏源此话正讲到陈世镕痛处！陈世镕沉默下来，只听得来往船只的桨板撬破水面的声音，只看见河水里星月扭闪的怪影……陈世镕说："真是一言道破红尘，安徽现已天下逆乱，我此次外出即是避难。"

两人划了一刻船桨，又坐回到船中酒席上举杯相邀。女校书马小聪尽情相陪，劝酒、助兴，尤其当场所画兰花，尽得马湘兰遗意，叶逸花笑，令人爱不释手，三人快乐至极。马小聪字绮琴，金陵马氏之女。为秦淮青楼院中汤如珍养媳，最为某侍郎公赏识。金陵失陷后，她们母女避乱姑苏。如珍老矣，而小聪正值芳龄，明眸善睐，慧丽绝伦。加之初通文墨，能曲擅画，为黄山初白子一见爱悦，遂为置钗环，凭居室，使之气象焕然一新，在姑苏城名声大噪。可不久，姑苏又陷，小聪转徙如皋，至金陵克复，小聪始复归秦淮。此次陈、魏得聚，约小聪侑觞，三人皆以酒伴诗，同对乱世愁绪，无不尽情快意。

魏源问世镕："你此去何处，何时能归？"

陈世镕说："外夷入侵，内战又起，国无宁日，家无静处。我身心漂浮，未知何处，亦无归期。"

魏源突然湿着两眼说："只怕是下次难见！"

但陈世镕赶快补充说："定是后会有期！"

两人谈至深夜才依依而别。

二人别后，世镕作《秦淮旅舍喜晤魏默深同年》：

其一

一从解缆皖江愤，离绪年年两处分。

太华秋高曾念我，扬州月好最思君。

百年喜续樽前兴，万里惊看海外文。

为问景纯新卜兆，有无白鹤语遥闻。

其二

舆诵曾听匡鼎来，案尘十任士元堆。

未妨声妓真名士，不废文章亦吏才。

两桨秦淮邀月住，孤筇黄海带云回。

使君操外谁同数？只许湘兰进一杯。

魏源与陈世镕惜别之后，似乎还沉浸在战乱离愁里，在去高邮的路上，又得知陆建瀛的不幸消息。

陆建瀛本与河督杨以增正在丰北督建河堤，陆建瀛见太平军犯湖南后又越洞庭而北，势不可挡，即向皇帝上疏，言战守事宜。咸丰正需此类人才，一看奏疏所言，大加赞赏，年底时即授陆建瀛钦差大臣，督师赴九江上游扼守。陆建瀛或许是征调仓促，或许是知敌不够，一战告败，总兵恩长战死江中，江西巡抚张芾引军退走，太平军攻陷九江。陆建瀛自驾小舟经小孤山过安庆，不受一路请留，直奔江宁。江宁布政使祁宿藻不满败军之将陆建瀛，当面斥责，与陆建瀛生隙；而江宁守城将军祥厚兵防内城，又插手不进。陆建瀛深陷窘境，负气称疾谢客三天，诸事不理。不料，此举正为祥厚、祁宿藻留下口实，他们向皇帝上疏弹劾陆建瀛弃险失机，进退无据，违旨私到江宁。皇上大怒，谕曰："陆建瀛一战兵溃，不知收合余烬，与向荣大军协力攻击；并不力守小孤山，扼贼入皖之路；又不亲督兵据守东西梁山，以障金陵。仓皇遁归，一筹莫展，以致会垣惊扰，士民播迁。……建瀛已革职，交祥厚拿问，解刑部治罪。……"遂又革其子陆钟汉之职。但陆建瀛置此于度外，仍与江宁同存亡，在太平军攻城时，他冲出城门拼杀，结果战死于军中。

在魏源的印象里，陆总督是一位外似粗犷，而内心细致、富于担当的忠臣。他为守城而死，魏源并不难过，难过的是他死后有人说他是叛变投敌。作为知己好友，魏源实难接受。

江宁失陷，太平军直逼淮扬，高邮介于扬、楚之间，形势尤其危急，魏源深感不安。他一边加速将《海国图志》补辑到一百卷本，一边思考该如何直面太平军。

清军节节败退后，太平军的罗大纲、吴如孝部攻克镇江，李开芳、林凤祥部占领扬州，已形成江宁、镇江、扬州三城鼎立局面。其前锋已驻守扬州城北边的邵伯埭，离高邮只四十余里，成燃眉之急。承平日久，人不适兵，自城而乡，惶惶不可终日。魏源青年时凭一腔热血随"果勇侯"杨芳将军西征，虽未建功，但于兵事初有所识；后又经林则徐推荐，再到浙江镇海军营协助裕谦总督抵御夷敌，虽因策略不合而提前告别，但于攻、防确有研究。故对付眼下战事，他几乎是成竹在胸。

高邮府的应急安排正有序进行。团练宣誓那天，魏源特地穿戴整齐，一派将军气色。由鸟枪、大刀等自制武器武装起来的壮民，已在府院里站成黑压压的一大片。他给新组建的团练训话说："本府自今日起，首倡团练，本知州将亲督执行如下防务：一、设卡以稽往来；二、守隘以遏窜突；三、添驿以通声气；四、侦探以窥贼情；五、重赏以作士气；六、峻刑以靖内奸。"

防务之事刚办完毕，魏源退到内厅里处理公文时，魏五达追进门来轻声地说："现在清军统帅是曾国藩，很多湖南人都投到他部下。罗泽南、李续宾、李续宜、王珍、刘松山是湘乡人，彭玉麟是衡阳人，左宗棠是湘阴人，胡林翼是益阳人。有人带来口信说，只要你肯去，官职定不在他们一辈之下。"

魏源两眼朝魏五达一瞪，魏五达马上解释说："我只是如实转达别人的口信。"

魏源不屑一顾，没回答，只是摇摇手，示意魏五达别再往下说。

魏五达见魏源如此郁闷少言，很吃一惊，担心他会不会也像"诗书画三绝"的汤贻汾，在太平军攻破金陵后，愤而投池以殉。

魏源似乎看出了魏五达的心事，又报以轻松一笑，说："我不是琴隐道人汤贻汾，你放心！"

此时，州县来人报告说，溃兵逃勇正沿途大肆掳掠州县。

魏源霍地站起问道："高邮城周边情况如何？"

来人回道："已有溃兵逃勇入城烧杀掳掠，百姓如惊弓之鸟，哭喊四散。"

魏源对州署书吏说："立即告示民众，朝廷重兵已镇守附近，民众无须惊慌！遇有胆敢劫夺者，立即枭示。逃兵溃勇，进行驱逐！一有犯法之事，严处重惩。官兵过境，有犯强奸掳掠等事，即拿正法，任何人求情，概不允准！"

即使做了如此安排，高邮的局势仍让魏源十分担心。古往今来，凡有战乱，岂有平静？这天，直到深夜，魏源仍不敢安睡，他独自在府署二楼上凭栏望月，情不自禁地吟诵道："可怜今夜月，正照秣陵城。秦淮歌管变鼙钲，长爪巨牙街衢行。可怜今夜月，曾照庐州堞。八公草木风鹤声，沟垒高深为谁设！可怜今夜月，方照金焦口。点点云鬟螺黛中，水战余皇瓜渚守。可怜今夜月，更照吴淞郭。城头谯鼓兼画角，蚌鹬相持几时活。"

在魏源看来，清军与太平军对阵是鹬蚌相持，言下之意是此情形必为夷敌收利。他站在府署楼上，与高邮城相守到四更时，才下楼入睡。但刚睡一刻，又被叫醒。魏源穿戴整齐后来到堂上一看，高邮团练已押获六名溃兵游勇，正待他发令处置。

主簿陪着魏知州在卷头大案前坐定，魏源将令牌重重一击道：何人何事，从实道来！

主簿记明被讯问人姓名、何处人氏等基本情况后，团练禀报："此六人虽衣帽整齐、发辫不乱，实乃贼军游勇，今日入我高邮民宅抢掠钱财，强奸良女，被我团练于现场抓获押来。"

魏源问被押人员："此情当真？"

被押人员瞧了瞧团练，不敢争辩。

魏源说："本府法纪严明，但也不许冤枉好人！有何冤屈可当着本官言明。"

被押者仍瑟缩无言。

魏源说："当场搜证。"

团练在六名被押者身上果然均搜出了捆在腰上的红布巾以及玉雕如意摆件和象牙雕观音等贵重器物。团练将搜解下来的红布巾和赃物放在魏源面前的大案上以示众人。

如按魏知州宣布的条令，此六人皆当死刑。现在就等待魏知州发令。魏源却稍稍迟疑了一刻，想起自己年轻时在《默觚》中写过的那段话："天地之性人为贵，天子者，众人所积而成……故天子自视为众人中之一人，斯视天下为天下人之天下。"其实，魏源也认为，面对腐败无能的清朝，太平军乃不平则鸣；不过，他作为朝廷官员，只能暗自有此想法，万不可以说出口来。但无论是谁，抢掳奸掠都不能容忍！他想问清楚这六名被押者到底是何人麾下，何种身份，转而又想，如是过于问明了这些再斩，岂不更是授人以柄？日后计较起来，岂不更有麻烦？倒不如糊涂一些，无论是何人麾下，何种身份，只要事实清楚，一并以罪论处，倒还落得个干净！

此时，又有团练押来八名嫌犯上堂。魏源亦如刚才问讯一番，这八名是从江北溃败过来的朝廷兵士，也正在入城掳掠强奸之时被团练在现场抓获押来，又当场在他们身上搜出了宣德炉和精美的竹雕笔筒"夜游赤壁"等贵重物件。被押者也对自己所犯供认不讳。但他们仰仗自己是朝廷兵士，丝毫不服审讯，其中一人还在大堂上咆哮如雷："老子为朝廷卖命，抢点钱财，玩几个女人，你想拿我们如何？"

魏源心起闷火，但又突然冒出一丝高兴：你们越是这么猖狂，我就越是好办！无论太平军游勇或者朝廷溃兵，凡在我高邮境内掳掠强奸者，一律重治不怠！他就如找到了支柱，心里一下非常安稳平静。

魏源说："本府法纪严明，但也不许冤枉好人！有何冤屈可当着本官言明。"

被押者仍瑟缩无言。

此时，身后有衙役同主簿耳语一阵，主簿又与魏源耳语一番，魏源立刻皱紧了眉头。原是奉命督办江北防剿事宜的杨河督杨以增的手下人前来向他求情。这让魏源非常为难。他当然很想和杨河督一解前嫌，但若宽容这些掳抢、强奸之溃兵，他怎么管理自己之团练？又怎么保护高邮人民之安全？魏源知道此事宜快不宜慢，宜早不宜迟。如再拖延下去，必夜长梦多，朝廷再有官令，恐怕更难处置。

当魏源慢慢扬起沉重的令牌正准备发令时，主簿又贴着他耳根说："请知州慎重考虑，如处死清兵恐怕惹祸！"

魏源又将手里的令牌悄悄轻放在大案上，闭目一想，这八名溃兵来自江北，而眼下奉命在江北督办防剿事宜者杨以增，正是在兴化保稻时有过一番较量的老熟人。此时，再处死杨以增手下的溃兵，如有人在杨以增面前添油加醋说些是非，那将会是何种结局？但若宽容这八名溃兵所为，同是一罪之六名太平军游勇又如何处置？如都放宽处理，以后高邮百姓岂不更加遭殃？魏源又回想起杨以增当时在陆总督面前深明大义的境界。说实话，虽然当时两人之间有过争执，但都是各为其职，并无私利，何况杨河督最后还是无条件服从陆总督调停。今日之事，也照样是为守护百姓，自己作为高邮知州，保境安民责无旁贷，并且还有制军的命令！这次照样没有他魏源的一分私利，他相信处死这八名犯罪溃兵后，杨河督也会谅解……魏源再次扬起令牌重重地压了下去，随着震耳的声音，他宣布这十四名罪犯，同罪同刑，绑赴刑场……

如此往下又镇办了几起类似案件，整个高邮城逐渐平静下来，人民安居乐业，百姓一派叫好。都说地方清肃，高邮无恙，宝应、邵伯亦各安堵，皆应归功于魏知州。

魏源明白，自己如此处死这些人，高邮人自然都举双手赞成，但肯定会有其他人来找他麻烦。

事情果不出魏源所料，那天半夜有人来到高邮府敲门，衙役叫醒魏源，魏源起来一看，是魏彦大惊失色地站在他面前说："叔，婶子要我转告您，絜园毁了！"

魏源一听，简直镇住了，半天无语。他似乎想了很多，但又什么都没有想清楚。魏彦递给他一个红布包，他接住，打开一看，是严夫人所赠结婚礼物——他珍藏了多年的那方精致的铜刻小砚盒。魏源完全从睡意中清醒过来，这是夫人在和他诀别！诸多往事历历在目，他强迫自己冷静下来说："全毁了？"

魏彦说："炮火乱轰……"

魏源问："谁的炮火？"

魏彦说："弄不清楚。"

魏源说："还能住人吗？"

魏彦说："不能住了！大部分房屋倒塌，假山、果园、湖草……都面目全非！"

魏源说："家里人呢？"

魏彦说："都转移到了小卷阿。"

魏源说："在扬州都保不住我们家，在江宁还能保住？"

魏彦说："除了小卷阿，我们没有去处。只得暂时住下来再说。"

魏源说："我那两只鹤呢？"

魏彦说："一只中弹而死，一只守候同伴直到饥饿而亡。"

魏源说："鹤也，人也！人也，鹤也！还有我的那些书呢？"

魏彦说："能找到的，都转移到了小卷阿。"

魏源说："那就好！"

魏彦问："婶子问您何时能回？"

魏源说："归期未知，凶吉未卜！"

魏彦说："婶子盼您回家。全家人都盼您回家！"

魏源两眼湿润起来，想自己此时不能与家人同在，让妻子儿孙受惊，他心里特别难受，但他硬着喉咙说："我乃高邮知州！此时，我不与高邮人同在，我还算什么高邮知州？毁絜园者很可能与被我处死之犯人有关！你先回去，谨慎从事，一家妇孺，你多操心！"

魏彦一点头。转身又往江宁小卷阿赶路。

高邮虽成为一块少有的安宁之地，但大祸正朝魏源逼近。

负责江北防剿的杨以增终究不能原谅魏源处死他手下的士兵。

从高邮返回江北的士兵找到淮安杨河督署府，此时受命负责江北防剿的杨以增正换上一身戎装，高大的身躯更显示出满脸的杀气。他正与手下人部署击败太平军方案时，身后突然有人报告：高邮急事！

杨河督转过身来一看，两位士兵跪在他的脚后跟低着头，等着他回话。

杨河督说："有何急事？快说！"

士兵抬起头来说："我们兄弟被洪氏贼军打散后，因饥饿去高邮城找吃的，被高邮知州魏源的团练抓捕。"

杨河督突然松了一口气说："魏知州啊，我们是老朋友了。他不会把我的兄弟们怎么样！"

士兵一下子哭着脸说："魏知州已经把我们的弟兄斩首了！"

杨河督惊问："真有此事？"

士兵说："如有半句假话，您现在就砍了我们的头！"

杨河督追问："魏知州并非等闲之辈，是何理由以死刑处置我们兄弟？"

士兵说："高邮城里到处可见知州的安民告示，说朝廷重兵已镇守附近，民众无须惊慌！遇有胆敢劫夺者，立即枭示。逃兵溃勇，一有犯法之事，严处重惩。官兵过境，有犯强奸掳掠等事，即拿正法，任何人求情，概不允许！"士兵说完递上一张私藏的告示，等着杨河督回话。

杨河督说："你们说完了？"

士兵回道："说完了。"

杨河督看完告示说："作为高邮知州，魏源这个安民告示无可指责！"

士兵急着说："问题是他处死了我们那么多兄弟！"

杨河督说："那一定是我们的兄弟犯了法规。"

士兵说："我们的兄弟被贼军打散，为了活命，到当地找口饭吃，这也错了？也当死罪？"

杨河督认真起来说："仅仅是找口饭吃吗？"

士兵一想，他跑回来，是要给兄弟们报仇的，有些真实情况是不能全说的，否则，就报不了仇！他说："我们的兄弟只是为了找口饭吃。贼军的溃兵到处抢掳掠奸，无恶不作。可高邮那些团练为了邀功，把我们兄弟也抓去按同罪论处。"

杨河督眉头一皱，说："经你这么一说，情况倒还真是有些复杂！"

士兵一听这话，更加来劲了说："非常复杂！还听人说，魏知州在兴化时就与你有过节。他这是做给别人看，杀您威风！"

杨河督正色道："不得胡言！魏知州大名鼎鼎，岂容你等胡说乱诌！他先有告示，而后依法办事，岂能说是杀我威风？"

士兵说："他秉公而断，我们无可厚非。问题是，我们派人告知他主簿，主簿也转告他这些士兵是杨河督手下兄弟，请他刀下留情，但他不仅不通融，反而斩杀得更快。这难道还不是杀您威风？"

杨河督被这士兵说得没有了台阶下，但他还是找了个理由说："我就听你一人说什么算什么？我还没有幼稚到这种程度！"

那士兵朝旁边一看，两人交流了一下眼神，另一个士兵站出来说："我们已经设法找到了当堂主簿，主簿也当堂传话给了魏知州。魏知州确实做得太过分！他只听他团练所说！根本就不把您杨河督放在眼里！"

这话让杨河督更无台阶可下。但他仍是强忍着说："这又能怎样？天子犯法与庶民同罪！难道我杨河督弟兄在高邮为非作歹，知州就不能治他了？何况我至今都没有任何向魏源求情之言行，你们打我名牌，不过是你们假借之意，事先也并未取得我之认可，又如何能怪到魏源头上？——下去，不用再啰唆！"

士兵走后，杨河督静坐下来，仔细回想起自太平军相继攻陷江宁、扬州，直逼高邮后，整个江淮一派混乱，魏源在高邮所为，就保境安民而言，实在是无可挑剔。但肆无忌惮地处死江北士兵，连声招呼都不打，也难免有些过分！你魏源之红顶难道不是朝廷所给？如果在这件事情上放纵魏源，将来岂不要说他杨河督领兵无方，是他的队伍在民间抢掳奸掠？他走南闯北，大小公务身经无数，从未给百姓留下过骂名！更何况他这次是朝廷让他以河督身份领兵督办江北防剿呢！在兴化时，有陆建瀛撑腰，他在总督面前算是输过一次，现在，无论如何，他不能再败在魏源手里。

杨河督赶紧把自己手下人召集起来，详细询问他们所了解的高邮各方面情况。汇集完大家所说的情况之后，杨河督认为，魏源募勇巡缉、驱逐逃兵及缉拿过境官兵犯强奸掳掠者正法等，目的都只是在自己辖区保境安民，而非为朝廷安危着想阻击太平军。此时，杨河督手下的姚舆更是火上浇油地说："魏源在严厉镇压溃逃不法官兵的同时，似另有所图，请河督恕我直言。"

杨河督说："但说无妨！"

姚舆说："魏源如此处死清兵只怕剑有所指，似是要获罪于统兵大员你杨河督！"

杨河督顿时黯然失色，但他还是冷笑了一下说："看样子是树欲静而风不止！"

事后，杨河督尽量通过各种渠道（包括邻近各州、县）收集魏源的"罪证"，向皇上呈奏：高邮知州魏源玩视军务：一是极力阻止清兵入境，以利逆匪入城；二是仪征县逆匪本已入城，却未据报失守，贻误战机；三是有境内下河小民接济贼匪米粮；四是境内民户在逆匪来时，皆在门上张贴"顺"字；五是不为清军及时传递情报，屡将急递退回，以致南北信息不通，行动迟疑……

皇上得奏，大为恼怒，谕内阁："江苏高邮州知州魏源，于江南文报并不绕道递送，屡将急递退回，以至南北信息不通，实属玩视军务。魏源着即革职，以示惩儆。"

当杨河督很得意地将这个结果告诉给姚舆时，姚舆先是吃了一惊，忽然觉得自己犯了什么错。杨河督爱读书、藏书，姚舆也喜爱读书、藏书，杨河督很赏识姚舆，姚舆也敬佩杨河督，在杨河督府幕里参事，姚舆感到很顺心。但现在把魏源弄成这种结局，杨河督得意，姚舆又难免愧疚。此前，姚舆不知道杨河督与魏源在兴化有过那一场"保稻"的较量；如果知道，他就不该在杨河督面前说那句"魏源如此处死清兵只怕剑有所指，似是要获罪于统兵大员你杨河督！"

高邮离姚舆的家不远，高邮或治或乱，定会影响到姚舆家乡。现在没有魏源，高邮无人能像魏源那样保境安民，他的家乡只怕也是要大乱了！他记起《论语》中的"子张学干禄。子曰：'多闻阙疑，慎言其余，则寡尤；多见阙殆，慎行其余，则寡悔。言寡尤，行寡悔，禄在其中矣'。"他深感自己失言了，在朝廷这个大舞台上，他还很不成熟，他对不起魏源！

但对于魏源来说，这种结局他并不感到意外，姚舆那句话起了多大作用，魏源一无所知，但他明白，负责江北防剿的杨河督，在这个问题上肯定难以宽恕自己。所以，他很快就交办了文印，脱了官服悄悄潜回扬州絜园。

狂风卷着雪花铺天盖地而来，魏源站在大门外看了一眼自己辛苦建造起来的这个家园，大门残破，房屋歪斜，积雪覆盖下，只见一堆堆乱石、碎砖、泥土和断裂的木头。一些禽鸟在砖木石缝里跳来跳去地觅食……这里实在不再适宜居住！他正想转而投奔江宁小卷阿，去和自己思念多日的亲人一起过年团聚时，大雪纷飞中一路马蹄声响来。来人在絜园大门外下马寻找魏源。经随行人员指认，魏源已无法躲避。来人传话：高邮知州魏源听旨！魏源一听是皇上有旨，赶急跪接，心里却想着：我不是被革职了吗？何故又要"高邮知州魏源听旨"？皇上有何急事需要我了？

皇帝诏曰："周天爵奏遵旨筹办防剿，请饬调文武员弁，以资差遣。高邮知州魏源、江南淮北监掣同知李安中、江苏宿迁县知县候补同知林德泉、丰县知县贾镇……着各该督抚饬令迅赴安庆军营。听候周天爵差遣委用。"

魏源终于听明白了，叩头谢旨。

传旨的人扭马一走，魏源站起来，想起王茂荫的那封手札所言，"启用前任广西巡抚周天爵协助堵截太平军"。真是因为王茂荫向皇上呈奏，周天爵才来堵截太平军？魏源也是因为王茂荫跟周天爵建言才要去安庆军营？魏源还是心存疑惑，后来又听说是尚书杜受田向皇上推荐周天爵，周天爵才被起用为广西巡抚。但周天爵与钦差大臣李星沅等相处不和，因而又被朝廷闲置了些日子……不过，无论何种情况，太平军攻陷江宁，并与江北捻军合伙成势，朝廷已是十万火急！魏源认为自己作为朝廷命官，服从调遣还是义不容辞。他遵旨以随营知州的身份，如期赶到安庆周天爵军营。

初到周天爵军营，魏源运筹于心腹，一言未发。几十年来，他求经究典，集《皇朝经世文编》，作《圣武记》，助陶制府、贺方伯改漕运、行票盐、浚河治水，尤其为"师夷长技以制夷"的《海国图志》费尽心血……这一切都无不诚望国朝兴盛！但几十年来，他也看清当朝像陶澍、贺长龄、林则徐等德才兼备者不仅实在太少，且屡遭折损；而当朝大员中以推诿为明哲，以任事为迂，以因袭为老成，以更张为躁者，大有人在。更有甚者，结党营私，面对外敌束手无策，致国朝割地赔款，丧失尊严，尤其还有大难临头还在诬陷、迫害良臣之人。偏是此类奸猾小人连连得势，是可忍，孰不可忍！从此看来，这个朝廷不会因他的担忧而改善，以史鉴今，后果不言自喻！真是何其痛心！

对清军势如破竹的太平军，都是揭竿而起、临时组合的农民军，朝廷这些常年受训的正规军队在他们面前何故不堪一击？天下乃人民之天下！胜负乃人心之所定！

但是，魏源对周天爵敬重有加。一则周天爵已是八旬老翁，二则他也是从知县、知州、御史、巡抚、总督，一步步走来，且多经坎坷，好人多磨。至今，他还背负一些"莫须有"的罪名，尚未官复原职。完全是因为眼下太平军难平，皇上才让他临阵带兵。他打仗总是亲临一线指挥，魏源最乐意为这种人效力。

魏源一入幕，周天爵部就奉檄进剿宿州"逆贼"。魏源沉默多日后，终为周天爵身先士卒所感动，想暂为其解难做些思考，但并不直献计策。周天爵问计于他，他也三缄其口。可周天爵摸准了魏源的内心，知他并不想周营失败，故魏源虽未明言，他却能在魏源脸上读出答案。凡有计策需问魏源，只要不可行时，魏源必大谈其害；而可行时，魏源常沉默不言。周天爵对于魏源这种心态的熟知和掌握，完全弥补了魏源的矛盾心态。因为知己知彼，认真筹划，又因为官兵团结，上下一心，大战宿州时斩首逆贼六百余人，降众五千，散其党，平其垒，一战告捷，周天爵得以官复原职。魏源虽未公开献过一计，但周天爵对他内心所想心知肚明，仍不忘为其请功行赏。

好心的周天爵似乎是天生苦命，朝廷正急需人才时，先是与之同僚的钦差大臣李星沅病逝；不久，与之偕同抗逆的安徽巡抚蒋文庆又殉国，他只得苦苦支撑，最终也病卒于军中。

咸丰三年九月，周天爵卒后，接办"剿匪"事宜的兵科给事中袁甲三续周天爵之意，续请魏源因功官复原职。魏源被"革职"本就没有完全坐实，故"复职"很快得到朝廷恩准。袁甲三一心想留魏源于江北军中为自己助力，但魏源一再请求，说自己因年逾六旬，遭遇坎坷，世乱多变，不少学问著述尚待完成，无心仕宦。最终，他谢辞了高邮知州，选择回家与亲人团聚，将人生余力全部投入著述。

江宁已成"天朝"之城。魏家几十口人有的暂时未知去向，有的回到了邵阳魏家塅，其余的人躲在小卷阿关门闭府，不敢自由活动，日子过得小心翼翼。但大家期盼很久的魏源回家了，老老小小又都感到终于有了支撑。

魏源走进家门，一眼看到严氏衰老的背影，就记起母亲枯槁的形影，而儿媳汪氏的勤快，又像严氏年轻的形影。他真想说句："魏家女人啊，我们真是愧对了你们！"不知忧愁的孙子们拥进魏源的怀里，争相捋着他的山羊胡子，缠着他，要他讲故事……一时间，家里又像是什么事都没有发生，只有天伦之乐。

其实，外面正发生着许多惊天动地的大事。

这一天，魏彦有意作乞丐打扮，去城里转了一趟回来，将烂斗篷往壁上一挂，就赶到魏源的书房告诉魏源："和前几年相比，江宁城里真是翻天覆地！'天王'入江宁后，两江总督的衙门府改成了他的天王府，江宁改为天京，还制定了《天朝田亩制度》，颁布天朝刑法《天条书》《太平刑律》和《天令》，街巷里的人们各有喜怒哀乐，区别之大可谓天壤之别，我也难以描述……"

魏源一边听魏彦说着，一边将笔搁置在青花瓷笔搁上，非常沉静地说："你去看看佛堂的灯还亮着吗?"魏源好像早就知道这一切，又像是不愿意知道这一切。

魏彦感到一时无措，他不理解他跟叔父说了这么重要的事情，叔父竟然一点反应都没有，只是不冷不热地回他这么一句。他站着又等了片刻，看魏源还会说些什么话来。魏源见他如此这样，又重复道："你去看看佛堂的灯还亮着吗！"

魏彦只得去佛堂里看了，回头说："佛堂里的灯一直还亮着。"

魏源说："好，你去忙你的事。"

在魏家，佛堂是必不可少的！在邵阳魏家塅老家时，魏源母亲陈老夫人每天早起，必在佛堂里敲响木鱼，上香拜佛；而或偶遇世事不顺，也必临时祈福。陈老夫人辞世后，严夫人也是如此；如今儿媳汪氏也常伴随严夫人在佛堂里上香。佛堂里的木鱼是香樟木所雕，敲木鱼的犍槌为漆树做成，数代人传下来，木鱼已是包浆红亮，佛音灵通……

在小卷阿这个小小天地里待着，魏源每天只要能听到佛音，心里就感到特别宁静。他非常喜欢在这个小环境里一心一意地做自己的学问。有时候他想，这不就是自己一直追求的境界吗？他一边继续增补《海国图志》，一边完成他的《元史新编》，将自己新收集的资料增补到书稿里。

编定《元史新编》书稿之后的一天，他开始写序。刚写到，"元有天下，其疆域之袤，海漕之富，兵力物力之雄廓，过于汉唐"时，一位不速之客随魏彦进门而来。魏源住笔凝视此人一眼，觉其隐有鲁莽和诡异，而魏彦又像是不便介绍。他立刻没有了轻松和宁静，不得不特别谨慎起来。

果然，客人并不先行通报自己的姓名、身份，暗含有居高临下的口气告知魏源，他此来是请魏先生到"天朝"高就。

明白客人来意后，魏源已有愠色。见魏源于此意反应冷漠，客人又接着补充解释："天朝提倡文化，设科取士，不分男女；故拟聘请上元人梅曾亮，泾县人包世臣，以及你魏默深先生为天朝'三老'。"最后，客人还不无炫耀地告知魏源："三位会得到王的礼遇！"其傲慢之态难以遮掩。

魏源立刻眉头紧锁地说："我年逾六旬，遭遇坎坷，总觉诸事都已力不从心。加之如今世乱多变，自己的学问著述耽误太久，亟待完成，我实在是无意仕宦。"这与魏源在江北军营时向朝廷辞去高邮知州的理由完全相同，此时，他不过是重又搬出来跟这位不速之客复述一遍。

此人忽然脸藏怒色，只是忍而不发。但魏源禀性难移，又想自己奋斗了几十年，忍耐了几十年，也委屈了几十年，现在他无官一身轻，只想在精神上挣脱羁绊，还原自己，完成著述！他站起来，表示要立即送客！

主、客都明白对方内心反应强烈，只是凭着各自涵养，勉强互不失礼。

两人默默走至大门口，分别时，客人转头留下一句："你可要想明白，这是天朝的厚意！只要天朝需要，其实不在乎谁同不同意！"

魏源一听，更不回话，只是挥手一别。

魏源明白，说客虽走，但"三老"之事不会就此罢休，日后难免再兴妖风，他不得不提前防备。

果然，不过几天，江宁城里的街谈巷议流出话来，说是"上元人梅曾亮，泾县人包世臣，以及邵阳魏默深先生被天朝聘为'三老'"。更有人说，在恭王府见到了这"三老"相聚，其情甚欢，花天酒地……

这阵"妖风"刮进魏源耳里时，早有预料的魏源一笑置之。他早已明白别人的用意，但他不对任何人做任何解释。只是在一个深夜，他不动声色地收拾好自己的行李，将魏彦悄悄叫到书房说："明日五更，你到这里来。"魏彦未明其意，但他看得出叔父这是有要事待办。他只得很坚定地点头答应。

第二天五更，魏彦遵嘱来到书房门口时，门页虚掩，魏源轻轻拉开门，让魏彦进门后又关上，跟魏彦说："你提上这些行李。"

魏彦忍不住问道："我们去哪里？"

魏源说："跟我走。不用问。到时候你自会明白。"

两人带上行李悄悄出门，不让任何人送行。

预约好的马车早已在大门口等候。

下弦月在地上流淌着淡淡的余光树影。

马的前蹄踏响了两下，像是一个准备奔走而给人的提示。

两人上车后，车夫扬了扬马鞭，但没有打下，只在空中抖出一声风啸。静寂的林荫道上，立刻留下一串急促的马蹄声……

在摇摇晃晃的行进中，魏彦悄悄地摸了摸手里的行李包。凭手感，包里全是些书稿。他明白叔叔的心事已经全在了这些学问上！

魏彦虽还是个小青年，但他自童年时就跟随魏源，已能深深感受到叔叔的艰辛努力和事不如愿。他越来越感到叔叔的日子过得并不轻松，表面看起来，他已经辞官为民，但他心里的事情，比刺史、总督，甚至左丞右相心里的事情还要更大，更多！借着车窗口闪进来的微弱亮光，他深情地望了望叔父消瘦的脸颊和长得更长的山羊胡子，欲哭无泪……

魏源也看出了魏彦的心事，他终于告诉魏彦："我们再不走，就可能走不了啦！"但魏彦并不真正明白叔叔的深意，魏源也不能把自己所想的事情再往深处说明。

天亮时，果然有一帮不明不白的人来到了小卷阿门口，将门围住，要见魏源。家里人见他们官不官，兵不兵，民不民，就说，魏源昨夜已经外出远行。来人以为这是托词，暗里布下耳目在门口守候。

他们虽找不着魏源，但从此，魏家人进出不再有任何自由。正如那位天朝说客跟魏源所说："只要天朝需要，其实不在乎谁同不同意！"

马车在落日余晖里穿过兴化古城西大街的密集店铺和来来往往的行人，随着马车主人轻轻的一声吆喝，马在一棵古槐树下驻足停步。魏源似乎是与菩萨相告："为渡人渡己，吾来也！"

魏彦背着行李跳下马车抬头一看，一对麒麟石雕立在眼前，一座层瓦叠檐的古寺耸立在山前，"西宝严教寺"几个金色大字映入眼帘。归巢的鸽子在门楼瓦檐上蹲成一排，"咕咕"鸣叫，像是欢迎新到的客人。

付过车马银两，马车掉头而去。魏彦跟随叔叔沉稳的脚步，沿着青石阶梯，踩着软软的落叶，走进古寺大门。此刻，魏源不得不跟魏彦深情地说："太平军正全力北征、西征，而无力东进，故未能过镇江以东，高邮、兴化一带相对安宁。此寺在当地亦名西寺，始建于唐朝，具有丛林格局，建筑典雅精致，殿阁相映，佛像如生，藏经楼和经堂庄严有威，千百年来，向为文人聚会之所，算是一块净土，而我正是无官一身轻，此地于我专事著述非常有利。"

说话间，一老衲已在寺东台阶上立定相迎。礼毕，老衲走前，引魏源来到一间寮房安顿下来。

房间不算小，看得出用心打扫和整理过。一张透着檀香的老书桌和一张官帽椅，都已是漆落木亮。两张笨拙的老木床靠墙摆着。进门处几尊石鼓凳充作客人座椅。老衲合掌道："拘于条件，请多包涵。"魏源亦以佛礼还："已足够安身！"

老衲转身出门后，魏源即将书稿从行包中一一取出，依次置于桌上。他将对《海国图志》的内容再做一次增订和完善。

魏源入寺后，每日早起都在陋室里坐至天黑，然后，一盏清灯亮到深夜，就如潜伏在学问深海中一般，不与人事，专事学问。

这些书稿就如他人生中留下的欠账单，使他一直都难以轻松。每完善一部书稿，他就像是从人生的清单上勾去一笔欠账，渐渐觉得又轻松一些。

但今人凡事还是难以避免。这天早上斋饭过后，突然来了一帮壮男子，个个身上背着一个鼓鼓囊囊的长布袋，要来见魏源。寺里遵照魏源所嘱，没敢告诉外人魏源住在这里。双方吵起来之后，老衲才出面说话。领头的壮男子一使眼色，跟在他身后的男人们全都和他保持统一行动，大家一屁股坐在寺院寮房门口的台阶上赖着不走。领头的壮男子站起来跟老衲说："你们别想骗我！我是找了好多天，从江宁的小卷阿找到扬州絜园，最后才找到这里。我还在你们这个寺门口埋伏过几天，听过香客的议论，魏老爷就住在你们寺里，这是千真万确的事情！"

老衲听明了来者的诚意，佛家不敢说谎，只得合掌施礼道："阿弥陀佛！施主是要找菩萨弟子魏承贯吧。请问找他何事？"

壮男子听得不太明白，不知老衲说的这个菩萨弟子魏承贯是谁，又加大声音说："我们大家是来给魏老爷送点米。没有别的意思。"

老衲听说此意，一舒广袖招呼大家说："噢，那你们随我来吧。"

大家跟着老衲来到一间寮房门口，老衲说："菩萨弟子魏承贯，有施主见你。"

魏源搁笔站起来一看，忽然蒙了一下。眼前这个领头的壮男子似曾相识，但记不起在哪儿见过，叫什么名字。壮男子一使眼色，他身后的人全都跪下。壮男子说："请魏老爷受我们一拜！"

魏源这才有点清醒过来，问道："你们从何而来？又为何而来？"

壮男子说："我们下河七州县这几年稻子丰收，全靠魏老爷！"

魏源一见壮男子左额那块红伤疤，一下明白，这是李详！

壮男子说："我们代表下河七州县百姓来表达对魏老爷的感恩之情！"说着大家解下身上布袋放在魏源面前，然后，不再说话，转身而走，毫不犹豫！

魏源望着李详他们的背影，又想到当时保稻的场景，终于忍不住念叨起来。不过李详他们已经走远，听不到魏源的声音。

望着李详他们走远了之后，魏源冷静地跟魏彦说："我们以后就不固定住这里，也可以去高邮或别的地方住住。"

魏彦不太乐意，他劝道："叔叔不是最喜欢这里的安静吗？"

魏源说："我们固定住在这里不太好。"

魏彦也就不再多言。

此后，魏彦就陪着魏源在兴化、高邮、东台等地轮流居住，虽以兴化为主，但已居无定所。

一天暮鼓时分，魏源正在大雄宝殿前凭栏静望行云，只见天云亦如当下世事翻滚汹涌……

一刻时候就大雨滂沱，地上水流如注，汇涓成河。有几个衙役披着蓑衣、戴着斗笠，冒着倾盆大雨来到古寺，欣然得意地说是自兴化县城赶来，特来告诉魏源：曾在兴化为保稻或保堤中与他争斗的杨河督杨以增今已去世。

魏源这才有点清醒过来，问道：
"你们从何而来？又为何而来？"
壮男子说："我们下河七州县
这几年稻子丰收，全靠魏老爷！"

魏源一听，两足并立，不出一言，肃然起敬！他对天默哀许久之后才问："他在何处去世？"

衙役回说："在清江浦署府。"

魏源说："呜呼！他果然是卒于任上！哀哉！"

衙役诅道："这种人早该死了！"

魏源突然转过脸来止住："不得胡言！"

衙役不明其意地呆望着魏源，以为魏源误会了他们的好意。

魏源解释说："杨河督与我在坝上之争，我为保稻，他为保堤，皆非私利之争，你们不可以用此种语气损人！杨河督乃当世藏书大家，博览群书，为人守道，为朝廷尽忠，为民办事均能尽力。其逝乃我朝一大损失！"

来人仍然不服地说："杨河督奉檄在江北领兵'剿逆'时，又上奏朝廷，说你在高邮屡将急递退回，以致南北信息不通，有意玩视军务，贻误军机，致你撤官罢职。这明明是发泄个人意气，难道也是非为私利？"

魏源深深一叹道："此中幽微，非你辈所能理解！如今我身已不在朝廷，也不侧身'洪庭'，已入空门，所言已可由心达意。杨河督奏我'极力阻兵''下河小民接济贼匪米石''似与逆匪不相为仇'，这些并非空穴来风。说实话，我在高邮组团练，惟为护城保民，不及其余。一些事虽非我本人所为，但下属县官'似与逆匪不相为仇'，我亦确实睁一只眼，闭一只眼。故杨河督所奏并非全是冤枉，我于他亦无怨恨。"

兴化县衙的来人本是想让魏源出口怨气，没有想到魏源会如此回应！他们似是怒其不争，又像是自惭形秽地离开了西寺，告别魏源蔫蔫而回。

人去寺空，雨停天晴。入夜之后，月朗星稀，西寺已静若瓮中。魏彦说："叔叔，今日下午你已说话不少，宜好好休息。"

魏源也想早点休息，但他刚坐在书案上看过几封书信，又走出房门，在院中围着一棵老银杏转圈。那是一种在很小的天地里进行的没有终点的行走。魏彦发现叔父近来每遇伤感就要如此驱使自己，他似乎习惯以这种方式或思考或怀念，且不喜欢别人打断他的思维。

一直到夜深，魏源还不止步停歇，魏彦才提醒叔父应该休息。可魏源停不下步来，因是转着圈儿，虽没有终点，仍一直都在原地向前。魏彦挨近魏源问道："叔叔，快交子时了！"

魏源说："我睡不着。"

魏彦说："您跟兴化县衙的人已经把话说明，杨河督的事，您没有亏心！"

魏源说："非为此事！此事说过即已放下。"

魏彦又猜道："那是想回小卷阿？"

魏源停下步来，摆了摆头说："刚看信得知，包世臣新逝，邹汉勋又在庐州殉节。"

魏彦也沉默下来，不知说什么才好。

魏源不再继续转圈，在石鼓凳上坐下之后，两手捏着一双膝盖才说："我失挚友也！"

那次与邹汉勋在絜园小聚，时间虽短，但所谈甚多。别后，因太平军攻陷江宁，汉勋只得绕道回湘。当时，倒是魏源对汉勋说："吾有守土之责，与君从此作生死别！"魏源此说只想表明自己在高邮知州任上凶多吉少，没想到汉勋别后却走上了一条凶险之路。后来才得知当时汉勋胞弟邹汉章随湘军将领江忠源被困江西南昌，他与江忠源胞弟江忠淑一同往解南昌之围，受知江忠源，留幕参赞军务，至攻打庐州时殉节……

至于包世臣，更与魏源有相似的人生经历。他自幼家贫，勤苦好学，嘉庆十三年中举。之后，多次考进士落第。在江西新喻做县令时，又因直言不讳而被排斥免职。但因其顽强坚毅，胸怀经世大略，反而有足够的时间对漕运、水利、盐务、农业、民俗等进行实地考察，常有独到见解。各地封疆大吏每遇兵、荒、河、漕、盐等重大政事，常以向他咨询为准，尤其名满江淮。

包世臣一生大多数时间是在给人当幕僚，居无定所。魏源记得第一次与之见面，是自己受贺长龄之意，编纂《皇朝经世文编》的时候。那时，他在苏州一家客栈里找到了包世臣，两人在客栈小院里一见如故，一壶老茶，一把葵扇，漕粮、海运、河政、纲盐、票盐、幕僚人生……无所不谈。

此后，他们又多次相聚或共为同僚。在诸多方面，两人同心而互补，在儒学体系上，包世臣基本上持传统的先王法理念，注重礼仪与道德。而魏源对经学有系统而精深的研究，又深受刘逢禄等人的"公羊学"影响，有浓重的改革变法思想。魏源好沉思冥想，又受心学影响，治学从文献立足，偏重纸面知识；而包世臣自幼种卖蔬果，学术虽无高论，但养成注重实践，万事深究其可行性，认为仅知而不能行绝非真知。在对西方的认识上，魏源有广深的知识，而包世臣对现实的政经时事具有敏锐的观察力，甚早即能觉察到西方冲击所带来的危机。在解决漕、盐、河三大弊政上，魏源重在实践中的文献整理和利用，而包世臣则重实用方案的贡献。魏源视包世臣乃难得的良师益友。

往事历历在目，魏源哀叹道："龚、魏、包如三雁同天，已去两雁，我独飞孤鸣，岂无伤感！物伤其类啊！"

好在过不久，严正基突然来看望魏源，这让魏源仿佛得到了极大的安慰。严正基是严如熤之子，溆浦县桥江章池村人。桥江与魏家塅只有一山之隔，地方上多有儿女联亲，向来都视为同乡，加之陶澍父子又与严如熤在岳麓书院同窗，如此严、陶、魏三家，就有了一种特殊的关联和情感。魏源一见严正基就精神振奋起来，约他在寺院后面的林荫道上，一边散步一边谈起严如熤在汉中任知府时的一段故事。

严公在汉中府任知府时，有一年遭了大旱。到了快过年时，他还在宁陕一带忙于治乱抚民。因为路途遥远，交通不便，等到他赶回府衙已是大年三十夜，朝廷规定的报灾请赈时限已过。面对此类情况，可有两种选择：一是放弃请赈，民虽无益，但于严如熤官位无害；二是向上级承认错误，请求为百姓赈灾，但官位难保。严如熤毅然选择后者。他大年初一赶到巡抚府，向巡抚行稽首礼，请求罢免自己的官职，以此换得给百姓的赈济。董巡抚大年初一见老臣严如熤跪在自己面前，头、手触地，大为感动，破例为之增奏朝廷，汉中百姓终获赈济。

接着，魏源又问及道光二十六年，贾鲁河水泛滥成灾一事。严正基说，那一年，他正任郑州知州，自己带领灾民堵截河堤决口，深入灾区放赈款，复田庐，扶植百姓重建家园。两人又谈及同年黄河黑冈决堤之事。当时情况紧急，洪水危及开封，严正基奉调入省，专司防堵大任。受命后，治河兵狱，雪其冤，得河兵死力，城赖以完。最终保住开封，挽救十余万百姓生命。尤其高兴的是两人都谈起道光二十九年的大水患时，魏源在兴化誓死保稻，而严正基正任常州知府，他也是布衣草帽，驾一叶小舟，至各灾区查访灾情，增设庐舍，筹集粥、药，赈恤灾民……

严正基现已从广东布政使入京升为通政使。通政使执掌呈转、封驳内外奏章及引见臣民之言事者，并参与大政，会推文武官员。虽只是正三品，但遇大臣、见皇上都不是难事。魏源跟严正基推心置腹地说："我现有一事，已在心里盘算多日，这次你来，正是个好机会，就托你代为转奏皇上。"

严正基说："无可推辞，一定尽力！"

魏源回到他的内室，将《海国图志》和《与曲阜孔绣山孝廉书》，一并交给严正基，要他转奏皇上。

严正基答应，并带走了书和奏折。

严正基走后，魏彦以为叔叔这下会安静下来，但只见叔叔在包袱、书稿和衣袋里寻找什么。直到他找到了那个手订的精制线装小册子，才喜形于色地告诉魏彦："找到了，就在这里！"他在书桌边安心地坐下来，将那个册子翻到包世臣的名字，又将其大名画了黑框，写了注文，然后，再递给魏彦。

魏彦接过一看，是叔叔一直都随身携带着的那本《师友名册》。小本子已经脊裂角卷，内页写得密密麻麻。

魏源招呼魏彦坐在他身边，一起看他这本《师友名册》。说是师友，有的也是魏源的对手，比如杨以增、穆彰阿等。很多人的大名后面都被魏源做了记号。记号各不相同，表达的意思也各有其别。他将这些师友一个一个地点给魏彦看，并说："这世上的同辈人就如一棵树上的果子，春天来了，大家一起在树上开花结果；秋天来了，这些果子也就一个个地被采摘或者落下。你看看，在这些名字下方写上年月日的，都是指人已离世；画了三角形符号的，就是还保持着联系；画了圆圈的，就是见过几次面，后来不再有联系，但知道他们的下落；什么记号都没有做的，就是对他们的情况已经一无所知。"魏彦往下翻看着，叔父指着一个个人名给他说明：

邹汉勋，新化人，咸丰元年举人，咸丰四年十二月，被太平军杀于庐州。享年四十八岁。尸骨未还。

邹汉勋这个名字，让魏源凝视了许久，他还记起曾国藩给邹汉勋的挽联："闻叔绩不生，风云变色；与岷樵（江忠源）同死，日月争光。"

魏彦再将《师友名册》往下翻阅，魏源看着自己记在这个本子上的蝇头小楷，神色渐渐木然。曾经神气十足的师友，大都离世而去。

包世臣，安徽泾县人，嘉庆十三年举人，咸丰五年善终。享年八十岁。

杨以增，山东聊城人，乾隆五十二年生，道光二年进士，官至知府、江南河道总督，咸丰五年卒于清江浦任所。享年六十八岁。

姚莹，安徽安庆人，嘉庆十三年进士。官至按察史。咸丰二年卒于军中。享年六十七岁。

邓显鹤，湖南新化人，嘉庆九年举人。搜集整理《船山遗书》，编纂《资江耆旧集》《沅湘耆旧集》。咸丰二年卒，享年七十四岁。

周天爵，山东阳谷人，嘉庆十六年进士。官至湖广总督。咸丰三年病逝于军中，终年七十八岁。

陆建瀛，湖北荆州人，道光二年进士。官至两江总督。咸丰三年为太平军所杀，享年六十一岁。

黄爵滋，江西宜黄人，道光三年进士。官至刑部侍郎。咸丰三年卒于京都，享年六十一岁。

林则徐，福建福州人，嘉庆十六年进士。官至两江总督。道光三十年十一月二十二日病逝于赴命途中，享年六十五岁。

梁章钜，福建长乐人。嘉庆七年进士，官至江苏巡抚。道光二十九年卒，享年七十四岁。

徐松，浙江上虞人，嘉庆十三年进士。在湖南为学政时，因"考试勒索案"而被贬，后戍疆有功，官至监察御史。道光二十八年卒，享年六十七岁。

贺长龄，湖南善化（长沙）人，嘉庆十三年进士。官至云贵总督。因"滇回复扰云贵"遭追责而褫职。道光二十八年卒，享年六十三岁。

何庆元，湖南汝城人，道光十五年进士。官至翰林院实录馆协修。淡于仕途，以老母年高，告假归养。道光三十年卒，享年五十六岁。

杨芳，贵州松桃人，屡立战功，绘像紫光阁，官至太子少傅。鸦片战争中无奈地被人称为"马桶将军"。道光二十六年卒，享年七十四岁。

龚自珍，浙江仁和人，乾隆三十四年进士。官至礼部主事。四十八岁辞官南归。道光二十一年卒，享年四十九岁。

李兆洛，江苏阳湖人，嘉庆十年进士，官至武英殿协修。道光二十一年卒，享年七十二岁。

裕谦，蒙古镶黄旗人，嘉庆二十二年进士。官至两江总督。道光二十一年在鸦片战争中殉国，享年四十八岁。

陶澍，湖南安化人，嘉庆七年进士。官至两江总督。道光十九年卒，享年六十一岁。世交。良臣。

胡承珙，安徽泾县人，嘉庆十年进士。官至翰林院编修。道光十二年卒，享年五十七岁。恩师。

李宗瀚，江西临川人，乾隆五十八年进士。官至工部侍郎。道光十一年卒，享年六十二岁。恩师。

刘逢禄，江苏武进人，嘉庆十九年进士。官至礼部主事。道光十年卒，享年五十三岁。恩师。

董桂敷，安徽婺源人，嘉庆十年进士。官至翰林院编修。道光九年卒，享年五十七岁。恩师。

姚学塽，浙江归安人，嘉庆元年进士。官至内阁中书。道光七年卒，享年六十岁。恩师。

严如煜，湖南溆浦人，乾隆五十四年举优贡。官至兵备道。道光七年卒，享年六十七岁。

陈沆，湖北蕲水人，嘉庆二十四年进士。官至监察御史。道光六年卒，享年四十一岁。

周系英，湖南湘潭人，乾隆五十八年进士。官至户部左侍郎。道光四年卒，享年五十九岁。恩师。

李克钿，湖南桂东人，嘉庆八年优贡。嗜学如命。道光三年卒，享年三十七岁。

……

魏彦知道叔叔私藏着这本《师友名册》，但他从没有这么认真看过。他在惊奇中非常想——看完这些熟悉或不熟悉的大人物，但眼见魏源非常伤感地将要合拢这本册子，他只得抓紧往下看。何绍基、陈世镕、贺熙龄、钱东埔、陈銮、邓传密、刘之纲、汤金钊、王茂荫、黄冕、严正基、冯桂芬、金安清、穆彰阿……这些人的名字，他都只能一扫而过，来不及看那些名下的细批。

魏源合上《师友名册》叹道："死或不死皆不由人！想死未必能死，想活未必能活！唯有活时无愧，死时无憾可也！"他一边慨叹，一边将《师友名册》又珍藏到书橱里，仔细夹进书中。他转过身来又忍不住说："不看了！这二百二十余人，曾经在翰林院，在消寒诗会，在县、州、府，总督任上，甚至在皇帝面前，都曾是何等的神气啊！如今，有的死于劳碌，有的死于战场；有的功成名就，也有的死于冤枉；有的身败名裂，也有的功过难辨……"魏源摆了摆头，像是强要自己避而不谈这些人了。他换了话题跟魏彦说："你把我抄录的《净土四经》稿子搬出来，带上，我要去高邮做最后一次校订，校订后就交人刊刻印行。"

魏彦将《无量寿经》《观无量寿佛经》《阿弥陀经》《普贤行愿经》等书稿从书橱里搬出来，分别放在书案上。整整齐齐的四大沓！这些日子，魏源天天伏案翻阅抄录，并不断订正和完善这些书稿，这是他心血的结晶！魏源于佛法之意，魏彦自然知道，刚随魏源进絜园时，见到家中佛堂庄严、肃穆、讲究，以及魏源跟他说事时的那种心态，魏彦就感到叔叔有菩萨心肠。但魏彦怎么也想不明白，叔叔为何要花如此之大的工夫抄录这四部经书。

魏彦忍不住问道："叔叔何意手录这么多经书？"

魏源稍稍严肃了一下脸色说："岂止手录？仅是手录有何意义？《无量寿经》是汉代由钱防范传入我国的一部重要的净土宗经典，为修净土宗者必读之书。但自汉代以来，《无量寿经》的译本达十二种之多，传世的仅其中五种。在传世的五种译本中，各经文差异较大。《云栖法汇》所刊《无量寿经》译本我已阅过数遍，知其实在并非善本。这就使人难以把握，致使佛寺不将其列于日课。这是净土宗的极大遗憾。为补历史之缺陷，我根据多个译本，进行择优会译，坚持无一字无来历，使之前后贯通，宗旨一致，几可弥补云栖之缺憾，使《无量寿经》成法门之善本，并成为佛教经典中一部不可多得的精品。"魏源边说边把手录的《无量寿经》《观无量寿佛经》《阿弥陀经》《普贤行愿经》的译稿又重合在一起，有些得意地说："这就是《净土四经》。我将四经合订为一部丛书，从今往后，使净土宗的经典归之于完善。"

魏彦疑惑地望着叔叔说："'四经'何用？"

魏源说："有禅无净土，十人九错路；无禅有净土，万修万人去；有禅有净土，犹如戴角虎。此乃僧人永明延寿禅师所说。世人若能禅、净齐修，人生终点方有乐土。"

魏彦两眼迷惑地望着魏源说："叔叔，您此前……"魏源知道他要说什么，但他不让魏彦说出来。魏彦刚一开口，魏源举手阻止说："你要说什么我明白。你以为我前后人生是水火不容吗？差矣！我自私塾到书院，从举人到进士，遍访天下名师，入科场考试九次，为何？年轻时，为求天下真知；中年时，为求于世有济。至今方明白，人生有限，而世事无限。有些事，时不我待。如道光二十二年，我四十九岁时编撰成《海国图志》五十卷本。咸丰元年，我五十八岁时编撰成《海国图志》六十卷本，至今又编撰成《海国图志》一百卷本。我为何？我为吾民不死于夷敌枪炮之下而作！我为以夷攻夷而作！我为师夷长技以制夷而作！不料国朝于此书不以为然，士人褒贬不一，国朝及民众所受启迪远未达吾之所欲达之意！而据王茂荫与我信中所说，七年前，日本海关在一艘从大清入境的商船上发现了一套《海国图志》，竟然如获至宝。他们连印十五版，国人争相购阅，畅销不衰。想来让我后怕！眼下，外夷对在鸦片战争中战败的吾国更是虎视眈眈，吾朝内部又被太平军杀得丧魂落魄。内忧外患，民不聊生。吾所学乃为忧患于国，造福于民。既然利朝益民的学说尚无济于事，无补于民生，我还有何回天之力？此路不通，岂无他途？所谓'君子不器'，'吾将上下而求索'！果能广传佛经，为人释下心灵痛苦，岂非亦是善事？"

魏源说完，在书案前端正坐下。魏彦凭着多日经验，知道叔叔又要奋笔疾书了。他看了看日益消瘦的叔叔，劝了一句："叔叔，您该休息一下。"

魏源习惯性地捋了捋自己的山羊胡子，说："我在世之日不多矣！时不我待，刻不容缓！"

魏彦只得照往日习惯，将笔墨备齐，摆好茶杯。

魏源坐下来，稍作沉思，重又将前年在高邮时所作《〈净土四经〉总叙》轻轻校读了一遍："……夫王道经世，佛道出世，滞迹者见为异，圆机者见为同。而出世之道，又有宗、教、律、净之异。其内重己灵，专修圆顿者，宗教也；有外慕诸圣，以心力感佛力者，净土也；又有外慕诸圣，内重己灵者，此则宗、净合修，进道尤速。……此永明寿禅师所谓'有禅无净土，十人九错路；无禅有净土，万修万人去；有禅有净土，犹如戴角虎'也。……夫劝化一人成佛，功德无量；况劝化数十百僧，展转至千百万，皆往生西方成佛，功德可思议乎？……咸丰四年菩萨戒弟子魏承贯谨叙。"

魏源校读完又沉思片刻，无可更改，已无余言。开始给周诒朴写信："老年兄弟，值此难时，一切有为，皆不足恃。惟此横出三界之法，乃我佛愿力所成。但办一心，终登九品。且此念佛法门，普被三根。无分智愚男女，皆可修持。若能刊刻流布，利益非小，子其力行毋怠。"魏源写完封毕，交魏彦发邮。

魏彦问："叔叔用这个法名别人可知道？"

魏源解释说："周诒朴早已是佛家人，他知道。"

从魏源的言行神色中，魏彦深知刻经一事重大。但因叔叔近来精力明显不及，他将邮包抱在怀里后，又代叔叔做了番思考：周诒朴是周系英的长子，叔叔常说起当年他初进京都求学时，经陶澍引荐，得过周家诚挚的关怀和帮助，说起来已是两代人之交了。周诒朴还是陶澍的女婿，而陶澍与魏家又有两代人之交。看来，叔叔把他这几年的心血成果《净土四经》委托给周诒朴，的确是做过周密考虑。魏彦觉得自己无须迟疑，得赶快按叔叔的要求寄出去。

魏彦寄过邮包从驿站回来，还在门外就听到了叔叔的说话声。他已经很久没见叔叔这么兴奋了。进门一看，原是大眼睛、长鼻子的湖南老乡何绍基来访。

魏彦礼见何绍基之后，就热情地伺候茶水。何绍基说："魏彦已长成大人了。"魏源说："是比以前懂事多了。现在家眷都还困在江宁乌龙潭小巷阿，一切就都得靠他支撑。"

何绍基一皱眉头说："湖南曾国藩正领湘军与逆军激战。家乡道州已乱不成体，我虽已卸官，但无家可归。故此次我交过四川学政之印，年初即从西安出行，一路游华山、泰山。历经数月，今天才至兴化登佛门与你一叙。"

何绍基对吴、越之地的深厚感情，起源于其父早年主持浙江乡试，并留任学政。当时，才三十岁出头的何绍基为了侍父，第一次踏上这片热土。但他似乎与吴、越有缘，在这里他很快收获了颜真卿的《李玄靖碑》全本宋拓。后多次来过吴、越，特别喜欢绍兴酒，并把一女儿嫁给浙江吴家为媳。但前不久因向朝廷缕陈时务十二事，被咸丰帝以"肆间妄言，交部议以私罪"，免除其四川学政职务。何绍基本是谨慎人，也还是因为多嘴招祸上身。

何绍基发现魏源已有些反应迟钝，但当何绍基谈到自己卸官一事时，魏源还是机敏地一笑，显然，这是联想到了自己婉辞高邮知州的事情。何绍基比魏源小五岁，魏源会试落榜时，他写信并诗寄给魏源，鼓励魏源继续奋进。魏源与何绍基是多年的好友和兄弟，现在也同是佛门弟子。一见面，相互都觉有许多话要说，只是不知从何说起。

魏源说："此前见面，没有哪次不喝绍兴酒。这次身在佛门，不行！"

何绍基说："必守佛规！"

魏源说："我自拒受高邮知州后，就在兴化、高邮、扬州一带漂泊，专做自己的学问。近来已不知外面的师友情况如何。"

何绍基说："我自湖湘来，湖湘情况倒是知道一些。曾国藩的湘军……"

魏源似是不愿意听这个话题，没等何绍基往下说，就插话问道："未知黄冕情况如何？"魏源与黄冕分别后未见音信，而黄冕在魏源心里的确非常能干。当时，黄冕与魏源共商过票盐、治水和海防御敌之计。

何绍基说："南坡公（黄冕号南坡）从未停闲，以前在行海运，治水利，改票盐，抗英敌，协助林则徐在伊犁屯田方面尽力；近来，他又辅佐骆秉章为守城献计献策。太平军曾两次轰塌长沙南门口城墙十余丈，他以重赏集砖石，亲率兵丁，火速复修固守。曾国藩奉命在湖南办团练，创湘军，他又积极为湘军筹措军饷铸造大炮。先后还在常德、长沙设厘金局、盐茶局，为湘军提供军饷。我曾多次去他府上与郭嵩焘、李星沅等聚谈。"

关于黄冕，何绍基谈到这里，魏源似无兴趣。何绍基也发现，一谈到内部战乱，魏源就沉默不语。但魏源又问何绍基："敦甫恩师近况如何？"

汤金钊字敦甫。何绍基明白，魏源是在思念他的恩师汤金钊了。何绍基稍作迟延地说："敦甫公新近辞世了。"

魏源脸色一沉，嘴唇颤抖着叫出了两个字："恩——师——"他身子立刻如雕塑一般，端坐得一动不动！恩师对他的帮助和提携又一一在脑海里显现……那个雪天，恩师来看他时还责怪他说："我听说过你向来勤学到非常罕见，但我没有想到你潜心深造到这种程度！你为何这样不爱惜自己的身体！"

恩师身正可为范，学高可为师！往事如昨，而恩师却永别了！魏源深感难过的就是后来恩师与陈起诗闹的那一场两败俱伤的矛盾，将他陷于两难之地。一方是恩师，一方是儿女亲家，各执其理，不肯认输。魏源私下里还是劝了陈起诗，毕竟汤金钊也算得上是陈起诗的恩师，而且汤金钊不准陈起诗"规避仓差"是秉公办事，并无私利；但倔强的陈起诗却认为汤金钊不是秉公办事……同朝为官，难免不满。

魏源说的汤金钊的这些事，何绍基也很熟悉，猜得出魏源对汤金钊的敬意和愧疚。但见魏源明显衰老的样子，何绍基不忍看他伤心，于是有意换了个话题说："你如何不问问穆大学士的情况呢？"

魏源回何绍基说："穆中堂我何须过问？"魏源还是犟脾气不改。

何绍基也听说过魏源和穆彰阿之间的那些事。这次来，他就是要告诉魏源，穆彰阿的人生结局也不好。

何绍基说："穆大学士已经辞世了。"

魏源非常冷静地说："享寿七十五岁吧。"

何绍基浅浅一笑说："你真是记得很准！"

魏源说:"该知足了!"

何绍基说:"老境不算好。"

魏源说:"他缺吃少穿了?"

何绍基说:"那倒不会! 只是以五品顶戴入棺,弥留之际还有些艰难。"

穆彰阿在鸦片战争中主张媾和,指责林则徐挑起战争,贬斥林则徐、邓廷桢,遭到朝野指责。咸丰皇帝尚未继位就已对穆彰阿十分厌恶,至其继位后,即将穆彰阿革去职务,永不叙用。他最后盖棺的五品顶戴,还是咸丰三年,他向朝廷捐赠钱物补充军饷所赐。

魏源说;"人活一口气。一口气咽下就行了,有何艰难?"

何绍基说:"他就是这口气老是咽不下。穆大学士临终时只得不断忏悔。他首先提到你,说你为人兀傲。当年他听说你才学出众,专门跑到李宗瀚府上看你,但你却借故未见,一身傲骨。他当时就想要好好把你磨平,然后再为朝廷所用。故他经手的多次考试,都压了你的卷子。直到道光二十四年,他一看你过了天命之年,才又推荐了你的卷子。道光二十四年你虽中了礼部会试第十九名,但仍无任何表示,所以,他又以字迹潦草,罚你停殿试一年。到第二年补行殿试时,才让你中恩科三甲第九十三名进士,但仍未让你进翰林院。"

魏源说:"我之事还不足为奇,还有奇事。"魏源说起那年顺德的罗惇衍、泾阳张芾和昆明何桂清三人不到二十岁就都中了进士,入职翰林院。张芾和何桂清见穆彰阿权势在握,于是投于穆党门下,而罗惇衍不肯依附。考评结束后,三人都被放差,罗去拜谢大学士潘世恩时,潘世恩一问,得知罗没有去拜谢穆彰阿后大惊失色,说:"你没见穆中堂就来见我,这下只怕是大好前程要完了!"罗惇衍不相信。次日,宫中传旨:罗惇衍年纪太轻,未可胜任,着毋庸前往。魏源说:"国朝此前从未有翰林院放差后又收回成命之例。其实,此三人罗惇衍年纪最大。如此儿戏,只有穆中堂才玩得出!"

何绍基会意一笑。

魏源也轻松起来说:"我倒要感谢穆中堂! 没有他将我拒之翰林门外,我恐怕就没有了《皇朝经世文编》,没有了《圣武记》,更不会有《海国图志》问世!"

何绍基见魏源如此坚定又豁达,说话更无顾忌,两人又谈了一番中国学术希望,魏源说:"我童年恩师刘之纲先生说过,论中国学术,先秦诸子百家各为学派；秦至汉，罢黜百家，独尊儒术，儒学形成；两汉时经学盛行；魏晋玄学形成；南北隋唐佛学盛行；宋、元理学形成；明、清经学由盛极而衰。未来众望或许在你我湖湘。"

何绍基一惊："此话怎讲？"

魏源说："子贞不妨稍往前数数，往后看看。"

何绍基稍稍一想，往前数出了数位湖湘学人，往后再数出数位如日东升的湖湘学子……他暗自一喜，但不想把这个话再说开，他觉得再说开就不合时宜了。他转了话题说："我先在你这里住些日子，然后请你去西湖边住些日子。"

魏源说："我也很想去西湖边上住些日子，只是要选个好地方。最好是安静的僧舍。"

何绍基说："愚弟何绍祺完全可以让尊兄如愿。"

魏源立刻露出一脸喜悦。

西寺里那棵老柿树正挂满红透的果实，仰望树冠，盘曲的虬枝点红了半边云天。大小鸟儿都不知从哪儿飞来，落在树上尽情地享受美味。被鸟儿们捣落下来的柿果落在地上时发出实实的响声，悦耳好听。

魏源站在柿树下，望了半天树冠才跟魏彦说："小卷阿门外那棵大柿树也该是满树都红了。"

魏彦明白，叔叔这话的深意是在想念家人了。魏彦说："要不，我先去江宁探探？"

魏源将一诗笺递给魏彦看，诗是孔宥函所写。魏源敲着其中那句"寇在身何往，相逢未暇狂"，一脸忧愁地说："这诗意也明摆着，是宥函司马来小卷阿会我不见，这叫我如何不念家！"

孔宥函是曲阜人，道光丙申进士，魏源的好友。不知他是何时到过江宁寻魏源而不得见。

魏源说："我们还是一起去江宁城吧。"

魏彦说："这不好！你不能落到'他们'手上。你若落入其手，必成其谣言之证。"

关于江宁的情况，魏源并非一无所知，只是都为道听途说。有说是当时见不到魏源，太平军的人就把魏孺耆给"请"走了；有说是魏孺耆也已经不知躲到哪儿去了，多日未现家中。魏源一想，魏彦此话很有道理，不得不同意先由魏彦一人去江宁小卷阿一趟，探明情况后再说。

为防万一，魏源又要魏彦装扮一番，将盐商的一些常识教授给他，还将盐商的常用行头也让魏彦带上，让他若遇路途盘问，就说是盐商。

魏彦背上一个布包袱，拿上一把油纸雨伞，非常警觉地进到江宁城内。

他过街串巷抄小道走近小卷阿。

远望小卷阿附近那棵大柿树，树上没有红柿果，连叶片也没有，光秃得死气沉沉！

魏彦不是一个头脑简单的人，他先在小卷阿附近转了转，看见那些贴在屋壁上、盖有血红大印的《天朝田亩制度》《天令》《天条书》等公文已开始残缺不齐，说明贴在这里已有多天。街道上红头巾队伍满目皆是，百姓皆匆忙来往，时有狂吼大叫，但大多不苟言笑。与魏彦离开小卷阿那天相比，时势已大有区别。

魏彦朝小卷阿大门走近，果然有人挡住他查问，幸好叔叔教了他如何应对。他对查问者说了自己曾是谢元淮手下的盐商，魏源当年做票盐生意时还欠他点老账。查问者似乎知道魏源曾经做过票盐生意，说："都改朝换代了，谁还管多少年前的陈芝麻、烂谷子！"

魏彦坚持说："日子虽久，但人不死，账不亡！我就得找他催点老账！我看他魏源还要不要脸！"

查问者说："魏源已多日不归。我们也正要等他回家呢！"

魏彦说："魏源不在，他儿子魏耆耆在也行。父账儿还也合理。"

查问者说："魏耆耆也已经多天不见身影。"

魏彦问道："魏耆耆哪去了？"

查问者马上露出怀疑的目光说："我还正要问你呢！我看你不像个盐商！"

幸得魏彦很冷静地说："那你把我抓起来吧！我正好没有回家的盘缠，讨不来账，老板那儿我也交不了差！"

查问者一听此话，又缓和下来问道："怎么证明你是盐商？"

魏彦从包袱里取出账单、票证来呈上。查问者一看，将魏彦推开了说："走，快走！一边去！别来这里搅缠我！"

魏彦趁机逃走了。走远之后，他拐进一家茶楼。为让自己在茶楼待下来，他要了杯茶喝；为更加符合盐商身份，他要了杯龙井。但店小二一见他端茶的手势，就明白他没有"茶功"，断定他是另有他事，给他选了个靠窗的座位，让他坐下来慢慢地喝。这个位置正合魏彦的要求。

初进茶楼只感到嘈杂，什么也听不清。静坐下来之后，耳朵逐渐适应，魏彦便神奇般地听出这茶楼里的各缕声音。这声音有无数层次：漂浮在最上面的是店小二的吆喝；往下一层的是有些醉意的人在那里大声说话；再下面一层是一些商人在交谈生意；再下面一层是一些高谈阔论世事的文人；再下面一层是一些相互悄悄透露什么消息的机巧人；再下面一层是一些心怀鬼胎的人在那里指指画画，要说不说，怕别人听见……

魏彦张大两耳，微闭两眼，静心过滤信息，把一些有用的记在心里。有人说起，曾国藩带领湘军先是在长沙北的靖港被太平军击败，曾国藩投水自杀被救；后又在江西鄱阳湖口被太平军打败，曾国藩再次投水被救。正在曾国藩的湘军屡败屡战，而太平军节节取胜时，太平军攻破江南大营后，东王杨秀清独揽大权还居功自傲，逼天王封其万岁。太平军内部矛盾开始激化，各怀异心。天王洪秀全密诏北王韦昌辉、翼王石达开等回天京。北王趁机扩大事态，残杀杨秀清及其部众、家属两万余人。翼王回京后大怒，北王又欲杀翼王，翼王逃出天京……

魏彦听到这里，再也没有心思喝茶。他付了茶钱，连夜赶回西寺。

魏源知道了江宁的情况后，一声接着一声长叹。魏彦和叔叔一样，非常担心家人的安危。

魏源痴想了一刻才说："我们得离开这里。"

魏彦说："叔叔，外敌入侵，内部厮杀，天下这么不安，您要去哪里？"

"西湖！"魏源说。

魏彦提醒他说："那我先去西湖那边找个地方。"

魏源摆摆手说："不用你去找。子贞（何绍基）已为我办妥。"

魏彦看着叔叔衰老的样子，担心他想事不周，还是说："那我先去落实一下，再回来接您。"

魏源很坚定地摇摇手说："子贞办事不必担心。他向来为人诚厚谨饬，又深识古今，慷慨敢为。我最初在科场失利时，他就寄诗谏策我。那时，我们尚未蒙面，未见其人，先见其诗文。我至今还记得他那首诗：'蕙抱兰怀只自怜，美人遥在碧云边。东风不救红颜老，恐误青春又一年。'我们相交多年，他一直如初未变。更何况这次他是与我当面说定，并托他胞弟绍祺为我落实。绍祺现又是浙江观察使，此事也应不会让其为难。"

魏源要悄悄离开西寺，但临走时，寺里还是出来不少人送别魏源。老衲站在最后面，前面站着一大片黄袍青衣的僧人。相互施礼时，魏源知道，自己与他们这是永别了！他跟老衲和前来送别的同门弟子们说："弟子魏承贯有礼了！"

西寺在魏源的泪眼中渐去渐远……

一路车船颠簸，夕阳余晖在西湖的湖面跳跃时，魏源坐在船上看着他熟悉的西湖，心头又荡漾起昔日的风光。从跟随贺长龄、陶澍的时候起，他就几次来过西湖。没有哪一次心情不愉悦，也没有哪一次不流连忘返。今天，他依然对西湖的山水草木充满着深爱和好奇，但心里却又十分复杂。他轻轻地吟诵起来："利舵名帆日夜牵，水行争似陆行便。虽然生死由天定，毕竟多翻浪里船。"因他声音细微，别人以为是在赞颂西湖风光，并不明白这是他内心复杂的感慨。

远远地就看见湖滨深绿处有一座小寺。魏源抬起手指着那座小寺跟魏彦说："子贞给我们找好的落脚地应当就在那里。"

魏彦凝视良久，印象很深。那是一座白墙黑瓦的小建筑，深绿中若隐若现。

船头在石脚树根上轻轻一撞，船老板提着系船的石锚跳上岸去，将船泊稳，然后帮忙搬行李。

草丛间一条小路与寺门相接。魏源踏上台阶，走入寺内一看，寺院虽小，但僧舍洁净如洗，窗外有鸟语花香，非常静谧宜人。

魏源刚刚安顿好，草拟了一首诗，何绍基的弟弟何绍祺就进门来了。魏源施礼说："子敬啊，难得你如此用心！"

何绍祺说："这地方不知如愿否？"

魏源说："此地正如我愿！"

何绍祺一见书桌上有一诗笺墨迹未干，拿来一看："年来水旱与兵戈，南北东西事渐多。……剩欲移家风鹤外，桃源何处有桑禾。"

魏源说："子敬，见笑了！"

何绍祺说："真是好诗啊！"

见面热闹一阵之后，何绍祺告诉魏源："金眉翁听说你来西湖住下，过几天，他要做东，邀约一帮好友来聚。地点选在西湖画舫上，一边乘画舫游览，一边鉴赏书画，参加者将各带金石书画鉴赏。"

魏源生性喜爱游览观光，但因种种原因，已经很久没有参加这种文人活动了。他新来西湖听到这一消息，兴致陡涨，说："还有哪几位同来？"

何绍祺说："金眉翁邀请了你、我，还有谭桐舫、孙子和、许讯臣、戴熙诸友。"

金眉翁即金安清，时为两淮盐运使，曾与魏源同僚。魏源非常欣赏其熟悉古今掌故以及盐漕河务，两人多有共同话题。金眉翁有请，魏源自是答应。

至时，魏源早早赶到画舫，各位也都遵约陆续赶到。画舫离开码头，徐徐驶向茫茫西湖时，只见烟雨翠柳，微风荡漾，涟漪湖藕，蝶飞鱼跃，画船游人，莺歌燕舞……大家先是分布在画舫各处窗口欣赏西湖景色，兴之所至，相继吟起诗来。

一个吟道："水槛风棂带夕阳，一枝柔橹荡湖光。只邀几个闲鸥鹭，来向湖堤话晚凉。"

下一个接着吟道："绕廓烟岚翠欲流，一船书画称清游。此间热恼消除尽，认取垂杨几笔秋。"

再一个又接道："良约何须问主宾，萍踪小聚总前因。黄垆重过应凄绝，我忆天台作赋人。"

大家赋诗一阵，又聚到画舫中厅里围着桌案鉴赏各自带来的书画。借由书画，大家转而议论起戴熙没有来。眉翁跟大家解释说："戴熙本是答应的，不料偶患腹疾，未能出席。"

魏源也很想见到戴熙，说："若戴熙来，定有好书画与各位养眼。"

眉翁说："大家放心，他不来倒好，我正好派他的差呢！"

何绍祺说："你交了他何种差事？"

眉翁说："让他为我们今天游西湖赏书画绘一幅图以为记。"

大家一听，都赞同说，这果然是好事！但何绍祺说："只是他未到现场，如何能画得生动？"

眉翁说："这就不用我们担心了！他熟悉西湖，熟悉我们，熟悉这个季节，还有什么画不出来的？印象加想象，只怕是比在现场画得还要好！范仲淹作《岳阳楼记》就是一例。"

几天之后，戴熙的画就出来了，画题叫《湖舫延秋图》。眉翁特地和戴熙将画拿到魏源的小寺院请魏源和大家过目。魏源视力已经大不如前，但魏彦眼力特好，一眼便能看明白谁在画上的什么地方。大家一看，这画题"湖舫延秋图"就非常合境，令人喜欢；尤其画中的眉翁、默深、子敬、桐舫、子和、讯臣等，形神兼备、鲜活灵动又意趣无穷。大家都说这真是奇了，一个画家未在现场是如何就把这些景、物画得如临其境了呢！戴熙笑笑说："昔日启南翁画《载酒图》也是身未与会而描情写景，灵感来时，想象之门大开，反胜过目睹眼见。"

又是朋友看望，又是画舫游览，又是欣赏书画，魏源虽感力竭，但精神愉快，那张向来严肃的面孔，也时时带着微笑。

戴熙走后的第二天照样是个大晴天。早饭过后，浙江巡抚何桂清及其随员来到寺里拜望魏源。何桂清是昆明人，为穆彰阿的得意门徒。但行事风格明朗果断，能屈能伸，敢作敢当，与穆彰阿的奸猾大不类同。此时，何巡抚正平剿太平军有功，为朝廷看重。魏源知道何巡抚和穆大学士关系密切，两人还只交谈几句，又记起龚自珍说的那个"已被放差又收回成命"的科场典故。

魏源历经九次科考，其中两次乡试，六次会试，一次殿试，深知读书人谋个出头之日非常不易！他不仅不蔑视眼前这位何巡抚，反而觉得他能屈能伸，比自己灵活。两人说到融洽时，魏源顺便问及穆彰阿的情景。

何巡抚所说与何绍基此前所说的情况正好做了印证。何巡抚说："他穆中堂没有想到自己最后的日子会如此为难。我去看他时，他躺在自己那间不大的卧室里，睁眼看着那盏光亮如豆的油灯艰难地喘息着，出不来气，也咽不下气。有亲人跪在他床前开始替他忏悔，替他祈祷，替他赎罪，但他觉得这些人都没有说出他的心里话。他说他一辈子最感到可惜的人就是邵阳魏源，这是他的原话。他还说，从邵阳魏家塅走出来的这位乡下学子，竟会如此倔强又才华横溢，他当初也是犯了糊涂……"

魏源想不到穆中堂在人生的最后时刻也有如此心肠。鸟之将死，其声也哀；人之将死，其言也善！

魏源又想起前些年包世臣说过，对魏源的试卷早有约定，不送进"内帘"。当时他对包世臣这一说法还带有疑惑，以为是不实传言，此刻，经何巡抚这么一说，他就不能不相信了。但他一笑说："那就太让穆大学士受苦了！我离世时，定要自己净身之后，如神仙一般，端坐而去！其实我倒要感谢穆大学士！要不是他这番作为，我这辈子恐怕都只有在翰林院抄练蝇头小楷！"

何巡抚说："读书人的故事，竟然如此耐人寻味。"

说过这些，魏源才要魏彦将《海国图志》和《元史新编》从书柜里拿出来交给何桂清。何桂清未知其意，魏源嘱他道："吾已垂垂老矣，恐在世之日不多。你在朝廷人缘好，特托你择机将此书进呈皇上。"

何桂清正是抱功待赏之时，情绪极好，一口答应。（何巡抚果然第二年升两江总督，但太平军进军苏常，他弃城逃走。同治元年，被逮下狱，为曾国藩所疏劾斩首。）魏源无不感激地解释说："我于修《海国图志》时，知元代西域远徼，疆域有未廓清，史书芜漫疏陋。我发愤重修，采《四库全书》元代各家著述百余种，并旁搜《元秘史》《元典章》《元文类》各书，参订旧史，成元史本纪十二，列卷四十，表五，志十一，凡九十五卷，托浙抚之渊源，请连同《海国图志》随奏疏而上呈。"

何桂清说："桂清敬仰。一定尽力！"何巡抚翻看了两书后，觉得耳目一新。道别后，带着书很高兴地离开了。

魏源站起来目送何巡抚，回头又如释重负地呆坐着不动，直到过午，他才跟魏彦叹道："又办完了一桩大事！"

魏彦说："叔叔，该好好休息一下了。这些天，您还是应酬得多了些。"

魏源站起来，微微一摇身子，魏彦扶了他一下，他才站稳起来说："那好，我去躺一下——这些事不急着办完，只是我怕自己没有了时间。"

魏源这一躺下就不想起来。晚餐时，魏彦备好斋饭请他起来用餐，他将手伸出青布被子摇了摇，表示不进晚餐。魏彦走近去看了看他的脸色，没有什么变化，依旧瘦白。

这夜里，魏彦担心叔叔起来时不方便，所以他只是闭上两眼养神，一直没敢睡着。到子时还不见叔叔要起来进食，他有点着急地说："叔叔，还不想吃点什么？"魏源还是上次的动作，从青布被子里伸出手来摇了摇，表示吃不下东西。

凌晨时，寺院对面山下人家有公鸡打鸣，第一声鸡鸣时魏源就坐了起来。魏彦问道："叔叔饿了吗？"

魏源仍坐着，像是在全神候听第二声鸡鸣。鸡叫本是农家平常事情，但魏源此时却一阵心惊。

果然，鸡鸣二遍时，他轻轻吟道：

> 少闻鸡声眠，老听鸡声起。
>
> 千古万代人，消磨数声里。

魏源似是怕魏彦听得不清，又重复了一遍。魏彦想想这诗意，似有不祥之感，赶紧起来，将诗写在纸上让叔叔过目。

魏源看了看，点头表示没有错，又叹道："一切有为，皆不足恃！"

魏彦也将这句记了下来。

魏源更是认真起来，坐正身子说："世有出世，出世有世。"

说完，魏源记起道光八年，他三十五岁时受邀做完《归安姚先生传》之后，来杭州游西湖，在另一座寺里见到了钱居士，请他解释过佛教经典、出世之要，并潜心禅理，博览经藏。还请曦润、慈峰两法师讲解"楞严""法乘"诸大乘。又想起自家一直设有的佛堂，祖母、母亲以及严氏，她们似乎都与佛有缘……

东方刚刚泛白，魏源自行起来。魏彦也坐起来说："叔叔，还早呢。"魏源说："睡也只是闭上眼，睡不着。"

但与往日不同，魏源起来后没有去寺院里走动，只是在室内发呆，闭目澄心，焚香静坐。与往日相比，像是变了另一个人。魏彦暗里着急，如果叔叔有什么万一，家人都还困在江宁，那又该怎么办呢？

这一年冬天很冷，幸好魏源不出寺院大门，除了整理著述手稿，就是闭目澄心，焚香静坐。话变得越来越少，人也变得越来越木讷。

春风又绿西湖岸的日子，魏源也仅是站在寺院门口，倚门凝望而已，多次受人邀请游湖，他都一一婉拒。只有那些经常来往的好友来了，他才出面一见，话也说得越来越少。

窗外细雨淅沥，魏彦走进门来告诉魏源："叔叔，来客了。"

魏源用力站立了几次，但还没有站起来，客人已来到他身边帮扶他站起来，之后又请他坐下。

来客是归安陆心源。陆心源好藏书，和魏源一样，读书可过目不忘，年纪轻轻就已有名声在外。分宾主坐下后，二十三岁的陆心源彬彬有礼地跟魏源说："我十五六岁时就听人说，如论当代贤豪魁杰之士，首推魏先生。"

魏源谦逊地摆了摆手说："后生可畏。"

陆心源说："非是后辈巧言取悦，后得先生所著《诗古微》《圣武记》《海国图志》读之，更加相信先生之学实事求是，可以传，可以行。今日得见先生，更是此生有幸！"

魏源见陆心源年轻聪明，知识宽实，便问其近一年来的外界事物。陆心源果然知之甚多，又对答如流。他说，去年年初，法国天主教神甫马赖在广西桂林作恶多端，被地方官张鸣凤正法。后来被称为"马神甫案件"。三月石达开率军破樟树镇湘军大营，曾国藩仓皇退入南昌城困守。四月，太平军破江南大营，再克扬州。但至八月，天京内讧，北王韦昌辉杀死东王杨秀清，接着韦又诱骗杨秀清部属进行屠杀。石达开赶回天京，嗣知韦昌辉相图，越城走安庆，家属为韦所杀。九月，英夷挑起亚罗号事件。十月，石达开起兵讨伐韦昌辉，洪秀全杀韦昌辉。冬月，英军再度攻广州城，被击退。广州人民烧了十三行洋楼及英、法、美商行。至年底沙俄强占我黑龙江下游……陆心源一边说着，一边从包袱里取出他刚刚完稿的《藏言》书稿来向魏源求教，并请他为此著作序。

魏源虽常常闭目澄心，危坐如山，但陆心源对时事的数说，让他神情活跃起来，显然是对陆心源有好感。他看着陆心源书稿，兴致高时还击拍吟诵一句，并将贾谊、崔实的文章拿来相比，表达他对陆心源抱有很高的期望。末了，又将自己所著文集拿出来，请陆心源为之作序。魏彦看得出来，叔叔虽老，其心却在年轻人身上，尤其那些能睁眼看世界的人，他特别喜欢！

陆心源走时，魏源还吃力地站起来送行了几步。道别后复坐原位，至晚不移，神态如一。

越来越多的人知道魏源住在西湖边上这个小寺院，尤其年轻人喜欢慕名前往。魏源已经感到接待起来非常吃力，尤其听力严重下降，与人交流已有困难，不能深谈。

没过两天，又来了两位年轻人，领头的叫谭献，二十四五岁。同行的叫袁莲伯。谭献少年富有大志，尤其通知时事，工诗词。谭、袁二人见面致礼后，魏源还礼时已显得笑容僵硬，举止也像是本能动作。当谭献与其深谈，说他的著述"虚锋已尽，大有北宋诸贤风骨"时，他似乎也听得不太清楚，只是礼貌性地点头一笑。

谭、袁二人本想再谈谈别的，但见魏源过于衰老疲惫，只得依依惜别。

寺院里静了下来。魏源打了个寒战之后，朝魏彦示意，让他将门页虚掩起来。他轻轻说了句什么话，魏彦听不清，但他明白叔叔的意思，是此后不再接待客人。魏彦感觉叔叔像是感了风寒，需要静养。

从第二天开始，凡一般来客求见魏源，魏彦都不再应允。门生至戚来见，魏彦也有交代："有事说几句就走。"魏彦观察叔叔也是这个意思。不得不见的人，他也只客气一两句礼貌话，而后就寂然若忘，如木石一般。

三月初一的早晨，一只乌鸦孤独地飞落到湖边寺前的那棵枫树上，凄怆而均匀地连叫三声，像是上天唤魂的声音。这声音让魏源再也躺不下去，他起来一看，已经比平日稍晚了一点。他没有感到有什么病痛，舒服得像是全身融化了一般，精神也比往日好了许多。他端坐在香案前焚香烧纸。待魏彦来时，他跟魏彦轻语道："昨日已有征兆，我西去之日在即。到时候，你不要号哭相扰，只需安静地待我气尽，然后含殓，以《海国图志》为枕即可。"说完，魏源要魏彦烧水让他沐浴。

他沐浴后，穿好平日舍不得穿的新衣新裤新鞋帽，端坐室内。

这时何绍祺兴致勃勃地进门来告诉魏源，《海国图志》一百卷再次传入日本，在日本畅销。何绍祺以为自己告诉魏源这个消息，会让魏源感到高兴，没想到魏源只是听而不闻地仍然静坐在香案前，仰望着门外灰灰沉沉的天幕，下意识地捋着自己的山羊胡子发呆，脸上不停地剧烈牵动。何绍祺马上意识到自己来得不是时候，他挪挪脚退出了门外。

魏彦从未见叔叔有过这种黯然神伤的样子！他忍不住问道："叔叔，您……？"

魏源看了看魏彦，郑重其事地念道："道光二十二年，《海国图志》五十卷本编成；道光二十七年，《海国图志》六十卷本编成；咸丰二年，《海国图志》一百卷本编成。为此书刻印，我曾倾尽家产！但印数可怜，反响寥寥。我已托付王茂荫、朱琦、严正基、何桂清等数人，将此书代呈皇上，但至今未获消息。反是日本人如获至宝，连印十数版，畅销不衰。我著此书为以夷攻夷而作！为以夷款夷而作！为师夷长技以制夷而作！如吾国不用，反为夷国所用，夷国的坚船利炮还唤不醒吾国吾民，那将是吾国吾民之大悲也！"说完，他竟然一反常态，如三岁孩童般号啕大哭两声，惊得魏彦手足失措。幸好金安清也在，两人连忙左右相伴。机智的金安清深知魏源此时已杂念除尽，只剩下一片赤诚！他也像安慰三岁孩童一般安慰魏源说："吾国日后必有为《海国图志》唤醒之人！吾国日后必有被夷国坚船利炮唤醒之人！吾国日后必有睁眼看世界之人！吾国也必有崛起之日！"

魏源一听此话，亦如三岁孩童，突然破涕见笑，很快平静下来。他告诉金安清："你去休息吧，有你此话，我再无牵挂！我要放心西行了！"

金安清大惊，未详所云，但见魏源起身入内室盘腿凝坐。

至酉时，魏源面前出现了那个面对"邵邑醇良"匾额而久久沉思的少年背影，那是他童年时的自己……

道光二十二年《海国图志》五十卷本编成

道光二十七年《海国图志》六十卷本编成

二年《海国图志》一百卷本编成

魏源看了看魏彦，郑重其事地念道：

"道光二十二年，《海国图志》五十卷本
编成；道光二十七年，《海国图志》六十
卷本编成；咸丰二年，《海国图志》一百
卷本编成。为此书刻印，我曾倾尽家产！"

魏彦见叔叔凝坐已久，连叫三声"叔叔"未见回应。他将叔叔抱进怀里一看，叔叔似已坐化而去，但仍两眼未闭。魏彦说："叔叔，知您有一最大心事在生未了。您仙逝后可去皇宫问问皇上，这些海上来的强盗，要我们割地赔款，令我们丧权辱国到这种程度，为何《海国图志》还未引起皇上和朝廷重视？"

说也奇怪，魏彦说完此话后再看叔叔，其两眼已安然闭上，真似起程远行了。

魏彦忽如失去支撑，摇摇晃晃，直想哭出声来，但想起叔叔生前有嘱，又只得强忍暗伤，不哭一声！他让叔叔安然躺平，又将一套《海国图志》枕于叔叔脑后……

寺里暮鼓响起，由缓而急，又由急而缓，如云如雾，如飘如飞，仿佛护送魏源去询问皇上，去远巡四海，去学习外夷"长技"……

鼓止。寺院比平时更显肃静。

魏源去世后，按寺院程序，含殓超度。因家人都还困在江宁，魏源的后事全由魏彦和金安清操办。灵前只有魏彦与金安清在轻柔的佛音里焚香作揖……

魏彦和金安清商定，不向外传发魏源去世消息。这一是因为魏源好静；二是怕困在江宁的家人得到消息后更加伤心，尤其严夫人；三是国朝正处内忧外患，也恐意想不到的事情发生。

第二天清晨，云开雾去，晨钟响起，如歌如乐，亦仙亦佛，仿佛又把魏源从遥远的外夷迎接回寺——

晨钟之后，静空的灵堂突然有一人进来大哭一声，正在灵前焚香烧纸的魏彦和金安清转脸一看，竟是一位陌生老人。那陌生老人哭喊着扑进灵堂，不顾拦阻，抱住灵柩，大哭大喊："默深呀默深，世镕来也！"魏彦和金安清一看如此憔悴的容颜，几乎认不出这位哭丧的老人竟然是魏源的同僚好友陈世镕！

陈世镕激动地哭诉起来：

> 自秦淮河与君一别，
> 皖与金陵就因内乱而陷。
> 五年没有你消息啊，
> 只听人说你在此地。

今来此地探访，只想会你一面，

没……没……没想到只能见到你的灵柩躺在这清波门外！

抚今追昔，这种悲哀实难忍耐。

默深呀默深，你算是万事到此休止！

我想问问，这里是你的乐土吗？

而你已将它做了自己最终的依恋！

想来你我是多么深情啊，

而我们原本未有亲缘。

虽然我们年轻时都很优秀，

但因远隔两地而互不相识，

我们是在苏州有幸相遇共事。

但你是良马日行万里，

我像只跛足之驽追不上你。

其时海运盐政无所不兴，

贺方伯（贺长龄）在前引领，

陶公（陶澍）在后全面运筹。

你广收文献，编成了《皇朝经世文编》，

遴选资料，你又编成了《海国图志》。

我赞叹你的大名在世间震荡如雷！

还记得我们在长沙相聚吗？

后来我无奈卷入风尘。

你却找到了适宜自己的清静之地。

内忧外患啊，使我们幕燕劳飞。

默深啊默深，你怎么不回答我？

你还会笑我是个书痴吗？

我有很多困惑找不到答案啊！

我曾买舟东下，金陵暂栖。

听说你在江淮，可得到释疑，

我满怀信心去拜访你，

但只见到你的房屋见不到人。

本当好好相聚一叙，

但因难料的原因而误期。

我们两地本也一衣带水，

却又好像远在天边！

一年后我再找到这里，

正好打听到你住在此地。

踏上这方土地我眉开眼笑，

心想，天下英雄今要数谁？

萧郎即陨，龚生亦摧（谓萧梅生、龚定庵）。

而我与你又难得相见。

秦淮水榭相遇相叙，

有丰盛的宴席和动人的乐曲，

还呼朋劝酒一醉方休。

感谢那美妙的音乐，

我为你不断地酌酒。

忽念楚粤，阴瘴蔽亏。

我提醒你一场灾难即将来临，

我实在为你担心！

与你分别才多久呢？

你为何今天就永远躺在这钱塘之湄？

身后的祭祀谁来主持？

呜呼！哀哉！

我只能用一串黄钱，一杯清酒来祭奠。

故人如念，魂兮归来！

故人如念，魂兮归来啊……

魏源葬于南屏山下方家峪。他头枕《海国图志》，在另一个世界里，期盼着国人睁眼看世界的那一天尽快到来……